Un tourbillon de neige et de cendres

Partie 1

DU MÊME AUTEUR

Le Chardon et le Tartan, Les Éditions Libre Expression, 1997
Le Talisman, Les Éditions Libre Expression, 1997
Le Voyage, Les Éditions Libre Expression, 1998
Les Tambours de l'automne, Les Éditions Libre Expression, 1998
La Croix de feu – partie 1, Les Éditions Libre Expression, 2002
La Croix de feu – partie 2, Les Éditions Libre Expression, 2002

Et aussi :
Lord John, Les Éditions Libre Expression, 2004

Diana Gabaldon

Un tourbillon de neige et de cendres

Partie 1

Traduit de l'américain par
Philippe Safavi

Libre Expression
QUEBECOR MEDIA

Catalogage avant publication de Bibliothèque et Archives Canada

Gabaldon, Diana

Un tourbillon de neige et de cendres

Traduction de : A Breath of snow and ashes.

ISBN-13 : 978-2-7648-0274-8 (v. 1)
ISBN-10 : 2-7648-0274-9 (v. 1)

I. Safavi, Philippe. II. Titre.

PS3557.A22B7414 2006   813'.54   C2006-940773-8

Titre original
A BREATH OF SNOW AND ASHES

Traduction française
PHILIPPE SAFAVI

Direction littéraire
JOHANNE GUAY

Maquette de la couverture
FRANCE LAFOND

Illustration de couverture
FERENC BÉLA REGÖS
www.regoes-grafik.net

Infographie et mise en pages
LUC JACQUES

Remerciements

Les Éditions Libre Expression reconnaissent l'aide financière du gouvernement du Canada par l'entremise du Programme d'aide au développement de l'industrie de l'édition (PADIÉ) pour ses activités d'édition. Nous remercions le Conseil des Arts du Canada, la Société de développement des entreprises culturelles du Québec (SODEC) du soutien accordé à notre programme de publication. Gouvernement du Québec – Programme de crédit d'impôt pour l'édition de livres – gestion SODEC.

Les Éditions Libre Expression
7, chemin Bates
Outremont (Québec) H2V 4V7
Tél. : 514 849-5259

Distribution au Canada : Messageries ADP
2315, rue de la Province
Longueuil (Québec) J4G 1G4
Téléphone : 450 640-1234
Sans frais : 1 800 71-3022

Dépôt légal – Bibliothèque et Archives nationales du Québec, 2006

ISBN-13 : 978-2-7648-0274-8
ISBN-10 : 2-7648-0274-9

La Croix de feu

TOME 5

Résumé

Partie 1

En 1770, la guerre de l'Indépendance américaine est sur le point d'éclater et un grand événement se prépare chez les Fraser : le mariage de la fille de Claire, Brianna, ainsi que celui de la tante de Jamie, Jocasta. Jamie reçoit abruptement l'ordre de constituer, au nom de Sa Majesté, une force armée prête à intervenir en cas d'urgence.

Partie 2

Dans cette seconde partie, les rebondissements sont nombreux. L'ignoble Bonnet court toujours ; le colonel Fraser s'engage dans la bataille d'Alamance ; Brianna tremble pour son mari, Roger ; et l'automne 1771 à Fraser's Ridge oblige Claire à déployer toutes les ressources de sa science pour tenter de sauver ceux qu'elle aime.

Ce livre est dédié à :
Charles Dickens, Robert Louis Stevenson, Dorothy L. Sayers,
John D. MacDonald et P. G. Wodehouse.

Le temps correspond à beaucoup de choses que les gens appellent Dieu. Il préexiste à tout et n'a pas de fin. Il est tout-puissant, car personne ne peut rien contre le temps, n'est-ce pas ? Pas plus les montagnes que les armées.

En outre, le temps guérit tout, bien sûr. Donnez à n'importe quoi assez de temps, et tout se réglera : la douleur sera absorbée, les souffrances seront effacées, les pertes subsumées.

Poussière tu es, à la poussière tu retourneras. N'oublie pas, homme, que tu n'es que poussière et que poussière tu redeviendras.

Et si le temps est apparenté à Dieu d'une manière ou d'une autre, alors la mémoire est forcément le fait du diable.

PREMIÈRE PARTIE

Bruits de guerre

1

Une conversation interrompue

Le chien les repéra le premier. Dans l'obscurité, Ian Murray sentit sans la voir la tête de Rollo, les oreilles dressées, se relever brusquement contre sa cuisse. Il posa une main sur la nuque de l'animal, au poil tout hérissé, saisit le manche de son couteau de son autre main et attendit, respirant lentement. Écoutant la nuit.

La forêt demeurait silencieuse. Il restait plusieurs heures avant l'aube, et l'air était aussi figé que dans une église, la brume s'élevant doucement du sol, tel un voile d'encens. Il s'était allongé sur le tronc d'un tulipier géant, préférant le chatouillis des cloportes à l'humidité de la terre. Il garda la main sur son chien, aux aguets.

Rollo émettait un grognement sourd que Ian entendait à peine, mais qui se traduisait par des vibrations dans son bras, mettant tous ses sens en alerte. Cela ne l'avait pas réveillé (désormais, il dormait rarement pendant la nuit). Il était resté étendu en silence, fixant la voûte céleste, absorbé par son habituelle conversation avec Dieu. Le mouvement de Rollo avait dissipé sa quiétude. Ian se redressa en position assise, balançant ses jambes de l'autre côté du tronc à demi pourri, le cœur battant.

Sans cesser de grogner, la tête massive de Rollo tourna sur le côté, suivant un mouvement invisible. C'était une nuit sans lune. Ian distinguait les silhouettes vagues des arbres et les ombres mouvantes de la nuit, rien de plus.

15

Puis il les entendit. Des pas. Assez éloignés mais qui se rapprochaient. Il se leva et se glissa sans hâte dans les ténèbres sous un sapin baumier. Au claquement de la langue de son maître, Rollo cessa de gronder et le suivit, aussi silencieux que son loup de père.

La cachette de Ian dominait une piste empruntée par le gibier. Pourtant, les hommes qui la suivaient n'étaient pas des chasseurs.

«Des Blancs.» Voilà qui était étrange, très étrange. Il ne les voyait pas, mais n'en avait pas besoin. Leurs bruits étaient reconnaissables entre tous. Les Indiens ne se déplaçaient pas en silence, et la plupart des Highlanders parmi lesquels il vivait savaient marcher dans une forêt comme de véritables fantômes. Là, il n'avait pas l'ombre d'un doute. Le métal : voilà pourquoi. Il percevait un cliquetis de harnais, de boutons et de boucles… et de canons de fusil.

«Tout un tas de Blancs.» Si proches qu'il distinguait presque leur odeur. Il se pencha un peu en avant, fermant les yeux pour mieux humer un indice.

Ils portaient des fourrures, avec du sang séché dans les poils froids, probablement le détail qui avait alerté Rollo. Mais ce ne pouvait pas être des trappeurs… non, trop nombreux. Les trappeurs voyageaient seuls ou par deux.

Des hommes pauvres… et sales. Ni trappeurs ni chasseurs. En cette saison, ce n'était pas le gibier qui manquait, pourtant, ceux-ci sentaient la faim. Et une sueur imprégnée par la piquette.

Ils étaient tout près à présent, à environ trois mètres de là où Ian se terrait. Rollo émit un faible grognement que Ian interrompit aussitôt en refermant sa main sur la truffe du chien. De toute manière, les hommes faisaient trop de bruit pour l'entendre. Il compta les pas au fur et à mesure que les individus passaient devant lui, percevant les gamelles et les cartouchières qui s'entrechoquaient, les gémissements dus aux pieds endoloris et les soupirs de lassitude.

Ils étaient vingt-trois, plus un mulet... non, deux. Il entendait craquer le cuir de leurs bâts, le souffle grincheux et laborieux des bêtes surchargées, presque une plainte.

Les hommes ne les auraient jamais repérés, mais un caprice du vent porta l'odeur de Rollo jusqu'aux mulets. Un braiment strident déchira la nuit, et la forêt explosa devant lui dans un fracas de branchages et de cris d'effroi. Ian courait déjà quand des tirs de pistolets retentirent derrière lui.

– *A Dhia !*

Quelque chose heurta son crâne, et il s'étala de tout son long. Était-il mort ?

Non, Rollo poussait son museau inquiet et humide contre son oreille. Sa tête bourdonnait comme une ruche, et des éclairs aveuglants remplissaient ses yeux.

– *Ruith !*

Il remplit ses poumons d'air et repoussa le chien.

– Cours ! Fuis !

Rollo hésita, une plainte grave au fond de la gorge. Ian ne pouvait le voir, mais sentait son corps massif prendre son élan, revenir, tourner sur lui-même, indécis.

– *Ruith !*

Il parvint à se redresser à quatre pattes, implorant son chien qui, enfin, obéit, détalant comme il avait été dressé à le faire.

Il n'avait plus le temps de fuir lui-même, quand bien même il serait parvenu à se relever. Il retomba face contre terre, plongea les mains et les pieds dans le tapis de feuilles et l'humus, et se tortilla frénétiquement pour s'enfouir.

Un pied s'écrasa entre ses omoplates, mais le terreau humide étouffa le cri qui s'échappa de son torse. Cela n'avait pas d'importance, ils faisaient un tel vacarme ! Celui qui l'avait piétiné ne s'en était même pas rendu compte. Il courait, pris de panique, le prenant sans doute pour un tronc d'arbre pourri.

Les tirs cessèrent. Les cris continuèrent, mais il ne comprenait plus rien. Il savait juste qu'il était étendu à plat ventre, une moiteur froide contre ses joues et l'âcreté piquante des feuilles mortes dans ses narines… Comme s'il était très saoul, la terre tournait avec lenteur autour de lui. Passée la première douleur vive, il n'avait plus mal à la tête, mais ne semblait pas capable de la redresser.

Il pensa vaguement que s'il mourait ici, personne n'en saurait rien. Ce serait dur pour sa mère de ne jamais savoir ce qu'il était advenu de lui.

Les bruits s'estompèrent, devenant plus organisés. Quelqu'un continuait de hurler, mais cela ressemblait à des ordres. Ils s'éloignaient. Il lui vint brièvement à l'esprit qu'il pourrait crier. S'ils se rendaient compte qu'il était Blanc, ils l'aideraient peut-être. Ou peut-être pas.

Il se tut. S'il était en train de mourir, il n'avait plus besoin d'aide. Dans le cas contraire, il s'en sortirait tout seul.

« Après tout, c'est ce que j'avais demandé, non ? » pensa-t-il en reprenant sa conversation interrompue avec Dieu, retrouvant la même quiétude que plus tôt, allongé dans le creux du tulipier, les yeux fixés sur les profondeurs des cieux. « Un signe, voilà ce que je voulais. Cela dit, je ne pensais pas que Tu me l'enverrais si vite. »

2

La cabane du Hollandais

Mars 1773

Personne ne connaissait l'existence de la cabane jusqu'à ce que Kenny Lindsay aperçoive les flammes, en montant vers le ruisseau.

– Sans la nuit qui tombait, j'aurais rien vu du tout, répétat-il pour la sixième fois. De jour, j'aurais jamais deviné, jamais.

Il essuya son visage d'une main tremblante, incapable d'arracher son regard de la ligne de cadavres gisant en lisière de la forêt.

– C'étaient les Sauvages, *Mac Dubh*? Y sont pas scalpés, mais ch'sais pas...

Jamie étendit le mouchoir souillé de suie sur le visage bleui d'une fillette, cachant ses yeux exorbités.

– Non, aucun d'eux n'est mutilé. Tu n'as rien remarqué quand tu les as sortis, n'est-ce pas?

Lindsay fit non de la tête, fermant les paupières. Il frissonnait convulsivement. Tard dans cet après-midi de printemps, l'air était frisquet, mais tous les hommes étaient en nage.

– J'ai pas regardé.

Mes propres mains étaient glacées. Aussi insensibles que la peau caoutchouteuse des corps que j'examinais. Leur mort remontait à plus d'un jour. La rigidité cadavérique était passée, les laissant mous et froids, mais la fraîcheur de l'altitude les avait préservés jusque-là des outrages de la putréfaction.

J'avais du mal à respirer, l'air étant encore chargé de l'amertume de l'incendie. Des volutes de vapeur s'élevaient encore ici et là des vestiges calcinés de la minuscule cabane. Du coin de l'œil, j'aperçus Roger donner un coup de pied dans un rondin de bois, puis se pencher pour ramasser quelque chose en dessous.

Kenny avait frappé à notre porte bien avant l'aube, nous arrachant à nos lits bien chauds. Nous étions venus en hâte, tout en sachant déjà qu'il était trop tard. Certains des métayers des fermes de Fraser's Ridge nous avaient également accompagnés. Evan, le frère de Kenny, se tenait avec Fergus et Ronnie Sinclair sous les arbres, échangeant des messes basses en gaélique.

Jamie s'accroupit à mes côtés, le visage inquiet.

– Tu sais ce qui les a tués, *Sassenach* ? Ceux, là-bas, sous les arbres ?

Il désigna du menton le cadavre devant nous, ajoutant :

– Au moins, je sais de quoi cette malheureuse est morte.

Le vent fit gonfler la jupe de la femme, dévoilant deux pieds fins dans des sabots en bois. Ses mains étaient étendues le long de ses flancs. Elle avait été grande, quoique pas autant que ma Brianna. Machinalement, je regardai autour de moi, cherchant la chevelure flamboyante de ma fille que j'aperçus entre des branches, de l'autre côté de la clairière.

J'avais retourné le tablier de la femme sur son torse et son visage. Ses mains étaient rouges, les articulations, gonflées par le labeur, les paumes, calleuses. Toutefois, à en juger par la fermeté de ses cuisses et sa taille fine, elle ne pouvait pas avoir plus de trente ans, sans doute beaucoup moins. Personne n'aurait pu dire si elle avait été jolie.

Je répondis à Jamie en faisant non de la tête.

– Je ne pense pas qu'elle soit morte à cause de l'incendie lui-même. Regarde, ses jambes et ses pieds sont intacts. Elle a dû tomber dans l'âtre. Sa chevelure s'est enflammée, et le feu s'est répandu aux épaules de sa robe. Elle devait se tenir près d'un mur ou de la hotte en bois, si bien que les flammes se sont propagées, et tout a pris feu.

Jamie hocha la tête sans quitter le cadavre des yeux.

– Oui, c'est logique. Mais les autres alors, *Sassenach*? Ils sont un peu roussis sur les bords, mais aucun n'est aussi brûlé qu'elle. En outre, ils devaient être morts avant l'incendie, car aucun n'a cherché à s'enfuir de la cabane. Une maladie mortelle, peut-être?

– Je ne crois pas. Ils n'ont pas l'air... je ne sais pas. Laisse-moi les examiner de nouveau.

Je m'approchai de la rangée de corps inertes dont tous les visages avaient été recouverts, me penchant sur chacun d'eux pour regarder encore une fois avec attention sous les linceuls improvisés. De nombreuses maladies pouvaient tuer de manière fulgurante en ces jours sans antibiotiques, sans aucun moyen d'administrer des solutions autrement que par voie buccale ou rectale. Une simple diarrhée pouvait vous abattre en vingt-quatre heures.

J'avais déjà vu ce genre de cas assez souvent pour les reconnaître rapidement. Comme tout médecin, et je l'avais été pendant plus de vingt ans. Dans ce siècle, je voyais des maux que je n'avais jamais vus dans le mien, des maladies parasitaires particulièrement affreuses rapportées des Tropiques à cause de la traite des esclaves. Mais ce n'était pas un parasite qui avait emporté ces pauvres hères. À ma connaissance, aucune maladie ne laissait de telles traces sur ses victimes.

Tous les corps, la femme brûlée, une autre beaucoup plus âgée et trois enfants, avaient été trouvés à l'intérieur de la cabane en feu. Kenny les en avait extirpés juste avant que le toit ne s'effondre, puis avait couru chercher de l'aide. Tous morts avant que le feu ne prenne ; donc, tous en même temps, car l'incendie s'était sûrement déclaré peu après que la femme la plus jeune fut tombée dans l'âtre.

On avait déposé les victimes en rang ordonné sous les branches d'une épinette rouge géante, pendant que les hommes creusaient une tombe à côté. Brianna se tenait devant la plus jeune des filles, la tête baissée. Je vins m'accroupir près du petit corps, et elle s'agenouilla près de moi, me demandant avec douceur :

– C'était quoi ? Du poison ?

Je l'observai, étonnée.

– Je crois. Qu'est-ce qui te fait dire ça ?

Elle indiqua le teint bleuté de la fillette. Elle avait tenté de lui fermer les yeux, mais ils saillaient trop sous les paupières, lui donnant une expression d'horreur. Un rictus d'agonie déformait les traits enfantins, et des traces de vomi recouvraient la commissure de ses lèvres.

– Mon manuel de scoutisme, répondit Brianna.

Elle releva la tête en direction des hommes, mais aucun d'eux n'était suffisamment proche pour l'avoir entendue. Elle pinça les lèvres et détourna les yeux en citant :

– «Ne jamais manger un champignon inconnu. Il en existe de nombreuses variétés vénéneuses, et seul un expert saura les distinguer les unes des autres.» Roger a trouvé ceci qui poussait en cercle près de ce rondin, là-bas.

Elle me montra sa main ouverte.

Des chapeaux humides et charnus, d'un brun clair parsemé de taches verruqueuses blanchâtres, des lamelles écartées et de fines tiges, si pâles qu'elles en étaient presque phosphorescentes dans l'ombre des épinettes. Leur aspect sympathique et terreux masquait leur nature mortelle.

– Des amanites panthères, murmurai-je.

J'en saisis une avec délicatesse. *Agaricus pantherinus,* du moins c'était le nom qu'on leur donnerait plus tard, le jour où quelqu'un déciderait de les nommer scientifiquement. *Pantherinus* parce qu'elles tuaient rapidement, comme un félin qui bondit sur sa proie.

Je pouvais voir la chair de poule sur le bras de Brianna, soulevant le fin duvet roux doré. Elle inclina sa main et laissa tomber le reste des champignons mortels sur le sol. Elle s'essuya sur sa jupe avec un bref frisson.

– Qui serait assez sot pour manger des amanites ?

– Des gens qui ne savaient pas. Qui avaient faim, peut-être.

Je saisis la main molle de la fillette et suivis le contour frêle des os de son avant-bras. Son ventre était gonflé, soit par la malnutrition, soit du fait des modifications apportées par la mort, mais ses clavicules saillaient comme des lames de faucille. Tous les corps étaient minces, mais pas au point d'être décharnés.

Je relevai les yeux vers les ombres bleutées de la montagne au-dessus de la cabane. Il était encore trop tôt dans la saison pour ramasser du fourrage, mais la nourriture était abondante en forêt... pour ceux qui savaient la reconnaître.

Jamie vint s'agenouiller près de moi, posant doucement sa main large contre mon dos. Elle était froide, mais une ligne de sueur coulait le long de son cou. Ses épais cheveux auburn étaient sombres sur les tempes.

– La fosse est prête.

Il parlait à voix basse, comme s'il craignait d'effrayer l'enfant. D'un signe de tête, il indiqua les champignons épars sur le sol.

– C'est ça qui l'a tuée ?

– Je crois, oui. Et les autres aussi. Tu as fait le tour des lieux ? Personne ne les connaît ?

Il fit non de la tête.

– Ce ne sont pas des Anglais, regarde leurs vêtements. S'ils étaient allemands, ils se seraient sûrement installés à Salem. Avec leur esprit de clan, ils ne se seraient pas isolés dans leur coin. Ce sont peut-être des Hollandais.

Il me montra les sabots en bois sculpté de la vieille femme, craquelés et tachés par l'usage.

– Aucun livre ni papier n'a subsisté, quand bien même il y en aurait eu. Rien qui puisse nous indiquer leur nom. Mais...

– Ils n'étaient pas là depuis longtemps.

La voix grave et éraillée me fit redresser la tête. Roger nous avait rejoints. Il s'accroupit près de Brianna, indiquant du menton les ruines fumantes de la cabane. On avait ensemencé un potager, mais les rares plantes visibles n'étaient que des pousses, des feuilles tendres rendues molles et noirâtres par les gels de printemps. Il n'y avait aucune étable, aucun signe de bétail, de mule ni de cochon.

— Des nouveaux immigrants, conclut Roger. Pas des ouvriers en servage. C'était une famille. Ils n'étaient pas non plus habitués au travail en plein air. La femme a des ampoules plein les mains et des cicatrices toutes fraîches.

Sans s'en rendre compte, il frotta sa propre main contre la toile épaisse de son pantalon. Ses paumes étaient désormais aussi calleuses que celles de Jamie, mais, autrefois, elles avaient été celles, lisses et tendres, d'un universitaire. Il n'avait pas oublié ses douleurs du début.

— Je me demande s'ils ont laissé des gens derrière eux, en Europe, murmura Brianna.

Elle lissa en arrière les cheveux blonds de la fillette, lui dégageant le front, puis reposa le fichu sur son visage. Elle déglutit avec peine.

— Ils ne sauront jamais ce qui leur est arrivé.

Jamie se releva.

— Non. On dit que Dieu protège les fous, mais je suppose que même le Tout-Puissant perd patience de temps en temps.

Il se détourna, faisant un signe à Lindsay et Sinclair, puis ordonna au premier :

— Cherche l'homme.

Toutes les têtes se tournèrent vers lui.

— L'homme ? demanda Roger.

Puis il jeta un bref coup d'œil vers les restes de la cabane et comprit.

— Ah oui, celui qui a construit la maison pour elles ?

— Les femmes ont pu se débrouiller seules, déclara Brianna.

Roger se tourna vers sa femme avec un petit sourire au coin des lèvres.

– Toi, tu aurais pu, oui.

Brianna n'avait pas hérité que du tempérament de son père. Elle mesurait un mètre quatre-vingts pieds nus, et possédait des muscles tout en longueur.

– Elles auraient peut-être pu, mais elles ne l'ont pas fait, trancha Jamie.

Il indiqua la carcasse carbonisée de la cabane, où quelques meubles dessinaient encore des masses fragiles. Tandis que je suivais son regard, le vent du soir s'infiltra dans la ruine, et un tabouret s'effondra sans un bruit en un amas de cendres. Un nuage de suie et de poussière de charbon s'étala, tel un spectre sur le sol.

– Que veux-tu dire ?

Je me relevai à mon tour et m'approchai de lui, observant l'intérieur de la maison. Il ne restait pratiquement plus rien, hormis le conduit de cheminée et des fragments de murs, les rondins qui les avaient constitués étant épars sur le sol comme un jeu de jonchets.

– Il n'y a aucun métal, expliqua-t-il.

Dans l'âtre noirci, on apercevait les restes d'un chaudron fendu en deux par la chaleur, son contenu vaporisé.

– Aucune casserole à part ça, et c'est trop lourd pour être trimballé. Pas d'outils. Pas de couteau, pas même une hache… et tu peux voir que celui qui a bâti cette maison en avait une.

En effet, les rondins étaient bruts, mais leurs encoches et leurs extrémités portaient clairement des traces de coups de hache.

Fronçant les sourcils, Roger ramassa une branche de pin et se mit à fouiller dans les décombres pour s'assurer qu'il n'y avait pas d'outils. Kenny Lindsay et Sinclair ne s'étaient pas donné cette peine. Jamie leur avait ordonné de rechercher un homme, et ils s'étaient exécutés aussitôt, disparaissant dans la forêt, en compagnie de Fergus. Evan Lindsay, son frère Murdo et les McGillivray se mirent à la recherche de pierres pour ériger un cairn.

Ses yeux passant de son père à la rangée de cadavres, Brianna me murmura :

– S'il y a eu un homme, il les aurait abandonnés ? La femme a peut-être pensé qu'ils ne pourraient jamais survivre seuls ?

Prenant ainsi sa propre vie et celle de ses enfants, leur épargnant une mort lente causée par le froid et la faim ?

– Il les aurait abandonnés en emportant tous les outils ? Mon Dieu, j'espère que non !

Je me signai, même si j'en doutais.

– Elle serait partie à la recherche d'aide, tu ne crois pas ? Même avec les enfants... Il ne reste presque plus de neige.

Seuls les cols les plus hauts étaient encore enneigés. Les sentiers et les versants étaient détrempés et boueux, mais praticables depuis au moins un mois.

Roger interrompit mes pensées.

– J'ai trouvé l'homme.

Il parlait très calmement, mais dut s'interrompre pour s'éclaircir la gorge.

– Là... juste là-bas.

En dépit de la pénombre grandissante, j'ai vu qu'il avait pâli. Ce n'était pas étonnant : la forme recroquevillée qu'il venait de découvrir sous les restes de bois calcinés d'un mur était horrible à voir. Réduite à un grand morceau de charbon noir, les mains levées dans la position du boxeur comme souvent les êtres calcinés. Il était même difficile de se rendre compte qu'il s'agissait d'un homme. Pourtant, d'après ce que je pouvais en voir, c'était le cas.

Un cri interrompit nos supputations quant à l'identité de ce nouveau corps.

– On les a trouvés, milord !

Fergus nous faisait signe depuis l'orée du bois.

Deux autres hommes, cette fois. Étendus sur le sol dans le sous-bois, pas côte à côte, mais non loin l'un de l'autre, à une brève distance de la cabane. Tous les deux, apparemment, empoisonnés par les champignons.

26

Se tenant devant un des cadavres, Sinclair hocha la tête en répétant pour la quatrième fois :

– Ça, ça peut pas être un Hollandais.

Fergus se gratta le nez du bout du crochet qui lui tenait lieu de main gauche.

– Si, ça se pourrait… dit-il peu convaincu. Des Antilles, *non**?

Un des corps était celui d'un Noir. L'autre était blanc, et tous deux portaient des vêtements insignifiants en *homespun* élimé, chemises et culottes. Pas de veste en dépit du froid. Tous deux pieds nus.

Jamie fit non de la tête, frottant par habitude sa main sur ses propres culottes.

– Non, les Hollandais ont des esclaves sur Barbuda, c'est vrai… Mais ils sont généralement mieux nourris que ces gens-là.

Il pointa le menton vers le rang silencieux des femmes et des enfants.

– Ils ne vivaient pas ici. En plus…

Je le vis baisser les yeux vers les pieds des morts.

Crasseux autour des chevilles et fortement calleux, les pieds étaient, somme toute, propres. Les plantes du Noir étaient d'un rose jaunâtre, sans traces de boue ni de fragments de feuilles coincés entre les orteils. Une chose était sûre : ces hommes n'avaient pas marché pieds nus sur le sol boueux de la forêt.

Fergus, toujours pratique, demanda :

– Vous pensez que d'autres hommes, une fois leurs compagnons morts, leur auraient volé leurs chaussures… et tout ce qu'ils pouvaient avoir de valeur… avant de s'enfuir?

– Oui, peut-être.

Jamie pinça les lèvres, son regard balayant la terre devant la cabane. Elle était battue par les passages des humains,

---

* Les mots français en italique sont en français dans le texte original. *(N.d.T.)*

parsemée de mottes d'herbes retournées et recouverte de cendres et de bois carbonisé. On aurait dit qu'un troupeau d'hippopotames s'y était vautré.

– Dommage que Petit Ian ne soit pas là. Il n'y en a pas deux comme lui pour déchiffrer des traces. Au moins, il aurait peut-être pu nous dire ce qui s'est passé là-bas.

Il indiqua le bois où on avait retrouvé les hommes.

– … Combien ils étaient et dans quelle direction ils sont partis.

Jamie lui-même était un fin traqueur, mais, à présent, la lumière baissait vite. Même dans la clairière où se dressaient les vestiges fumants de la cabane, les ténèbres gagnaient du terrain, se répandant sous les arbres et s'étalant telle une nappe d'huile sur la terre défoncée.

Il fixa l'horizon, où les lambeaux de nuages se paraient d'or et de rose, tandis que le soleil se couchait derrière eux. Il secoua la tête.

– Enterrez-les, puis on s'en va.

Il nous restait à faire une autre découverte macabre. Seul parmi les cadavres, l'homme calciné n'était mort ni empoisonné ni brûlé. Quand ils le soulevèrent du tapis de cendres pour le transporter dans la fosse, un objet se détacha du corps, tombant avec un bruit sourd sur le sol. Brianna le ramassa et le frotta contre un coin de son tablier.

– Tiens, ce petit détail nous avait échappé.

C'était un couteau, du moins ce qu'il en restait. Son manche en bois avait entièrement brûlé, et la chaleur avait déformé la lame.

Je m'armai de courage et m'avançai dans l'épaisse puanteur âcre de chair et de peau brûlées. Je me penchai sur le cadavre, touchant son torse du bout du doigt. Le feu détruit beaucoup de choses, mais épargne les détails les plus étranges. La plaie triangulaire était très claire, nettement enfoncée dans le creux entre ses côtes. J'essuyai mes mains moites sur mon tablier.

– Il a été poignardé.

Brianna me dévisageait.

– Ils l'ont tué. Puis sa femme… (Elle regarda la jeune femme étendue sur le sol, le visage recouvert.) … elle a préparé un ragoût avec les champignons. Ils en ont tous mangé, les enfants aussi.

La clairière était silencieuse, hormis les chants des oiseaux dans la montagne. J'entendais les battements de mon cœur, soudain trop à l'étroit dans ma poitrine. Une vengeance ? Ou simple désespoir ?

On déposa le Hollandais et sa famille dans leur tombe, les deux étrangers dans une autre.

Le vent s'était nettement rafraîchi depuis le coucher du soleil. Le tablier de la femme s'envola quand ils la soulevèrent. Devant une telle vision, Sinclair poussa un cri d'effroi étranglé et manqua de la lâcher.

Elle n'avait plus ni visage ni cheveux. Sa taille fine se rétrécissait sur un vestige carbonisé. La chair de sa tête s'étant complètement consumée, on n'apercevait qu'un étrange crâne noir où des dents dessinaient un sourire d'une insouciance déconcertante.

Ils la descendirent très vite dans la fosse peu profonde, étendirent ses enfants à côté, puis nous laissèrent, Brianna et moi, construire un cairn, à l'ancienne manière écossaise, pour marquer l'emplacement de la tombe et la protéger des bêtes sauvages. Pendant ce temps, ils creusaient une seconde tombe plus rudimentaire pour les deux hommes aux pieds nus.

La tâche achevée, tous, blêmes et silencieux, se rassemblèrent autour des deux monticules. Je vis Roger se rapprocher de Brianna et glisser un bras protecteur autour de sa taille. Elle fut parcourue d'un frisson qui, je devinais, n'avait rien à voir avec la fraîcheur de l'air. Leur fils, Jemmy, ne devait avoir qu'un an d'écart avec la plus jeune des fillettes.

Kenny Lindsay enfonça son bonnet de laine jusqu'aux oreilles et interrogea Jamie du regard.

– Tu veux bien dire un mot, *Mac Dubh* ?

Il faisait presque nuit, et personne n'avait envie de s'attarder. Nous serions obligés de monter un camp, bien à l'écart de la puanteur de l'incendie, ce qui ne serait pas une mince affaire dans le noir. Mais Kenny avait raison : nous ne pouvions pas partir sans, au moins, une petite cérémonie, un dernier adieu aux inconnus.

Jamie fit non de la tête.

– Il vaut mieux que ce soit Roger qui parle. S'ils étaient hollandais, c'étaient probablement des protestants.

En dépit de la pénombre, je vis le coup d'œil de Brianna vers son père. Certes, Roger était presbytérien, tout comme Tom Christie, un homme beaucoup plus âgé dont le visage austère reflétait son opinion sur la question. Mais personne n'était dupe, y compris Roger : cette histoire de religion n'était qu'un prétexte.

Roger s'éclaircit la gorge, émettant un bruit de tissu qui se déchire. Ce son toujours douloureux s'était à présent chargé de colère. Néanmoins, il ne protesta pas et, fixant Jamie dans le blanc des yeux, il prit place à la tête de la tombe.

J'avais cru qu'il se contenterait de réciter le *Notre père,* ou un des psaumes les plus modérés. Mais d'autres paroles lui montèrent aux lèvres :

– « Voici, je crie à la violence, et nul ne répond ; j'implore justice, et point de justice ! Il m'a fermé toute issue, et je ne puis passer ; Il a répandu des ténèbres sur mes sentiers. »

Sa voix, autrefois si belle et si puissante, était désormais étranglée, réduite au spectre râpeux de sa beauté envolée, mais la passion qu'il exprimait avait encore assez de force pour que tous ceux qui l'écoutaient baissent la tête, leur visage disparaissant dans l'ombre.

– « Il m'a dépouillé de ma gloire, Il a enlevé la couronne de ma tête. Il m'a brisé de toutes parts, et je m'en vais ; Il a arraché mon espérance comme un arbre. »

Son visage était fermé, mais son regard sombre s'arrêta un instant sur la souche brûlée qui avait servi de billot à la famille de Hollandais.

– « Il a éloigné de moi mes frères, et mes amis se sont détournés. Je suis abandonné de mes proches, Je suis oublié de mes intimes. »

Les trois frères Lindsay échangèrent des regards, et tous se rapprochèrent un peu plus les uns des autres pour se protéger du vent froid.

– « Ayez pitié, ayez pitié de moi, vous, mes amis ! »

Sa voix se radoucit. Nous l'entendions à peine par-dessus le soupir des arbres.

– « Car la main de Dieu m'a frappé. »

Brianna fit un geste spontané vers lui. Il se racla de nouveau la gorge dans un bruit explosif et étira le cou. J'entraperçus la cicatrice laissée par la corde qui l'avait mutilé.

– « Oh ! Je voudrais que mes paroles fussent écrites ! Qu'elles fussent écrites dans un livre ! Je voudrais qu'avec un burin de fer et du plomb, elles fussent pour toujours gravées dans le roc... »

Il regarda un à un chaque visage, le sien étant de marbre, puis il prit une profonde inspiration pour continuer, sa voix se craquelant à chaque parole :

– « Car je sais que mon Rédempteur est vivant. Et qu'Il se lèvera le dernier sur la terre. Quand ma peau sera détruite, Il se lèvera... »

Brianna frissonna et détourna le regard.

– ... « Quand je n'aurai plus de chair, je verrai Dieu. Je le verrai, et Il me sera favorable ; Mes yeux le verront, et non ceux d'un autre. »

Il marqua une pause, et un bref soupir collectif se fit entendre, chacun laissant échapper le souffle qu'il retenait. Mais il n'avait pas tout à fait fini. Sans s'en rendre compte, il avait saisi la main de Brianna et la tenait fermement. Il prononça les derniers mots presque en lui-même, comme s'il avait oublié son auditoire :

– « Craignez pour vous le glaive : car la colère amène les châtiments par le glaive. Et sachez que vous serez jugés. »

Je tremblais, et la main de Jamie s'enroula autour de la mienne, froide mais forte. Il baissa les yeux vers moi et je croisai son regard. Je savais à quoi il pensait.

Tout comme moi, il pensait non pas au présent mais au futur. À un petit encart qui paraîtrait dans trois ans dans la *Wilmington Gazette* datée du 13 février 1776 :

«Nous avons la douleur de vous annoncer la mort de James MacKenzie Fraser et de son épouse, Claire Fraser, dans l'incendie qui a détruit leur maison dans la colonie de Fraser's Ridge, la nuit du 21 janvier dernier. M. Fraser, neveu de feu Hector Cameron de la plantation de River Run, était né à Broch Tuarach en Écosse. Il était très connu dans toute la colonie et profondément respecté. Il ne laisse aucune descendance.»

Jusque-là, il nous avait été facile de ne pas trop y réfléchir. C'était si loin dans le futur et, après tout, celui-ci n'était pas immuable – nous étions prévenus et prémunis, non ?

Me tournant vers le cairn, je frissonnai encore. Je me rapprochai de Jamie et posai mon autre main sur son bras. Il couvrit mes doigts des siens et les serra pour me rassurer. «Non, me disait-il tacitement. Non, je ferai en sorte que cela n'arrive pas.»

Pourtant, alors que nous quittions cette morne clairière, je ne pouvais me débarrasser d'une image en particulier. Pas celle de la cabane brûlée, des corps pitoyables, du pathétique potager stérile. Celle qui me hantait, je l'avais vue des années plus tôt : une stèle parmi les ruines du prieuré Beauly, dans les hauteurs des Highlands écossaises.

C'était la tombe d'une noble dame, son nom surmonté par un crâne grimaçant sculpté dans la pierre, assez semblable à celui sous le tablier de la Hollandaise. Sous le crâne se trouvait sa devise : *Hodie mihi cras tibi – sic transit gloria mundi.* «Mon tour aujourd'hui, le tien demain. Ainsi passe la gloire de ce monde.»

3

Garde tes amis auprès de toi

Nous parvînmes à Fraser's Ridge le lendemain juste avant le coucher du soleil, pour découvrir qu'un visiteur nous attendait. Le major Donald MacDonald, anciennement de l'armée de Sa Majesté, et plus récemment membre de la cavalerie légère, garde personnelle du gouverneur Tryon, était assis sur le perron, mon chat sur les genoux et un pichet de bière à ses pieds. En me voyant approcher, il lança joyeusement :

– Madame Fraser! À votre service, madame.

Il voulut se lever et laissa échapper un cri étouffé. N'appréciant pas de perdre son nid douillet, Adso venait de lui enfoncer ses griffes dans la cuisse.

– Je vous en prie, major, restez assis.

Il s'exécuta avec une grimace, mais, grand seigneur, se retint d'envoyer Adso valser dans les buissons. Je le rejoignis et m'assis à ses côtés avec un soupir de soulagement.

– Mon mari s'occupe des chevaux et nous rejoindra dans un instant. Je vois qu'on vous a bien accueilli?

J'indiquai le pichet de bière, qu'il tendit aussitôt vers moi avec galanterie, essuyant le collet avec sa manche.

– Oh oui, madame. Mme Bug a veillé sur mon bien-être avec le plus grand soin.

Par politesse, j'acceptai la bière qui, en vérité, descendit toute seule. Jamie avait eu hâte de rentrer, et nous étions en selle depuis l'aube, n'ayant fait qu'une brève halte vers midi pour nous rafraîchir.

Me voyant soupirer d'aise les yeux mi-clos après avoir bu, le major déclara en souriant :

– Cette bière est excellente, n'est-ce pas ? Vous la brassez vous-même ?

Je pris une nouvelle gorgée avant de lui rendre le pichet, puis répondis :

– Non, c'est celle de Lizzie. Lizzie Wemyss.

– Ah oui, votre servante, bien sûr. Vous pouvez lui faire mes compliments.

– Vous ne l'avez pas vue ?

Étonnée, je jetai un œil vers la porte ouverte derrière lui. À cette heure-ci, j'aurais pensé que Lizzie se trouvait dans la cuisine, préparant le dîner, mais elle serait sûrement sortie en nous entendant arriver. Je remarquai soudain qu'aucune odeur de nourriture n'en sortait non plus. Bien sûr, elle ne pouvait pas deviner à quelle heure nous reviendrions, mais…

– Mmm… non. Elle est…

Le major plissa le front, essayant de se souvenir. Je me demandai jusqu'où on avait rempli le pichet avant de le lui offrir. Il ne restait plus que deux doigts de bière à l'intérieur.

– Ah oui ! Elle est allée chez les McGillivray avec son père. C'est ce que Mme Bug m'a annoncé. Elle est partie rendre visite à son promis, il me semble ?

– Oui, en effet, elle est fiancée à Manfred McGillivray. Mais Mme Bug…

Il fit un signe vers le petit abri plus haut sur la colline.

– … est au germoir. Une histoire de fromage, c'est ce qu'elle m'a dit, je pense. On m'a proposé gracieusement une omelette pour mon dîner.

– Ah.

Je me détendis encore un peu, la poussière du voyage retombant à mesure que la bière faisait son effet. Quel bonheur d'être de retour chez moi, même si ma sensation de paix était quelque peu assombrie par le souvenir de la cabane calcinée.

Mme Bug lui avait probablement expliqué la raison de notre absence, mais il n'y fit aucune allusion, pas plus qu'à ce qui l'amenait à Fraser's Ridge. Naturellement, toute discussion sérieuse attendrait l'arrivée de Jamie. En ma qualité de femme, je n'avais droit qu'à la plus impeccable courtoisie et à quelques petits potins mondains.

Les commérages me convenaient, mais je devais m'y préparer un peu. Je ne possédais pas ce don naturel. Histoire de gagner un peu de temps, je déclarai :

– Ah… je vois que vos relations avec mon chat se sont améliorées.

Malgré moi, je regardai son crâne du coin de l'œil, mais on avait raccommodé sa perruque avec soin.

Il passa les doigts dans l'épaisse fourrure d'Adso, lui grattant le ventre.

– Je crois que nous sommes parvenus à un accord politique de principe. « Garde tes amis près de toi, mais tes ennemis plus près encore. »

Cela me fit sourire.

– Très judicieux. Euh… j'espère que vous n'avez pas attendu trop longtemps ?

Il haussa les épaules, me faisant comprendre que l'attente n'avait pas d'importance, ce qui était généralement le cas. Les montagnes avaient leur temps propre, et le sage n'essayait pas de les brusquer. MacDonald était un soldat aguerri et avait beaucoup voyagé. En outre, il avait grandi à Pitlochry, assez près des sommets des Highlands pour savoir comment les prendre.

– Je suis arrivé ce matin de New Bern.

Des clochettes d'alarme retentirent aussitôt à l'arrière de mon crâne. Il fallait au moins dix jours pour effectuer le trajet depuis New Bern, en venant d'une traite. Or, l'état de son uniforme froissé et boueux laissait supposer que tel était le cas.

C'était à New Bern que le nouveau gouverneur royal de la colonie, Josiah Martin, avait établi sa résidence. Le fait que MacDonald ait parlé de cette ville au lieu de mentionner une éventuelle étape plus proche indiquait sans doute que les autorités avaient dicté le but de sa visite. Je me méfiais des gouverneurs.

Sur le sentier qui menait au paddock, Jamie n'apparaissait toujours pas. En revanche, Mme Bug venait d'émerger du germoir. Je la saluai de loin, et elle agita le bras avec enthousiasme, en dépit du fait qu'elle tenait un seau de lait dans une main, un panier d'œufs dans l'autre, un pot de beurre sous une aisselle et un grand morceau de fromage sous le menton. Elle parvint à descendre la pente raide sans dégâts et disparut derrière la maison, se dirigeant vers la cuisine.

Je m'adressai de nouveau au major.

– Apparemment, ce sera omelette pour tout le monde. Vous ne seriez pas passé par Cross Creek, par hasard?

– Mais si, madame. La tante de votre mari vous envoie son bon souvenir, ainsi qu'une pile de livres et de journaux que j'ai apportés avec moi.

Ces temps-ci, je me méfiais aussi de la presse, même si les événements dont elle parlait s'étaient produits plusieurs semaines, voire des mois plus tôt. J'émis quelques sons appréciatifs, priant que Jamie se dépêche afin que je puisse m'éclipser. Mes cheveux empestaient le brûlé, et mes mains gardaient le souvenir de la chair froide. J'avais grande envie d'un bain.

– Je vous demande pardon?

Je n'avais pas entendu les propos de MacDonald. Il se pencha poliment plus près pour répéter, puis bondit sur place, les yeux lui sortant de la tête.

– Saloperie de chat!

Après nous avoir fait une superbe imitation d'une serpillière mouillée, Adso venait de se redresser en sursaut, la queue en rince-bouteille, sifflant comme une bouilloire tout en plantant ses griffes dans les cuisses du major. Je n'eus pas le temps de réagir avant qu'il ne plonge par-dessus l'épaule de MacDonald par la fenêtre ouverte de l'infirmerie juste derrière nous, déchirant son jabot et renversant sa perruque par la même occasion.

MacDonald explosa sans plus de retenue en un tonnerre d'imprécations, mais le moment était mal choisi pour m'occuper de lui. Sinistre, Rollo remontait le sentier vers la maison, tel un loup dans le crépuscule, mais avec un comportement si bizarre que j'avais bondi à mon tour sans m'en rendre compte.

Il courait vers la maison, s'arrêtait, décrivait un ou deux cercles sur lui-même comme s'il n'arrivait pas à se décider, repartait à fond de train vers la forêt, revenait, le tout en émettant des gémissements sourds et en gardant la queue basse.

– Putain de bordel de merde ! m'exclamai-je. Il s'est passé quelque chose !

Je dévalai les quelques marches et courus dans le sentier, entendant à peine le juron stupéfait du major en arrière de moi.

Je découvris Ian à quelques centaines de mètres de là, conscient mais étourdi. Assis sur le sol, les yeux fermés, il pressait sa tête entre ses deux mains comme s'il craignait de voir les os de son crâne se dessouder. Quand je tombais à genoux à ses côtés, il rouvrit les yeux et me sourit d'un air vague.

– Tante… dit-il d'une voix rauque.

Il semblait vouloir dire autre chose, mais sans trop savoir quoi. Il ouvrit la bouche, puis resta les lèvres entrouvertes, sa langue remuant d'un côté puis de l'autre.

– Ian, regarde-moi.

Je tentais de rester le plus calme possible. Il obtempéra, ce qui était bon signe. Il faisait trop sombre pour voir si ses pupilles étaient dilatées, mais il était blême, et je distinguais des traînées de sang noires sur sa chemise.

Des pas précipités résonnèrent dans mon dos. Jamie, talonné par MacDonald.

– Comment te sens-tu, mon garçon ?

Jamie l'attrapa par un bras. Ian oscilla très doucement vers lui, puis laissa retomber ses mains, ferma encore les yeux et s'abandonna contre l'épaule de son oncle avec un soupir.

Ce dernier le maintint redressé pendant que je palpais le corps de Ian à la recherche de blessures. L'arrière de sa chemise et sa queue de cheval étaient imprégnés de sang séché, mais il ne saignait plus. Je ne tardai pas à trouver l'entaille sur son crâne. Anxieux, Jamie me demanda :

– C'est grave ?

– Je ne crois pas. Il a reçu un sale coup sur la tête qui lui a arraché un morceau de cuir chevelu, mais…

– Un tomahawk, à votre avis ?

MacDonald était penché sur nous, intrigué.

Le visage enfoui dans la chemise de Jamie, Ian répondit d'une voix somnolente :

– Non, une balle.

– Va-t'en, le chien !

Jamie repoussa Rollo qui avait enfoncé son museau dans l'oreille de Ian qui tressaillit en poussant un râle.

– Il me faut l'examiner à la lumière, mais ça n'a pas l'air d'être trop vilain. En plus, il semble avoir parcouru une sacrée trotte. Conduisons-le dans la maison.

Les hommes se relayèrent pour le porter, passant les bras de Ian par-dessus leurs épaules. Quelques minutes plus tard, il était allongé à plat ventre sur la table de mon infirmerie. Là, il nous conta ses aventures, de manière un peu décousue et ponctuée de petits cris tandis que je nettoyais la plaie, coupais ses mèches emmêlées et lui appliquais cinq ou six points de suture.

– Je me croyais mort…

Il serra les dents pendant que je tirais l'épais fil à travers les bords de la plaie irrégulière.

– Aïe, tante Claire !… Mais, ce matin, quand je me suis réveillé, je me suis rendu compte que j'étais toujours vivant… même si j'avais l'impression que mon crâne avait été fendu en deux et que ma cervelle me coulait dans le cou.

– Il s'en est fallu de peu, murmurai-je en me concentrant sur ma tâche. Cela dit, à mon avis, ce n'était pas une balle.

Tout le monde me regarda, hébété.

– Quoi, on ne m'a pas tiré dessus ? s'indigna Ian.

Comme il levait une main pour toucher l'arrière de son crâne, je l'arrêtai d'une tape sur les doigts.

– Cesse de bouger. Non, on ne t'a pas tiré dessus, navrée de te décevoir. J'ai retiré des éclats de bois et d'écorce de ta plaie. À mon avis, je dirais plutôt qu'un des tirs a fait tomber une branche d'arbre droit sur ta tête.

– Vous êtes bien certaine qu'il ne s'agissait pas d'un tomahawk, hein ? insista le major, la mine déçue.

Je fis le dernier nœud et sectionnai le fil en secouant la tête.

– Je ne me souviens pas d'avoir déjà examiné une plaie infligée par un tomahawk, mais je ne pense pas. Vous avez vu les bords irréguliers de l'entaille ? En outre, le cuir chevelu est profondément entamé, mais l'os ne semble pas fracturé.

Jamie déclara avec sa logique habituelle :

– Selon le garçon, il faisait nuit noire. Aucun être sensé ne lancerait un tomahawk dans l'obscurité vers une cible invisible.

Il tenait la lampe à alcool pour que j'y voie plus clair. Il l'approcha afin que nous puissions tous constater, outre la cicatrice en zigzag, l'ecchymose qui se répandait tout autour, dévoilée par la tonsure que je venais de pratiquer.

Avec délicatesse, ses doigts écartèrent le duvet restant, mettant en évidence plusieurs écorchures qui parsemaient la zone contusionnée.

– Là, vous voyez ? Ta tante a raison, mon garçon. Tu as été attaqué par un arbre.

Ian entrouvrit un œil.

– On ne t'a jamais dit que tu avais un talent de comique, oncle Jamie ?

Il referma l'œil.

– Non.

– C'est parce que ce n'est pas vrai.

Jamie sourit et lui serra l'épaule.

– Je vois que tu te sens déjà mieux !

Le major MacDonald les interrompit :

– Un fait subsiste : le garçon a été attaqué par des sortes de *banditti*. Pourquoi pensez-vous que ce n'étaient pas des Indiens ?

– Non, répéta Ian. C'en était pas.

Cette fois, il avait l'œil grand ouvert, injecté de sang.

Ne paraissant pas satisfait de cette réponse, MacDonald le questionna plutôt sèchement :

– Comment peux-tu en être sûr, mon garçon ? Tu as dit toi-même qu'il faisait noir.

Stupéfait, Jamie regarda le major mais se tut. Ian gémit, puis poussa un profond soupir et répondit :

– Je les ai sentis.

Il ajouta presque aussitôt :

– Je crois que je vais vomir.

Il se souleva sur un coude et, de fait, régurgita. Cela mit un terme aux questionnements. Jamie entraîna le major vers la cuisine, me laissant nettoyer Ian et l'installer le plus confortablement possible.

Une fois un peu plus propre et allongé sur le flanc, un oreiller sous la tête, je lui demandai :

– Tu peux ouvrir les deux yeux ?

Il le fit, ses paupières clignant à peine devant la lumière. La petite flamme bleue de la lampe à alcool se reflétait deux fois dans ses yeux noirs, mais ses pupilles rétrécirent aussitôt, d'un mouvement synchrone.

– C'est bien.

Je reposai la lampe sur la table, puis chassai Rollo qui flairait l'étrange odeur de la lampe : nous y brûlions un mélange de brandy de mauvaise qualité et de térébenthine.

– Laisse ça, le chien. Ian, saisis mes doigts.

Je lui tendis mes deux index, et il les entoura de ses mains osseuses. Je lui fis subir des tests neurologiques, le faisant serrer, tirer, pousser. Pour finir, j'écoutai son cœur, qui battait avec une régularité rassurante.

– Légère commotion, conclus-je avec un sourire.

Il plissa les yeux.

– Ah oui?

– Cela veut dire que tu as mal au crâne et des haut-le-cœur. Ça ira mieux dans quelques jours.

– J'aurais pu vous en dire autant, marmonna-t-il en se rallongeant.

– En effet, mais «commotion», ça sonne quand même mieux qu'un crâne fêlé, non?

Il sourit.

– Vous voulez bien nourrir Rollo, tante Claire? Il ne m'a pas quitté un instant. Il doit avoir faim.

En entendant son nom, le chien redressa les oreilles et, gémissant, poussa son museau dans la main pendante de son maître.

– Il va bien, rassurai-je le chien. Ne t'inquiète pas.

Puis, à Ian :

– Oui, je vais lui apporter quelque chose. Tu crois que tu pourras avaler un peu de pain et de lait?

– Non, dit-il catégorique. Une goutte de whisky, peut-être?...

– Non, répondis-je aussi catégoriquement.

Je mouchai la lampe à alcool.

– Tante...

Je me retournai sur le pas de la porte.

J'avais laissé une seule chandelle allumée à son chevet. Il paraissait si jeune et si fragile à la lueur de la flamme vacillante.

– À votre avis, pourquoi le major voulait absolument que j'aie rencontré des Indiens dans la forêt?

– Je ne sais pas. Mais je suppose que Jamie le sait, lui. Ou le saura bientôt.

4

Un serpent dans l'éden

Brianna poussa la porte de sa cabane, à l'affût d'un trottinement de pattes de rongeurs ou du chuintement d'écailles sur le sol. Un jour, alors qu'elle était entrée dans le noir, elle s'était retrouvée à quelques centimètres d'un petit serpent à sonnette. Aussi surpris qu'elle, le reptile avait filé entre les pierres du foyer, mais elle avait retenu la leçon.

Cette fois, elle ne perçut aucun bruit de souris ni de campagnols en train de détaler, mais une créature plus grosse était passée par là, en s'introduisant sous la peau huilée qui masquait la fenêtre. Le soleil se couchait, mais il faisait encore assez jour pour distinguer le panier en herbes tressées dans lequel elle conservait ses cacahuètes grillées, tombé de son étagère. Son contenu était mangé, le sol tout autour jonché de cosses.

Elle figea en entendant un bruissement. Il se reproduisit, suivi du fracas d'un objet métallique s'écrasant sur le sol derrière le mur du fond.

– Sale petite vermine ! Tu es dans mon garde-manger !

Hors d'elle, elle saisit un balai et s'élança dans l'appentis avec un cri de *banshee*. Un énorme raton laveur qui mâchait tranquillement une truite fumée abandonna sa proie et fila entre ses jambes, plus rapide qu'un banquier ventru fuyant ses créanciers, poussant des cris aigus d'alarme.

Encore palpitante d'indignation, elle reposa son arme et, pestant entre ses dents, se pencha pour tenter de sauver ce qui pouvait encore l'être. Les ratons laveurs étaient moins destructeurs que les écureuils, qui mâchouillaient et déchiquetaient sans retenue, mais ils avaient des appétits d'ogre.

Dieu seul savait depuis combien de temps ce pilleur était là. Assez longtemps pour avoir léché toute la motte de beurre, décroché une grappe de poissons fumés des poutres (comment un animal si gros avait-il effectué une telle prouesse acrobatique?). Heureusement, les rayons de miel avaient été stockés dans trois jarres différentes, et il en avait attaqué une seule. Cependant, les tubercules étaient éparpillés un peu partout, il avait englouti un fromage frais tout entier et renversé la précieuse cruche de sirop d'érable qui formait une mare poisseuse sur le sol. Cela ranima sa fureur, et elle serra tant la pomme de terre qu'elle tenait à la main que ses ongles en percèrent la peau.

– Saloperie de saloperie de foutu animal abject!

– Qui?

Saisie, elle pivota sur ses talons et lança la pomme de terre sur l'intrus. Qui s'avéra être Roger. Elle l'atteignit en plein front et il chancela, se retenant au chambranle de la porte.

– Ouille! Merde! Ouille, ouille! Mais qu'est-ce qui se passe ici?

– Un raton laveur, expliqua-t-elle, laconique.

Elle recula d'un pas, laissant la lumière dévoiler l'étendue des dégâts.

– Quoi? Il a eu le sirop d'érable? Saloperie! Tu l'as eue, au moins, cette sale bête?

Se tenant le front d'une main, il baissa la tête pour pénétrer dans l'appentis, cherchant autour de lui une bête à poils.

– Non, il m'a échappé. Tu saignes? Où est Jem?

Il ôta la main de son front et l'examina.

– Je ne crois pas. Aïe! Tu vises trop bien, ma chérie. Jem est chez les McGillivray. Lizzie et Mme Wemyss l'ont emmené pour fêter les fiançailles de Senga.

La colère et le remords cédèrent aussitôt le pas à la curiosité.

– Vraiment ? Lequel elle a choisi ?

Ute McGillivray, avec sa minutie toute allemande, avait sélectionné avec grand soin les futurs conjoints de son fils et de ses trois filles en fonction de ses propres critères : la terre, l'argent et la respectabilité venant en premier, l'âge, l'apparence physique et le charme figurant en bas de sa liste. Naturellement, ses enfants ne l'entendaient pas de cette oreille, mais la force de caractère de *Frau* Ute était telle qu'Inga et Hilda avaient fini par épouser des hommes qui avaient son approbation.

Toutefois, Senga était bien la fille de sa mère, à savoir qu'elle avait des idées bien arrêtées et aucune retenue quand il s'agissait de les exprimer. Depuis des mois, elle hésitait entre deux prétendants : Heinrich Strasse, un fringant jeune homme sans le sou originaire de Bethanie – et luthérien par-dessus le marché ! – et Ronnie Sinclair, le tonnelier. Pour la communauté de Fraser's Ridge, ce dernier était aisé et le fait qu'il ait trente ans de plus que Senga ne dérangeait aucunement Ute.

Le mariage de Senga McGillivray faisait l'objet d'intenses spéculations depuis plusieurs mois, et Brianna avait entendu parler de paris considérables sur le choix du promis.

– Alors ? Qui est l'heureux élu ?

Roger retrouva son sourire.

– Mme Bug ne sait pas, ce qui la rend folle. Manfred est venu les chercher hier matin, mais elle n'était pas là. Lizzie a juste laissé un mot sur la porte de la cuisine pour lui indiquer où ils allaient, mais elle a oublié de préciser le nom du futur marié.

Brianna se tourna vers le soleil couchant. Le disque de feu avait disparu derrière la cime des arbres, mais ses rayons flamboyants illuminaient la cour à travers les châtaigniers. L'herbe de printemps paraissait aussi douce et profonde qu'un velours émeraude.

– Il va falloir attendre demain pour savoir, ajouta-t-elle avec regret.

La maison des McGillivray était à huit kilomètres. Il ferait nuit noire avant qu'ils n'y arrivent, et, même après le dégel, on ne s'aventurait pas dans les montagnes la nuit sans une bonne raison. La simple curiosité ne justifiait pas un tel risque.

– Tu veux aller dîner dans la Grande Maison ? Le major MacDonald est là.

– Ah, lui, marmonna-t-elle en réfléchissant à la question.

Elle avait envie d'entendre les nouvelles apportées par le major, et les dîners de Mme Bug valaient toujours le déplacement. D'un autre côté, après ces trois jours sinistres, le long voyage et la mise à sac de son garde-manger, elle n'était pas vraiment d'humeur sociable.

Soudain, elle se rendit compte que Roger évitait avec précaution de donner son avis. Accoudé à l'étagère sur laquelle leur réserve hivernale de pommes s'amenuisait, il caressait un fruit, l'air ailleurs, son majeur lissant doucement le galbe jaune oranger. Il émettait de vagues bruits, laissant entendre tacitement qu'une soirée en tête à tête à la maison, sans parents, relations… ni bébé, avait ses avantages.

Elle sourit à son tour.

– Comment va ta pauvre tête ?

Les derniers rayons du soleil glissaient sur l'arête de son nez, faisant luire un éclat vert dans ses yeux. Il s'éclaircit la gorge et, timide, répondit :

– Peut-être qu'avec un baiser, ça irait mieux. Si tu en as envie.

Elle se hissa sur la pointe des pieds et s'exécuta, écartant doucement l'épaisse mèche brune de son front. La bosse était visible, même si la peau n'avait pas encore viré au bleu.

– Là, ça va mieux ?

– Pas encore. Essaie encore. Peut-être un peu plus bas cette fois ?

Il posa les mains sur la courbe de ses hanches. Elle était presque aussi grande que lui. Elle avait déjà remarqué le côté pratique de la chose, mais elle en eut de nouveau la confirmation. Elle frémit de plaisir, et Roger reprit son souffle.

– Pas si bas, dit-il de sa voix rauque. Pas encore.

– Ne fais pas ton tatillon.

Elle le baisa sur la bouche dont les lèvres chaudes dégageaient encore une odeur de cendres et de terre, tout comme elle. Elle s'écarta à peine.

Laissant sa main dans le creux de ses reins, il se pencha par-dessus elle, faisant courir son doigt le long de l'étagère sur laquelle était répandu le sirop d'érable. Il le passa délicatement sur les lèvres de Brianna, puis sur les siennes et l'embrassa encore, en un long baiser sucré.

* * *

– Je ne me souviens même plus quand je t'ai vue nue la dernière fois.

Elle le dévisagea d'un air sceptique.

– Ça fait environ trois jours. Apparemment, ce n'était pas un spectacle mémorable.

Se débarrasser enfin des vêtements qu'elle portait depuis trois jours et trois nuits avait été un grand soulagement. Même dans le plus simple appareil et hâtivement débarbouillée, elle sentait encore la poussière dans ses cheveux et la crasse du voyage entre ses orteils.

– Ce n'est pas ce que je voulais dire. On ne fait plus l'amour à la lueur du jour depuis des lustres.

Il était couché sur le flanc, face à elle. Avec douceur, il passa la main sur la courbe ample de sa hanche et de ses fesses.

– Tu n'imagines pas à quel point tu es belle, en tenue d'Ève, avec le soleil derrière toi. Toute d'or, comme si tu baignais dedans.

Il ferma un œil, comme ébloui par cette vision. Elle bougea, et la lumière illumina son visage, son iris projetant un éclat d'émeraude en une fraction de seconde avant qu'il ne se referme.

– Mmmm.

Elle glissa une main paresseuse derrière sa nuque et l'attira à elle pour l'embrasser. Elle comprenait ce qu'il voulait dire. C'était une sensation étrange, presque perverse, mais si agréable. La plupart du temps, ils faisaient l'amour la nuit, une fois Jem endormi, parlant à voix basse dans la pénombre, se cherchant sous les couches d'édredons et les chemises de nuit. Même si Jem dormait toujours comme assommé à coups de masse, il leur était impossible de ne pas tenir compte du petit corps qui respirait bruyamment dans le lit gigogne tout à côté.

Bizarrement, elle était toujours aussi consciente de Jem, même en son absence. Être séparée de lui provoquait chez elle une drôle d'impression : ne pas savoir où son fils était à tout instant, ne pas sentir son corps comme une extension, très mobile, du sien lui donnait une liberté enivrante, mais lui procurait un certain malaise, comme si elle avait égaré un objet précieux.

Ils avaient laissé la porte ouverte afin de mieux profiter de la lumière et de l'air sur leur peau. À présent, le soleil était pratiquement couché, et bien que l'air fût encore teinté d'une luminosité de miel, il était devenu plus froid.

Une brusque rafale souleva la peau couvrant la fenêtre et s'engouffra dans la pièce, claquant la porte et les plongeant d'un coup dans le noir.

Brianna sursauta. Roger lâcha un grognement et sauta du lit. Il rouvrit grand la porte, et Brianna inspira une grande goulée d'air, se rendant compte qu'elle avait retenu son souffle, s'étant sentie brusquement ensevelie sous terre.

Roger avait dû ressentir la même chose. Il se tenait sur le seuil, appuyé au chambranle, le vent agitant la toison noire et bouclée sur son corps, les cheveux toujours retenus sur sa nuque. Brianna fut alors prise d'une envie d'aller derrière lui, de dénouer le lacet de cuir entourant sa chevelure et de passer ses doigts dans cette noirceur lisse et brillante, héritage d'un lointain ancêtre espagnol naufragé parmi les Celtes.

Debout avant même d'avoir consciemment décidé de se lever, elle ôta avec délicatesse les chatons et les brindilles prises dans les mèches. Il frissonna, du fait de ses caresses ou de celles du vent, mais sa peau était chaude.

Elle dégagea sa nuque et l'embrassa, murmurant :

– Tu as un hâle de paysan.

– Et alors, ne suis-je pas cela ?

Sa peau tressaillit sous les lèvres de Brianna, comme un cheval frémissant. Son visage, son cou et ses avant-bras avaient pâli durant l'hiver, mais étaient toujours plus sombres que ses épaules et son dos. Il restait une vague démarcation entre son buste couleur de daim et la pâleur saisissante de ses fesses.

Elle posa les mains sur ces deux parties charnues, appréciant leur fermeté et leur rondeur, et l'entendit soupirer. Il se pencha vers elle, les seins de Brianna s'écrasant contre lui. Elle posa alors le menton sur son épaule, et contempla le paysage.

Dans la pénombre crépusculaire, les derniers longs faisceaux brillaient entre les châtaigniers, leurs jeunes feuilles vert tendre se consumant d'un feu doux. Les oiseaux ne dormaient pas encore, continuant à se faire la cour. Un moqueur chantait dans la forêt, un concert de trilles, de roulades fluides et d'étranges hululements qu'il semblait avoir appris du chant de sa mère.

La fraîcheur du soir tombant lui donna la chair de poule, mais le corps chaud de Roger contre le sien était réconfortant. Elle enlaça sa taille, ses doigts jouant oisivement avec les poils de son pubis.

Roger fixait un point à l'autre extrémité de la cour, là où le sentier émergeait de la forêt. On le distinguait à peine, mais il était désert.

– Qu'est-ce que tu regardes ? demanda-t-elle doucement.

– Je guette un serpent portant des pommes, répondit-il en riant. Tu as faim, Ève ?

Il entrelaça ses doigts avec les siens.

– Assez. Et toi ?

Il devait être affamé ; ils n'avaient mangé qu'un en-cas en guise de déjeuner.

– Oui, mais…

Il hésita et serra davantage ses doigts.

– Tu vas penser que je suis fou, mais… ça t'ennuierait que j'aille chercher Jem dès ce soir, au lieu d'attendre demain matin ? Je me sentirais plus tranquille s'il était avec nous.

Ravie, elle resserra sa main à son tour.

– Allons-y tous les deux. C'est une merveilleuse idée.

– Oui, mais… ça fait bien huit kilomètres jusque chez les McGillivray. Il fera nuit noire avant qu'on arrive.

Cela dit, il souriait. Il se retourna face à elle, son torse effleurant ses seins.

Une ombre bougea près de son visage, et elle recula promptement. Une minuscule chenille, aussi verte que les feuilles qu'elle dévorait, se détachait sur les poils bruns de Roger, se dressant en « S » et cherchant vainement un refuge.

Roger baissa les yeux, cherchant à voir ce qu'elle regardait.

– Quoi ?

– J'ai trouvé ton serpent. Il doit être à la recherche d'une pomme, lui aussi.

Elle attrapa la larve adroitement entre deux doigts, sortit et s'accroupit dans l'herbe pour la laisser ramper sur une tige d'herbe. Elle se fondit dans la pénombre. En un instant, le soleil avait disparu, et la nature s'était dépouillée des couleurs de la vie.

Un filet de fumée chatouilla ses narines. La cheminée de la Grande Maison. Sa gorge se noua au souvenir de l'odeur de brûlé, et son malaise s'accentua. L'oiseau moqueur s'était tu, et la forêt semblait pleine de mystères et de dangers.

Elle se redressa et se passa une main dans les cheveux.

– Allons-y.

Roger, ses culottes à la main, la regarda, étonné.

– Tu ne veux pas dîner avant ?

– Non, allons-y tout de suite.

Plus rien ne paraissait avoir d'importance, hormis récupérer Jem et former de nouveau une famille.

Roger esquissa un léger sourire, l'étudiant de haut en bas.

– Soit, mais tu devrais peut-être mettre ta feuille de vigne avant. Au cas où nous rencontrerions un ange brandissant une épée de feu dans la forêt.

5

Les ombres du feu

J'abandonnai Ian et Rollo à l'irrépressible bienveillance de Mme Bug (qu'il essaie un peu de lui expliquer qu'il ne voulait pas de pain et de lait !) et m'assis devant mon propre dîner tardif : une omelette bien chaude avec, non seulement du fromage, mais aussi des morceaux de bacon salé, des asperges et des champignons sauvages, le tout avec des petits oignons sautés.

Jamie et le major avaient déjà fini de manger et étaient assis devant le feu, baignant dans l'odorante fumée de pipe de MacDonald. Apparemment, Jamie venait d'achever de lui conter la tragédie, car le major plissait le front en hochant la tête, la mine compatissante.

– Pauvres hères, soupira-t-il. Vous pensez que ce sont les mêmes *banditti* que votre neveu a rencontrés ?

– Oui. Je préfère ne pas imaginer qu'il y aurait deux bandes de cette sorte en liberté dans les montagnes.

Il regarda vers la fenêtre, dont les volets étaient fermés pour la nuit. Tout à coup, je m'aperçus qu'il avait décroché sa carabine de chasse du fronton de la cheminée et qu'il était en train d'huiler son canon, l'air absent.

– Dois-je comprendre, *a charaid,* qu'on vous a déjà rapporté d'autres méfaits de ce genre ?

– Trois autres au moins.

Sa pipe en argile menaçant de s'éteindre, le major tira dessus, faisant rougeoyer et crépiter le tabac dans le fourneau.

Une subite appréhension me saisit, et je cessai de mâcher mon morceau de champignon. La possibilité d'un gang d'hommes armés errant dans la nature, attaquant des fermes au hasard, ne m'était pas encore apparue.

Jamie, lui, y avait déjà pensé. Il se leva, replaça la carabine sur ses crochets, caressa le fusil suspendu au-dessus pour se rassurer, puis se dirigea vers la console, où étaient rangés ses escopettes et le coffret contenant son élégante paire de pistolets de duel.

Exhalant des nuages de fumée bleutée et tout à fait d'accord avec Jamie, MacDonald l'observa en train de sortir méthodiquement les armes, les boîtes de munitions, les moules de balle, les chiffons, les tiges, et tous les autres outils de son armurerie personnelle.

D'un signe de tête, MacDonald indiqua une des escopettes, une arme raffinée, avec un long canon et une crosse arrondie incrustée d'ornements en argent.

– Mmphm… bel objet, colonel.

En s'entendant nommé «colonel», Jamie lui lança un regard torve, mais répondit néanmoins avec calme :

– Oui, il a de l'allure. Malheureusement, on ne peut rien atteindre avec à plus de deux pas. Je l'ai gagné dans une course de chevaux.

Il accompagna ces paroles d'un geste contrit, craignant sans doute que MacDonald pense qu'il avait dépensé de l'argent pour cette arme.

Il vérifia toutefois la pierre, la remit en place et rangea l'escopette. Saisissant un moule, il demanda, de manière nonchalante :

– Où?

J'avais repris ma mastication, mais, à mon tour, interrogeai du regard le major.

Celui-ci sortit la pipe de sa bouche.

– Ce ne sont que des ouï-dire.

Il la remit entre ses lèvres, poursuivant :

– Une ferme à quelque distance de Salem. Totalement brûlée. De braves gens appelés Zinzer, des Allemands. C'était à la fin du mois de février. Puis, trois semaines plus tard, un bac, sur le Yadkin au nord de Woram's Landing. Le passeur a été tué, sa maison dévalisée. Le troisième...

Il s'interrompit, tira furieusement sur sa pipe, jeta un bref coup d'œil vers moi, puis de nouveau vers Jamie.

– Parlez sans crainte, mon ami, lui dit ce dernier en gaélique, le ton las. Elle en a vu des bien pires que vous, et de loin.

J'acquiesçai, plantant ma fourchette dans un autre morceau d'omelette. Le major toussota.

– Oui, euh... eh bien, sauf votre respect, madame, je me trouvais par hasard dans... euh... un certain établissement d'Edenton...

– Un bordel? suggérai-je. Mais, poursuivez donc, major.

Il reprit, avec un débit assez précipité, le teint rouge brun sous sa perruque :

– Ah... euh... bien sûr. Eh bien, donc, une des... euh... jeunes femmes du lieu m'a raconté qu'elle avait été enlevée par des hors-la-loi qui avaient débarqué un beau jour chez elle sans prévenir. Elle vivait seule avec sa grand-mère. Ils ont tué la pauvre vieille et brûlé sa maison avec son corps dedans.

Jamie avait tourné son tabouret face au feu et faisait fondre des déchets de plomb dans une louche pour remplir le moule.

– Elle a dit qui ils étaient?

– Ah. Mmphm.

La gêne du major s'accrut et, après bien des toussotements et circonlocutions, nous finîmes par comprendre que, sur le coup, il n'avait pas vraiment cru la fille, ou qu'il avait été trop occupé à profiter de ses charmes pour s'intéresser à ses propos. Considérant son récit comme une de ces histoires souvent contées par les putains pour s'attirer la compassion des clients et ayant pris un autre verre de genièvre, il ne lui avait pas demandé plus de détails.

– Mais quand j'ai pris connaissance par hasard des autres incendies... C'est que, voyez-vous, le gouverneur m'a chargé d'ouvrir grandes mes oreilles dans l'arrière-pays, au cas où il y aurait des signes d'agitation. Je me suis alors mis à penser que ces événements particuliers n'étaient peut-être pas une simple coïncidence.

Jamie et moi échangeâmes un regard. Celui de Jamie était amusé, le mien, résigné. Il m'avait parié que MacDonald, un officier de cavalerie mal payé qui joignait les deux bouts en louant ses services, ne survivrait pas seulement à la démission de Tryon, parti occuper un poste plus élevé en tant que gouverneur de New York, mais parviendrait rapidement à se faire une place dans le nouveau régime. Il m'avait dit : « C'est un gentleman qui a le sens de l'opportunité, notre Donald. »

L'odeur martiale du plomb chaud commençait à remplir la pièce, rivalisant avec celle de la pipe du major, refoulant l'atmosphère agréablement domestique de la pâte à pain en train de lever, des plats qui mijotent, des herbes séchées, des balais en jonc et de la lessive de soude qui flottait d'ordinaire dans la cuisine.

Le plomb fond subitement. Une balle déformée ou un bouton tordu placés dans la louche disparaissent en un instant, faisant place à une petite flaque tremblotante de métal terne.

Jamie versa peu à peu le plomb fondu dans le moule, tenant son visage loin des émanations.

– Pourquoi des Indiens ?

– Ah. Eh bien… C'est ce qu'a dit la putain d'Edenton. Selon elle, ceux qui avaient brûlé sa maison et l'avaient enlevée étaient indiens. Mais, comme je vous l'ai raconté, sur le moment, je n'y ai pas prêté beaucoup d'attention.

Jamie émit un de ses borborygmes écossais laissant entendre qu'il acceptait son point de vue, mais avec scepticisme.

– Quand avez-vous rencontré cette jeune femme et entendu son histoire, major ?

– Aux environs de Noël.

MacDonald triturait le fourneau de sa pipe avec un doigt sale, évitant de relever les yeux. Il reprit :

– Ah, vous voulez dire, quand sa maison a-t-elle été attaquée ? Elle ne l'a pas précisé, mais, selon moi, ça ne faisait pas longtemps. La jeune femme était encore… euh… relativement fraîche.

Il s'étrangla, croisa mon regard, puis se remit à tousser.

Jamie pinça les lèvres et baissa la tête, rouvrant le moule pour faire tomber une nouvelle balle dans l'âtre. Mon appétit s'étant envolé, je reposai ma fourchette.

– Comment ? demandai-je. Comment cette jeune femme est-elle arrivée au bordel ?

Le major s'était assez ressaisi pour soutenir mon regard.

– Ils l'ont vendue, madame. Les brigands. Quelques jours après l'avoir enlevée, ils l'ont vendue à un négociant qui travaillait sur le fleuve. C'est ce qu'elle a dit. Il a dû la garder auprès de lui quelque temps, sur son bateau, puis, une nuit, un homme est venu pour affaires, l'a trouvée à son goût et la lui a achetée. Il l'a amenée jusqu'à la côte, mais je suppose qu'entre-temps, il a fini par se lasser d'elle…

Sa voix se perdit dans le vague, et il emboucha de nouveau sa pipe, inspirant fortement.

– Je vois.

Effectivement, je voyais très bien. La moitié d'omelette que j'avais avalée formait une boule dure dans le fond de mon estomac. « Encore relativement fraîche. » Cela prenait combien de temps, au juste ? Combien de temps une femme pouvait-elle tenir, passant de mains en mains, depuis les planches râpeuses du pont d'un navire au matelas élimé d'une chambre de location, recevant juste de quoi rester en vie ? Fort probablement, le bordel d'Edenton lui avait paru un refuge après ce qu'elle avait enduré. À la fin de ce récit, je n'étais guère en de bonnes dispositions à l'égard de MacDonald. Sèchement mais avec courtoisie, je demandai :

– Vous vous souvenez au moins de son nom, major ?

Du coin de l'œil, je crus deviner un petit sourire au coin des lèvres de Jamie, mais je ne quittai pas MacDonald des yeux.

– En vérité, madame, je les appelle toutes Polly, c'est plus simple.

J'allais rétorquer, ou pire, mais fus sauvée par le retour de Mme Bug, un bol vide à la main.

– Le petit a dîné et s'est endormi, annonça-t-elle.

Son regard alla de mon visage à mon assiette à moitié vide. Elle ouvrit la bouche en fronçant les sourcils, puis elle aperçut Jamie et sembla comprendre un ordre tacite de sa part. Elle pinça les lèvres et saisit mon assiette avec un bref « hmp! ».

– Madame Bug, dit Jamie. Vous pouvez aller vous coucher maintenant, mais avant, pourriez-vous dire à Arch de passer me voir? Et, si ce n'est pas trop vous demander, de prévenir également Roger Mac?

Ses petits yeux noirs s'écarquillèrent, puis se plissèrent en se posant sur MacDonald, soupçonnant bien sûr que, s'il y avait anguille sous roche, il y était certainement pour quelque chose.

– J'y vais de ce pas.

Devant mon manque d'appétit, elle secoua la tête d'un air réprobateur, rangea la vaisselle et sortit sans verrouiller la porte.

Jamie s'adressa de nouveau à MacDonald, reprenant leur conversation comme si de rien n'était.

– Woram's Landing… et Salem. S'il s'agit des mêmes hommes que Petit Ian a rencontrés dans la forêt, ils sont à une journée de marche d'ici, à l'ouest. C'est assez près.

– Assez près pour qu'il s'agisse des mêmes? Oui, en effet.

– Le printemps vient juste de commencer.

Une brise fraîche filtrait par la fenêtre en dépit des volets clos, agitant les fils où j'avais accroché les champignons à sécher, petites formes ratatinées noires qui se balançaient, tels de minuscules danseurs. Je comprenais ce qu'il avait voulu dire. Durant l'hiver, les pistes dans les montagnes étaient impraticables. À présent, les cols étaient encore enneigés, mais, plus bas, au cours des dernières semaines, les versants avaient commencé à verdir et les fleurs à sortir. S'il existait vraiment une bande de maraudeurs, elle n'arrivait dans l'arrière-pays que maintenant, après avoir hiverné à l'abri en aval. Le major avait lui aussi compris.

— Il est sans doute temps de prévenir les gens afin qu'ils se tiennent sur leurs gardes. Mais avant que vos hommes n'arrivent, pourrions-nous aborder le sujet qui m'amène ?

Concentré sur le filet brillant de plomb qu'il transvasait, Jamie répondit sans se retourner :

— Bien sûr, Donald. J'aurais dû me douter que vous n'aviez pas fait un si long chemin sans une bonne raison.

MacDonald afficha un sourire de requin. Il était temps de passer aux choses sérieuses.

— Vous avez fait du beau travail sur vos terres, colonel. Désormais, combien avez-vous de familles installées ?

— Trente-quatre.

— Il reste encore de la place pour quelques-unes, peut-être ?

MacDonald souriait toujours. Nous étions entourés par des milliers de kilomètres de nature sauvage. La poignée de fermettes dans Fraser's Ridge n'en occupait qu'une partie infime et pouvait disparaître du jour au lendemain. Je songeai un instant à la cabane du Hollandais et frissonnai en dépit du feu. J'avais encore le souvenir de la puanteur âcre et écœurante de la chair brûlée. Elle me collait à la gorge, tapie sous les saveurs plus légères de mon omelette.

— Peut-être, répondit Jamie sur un ton neutre. Vous voulez parler des nouveaux arrivants d'Écosse ? Ceux de la région de Thurso ?

Le major MacDonald et moi-même tournâmes vers lui un regard ahuri.

— Mince, comment le savez-vous ? Je n'en ai entendu parler pour la première fois qu'il y a une dizaine de jours !

— J'ai croisé un homme au moulin, hier. Un gentleman de Philadelphie, venu dans nos montagnes cueillir des plantes. Il arrivait de Cross Creek où il les avait aperçus.

Un muscle tressaillit près de sa bouche, cachant mal son amusement. Il poursuivit :

– Apparemment, ils ont provoqué quelques remous à Brunswick. Se sentant mal accueillis, ils ont décidé de remonter le fleuve sur des barges.

– Des remous ? Qu'ont-ils fait ? demandai-je.

– C'est que, voyez-vous, madame, ces jours-ci, il nous arrive une multitude de gens en provenance des Highlands. Des villages entiers s'entassent dans les entrailles des navires. Ils se déversent dans nos ports, telle une diarrhée. Malheureusement, il n'y a rien pour eux sur la côte, et les gens du coin ont tendance à les montrer du doigt en ricanant à la vue de leurs accoutrements de gueux. Si bien que la plupart d'entre eux sautent sur la première barge venue et prennent la direction de Cape Fear. À Campbelton ou Cross Creek, il y a au moins des gens qui peuvent leur parler.

Il me sourit, frottant une trace de boue sur les pans de son uniforme.

– Les gens de Brunswick ne sont pas habitués à voir des Highlanders miséreux et dépenaillés. Les seuls Écossais qu'ils connaissent sont des personnes distinguées telles que votre époux et sa tante.

Il pointa le menton vers Jamie qui esquissa une courbette moqueuse.

– Oui, enfin… relativement distinguées, marmonnai-je.

Je n'étais pas prête à pardonner au major sa putain d'Edenton.

– Mais…

MacDonald reprit très vite :

– D'après ce que j'ai entendu, ils ne parlent pas un mot d'anglais. Farquard Campbell est venu discuter avec eux et les a conduits vers le nord à Campbelton. Sinon, je ne doute pas qu'ils seraient encore en train de tourner en rond sur le rivage, sans la moindre idée d'où aller ou quoi faire.

– Qu'est-ce que Campbell a fait d'eux ? demanda Jamie.

— Il les a répartis parmi ses connaissances à Campbelton, mais c'est une solution à court terme.

Le major haussa les épaules. Campbelton était une petite colonie près de Cross Creek, centrée autour du prospère comptoir de Farquard Campbell. La terre tout autour était entièrement occupée, principalement par les Campbell. Farquard avait huit enfants, la plupart mariés et tout aussi prolifiques que lui.

Circonspect, Jamie déclara :

— Certes, mais s'ils sont de la côte nord, ce sont des pêcheurs, pas des agriculteurs.

— Oui, mais ils sont pleins de bonne volonté.

Le major indiqua la porte et la forêt qui s'étendait de l'autre côté.

— Ils n'ont plus rien en Écosse. Maintenant qu'ils sont ici, ils devront bien s'adapter. L'agriculture, ça s'apprend, non ?

Jamie paraissait dubitatif, mais MacDonald était porté par son élan enthousiaste :

— J'ai vu bien des jeunes pêcheurs et laboureurs devenir soldats, mon ami, tout comme vous, d'ailleurs. Cultiver la terre ne peut pas être beaucoup plus difficile que faire la guerre, tout de même ?

Jamie esquissa un bref sourire. Il avait quitté la ferme familiale à dix-neuf ans pour devenir mercenaire pendant quelques années en France avant de rentrer au pays.

— Peut-être, Donald, mais quand vous êtes soldat, vous avez toujours quelqu'un sur le dos pour vous dire quoi faire, dès votre réveil jusqu'au moment où vous vous effondrez sur votre couche pour la nuit. Qui va dire à ces malheureux de quel côté traire une vache ?

Je m'étirai, massant mes reins endoloris par toutes ces heures en selle.

— Toi, je suppose, déclarai-je.

Je jetai un regard interrogateur à MacDonald.

— Je suppose que c'est là où vous voulez en venir, major ?

MacDonald me fit une gracieuse révérence.

– Madame, votre charme n'est surpassé que par la vivacité de votre esprit. En effet, c'est en substance ce que je voulais dire. Tous vos gens sont des Highlanders, colonel, et des fermiers. Ils peuvent parler à ces nouveaux venus dans leur langue, leur montrer ce qu'ils ont besoin de savoir… les aider à s'intégrer.

– Beaucoup d'autres gens dans les colonies parlent le *gàidhlig,* objecta Jamie. Et la plupart vivent bien plus près de Campbelton.

– Oui, mais vous avez de la place et des terres à défricher, pas eux.

Estimant sortir vainqueur du débat, MacDonald se rassit et reprit sa chope de bière oubliée.

Jamie se tourna vers moi, le sourcil inquisiteur. Il était indéniable que nous avions de la place : cinq mille hectares, dont à peine dix cultivés. Il était également vrai que le manque de travail se faisait cruellement sentir dans l'ensemble de la colonie, mais encore plus ici, dans les montagnes, où la terre ne se prêtait pas à la culture du tabac et du riz, le genre de récoltes généralement réservées aux esclaves.

D'un autre côté…

Jamie se pencha vers l'âtre pour préparer une autre balle, puis se redressa, lissant une mèche auburn derrière son oreille.

– Le problème, Donald, c'est de les installer. J'ai de la terre, oui, mais pas grand-chose d'autre. On ne peut pas les catapulter directement d'Écosse en pleine nature sauvage. Je n'aurais même pas de quoi leur donner une maigre pitance et les habits auxquels un esclave aurait droit, sans parler des outils. Comment les nourrir avec leurs femmes et leurs enfants pendant tout l'hiver ? Comment assurer leur protection ?

– Ah, puisqu'on parle de protection ! Permettez-moi de passer à l'autre sujet qui m'amène.

MacDonald se pencha en avant, baissant la voix même s'il n'y avait personne pour nous entendre.

– Je vous ai bien dit que je suis au service du gouverneur, non? Il m'a chargé de sillonner la partie occidentale de la colonie en prêtant l'oreille. Il reste des Régulateurs qui n'ont pas été graciés et…

Il jeta un coup d'œil à la ronde comme s'il s'attendait à ce que l'un d'eux surgisse.

– … Vous avez entendu parler des comités de sécurité?

– Un peu.

– Il n'y en a pas encore un de constitué, dans l'arrière-pays?

– Pas que je sache, non.

Jamie était à court de plomb. Il se pencha pour ramasser les nouvelles balles dans les cendres, la lueur du feu faisant rougeoyer la couronne de ses cheveux. Je m'assis près de lui sur le banc et lui tendis ouvert l'étui à munitions.

– Ah! fit le major, satisfait. Je vois que je suis arrivé au bon moment, alors.

Après les mouvements de révolte qui avaient entouré la guerre de Régulation l'année précédente, plusieurs groupes officieux de citoyens s'étaient formés, à l'instar d'autres associations semblables dans diverses colonies. Selon eux, puisque la Couronne n'était plus en mesure d'assurer la sécurité des colons, il leur incombait de prendre les choses en main.

On ne faisait plus confiance aux shérifs pour maintenir l'ordre, séquelle des scandales qui avaient inspiré le mouvement des Régulateurs. Évidemment, toute la difficulté venait de ce que les comités s'étant autoproclamés, on n'avait guère plus de raisons de se fier à eux qu'aux shérifs.

Ce n'était pas la seule initiative de ce genre. Les « comités de correspondance », des associations un peu floues d'hommes qui aimaient écrire sur tout et n'importe quoi, diffusaient les nouvelles et les rumeurs dans toutes les colonies. C'était dans ces divers comités qu'éclosaient les graines de la rébellion… elles avaient déjà commencé à germer, quelque part dans la nuit froide du printemps.

De temps en temps, mais de plus en plus souvent, je comptais le temps qu'il nous restait. Nous étions presque en avril 1773. Comme l'avait écrit Longfellow : «Et le dix-huit avril de l'an soixante-quinze...»

Deux ans. Mais la guerre a une longue amorce, et sa mèche se consume lentement. Cette dernière avait été allumée à Alamance, et les lueurs vives du feu qui couvait en Caroline du Nord étaient en train de poindre... pour ceux qui savaient regarder.

Les balles en plomb rangées dans l'étui en cuir roulaient entre mes doigts en cliquetant. J'avais serré le poing sans m'en rendre compte. Jamie le vit et me toucha le genou d'un geste bref. Il reprit l'étui, l'enroula et le rangea dans la boîte de munitions.

Il se tourna de nouveau vers MacDonald.

– Au bon moment? Que voulez-vous dire par là?

– Voyons, qui, à part vous, serait le plus apte à diriger un tel comité, colonel? J'en ai déjà fait la suggestion au gouverneur.

Le major tenta de prendre un air modeste, mais n'y parvint pas.

– C'est trop aimable de votre part, major, rétorqua sèchement Jamie.

Il me regarda en biais. L'administration de la colonie devait être encore plus mal en point que nous l'avions imaginé pour que le gouverneur Martin tolère non seulement l'existence de ces comités, mais les cautionne officieusement.

Le gémissement lointain d'un chien me parvint depuis le couloir. Je m'excusai pour aller vérifier comment se portait Ian.

Je me demandais si le gouverneur Martin avait la moindre idée de ce qu'il était en train de perdre. Sans doute. Il s'efforçait de tirer le meilleur parti d'une mauvaise situation en s'assurant que, au moins, certains des membres de ces comités de sécurité avaient défendu la Couronne pendant la guerre de Régulation. Il n'en demeurait pas moins qu'il n'avait aucun moyen de les contrôler, ni même de connaître leur nombre. La colonie commençait à frémir et à siffler telle une bouilloire électrique, et Martin ne disposait d'aucune troupe officielle sous ses ordres, hormis quelques soldats irréguliers, tels que MacDonald... et les milices.

Cela expliquait pourquoi le major appelait Jamie « colonel ». Le gouverneur précédent, William Tryon, l'avait nommé, contre son gré, colonel de la milice de tout l'arrière-pays situé au-delà de Yadkin.

– Hmphm... marmonnai-je toute seule.

Ni MacDonald ni Martin n'étaient idiots. En invitant Jamie à organiser un comité de sécurité, ils savaient qu'il ferait appel aux hommes ayant servi sous ses ordres dans la milice, sans que le gouvernement ne soit engagé d'aucune sorte. Pas besoin de leur verser une solde ni de les équiper. En outre, le gouverneur ne serait pas tenu responsable de leurs actions, puisque cette organisation était non officielle.

En revanche, le danger pour Jamie, et pour nous tous, était considérable.

Il faisait sombre dans le couloir juste éclairé par le faisceau filtrant sous la porte de la cuisine derrière moi et par la chandelle dans mon infirmerie. Ian dormait d'un sommeil agité. Rollo redressa la tête et me salua en balayant le sol avec son épaisse queue.

Ian ne réagit pas quand je l'appelai, ni quand je posai une main sur son épaule. Je le secouai doucement, puis plus vigoureusement. Je le vis lutter, quelque part dans les strates inférieures de son inconscience, tel un homme emporté par des courants subaquatiques, s'abandonnant à l'appel des profondeurs, puis soudain accroché par un hameçon, une douleur vive dans sa chair engourdie par le froid.

Il ouvrit tout à coup les yeux, sombre et perdu, et me fixa, hagard.

– Coucou ! dis-je soulagée de le voir émerger. Comment tu t'appelles ?

Il ne sembla pas comprendre ma question, et je la lui répétai, lentement. Une vague lueur pointa au fond de ses pupilles dilatées.

– Qui je suis ? demanda-t-il en gaélique.

Il marmonna quelque chose d'autre en mohawk, puis ses paupières se refermèrent. Je le secouai de nouveau, lui ordonnant avec fermeté :

– Ian, réveille-toi. Dis-moi qui tu es.

Il rouvrit les yeux et les plissa, l'air absent.

Je levai deux doigts.

– Essayons plus simple. Combien de doigts comptes-tu ?

Cette fois, un soupçon de sourire apparut au coin de ses lèvres.

– Il vaudrait mieux qu'Arch Bug ne vous voie pas faire ce geste, ma tante. C'est très mal élevé, vous savez.

Au moins, il m'avait reconnue, tout comme le signe « V ». Puisqu'il m'appelait « tante », il devait savoir qui il était.

– Quel est ton nom complet ? questionnai-je.

– Ian James FitzGibbons Fraser Murray. Mais qu'est-ce qui vous prend de me demander comment je m'appelle ?

– FitzGibbons ? D'où l'as-tu sorti, celui-là ?

Il grogna et se frotta les yeux, grimaçant tout en appuyant avec douceur sur ses orbites.

– Je le dois à oncle Jamie, vous n'avez qu'à vous en prendre à lui. C'est à cause de son vieux parrain, Murtagh FitzGibbons Fraser, sauf que ma mère ne voulait pas m'appeler Murtagh. Je crois que je vais encore vomir.

Il se souleva et eut un haut-le-cœur au-dessus de la bassine sans toutefois rendre ses tripes, ce qui était bon signe. Je l'aidai à se rallonger, livide et moite de transpiration. Rollo se dressa sur ses pattes de derrière, posant celles de devant sur la table, et lui lécha le visage, ce qui le fit rire entre deux gémissements. Il tenta faiblement de repousser son chien.

– *Theirig dhachaigh, Okwaho.*

Theirig dhachaigh signifiait « va-t'en » en gaélique, et Okwaho devait être le nom mohawk de Rollo. Il semblait

64

avoir de la difficulté à distinguer les trois langues qu'il parlait couramment, mais il était lucide. Après l'avoir obligé à répondre à quelques autres questions idiotes et agaçantes, je lui essuyai le visage avec un linge humide, le laissai se rincer la bouche avec du vin très dilué dans de l'eau et le bordai.

Au moment où je me tournai vers la porte, il me rappela d'une voix somnolente :

– Tante ? Vous pensez que je reverrai ma mère, un jour ?

Je m'arrêtai, prise de court. À dire vrai, je n'eus pas besoin de chercher une réponse. Il s'était déjà rendormi avec cette soudaineté souvent typique des personnes ayant subi une commotion, respirant profondément.

6

L'embuscade

Ian se réveilla en sursaut, sa main se refermant sur le manche de son tomahawk. Ou ce qui aurait dû être son tomahawk, mais se révéla n'être que son fond de culottes. L'espace d'un instant, il se demanda où il se trouvait. Il se redressa en position assise, essayant de déchiffrer les formes dans le noir.

Une douleur fulgurante lui transperça le crâne. Il gémit et se pressa les tempes entre les mains. Quelque part dans l'obscurité, sous lui, Rollo lâcha un petit « wouf ».

Les odeurs pénétrantes de l'infirmerie de sa tante lui piquèrent les sinus : un mélange d'alcool, de mèche brûlée, de feuilles séchées et de ces bouillons infects qu'elle appelait « pénis-cyline ». Il ferma les yeux, reposa son front sur ses genoux fléchis et inspira lentement par la bouche.

Il avait fait un rêve. Mais à quoi avait-il rêvé ? Il se souvenait d'une impression de danger, de violence, mais aucune image claire ne lui revenait en tête, uniquement la sensation d'être traqué, suivi par une présence dans la forêt.

Il avait un besoin urgent de soulager sa vessie. Cherchant à tâtons les bords de la table sur laquelle on l'avait couché, il glissa au sol, les élancements douloureux dans son crâne le faisant grimacer.

Mme Bug lui avait apporté un pot de chambre. Il l'entendait encore le lui dire, mais la chandelle s'étant éteinte, il ne se sentait pas la force de se mettre à quatre pattes pour le chercher.

Une faible lueur lui indiquait l'emplacement de la porte ; elle l'avait laissée entrouverte. La lumière provenait du foyer de la cuisine au fond du couloir. En se guidant grâce à celle-ci, il trouva la fenêtre, l'ouvrit, souleva le loquet du volet et le poussa. L'air frais de la nuit printanière l'enveloppa. Il ferma les yeux, soupirant d'aise tandis que sa vessie se vidait.

Cela allait déjà mieux, mais la nausée et le mal de crâne ne tardèrent pas à réapparaître. Il s'assit, étreignant ses genoux et posant sa tête sur son bras, attendant que le malaise passe.

Il y avait des voix dans la cuisine. En se concentrant un peu, il parvenait à les entendre distinctement.

C'étaient oncle Jamie et MacDonald. Il y avait aussi le vieil Archie Bug et tante Claire, dont l'accent anglais s'élevait par intermittence par-dessus les voix écossaises et gaéliques plus bourrues.

MacDonald demanda :

– ... Alors, cela vous dirait-il d'être un agent indien ?

Qu'est-ce que c'était que cette histoire ? Puis, cela lui revint. Bien entendu, la Couronne envoyait de temps à autre des hommes à la rencontre des tribus. Ils avaient pour mission de leur offrir des présents, du tabac, des couteaux... de leur raconter des sornettes à propos du roi, ce Teuton de Geordie, comme s'il allait venir s'asseoir avec eux autour du feu lors du prochain Conseil des sages, à la lune du lapin, pour leur parler d'homme à homme.

C'était risible. Leur dessein était clair : convaincre les Indiens de se battre aux côtés des Anglais en cas de besoin. Mais pourquoi maintenant ? Qu'est-ce qui leur faisait penser qu'ils pourraient avoir besoin de renforts ? Les Français avaient battu en retraite, se retranchant au nord sur leurs territoires du Canada.

Ah ! Tout à coup, il se souvint de ce que Brianna lui avait raconté à propos de combats à venir. Sur le moment, il n'avait pas su s'il devait la croire ou pas. Après tout, elle avait peut-être raison, auquel cas... Non, il préférait ne pas y penser. D'ailleurs, il préférait ne pas penser du tout.

Rollo s'approcha et se coucha contre lui. Ian poussa un profond soupir et s'étendit, reposant sa nuque dans l'épaisse fourrure.

À l'époque où il vivait dans le village de Snaketown, il avait vu un de ces agents indiens à l'œuvre. Un petit gros, avec un regard fuyant et une voix chevrotante. Comment s'appelait-il déjà? Les Mohawks l'avaient surnommé «Sueur rance», ce qui lui allait comme un gant. La puanteur de sa transpiration flottait autour de lui comme une maladie mortelle. Il ne connaissait rien aux Kahnyen'kehakas. Il parlait à peine leur langue et s'attendait visiblement à être scalpé d'un instant à l'autre, ce que les Indiens avaient trouvé hilarant. Certains d'entre eux auraient bien essayé, histoire de rire encore un peu, mais Tewaktenyonh leur avait ordonné de traiter l'étranger avec respect. On avait demandé à Ian de servir d'interprète, une tâche dont il s'était acquitté sans plaisir. Il préférait se considérer comme un Mohawk et ne souhaitait pas qu'on établisse un lien entre lui et Sueur rance.

Oncle Jamie, lui, était de loin mieux qualifié pour ce genre de mission. Allait-il accepter? Ian suivait la discussion avec un vague intérêt, mais il était clair que son oncle voulait se donner le temps d'y réfléchir. Il évitait de s'engager. MacDonald aurait eu plus de chance en tentant d'attraper une rainette dans un ruisseau.

Ian passa un bras autour du cou de son chien et s'affala encore un peu plus sur lui. Il était vraiment dans un piteux état. Si tante Claire ne l'avait pas prévenu qu'il ne serait pas dans son assiette pendant plusieurs jours, il se serait cru à l'article de la mort. Or, s'il était réellement sur le point de passer l'arme à gauche, elle serait restée à ses côtés et ne l'aurait pas laissé avec Rollo comme seule compagnie.

Le volet était toujours ouvert, et l'air à la fois frais et doux. Une vraie nuit de printemps. Il sentit Rollo redresser la truffe, flairer quelque chose puis pousser un long gémissement grave et impatient. Un opossum sans doute, ou un raton laveur.

Il se redressa et lui donna une tape sur l'arrière-train.

– Vas-y, si tu veux. Je vais bien.

Le chien le huma d'un air peu convaincu et voulut lui lécher l'arrière du crâne. Il arrêta sur-le-champ quand Ian poussa un cri de douleur, protégeant ses points de suture de ses deux mains.

– J'ai dit, va !

Avec des gestes doux, il repoussa le chien qui grogna, tourna une fois sur lui-même, puis bondit au-dessus de sa tête par la fenêtre. Il atterrit de l'autre côté avec un bruit sourd. Un cri aigu transperça la nuit, suivi de grattements de terre précipités et d'un fracas dans les feuillages.

Des exclamations de surprise lui parvinrent de la cuisine. Il entendit les pas de son oncle dans le couloir, puis, l'instant suivant, la porte de l'infirmerie s'ouvrit tout grand.

– Ian ? appela-t-il doucement. Où es-tu, mon garçon ? Que se passe-t-il ?

Ian se releva, mais un éclair blanc l'aveugla, et il chancela. Son oncle le rattrapa par un bras et le fit asseoir sur un tabouret. Il répéta :

– Que se passe-t-il ?

La vision du jeune homme s'éclaircit. Il distingua la silhouette de Jamie, la carabine qu'il tenait à la main, son visage inquiet puis amusé quand il aperçut la fenêtre ouverte.

– Heureusement, ça ne me semble pas être un putois, lança Jamie en respirant dehors.

Ian palpa son crâne avec précaution.

– Ce doit être une bestiole quelconque. Soit Rollo est en train de courir derrière un puma, soit il en a après le chat de tante Claire.

– Il aura plus de chances avec un puma.

Son oncle posa son arme et s'approcha de la fenêtre.

– Tu veux que je ferme le volet ou tu as besoin d'air, mon garçon ? Tu n'as vraiment pas le teint frais.

– Normal, je ne me sens pas frais du tout. Oui, laisse ouvert, oncle Jamie.

– Tu veux continuer à te reposer?

Ian hésita. Il était encore agité de haut-le-cœur et avait très envie de se recoucher, mais l'infirmerie le mettait mal à l'aise avec ses odeurs puissantes et, ici et là, l'éclat de lames de scalpels ou d'autres objets mystérieux et douloureux. Oncle Jamie dut deviner ce qui le gênait, car il se pencha et glissa une main sous son aisselle.

– Allez, viens. Tu serais mieux là-haut dans un vrai lit, si tu ne vois pas d'objection à partager une chambre avec le major MacDonald.

– Je n'en vois pas, mais je crois que je préfère rester ici.

Il indiqua la fenêtre du bras en évitant de trop remuer la tête.

– Rollo ne tardera pas à revenir.

Oncle Jamie n'insista pas, ce dont il lui fut reconnaissant. Avec les femmes, tout prenait des proportions démesurées. Entre hommes, c'était toujours plus simple.

Son oncle l'aida à remonter sur sa table, le couvrit, puis fouillant dans l'obscurité, chercha où il avait mis sa carabine. Finalement, Ian décida que de se faire dorloter un peu n'était pas si désagréable.

– Oncle Jamie, tu pourrais me donner un peu d'eau?

– Hein? Ah oui, bien sûr.

Tante Claire avait posé une cruche d'eau à portée de main. Ian entendit un glouglou réconfortant, puis sentit le bord rond d'un bol contre ses lèvres. Son oncle le soutint d'une main dans le creux du dos. Ce n'était pas nécessaire, mais Ian ne s'y opposa pas. Ce contact était chaud et agréable. Jusqu'à présent, il ne s'était pas rendu compte qu'il avait froid. Il frissonna. Les doigts de Jamie serrèrent son épaule.

– Ça va aller, mon garçon?

– Oui. Euh… oncle Jamie?

– Mmm?

– Tante Claire t'a déjà parlé de… d'une guerre? Une qui vient. Contre l'Angleterre?

Il y eut un silence. La silhouette massive de son oncle paraissait figée dans le contre-jour créé par la lumière du couloir.

– Oui.

La main dans son dos disparut.

– Elle t'en a parlé à toi aussi?

– Non, c'est Brianna qui me l'a raconté.

Ian se tourna laborieusement sur le flanc, puis poursuivit :

– Tu les crois?

Cette fois, son oncle répondit sans une trace d'hésitation.

– Oui.

En dépit de son ton neutre et sec habituel, quelque chose dans ce «oui» faisait froid dans le dos.

– Ah.

L'oreiller en plumes d'oie sous sa joue était doux et sentait bon la lavande. La main de son oncle effleura son visage, puis écarta une mèche de devant ses yeux.

– Ne t'en fais pas pour ça, mon garçon. On a encore le temps.

Il prit sa carabine et sortit. De là où il était étendu, Ian pouvait voir l'autre côté de la cour et la cime des arbres qui poussaient en contrebas sur le versant de Black Mountain et dépassaient du bord de la crête. Derrière encore, le ciel noir était constellé d'étoiles. Il entendit la porte de la cour s'ouvrir et la voix essoufflée de Mme Bug s'élevant au-dessus des autres.

– Y sont pas chez eux, monsieur. La cabane est dans le noir, et il n'y a pas de feu dans la cheminée. Où peuvent-ils bien être à cette heure de la nuit?

Il se demanda de qui elle parlait, mais, au fond, cela n'avait pas grande importance. S'il y avait un problème, son oncle le réglerait. Cette certitude était si rassurante. Il se sentit comme un petit garçon, en sécurité au fond de son lit, écoutant la voix de son père au-dehors, bavardant avec un métayer dans l'aube glaciale des Highlands.

La chaleur l'envahit peu à peu sous l'édredon, et il s'endormit.

* * *

Quand ils se mirent en route, la lune venait tout juste de poindre, ce qui rassura quelque peu Brianna. Même avec le large globe asymétrique qui s'élevait au-dessus d'un lit d'étoiles, diffusant sa clarté dans le ciel, la piste était presque invisible. Ils ne voyaient même pas leurs pieds, engloutis dans les ténèbres absolues de la forêt.

La nuit était noire mais pas silencieuse. Les arbres géants s'entrechoquaient. L'obscurité résonnait de grincements et de craquements sinistres. De temps à autre, une chauve-souris passait au-dessus de leur tête, faisant chaque fois sursauter Brianna. Comme si un morceau de nuit se détachait et prenait son envol sous son nez.

Alors qu'elle se serrait contre lui après avoir été frôlée une fois de plus par des ailes de cuir, il lui demanda, reprenant leur jeu d'autrefois :

– Le chat du révérend est un chat tremblant ?

Elle serra sa main.

– Le chat du révérend est un chat… reconnaissant. Merci.

Ils allaient probablement devoir dormir enveloppés dans leurs capes devant le feu des McGillivray, mais, au moins, ils seraient avec Jemmy.

Il prit sa main dans la sienne, grande et forte, très sécurisante dans le noir.

– Ne me remercie pas. Moi aussi, je veux l'avoir avec moi. Cette nuit est faite pour être tous ensemble, en famille dans un même lieu sûr.

Elle accueillit cette déclaration avec un faible son guttural, mais ne voulait pas rompre le fil de la conversation, autant pour conserver ce lien entre eux que pour tenir les ténèbres à distance.

– Le chat du révérend a été un chat très éloquent. Je veux parler de l'enterrement de ces pauvres gens.

Roger s'esclaffa, son souffle formant une volute blanche dans l'air.

– Le chat du révérend ne savait plus où se mettre. Ah, ton père !

Elle sourit, sachant qu'il ne pouvait la voir, et dit avec respect :

– Tu t'en es très bien sorti.

– Mmphm. Pour ce qui est de l'éloquence, je n'y suis pour rien. Je n'ai fait que citer des fragments d'un psaume. Je ne sais même plus lequel.

– Peu importe. Mais ce qui m'intrigue, c'est pourquoi avoir choisi ces paroles plutôt que d'autres ? Je m'attendais à ce que tu récites un *Notre père*, ou le trente-troisième psaume, celui que tout le monde connaît par cœur.

– C'est vrai, j'avais d'abord pensé à ça, mais, le moment venu...

Il hésita. Elle revit les tombes rudimentaires et froides, sentit de nouveau l'odeur de la suie. Il l'attira plus près, glissa une main sous son coude et marmonna :

– Je ne sais pas... Pour une raison ou une autre, ça m'a paru... plus approprié.

– Ça l'était.

Elle n'insista pas dans cette voie, préférant orienter la conversation vers son nouveau projet mécanique : une pompe manuelle pour faire monter l'eau du puits.

– Si seulement je trouvais un matériau adéquat pour la canalisation, on pourrait avoir l'eau courante dans la maison ! C'est si facile. J'ai déjà récupéré pratiquement tout le bois nécessaire pour fabriquer une belle citerne. Il ne me reste plus qu'à convaincre Ronnie de la consolider. Comme ça, on pourrait au moins se doucher à l'eau de pluie. Mais pour créer la tuyauterie nécessaire pour relier la pompe à la maison, il faudrait au moins trois troncs d'arbre... Ça me prendrait des mois, sans parler de la raccorder au ruisseau. Je ne peux pas espérer trouver des plaques de cuivre. Même si on en avait les moyens, ce qui n'est pas le cas, en faire venir depuis Wilmington serait...

Elle effectua un grand geste de sa main libre pour exprimer sa frustration devant l'ampleur monumentale de la tâche.

Il réfléchit en silence quelques minutes, se laissant bercer par le rythme de leurs pas sur le sentier caillouteux.

– Dans l'Antiquité, les romains construisaient leurs canalisations en béton. Pline en a donné la recette.

– Je sais, mais il faut un type de sable particulier, que nous n'avons pas. Pareil pour la chaux vive, que nous n'avons pas non plus. Quant à…

– Oui, mais tu as pensé à l'argile? Tu te souviens de ce plat lors du mariage d'Hilda? Le grand, rouge et brun, avec les beaux motifs?

– Oui, pourquoi?

– Ute McGillivray m'a dit que c'était quelqu'un de Salem qui le leur avait offert. Je ne me souviens plus de son nom, mais, d'après elle, c'est un as de la potisserie, ou de je sais plus comment on appelle l'art de fabriquer des plats et des assiettes.

– Je te parie ce que tu veux qu'elle n'a jamais utilisé ce mot!

– Bon d'accord, mais ça revenait au même. L'important dans tout ça, c'est que cet homme n'a pas apporté son plat d'Allemagne, mais l'a réalisé ici. Ce qui signifie qu'on peut trouver dans la région une argile qui résiste au feu, non?

– Oh, je vois. Hmm… Ça, c'est une idée!

En effet, une idée si excitante que la discussion à son sujet occupa pratiquement tout le reste du chemin.

Ils étaient presque au pied de la crête. Il ne leur restait que quelques centaines de mètres à parcourir quand elle sentit un picotement désagréable dans le creux de sa nuque. Ce devait être son imagination. Après les horreurs dont ils avaient été témoins là-haut dans la clairière, les ténèbres de la forêt lui semblaient recéler que des dangers. Elle s'imaginait tomber dans un traquenard à chaque tournant, son corps tout entier se raidissant dans l'attente d'une attaque.

Puis elle entendit le craquement sec d'une branche se brisant sur sa droite. Un bruit que ni le vent ni un animal ne pouvaient avoir provoqué. Le danger réel a un goût qui lui est propre, aussi acide que du citron pressé, très différent de la limonade un peu douceâtre de l'imagination.

Elle serra le bras de Roger qui s'arrêta aussitôt, une main sur son couteau.

– Qu'est-ce que c'est? chuchota-t-il. Où?

Il n'avait rien entendu.

Pourquoi n'avait-elle pas emporté son fusil ou, au moins, son coutelas? Elle n'avait que son canif suisse, toujours dans sa poche, et les rares armes que la nature mettait à sa disposition.

Elle se cala contre Roger, pointant du doigt l'endroit en gardant sa main près de son corps pour être sûre qu'il suivait la direction de son geste. Puis elle s'accroupit, cherchant à tâtons une pierre ou une branche morte, et dit à voix basse :

– Continue de parler.

– Le chat du révérend est un chat poltron, dit-il sur un ton taquin assez convaincant.

Tout en fouillant dans sa poche, elle répliqua :

– Le chat du révérend est un chat féroce.

De son autre main, elle trouva une pierre à moitié enfouie qu'elle déterra. Elle pesait lourd dans sa paume. Elle se redressa, tous ses sens concentrés sur l'obscurité à sa droite.

– … Il arrachera les tripes de quiconque osera…

– Ah, c'est vous! dit une voix derrière eux.

Elle poussa un cri. Par réflexe, Roger fit un bond sur place, pivota sur lui-même pour affronter le danger et poussa Brianna derrière lui dans un même mouvement.

Elle tituba en arrière, se prit le talon dans une racine et tomba lourdement sur les fesses. De cette position, elle eut une excellente vue de Roger dans le clair de lune, son couteau à la main, se précipitant entre les arbres en poussant un rugissement incohérent.

Avec un temps de retard, elle enregistra ce que la voix avait dit, ainsi que la note de déception qu'elle contenait. Une autre voix très semblable, chargée d'angoisse, s'éleva dans l'obscurité sur sa droite.

– Jo ? Qu'est-ce que c'est ? Jo ?

Sur sa gauche, un fracas de branchages et des cris lui indiquèrent que Roger venait de mettre la main sur quelqu'un. Elle hurla :

– Roger ! Roger, arrête ! Ce sont les Beardsley !

En tombant, elle avait lâché la pierre. Elle se releva et essuya sa main sur sa jupe. Son cœur battait encore à tout rompre, sa fesse gauche lui faisait mal, et son envie de rire était teintée d'un puissant désir d'étrangler un ou les deux jumeaux Beardsley. Elle cria :

– Kezzie Beardsley, sors de là tout de suite !

Elle répéta, plus fort. L'ouïe de Kezzie s'était améliorée depuis que Claire l'avait opéré des amygdales et des végétations, mettant un terme à ses infections chroniques, mais il était encore un peu sourd.

La silhouette frêle de Keziah Beardsley émergea d'un épais taillis sur le bord du chemin. Il portait un grand bâton sur l'épaule, qu'il tenta de cacher derrière lui quand il la vit.

Pendant ce temps, le vacarme continuait dans la forêt, entrecoupé de jurons tout aussi explosifs. Puis Roger réapparut, tenant par le cou Josiah Beardsley, le jumeau de Keziah.

Il le poussa sur le chemin pour qu'il rejoigne son frère dans une tache de lumière, demandant :

– Qu'est-ce que vous fichez ici, petits salopiauds ? Vous vous rendez compte que j'aurais pu vous tuer ?

Il faisait juste assez clair pour que Brianna distingue la moue plutôt cynique que cette remarque inspira à Jo, vite remplacée par une mine contrite plus de circonstance.

– On est désolés, m'sieur Mac. On a entendu quelqu'un approcher et on a pensé qu'il s'agissait de forbans.

– Des forbans ?

Elle avait de plus en plus envie de rire.

– Où êtes-vous allés pêcher ce terme ?

Jo regarda ses pieds, gardant ses mains croisées dans le dos.

– C'est Mlle Lizzie qui nous a lu ce livre que M. Jamie avait apporté. C'était dedans. Ça parlait de forbans.

– Je vois.

Elle croisa le regard de Roger et constata que sa fureur cédait elle aussi le pas à l'amusement.

– *Les aventures du capitaine Jean Gow*, expliqua-t-elle. Daniel Defoe.

Roger rengaina son couteau.

– Ah oui. Mais pourquoi des forbans rôderaient-ils dans les parages ?

Par une bizarrerie de son audition erratique, Kezzie entendit la question et répondit avec le même empressement que son frère, bien que d'une voix plus forte et légèrement monocorde, résultat de sa surdité précoce.

– On a croisé M. Lindsay qui rentrait chez lui, m'sieur. Il nous a raconté ce qui s'était passé là-haut, près du ruisseau du Hollandais. C'est vrai ce qu'il a dit ? Ils ont tous été brûlés vifs ?

– Ils sont tous morts, ça, c'est sûr, répondit Roger, d'une voix sombre. Mais en quoi cela explique-t-il que vous traîniez dans les bois armés de bâtons ?

Ce fut au tour de Jo de répondre.

– C'est que, vous voyez, m'sieur, les McGillivray habitent une belle maison, sans compter la tonnellerie, la nouvelle annexe, et tout et tout. En plus, ils sont au bord de la route. Si j'étais un forban, je les attaquerais bien.

Kezzie ajouta :

– Et puis, il y a Mlle Lizzie avec son papa. Et votre fils, m'sieur Mac. On ne voudrait qu'il leur arrive du mal.

– Oui, je comprends, ajouta Roger du coin des lèvres. C'est très attentionné de votre part. Cependant, je doute que des forbans se promènent dans le coin. Le ruisseau du Hollandais est loin d'ici.

– C'est vrai, m'sieur, convint Jo. Mais, les forbans, ils peuvent bien être n'importe où, non ?

C'était un fait, ce qui raviva les angoisses de Brianna.

– Ils pourraient, mais ce n'est pas le cas, trancha Roger. Venez donc avec nous jusqu'à la maison. Nous allons chercher Jem. Je suis sûr que *Frau* Ute vous trouvera une petite place au coin du feu.

Les Beardsley échangèrent un regard indéchiffrable. Ils étaient presque identiques, petits et agiles, avec d'épais cheveux noirs. On ne les distinguait que grâce à la surdité de Kezzie et à la cicatrice ronde sur le pouce de Jo. Lire exactement la même expression sur ces deux fins visages était assez troublant.

Quelle que soit l'information transmise par leurs yeux, ils n'avaient apparemment nul besoin d'en débattre davantage. Kezzie acquiesça à peine, laissant son frère répondre.

– Merci, m'sieur. Une autre fois, peut-être.

Sans un mot de plus, ils leur tournèrent le dos et s'enfoncèrent dans les ténèbres, traînant les pieds dans les feuilles et les cailloux.

Brianna découvrit alors autre chose dans le fond de sa poche.

– Jo ! Attends !

Josiah se matérialisa de nouveau à ses côtés avec une soudaineté surprenante. C'était un vrai traqueur, contrairement à son frère.

– Oui, m'dame ?

– Oh ! Euh… je voulais dire, oh, te voilà !

Elle inspira profondément pour calmer les battements de son cœur et lui tendit le petit sifflet qu'elle avait taillé dans un morceau de bois pour Germain.

– Tiens. Si tu dois monter la garde, il te sera utile. Pour prévenir les gens, au cas où des intrus apparaîtraient.

Jo Beardsley n'avait sans doute jamais vu un sifflet de sa vie, mais n'osa pas l'admettre. Il retourna l'objet dans le creux de sa main, s'efforçant de ne pas avoir l'air étonné.

Roger le lui prit et, le portant à ses lèvres, émit un sifflement strident qui déchira la nuit. Plusieurs oiseaux, surpris dans leur sommeil, s'envolèrent des arbres voisins en poussant des cris, imités par Kezzie, les yeux écarquillés.

Roger tapota l'embouchure avant de lui rendre l'instrument, en expliquant :

– Tu souffles de ce côté-ci. Pince à peine les lèvres.

– Merci beaucoup, m'sieur, murmura Jo.

Son visage d'ordinaire impassible s'était décomposé en même temps que le silence. Il reprit le sifflet avec la mine ahurie d'un garçonnet découvrant le sapin le matin de Noël et, aussitôt, se tourna vers son frère pour lui montrer son trophée. Brianna se rendit compte alors que ni l'un ni l'autre n'avaient peut-être jamais connu un matin de Noël, ni reçu aucune sorte de présents.

– Je t'en ferai un autre pareil, promit-elle à Keziah. Comme ça, vous pourrez vous envoyer des messages.

Elle ajouta en souriant :

– … Au cas où vous apercevriez des forbans.

– Oh oui, m'dame. C'est ce qu'on fera, c'est sûr !

Tout occupé à examiner le sifflet que son frère avait déposé dans sa paume, il lui adressa à peine un regard.

– Sifflez trois fois si vous avez besoin d'aide, leur dit Roger.

Il prit le bras de Brianna, tandis que les deux garçons disparaissaient de nouveau dans l'obscurité, lançant distraitement derrière eux :

– Oui, m'sieur ! Merci, m'dame !

Ces mots furent sur-le-champ suivis d'un vacarme. Des piétinements de branches, des halètements et des grognements, le tout ponctué de quelques trilles stridents du sifflet.

– Lizzie a réussi à leur inculquer quelques bonnes manières, observa Roger. Elle semble aussi avoir peaufiné leur culture littéraire. Tu penses qu'ils seront un jour vraiment civilisés ?

– Non, répondit-elle avec une trace de regret dans la voix.

– Vraiment ?

Elle ne pouvait voir son visage dans le noir, mais sa surprise était audible.

– Je plaisantais, dit-il. Tu crois vraiment qu'ils ne changeront pas ?

– Oui. Ce n'est pas étonnant, compte tenu de la manière dont ils ont grandi. Tu as vu leur réaction devant un sifflet ? Personne ne leur avait jamais fait de cadeau, ni même donné un jouet.

– Sans doute. Tu penses que les garçons se civilisent de cette manière ? Dans ce cas, notre Jem va finir philosophe ou artiste. Il est pourri gâté par Mme Bug.

– Oh, tu en fais autant ! dit-elle en riant. Sans parler de papa, Lizzie, maman, et de tous les gens du coin.

Roger ne chercha même pas à se défendre de cette accusation.

– Attends un peu qu'il ait de la concurrence. Regarde Germain, ce n'est pas lui qui risque d'être un enfant pourri, non ?

Germain, le fils aîné de Fergus et de Marsali, était persécuté par ses deux petites sœurs, que tout le monde avait surnommées « les chattes de l'enfer ». Elles le suivaient partout, l'asticotant et le harcelant sans arrêt.

Brianna rit, quoiqu'un peu contrainte. À l'idée d'avoir un autre enfant, elle se sentait toujours comme au sommet d'un grand 8, le souffle court et l'estomac noué, tiraillée entre l'excitation et la terreur. Surtout à cet instant, le souvenir encore vif et doux de leurs ébats oscillant telle une flaque de mercure dans son ventre.

Roger dut sentir cette ambivalence, car il n'insista pas. Il lui reprit la main. L'air était froid, les derniers vestiges de l'hiver s'attardant dans les recoins. Il demanda :

– Mais alors, comment expliques-tu le cas de Fergus ? D'après ce que j'ai entendu, il n'a pas véritablement eu d'enfance non plus. Pourtant, il m'a l'air assez civilisé.

– Ma tante Jenny l'a recueilli quand il avait dix ans. Tu n'as encore jamais rencontré ma tante, mais, crois-moi, elle aurait pu humaniser Adolf Hitler. En outre, Fergus a grandi à Paris, pas dans la forêt, même si c'était dans un bordel.

D'après ce que m'en a dit Marsali, c'était même une maison close plutôt sophistiquée.

— Ah oui ? Qu'est-ce qu'elle t'a dit ?

— Oh, elle m'a juste rapporté des histoires qu'il lui a racontées. À propos des clients et des pu... filles.

— Quoi, on ne peut plus dire « putain » ? demanda-t-il amusé.

Elle sentit le sang lui monter aux joues. Heureusement pour elle, il faisait sombre, car plus elle rougissait, plus il aimait la taquiner.

Elle rétorqua, sur la défensive :

— Je n'y peux rien si j'ai été élevée dans une école catholique. On est conditionnée dès le plus jeune âge.

En effet, elle ne pouvait se résoudre à prononcer certains mots, à moins d'être furieuse ou de s'y être préparée mentalement.

— Mais toi ? J'aurais cru qu'un fils de révérend éprouverait les mêmes difficultés.

Il partit d'un éclat de rire ironique.

— Ce n'est pas tout à fait la même situation. Je me sentais d'autant plus obligé de jurer et d'en rajouter devant mes copains, pour leur prouver que j'en étais capable.

Elle perçut là une bonne anecdote à glaner.

— En rajouter dans quel sens ?

Il parlait rarement de son enfance à Inverness, où son grand-oncle, un prêtre presbytérien, l'avait adopté. Elle adorait entendre les bribes de souvenirs qu'il laissait parfois échapper.

— Ouille ouille ouille ! Je fumais, je buvais de la bière, je griffonnais des insanités sur les murs des toilettes. Je donnais des coups de pied dans les poubelles. Je dégonflais les pneus des voitures. Je volais des bonbons au bureau de poste. Un vrai voyou.

— Je vois, la terreur d'Inverness, hein ? Tu faisais partie d'un gang ?

– Tu ne crois pas si bien dire ! Avec Gerry MacMillan, Bobby Cawdor et Dougie Buchanan. Je sortais un peu du rang, non seulement parce que j'étais le fils adoptif du révérend, mais aussi parce que mon père était anglais et que je portais un prénom anglais. Si bien que je devais toujours prouver que j'étais un vrai dur. Ce qui signifie aussi que c'était toujours moi qui m'attirais le plus d'ennuis.

Brianna était ravie.

– J'ignorais que tu avais été un délinquant juvénile.

– Ça n'a pas duré longtemps. L'été de mes quinze ans, le révérend m'a fait engager sur un chalutier et m'a envoyé pêcher le hareng. Je ne sais pas s'il voulait me former le caractère, m'éviter de finir en prison, ou tout simplement qu'il ne me supportait plus à la maison, mais cette expérience fut radicale. Si tu veux te frotter à de vrais durs à cuire, prends la mer avec une bande de pêcheurs gaéliques !

– Merci du conseil, je m'en souviendrai.

À force de retenir son fou rire, elle n'émettait qu'une série de petits grognements étranglés. Elle parvint cependant à retrouver son sérieux pour demander :

– Mais tes copains, ceux de la bande, ils ont fini en prison, eux ? Ou bien ont-ils retrouvé le droit chemin dès que tu ne fus plus là pour les corrompre ?

– Dougie s'est enrôlé dans l'armée, répondit-il avec une pointe de mélancolie. Gerry a repris le magasin de son père, qui tenait un bureau de tabac. Quant à Bobby… Il est mort. Il s'est noyé cet été-là en pêchant le homard avec son cousin, près de la côte d'Oban.

Elle serra sa main avec compassion, leurs épaules se frôlant.

– Je suis désolée.

Elle hésita un instant, puis reprit :

– Oui, mais… il n'est pas vraiment mort, n'est-ce pas ? Je veux dire, pas encore.

Roger se tut, semblant partagé entre l'humour et la tristesse.

– Tu trouves cette idée réconfortante ? le questionna-t-elle. Ou c'est encore plus affreux quand tu y penses ?

Elle voulait continuer à le faire parler. Depuis que sa pendaison lui avait cassé la voix, Roger n'était plus très causant. Prendre la parole en public le mettait mal à l'aise et lui nouait la gorge. Sa voix était encore éraillée, mais, quand il était détendu comme à présent, il ne s'étranglait pas et ne toussait pas.

– Les deux, répondit-il. Quelle que soit la manière dont je le prends, je ne le reverrai jamais.

Il chassa cette pensée d'un haussement d'épaules, puis interrogea Brianna :

– Tu penses souvent à tes amis d'autrefois ?

– Pas trop, murmura-t-elle.

Le sentier se rétrécissait. Elle glissa son bras sous celui de Roger. Au prochain virage, la maison des McGillivray serait en vue.

– Il se passe tant de choses ici que je n'ai pas le temps d'y songer.

Ce sujet étant douloureux, elle préféra en changer.

– Tu crois que Jo et Kezzie ne font que jouer, ou bien qu'ils mijotent quelque chose ?

– Que veux-tu qu'ils manigancent ? Je les imagine mal tapis au bord de la route pour attaquer des voyageurs, à cette heure tardive.

– Non, non, je les crois quand ils disent qu'ils montent la garde. Ils feraient n'importe quoi pour protéger Lizzie. Mais c'est que…

Elle s'interrompit. Ils venaient de sortir de la forêt et de déboucher sur la piste carrossable, bordée d'un côté par un versant escarpé. Dans la noirceur, il paraissait un gouffre sans fond, un gigantesque tapis de velours noir. De jour, c'était un enchevêtrement de rhododendrons, d'arbres de Judée et de cornouillers, tous envahis de troncs noueux de lierre sauvage et de lianes. Un peu plus loin, la route faisait un virage en épingle à cheveux, puis descendait en pente douce jusqu'à la maison des McGillivray, une trentaine de mètres plus bas.

– Il y a encore de la lumière, observa-t-elle surprise.

Le petit groupe de bâtiments – la vieille maison, la nouvelle, la tonnellerie de Ronnie Sinclair, la forge de Dai Jones et sa cabane – était en grande partie plongé dans l'obscurité, mais des fenêtres du rez-de-chaussée de la nouvelle demeure des McGillivray filtrait de la lumière autour des volets en bois. Devant, un immense feu de joie formait une tache lumineuse dans la nuit.

Roger déclara d'une voix neutre :

– Kenny Lindsay. Les Beardsley nous ont dit qu'ils l'avaient croisé. Il s'est sans nul doute arrêté chez les McGillivray pour leur communiquer les nouvelles.

– Mmm… Dans ce cas, on a intérêt à être sur nos gardes. S'ils s'attendent à être attaqués par des brigands, ils risquent de tirer sur tout ce qui bouge.

– Pas ce soir. Il y a une fête, tu as oublié ? Au fait, qu'est-ce que tu disais tout à l'heure à propos des Beardsley et de Lizzie ?

– Aïe !

Son orteil venait de buter contre un obstacle invisible. Elle se raccrocha de justesse au bras de Roger avant de répondre :

– Le problème, c'est que je ne sais pas exactement contre qui ils s'imaginent devoir la protéger.

À son tour, Roger s'agrippa à elle, par réflexe.

– Que veux-tu dire ?

– Juste que, si j'étais Manfred McGillivray, je veillerais à me montrer très gentil avec Lizzie. D'après maman, les jumeaux la suivent partout comme des chiens. Si tu veux mon avis, ce sont plutôt des loups apprivoisés.

– Selon Ian, il est impossible d'apprivoiser des loups.

– Précisément. Allez, dépêchons-nous, avant qu'ils n'éteignent le feu.

* * *

L'imposante maison en rondins débordait littéralement de monde. La lumière se déversait par la porte ouverte et la rangée des fenêtres étroites tout autour de la bâtisse. Des silhouettes à contre-jour passaient devant et derrière le gigantesque feu dans la cour. On entendait un violon, sa douce mélodie s'élevant dans la nuit, portée par le vent avec l'odeur de viande grillée.

Roger tendit la main à Brianna pour l'aider à descendre les dernières dizaines de mètres pentues avant la croisée des chemins.

– On dirait que Senga a arrêté son choix ! Tu paries sur qui ? Ronnie Sinclair ou le jeune Allemand ?

– Ah, un pari ? On parie quoi ? demanda-t-elle en manquant de glisser de nouveau.

– Le perdant répare le garde-manger, proposa-t-il.

– Conclu. Je mise sur Heinrich.

– Ah oui ? Tu as peut-être raison. Je dois quand même te prévenir : selon les derniers pronostics que j'ai entendus, Ronnie l'emporte à cinq contre trois. Avec *Frau* Ute dans la partie, les dés sont pipés.

– C'est vrai. S'il s'agissait d'Hilda ou d'Inga, je dirais que la partie est jouée d'avance, mais Senga a le tempérament de sa mère. Personne ne lui dit ce qu'elle a à faire, pas même *Frau* Ute.

Puis elle ajouta :

– D'ailleurs, où ont-ils été chercher ce prénom, Senga ? Ce ne sont pas les Hilda et les Inga qui manquent dans la région de Salem, mais je n'ai jamais rencontré une autre Senga.

– Normal, surtout pour Salem. Ce n'est pas un prénom allemand mais écossais.

– Écossais ?

– En fait, c'est Agnès, épelé à l'envers. Une fille avec un tel prénom ne pouvait qu'avoir l'esprit de contradiction, tu ne trouves pas ?

– Tu plaisantes ? Agnès à l'envers ?

– Je ne dirais pas que c'est un prénom courant, mais j'ai déjà rencontré une ou deux femmes portant ce nom en Écosse.

Elle éclata de rire.

– Les Écossais font ça avec d'autres prénoms ?

– Tu veux dire, baptiser leurs enfants en verlan ?

Il réfléchit un moment avant de répondre :

– À l'école, j'ai connu une fille qui s'appelait Adnil. Il y avait aussi un garçon d'épicerie dans notre quartier qui livrait les courses aux vieilles dames… Son prénom se prononçait « Kirry », mais s'écrivait « Cire ».

Elle lui jeta un regard en coin pour vérifier s'il se moquait d'elle, mais il paraissait sérieux.

– Maman a donc raison à propos des Écossais. Donc, le tien épelé à l'envers, ça donne…

– Regor, confirma-t-il. On dirait une créature sortie d'un Godzilla, non ? Une anguille géante, ou peut-être un insecte dont les yeux projettent des rayons mortels.

Cette idée semblait le séduire, ce qui fit rire Brianna.

– Visiblement, tu y as déjà réfléchi ! Tu préférerais être lequel ?

– Quand j'étais petit, le cloporte au regard mortel me plaisait assez. Puis, quand j'ai travaillé sur le chalutier, il m'arrivait de remonter une murène dans mes filets. Ce n'est pas le genre de bestiole que tu aimerais croiser dans une ruelle obscure, crois-moi.

– En tout cas, c'est plus agile que Godzilla.

Elle frissonna au souvenir d'une murène qu'elle avait déjà croisé en personne. Un mètre vingt de ressorts d'acier et de caoutchouc, rapide comme l'éclair et la gueule remplie de lames de rasoir. On l'avait remontée de la cale d'un chalutier dont elle observait le déchargement dans un petit port du nom de MacDuff.

Roger et elle étaient adossés à un muret en pierre, contemplant oisivement les mouettes planant dans le vent, quand un cri d'alarme avait retenti sur le bateau amarré devant eux. Ils avaient baissé les yeux juste à temps pour voir les matelots s'agiter frénétiquement à bord.

Une forme sinueuse noire s'était tortillée hors de la masse argentée des poissons déversés sur le pont, avait jailli sous le garde-corps et atterri sur les pavés mouillés du quai, où elle avait semé une panique similaire parmi les pêcheurs arrosant leurs outils. Elle s'était contorsionnée tel un câble sous tension incontrôlable jusqu'à ce qu'un homme chaussé de bottes en caoutchouc, reprenant ses esprits, ne se précipite et la renvoie dans l'eau d'un coup de pied.

Roger, qui se remémorait vraisemblablement la même scène, observa avec justesse :

– Au fond, les murènes ne sont pas si méchantes. Après tout, on ne peut pas leur en vouloir. Arrachées à leurs profondeurs, comme ça, sans prévenir. N'importe qui se débattrait un peu.

– Oui, n'importe qui, affirma Brianna en pensant à leur propre sort.

Elle entrecroisa ses doigts dans ceux de Roger, cherchant le réconfort de sa paume fraîche et ferme.

Désormais, ils étaient assez proches pour entendre des bribes de rires et de conversations s'élevant dans la nuit avec la fumée du brasier. Des enfants couraient. Elle aperçut deux silhouettes noires et menues, tels des lutins, filant entre les jambes des adultes rassemblés autour du feu.

Ce ne pouvait pas être Jem. Si ? Non, il était plus petit que cela. En outre, Lizzie ne le laisserait pas…

– Mej, dit Roger.

– Quoi ?

– C'est Jem, à l'envers. Je me disais que ce serait amusant de regarder des Godzilla avec lui. Peut-être qu'il aimerait être le cloporte dont les yeux projettent des rayons mortels. Ce serait drôle, tu ne trouves pas ?

En entendant son ton mélancolique, elle sentit sa gorge se nouer et serra sa main un peu plus fort, répondant avec assurance :

– Tu lui raconteras des histoires de Godzilla. De toute manière, ce ne sont que des fables. Je les lui dessinerai.

Cela le fit rire.

– Je t'en prie, non! Ils vont te lapider pour commerce avec Satan. Godzilla ressemble à une créature sortie tout droit de *L'Apocalypse*. Du moins, c'est ce qu'on m'a raconté.

– Qui t'a dit ça?

– Eigger.

– Qui… Ah, tu veux dire Reggie? Qui est Reggie?

– Le révérend.

Son grand-oncle, et père adoptif. Dans sa voix, on percevait un sourire, mais teinté de nostalgie.

– On allait voir des films de monstres tous les deux le samedi. Eigger et Regor… Si tu avais vu la tête des dames du club paroissial, quand Mme Graham les faisait entrer sans les annoncer! Elles arrivaient dans le bureau du révérend et nous trouvaient en train de marcher à pas de géant en rugissant, écrasant les immeubles de Tokyo construits avec mes cubes et des boîtes de conserve.

– J'aurais aimé connaître le révérend.

– J'aurais tant aimé te le présenter! soupira-t-il. Il t'aurait adorée, Bree.

L'espace de ces quelques instants, la forêt et le feu de joie en contrebas avaient disparu. Ils étaient à Inverness, dans le bureau douillet du révérend, la pluie clapotant contre les vitres qui étouffaient les bruits de la circulation dans la rue. Cela leur arrivait souvent quand ils discutaient en tête à tête. Puis un détail quelconque venait briser ce moment. Cette fois, ce fut une clameur près du feu, tandis que les noceurs se mirent à chanter et à taper dans les mains… Le monde de leur propre époque s'évanouit alors sur-le-champ.

« Si Roger n'était plus là, pensa-t-elle brusquement. Saurais-je faire revivre notre monde, à moi seule? »

Une vague de panique l'envahit, rien qu'un court laps de temps. Sans Roger comme balise, sans rien d'autre que ses propres souvenirs pour l'ancrer dans le futur, cette époque serait perdue. Elle disparaîtrait dans des rêves brumeux, lui échappant, ne lui laissant aucun îlot de réalité sur lequel se tenir.

Elle prit une profonde inspiration, emplissant ses poumons d'air frais rendu piquant par la fumée de bois, et enfonça ses talons dans le sol tout en marchant, essayant de se sentir solide.

– Maman, maman, MAMAN !

Une petite forme se détacha de la cohue autour du feu et fonça droit sur elle, se précipitant dans ses jambes avec une telle force qu'elle dut se rattraper au bras de Roger.

– Jem ! Te voilà !

Elle le souleva de terre et enfouit son visage dans ses cheveux, qui sentaient agréablement des odeurs de chèvre, de foin et de saucisse épicée. Il était lourd… et très vigoureux.

Ute McGillivray se retourna et les aperçut. Son large visage était soucieux, mais il s'illumina quand elle les reconnut. Elle les accueillit en les saluant de sa voix forte, faisant pivoter les têtes. Ils se retrouvèrent aussitôt engloutis dans la foule des convives, assaillis de questions et d'exclamations de surprise devant leur visite imprévue.

On les interrogea brièvement sur la famille de Hollandais, mais Kenny Lindsay avait déjà rapporté les détails de l'incendie, ce dont Brianna lui en sut gré. Les gens prirent des mines de circonstance, les visages navrés, mais, entre-temps, ils avaient épuisé leur capital d'effroi et de théories atroces et étaient prêts à passer à autre chose. L'image glacée des tombes sous les sapins hantait encore Brianna, et elle n'avait aucun désir de raviver ce souvenir en l'évoquant.

Se tenant par la main, les jeunes promis étaient assis côte à côte sur une paire de seaux retournés, la lueur des flammes dansant sur leur face béate.

Brianna sourit.

– J'ai gagné ! Tu ne trouves pas qu'ils ont l'air heureux ?

– C'est vrai, convint Roger. Je me demande comment Ronnie Sinclair l'a pris. Tu le vois quelque part ?

Tous deux observèrent les alentours, mais le tonnelier était invisible.

Puis, Brianna indiqua d'un signe du menton le modeste bâtiment, de l'autre côté de la route.

– Regarde, il est dans son atelier.

Aucune fenêtre ne donnait de leur côté, mais une lumière pâle filtrait sous la porte close.

Les yeux de Roger passaient de l'atelier sombre à la liesse autour du feu; une bonne partie des relations de *Frau* Ute était montée de Salem avec l'heureux élu et ses amis, apportant un énorme tonneau de bière brune qui contribuait en grande partie à la bonne humeur générale. L'atmosphère était chargée d'effluves amers de levure et de houblon.

Par contraste, la tonnellerie semblait sinistre et isolée. Brianna se demanda si quelqu'un autour du feu s'était rendu compte de l'absence de Sinclair. Roger lui donna une petite tape affectueuse dans le dos.

– Je vais aller lui faire un brin de causette. Il a sans doute besoin d'une oreille compatissante.

– Ça et d'un bon petit remontant?

Elle lui indiqua la porte ouverte de la maison, où Robin McGillivray versait ce qu'elle devinait être du whisky à un cercle d'amis triés sur le volet.

– Le connaissant, je suis sûr qu'il a le nécessaire chez lui, répondit Roger.

Il s'éloigna, se faufilant au milieu du groupe de fêtards. Il disparut dans le noir, mais, quelques instants plus tard, elle vit la porte du tonnelier s'ouvrir, et la silhouette de Roger masqua brièvement le halo de lumière avant de s'engouffrer à l'intérieur.

– Maman, soif!

Jemmy gigotait comme un têtard, cherchant à descendre de ses bras. Elle le déposa sur le sol et il fila comme une flèche, manquant de faire tomber une grosse dame portant un plateau de beignets de maïs.

L'odeur des gâteaux frits lui rappela qu'elle n'avait pas dîné, et elle suivit Jemmy vers le buffet, où Lizzie, dans le rôle de la presque fille de la maison, lui servit une généreuse portion de choucroute, de saucisses, d'œufs fumés et d'une sorte de pâtée à base de maïs et de courge.

– Et toi, où est ton amoureux, Lizzie? la taquina Brianna. Vous ne devriez pas être en train de vous embrasser?

– Oh, lui?

Lizzie prit l'air de quelqu'un se souvenant d'un détail vaguement intéressant, mais pas d'une importance capitale.

– Vous voulez parler de Manfred? Il est... là-bas.

Elle plissa des yeux, puis indiqua une direction avec sa cuillère en bois. Manfred McGillivray, son promis, se tenait bras dessus, bras dessous avec trois ou quatre autres jeunes hommes, se balançant d'un côté puis de l'autre en chantant un air allemand. Ils semblaient avoir du mal à se souvenir des paroles, chaque phrase se dissolvant en gloussements et en reproches hilares.

Lizzie se pencha vers Jemmy et lui donna une saucisse.

– Tiens, *Schätzchen*. Ça veut dire «chéri» en allemand, expliqua-t-elle.

L'enfant se jeta sur la saucisse tel un phoque affamé et mâcha avec application. Puis il marmonna :

– Chai choif.

... et disparut dans la foule.

Brianna voulut courir après lui, mais elle en fut empêchée par un groupe agglutiné autour du buffet.

– Jem, attends-moi !

– Ne vous en faites pas, la rassura Lizzie. Ici, tout le monde le connaît, il ne lui arrivera rien.

Néanmoins, Brianna s'apprêtait à se lancer à ses trousses, quand elle aperçut une minuscule tête blonde surgir près de celle de Jem. Germain, son meilleur copain. Il avait deux ans de plus et, pour un gamin de cinq ans, beaucoup plus d'expérience que les garçons de son âge, grâce en grande partie aux enseignements de son père. Elle espérait qu'il ne faisait pas les poches des invités et se dit qu'elle ferait bien de le fouiller plus tard, au cas où il s'adonnerait déjà à la contrebande.

Germain tenait fermement Jemmy par la main, si bien qu'elle se laissa persuader de s'asseoir avec Lizzie, Inga et Hilda sur des ballots de paille placés à quelque distance du feu.

– Et vous, où est votre amoureux? la taquina à son tour Hilda. Votre beau diable noir?

– Oh, lui? répondit Brianna en singeant Lizzie.

Elles rugirent de rire, produisant un vacarme assez peu distingué. Vraisemblablement, elles avaient déjà éclusé quelques pintes de bière.

Brianna fit un signe vers l'atelier de tonnellerie.

– Il console Ronnie. Comment votre mère a-t-elle pris le choix de Senga?

Inga leva les yeux au ciel.

– Aïe, aïe, aïe! Si vous les aviez entendues, elle et Senga! Ça a bardé, croyez-moi! À tel point que Papa est parti pêcher. Il n'est rentré que trois jours plus tard.

Brianna baissa la tête pour cacher son sourire. Robin McGillivray n'aspirait qu'à une vie paisible, mais, entre sa femme et ses filles, il n'était pas prêt de la connaître.

Hilda se pencha légèrement en arrière pour soulager la tension de sa première grossesse, déjà bien avancée, et fit une moue philosophe.

– Que voulez-vous, elle ne pouvait pas vraiment s'y opposer, *meine Mutter*. Après tout, même s'il est pauvre, Heinrich est le fils de son cousin.

– Mais jeune, ajouta Hilda avec un sens pratique. Papa dit qu'Heinrich a le temps de devenir riche.

Ronnie Sinclair ne roulait pas vraiment sur l'or non plus, sans compter qu'il avait bien trente ans de plus que Senga. D'un autre côté, il possédait sa propre tonnellerie et la moitié de la maison qu'il partageait avec les McGillivray. Ayant déjà marié ses deux aînées à des hommes de bien, Ute avait visiblement fini par concevoir les avantages d'une union entre Senga et Ronnie.

Essayant d'être le plus diplomate possible, Brianna demanda :

— Mais, cela ne risque pas d'être un peu... gênant que Ronnie continue d'habiter avec votre famille après que...

Elle désigna les fiancés, qui se fourraient mutuellement des morceaux de gâteau dans la bouche.

— Aaah, pour ça ! s'exclama Hilda. Je suis heureuse de ne plus vivre ici !

Inga acquiesça avec vigueur, puis ajouta :

— Mais Mutti n'est pas du genre à se lamenter sur le pain perdu. Elle cherche une autre femme pour Ronnie. Regardez-la, là-bas.

Ute se tenait devant le buffet, discutant avec un groupe d'Allemandes. Observant les manœuvres de sa mère d'un air narquois, Inga interrogea sa sœur :

— À ton avis, laquelle a-t-elle déjà choisi ? La petite Gretchen ? Ou la cousine d'Archie Bug ? Celle qui louche... Seona ?

Hilda, mariée à un Écossais du comté de Surry, fit non de la tête.

— Elle veut une Allemande. Car elle calcule déjà ce qui arrivera si Ronnie meurt et que sa femme se remarie. Si c'est une fille de Salem, il sera plus facile pour maman de la pousser à épouser un de ses neveux ou cousins... histoire de conserver les terres dans la famille, tu comprends ?

Fascinée, Brianna écoutait les deux jeunes femmes analyser la situation avec un parfait détachement et se demanda si Ronnie Sinclair se rendait compte que son destin était en train d'être décidé avec autant de pragmatisme. D'un autre côté, il vivait avec les McGillivray depuis plus d'un an. Il devait donc être au fait des méthodes d'Ute.

Remerciant le ciel de ne pas être obligée de vivre sous le même toit que la redoutable *Frau* McGillivray, elle chercha Lizzie du regard, ressentant un élan de compassion pour son ancienne servante. L'année suivante, une fois mariée à Manfred, Lizzie devrait habiter avec Ute.

En entendant prononcer le mot « Wemyss », elle s'intéressa de nouveau à la conversation. En fait, les sœurs ne parlaient pas de Lizzie, mais de son père.

– Tante Gertrude… commença Hilda.

Elle s'interrompit pour roter, son poing devant la bouche, puis reprit :

– … Elle est veuve, elle aussi. Elle serait parfaite pour lui.

Inga se mit à rire.

– Avec tante Gertrude, ce pauvre petit M. Wemyss ne tiendrait pas un an. Elle fait deux fois sa taille. Si elle ne le tue pas d'épuisement, elle risque de l'étouffer en lui roulant dessus dans son sommeil.

Hilda plaqua ses deux mains sur sa bouche, non pas parce qu'elle était choquée mais pour étouffer son fou rire. Elle non plus ne semblait pas avoir lésiné sur la bière. Son bonnet était de travers, et ses joues d'habitude pâles s'étaient teintées de rose.

Hilda pointa le menton vers un groupe d'hommes buvant du vin du Rhin.

– Ça n'a pas l'air de lui faire peur. Tu le vois ?

Brianna n'eut aucun mal à repérer M. Wemyss, avec ses cheveux blond paille aussi fins et ébouriffés que ceux de sa fille. Il était plongé dans une conversation animée avec une grosse dame en tablier et bonnet, qui lui martelait les côtes de petits coups de coude affectueux tout en riant.

Au même moment, Ute McGillivray, suivie d'une grande blonde, s'approcha d'eux, hésitante, les deux mains croisées sous son tablier.

– Oh, qui c'est, celle-là ?

Inga étirait le cou comme une oie. Scandalisée, sa sœur lui donna une tape.

– *Lass das, du alte Ziege**! Mutti regarde dans notre direction !

* Laisse ça, vieille chèvre !

94

Lizzie s'était elle aussi mise à genoux, observant la scène.

– De qui parlez-vous ? s'enquit-elle d'une voix de chouette.

Manfred détourna provisoirement son attention en se laissant tomber à côté d'elle sur la paille, un grand sourire aux lèvres. Il glissa un bras autour de sa taille et tenta de l'embrasser.

– Comment ça va, *Herzchen* ?

– Qui c'est, cette femme, Freddie ?

Elle se dégagea avec habileté et pointa un doigt avec discrétion vers la blonde. Celle-ci souriait timidement, tandis que *Frau* Ute la présentait à M. Wemyss.

Manfred cligna des yeux, un peu chancelant, puis répondit avec obligeance :

– *Fraulein* Berrisch. C'est la sœur du pasteur Berrisch.

Intéressées, Inga et Hilda se mirent à roucouler. Lizzie fronça les sourcils, puis se détendit, voyant son père incliner le chef pour saluer la nouvelle venue. *Fraulein* Berrisch était presque aussi grande que Brianna.

« Eh bien, cela explique pourquoi elle est encore demoiselle » pensa cette dernière avec une pointe de sympathie. Les cheveux visibles sous son bonnet étaient striés de gris. Elle avait un visage plutôt commun, mais un regard calme plein de douceur.

– Oh, c'est donc une protestante, dit Lizzie.

Son ton dédaigneux indiquait clairement que la *Fraulein* ne pouvait guère briguer la main de son père.

– Oui, mais n'empêche, c'est une gentille femme. Allez, viens danser, Elizabeth.

S'étant désintéressé de la *Fraulein* et de M. Wemyss, Manfred hissa Lizzie debout et, malgré ses protestations, la propulsa vers le cercle des danseurs. Elle se laissa entraîner à contrecœur, mais, une fois en piste, Brianna la vit rire quand Manfred lui glissa quelque chose à l'oreille. Il était très séduisant. Ils formaient un beau couple, mieux assorti en apparence que Senga et son Heinrich, qui était grand mais anguleux, avec un visage taillé à la serpe.

Inga et Hilda se chamaillant en allemand, Brianna put enfin se consacrer à son excellent repas. Elle était tellement affamée qu'elle se serait régalée avec n'importe quoi, mais la choucroute fraîche et acidulée ainsi que les saucisses, prêtes à exploser sous le jus et les épices, constituaient un festin rare.

Ce ne fut qu'après avoir saucé les derniers vestiges dans son assiette en bois avec un morceau de pain au maïs qu'elle jeta un œil vers la tonnellerie, se disant avec remords qu'elle aurait sans doute dû en garder un peu pour Roger. C'était vraiment gentil de sa part de s'inquiéter des peines de cœur de ce pauvre Ronnie. Elle eut un élan de fierté et d'affection pour lui. Elle ferait peut-être bien d'aller à sa rescousse.

Elle venait de déposer son assiette et de remettre de l'ordre dans ses jupons, se préparant à entrer en action, quand elle aperçut deux petites silhouettes sortir en titubant de l'obscurité.

– Jem ? Qu'est-ce qui t'arrive ?

Les flammes se reflétaient sur la chevelure de l'enfant tel du cuivre en fusion, mais son visage était blême, et ses yeux ressemblaient à deux grandes taches noires.

– Jemmy !

Il tourna vers elle un regard vide, dit « Maman ? » d'une petite voix hésitante, puis s'assit brusquement, ses jambes ployant sous lui comme deux élastiques.

Elle se rendit à peine compte de la présence de Germain à ses côtés, qui oscillait comme une jeune pousse agitée par la bise. Elle n'avait pas le temps de s'occuper de lui. Elle saisit son fils, lui releva la tête et le secoua légèrement.

– Jemmy ! Réveille-toi ? Qu'est-ce que tu as ?

– Le petit est ivre mort, *a nighean,* dit une voix amusée au-dessus d'elle. Qu'est-ce que vous lui avez fait boire ?

Robin McGillivray, lui-même pas très frais, se pencha et poussa Jemmy du doigt. Le garçon n'émit qu'un gargouillis.

Il lui prit un bras, le souleva, puis le lâcha : il retomba, aussi mou qu'un spaghetti trop cuit.

– Je ne lui ai rien fait boire ! s'indigna-t-elle.

Sa première frayeur passée, elle sentit l'agacement monter en elle. Jemmy n'était qu'endormi, son torse se soulevant et s'affaissant dans un rythme rassurant.

– Germain !

Ce dernier s'était effondré, en une masse inerte, et chantonnait *Alouette,* totalement absent d'esprit. C'était sa chanson préférée, Brianna la lui avait apprise.

– Germain ! Qu'as-tu donné à boire à Jemmy ?

– *... Je te plumerai la tête...*

– Germain !

Elle lui agrippa le bras. Il cessa de chanter et, éberlué, leva les yeux vers elle.

– Germain, qu'as-tu fait boire à Jemmy ?

Il lui sourit avec une douceur désarmante.

– Il avait soif, *m'dame*. Il réclamait à boire.

Là-dessus, ses yeux se révulsèrent, et il tomba à la renverse, plus atone qu'un poisson mort.

– Oh, bon Dieu de bon Dieu !

Inga et Hilda prirent un air choqué, mais elle n'était pas d'humeur à ménager leur sensibilité.

– Où est Marsali ?

Inga se pencha sur Germain pour l'examiner.

– Elle n'est pas là. Elle est restée à la maison avec les *maedchen*. Quant à Fergus, il est...

Elle se redressa, regardant autour d'elle.

– Je l'ai aperçu tout à l'heure.

– Que se passe-t-il ?

La voix rauque derrière elle la fit sursauter. Elle se retourna et vit Roger, perplexe, le visage plus détendu qu'à l'accoutumée.

– Ton fils est un ivrogne, l'informa-t-elle.

Puis elle sentit l'haleine de Roger et ajouta d'un ton sec :

– Il a de qui tenir, à ce que je vois.

Ne relevant pas la remarque, Roger s'assit auprès d'elle et prit Jemmy sur ses genoux. Le calant contre ses genoux fléchis, il lui tapota la joue, doucement mais avec insistance.

– Eh, oh! Mej? Eh, ho! Ça va, mon petit gars?

Comme par magie, les paupières de Jemmy se soulevèrent. Il adressa un sourire rêveur à son père.

– Hé, papa.

Béat, il referma les yeux et s'avachit encore, sa joue s'écrasant contre le genou de son père, qui en déduisit :

– Il va bien.

Cela ne parut pas calmer Brianna.

– Tant mieux. Qu'est-ce qu'il a bu à ton avis? Du vin du Rhin?

– Je dirais plutôt de la goutte de cerise. Il y en a un tonneau derrière la grange.

– Oh, non!

Elle n'en avait jamais goûté elle-même, mais Mme Bug lui avait donné la recette : « Presser le jus d'un boisseau de cerises, y laisser dissoudre douze kilos de sucre, verser dans une cuve de cent cinquante litres et la remplir de whisky. »

– Il va bien, répéta Roger en lui tapotant le bras. C'est Germain que je vois là?

– Oui.

Elle se baissa vers l'enfant, mais il dormait paisiblement, lui aussi avec le sourire.

– Cette goutte de cerise doit être bonne.

Roger se mit à rire.

– C'est infect. On dirait du sirop industriel contre la toux. Cela dit, je dois reconnaître que ça rend joyeux.

– Tu en as bu, toi aussi?

Elle le dévisagea d'un œil suspicieux, mais ses lèvres avaient leur couleur habituelle.

– Bien sûr que non.

Pour le lui prouver, il se pencha vers elle et l'embrassa.

– Tu ne crois tout de même pas qu'un Écossais de la trempe de Ronnie Sinclair soignerait son cœur brisé avec de la goutte de cerise? Surtout avec du bon whisky sous la main?

– Effectivement.

Elle observa la tonnellerie. La faible lueur sous la porte avait disparu, plongeant le bâtiment dans l'obscurité. Il ne formait plus qu'un rectangle sombre devant la masse encore plus noire de la forêt au-delà.

Elle se retourna vers Inga et Hilda, mais elles étaient parties aider *Frau* Ute. Toutes les femmes étaient occupées à débarrasser le buffet.

– Comment Ronnie réagit-il? s'inquiéta-t-elle.

Roger souleva Jemmy et le déposa délicatement sur la paille aux côtés de Germain.

– Pas trop mal. Au fond, il n'était pas vraiment amoureux de Senga. Il souffre plus de frustration sexuelle que d'une peine de cœur.

– Si ce n'est que ça, il n'aura plus à souffrir trop longtemps. J'ai entendu dire que *Frau* Ute a pris la situation en main.

– Oui, elle lui a promis de lui trouver une femme. Disons qu'il voit les choses avec philosophie, même si le désir lubrique suinte par tous les pores de sa peau.

– Beurk! Au fait, tu as faim?

Elle déplia ses jambes en jetant un œil vers les enfants.

– Je vais te chercher une assiette avant qu'Ute et ses filles n'aient tout enlevé.

Roger ouvrit grand la bouche et bâilla. Puis il cligna des yeux et lui sourit, endormi.

– Non, ça va. Je vais prévenir Fergus que Germain est avec nous. Je trouverai bien quelque chose à grignoter en chemin.

Il lui donna une tape sur l'épaule, se leva, titubant un peu, puis se dirigea vers le feu.

Les deux garçons dormaient à poings fermés. Avec un soupir, elle les rapprocha l'un de l'autre, empilant de la paille autour d'eux, puis les recouvrit de sa cape. Il faisait froid, mais l'hiver était définitivement passé. L'air n'était plus chargé de givre.

La fête se poursuivait, mais avait pris un tour plus calme. Plus personne ne dansait. Les convives s'étaient rassemblés en petits groupes. Les hommes formaient un cercle autour du feu, allumant leurs pipes. Les plus jeunes s'étaient éparpillés dans la nature. Autour de Brianna, les familles s'installaient pour la nuit, se creusant des nids dans la paille. Certains dormiraient dans la maison, d'autres dans la grange. Elle entendait une guitare quelque part derrière la bâtisse, et une voix lente et mélancolique. Comme elle aurait aimé entendre de nouveau celle de Roger, telle qu'elle avait été, si grave et si tendre !

Cela lui fit soudain penser qu'en revenant de chez Ronnie, Roger avait parlé d'une voix nettement plus assurée. Certes, elle était toujours rauque, l'ombre de sa résonance d'autrefois, mais elle avait mieux coulé, sans ce côté étranglé. L'alcool était-il bénéfique aux cordes vocales ?

Fort probablement avait-il juste aidé Roger à se détendre, l'aidant à vaincre certaines de ses inhibitions. C'était bon à savoir. Sa mère avait déclaré qu'avec le temps sa voix s'améliorerait, à condition qu'il s'entraîne. Mais il hésitait encore à s'en servir, craignant la douleur, tant celle provoquée par la simple élocution, que celle, plus psychologique, du contraste avec sa voix d'antan.

Elle médita à voix haute :

– Je devrais peut-être préparer un peu de cette goutte de cerise.

Puis elle baissa les yeux vers les deux gamins endormis dans le foin et s'imagina se réveillant le lendemain matin face à trois gueules de bois.

– Ou peut-être pas.

Elle rassembla assez de paille pour se faire un oreiller, étala son fichu par-dessus (ils passeraient une bonne partie du lendemain à ôter les brins de leurs habits). Puis elle s'allongea, enroulant son corps autour de celui de Jemmy. Si l'un des garçons remuait ou vomissait dans son sommeil, elle le sentirait et se réveillerait.

Le feu de camp s'était consumé. Il ne restait qu'une frange irrégulière de flammèches dansant sur le lit de braises. Les lanternes disposées autour de la cour s'étaient éteintes, ou bien on les avait mouchées. La guitare et le chanteur s'étaient tus. Sans la lumière et le bruit pour la tenir à distance, la nuit reprit possession du lieu, étalant ses ailes silencieuses et froides sur la montagne. Les étoiles brillaient dans le ciel, mais ne formaient que des têtes d'épingle, à des millénaires de distance. Elle ferma les yeux sur l'immensité de la nuit, posant les lèvres sur les cheveux de son fils, se nourrissant de sa chaleur.

Elle tenta de vider son esprit pour se préparer au sommeil, mais, sans personne pour lui tenir compagnie, l'odeur du bois brûlé qui emplissait l'air fit resurgir les souvenirs. Ses appels habituels à la bénédiction devinrent des supplications de clémence et de protection.

« Il a éloigné de moi mes frères, et mes amis se sont détournés. Je suis abandonné de mes proches, Je suis oublié de mes intimes. »

« Je ne vous oublierai pas », promit-elle aux morts. Cela lui paraissait un engagement pitoyable, si petit et futile. Pourtant, elle ne pouvait rien faire de plus.

Elle frissonna, se blottissant un peu plus contre Jemmy.

Puis, elle entendit un bruissement de paille, et Roger se glissa derrière elle. Il gesticula un moment, étala sa propre cape sur elle, puis poussa un soupir de contentement, pressant son corps contre le sien. Il passa un bras autour de sa taille, chuchotant :

– Tu parles d'une longue journée, hein ?

Elle marmonna un assentiment. À présent que tout était calme, qu'il n'y avait plus à entretenir la conversation, à observer, à surveiller, toutes les fibres de ses muscles semblaient se dissoudre d'épuisement. Seul un fin tapis de foin la séparait du sol dur et froid, mais cela n'empêcha pas le sommeil de venir la bercer, telles les vagues se répandant sur le sable, réconfortantes et inexorables.

Elle posa une main sur la cuisse de Roger, et il contracta le bras par réflexe, la serrant contre lui.

– Tu as trouvé quelque chose à manger ?

– Oui, si on considère la bière comme une nourriture. C'est le cas de pas mal de monde ici.

Il rit. Son souffle chaud sentait le houblon.

– Je vais bien, l'assura-t-il.

La chaleur de son corps se diffusait peu à peu entre eux, à travers les couches de vêtements, dissipant la fraîcheur ambiante. En outre, dormir avec Jemmy, c'était comme d'avoir une bouillotte contre son ventre. Roger, lui, était encore plus brûlant. Tel que disait sa mère, une lampe à alcool chauffe toujours plus qu'une lampe à huile.

Douillettement protégée, elle se nicha contre lui. Maintenant que la famille était réunie, en sécurité, la nuit ne lui paraissait plus une immensité glacée.

Roger fredonnait. Elle s'en aperçut soudainement. Ce n'était pas vraiment un air, juste une vibration de sa poitrine contre son dos. Elle ne voulait pas risquer de l'interrompre ; ce devait être bon pour ses cordes vocales. Il s'arrêta de lui-même au bout d'un moment. Espérant l'inciter à recommencer, elle étira la main derrière elle et lui caressa la jambe, essayant à son tour un petit fredonnement interrogateur.

– Hmmmmmm ?

Il posa ses deux mains sur ses fesses et les serra.

– Mmmmm.

Cela ressemblait à la fois à une invitation et à de la satisfaction.

Elle ne répondit pas, mais esquissa un mouvement de désaccord avec son derrière. En temps normal, cela l'aurait convaincu de ne pas insister. Il la lâcha en effet, mais d'une seule main, l'autre descendant le long de la cuisse avec l'intention manifeste de retrousser sa jupe.

Elle lui attrapa la main en moins de deux et la plaça sur son sein, indiquant ainsi que, si elle appréciait l'intention et qu'en d'autres circonstances elle aurait été ravie de lui rendre ce service, ce n'était pas l'instant idéal…

D'habitude, Roger était doué pour déchiffrer le langage de son corps, mais, visiblement, ce don s'était dissous dans le whisky. Ou alors, pensa-t-elle brusquement, il se fichait pas mal qu'elle en ait envie ou pas…

Roger !

Il s'était remis à fredonner, un son ponctué de bruits sourds et cahoteux de bouilloire électrique juste avant le point d'ébullition. Il glissa de nouveau la main sous sa jupe, sa paume brûlante contre sa cuisse, et remonta lestement vers le haut… et l'intérieur. Jemmy toussa, tressaillant dans ses bras. Elle tenta de donner un coup de pied en arrière dans le tibia de Roger pour le décourager.

– Mon Dieu, ce que tu peux être belle, murmura-t-il dans la courbe de sa nuque. Oh, si belle. Si belle, mmm…

Ses dernières paroles se perdirent contre sa peau, mais elle crut entendre « moite ». Les doigts de Roger venaient d'atteindre leur objectif. Elle cambra les reins, essayant de se dégager.

– Roger ! chuchota-t-elle. Roger ! Il y a des gens autour de nous !

Au même instant, un bébé passa à quatre pattes sous son nez.

Roger marmonna une phrase dans laquelle seuls le mot « nuit » et la phrase « personne ne nous voit » étaient identifiables, puis sa main battit en retraite, juste pour saisir un pan de la jupe de Brianna et l'écarter.

Il avait repris son chantonnement, s'interrompant juste le temps de murmurer :

– Je t'aime… Comme je t'aime…

Elle tenta de lui saisir la main.

– Je t'aime aussi. Roger, arrête !

Il obtempéra, mais passa aussitôt une main par-dessus son épaule. Il la souleva à peine, et Brianna se retrouva plaquée sur le dos, fixant les étoiles, rapidement masquées par le buste de Roger qui se coucha sur elle dans un bruissement de foin et de vêtements.

– Jem… commença-t-elle.

Elle tendit un bras vers l'enfant, qui ne semblait pas avoir été dérangé par le retrait soudain de sa mère. Il s'était recroquevillé en chien de fusil comme un hérisson en hibernation.

Entre-temps, Roger s'était remis à chanter, si on pouvait l'appeler ainsi. On aurait plutôt dit qu'il psalmodiait les paroles d'une chanson écossaise particulièrement salace, au sujet d'un meunier harcelé par une jeune femme exigeant qu'il lui pile son blé. Ce qu'il faisait.

– *Il l'a renversée sur les sacs et là, elle a eu son blé pilé, son blé pilé…**

Il lui susurrait dans l'oreille, son poids l'écrasant sur le sol. Les étoiles tournoyaient tout là-haut au-dessus d'elle.

Elle avait cru que son expression «suinter le désir lubrique par tous les pores de sa peau» n'était qu'une façon de parler, mais vraisemblablement pas. Une peau nue rencontra une autre peau nue, puis une forme dure. Elle retint son souffle, Roger de même. Il glissa en elle, gémissant :

– Oh quel bonheur !

Il marqua un temps d'arrêt, puis poussa un soupir d'extase parfumé d'effluves de whisky et se mit à aller et venir en elle sans cesser de fredonner. Il faisait sombre, Dieu soit loué, mais pas totalement noir. Les vestiges du feu projetaient une lueur sinistre sur son visage et, l'espace d'un instant, il ressembla au beau diable noir dont Inga avait parlé.

«Laisse-toi aller et prends ton plaisir», pensa-t-elle. Le foin produisait un froissement régulier, mais il y avait d'autres bruits autour d'eux. En outre, le sifflement du vent dans les branches noyait presque tous les sons.

Elle était parvenue à surmonter sa gêne et commençait à aimer ça quand Roger glissa ses mains sous elle et la souleva.

– Passe tes jambes autour de ma taille, chuchota-t-il.

---

* En français dans le texte. *(N.d.T.)*

Il lui mordilla le lobe de l'oreille et répéta :

– Passe tes jambes autour de ma taille et martèle-moi le cul à coups de talons.

À la fois autant excitée que lui et prise du désir de le vider de son souffle comme un accordéon, elle ouvrit grand les cuisses et les referma en ciseau autour de ses reins. Il gémit de plaisir et redoubla d'ardeur. La lubricité l'emportait, elle avait presque oublié où ils se trouvaient.

Agrippée à lui et transportée par sa chevauchée, elle cambra les reins et se contracta, frissonnant contre la chaleur de son corps, et sous la caresse froide et électrique du vent sur ses cuisses et ses fesses nues. Tremblante, elle se laissa fondre, ses jambes nouées autour de ses hanches, jusqu'à devenir toute molle. Puis, à bout de forces, elle fit rouler sa tête sur le côté et rouvrit les yeux.

Il y avait quelqu'un. Elle perçut un mouvement dans l'obscurité et se figea. C'était Fergus, venu chercher son fils. Elle l'entendit murmurer quelque chose en français à Germain, puis ses pas discrets s'éloignèrent en faisant à peine craquer la paille.

Elle resta immobile, toujours dans la même position. Entre-temps, Roger avait atteint le paroxysme du plaisir. La tête baissée, ses cheveux longs effleurant le visage de Brianna telles des toiles d'araignée, il murmura :

– Je t'aime. Dieu que je t'aime…

Puis il se retira, lentement, avec délicatesse. Dans un souffle, il lui glissa dans l'oreille :

– Merci.

Il s'affaissa sur elle, chaud, haletant.

– Mais je t'en prie, répliqua-t-elle.

Elle dénoua ses jambes raides et, non sans mal, parvint à désenchevêtrer leurs deux corps, plus ou moins couverts. Bientôt, ils furent de nouveau enfouis dans leur nid de paille, Jemmy coincé entre eux.

– Hé ! chuchota-t-elle.

Roger remua.

– Hmm?

– Quel genre de monstre était Eigger?

Il rit, d'un son grave et clair.

– C'était une génoise géante. Saupoudrée de chocolat. Elle se laissait tomber sur les autres monstres et les étouffait de tendresse.

Il rit de nouveau, fut pris d'un hoquet, puis s'enfonça dans la paille.

Un moment plus tard, elle chuchota de nouveau :

– Roger?

Elle n'obtint aucune réponse. Elle glissa une main au-dessus du corps endormi de leur fils et la posa doucement sur le bras de son mari.

– Chante pour moi, susurra-t-elle tout en sachant qu'il ne pouvait l'entendre.

7

James Fraser, agent indien

– James Fraser, agent indien…

Je le répétai en fermant un œil, comme si je le lisais sur un écran.

– On dirait le titre d'un feuilleton télévisé qui se passerait au Far West.

Occupé à retirer ses bas, Jamie s'interrompit pour regarder, circonspect.

– C'est vrai ? Et c'est une bonne chose ?

– Oui, dans la mesure où, à la télévision, le héros ne meurt jamais.

– Dans ce cas, je suis pour.

Il examina le bas qu'il venait juste d'ôter, le huma avec suspicion, le jeta dans la panière à linge sale et frotta du pouce son talon élimé.

– Il faut que je chante ?

– Chanter ? Ah…

Je me souvins que la dernière fois où j'avais tenté de lui expliquer la télévision, je m'étais surtout concentrée sur les programmes de variétés.

– Non, je ne crois pas. Tu n'auras pas non plus besoin de te balancer à un trapèze.

– Me voilà rassuré ! Ce n'est plus de mon âge.

Il se leva et s'étira en gémissant. Les pièces avaient été conçues avec deux mètres quarante de plafond, mais ses poings frôlaient quand même les poutres en sapin.

– Bon sang, que cette journée a été longue !

– C'est presque fini.

Je humai à mon tour le corsage que je venais juste de retirer. Il sentait fort, mais ce n'était pas encore désagréable, une odeur de cheval et de fumée de bois. Je décidai de l'aérer un peu avant de voir s'il pouvait tenir encore quelques jours avant d'aller au lavage.

– Même jeune, j'aurais été bien incapable de me balancer au bout d'un trapèze, déclarai-je.

Il sourit.

– J'aurais payé pour voir ça.

– Qu'est-ce qu'un agent indien, au juste ? À entendre MacDonald, on aurait dit qu'il t'octroyait une immense faveur en te proposant la charge.

Il ouvrit la boucle de son kilt et haussa les épaules.

– Il en est convaincu.

Il secoua le vêtement, laissant tomber sur le sol une fine pluie de poussière et de crin de cheval. Puis il ouvrit la fenêtre et l'agita vigoureusement à l'extérieur, déclarant par-dessus son épaule :

– En fait, ça le serait, si ce n'était pour ta guerre.

– Ma guerre ? rétorquai-je indignée. On croirait que c'est moi qui vais la déclarer !

Il écarta cette suggestion d'un geste.

– Tu comprends ce que je veux dire. Un agent indien, *Sassenach,* c'est exactement ça, un type qui va parler avec les Indiens, leur offrant des cadeaux et leur bourrant le crâne dans l'espoir qu'ils défendront les intérêts de la Couronne, quels qu'ils soient.

– Ah ? Et ce Bureau du Sud dont parlait MacDonald, c'est quoi ?

Je jetai un œil vers la porte fermée de notre chambre, mais les ronflements étouffés qui nous parvenaient depuis l'autre côté du couloir indiquaient que notre invité s'était déjà abandonné dans les bras de Morphée.

– Mmphm. Il y a un Bureau du Sud et un Bureau du Nord. Tous deux traitent des affaires indiennes dans les colonies. Celui du Sud regroupe tout ce qui est sous la tutelle de John Stuart, un homme d'Inverness. Tourne-toi, je m'en occupe.

Je lui présentai mon dos avec gratitude. Avec un savoir-faire issu d'une longue pratique, il dénoua les lacets de mon corset en quelques secondes. J'expirai à pleins poumons quand les baleines s'écartèrent enfin. Il me retira ma chemise, massant mes côtes là où les tiges dures avaient pressé le tissu humide dans ma peau. Je soupirai d'aise.

– Merci.

M'adossant à lui, je demandai :

– Parce que ce Stuart vient d'Inverness, MacDonald pense qu'il sera naturellement prédisposé à recruter d'autres Highlanders ?

Jamie fit une moue ironique.

– Tout dépend de Stuart, s'il a déjà rencontré des membres de ma famille ou pas. Mais, en effet, MacDonald le croit.

Il déposa un baiser sur le sommet de mon crâne d'un air distrait, puis ôta ses mains pour dénouer le lacet de ses cheveux.

J'enjambai mon corset tombé sur le sol et proposai :

– Assieds-toi et laisse-moi faire.

En chemise, il s'installa sur le tabouret, fermant les yeux pour se détendre pendant que je défaisais sa natte, nouée depuis trois jours. Il l'avait tressée très serrée pour ne pas être gêné à cheval. Je glissai mes mains dans la masse chaude, ses mèches libérées retombant en vagues cannelle, or et argent, tandis que je massais son cuir chevelu du bout des doigts.

– Des cadeaux, tu disais ? C'est la Couronne qui les fournit ?

J'avais remarqué que la Couronne avait la fâcheuse habitude « d'honorer » des hommes fortunés avec des charges nécessitant qu'ils puisent des fonds importants dans leurs propres caisses.

– En théorie.

Il bâilla à s'en décrocher la mâchoire, ses épaules se détendant, pendant que, armée de ma brosse, j'entreprenais de démêler sa chevelure.

– Mmm, ça fait du bien. Voilà pourquoi MacDonald considère qu'il me fait une faveur : c'est un poste qui permet de réaliser de bonnes affaires.

– Sans parler d'excellentes occasions de corruption. En effet, je comprends mieux.

Je le brossai quelques minutes avant de demander :

– Tu comptes accepter ?

– Je ne sais pas. Il faut que j'y réfléchisse. Tu parlais tout à l'heure du Far West. Brianna y a déjà fait allusion, racontant des histoires de vachers.

– De cow-boys, corrigeai-je.

– Oui, c'est ça, et d'Indiens. C'est vrai, ce qu'elle dit au sujet des Indiens ?

– Si tu veux parler du fait que la plupart seront exterminés au cours du siècle prochain, oui, elle dit vrai.

En ayant terminé avec ses cheveux, je m'assis sur le lit en face de lui pour brosser les miens.

– Ça te préoccupe ?

Il réfléchit longuement à ma question, puis se gratta le torse, là où une touffe de poils frisés dorés émergeait du col de sa chemise.

– Non, répondit-il enfin. Pas vraiment. Ce n'est pas comme si j'allais les égorger un à un de mes propres mains. Mais… on y arrive, n'est-ce pas ? Le temps où je vais devoir marcher sur des œufs si je veux éviter d'être pris entre deux feux.

– Oui, j'en ai peur.

Je sentis un nœud désagréable se former entre mes omoplates. Je ne comprenais que trop bien ce qu'il voulait dire. Les lignes de front n'étaient pas encore claires, mais on était en train de les tracer. Devenir agent indien pour la Couronne signifiait être perçu comme un loyaliste. Cela ne posait pas de problème pour l'instant, le mouvement rebelle ne constituant qu'une frange radicale, avec des poches de mécontentement ici et là. Mais cela deviendrait très, très dangereux à mesure que l'on approcherait de la prise du pouvoir par les mécontents et de la déclaration d'indépendance.

Connaissant l'issue des combats, Jamie savait qu'il ne devrait pas trop tarder avant de rallier les rebelles, mais, s'il s'y prenait trop tôt, il risquait d'être arrêté comme traître. Ce n'était pas une bonne idée pour un homme qui avait déjà été inculpé pour trahison et gracié.

– Bien sûr... hésitai-je. En tant qu'agent indien... tu pourrais éventuellement convaincre certaines tribus à soutenir le camp des indépendantistes... ou, au moins, à rester neutres.

– C'est une possibilité, dit-il sur un ton morne. Mais, en mettant de côté la question de savoir si une telle initiative serait honorable ou pas, cela ne contribuerait-il pas à les condamner ? Je veux dire... est-ce que l'issue serait la même, si les Anglais venaient à gagner ?

– Ils ne gagneront pas, répliquai-je laconique.

Il me lança un regard agacé, puis déclara sur un ton tout aussi sec.

– Je sais. J'ai de bonnes raisons de te croire sur parole, n'est-ce pas ?

J'acquiesçai, pinçant les lèvres. Je ne tenais pas à discuter du soulèvement jacobite. Pas plus que je n'avais envie de réfléchir à la révolution à venir, mais nous n'avions guère le choix.

– Je ne sais pas quoi répondre. On ne peut être sûr de rien, puisque ce n'est pas encore arrivé, mais, si je devais... euh... formuler une hypothèse... je dirais que les Indiens s'en sortiraient probablement mieux sous domination anglaise.

Je lui souris, l'air un peu contrit.

– Crois-le ou non, mais, en général, l'empire britannique a... ou va, devrais-je plutôt dire... parvenir à gérer ses colonies sans complètement exterminer les peuples indigènes.

– Exception faite des Highlanders, rectifia-t-il caustique. Oui, je te crois, *Sassenach*.

Il se leva et se passa une main dans les cheveux. J'entraperçus la minuscule cicatrice blanche sur son cuir chevelu, souvenir du passage d'une balle.

– Tu devrais en discuter avec Roger, conseillai-je. Il en sait beaucoup plus que moi.

Il hocha la tête avec une légère grimace.

– À propos de Roger, où crois-tu qu'ils sont partis, Brianna et lui ?

– Chez les McGillivray, chercher le petit Jem, répondit-il comme si cela coulait de source.

– Comment le sais-tu ?

– Quand un homme sent le danger venir, il veut regrouper toute sa famille autour de lui, non ?

Il leva un bras vers le haut de l'armoire et descendit son épée. Il la sortit à moitié de son fourreau, puis remit l'arme à sa place, la lame dégagée, la garde à portée de main.

Il avait monté ses deux pistolets dans la chambre et les avait placés sur le cabinet de toilette près de la fenêtre. Quant au fusil et à la carabine, ils les avaient aussi chargés et amorcés, puis suspendus à leurs clous au-dessus de la cheminée, au rez-de-chaussée. Comme si cela ne suffisait pas, il décrocha son poignard de son ceinturon et, après avoir fendu l'air d'une arabesque comique, le glissa sous son oreiller.

– Parfois, j'oublie, dis-je amusée.

Lors de notre nuit de noces, une dague similaire avait pris place sous l'oreiller, comme bien des fois par la suite.

– Ah oui ?

Il esquissa un sourire.

– Pas toi, jamais ?

Un peu triste, il fit non de la tête.

– Non, mais, parfois, j'aimerais pouvoir.

De l'autre côté du couloir, un cri de surprise nous interrompit, suivi aussitôt de violents jurons et d'un bruit sourd contre la paroi, comme une chaussure heurtant le mur.

– Saloperie de chat ! hurla le major MacDonald.

Je me redressai, une main sur les lèvres, tandis qu'un martèlement de pieds nus faisait vibrer le plancher. La porte du major s'ouvrit brutalement, puis se referma en claquant.

Jamie s'était lui aussi figé. Il approcha à pas feutrés de la porte et l'entrouvrit sans faire de bruit. Adso entra tranquillement, sa queue formant un S arrogant. Sans nous prêter la moindre attention, princier, il traversa la chambre, bondit avec agilité sur le cabinet de toilette et s'installa dans la bassine, où il leva une patte arrière et se mit à se lécher les testicules de manière indolente.

Jamie suivit sa prestation avec intérêt, et observa :

– J'ai vu une fois un homme à Paris qui pouvait faire la même chose.

– Il y avait des gens prêts à payer pour le regarder faire ?

Je présumais que personne ne se livrerait à ce genre d'exhibition en public pour le simple plaisir. Du moins, pas à Paris.

– En fait ce n'était pas tant l'homme qu'ils voulaient voir, mais sa partenaire, qui était aussi souple que lui.

Il me fit un regard entendu, ses yeux projetant un éclat bleu à la lueur des chandelles.

– C'était un peu comme d'observer des vers de terre copuler, si tu vois ce que je veux dire.

– Fascinant, murmurai-je.

Je me tournai vers la bassine où Adso était passé à un exercice encore plus déplacé.

– Toi, le chat, tu as de la chance que le major ne dorme pas armé. Il t'aurait vite transformé en terrine.

– J'en doute. Notre Donald dort toujours avec un couteau sous son oreiller, mais il sait de quel côté sa tartine est beurrée. Il n'a pas intérêt à tuer ton chat, s'il veut son petit-déjeuner demain matin.

Derrière la porte, les imprécations s'étaient tues. Avec l'aisance accomplie du soldat professionnel, le major était déjà de retour au pays des rêves.

– En effet. En tout cas, tu avais raison à propos de ses efforts pour être au mieux avec le nouveau gouverneur. Mais je me demande quel est le vrai mobile derrière sa volonté de te voir prendre du galon toi aussi.

Jamie haussa les épaules, déjà désintéressé du débat sur les machinations de MacDonald.

– J'avais raison, hein ? Ça veut dire que tu me dois un gage, *Sassenach*.

Il m'examina de haut en bas d'un air inspiré. J'espérai qu'il ne pensait plus aux contorsions du couple de Parisiens. Je le regardai, inquiète.

– Ah oui ? Et... euh... quel genre de gage, précisément ?

– Je n'ai pas encore réfléchi à tous les détails, mais, pour commencer, je pense que tu devrais t'allonger sur le lit.

Cela me parut un début raisonnable. J'empilai les oreillers à la tête du lit, en profitant pour ôter le poignard, et grimpai sur les couvertures. Puis il me vint une idée, et je redescendis pour resserrer les cordes soutenant le matelas jusqu'à faire gémir le sommier.

Amusé, Jamie m'observait.

– Très futé de ta part, *Sassenach*.

Je remontai à quatre pattes sur notre lit, cette fois bien tendu.

– L'expérience ! Je me suis trop souvent réveillée après une nuit avec toi, le matelas enroulé autour de mes oreilles, et mes fesses à deux centimètres du sol.

– Oh, je crois que tes fesses vont aller bien plus haut que ça.

– Pourquoi, tu vas me laisser être sur le dessus ?

J'étais plutôt partagée sur la question. J'étais morte de fatigue et, bien qu'aimant chevaucher Jamie, j'avais passé plus de dix heures sur une vilaine carne, et les muscles de mes cuisses nécessaires à ces deux activités tremblaient spasmodiquement.

– Peut-être plus tard, répondit-il. Allonge-toi, *Sassenach,* et remonte ta chemise. À présent, écarte les jambes, voilà, c'est ça... non, encore un peu.

Avec une lenteur calculée, il retira sa chemise.

Je poussai un soupir et calai mes fesses, cherchant une position que je pourrais garder longtemps sans avoir de crampes.

– Si tu penses à ce que je crois que tu penses, tu vas le regretter. Je n'ai même pas fait ma toilette. Je suis crasseuse et sens comme un cheval.

Nu, il leva un bras et huma son aisselle.

– Ah oui? Moi aussi. Ça tombe bien, j'aime les chevaux.

Il avait cessé de faire semblant de prendre son temps, mais marqua un temps d'arrêt pour vérifier son arrangement, m'inspectant et formulant son approbation.

– Oui, parfait! À présent, si tu veux bien lever les bras et t'agripper à la tête de lit…

– Tu ne vas tout de même pas!…

Puis je baissai la voix, regardant malgré moi vers la porte.

– … Pas avec MacDonald dormant à côté!

– Je vais me gêner! Au diable MacDonald et tous les autres!

Toutefois, il ne bougea pas, m'observant, songeur. Puis, au bout d'un moment, il soupira, résigné.

– Non, dit-il doucement. Pas ce soir. Tu penses toujours à cette pauvre famille de Hollandais, non?

– Oui. Pas toi?

Il s'assit sur le lit près de moi.

– Je m'efforce de ne pas y penser, mais sans grand succès. Les nouveaux morts ne veulent jamais rester tranquilles au fond de leur tombe, n'est-ce pas?

Je posai une main sur son avant-bras, soulagée de constater qu'il ressentait la même chose que moi. L'air de la nuit semblait agité par les allées et venues des esprits. Tout au long de cette soirée chargée d'incidents et de cris d'alarme, le souvenir de la morne clairière et de la rangée de tombes m'avait hantée.

C'était une nuit à rester enfermé chez soi, avec un bon feu dans la cheminée et des voisins non loin. La maison s'étirait, les volets grinçaient dans le vent. Jamie me dit à voix basse :

– J'ai envie de toi, Claire. J'ai besoin... tu veux bien ?

Les Hollandais avaient-ils passé ainsi leur dernière nuit ? Paisibles et douillettement blottis dans leurs murs, mari et femme, couchés dans leur lit, chuchotant, sans aucune idée de ce que l'avenir leur réservait ? Je revis les longues cuisses blanches de la femme balayées par le vent. J'avais entraperçu la petite toison frisée, sa vulve sous un halo de poils bruns, sculptée comme dans du marbre, ses lèvres fermées. Telle la statue d'une vierge.

– Moi aussi, j'en ai besoin, murmurai-je à mon tour. Viens.

Il se pencha sur moi et tira doucement sur le lacet qui retenait le col de ma chemise, faisant retomber le lin élimé sur mes épaules. Je voulus l'enlever, mais il retint ma main et la tint contre ma hanche. D'un doigt, il baissa un peu plus l'échancrure de ma chemise, puis souffla la chandelle. Dans l'obscurité fleurant la cire, le miel et la sueur des chevaux, il baisa mon front, mes yeux, mes pommettes, mes lèvres, mon menton, et ainsi de suite, avec douceur et lenteur, jusqu'à la plante de mes pieds.

Puis, il se hissa sur un coude et téta mes seins un long moment pendant que je caressais son dos et ses fesses, nues et vulnérables dans le noir.

Plus tard, nous restâmes confortablement enchevêtrés, juste éclairés par la faible lueur des braises dans l'âtre. J'étais si épuisée que je sentais mon corps s'enfoncer dans le matelas et n'aspirais plus qu'à me laisser glisser, toujours plus bas, dans les ténèbres accueillantes de l'inconscience.

– *Sassenach ?*

– Hmm ?

Après quelques secondes d'hésitation, sa main trouva la mienne et s'enroula autour d'elle.

– Tu ne feras pas comme elle, dis ?

– Comme qui ?

– Elle. La Hollandaise.

Arrachée à la lisière du sommeil, j'étais assommée. Au point que même l'image de la morte enveloppée dans son tablier en guise de linceul me parut irréelle, guère plus troublante que les fragments de réalité que mon cerveau balançait par-dessus bord dans un effort vain pour rester à flots, alors que je sombrais dans les profondeurs.

– Quoi? Tomber dans le feu? D'accord, j'essaierai.

Je bâillai, puis parvins encore à articuler :

– Bonne nuit.

– Non, réveille-toi.

Il secoua faiblement mon bras.

– *Sassenach*, parle-moi.

Dans un effort considérable, je m'extirpai des bras de Morphée et roulai sur le côté, pour lui faire face.

– Mmm… Parler? De?

– La Hollandaise. Si je meurs, tu ne tueras pas toute la famille, hein?

– Quoi?

Je me frottai le visage de ma main libre, essayant de comprendre où il voulait en venir.

– Quelle famille?… Oh. Tu crois qu'elle l'a fait exprès? Qu'elle les a empoisonnés?

– C'est une possibilité.

Ses paroles n'étaient qu'un murmure, mais elles me ramenèrent brutalement à la surface. Je demeurai silencieuse un instant, puis tendis la main, voulant m'assurer qu'il était bien là.

Il y était, grand, solide, l'os lisse de sa hanche chaud et vivant sous ma paume.

– C'était peut-être un accident. Tu ne peux pas en être sûr.

– Non, admit-il. Mais je ne peux m'empêcher d'imaginer la scène.

Il retomba sur le dos et décrivit sa vision comme s'il s'adressait aux poutres du plafond.

– Les hommes sont venus. Il leur a résisté et ils l'ont tué, sur le seuil de sa propre maison. Quand elle l'a vu mort... elle a dû leur dire qu'elle devait d'abord nourrir ses petits... puis elle a glissé les champignons dans le ragoût et l'a servi aux enfants et à sa mère. Deux des hommes en ont mangé, mais je pense que c'était un accident. Elle voulait seulement suivre son mari. Elle ne pouvait pas le laisser partir seul.

J'aurais aimé lui dire que c'était une interprétation plutôt mélodramatique de ce que nous avions vu. Mais je ne pouvais pas affirmer non plus qu'il se trompait. En l'écoutant, il me semblait moi aussi voir la scène, trop clairement.

– Tu ne sais pas, chuchotai-je enfin. Tu ne peux pas savoir.

« À moins de trouver les autres hommes et de leur demander », pensai-je soudain. Cependant, je me gardai de le lui dire.

Puis, nous restâmes silencieux. Je devinai qu'il y pensait encore, mais les sables mouvants du sommeil m'attiraient de nouveau vers le fond, tenaces et séduisants.

Sa tête se tourna tout à coup vers moi sur l'oreiller.

– Mais si je ne parviens pas à assurer ta sécurité ? La tienne et celle des autres ? Je ferais tout mon possible, *Sassenach*, je suis prêt à donner ma vie pour ça, mais, si je meurs trop tôt... Si j'échoue ?

Quelle réponse pouvais-je lui donner ?

– Ça n'arrivera pas.

Il soupira et baissa la tête, posant son front contre le mien. Son haleine sentait l'omelette et le whisky.

– J'essaierai, chuchota-t-il.

Je lui fermai les lèvres par un baiser, sa bouche chaude et réconfortante contre la mienne constituant notre accord tacite.

Je nichai ma tête dans le creux de son épaule, glissai ma main autour de son bras et humai l'odeur de sa peau, mélange de fumée et de sel.

– Tu sens comme un jambon fumé.

Il ricana et mit sa main dans son endroit habituel, entre mes cuisses.

Je me laissai enfin engloutir par les sables mouvants du sommeil. Peut-être le dit-il à l'instant même où je m'endormais, à moins que je l'aie rêvé. Ce n'était qu'un chuchotement.

– Si je meurs, ne me suis pas. Les enfants auront besoin de toi. Reste pour eux. Je peux attendre.

DEUXIÈME PARTIE

Les ombres s'amoncellent

8

La victime d'un massacre

De lord John Grey
À James Fraser, esquire

Le 14 avril 1773

Mon cher ami,

J'espère que ma lettre vous trouvera, vous-même et toute votre famille, en excellente santé. Pour ma part, je me porte comme un charme.

Mon fils est rentré en Angleterre afin d'y achever son éducation. Il me décrit avec ravissement ses expériences (je joins une copie de sa dernière lettre) et m'assure qu'il va bien. Plus important, ma mère m'a également écrit pour m'affirmer qu'il s'épanouit, bien que je croie (surtout d'après ce qu'elle ne me dit pas) qu'il introduit dans son existence paisible un élément de confusion et de remue-ménage.

Je vous avoue que l'absence de ce même élément dans ma propre maison se fait cruellement sentir. Vous seriez surpris de constater à quel point, ces jours-ci, ma vie est rangée et bien ordonnée. Toutefois, cette tranquillité me pèse et, si je suis au mieux de ma forme physique, mon esprit se languit. William me manque.

Pour me distraire de ma solitude, je me suis lancé récemment dans une nouvelle entreprise, la viticulture. Certes, mon vin n'a pas la puissance de vos spiritueux, mais je peux *affirmer sans honte qu'il n'est pas imbuvable et, en le laissant reposer un an ou deux, j'ai même la prétention de croire qu'il aura un bouquet agréable. Je vous en enverrai une douzaine de bouteilles plus tard ce mois-ci, que je confierai à mon nouvel employé, M. Higgins, dont l'histoire vous intéressera peut-être.*

Sans doute avez-vous entendu parler d'une rixe odieuse survenue à Boston il y a trois ans au mois de mars. Je l'ai souvent vue qualifiée dans les journaux et les placards de « massacre », d'une manière tout à fait irresponsable, et inexacte d'après tous ceux qui y ont assisté en personne.

Je n'y étais pas moi-même, mais ai parlé à de nombreux officiers et soldats qui l'ont vécue. S'ils disent vrai (et j'ai de bonnes raisons de les croire), la presse bostonienne a déformé les faits d'une manière scandaleuse.

Boston est à tous points de vue un creuset infâme de sentiment républicain, avec ses soi-disant « associations de marcheurs » paradant dans les rues en toutes occasions. Ce ne sont que des prétextes à des rassemblements de foule dans le seul but de martyriser les troupes stationnées là-bas.

Higgins m'informe qu'aucun homme n'osait plus se montrer seul dans la rue en uniforme, par peur de ces foules, et que, même quand les soldats étaient en nombre, la populace les harcelait au point de les contraindre à se calfeutrer dans leurs quartiers, n'en sortant que quand leur devoir les y obligeait.

Un soir, une patrouille de cinq soldats fut ainsi molestée, recevant non seulement des insultes de la nature la plus révoltante, mais des jets de pierres, de mottes de terre, du fumier et d'autres immondices. La pression de la plèbe autour d'eux fut telle que les hommes craignirent pour leur sécurité et déposèrent leurs armes dans l'espoir de faire cesser la pluie d'imprécations obscènes. Mal leur en prit, car la racaille redoubla ses outrages. À un moment donné, une balle fusa. Nul ne peut dire avec certitude si le coup a été tiré depuis la foule ou par un soldat, s'il s'agit d'un accident ou d'un acte délibéré, mais le résultat... Vous connaissez suffisamment bien ce genre de situation pour imaginer la confusion qui s'en est suivie.

Au bout du compte, il y eut cinq morts parmi la populace. Les soldats, quoique roués de coups et sérieusement malmenés, s'en sortirent vivants, mais furent ensuite pris comme boucs émissaires dans les tirades haineuses des agitateurs de la presse, qui présentent l'affaire comme le massacre gratuit d'innocents plutôt que comme un cas de légitime défense contre une foule enflammée par l'alcool et les slogans.

J'avoue, comme vous vous en doutez certainement, que mes sympathies vont plutôt aux soldats. Ils ont été traînés devant un tribunal, où le juge en a acquitté trois, mais a estimé qu'il serait dangereux, surtout pour sa propre sécurité, de les relaxer tous.

Higgins et un de ses collègues furent condamnés pour homicide, mais il fit appel et fut libéré après avoir été marqué au fer rouge. Naturellement, l'armée l'a réformé et, devenu l'opprobre public, sans aucun moyen de gagner sa vie, il s'est retrouvé à la rue. Il m'a raconté comment, peu après sa libération, il avait été sauvagement battu dans une taverne, une agression qui lui a coûté un œil. De fait, ses jours ont été en péril à plus d'une reprise. Craignant pour sa vie, il a embarqué à bord d'un sloop dont le capitaine n'était autre que mon ami, M. Gill. Pour le convaincre, il a affirmé être marin, mais, pour l'avoir vu à l'œuvre, je peux vous assurer qu'il n'en est rien.

Le capitaine Gill s'en est vite rendu compte et l'a congédié dès leur arrivée au premier port. Je me trouvais en ville pour affaires et l'ai rencontré. Il m'a raconté la situation désespérée de Higgins.

J'ai cherché à le retrouver, ayant pitié d'un soldat qui me semblait avoir fait son devoir honorablement et trouvant injuste qu'il ait à en pâtir. Le trouvant intelligent et d'un tempérament agréable, je l'ai pris à mon service où il s'est avéré un très fidèle employé.

Je vous l'envoie avec le vin, dans l'espoir que votre épouse aura la bonté de l'examiner. Le médecin local, un certain docteur Potts, l'a ausculté et a déclaré que la blessure à son œil était irrécupérable, ce qui peut être le cas. Toutefois, ayant déjà bénéficié moi-même des talents de votre femme, je me demande si elle n'aurait pas quelques suggestions pour traiter ses autres maux. Le docteur Potts semble impuissant à y remédier. Assurez-la, je vous prie, que je suis son humble serviteur et lui serai éternellement reconnaissant pour sa bonté et ses compétences.

Mes sentiments les plus chaleureux à votre fille, à qui j'envoie un petit présent avec le vin. J'espère que son époux ne prendra pas ombrage d'une telle familiarité, et que ma longue accointance avec votre famille lui permettra de l'accepter.

Comme toujours, je reste votre obligé.

John Grey

9

Au seuil de la guerre

Robert Higgins était un jeune homme mince, si frêle qu'on se demandait si ses os n'étaient pas simplement retenus par ses vêtements, et si pâle qu'on imaginait aisément voir à travers. Il avait de grands et beaux yeux bleus candides, une masse ondulante de cheveux châtains et un air timide. Mme Bug le prit aussitôt sous son aile, déclarant avec fermeté qu'elle allait le «remplumer» avant son retour pour la Virginie.

M. Higgins me fut tout de suite sympathique. Ce charmant garçon s'exprimait avec l'accent doux de son Dorset natal. Je me demandais si la générosité de lord John Grey à son égard était aussi désintéressée qu'elle le paraissait.

J'en étais venue malgré moi à apprécier John Grey, après notre expérience partagée avec la rougeole quelques années plus tôt et son amitié avec Brianna pendant que Roger était retenu prisonnier par les Iroquois. Néanmoins, je savais pertinemment qu'il préférait les hommes, surtout Jamie, mais pas que lui.

Tout en déposant des rhizomes de trilles rouges à sécher, je me dis à voix haute :

– Beauchamp, tu es trop suspicieuse.

– Ce n'est pas peu dire ! lança une voix amusée derrière moi. Qui soupçonnes-tu et de quoi, cette fois ?

Je sursautai, envoyant les tiges voler dans tous les sens.

– Ah, c'est toi ! Tu es obligé d'approcher toujours aussi furtivement ?

Jamie déposa un baiser sur mon front.

– Je m'entraîne. Je veux garder toute mon aptitude pour la traque du gibier. Pourquoi parles-tu toute seule ?

– Pour être sûre d'avoir un bon auditoire.

Il rit et se baissa pour m'aider à ramasser les racines éparpillées sur le sol.

– Qui soupçonnes-tu, *Sassenach* ?

J'hésitai, mais dire la vérité était encore le plus simple.

– Je me demandais si John Grey sodomisait notre M. Higgins. Ou s'il comptait le faire.

Il eut un léger mouvement de recul, mais ne parut pas vraiment choqué, ce qui me laissa penser qu'il avait envisagé la même possibilité.

– Qu'est-ce qui te fait croire cela ?

Je lui repris une poignée de cosses et les étalai sur une bande de gaze tout en répondant :

– D'une part, c'est un très joli garçon. D'autre part, je n'avais encore jamais vu un jeune homme de son âge avec de telles hémorroïdes.

Jamie avait tiqué en m'entendant parler de sodomie. Il n'aimait pas que je sois indélicate, mais, après tout, il n'avait qu'à pas me poser la question.

– Quoi… il te les a montrées ?

– Il m'a fallu être persuasive. Il m'en a parlé d'emblée, mais il n'était pas franchement ravi à l'idée de se faire examiner.

– Je le comprends. Moi non plus, je n'aimerais pas et, pourtant, je suis ton mari. Mais pourquoi diable as-tu insisté pour lui ausculter le fondement, au-delà d'une curiosité morbide ?

Il jeta un coup d'œil méfiant vers le carnet noir ouvert sur la table dans lequel je rédigeais mes rapports médicaux.

– Tu n'es pas en train de dessiner les fesses de ce pauvre Bobby Higgins, tout de même !

– Pas besoin. N'importe quel médecin, de quelque époque que ce soit, sait à quoi ressemblent des hémorroïdes. Les Israélites et les Égyptiens de l'Antiquité en avaient déjà, après tout.

– Vraiment?

– C'est dans la Bible. Tu n'as qu'à interroger M. Christie.

Il me dévisagea avec scepticisme.

– Tu discutes de la Bible avec Tom Christie? Tu es plus courageuse que moi, *Sassenach*.

Christie était un presbytérien dévot que rien ne rendait plus heureux que de vous marteler le crâne avec les Saintes Écritures.

– Pas moi, mais Germain m'a demandé la semaine dernière ce qu'étaient des «tumeurs».

– Et alors?

– Les hémorroïdes sont des tumeurs, elles sont ainsi décrites dans le *Livre de Samuel*. «Mais quelle sorte de réparation devons-nous lui offrir, demandèrent les gens. Ils répondirent : cinq tumeurs en or et cinq rats en or, selon le nombre des princes des Philistins, car le même fléau a atteint tout le monde.» Ou quelque chose comme ça. Je cite de mémoire. M. Christie a fait recopier à Germain un verset de la Bible en guise de punition. Étant de nature curieuse, le gamin a voulu comprendre ce qu'il écrivait.

– Bien sûr, il n'a pas osé questionner M. Christie.

Jamie fronça les sourcils en se passant un doigt sur l'arête du nez.

– Je crois que je préfère ne pas savoir quelle bêtise Germain a commise pour mériter un tel châtiment.

– Tu as raison, il ne vaut mieux pas.

Tom Christie payait le loyer de son lopin de terre en étant maître d'école et semblait avoir sa propre méthode pour maintenir la discipline. À mon avis, le seul fait d'avoir Germain Fraser comme élève méritait un salaire supérieur à la valeur du terrain.

– Des hémorroïdes en or, murmura Jamie. Ça donne à réfléchir.

Il avait cet air songeur qui lui venait d'habitude quand il s'apprêtait à inventer une idée monstrueuse susceptible de déboucher sur une mutilation, la mort ou la prison à vie. Je trouvai son attitude un peu alarmante, mais, quel que soit le raisonnement qu'il suivait, il l'abandonna provisoirement, reprenant :

– Oui, bon... Que disais-tu au sujet des fesses de Bobby?

– Ah, oui ! J'en étais à la raison pour laquelle j'avais besoin d'examiner ses hémorroïdes. C'était pour décider s'il valait mieux tenter de les réduire ou carrément les exciser.

Jamie roula des yeux ahuris.

– Les exciser ? Tu veux dire, avec ton petit couteau ?

Il regarda le sac où je rangeais mes instruments chirurgicaux et voûta le dos, la mine révulsée.

– Je le pourrais, en effet, mais, sans anesthésie, ça risque d'être douloureux. Une autre méthode était en train de faire école, juste à l'époque où je suis partie.

L'espace d'un instant, je ressentis une pointe de nostalgie pour mon hôpital. Je pouvais presque sentir l'odeur de désinfectant, les chuchotements des infirmières et des aides-soignants, caresser les couvertures en papier glacé des revues médicales, débordantes d'idées et d'informations.

Puis les souvenirs s'évanouirent, et je me retrouvai à évaluer qui, des sangsues ou d'une simple ficelle, serait le mieux à même de restaurer la bonne santé de l'anus de M. Higgins.

– Le docteur Rawlings conseille les sangsues, expliquai-je. Entre vingt et trente, selon lui, pour un cas avancé.

Jamie hocha la tête, ne paraissant pas horrifié outre mesure. Bien entendu, il avait déjà plusieurs fois été traité avec des sangsues et m'assurait que cela ne faisait aucun mal. Il me questionna :

– Tu en as assez ? Tu veux que je demande aux garçons de m'accompagner pour aller t'en chercher ?

Jemmy et Germain seraient très heureux d'aller patauger dans les ruisseaux avec leur grand-père et de revenir avec des colliers de sangsues et de la boue jusqu'aux sourcils.

— Non. Ou plutôt si, mais ça ne presse pas. Les sangsues ne le soulageraient que pour un temps. Les hémorroïdes de Bobby sont très thrombosées, pleines de caillots séchés. Il vaudrait mieux les lui enlever complètement. Je pense pouvoir les ligaturer, je veux dire nouer un fil très serré à la base de chacune d'elles. Cela coupera leur irrigation sanguine. Elles finiront par se dessécher et tomber d'elles-mêmes. C'est très efficace.

— Très efficace, répéta Jamie dans un murmure.

Il semblait vaguement appréhensif.

— Tu l'as déjà fait ?

— Une ou deux fois.

— Ah.

Il pinça les lèvres, imaginant le procédé.

— Et... euh... comment fait-il pour... euh... chier pendant ce temps ? Ça ne cicatrise sûrement pas du jour au lendemain.

— Son problème, justement, c'est qu'il ne chie pas. Enfin, pas assez.

Je pointais un doigt accusateur vers lui.

— C'est la faute à cette horrible alimentation. Il m'a raconté : pain, viande et bière. Pas un légume, pas un fruit. À mon avis, la constipation est monnaie courante dans l'armée britannique. Je ne serais pas surprise si tous les soldats jusqu'au dernier avaient le trou du cul débordant d'hémorroïdes comme des grappes de raisin !

Jamie confirma d'un hochement de tête.

— Il y a beaucoup de choses que j'admire chez toi, *Sassenach*. Notamment, la délicatesse de ton langage.

Il toussota en levant les yeux au ciel.

— ... Mais si tu dis que c'est la constipation qui provoque les hémorroïdes...

— C'est le cas.

– Eh bien… Je pensais à ce que tu disais à propos de John Grey. Tu ne crois donc pas que l'état du postérieur de Bobby soit dû à… mmphm…

– Oh. Non, pas directement.

Je marquais une pause avant de m'expliquer :

– C'est juste que lord John a écrit dans sa lettre qu'il voulait que… comment l'a-t-il présenté, déjà ?… que je suggère un traitement pour ses autres maux. Bien sûr, il peut être au courant du problème du Bobby sans… comment dirais-je… être allé vérifier par lui-même. Mais les hémorroïdes sont si communes, pourquoi s'en inquiéterait-il au point de me demander d'intervenir… s'il ne craignait pas qu'elles risquent de gêner sa propre… euh… progression ?

Le visage de Jamie, qui avait retrouvé son teint normal durant notre conversation sur les sangsues, rougit de nouveau.

– Sa…

Je croisai les bras sur ma poitrine.

– C'est juste que ça me gêne un peu de penser qu'il nous a envoyé M. Higgins pour qu'on le… lui prépare, si l'on peut dire.

L'arrière-train de Bobby Higgins me mettait mal à l'aise sans que je parvienne à en formuler la raison. Maintenant que les mots étaient sortis d'eux-mêmes, je savais avec précision ce qui me turlupinait.

– L'idée que je suis censée remettre en état ce pauvre Bobby pour ensuite le renvoyer chez lui se faire…

Je pinçai les lèvres et me penchai brusquement vers mes cosses, les changeant de côté inutilement.

– Ça m'ennuie, voilà tout, poursuivis-je sans relever la tête. Évidemment, je ferai de mon mieux pour soigner Bobby Higgins. Les perspectives de ce malheureux ne sont guère reluisantes. Il fera certainement… ce que son maître exigera. Je suis peut-être injuste envers lui. Je veux parler de lord John.

– Oui, peut-être.

Je me retournai et trouvai Jamie occupé à tripoter un bocal de graisse d'oie, l'air très absorbé.

– Sans doute... hésitai-je. Tu le connais mieux que moi. Si tu penses qu'il n'a pas l'intention de...

Je n'achevai pas ma phrase. Dehors, un cône d'épinette tomba sur l'auvent en bois avec un bruit sourd.

Jamie releva les yeux vers moi, un sourire contrit au coin des lèvres.

– J'en sais plus sur John Grey que je ne le souhaiterais. Et il en sait encore beaucoup plus sur moi. Mais...

Il reposa le bocal et se pencha en avant, les mains sur les genoux, me dévisageant.

– Je suis absolument certain d'une chose. C'est un homme d'honneur. Il ne profiterait jamais d'Higgins, ni d'aucun autre homme sous sa protection.

Il semblait très sûr de lui. Je fus rassurée. J'aimais bien John Grey. Cependant... ses lettres, qui nous parvenaient avec la régularité du papier à musique, me laissaient toujours une vague appréhension, comme un coup de tonnerre dans le lointain. Elles ne contenaient pourtant rien justifiant une telle réaction ; elles étaient comme lui, érudites, pleines d'humour et sincères. En outre, il avait plus d'une bonne raison d'écrire.

Je dis doucement :

– Il t'aime toujours, tu sais.

Il hocha la tête sans me regarder, les yeux fixés quelque part au-delà de la cime des arbres qui bordaient la cour.

– Ça te gêne ?

Il acquiesça de nouveau :

– Oui. Pour moi. Pour lui, bien sûr. Mais pour William ?

Il fit une moue indécise.

Je m'adossai à ma table de travail.

– Il a sans doute adopté William pour toi. Mais je les ai vus tous les deux ensemble, souviens-toi. Il ne fait aucun doute qu'il aime profondément cet enfant.

– Je n'en ai jamais douté non plus.

Il se leva, nerveux, et fit tomber des miettes imaginaires des plis de son kilt. Son visage était fermé, tourné vers l'intérieur : il ne souhaitait pas partager ses pensées avec moi.

– Tu ne te…

Je m'interrompis en croisant son regard.

– Non, laisse tomber.

Il pencha la tête sur le côté.

– Quoi?

– Rien.

Il ne bougea pas, mais son regard s'intensifia.

– Je peux voir à ta tête que ce n'est pas «rien», *Sassenach*. Que veux-tu savoir?

Je pris une profonde inspiration, enfonçant les poings dans les poches de mon tablier.

– C'est juste que… Je suis sûre que ce n'est pas le cas, c'est simplement une idée qui m'a traversé l'esprit…

Il soupira, agacé, indiquant ainsi que je ferais mieux de cesser de tergiverser et de lâcher le morceau. Le connaissant assez pour savoir que je ne pourrais m'en tirer aisément, je me lançai :

– Tu ne te demandes jamais s'il n'a pas adopté l'enfant, parce que… William te ressemble tant, et ce, depuis tout petit. Lord John te trouvant physiquement… attirant… euh…

En voyant son expression, les mots moururent dans ma gorge.

Il ferma les yeux un instant pour m'empêcher de lire au fond d'eux. Il serrait tant les poings que ses veines saillaient, des phalanges à l'avant-bras. Il les détendit très lentement, puis, sur un ton ne laissant aucune place au doute, répondit simplement :

– Non.

Cette fois, il me fixa droit dans les yeux, expliquant :

– Je ne dis pas ça parce que l'idée me serait intolérable.

– Bien sûr.

J'avais hâte de changer de sujet.

– J'en suis intimement convaincu, répéta-t-il.

Ses deux doigts raides tapèrent une fois contre sa cuisse, puis s'immobilisèrent.

– Moi aussi, j'y ai pensé, reprit-il. Quand il m'a annoncé son intention d'épouser Isobel Dunsany.

Il se détourna, regardant par la fenêtre. Adso se tenait devant la porte, guettant quelque chose dans l'herbe.

– Je lui ai offert mon corps, lâcha Jamie abruptement.

Sa voix était ferme, mais je devinais à ses épaules nouées combien il lui coûtait de prononcer ces mots.

– En guise de remerciements, dis-je. Mais c'était…

Il m'interrompit d'un étrange petit mouvement convulsif, comme s'il cherchait à se débarrasser d'un joug.

– Je voulais savoir quel genre d'homme il était. En être sûr. L'homme qui prendrait mon fils comme le sien.

Sa voix trembla, très légèrement, quand il prononça « prendre mon fils ». Je m'approchai instinctivement de lui, désirant panser d'une manière ou d'une autre la plaie ouverte que trahissaient ces paroles.

Il resta raide à mon contact. Il ne voulait pas que je l'étreigne, mais il prit néanmoins ma main et la serra.

– Tu penses que tu as vraiment pu… t'en rendre compte ?

Je n'étais pas choquée. John Grey m'avait parlé de cette offre, des années plus tôt en Jamaïque. Toutefois, je doutais qu'il ait jamais saisi sa vraie nature.

Le pouce de Jamie caressa le bord de ma main, frottant doucement l'ongle de mon pouce. Il baissa le regard vers moi, et je le sentis sonder le mien. Le sien n'était pas interrogatif, plutôt celui d'un homme qui voyait sous un nouveau jour un objet qui lui était devenu familier, constatant pour la première fois avec les yeux ce que le cœur savait depuis longtemps.

De sa main libre, il lissa mes sourcils. Deux de ses doigts s'attardèrent un instant sur ma joue, puis remontèrent, s'enfonçant dans mes cheveux. Il reprit enfin :

– Tu ne peux pas être aussi près d'un être, au point de sentir l'odeur de sa sueur, de sentir les poils de son corps contre les tiens… sans rien voir de son âme. Dans le cas contraire…

Il hésita. Je me demandai s'il pensait à Black Jack Randall ou à Laoghaire, la femme qu'il avait épousée quand il me croyait morte.

– Eh bien… c'est terrible, acheva-t-il.

Il y eut un long silence. Un bruissement dans l'herbe au dehors attira mon attention. Adso venait de bondir et de disparaître. Dans la grande épinette rouge, un oiseau moqueur poussa un cri d'alarme. Dans la cuisine, un objet tomba au sol dans un fracas métallique, puis nous entendîmes les va-et-vient rythmés d'un balai. Tous les bruits domestiques de cette vie que nous avions créée.

Cela m'était-il déjà arrivé? D'être couchée avec un homme sans rien voir de son âme? Oui, et il avait raison. Un souffle froid m'enveloppa, et mes poils se dressèrent sur mes bras.

Il poussa un soupir qui sembla monter depuis la plante de ses pieds et passa une main dans ses cheveux noués.

– John n'a pas voulu. Il m'aimait, c'est ce qu'il m'a dit. Si je ne pouvais pas l'aimer en retour – et il savait que c'était le cas –, alors il ne voulait pas se contenter d'un simulacre. C'était tout ou rien.

Il s'ébroua tel un chien sortant de l'eau.

– Non. Un homme qui dit ça n'irait jamais sodomiser un enfant pour les beaux yeux de son père. Je peux l'affirmer avec certitude, *Sassenach*.

– En effet. Dis-moi…

J'hésitai.

– Si… si… il avait accepté ton offre et que… tu l'avais trouvé…

Je cherchai une formulation adéquate.

– … moins honorable que tu l'espérais…

– Alors je lui aurais tordu le cou, là, au bord du lac. Peu m'importait d'être pendu. Je ne lui aurais jamais confié l'enfant.

Puis il ajouta, en haussant à peine les épaules :

– Mais il ne l'a pas fait, et moi non plus. Je peux te dire une chose : si le jeune Bobby se retrouve dans le lit de lord John, c'est parce qu'il y sera entré de son plein gré.

Aucun homme n'est très à l'aise quand quelqu'un lui enfonce les doigts dans le cul. J'avais déjà eu l'occasion de m'en rendre compte. Robert Higgins ne faisait pas exception.

Je tentai de le rassurer, usant de mon ton le plus doux :

– Ça ne fera pas mal. Il faut juste que vous ne bougiez pas.

Je l'avais fait grimper à quatre pattes sur la table de l'infirmerie, ne portant que sa chemise, ce qui amenait la zone d'intervention à hauteur d'yeux. J'avais placé les pinces et les ligatures sur une table à ma droite, avec un bol rempli de sangsues fraîches, en cas de besoin.

Il poussa un petit cri quand je nettoyai son anus avec un chiffon imbibé de térébenthine, mais tint parole et demeura immobile. Puis, je saisis une pince à longues branches.

– L'intervention va bien aller, l'assurai-je. Mais, pour que ses effets soient permanents, il va falloir changer radicalement d'alimentation, c'est bien compris ?

Il émit un son étranglé quand je pinçai une des hémorroïdes et la tirai vers moi. Elles étaient trois, une présentation classique, à neuf, deux et cinq heures. Bulbeuses comme des framboises, et de la même couleur.

– Oh ! Ou… oui, m'dame.

Je changeai la pince de main sans desserrer ma prise et pris un fil de soie passé dans une aiguille posée à ma droite.

– De la bouillie d'avoine. Du porridge tous les matins, sans faute. Vous allez mieux à la selle depuis que Mme Bug vous en sert au petit déjeuner ?

J'enroulai le fil lâchement autour de l'hémorroïde, puis, avec délicatesse, glissai l'aiguille dans la boucle, fis un nœud et serrai fort.

– Aaaah… Oh ! Euh… franchement, m'dame, quoi que je mange, c'est comme de chier des briques recouvertes de piques de hérisson.

– Ça ira mieux, faites-moi confiance.

Je fis un second nœud, puis relâchai l'hémorroïde. Il inspira profondément.

– À présent, du raisin. Vous aimez bien le raisin, n'est-ce pas ?

– Non, m'dame. Il m'agace les dents.

– Vraiment ?

Ses dents ne semblaient pourtant pas pourries. Il faudrait que j'inspecte plus attentivement sa bouche. Il souffrait peut-être d'une forme bénigne de scorbut.

– Dans ce cas, nous demanderons à Mme Bug de vous préparer une tarte aux raisins. Vous pourrez la manger sans difficulté. Lord John a-t-il un bon cuisinier ?

Je repris ma pince et m'attaquai à la seconde tumeur. S'étant habitué à la sensation, il n'émit cette fois qu'un léger grognement.

– Oui, m'dame. C'est un Indien, il s'appelle Manoke.

Une boucle, un nœud, une ligature.

– Hmm… Je vous écrirai la recette de la tarte aux raisins pour que vous la lui transmettiez. Il cuisine des patates douces, ou des haricots ? Les haricots sont très bons pour ce que vous avez.

– Je crois bien, m'dame, mais milord…

J'avais ouvert grand la fenêtre. Bobby n'était pas plus crasseux que la moyenne, mais cela ne voulait pas dire qu'il était propre. Au même instant, j'entendis des bruits sur la route. Des voix et un cliquetis de harnais.

Bobby les entendit lui aussi et jeta un coup d'œil paniqué vers la fenêtre, bandant les muscles de ses jambes comme s'il s'apprêtait à bondir de la table, telle une sauterelle. Je le rattrapai par une cheville, puis me ravisai. Il n'y avait aucun moyen de masquer la fenêtre, à moins de fermer les volets. Or, j'avais besoin de lumière.

Je le lâchai et attrapai une serviette.

– C'est bon, vous pouvez vous lever. Je vais aller voir qui c'est.

Il ne se le fit pas dire deux fois, sautant de la table et se précipitant sur ses culottes.

Je sortis sous le porche, juste à temps pour saluer les deux hommes qui tiraient leurs mules sur le dernier tronçon pentu de route qui menait à la cour : Richard Brown et son frère Lionel, venant de la colonie qui portait leur nom, Brownsville.

J'étais étonnée de les voir. Il fallait au moins trois jours de cheval pour relier Brownsville à Fraser's Ridge, et les deux communautés faisaient rarement du commerce ensemble. Dans la direction opposée, Salem était aussi éloignée, mais les habitants de Fraser's Ridge s'y rendaient plus souvent. Les Moraves étaient à la fois travailleurs et excellents troqueurs, échangeant notre miel, notre huile, nos poissons salés et nos peaux contre des fromages, de la poterie, des poulets et d'autres petits animaux de ferme. Autant que je sache, les habitants de Brownsville ne produisaient que de la pacotille destinée aux Indiens, et une bière médiocre qui ne valait pas le déplacement.

Richard, le plus petit et l'aîné des frères, effleura le bord de son chapeau sans toutefois l'enlever.

— Bonjour, madame Fraser. Votre mari est dans le coin ?

Je m'essuyai les mains avec précaution.

— Il est là-haut dans la grande grange, en train de gratter des peaux. Venez donc dans la cuisine, je vais vous servir du cidre.

— Ne vous donnez pas cette peine.

Sans un mot de plus, il tourna les talons et contourna la maison. Lionel Brown, à peine plus grand que son frère, mais tout aussi sec et dégingandé, avec les mêmes cheveux tabac, me salua d'un geste bref et lui emboîta le pas.

Ils avaient laissé leurs mules, les rênes pendantes, visiblement pour que je m'en occupe. Les animaux s'éloignaient d'un pas lent, s'arrêtant ici et là pour brouter l'herbe sur le bord du chemin.

D'un œil torve, je regardai dans la direction qu'avaient prise leurs propriétaires.

— Hmpf !

— Qui sont-ils ? demanda une voix basse derrière moi.

Bobby Higgins était sorti et lorgnait derrière le porche de son bon œil. Il tendait à se méfier des inconnus, ce qui n'avait rien d'étonnant après ses mésaventures à Boston.

– Des voisins.

Je descendis du porche et attrapai la bride d'une des mules juste au moment où elle s'apprêtait à arracher d'un coup de dents le jeune pêcher que je venais de planter. N'appréciant pas mon intervention, elle poussa un braiment strident dans mes oreilles, puis tenta de me mordre.

– Attendez, laissez-moi faire.

Bobby avait déjà saisi les rênes de l'autre mule et se pencha pour attraper le collier de la mienne.

– Écoute-moi ! lança-t-il à la brailleuse. Hé, arrête ce boucan, ou je te donne des coups de bâton !

Bobby avait servi dans l'infanterie et non dans la cavalerie, cela sautait aux yeux. Il avait pris un ton autoritaire, mais ses gestes étaient hésitants. Il tira en vain sur les rênes. La mule coucha aussitôt les oreilles et lui mordit le bras.

Il cria et lâcha les deux bêtes. Clarence, ma propre mule, entendit le vacarme et se mit à braire dans son enclos, saluant les deux nouvelles venues. Celles-ci partirent sur-le-champ au petit trot dans sa direction, leurs étriers en cuir se balançant contre leurs flancs.

Bobby n'était pas grièvement blessé, mais les dents de la mule avaient transpercé la peau. Des taches de sang commençaient à s'étendre sur sa manche. Pendant que je retroussai celle-ci pour évaluer l'ampleur des dégâts, j'entendis des pas sous le porche. Alarmée, Lizzie apparut, une grande cuillère en bois à la main.

– Bobby ! Que s'est-il passé ?

Il se redressa sans délai, affectant un air nonchalant, et écarta une mèche bouclée de son front.

– Ah, euh… ! Rien, mademoiselle. Quelques petits problèmes avec ces filles de Bélial. Pas de quoi s'inquiéter, tout va bien.

Sur ce, ses yeux roulèrent dans leurs orbites, et il s'effondra sur le sol, inconscient.

Lizzie poussa un cri, dévala les marches du perron et s'agenouilla près de lui, lui tapotant les joues.

– Qu'est-ce qui lui arrive, madame Fraser?

– Va savoir, dis-je honnêtement. Mais je ne pense pas que ce soit grave.

Bobby semblait respirer normalement. Je soulevai son poignet et pris son pouls; il battait à un rythme raisonnable.

– Ne devrait-on pas le transporter à l'intérieur? À moins que j'aille chercher une plume brûlée, qu'en pensez-vous? Ou de l'ammoniaque dans votre infirmerie? Ou un peu d'eau-de-vie?

Lizzie s'agitait au-dessus du jeune homme, tel un bourdon affolé, prête à s'envoler dans plusieurs directions à la fois.

– Non, attendez, j'ai l'impression qu'il revient à lui.

La plupart des évanouissements ne durent que quelques secondes. Je pouvais voir sa poitrine se soulever, tandis que sa respiration devenait plus profonde.

Il battit légèrement des paupières.

– Un peu d'eau-de-vie ne serait pas de refus, murmura-t-il.

Je fis signe à Lizzie, qui fila dans la maison, oubliant sa cuillère dans l'herbe. Je souris à Bobby et lui demandai :

– Vous n'avez pas l'air très en forme, n'est-ce pas?

La blessure à son bras n'était qu'une égratignure, et je ne lui avais encore rien fait justifiant une telle réaction... du moins physiquement. Quel était donc son problème?

Il tenta de se redresser en position assise. Comme il ne semblait rien avoir, en dehors du fait qu'il était blanc comme un linge, je le laissais faire.

– C'est juste que, de temps en temps, je vois tous ces petits points qui dansent devant mes yeux, comme un essaim d'abeilles, puis tout devient noir.

– De temps en temps? Vous voulez dire que ce n'est pas la première fois?

– Non, m'dame.

Sa tête ballottait comme un tournesol dans la brise. Je le soutins sous l'aisselle pour éviter qu'il ne s'effondre de nouveau.

– Milord espérait que vous pourriez faire quelque chose.

– Milord… oh, il sait que vous êtes sujet aux syncopes?

C'était une question idiote; si Bobby avait l'habitude de tourner de l'œil sous son nez, il s'en était forcément rendu compte.

Il hocha la tête, prenant une grande respiration.

– Le docteur Potts me saigne régulièrement, mais ça n'a pas changé grand-chose.

– Ça ne m'étonne pas. D'un autre côté, ça ne peut pas faire de mal à vos hémorroïdes.

Il rosit, son teint exsangue retenant juste assez de sang pour colorer ses joues. Il détourna le regard, fixant la cuillère en bois.

– C'est que… euh… je n'ai parlé de mon derrière à personne.

– Ah non? Mais…

– C'est juste à cause du voyage à cheval depuis la Virginie. Je n'aurais rien dit, sauf que, après une semaine passée sur cette putain de selle, pardonnez l'expression, je souffrais tellement que je n'ai pas pu le cacher.

– Donc, lord John n'en savait rien?

Il secoua la tête avec vigueur, faisant voler ses boucles châtaines. J'étais agacée, contre moi-même pour m'être méprise sur les motivations de John Grey, et contre John Grey pour me faire sentir aussi stupide.

– Allez-vous un peu mieux?

Lizzie ne revenait toujours pas avec l'eau-de-vie. Je me demandais où elle était passée. Toujours très pâle, Bobby hocha la tête, stoïque. Il se releva avec peine et se tint debout, chancelant tout en clignant des yeux, ayant du mal à retrouver son équilibre. Le «M» marqué au fer rouge sur sa joue se détachait encore plus, d'un rouge vif sur la peau blême.

Distraite par l'évanouissement de Bobby, je n'avais pas prêté attention aux bruits provenant de l'autre côté de la maison. À présent, je distinguai des voix et des pas qui approchaient dans ma direction.

Jamie et les frères Brown apparurent, puis s'arrêtèrent en nous voyant. Jamie, qui avait déjà le front soucieux, se renfrogna encore plus. En comparaison, les Brown paraissaient étrangement ravis, de manière sinistre.

Richard Brown fixa Bobby Higgins, puis se tourna vers Jamie.

– Alors, c'est donc vrai! Vous abritez un meurtrier!

Jamie affecta un ton poli mais glacial.

– Vraiment? Je l'ignorais.

Courtois, il inclina la tête en direction de Bobby, puis s'adressa aux deux frères :

– Monsieur Higgins, permettez-moi de vous présenter M. Richard Brown et M. Lionel Brown. Messieurs, mon invité... M. Higgins.

Il appuya distinctement sur le mot « invité », faisant serrer les dents à Richard Brown.

– Prenez garde, Fraser. De nos jours, il peut être dangereux d'entretenir de mauvaises fréquentations.

– Je choisis de côtoyer qui je veux, répliqua Jamie d'une voix sifflante. Or, je ne me souviens pas de vous avoir choisi. Ah, Joseph!

Joseph Wemyss, le père de Lizzie, approchait en tenant les deux mules rebelles, à présent dociles comme des chatons. À côté d'elles, il semblait minuscule.

Bobby Higgins me regarda, affolé, cherchant une explication. Je haussai les épaules et gardai le silence, pendant que les deux Brown montaient en selle et s'éloignaient dans la clairière, fulminant, le dos raide.

Jamie attendit qu'ils soient hors de vue, puis soupira, excédé, avant de marmonner en gaélique. Je ne compris pas les détails mais devinai qu'il comparait nos deux visiteurs aux hémorroïdes de M. Higgins, au détriment des premiers.

– Vous dites, m'sieur?

Higgins avait l'air hébété, mais toujours aussi désireux de bien faire.

– Qu'ils aillent donc couvrir leurs génisses, ces culs-terreux! résuma Jamie.

Il croisa mon regard, puis se dirigea vers la maison.

– Suivez-moi, Ben et Bobby, j'ai une ou deux petites choses à vous dire.

* * *

Je les suivis à l'intérieur, autant par curiosité que pour être là, au cas où M. Higgins aurait un nouveau malaise. Il semblait remis, mais encore très pâle. Comparativement, M. Wemyss, aussi blond et frêle que sa fille, représentait l'image même de la bonne santé campagnarde. De quel mal souffrait donc Bobby? Tout en le suivant, j'observai avec discrétion son fond de culotte, mais tout paraissait en ordre de ce côté-là. Pas de traces de saignement.

Jamie ouvrit la voie jusqu'à son bureau, indiquant d'un geste la série de tabourets et de caisses qu'il réservait à ses visiteurs. Cependant, Bobby et M. Wemyss préférèrent rester debout. Bobby pour des raisons évidentes, M. Wemyss par déférence; il n'était jamais à l'aise assis en présence de Jamie, hormis à l'heure des repas.

N'étant pas gênée par ces considérations physiques et sociales, je pris place sur le meilleur tabouret et levai un regard interrogateur vers Jamie, qui s'était installé derrière la table qui lui servait de bureau.

Il déclara sans préambule :

– Voici la situation : Brown et son frère se sont désignés d'office comme les chefs d'un comité de sécurité et sont venus pour m'enrôler, moi et mes métayers.

Il m'adressa un petit sourire en coin.

– J'ai décliné leur offre, comme vous avez sans doute pu le constater.

Mon estomac se noua. Je songeai à ce que MacDonald nous avait dit et à ce que je savais déjà. Cela avait donc commencé.

M. Wemyss parut perplexe.

– Un comité de sécurité ?

Il se tourna brièvement vers Bobby qui, lui, semblait avoir retrouvé ses esprits.

– Ils en ont donc déjà organisé un… murmura-t-il.

– Vous avez déjà entendu parler de ce genre de comité, monsieur Higgins ? demanda Jamie.

– J'en ai déjà croisé un, m'sieur, d'un peu trop près.

Bobby effleura son œil aveugle.

– Ce sont des meutes en furie. Aussi butées que leurs mules, mais en plus nombreuses… et en plus méchantes.

Il sourit tristement et lissa la manche de sa chemise, là où il avait été mordu.

L'allusion aux mules me rappela quelque chose. Je me levai d'un coup, interrompant la conversation.

– Lizzie ! Où est Lizzie ?

N'attendant pas la réponse à cette question purement rhétorique, je me précipitai vers la porte en criant son nom. Silence. Elle était partie chercher de l'eau-de-vie. Il y en avait une jarre pleine dans la cuisine, ce qu'elle ne pouvait ignorer. Je l'avais vue la descendre de son étagère à la demande de Mme Bug la veille. Elle devait être dans la maison. Elle ne serait quand même pas partie…

– Elizabeth ? Elizabeth, où es-tu ?

M. Wemyss marchait derrière moi dans le couloir.

Lizzie gisait devant le foyer de la cuisine, masse inerte de vêtements, une petite main étirée sur le sol comme si elle avait tenté en vain de se rattraper en tombant.

– Mademoiselle Wemyss !

Pris de panique, Bobby Higgins passa devant moi, se jeta à genoux et la prit dans ses bras.

– Elizabeth !

M. Wemyss me bouscula pour me devancer à son tour, sa face presque aussi livide que celle de sa fille.

Je les repoussai avec fermeté.

– Ça vous ennuierait que je l'examine ? Déposez-la sur le banc, Bobby, s'il vous plaît.

Il la souleva prudemment, puis s'assit sur le banc, la gardant dans ses bras, grimaçant un peu quand son arrière-train entra en contact avec le bois dur. Il n'avait qu'à jouer les héros s'il le voulait, je n'avais pas le temps de discuter avec lui. Je m'agenouillai et pris le pouls de la jeune fille, écartant les cheveux blonds de son visage de mon autre main.

Un seul regard m'avait suffi pour deviner ce qui lui arrivait. Sa peau était moite, et la pâleur de son teint, marbrée de gris. Je pouvais sentir les frissons qui commençaient à agiter son corps en dépit de son inconscience.

– La fièvre est de retour, n'est-ce pas ? demanda Jamie.

Il venait de se matérialiser à mes côtés et tenait M. Wemyss par l'épaule, tant pour le réconforter que pour le retenir.

– Oui, répondis-je succinctement.

Lizzie avait contracté le paludisme sur la côte quelques années plus tôt et avait déjà fait quelques rechutes, bien qu'elle n'ait rien eu depuis plus d'un an.

Soulagé, M. Wemyss soupira et retrouva un peu de couleur. Il savait ce qu'était le paludisme et croyait en mes compétences pour soigner sa fille. Je l'avais déjà remise sur pied plusieurs fois.

Je priai qu'il en soit de même aujourd'hui. Le pouls de Lizzie était rapide et faible sous mes doigts, mais néanmoins régulier. Elle refaisait peu à peu surface. Toutefois, la fulgurance de cette nouvelle crise était préoccupante. Avait-elle ressenti des signes avant-coureurs ? J'espérais que mon inquiétude ne se lisait pas dans mes yeux.

Je me tournai vers Bobby et M. Wemyss.

– Montez-la dans son lit, couvrez-la bien et placez une brique chaude sous ses pieds. Je vais lui préparer une infusion.

Jamie me suivit dans l'infirmerie, regarda par-dessus son épaule pour s'assurer que les autres ne pouvaient nous entendre et chuchota :

– Je croyais que tu étais à cours d'écorce du jésuite ?

– Je le suis, crotte !

Le paludisme était une maladie chronique, mais, jusque-là, j'avais pu le maîtriser à l'aide de faibles doses régulières d'écorce de quinquina. Toutefois, mon stock s'était épuisé au cours de l'hiver, et je n'avais encore trouvé personne se rendant sur la côte pour m'en rapporter.

– Alors, qu'est-ce que tu vas faire ?

– Je réfléchis.

J'ouvris la porte d'un placard et examinai les rangées ordonnées de bocaux en verre. Beaucoup étaient vides ou ne contenaient plus que quelques miettes de feuilles ou de racines. Mes réserves étaient à sec après un rude hiver humide avec des grippes, des engelures et des accidents de chasse.

Les fébrifuges. Je disposais de plusieurs préparations capables de faire baisser une fièvre normale, mais le paludisme, c'était une autre paire de manches. Au moins, il me restait de la racine et de l'écorce de cornouiller. J'en avais ramassé d'énormes quantités à l'automne, en pressentant le besoin. Je descendis le bocal, puis, après quelques minutes de réflexion, attrapai aussi un flacon contenant une sorte de gentiane baptisée « herbe parfaite ».

Tandis que j'émiettais les racines, les écorces et les herbes dans mon mortier, je demandai à Jamie :

– Mets de l'eau à chauffer, tu veux bien ?

Tout ce que je pouvais faire, c'était traiter les symptômes superficiels tels que la fièvre et les frissons. « Et le choc », pensai-je soudain. Il fallait aussi le traiter.

Je lançai à Jamie, déjà sur le pas de la porte :

– Et apporte-moi un peu de miel aussi, s'il te plaît !

Il hocha la tête et fila vers la cuisine, son pas rapide et ferme faisant craquer les lattes du plancher en chêne.

Je continuai à moudre le mélange tout en envisageant d'autres options. Une partie de mon esprit n'était pas fâchée de cette urgence : cela retardait pour un temps la nécessité d'entendre parler des frères Brown et de leur maudit comité.

Ils me mettaient au plus haut point mal à l'aise. J'ignorais ce qu'ils voulaient exactement, mais cela n'augurait rien de bon, j'en étais convaincue. En outre, ils n'étaient pas partis en bons termes. Quant à ce que Jamie se sentirait obligé de faire en retour…

Des marrons d'Inde. On les utilisait parfois contre la fièvre tierce, comme l'appelait le docteur Rawlings. M'en restait-il ? J'examinai à toute vitesse les pots dans le coffre de médecine et m'arrêtai en en voyant un qui contenait encore deux doigts de boulettes noires desséchées. L'étiquette disait «hou glabre». Ce n'était pas un de mes pots : il avait appartenu à Rawlings. Je ne m'en étais jamais servie, mais ce nom ne m'était pas inconnu. J'avais lu ou entendu dire quelque chose à propos du hou glabre, mais quoi ?

J'ouvris le flacon et le humai. La forte odeur astringente, à peine amère, qui s'élevait des baies, m'était vaguement familière.

Je m'approchai de la table où mon registre noir était toujours ouvert, et repris les premières pages où Daniel Rawlings, le créateur et propriétaire du grand cahier et du coffret à médecine, avait inscrit ses notes. Où avais-je déjà rencontré cette plante ?

Je tournais encore les pages quand Jamie revint, une cruche d'eau chaude dans une main, un bol de miel dans l'autre. Les jumeaux Beardsley sur ses talons.

Je ne fis aucun commentaire. Ils avaient tendance à apparaître au moment où on s'y attendait le moins, comme une paire de diables à ressort.

– Mlle Lizzie est gravement malade ? questionna Jo, anxieux.

Il étirait le cou derrière Jamie pour voir ce que je faisais.

– Oui. Mais ne vous inquiétez pas, je lui prépare un remède.

Je trouvai enfin. Ce n'était qu'une brève note, ajoutée après coup dans le compte rendu du traitement administré à un patient clairement paludéen. Je remarquai avec un frisson désagréable que le malheureux n'avait pas survécu.

« Le marchand qui m'a procuré de l'écorce du jésuite m'a informé que les Indiens utilisaient une plante appelée "hou glabre", qui rivalise en âpreté avec l'écorce de quinquina. Elle est considérée essentielle dans le traitement des fièvres tierces et quartes. J'en ai récolté quelques extraits pour l'expérimenter et me propose de les faire infuser dès que l'occasion s'en présentera. »

Je saisis quelques baies séchées et les mordis. Le parfum âcre de la quinine me remplit aussitôt la bouche, accompagnée d'une salivation intense. L'acidité me fit monter les larmes aux yeux. Je me précipitai vers la fenêtre ouverte et crachai dans l'herbe, manquant de m'étrangler par la même occasion. Dans mon dos, j'entendis les ricanements des Beardsley, très amusés par ce spectacle inattendu.

– Tout va bien, *Sassenach*?

Jamie était tiraillé entre l'hilarité et l'inquiétude. Il versa un peu d'eau de sa cruche dans un gobelet en argile, puis y ajouta un peu de miel avant de me le tendre.

– Ça va, répondis-je d'une voix rauque.

J'aperçus Kezzie en train de sniffer le flacon de hou glabre et m'écriai :

– Ne le laissez pas tomber !

Mon cri fut accueilli avec un hochement de tête, mais il ne le reposa pas pour autant, le tendant à son frère.

Je pris une autre longue gorgée d'eau sucrée et déglutis.

– Ces... elles contiennent un produit qui ressemble à la quinine.

Jamie se rasséréna.

– Ça signifie qu'elles peuvent aider la petite ?

– Je l'espère. Malheureusement, il n'y en a plus beaucoup.

Jo releva le nez du flacon, les yeux brillants.

– Vous voulez dire qu'il vous faut plus de ces trucs-là pour Mlle Lizzie, m'dame Fraser ?

– Oui, répondis-je surprise. Pourquoi, vous savez où en trouver ?

– Oui, m'dame, dit Kezzie en hurlant presque. Les Indiens en ont.

Jamie se tendit.

– Quels Indiens ?

Jo agita une main par-dessus son épaule dans un geste vague.

– Les Cherokees. Là-bas, dans la montagne.

Cette description succincte pouvait s'appliquer à une demi-douzaine de villages, mais il devait sûrement parler de celui de Tsigwa, car ils tournèrent tous les deux les talons dans un même mouvement, ayant visiblement l'intention de se mettre en route sur-le-champ. Tsigwa était la seule destination pour laquelle l'aller et le retour prendraient moins d'une semaine.

Jamie rattrapa Kezzie par le col.

– Attendez, les garçons, je viens avec vous. Vous aurez besoin de marchandises à troquer.

– Oh, nous avons plus de peaux qu'il n'en faut, lui assura Joe. La saison a été bonne.

Jo était un chasseur hors pair et, bien que Kezzie n'ait pas l'ouïe fine indispensable pour repérer le gibier, son frère lui avait appris à poser des pièges. Ian m'avait raconté que leur hutte était remplie presque jusqu'au plafond de peaux de blaireaux, de martres, de daims et d'hermines. D'ailleurs, ils en portaient l'odeur en permanence, un léger miasme de sang séché, de musc et de poils froids.

– C'est très généreux de ta part, Jo, mais je viens quand même.

Jamie me regarda, m'indiquant qu'il avait pris seul sa décision, mais qu'il sollicitait toutefois mon approbation. Je déglutis, un goût amer au fond de la bouche.

Je m'éclaircis la gorge avant de répondre.

– Si tu y vas, laisse-moi préparer quelques affaires à troquer et dresser une liste de ce que tu peux leur demander en échange. Vous ne partez pas avant demain matin, tout de même ?

Les Beardsley tremblaient d'impatience, mais Jamie demeura immobile, ne me quittant pas des yeux. Je le sentis me toucher, sans un geste ni une parole.

– Non, nous passerons la nuit ici.

Il se tourna vers les jumeaux.

– Jo, monte dire à Bobby Higgins de descendre me voir. Je dois lui parler.

Jo Beardsley eut l'air contrarié. Son frère adopta la même expression suspicieuse.

– Il est là-haut avec Mlle Lizzie ?

Outragé, Kezzie enchaîna :

– Que fait-il dans sa chambre, il ne sait donc pas qu'elle est fiancée ?

– Son père est là-haut aussi, les rassura Jamie. Sa réputation est donc sauve.

Agacé, Jo ricana. Les deux frères s'échangèrent un regard, puis sortirent comme un seul homme, bombant leur torse maigrelet, résolus à évincer cette menace à la vertu de Lizzie.

Je reposai mon pilon.

– Tu vas donc accepter ? Tu vas être agent indien ?

– Je crois bien ne plus avoir le choix. Si je n'accepte pas, Richard Brown le fera à ma place. Je préfère ne pas courir ce risque.

Il hésita, puis se rapprocha et effleura mon coude du bout des doigts.

– Je te renverrai les garçons le plus vite possible avec les baies. Il se peut que j'aie besoin de rester un jour ou deux de plus. Pour discuter, tu comprends ?

Il allait devoir expliquer aux Cherokees qu'il était désormais un agent de la Couronne britannique et faire le nécessaire pour que le bruit se répande. Tous les chefs des villages de la montagne descendraient alors pour parlementer et échanger des présents.

Je hochai la tête, sentant une peur sourde me nouer l'estomac. On a beau savoir qu'un événement horrible surviendra dans le futur, on refuse toujours de penser que le futur peut être demain.

– Ne… ne reste pas absent trop longtemps, d'accord ?

Les mots étaient sortis malgré moi. Je ne voulais pas encombrer son esprit avec mes peurs, mais c'était plus fort que moi.

– D'accord, promit-il doucement.

Sa main s'attarda dans le creux de mes reins.

– Ne t'inquiète pas, je ne serai pas long.

Un bruit de pas retentit dans l'escalier. M. Wemyss avait dû mettre tout le monde à la porte. Les jumeaux passèrent devant la porte sans s'arrêter, lançant des regards hostiles à peine voilés à Bobby, qui ne parut guère s'en émouvoir. Il avait retrouvé ses couleurs et semblait plus stable sur ses jambes. Il jeta un coup d'œil inquiet vers la table, toujours recouverte du drap sur lequel je l'avais fait grimper. Je le rassurai d'un signe de tête. Jamie ne l'avait pas appelé pour ça, je finirais de soigner ses hémorroïdes plus tard.

Jamie lui indiqua un tabouret, mais je m'éclaircis discrètement la gorge. Se souvenant alors, il n'insista pas. Il s'adossa lui-même à la table, ne s'asseyant pas non plus par solidarité.

– Les deux hommes qui sont venus plus tôt, ce sont les Brown. Ils ont monté une petite colonie dans la région. Tu as dit que tu avais déjà entendu parler des comités de sécurité, non ? Tu dois donc avoir une petite idée de ce dont il s'agit.

– Oui, bien sûr. Ces Brown… euh… c'est après moi qu'ils en avaient ?

Il avait parlé avec calme, mais sa nervosité était tangible.

Jamie soupira. Le soleil bas du crépuscule illuminait ses cheveux, faisant luire ici et là un éclat d'argent parmi les mèches rouille.

– Oui. Ils étaient au courant de ta présence ici. Quelqu'un le leur avait dit, sans doute un colon qu'ils ont rencontré en chemin. Tu as annoncé à des gens où tu allais, n'est-ce pas?

Bobby acquiesça.

Je vidai mon mortier rempli d'écorce pilée et des baies dans un bol et versai dessus de l'eau chaude pour les faire macérer.

– Qu'est-ce qu'ils lui veulent? demandai-je.

– Ils ne me l'ont pas énoncé clairement. Mais il faut reconnaître que je ne leur en ai pas vraiment laissé l'occasion. Je leur ai juste expliqué que, s'ils voulaient s'en prendre à l'un de mes invités, ils devraient d'abord me passer sur le corps.

Bobby prit une grande inspiration.

– Merci, m'sieur. Ils... ils savaient, je suppose? À propos de Boston? Ça, je n'en ai parlé à personne, croyez-moi.

Le front de Jamie se plissa encore un peu plus.

– Oui, ils savaient. Ils ont fait comme si je n'étais au courant de rien. Ils m'ont déclaré que j'abritais sans en être conscient un assassin et une menace pour le bien public.

Bobby caressa doucement sa marque au fer rouge, comme si elle le brûlait encore. Il esquissa un faible sourire.

– Pour ce qui est de la première affirmation, c'est vrai. Mais je ne crois pas être une menace pour qui que ce soit, enfin, plus maintenant.

Jamie ne releva pas cet aveu.

– Le problème, Bobby, c'est qu'ils connaissent ta présence ici. Ils ne viendront pas te chercher de force... je crois. Sois quand même sur tes gardes quand tu te déplaces dans les environs de la maison. Je ferai le nécessaire pour que tu rentres sans encombre chez lord John, en temps voulu, avec une escorte.

Il se tourna vers moi.

– Je présume que tu n'en as pas fini avec lui?

– Pas tout à fait.

Bobby me regarda avec appréhension.

– Dans ce cas…

Jamie glissa une main dans son dos sous sa ceinture et sortit un pistolet caché dans les plis de sa chemise. Je remarquai que c'était celui orné d'incrustations dorées. Il le tendit à Bobby.

– Garde-le sur toi. Il y a de la poudre et des munitions dans le tiroir de la crédence. Tu veux bien veiller sur ma femme et ma famille pendant mon absence ?

– Oh !

Bobby eut un mouvement de surprise, puis il accepta, insérant l'arme dans ses culottes.

– Bien sûr, m'sieur. Vous pouvez compter sur moi !

Jamie lui sourit, une lueur chaleureuse dans les yeux.

– Cela me rassure, Bobby. Cela t'ennuierait d'aller chercher mon gendre ? Je dois lui parler avant mon départ.

– Bien sûr, j'y vais tout de suite !

Il sortit le dos droit, une expression déterminée sur son visage de poète.

Quand la porte se fut refermée derrière lui, je demandai à voix basse :

– À ton avis, qu'est-ce qu'ils lui auraient fait, les Brown ?

– Va savoir ! Ils l'auraient peut-être pendu à un croisement de route ou seulement roué de coups avant de le chasser dans la forêt. Ils veulent montrer aux gens qu'ils sont capables de les protéger, tu comprends ? Contre les dangereux criminels et autres maraudeurs.

Il retroussa les lèvres dans une moue cynique.

Je citai de mémoire :

– « Un gouvernement puise ses pouvoirs dans le consentement éclairé des gouvernés. » Pour que le comité de sécurité trouve sa légitimité, la sécurité publique doit d'abord être menacée. Les Brown sont malins, ils l'ont compris tous seuls.

Il me dévisagea, surpris.

– «Le consentement éclairé des gouvernés»? Qui a dit ça?

Je lui répondis, sur un ton un peu suffisant :

– Thomas Jefferson. Ou plutôt, il le dira dans deux ans.

Il rectifia :

– Tu veux dire que, dans deux ans, il le volera à un certain monsieur du nom de John Locke*. Je suppose que Richard Brown a dû recevoir une éducation convenable.

– Contrairement à moi? À propos, si tu t'attends à ce que les Brown nous cherchent des noises, pourquoi as-tu donné à Bobby le pistolet le moins bon?

– Parce que j'ai besoin d'emporter les meilleurs. En outre, je doute fortement qu'il ait besoin de s'en servir.

– Tu comptes sur l'effet dissuasif?

J'étais sceptique, mais il avait probablement raison.

– Oui, en partie, mais surtout sur Bobby.

– Que veux-tu dire?

– Je serais étonné qu'il tire de nouveau sur quelqu'un, même si sa vie en dépendait. Il le ferait sans doute pour sauver la tienne. Or, si la situation en vient là, ils seront trop près pour qu'il puisse les rater.

Il parlait sur un ton détaché, mais j'en eus la chair de poule.

– Voilà qui est réconfortant. Mais comment sais-tu quelle sera sa réaction?

– On a discuté tous les deux. L'homme sur lequel il a tiré à Boston était le premier être humain qu'il a tué. Il ne veut jamais plus en arriver là.

Il se redressa et, incapable de rester en place, s'approcha du comptoir où il se mit à ranger les instruments en désordre que j'avais sortis afin de les nettoyer.

Je vins me placer à ses côtés et l'observai. Une poignée de cautères et de scalpels trempaient dans une bassine de

---

* Philosophe anglais, auteur du *Traité du gouvernement civil,* en 1690. (*N.d.T.*)

155

térébenthine. Il les sortit un par un et les rangea dans leur boîte, délicatement, côte à côte. Les lames en forme de spatule des cautères étaient noircies par l'usage ; celles des scalpels étaient ternies, mais leur tranchant étincelait, tel un fil d'argent brillant.

– Tout ira bien, murmurai-je.

J'avais voulu être rassurante, mais ma phrase résonnait comme une question.

– Oui, je sais.

Il plaça le dernier cautère dans la boîte, mais ne referma pas le couvercle. Il demeura debout, les deux mains posées à plat sur le comptoir, les yeux fixés droit devant lui.

– Je ne voulais pas partir. Je ne l'avais pas prévu ainsi.

J'ignorais s'il s'adressait à moi ou à lui-même, mais je supposais qu'il ne se référait qu'à sa visite chez les Cherokees.

– Moi non plus.

Je me rapprochai encore un peu et sentis son souffle. Il leva les mains et se tourna vers moi, me prenant dans ses bras. Nous restâmes ainsi enlacés, écoutant chacun la respiration de l'autre, les émanations aigres de l'infusion se mêlant aux odeurs domestiques du linge, de la poussière et de sa peau chauffée par le soleil.

Il y avait encore des choix à faire, des décisions à prendre et des actions à entreprendre. Beaucoup. Mais en un jour, en une heure, en une seule déclaration d'intention, nous avions franchi le seuil de la guerre.

10

L'appel du devoir

Après avoir envoyé Bobby chercher Roger Mac, Jamie tourna en rond, puis, trop énervé pour attendre, se mit en route à son tour, abandonnant Claire à ses décoctions.

Au dehors, tout semblait paisible et beau. Hébétée de contentement, une brebis brune paissait, indolente, dans son enclos, ses mâchoires mastiquant lentement. Derrière elle, deux agneaux avançaient par petits bonds maladroits comme des sauterelles laineuses. Le carré de simples était rempli de verdure et de jeunes fleurs.

Le couvercle du puits était entrouvert. Il se pencha pour le remettre en place et s'aperçut que le bois avait joué. Il ajouta cette réparation à la liste des tâches qui l'attendaient, se disant combien il aurait préféré passer les quelques jours à venir à creuser, répandre du fumier, remplacer des bardeaux et ainsi de suite, plutôt qu'à ce qu'il s'apprêtait à faire.

Combler l'ancienne fosse des latrines ou castrer des cochons lui paraissaient des travaux plus enviables que d'interroger Roger Mac sur ce qu'il savait des Indiens et des révolutions. D'ordinaire, il faisait son possible pour éviter de discuter du futur avec son gendre, ce genre de conversation le mettant profondément mal à l'aise.

Ce que Claire lui racontait sur son époque lui semblait souvent fantastique, baignant dans cette agréable demi-réalité des contes de fées, parfois macabre mais toujours fascinante par ce qu'il apprenait sur elle à travers ses récits. Brianna avait

157

plutôt tendance à lui faire partager les petits détails simples et intéressants de la mécanique, ou des histoires folles d'hommes marchant sur la lune, très amusantes sans pour autant menacer la tranquillité de son esprit.

En revanche, Roger Mac avait une manière froide et détachée de raconter qui lui rappelait les œuvres d'historiens qu'ils avaient lues. Leur inexorabilité était concrète. En l'écoutant, on avait l'impression que les diverses vicissitudes qu'il narrait, le plus souvent terribles, allaient non seulement se produire, mais auraient des conséquences directes sur sa propre existence.

C'était comme de parler à une diseuse de bonne aventure malveillante qui se vengerait de ne pas avoir été assez payée en ne vous prédisant que des événements désagréables. Cette image raviva un souvenir qui resurgit à la surface comme un flotteur en liège.

C'était à Paris. Il se trouvait avec des amis, étudiants comme lui, dans un des estaminets puant la pisse près de l'*université**. Ils étaient déjà sérieusement éméchés quand l'un d'eux décida de se faire lire les lignes de la main. Ils se ruèrent tous dans un coin où une vieille femme se tenait toujours assise, à peine visible dans la pénombre et la fumée des pipes.

Il n'avait pas l'intention de se prêter au jeu. Il ne lui restait que quelques sous en poche et ne tenait pas à les gaspiller dans ce genre d'inepties impies. Il le clama haut et fort.

Ce fut alors qu'une main noueuse surgit de l'obscurité et agrippa la sienne, enfonçant ses longs ongles crasseux dans sa chair. Il poussa un cri de surprise, provoquant l'hilarité de ses camarades. Ils rirent de plus belle quand la vieille lui cracha dans la paume.

Elle étala sa salive sur sa peau avec son pouce, se penchant si près qu'il sentit son odeur de vieille transpiration et vit les poux qui grouillaient sur les cheveux gris s'échappant du fichu noir. Du bout d'un ongle, elle suivit le tracé des sillons dans sa

---

* En français dans le texte. *(N.d.T.)*

paume, le chatouillant. Il tenta de se libérer, mais elle le retint, lui attrapant le poignet. Elle était d'une force surprenante.

Puis, elle déclara sur un ton malicieux.

– Toi, *tu es un vrai chat**, un petit chat roux.

Aussitôt, Dubois, un des étudiants, se mit à miauler, faisant rire les autres. Refusant d'encourager la vieille, Jamie se contenta d'un :

– *Merci, madame**.

Il tenta de nouveau mais en vain de retirer sa main.

– *Neuf*, annonça-t-elle.

Elle tapotait des points au hasard sur la paume, puis lui saisit un doigt et l'agita.

– Tu as un neuf dans ta main.

Puis elle ajouta comme si de rien était :

– … et la mort. Tu mourras neuf fois avant de trouver le repos dans ta tombe.

Elle le lâcha enfin, déclenchant un chœur de « *Ouh la la** ! » parmi les jeunes Français hilares.

Jamie ricana, renvoyant le souvenir dans les profondeurs de sa mémoire d'où il avait émergé. Bon débarras. Cependant, la vieille ne se laissait pas congédier aussi facilement et le rappelait au fil des ans, comme elle l'avait fait dans l'estaminet, lançant sur un ton moqueur à travers la salle bruyante et enfumée :

– Parfois, mourir n'est pas si douloureux, *mon p'tit chat**. Mais le plus souvent, cela fait mal.

– Ce n'est pas vrai, marmonna-t-il.

Il se raidit, conscient qu'il entendait la voix de son parrain et non la sienne.

« N'aie pas peur, mon garçon. Ça ne fait pas mal du tout, mourir. »

Il trébucha et se redressa de justesse. Il resta immobile un moment, un goût de métal au fond de la gorge. Son cœur battait fort, sans raison, comme s'il venait de parcourir des kilomètres au pas de course. Il aperçut la cabane et entendit les geais qui s'interpellaient dans les branches de châtaigniers.

---

* En français dans le texte. *(N.d.T.)*

159

Mais il voyait encore plus clairement le visage de Murtagh, ses traits sévères se relâchant dans une expression paisible, ses yeux noirs et caves s'efforçant de fixer les siens, comme si son parrain le regardait tout en voyant un autre point loin derrière lui. Il sentit le corps de ce dernier s'alourdir soudain dans ses bras tandis que la mort l'emportait.

La vision s'évanouit aussi brusquement qu'elle était apparue. Il se rendit compte qu'il se tenait devant une flaque d'eau de pluie, fixant un canard en bois à demi enfoui dans la fange.

Il se signa, récita une brève prière pour le repos de l'âme de Murtagh, puis ramassa le leurre et le trempa dans la flaque pour rincer la boue. Ses mains tremblaient. Ses souvenirs de Culloden étaient peu nombreux et fragmentés… mais ils commençaient à réapparaître.

Jusqu'à présent, ils ne lui revenaient que par bribes vagues, à la lisière du sommeil. Il y avait déjà revu Murtagh, comme dans les rêves qui avaient suivi.

Il n'en avait pas parlé à Claire. Pas encore.

Il poussa la porte de la cabane. Elle était déserte, le feu éteint, le rouet et le métier à tisser abandonnés dans un coin. Brianna était sans doute chez Fergus, rendant visite à Marsali. Où pouvait se trouver Roger Mac? Il ressortit et tendit l'oreille.

Des coups de hache résonnaient faiblement dans la forêt derrière la cabane. Ils s'interrompirent, puis il perçut des voix d'hommes se saluant. Il prit la direction du sentier qui grimpait dans la montagne, à moitié envahi par les herbes folles du printemps, mais dans lequel on distinguait des empreintes fraîches enfoncées dans la terre noire.

Que lui aurait dit la vieille chiromancienne s'il l'avait payée? Avait-elle menti pour le punir de sa pingrerie? Ou lui avait-elle dit la vérité pour la même raison?

Ce qu'il détestait le plus quand il discutait avec Roger Mac, c'était la certitude d'entendre toujours la vérité.

Il avait oublié de laisser le canard en bois dans la cabane. Il l'essuya sur ses culottes, puis se fraya un passage entre les mauvaises herbes pour aller apprendre ce que le sort lui réservait.

11

Examen sanguin

Je poussai le microscope vers Bobby Higgins, rentré de sa course. Son inquiétude pour Lizzie semblait lui avoir fait oublier ses propres tourments.

– Vous voyez les petites taches roses ? Ce sont les globules rouges de Lizzie. Tout le monde en a. Ce sont eux qui donnent sa couleur au sang.

– Ça alors ! Je n'aurais jamais cru !

– Maintenant, vous pouvez le croire. Vous remarquez que certains sont éclatés et que d'autres présentent des minuscules points noirs ?

Concentré, il plissa tout son visage.

– En effet, m'dame. Qu'est-ce qui leur arrive ?

– Ce sont des parasites. Des bestioles qui entrent dans le sang quand on est piqué par certains moustiques. On les appelle des plasmodiums. Une fois installés, ils continuent de vivre dans le sang, mais, de temps à autre, ils se mettent à... euh... se reproduire. Quand ils sont trop nombreux, ils font éclater les globules. C'est ce qui provoque la crise. Les déchets de cellules crevées s'enlisent dans les organes, ce qui rend très malade.

– Ah.

Il se redressa, regardant le microscope avec un profond dégoût.

– C'est un vrai massacre, vous ne trouvez pas ?

Je m'efforçai de garder mon sérieux.

– En effet. Toutefois, la quinine… l'écorce du jésuite, ça vous dit quelque chose ?… aide à l'arrêter.

Sa face s'illumina.

– Tant mieux, m'dame. Tant mieux ! Mais comment vous savez toutes ces choses-là ? C'est incroyable.

– Oh, j'en connais long sur les parasites, répondis-je avec nonchalance.

Je pris le bol dans lequel j'avais laissé infuser l'écorce de cornouiller et les baies de hou glabre. Le liquide était d'un beau violet noirâtre et un peu visqueux maintenant qu'il avait refroidi. Il dégageait aussi une odeur pestilentielle : j'en déduisis alors qu'il était presque prêt.

– Dites-moi, Bobby. Vous avez déjà entendu parler d'ankylostomes ?

Il me dévisagea, interdit.

– Non, m'dame.

– Mmmm… Vous voulez bien me tenir ceci, s'il vous plaît ?

Je posai un carré de gaze plié sur le goulot d'un flacon que je lui confiai pendant que je filtrais la mixture violette. Sans quitter le filet liquide des yeux, je l'interrogeai :

– Ces évanouissements dont vous souffrez, ils sont apparus il y a longtemps ?

– Euh… depuis six mois, environ.

– Je vois. Vous n'auriez pas, par hasard, remarqué une irritation… une sorte de chatouillis ? Ou une rougeur sur la peau ? Notamment au niveau des pieds.

Il écarquilla ses grands yeux bleus, me scrutant comme si je venais de lire dans ses pensées.

– Ça alors ! Mais si, justement, m'dame. C'était à l'automne dernier.

– Ah ah ! Dans ce cas, Bobby, j'ai bien l'impression que vous avez été infesté par des ankylostomes.

Il baissa des yeux horrifiés vers ses pieds.

– Où ça ?

– À l'intérieur.

Je lui repris le flacon des mains et le bouchai.

– Les ankylostomes sont des vers parasites qui pénètrent par la peau, le plus souvent à travers la voûte plantaire, puis migrent dans le corps jusqu'à rejoindre les intestins…

Devant sa mine ahurie, je précisai :

– Euh… vos entrailles. Les vers adultes ont de méchants becs crochus, comme ça…

Je fléchis l'index en guise d'illustration.

– Ils transpercent la paroi intestinale et vous sucent le sang. C'est pourquoi, quand vous en avez, vous vous sentez faible et perdez souvent connaissance.

À voir la moiteur qui avait d'un coup envahi son visage, je sentis qu'il allait remettre ça et le guidai à toute vitesse vers un tabouret, avant de lui pousser la tête entre les genoux. Me penchant pour être à sa hauteur, je poursuivis :

– Je ne suis pas sûre que ce soit votre problème. Mais, en examinant les globules rouges de Lizzie, j'ai pensé aux parasites et… il m'est soudain venu à l'esprit que vos symptômes correspondaient assez bien à une infestation par des ankylostomes.

– Ah ? dit-il d'une voix faible.

Son épaisse queue de cheval était retombée en avant, dévoilant sa nuque, fraîche et juvénile.

– Au fait, vous avez quel âge, Bobby ?

– Vingt-trois ans, m'dame. Je crois que je vais vomir.

J'attrapai un seau dans un coin et le lui donnai juste à temps.

Il se redressa, essuyant ses lèvres sur sa manche.

– Ça y est ? Je m'en suis débarrassé ? Parce que, sinon, je peux vomir encore.

Je lui adressai un sourire compatissant.

– Désolée, j'ai bien peur que cela ne suffise pas. Si vous en avez vraiment, ils sont bien accrochés et trop bas, pour qu'un simple vomissement les déloge. Le seul moyen de s'en assurer, c'est de chercher les œufs qu'ils éjectent.

Il eut l'air apeuré et s'agita sur son siège.

— C'est pas que je sois terriblement timide, m'dame, vous le savez. Mais le docteur Potts m'a déjà administré de nombreux clystères à la farine de moutarde. Ça les a sûrement chassés, non? Si j'étais un ver et qu'on m'arrosait avec du jus de moutarde, je lâcherais prise et filerais sans demander mon reste.

— Oui, on pourrait le croire, mais, malheureusement, cela ne se passe pas tout à fait ainsi. Rassurez-vous, je ne vous ferai pas un autre lavement. Je dois d'abord vérifier si vous êtes réellement infesté. Si c'est le cas, je peux vous préparer un remède qui les empoisonnera à coup sûr.

— Ah.

Il sembla un peu rassuré.

— Mais comment vous allez vérifier, m'dame?

Il regarda avec méfiance le comptoir où mon assortiment de pinces et de fils de suture était encore étalé.

— Rien de plus simple, lui assurai-je. Je vais effectuer ce qu'on appelle une sédimentation fécale afin de concentrer les selles, que j'examinerai ensuite au microscope à la recherche d'œufs éventuels.

Il acquiesça, n'ayant visiblement rien compris. Je lui souris.

— Tout ce que vous avez à faire, Bobby, c'est un beau caca.

Ses traits reflétaient à la fois le doute et l'appréhension.

— Si ça ne vous fait rien, m'dame, je crois que je vais garder mes vers.

12

D'autres mystères de la science

Tard dans l'après-midi, Roger MacKenzie rentra de l'atelier de tonnellerie pour trouver sa femme plongée dans la contemplation d'un objet posé sur la table à la place de son dîner.

– Qu'est-ce que ce truc? Une sorte de pouding de Noël préhistorique en conserve?

Il avança un doigt prudent vers un flacon en verre, carré et verdâtre, son bouchon de liège recouvert d'une épaisse couche de cire rouge. À l'intérieur flottait une étrange masse difforme.

– Pas touche!

Brianna poussa le contenant hors de sa portée.

– Tu te crois drôle, peut-être? Figure-toi que c'est du phosphore blanc, un cadeau de lord John.

Elle était excitée, cela se voyait au bout rose de son nez et à ses mèches rousses s'agitant dans les courants d'air. Comme son père, elle avait la manie de se passer la main dans les cheveux quand elle réfléchissait.

– Et tu comptes faire... quoi, avec ça?

Il s'efforça de gommer toute trace de sombre pressentiment dans sa voix. Il avait le vague souvenir d'avoir entendu parler, à l'école, des propriétés du phosphore. Dans son esprit, soit cela vous faisait luire dans le noir, soit cela explosait. Aucune de ces deux vertus n'augurait rien de bon.

– Eh bien, voyons... des allumettes! Peut-être.

Elle se mordit la lèvre supérieure sans quitter le produit des yeux.

– Je sais comment faire... en théorie. Mais, dans la pratique, cela risque d'être un peu délicat.

– Mais encore? s'enquit-il prudemment.

– Il s'enflamme quand il est exposé à l'air libre. C'est pourquoi il est conservé dans de l'eau. N'y touche pas, Jem! C'est du poison!

Attrapant Jemmy par la taille, elle l'éloigna de la table vers laquelle il lorgnait depuis un moment avec une curiosité vorace.

– Bah, pourquoi s'inquiéter? Il lui explosera au visage avant qu'il n'ait eu le temps de le porter à sa bouche.

Roger saisit le flacon pour le mettre en sûreté, le tenant à bout de bras comme s'il allait éclater d'une minute à l'autre. Il aurait voulu lui demander si elle n'était pas tombée sur la tête, mais il était marié depuis assez longtemps pour connaître le coût des questions rhétoriques malavisées.

– Où comptes-tu le conserver?

Il contempla avec insistance l'intérieur de leur cabane, dont les seuls espaces de rangement étaient constitués d'un bahut, d'une étagère pour les livres et les papiers, d'une autre pour le peigne et les brosses à dents, de la niche exiguë où Brianna entreposait ses biens personnels et d'un garde-manger grillagé. Jemmy était capable d'ouvrir ce dernier depuis son septième mois.

Sans lâcher son fils, qui luttait avec énergie pour s'emparer de ce nouveau jouet, elle affirma :

– Je pensais le mettre dans l'infirmerie de maman, personne n'ose toucher à rien, là-bas.

Effectivement, ceux qui ne craignaient pas Claire Fraser en personne étaient d'habitude terrifiés par les contenus de son antre, avec ses instruments de torture redoutables, ses mixtures troubles mystérieuses, ses remèdes nauséabonds. En outre, l'infirmerie possédait des placards trop hauts pour que même un alpiniste aussi déterminé que Jemmy puisse y accéder.

– Bonne idée, dit Roger soulagé. Tu veux que je l'emporte tout de suite?

Avant que Brianna n'ait eu le temps de répondre, on frappa à la porte, et Jamie Fraser entra. Jemmy en oublia aussitôt le flacon et se jeta dans les pattes de son grand-père avec des cris de joie.

Jamie le souleva, le retourna la tête à l'envers en le tenant par les chevilles.

– Ça te plaît, *a bhailach*? Roger Mac, je peux te parler un instant?

– Bien sûr. On s'assied?

Roger avait déjà raconté à son beau-père ce qu'il savait (hélas, pas grand-chose) sur le rôle des Cherokees dans la future révolution. Était-il venu l'interroger de nouveau à ce sujet? Reposant le flacon à contrecœur, il poussa un tabouret vers Jamie, qui le remercia d'un signe de tête, balança Jemmy sur son épaule et s'assit.

L'enfant gigota dans les bras de son grand-père, jusqu'à ce que celui-ci lui donne une tape sur les fesses, ce qui le calma dans l'instant. Le gamin se laissa pendre mollement la tête en bas, tel un paresseux, ravi.

– Voilà, *a charaid*, dit Jamie. Je dois partir demain matin pour les villages cherokees, et, en mon absence, j'aurais besoin que tu me rendes un service.

– Vous voulez que je m'occupe de la moisson de l'orge?

Les semis d'hiver n'avaient pas fini de mûrir, et chacun croisait les doigts pour qu'il fasse encore beau pendant quelques semaines. Toutefois, les prévisions étaient bonnes.

– Non, Brianna pourra s'en charger. Si tu veux bien, ma fille?

Il sourit à Brianna, qui haussa ses épais sourcils roux, réplique identique des siens.

– Pas de problème. Mais que fais-tu de Ian, de Roger et d'Arch Bug?

Archie Bug était l'intendant de Jamie, et donc la personne tout indiquée pour surveiller les moissons en l'absence de son employeur.

– Petit Ian vient avec moi. Les Cherokees le connaissent bien, et il parle leur langue. J'emmène aussi les frères Beardsley. Ils pourront rapporter les baies et les herbes dont ta mère a besoin d'urgence pour Lizzie.

– Moi aussi je viens ? demanda Jemmy plein d'espoir.

– Pas cette fois, *a bhailach*. À l'automne prochain, peut-être.

Il tapota les fesses de l'enfant, puis se tourna vers Roger.

– J'ai besoin que tu te rendes à Cross Creek pour aller accueillir les nouveaux métayers, si tu le veux bien.

Une vague d'excitation mêlée d'inquiétude envahit Roger. Il se contenta toutefois de s'éclaircir la gorge et d'acquiescer.

– Oui, bien sûr. Vont-ils…

– Tu emmèneras Arch Bug avec toi, ainsi que Tom Christie.

Un silence incrédule suivit cette dernière précision. Ahuris, Brianna et Roger se regardèrent, puis elle questionna :

– Tom Christie ? Mais pourquoi diable ?

Le maître d'école était d'une austérité notoire, pas vraiment le compagnon de voyage rêvé.

Jamie fit une moue ironique.

– Il y a un petit détail que MacDonald avait omis de me donner quand il m'a demandé de les prendre. Ils sont tous protestants.

– Ah, je vois, dit simplement Roger.

Jamie croisa son regard et hocha la tête, soulagé de constater qu'il avait été tout de suite compris.

– Moi pas, déclara Brianna. Quelle différence cela peut faire ?

Elle avait dénoué le lacet de ses cheveux et lissait ses mèches entre ses doigts, le préliminaire au brossage.

Roger se gratta le menton, cherchant comment expliquer de manière cohérente deux siècles d'intolérance religieuse écossaise à une Américaine du XXᵉ siècle.

– Euh... tu te souviens du mouvement pour les droits civiques aux États-Unis? L'intégration dans le Sud, et tout ça?

Elle plissa le front.

– Bien sûr. Bon d'accord, alors dans quel camp sont les Noirs?

Jamie sursauta.

– Que viennent faire les nègres dans cette histoire?

– Ce n'est pas aussi simple, Brianna, dit Roger. C'était juste pour te donner une idée des passions que la question soulève. Disons que la perspective d'avoir un propriétaire catholique risque fort d'émouvoir sérieusement les nouveaux métayers... et inversement?

Il interrogea Jamie des yeux.

– C'est quoi... des nègres? lança Jemmy.

– Euh... des gens à la peau foncée, répondit Roger.

Tout à coup, il se rendit compte du bourbier potentiel dans lequel cette interrogation le plongeait. Si le terme « nègre » ne signifiait pas systématiquement « esclave », il n'en était pas loin.

– Tu ne te souviens pas d'eux, dans la maison de ta grand-tante Jocasta?

Jemmy fronça les sourcils, adoptant pendant un instant troublant la même expression que son grand-père.

– Non.

Brianna rappela à chacun l'ordre du jour en tapant d'un coup sec sur la table avec sa brosse à cheveux.

– Revenons au fait. Si je comprends bien, Tom Christie est assez protestant pour que les nouveaux venus se sentent à l'aise?

– C'est plus ou moins ça, convint son père.

Il ajouta avec un sourire en coin :

– Au moins, avec ton homme et Tom Christie, ils n'auront pas l'impression de pénétrer directement dans le royaume de Satan.

– Je vois, répéta Roger.

Cette fois, son ton était un peu différent. Ainsi, ce n'était pas son statut de fils de la maison et de bras droit du grand chef qui lui valait cette mission, mais celui de presbytérien, du moins de nom.

– Mmphm, fit-il, résigné.

– Mmphm, ajouta Jamie satisfait.

– Oh, arrêtez avec vos grognements ! s'écria Brianna excédée. Soit : Roger et Tom Christie doivent se rendre à Cross Creek, mais pourquoi Arch Bug ?

Avec une prescience subliminale toute conjugale, Roger se rendit compte qu'elle était mécontente de devoir rester à la maison à s'occuper des moissons – une tâche épuisante et pénible dans le meilleur des cas –, alors qu'il partait batifoler avec un groupe de coreligionnaires dans la métropole ô combien romantique et palpitante de Cross Creek. Population : deux cents âmes.

– C'est surtout Arch qui les aidera à s'installer et à se construire des abris avant l'hiver, expliqua Jamie. Tu ne voudrais tout de même pas que je l'envoie seul pour discuter avec eux ?

Brianna sourit malgré elle. Arch Bug, marié depuis des lustres à la très volubile Mme Bug, était célèbre pour son mutisme. Certes, il pouvait parler, mais s'exécutait rarement, limitant sa conversation à quelques «mmph» aimables.

Roger se frotta la lèvre inférieure avec l'index.

– L'avantage, c'est qu'ils ont peu de chance de se rendre compte qu'Arch est catholique. D'ailleurs, l'est-il vraiment ? Je ne lui ai jamais posé la question.

– Il l'est, confirma Jamie. Mais il a quelque peu roulé sa bosse pour savoir quand il convient de se taire.

– Mmm… ça promet d'être une expédition joyeuse, déclara Brianna. Quand penses-tu être de retour ?

– Ma foi… dans un mois ? Six semaines ? répondit Roger.

– Au moins, asséna son beau-père, joyeux. N'oublie pas qu'ils sont à pied.

Roger soupira, imaginant déjà la longue marche, de Cross Creek à Fraser's Ridge, flanqué d'Arch Bug et de Tom Christie, deux incarnations de la taciturnité. Son regard s'attarda langoureusement sur sa femme, tandis qu'il se visualisait, dormant au bord de la route, seul, pendant six semaines.

– Bon... ben... Je vais... euh... aller en parler avec Tom et Arch ce soir.

– Papa part?

Ayant compris le gros de la conversation, Jemmy sauta des genoux de son grand-père et courut s'accrocher à la jambe de son père.

– Moi aussi, je veux aller avec toi, papa!

– Je ne pense pas que...

Roger vit la mine renfrognée de Brianna, puis le flacon verdâtre sur la table. Il changea d'avis.

– Pourquoi pas, après tout? Ta grand-tante Jocasta sera tellement heureuse de te voir. Et puis, pendant ce temps-là, ta mère pourra tout faire sauter sans s'inquiéter de savoir où tu es passé.

– Elle pourra faire quoi? s'inquiéta Jamie.

Brianna prit le flacon et le serra contre elle d'un air possessif.

– Ça n'explose pas, ça s'enflamme, précisa-t-elle.

Puis, sondant son mari du regard, elle lui demanda :

– Tu es sûr?

– Absolument, répondit-il avec une assurance un peu forcée.

Il baissa les yeux vers son fils qui hurlait « On y va! On y va! » en bondissant sur place tel du pop-corn dans une poêle à frire.

– Au moins, j'aurais quelqu'un avec qui converser en chemin.

13

En de bonnes mains

Il faisait presque nuit quand Jamie vint me rejoindre dans la cuisine. J'étais assise à table, la tête posée sur mes bras. Je sursautai en l'entendant entrer. Il s'installa en face de moi.

– Ça va, *Sassenach*? On dirait qu'on t'a traînée par les cheveux dans une haie de ronces.

– Ah.

Je tapotai vaguement ma chevelure, en effet plutôt hirsute.

– Oui, ça va. Tu as faim?

– Bien sûr. Tu as déjà dîné?

Je me frottai le visage, essayant de me souvenir.

– Non, décidai-je enfin. Je t'attendais, mais je me suis endormie. Mme Bug nous a laissé du ragoût.

Il se leva et alla inspecter le chaudron. Puis il le raccrocha sur sa tige articulée qu'il poussa au-dessus du feu pour le faire réchauffer.

– Qu'as-tu fait de beau, *Sassenach*? Et comment va la petite?

Je réprimai un bâillement.

– M'occuper de la petite, voilà précisément ce que j'ai fait de beau, avant tout.

Je me levai à grand-peine, sentant mes articulations protester, puis m'approchai de la crédence pour couper du pain.

– Elle n'a pas pu garder la préparation à base de hou glabre. Je ne peux guère le lui reprocher.

Après qu'elle eut vomi la première fois, j'avais goûté moi-même à ma mixture. Mes papilles en étaient encore toutes retournées. Je n'avais jamais rien avalé d'aussi infect. Le hou glabre n'était déjà pas affriolant tel quel, mais le préparer en sirop avait concentré son aigreur.

Jamie me renifla de loin.

– Elle t'a vomi dessus?

– Non, ça, c'est Bobby Higgins. Il a des ankylostomes.

Il eut un mouvement de recul.

– Est-ce un truc que j'ai envie d'apprendre pendant que je mange?

– Non, vraiment pas.

Je m'assis avec la miche de main, un couteau et une motte de beurre frais. Je tartinai une tranche, la lui tendis, puis m'en préparai une. Mes papilles gustatives hésitaient encore à me pardonner le sirop de hou glabre.

– Et toi, qu'as-tu fait de beau?

Il paraissait fatigué, mais plus joyeux qu'au moment de quitter la maison.

– J'ai discuté avec Roger Mac des Indiens et des protestants.

Il mordit dans sa tartine, puis la regarda bizarrement.

– Il y a quelque chose qui cloche avec ce pain, *Sassenach*? Il a un drôle de goût.

– Désolé, c'est moi. Je me suis lavée plusieurs fois, mais je n'ai pas pu m'en débarrasser tout à fait. Tu ferais sans doute mieux de tartiner ton pain toi-même.

Je poussai du coude la miche vers lui et lui indiquai la motte d'un geste.

– Tu n'as pas pu te débarrasser de quoi?

– J'ai essayé de faire avaler le sirop à Lizzie, mais pas moyen. La pauvre le vomissait à chaque fois. Puis je me suis souvenue que la quinine pouvait être absorbée par la peau. J'ai donc mélangé la mixture avec de la graisse d'oie et lui en ai enduit tout le corps. Ah oui, merci.

Je me penchai et mordis dans le morceau de pain beurré qu'il me tendait. Cette fois, mes papilles s'abandonnèrent de bonne grâce. Je me rendis compte que je n'avais rien avalé de la journée.

– Ça a marché ?

Il leva les yeux vers le plafond. M. Wemyss et sa fille partageaient une chambrette à l'étage. Tout semblait calme là-haut.

– Je crois. La fièvre a baissé, et elle dort. On va continuer les applications. Si, dans deux jours, la fièvre n'est pas revenue, on saura que ça marche.

– Tant mieux.

– Puis il y a eu Bobby et ses ankylostomes. Heureusement, il me reste un peu d'ipecacuancha et de térébenthine.

– Heureusement pour les bestioles ou pour Bobby ?

Je bâillai de nouveau avant de répondre :

– À vrai dire, ni pour les unes ni pour l'autre. Mais j'ai bon espoir que cela fasse son effet.

Il déboucha une bouteille de bière, la passa par habitude sous son nez puis, ne sentant aucune odeur suspecte, m'en servit un verre.

– Ça me rassure de savoir que je laisse les affaires entre tes mains expertes, *Sassenach*. Nauséabondes certes mais compétentes.

– Tu es trop bon.

La bière était excellente. Ce devait être un des brassages de Mme Bug. Nous la savourâmes en silence, trop épuisés l'un comme l'autre pour aller chercher le ragoût. Je le dévisageai les yeux mi-clos, ce que je faisais toujours quand il s'apprêtait à partir en voyage, emmagasinant les souvenirs pour me tenir compagnie jusqu'à son retour.

Non seulement il était fatigué, mais son front était soucieux. La lueur de la chandelle brillait sur les os larges de son visage et projetait son ombre, puissante et audacieuse, sur le mur enduit de plâtre derrière lui. J'observai sa silhouette noire lever son verre spectral, teinté d'ambre par la lumière.

Tout à coup, il reposa son verre.

– Dis, *Sassenach*, combien de fois ai-je failli mourir ?

Je le fixai, interdite, puis haussai les épaules et me mis à compter, forçant mes synapses à travailler malgré eux.

– Eh bien... j'ignore combien d'atrocités ont pu t'arriver avant notre rencontre, mais, après... tu as été très sérieusement malade dans l'abbaye.

Je lui jetai un bref coup d'œil, mais cette allusion à son séjour à la prison de Wentworth et aux sévices qui avaient provoqué ladite maladie ne parut pas l'émouvoir.

– Hmmm... ensuite, après Culloden, tu m'as raconté comment tu avais eu une terrible fièvre, à la suite de tes blessures, et que tu aurais facilement pu y rester si Jenny ne t'avait pas forcé... pardon, je veux dire si elle ne t'avait pas soigné.

– Oui, il y a eu aussi la fois où Laoghaire m'a tiré dessus. Là, c'est toi qui m'as soigné. Puis, la fois où j'ai été mordu par un serpent.

Il réfléchit un instant avant de reprendre :

– J'ai eu la variole quand j'étais petit, mais je ne crois pas que j'ai failli en mourir. On m'a dit que c'était un cas bénin. Ça ne fait donc que quatre fois.

– Tu oublies le jour où je t'ai connu. Tu as presque perdu tout ton sang.

– Non, ce n'est pas vrai, protesta-t-il. Ce n'était qu'une égratignure.

J'arquai un sourcil sceptique et, me penchant au-dessus du feu, versai une louchée de ragoût dans un bol. Il sentait délicieusement bon le lapin et le gibier, baignant dans un jus épais aromatisé de romarin, d'ail et d'oignons. En ce qui concernait mes papilles, j'étais tout à fait pardonnée.

– Comme tu voudras, déclarai-je. Mais attends ! Et le coup sur ta tête ? La fois où Dougal a essayé de te tuer avec une hache. Ça compte pour du beurre ?

Il fronça les sourcils.

– Hmm, oui, je suppose que tu as raison. Ça fait donc cinq.

Il prit le bol d'un air renfrogné. Je me mis à manger tout en le regardant avec tendresse. Il était si grand, si solide, avec un corps si beau. Et si la vie l'avait quelque peu cabossé, cela ne faisait qu'ajouter à son charme.

— Tu n'es pas quelqu'un de facile à abattre, tu sais? J'en suis d'autant plus rassurée.

Il sourit malgré lui, puis leva son verre à ma santé, le portant d'abord à ses lèvres puis aux miennes.

— Trinquons à ça, *Sassenach,* tu veux bien?

14

Le peuple de l'Oiseau-des-neiges

– Des fusils. Dis à ton roi que nous voulons des fusils.

Ainsi parlait Oiseau-qui-chante-le-matin.

Pendant plusieurs secondes, Jamie soupesa la pertinence de lui rétorquer « comme tout le monde » et décida qu'il pouvait se le permettre.

Le chef de guerre eut un mouvement de surprise, puis sourit.

– En effet, comme tout le monde.

Oiseau était petit, bâti comme un tonneau et jeune pour son titre, mais il était perspicace, son affabilité ne masquant en rien son intelligence.

– C'est ce que tous les chefs de guerre des villages te demandent, hein? Bien sûr. Que leur réponds-tu?

– Ce que je peux. Pour ce qui est des marchandises de troc, c'est certain; pour les couteaux, sans doute; quant aux fusils, peut-être, mais je ne peux rien promettre.

Les deux s'exprimaient dans un dialecte cherokee que Jamie ne connaissait pas très bien. Il espérait avoir bien réussi à transmettre la notion de probabilité. Il maîtrisait les détails de la langue de tous les jours pour les questions de commerce et de chasse, mais les conversations qu'il allait devoir tenir n'avaient rien d'informel. Il regarda Ian qui écoutait avec attention, et, visiblement, celui-ci n'avait rien à redire. Son neveu se rendait souvent dans les villages qui bordaient Fraser's Ridge et chassait avec les jeunes Indiens. Il pouvait passer de l'anglais à la langue des Tsalagis aussi facilement qu'il pouvait revenir à son gaélique natal.

Oiseau s'installa mieux à son aise. L'insigne en étain que Jamie lui avait apporté en guise de présent brillait sur son sein. La lueur du feu éclairait son visage large et aimable.

– Parle quand même à ton roi des fusils… et explique-lui pourquoi on en a besoin, hein ?

– Vous tenez vraiment à ce que je le lui dise ? Vous croyez qu'il vous enverra des fusils pour tuer ses propres sujets ?

L'incursion de colons blancs sur les terres cherokees au-delà de la Ligne du traité était un point sensible. Il prenait un risque en l'évoquant de but en blanc plutôt qu'en abordant les autres raisons pour lesquelles Oiseau voulait des armes : pour défendre son village contre les pillards, ou pour se livrer au pillage lui-même.

Oiseau répondit par un haussement d'épaules.

– Si nous voulons les tuer, nous pouvons le faire sans fusil.

Il haussa un sourcil et pinça les lèvres, guettant la réaction de Jamie. Celui-ci supposa que le chef indien ne cherchait qu'à le provoquer et se contenta d'acquiescer.

– Bien sûr, vous le pouvez. Vous êtes sages de n'en rien faire.

– Pas encore.

Oiseau lui adressa son sourire le plus charmant, répétant :

– Dis-le bien à ton roi : pas encore.

– Sa Majesté sera heureuse d'apprendre que vous tenez son amitié en si haute estime.

Oiseau éclata de rire, se balançant d'avant en arrière. Son frère Eau-qui-dort semblait pareillement hilare. Retrouvant son sérieux, le chef déclara :

– Je t'aime bien, Tueur d'ours. Tu es drôle.

– Sans doute, répondit Jamie en anglais. Mais vous n'avez encore rien vu.

Ian pouffa de rire. Oiseau lui lança un coup d'œil sévère. Jamie interrogea son neveu du regard, qui lui répondit par un sourire contrit.

Eau-qui-dort observait Ian en coin. Les Cherokees les avaient accueillis tous les deux avec respect, mais Jamie avait remarqué qu'ils paraissaient un peu tendus en présence de son neveu. Ils le considéraient comme un Mohawk, ce qui les rendait méfiants. Jamie lui-même devait reconnaître en son for intérieur qu'une partie de Ian n'était pas encore revenue de Snaketown, et n'en reviendrait peut-être jamais.

Il se concentra de nouveau sur Oiseau, profitant de la brèche que celui-ci venait d'ouvrir. Il se tourna vers lui d'un air compatissant :

— Il est vrai que vous avez eu beaucoup d'ennuis avec des étrangers venus s'installer sur vos terres. Bien sûr, vous-même, étant un sage, vous ne leur avez fait aucun mal, mais tout le monde n'est pas aussi avisé, n'est-ce pas ?

Oiseau parut sur ses gardes.

— Que veux-tu dire, Tueur d'ours ?

— J'ai entendu parler d'incendies, Tsisqua.

Il soutint le regard de son interlocuteur, prenant soin de ne pas paraître accusateur.

— Le roi a entendu dire que des maisons avaient été brûlées, des hommes tués et des femmes enlevées. Il n'a pas été content.

— Hmp, fit Oiseau en fronçant les lèvres.

Cependant, il ne fit pas semblant de ne pas être au courant, fait en soi intéressant.

— C'est assez, ces tueries, reprit Jamie. Le roi pourrait envoyer des hommes pour protéger son peuple. Le cas échéant, il ne voudrait pas que ses soldats se retrouvent face à des fusils qu'il aurait lui-même fournis.

Soudain, Eau-qui-dort s'énerva :

— Qu'est-on censé faire ? Ils traversent la Ligne du traité, construisent des maisons, cultivent des champs, nous prennent notre gibier. Si ton roi ne peut pas garder ses sujets à leur place, de quel droit proteste-t-il quand on défend nos terres ?

D'un geste de la main, Oiseau lui fit signe de se calmer. Eau-qui-dort obtempéra, de mauvaise grâce.

– Alors, Tueur d'ours, tu diras tout cela à ton roi, n'est-ce pas ?

Jamie inclina la tête, la mine grave.

– C'est là ma charge. Je vous apporte les messages du roi et je lui rapporte vos paroles.

Oiseau resta songeur un instant, puis agita la main pour qu'on apporte à boire et à manger. Dès lors, la conversation revint sur des sujets plus neutres. On ne parlerait plus affaires ce soir-là.

* * *

Il était tard quand ils sortirent de chez Tsisqua pour entrer dans la case des visiteurs. Jamie évalua que la lune était levée depuis longtemps, même si elle demeurait invisible. Le ciel était couvert, et le vent chargé d'une odeur de pluie.

Ian bâilla et trébucha.

– Aïe, aïe, aïe, j'ai tout l'arrière-train endormi.

Par contagion, Jamie bâilla à son tour.

– Ne te fatigue pas à essayer de le réveiller, les autres parties de ton corps ne vont pas tarder à le rejoindre.

Ian prit un ton railleur.

– Ce n'est pas parce qu'Oiseau a dit que tu étais drôle qu'il faut le croire, oncle Jamie. Il voulait juste être poli.

Jamie murmura des remerciements en tsalagi à la jeune femme qui les avait accompagnés jusqu'à leurs quartiers. Elle lui tendit un petit panier, qui, à en juger par l'odeur, contenait du pain de maïs et des pommes séchés, puis leur souhaita à voix basse «bonne nuit, dormez bien», avant de disparaître dans la nuit fraîche et humide.

La hutte sentait le renfermé. Il se tint sur le seuil un instant, goûtant le mouvement du vent dans les arbres. Il sinuait entre les pins tel un immense serpent invisible. Quelques gouttes tombèrent sur son visage, et il ressentit le profond plaisir d'un homme se rendant compte qu'il va pleuvoir et qu'il n'aura pas à passer la nuit dehors.

En pénétrant dans leur case, il déclara à Ian :

– Demain, quand ils discuteront entre eux de la réunion de ce soir, pose des questions. Fais savoir, avec tact, que le roi serait ravi d'apprendre qui s'amuse à brûler des cabanes. Ravi au point, éventuellement, de cracher quelques fusils en guise de récompense. Si les responsables sont de leur tribu, ils ne diront rien, mais s'il s'agit d'une autre bande, ils seront peut-être plus diserts.

Ian acquiesça en bâillant encore. Un feu avait été préparé dans un cercle de pierres, sa fumée s'élevant en colonne vers un trou dans le toit. On distinguait un sommier dans un coin, recouvert de fourrures. À côté, on avait empilé des peaux et des couvertures.

Ian fouilla dans la bourse accrochée à sa ceinture et en sortit un vieux shilling cabossé.

– On tire le lit au sort, oncle Jamie. Pile ou face ?

– Pile.

Jamie posa le panier au sol et défit la boucle de son plaid, laissant l'étoffe tomber à ses pieds. Il secoua sa chemise. Le lin était froissé et crasseux. Il pouvait sentir sa propre odeur. Dieu merci, ce village était le dernier de sa tournée. Encore une nuit, deux tout au plus, et ils reprendraient le chemin de la maison.

Ian ramassa la pièce avec un juron.

– Mais comment tu fais ? Tous les soirs, tu dis « pile », et tous les soirs, ça tombe sur pile !

– Je n'y peux rien, Ian. C'est ta pièce, après tout.

Il s'assit sur le sommier et s'étira langoureusement. Puis il fut pris de remords.

– Regarde le nez de Geordie.

Ian approcha le shilling de la lumière, plissa les yeux, puis jura. Une tache de cire, invisible à moins d'y regarder de près, ornait le nez proéminent et aristocratique de George III, *Rex Britannia*.

Il releva des yeux suspicieux vers son oncle, qui se contenta de rire et s'allongea.

– Comment as-tu réussi à la mettre là ?

– Tu te souviens l'autre jour, quand tu montrais à Jemmy comment jouer à pile ou face ? Il a renversé la chandelle qui a projeté de la cire brûlante partout.

– Oh.

Ian contempla sa pièce, puis gratta la cire du bout d'un ongle et la rangea dans sa bourse. Il s'étendit sur le sol et s'enroula dans les fourrures avec un soupir.

– Bonne nuit, oncle Jamie.

– Bonne nuit, Ian.

Tout au long de la journée, Jamie avait maîtrisé sa fatigue, lui serrant la bride comme à Gideon. À présent, il lâcha les rênes et se laissa porter, son corps se relaxant grâce au confort de sa couche.

Il songea avec cynisme que MacDonald allait être aux anges. À l'origine, il n'avait projeté que de se rendre dans un ou deux des villages cherokees les plus proches de la Ligne du traité afin d'y annoncer sa nouvelle charge. Il avait prévu d'y distribuer des présents modestes, tels que du whisky et du tabac (emprunté à la hâte à Tom Christie qui en avait rapporté une barrique la dernière fois où il était allé acheter des semis à Cross Creek), et d'informer les Cherokees qu'ils pouvaient s'attendre à d'autres largesses lorsqu'il entreprendrait le voyage vers des communautés plus lointaines, à l'automne.

Il avait été reçu très cordialement dans les deux villages. Cependant, dans le second, Pigtown, il était tombé sur d'autres étrangers en visite : de jeunes hommes en quête d'épouses. Ils appartenaient à un groupe différent de Cherokees, appelé la tribu de l'Oiseau-des-neiges, dont le village principal se situait plus haut dans les montagnes.

L'un des jeunes hommes était le neveu d'Oiseau-qui-chante-le-matin, leur chef. Il l'avait convaincu de les accompagner, lui et ses amis, dans leur village. Jamie avait accepté. Ian et lui y avaient été royalement accueillis en qualité de représentants de Sa Majesté. Les membres de la tribu de l'Oiseau-des-neiges, qui n'avaient encore jamais vu un agent indien, étaient très sensibles à l'honneur qui leur était fait... et prompts à comprendre quels avantages en tirer.

Jamie estima qu'Oiseau était le genre d'homme avec qui on pouvait négocier... sur tous les plans.

Cela lui rappela tardivement Roger Mac et les nouveaux métayers. Ces derniers jours, il n'avait guère eu le temps d'y penser, mais il doutait qu'il y eut là matière à s'inquiéter. Roger Mac était compétent, même si sa voix brisée avait sapé un peu son assurance. Quant à Christie et Arch Bug...

Il ferma les yeux, la béatitude de la fatigue absolue l'envahissant et rendant décousu le flot de ses pensées.

Une journée encore, puis il reprendrait la route afin d'arriver à temps pour les foins. Ils pouvaient espérer malter une ou deux autres récoltes avant les grands froids. L'abattage... le temps était-il enfin venu de tuer cette maudite truie blanche? Non... cette garce était incroyablement féconde. Quel genre de cochons sauvages avait le cran de s'accoupler avec elle? Les dévorait-elle ensuite? Cochon sauvage... jambons fumés... boudin noir...

Il sombrait tout juste dans les premières strates du sommeil, quand il sentit une main se poser sur ses parties intimes. Propulsé hors de sa somnolence tel un saumon hors d'un loch, il agrippa les doigts de l'intrus et les serra fort. Un petit rire étouffé retentit.

Des doigts féminins s'agitèrent dans sa poigne, et une autre main vint lui tripoter l'entrejambe. Sa première idée fut que sa visiteuse ferait une excellente boulangère tant elle était douée pour le pétrissage.

D'autres pensées suivirent rapidement cette absurdité, et il tenta de saisir l'autre main. Elle l'évitait dans le noir, jouant avec lui, lui donnant des petits coups et le pinçant. Il chercha comment protester en cherokee, mais ne parvint à prononcer qu'une suite aléatoire de phrases en anglais et en gaélique, aucune ne convenant pour l'occasion.

Telle une anguille, la première main tentait de se libérer de son emprise. Hésitant à lui broyer les doigts, il la lâcha provisoirement, mais parvint à s'emparer d'un poignet.

– Ian! chuchota-t-il. Ian, tu es là?

Dans le noir, il ne pouvait voir où dormait son neveu, ni même s'il était toujours dans la hutte. Il n'y avait pas de fenêtre, et la seule faible lueur provenait des braises agonisantes.

– Ian!

Il entendit un bruissement sur le sol, puis Rollo éternuer.

– Qu'y a-t-il, mon oncle?

Jamie s'était adressé à lui en gaélique, Ian lui répondit dans la même langue. Il paraissait tranquille, ne semblant pas se réveiller à l'instant.

– Ian, il y a une femme dans mon lit!

– Il y en a deux, mon oncle. L'autre doit être assise à vos pieds, attendant son tour.

Ce morveux avait l'air de trouver ça drôle!

Décontenancé, Jamie faillit lâcher le poignet captif.

– Deux! Mais pour qui elles me prennent?

La fille rit de nouveau, se pencha et lui mordilla un sein.

– Bon Dieu!

Ian avait du mal à se retenir de rire.

– Euh… non, mon oncle, ce n'est pas pour lui qu'ils vous prennent, mais pour le roi. Pour ainsi dire, puisque vous êtes son agent. Ils honorent Sa Majesté en lui envoyant leurs femmes.

La seconde squaw avait soulevé sa couverture et lui caressait lentement la plante des pieds avec un doigt. Étant chatouilleux, il aurait hurlé si toute son attention n'avait été retenue par la première, qui le contraignait à une partie très peu digne de «laissez sortir le petit oiseau».

– Ian, dis-leur quelque chose! gémit-il entre ses dents.

Il se débattait de sa main libre tout en repoussant les doigts trop curieux occupés à caresser langoureusement son oreille. En même temps, il agitait les pieds pour décourager les attentions, de plus en plus audacieuses, de la seconde dame.

– Euh… que me faut-il leur dire exactement?

La voix de Ian chevrotait.

– Dis-leur que je suis très touché de l'honneur qu'elles me font, mais… Argh!

L'intrusion d'une langue dans sa bouche, sentant fortement l'oignon et la bière, vint interrompre toutes dérobades diplomatiques.

Au milieu de la bataille qui s'ensuivit, Jamie comprit confusément que Ian avait perdu tout contrôle et se tordait de rire sur le sol. Assassiner son propre fils s'appelait un infanticide, mais quel était donc le terme quand on trucidait son neveu?

Dégageant sa bouche non sans mal, il parvint à articuler :

– Madame!

Il saisit les épaules de la squaw et la bascula de l'autre côté du sommier avec assez de force pour lui faire pousser un cri de surprise, ses jambes battant l'air. Seigneur, était-elle nue?

Elle l'était. Toutes les deux. Sa vision s'accoutumant à la faible lumière, il distingua le reflet des braises sur des épaules, des seins et des cuisses rondes.

Il se redressa en position assise, protégeant sa vertu en se barricadant à toute vitesse derrière une montagne de fourrures et de couvertures.

– Arrêtez, toutes les deux! lança-t-il en cherokee. Vous êtes belles, mais je ne peux pas coucher avec vous!

– Non? dit l'une d'elles, interloquée.

– Pourquoi? questionna l'autre.

– Parce que… parce que… j'ai prêté serment, improvisat-il. J'ai juré que… que…

Il chercha en vain le mot adéquat. Heureusement, Ian vola enfin à sa rescousse, débitant un flot de paroles en tsalagi, trop rapide pour que son compagnon les comprenne.

– Ooooh! fit une des filles, impressionnée.

Jamie perçut distinctement une vague appréhension dans l'air.

– Que leur as-tu raconté ?

– Que le Grand Esprit vous avait visité dans votre sommeil et vous avait ordonné de ne toucher à aucune femme avant d'avoir apporté des fusils à tous les Tsalagis.

– Avant de quoi ?

– C'est tout ce que j'ai pu trouver dans la précipitation, mon oncle, se défendit Ian.

Bien que terrifiante, il devait reconnaître que cette inspiration du moment avait porté ses fruits : les deux femmes ne l'importunaient plus. Elles étaient blotties l'une contre l'autre, échangeant des messes basses sur un ton craintif mêlé de respect.

– Soit, maugréa-t-il. Je suppose que cela aurait pu être pire.

Même s'il parvenait à convaincre la Couronne d'envoyer des fusils, les Tsalagis étaient très nombreux.

– Merci quand même, mon oncle !

La voix de Ian était encore étranglée tant il se retenait de rire.

– Quoi encore ? demanda Jamie exaspéré.

– Une des squaws est en train de dire à l'autre qu'elle est déçue parce que vous êtes plutôt bien outillé. L'autre le prend avec plus de philosophie. Elle dit que vous auriez pu les engrosser et qu'elles risquaient de se retrouver avec des enfants aux cheveux rouges.

– Et alors ? Qu'est-ce qu'elles ont contre les roux, ces deux-là ?

– Je ne sais pas très bien, mais j'ai cru comprendre qu'elles ne tenaient pas à avoir des petits marqués à vie de la sorte.

– Eh bien tant mieux ! Au moins, elles ne courent plus aucun danger. Mais pourquoi ne rentrent-elles pas chez elles à présent ?

– Il tombe des cordes, oncle Jamie.

En effet, les premières gouttes portées par le vent avaient cédé la place à une grosse averse qui martelait le toit et faisait grésiller les dernières braises placées sous l'orifice central.

– Vous ne voulez quand même pas qu'elles se trempent jusqu'aux os, mon oncle? D'autre part, vous avez dit que vous ne coucherez pas avec elles, mais pas que vous vouliez qu'elles s'en aillent.

Il posa une question aux deux femmes, qui lui répondirent avec enthousiasme. Elles se levèrent avec la grâce de deux jeunes cygnes et grimpèrent de nouveau dans le lit, nues comme des vers. Se blottissant de chaque côté de lui, pressant leur corps chaud contre le sien, elles se mirent à le tripoter et à le caresser avec des murmures admiratifs, tout en évitant avec soin ses parties intimes.

Il ouvrit la bouche pour protester, puis la referma, ne trouvant absolument rien à dire dans aucune des langues qu'il connaissait.

Il demeura allongé sur le dos, raide comme un piquet, le souffle court. Son sexe bandait ignominieusement, ayant la ferme intention de rester dressé toute la nuit pour se venger de cette torture. Des ricanements lui parvenaient depuis la pile de fourrures sur le sol, ponctués de hoquets étouffés. Ce devait être la première fois qu'il entendait Ian vraiment rire depuis son retour.

Rassemblant tout son courage, il expira lentement et ferma les yeux, les mains croisées sur sa poitrine, les coudes serrés contre ses côtes.

15

Le supplice de la marée

Roger sortit sur la terrasse de River Run, épuisé mais content. Après trois jours d'un labeur exténuant, il avait retrouvé les nouveaux métayers éparpillés aux quatre coins de Cross Creek et de Campbelton, avait longuement discuté avec tous les chefs de famille, les avait équipés tant bien que mal pour le voyage avec des provisions, des couvertures et des chaussures, les avait tous regroupés en un même lieu, en dépit de leur tendance à paniquer et à s'égarer. Ils partiraient le lendemain matin pour Fraser's Ridge. Ce n'était pas trop tôt.

Il contempla avec satisfaction les prés qui s'étendaient au-delà des écuries de Jocasta Cameron Innes. Ils étaient installés là-bas dans un campement de fortune. Vingt-deux familles, soit soixante-seize personnes au total, plus quatre mules, deux poneys, quatorze chiens, trois cochons et Dieu seul savait combien de poulets, chatons et oiseaux de compagnie enfermés dans des cages. Il avait inscrit tous les noms sur une feuille de papier (à l'exception des animaux) écornée et froissée dans sa poche. Celle-ci contenait d'autres listes, griffonnées, raturées et corrigées au point d'être pratiquement illisibles. Il se sentait tel un Deutéronome ambulant. Il avait à présent grand besoin d'un remontant.

Heureusement pour lui, Duncan Innes, l'époux de Jocasta, venait de rentrer lui aussi de sa rude journée de travail et était assis sur la terrasse en compagnie d'une carafe en cristal taillé où luisait un superbe liquide ambré.

Duncan l'accueillit avec effusion, le priant de le rejoindre dans un des fauteuils en osier.

– Comment ça va, *a charaid*? Tu prendras bien un petit quelque chose?

– Volontiers, merci.

Il se laissa tomber dans un siège, qui grinça sous son poids, et accepta le verre que lui tendait Duncan.

– *Slàinte!*

Il le vida d'un trait. Le whisky chatouilla les cicatrices dans sa gorge et le fit tousser, puis l'alcool sembla dégager ses voies respiratoires, si bien que l'impression vague mais constante d'étouffer disparût peu à peu.

De la tête, Duncan désigna le pré au-dessus duquel la fumée des feux de camp restait suspendue dans un halo doré.

– Ils sont prêts pour le départ?

– Plus prêts qu'ils ne le seront jamais, les pauvres, répondit Roger avec un élan de compassion.

Duncan le regarda, surpris.

– Ils sont comme des poissons hors de l'eau, expliqua Roger.

Il tendit son verre que Duncan offrait de remplir avant d'ajouter :

– Les femmes sont terrifiées. Les hommes aussi, mais ils le cachent mieux. On croirait que je les emmène comme esclaves sur une plantation de canne à sucre.

Duncan sourit.

– Ou que tu vas les vendre à Rome pour nettoyer le popotin du Pape. Je suis sûr qu'avant d'embarquer, la plupart d'entre eux n'avaient jamais approché un catholique. À voir leur nez pincé, c'est à croire qu'on sent mauvais. Ils ne boivent même pas une goutte d'alcool, n'est-ce pas?

– Uniquement pour des raisons médicales et encore, il faut vraiment qu'ils soient à l'article de la mort.

Roger avala lentement une gorgée du divin nectar et ferma les yeux, savourant la sensation du whisky s'enroulant dans sa poitrine tel un chat ronronnant.

– Vous avez déjà rencontré Hiram ? Hiram Crombie, le meneur de la bande.

Les épaisses moustaches de Duncan frémirent.

– Le petit pète-sec avec un balai dans le cul ? Oui, j'ai déjà eu cet honneur. Il dînera avec nous ce soir. Tu ferais mieux de boire encore un petit coup, tu en auras besoin.

– Ce n'est pas de refus, dit Roger en tendant de nouveau son verre. Le fait est qu'ils ne sont pas franchement hédonistes. On les croirait tous des covenantaires* endurcis. Des « élus coincés ».

Duncan partit d'un grand éclat de rire.

– Au moins, ce n'est plus comme à l'époque de mon grand-père. Dieu soit loué !

Il leva les yeux au ciel, puis saisit encore la carafe.

– Votre grand-père était un covenantaire ?

Duncan remplit leurs deux verres tout en répondant :

– Oui. Cette sacrée vieille ordure ! Cela dit, il avait des circonstances atténuantes. Sa sœur a subi le supplice de la marée.

– Elle a quoi… Oh merde !

Roger se mordit la langue, mais il était trop intrigué pour faire des manières.

– Vous voulez dire qu'on l'a noyée ?

Duncan acquiesça, le regard rivé au fond de son verre, puis il avala une grande gorgée qu'il garda en bouche un moment avant de déglutir.

– Margaret, c'était son nom. Elle avait dix-huit ans. Son père et son frère, c'est-à-dire mon grand-père, avaient pris la fuite après la bataille de Dunbar, se réfugiant dans la montagne. Quand les troupes sont venues les chercher, elle a refusé de révéler leur cachette, jurant sur la Bible toujours à portée de sa main qu'elle ne dirait rien. Ils ont essayé de la faire se parjurer, mais pas moyen. Dans cette branche de ma

---

* Adhérent du Covenant écossais. Défenseur religieux et politique de la cause libérale en Écosse. (*N.d.T.*)

famille, les femmes sont plus têtues que des pierres. Rien ne peut les ébranler. Ils l'ont donc conduite au rivage, avec une autre vieille covenantaire du village, les ont dévêtues et les ont ligotées à des pieux plantés dans le sable à marée basse. Puis, tout le monde rassemblé sur la plage a attendu que l'eau monte. La vieille a été engloutie la première. Ils l'avaient attachée plus loin, sans doute pour donner une chance à Margaret de changer d'avis en voyant l'autre mourir.

Il fit une pause, secouant la tête.

– C'était mal la connaître. L'eau est montée, montée. Elle a suffoqué, craché, puis a disparu sous l'eau. Quand la marée est redescendue, ses cheveux dénoués lui collaient au visage, cachant ses traits comme un masque d'algues. Ma mère a tout vu. Elle n'avait que sept ans, mais n'a jamais oublié. Elle m'a raconté qu'après la première vague, Margaret avait eu le temps de prendre trois respirations ; puis une autre vague, trois respirations, puis une autre… Après quoi, on ne vit plus que sa chevelure flottant à la surface.

Il leva son verre un peu plus haut, et Roger en fit autant, presque malgré lui.

– Mon Dieu, soupira-t-il.

Le whisky brûla de nouveau sa gorge, et il prit une grande inspiration, remerciant le ciel pour le don de l'air. Trois respirations… C'était du pur malt provenant de l'île d'Islay, son riche arôme fumé fleurant l'iode et le varech.

– Qu'elle repose en paix, dit-il d'une voix rauque.

Duncan hocha la tête, avant de se resservir.

– Je suppose qu'elle l'a bien mérité. Sauf que eux (il indiqua le pré du menton) diraient probablement qu'elle n'y était pour rien. Dieu l'a choisie pour être sauvée, comme il a choisi les Anglais pour être damnés, aussi simple que ça.

La lumière baissait, et les feux s'allumaient un à un dans le pré, de l'autre côté des écuries. Roger pouvait sentir l'odeur de leur fumée, accueillante, mais amplifiant néanmoins la brûlure dans sa gorge.

– Pour ma part, reprit Duncan, songeur, je n'ai jamais connu de cause méritant qu'on lui sacrifie sa vie.

Il esquissa un de ses rares sourires.

– … mais mon grand-père dirait sûrement que c'est parce que j'ai été choisi pour être damné. «Par le décret de Dieu, pour la manifestation de sa gloire, certains hommes et certains anges sont prédestinés à la vie éternelle; et d'autres préordonnés à la mort éternelle.» Il répétait cela chaque fois que quelqu'un évoquait la mort de Margaret.

Roger reconnut un passage de la *Confession de Westminster**. À quelle date avait-elle été rédigée, 1646? 1647? Une génération, ou deux, avant le grand-père de Duncan.

– Il était sans doute plus facile pour lui de se dire que sa mort était la volonté de Dieu et qu'il n'en était pas responsable. Vous-même, vous n'y croyez donc pas? Je veux parler de la prédestination?

Roger était sincèrement curieux. Les presbytériens de son époque continuaient de soutenir la doctrine de la prédestination, mais, se montrant un peu plus flexibles, tendaient à mettre la notion de damnation prédestinée en sourdine et à ne plus considérer le moindre détail de la vie comme étant écrit à l'avance. Lui-même? Il n'en savait rien.

Duncan haussa les épaules, celle de droite se soulevant plus haut et le faisant paraître tout tordu.

– Dieu seul sait! répondit-il en riant.

Il vida son verre avant de reprendre:

– Non, en vérité, je ne sais pas. Mais je n'irais jamais l'admettre devant Hiram Crombie, ni devant ce Christie, là-bas.

Roger suivit son regard. Dans le pré, deux hommes approchaient, marchant côte à côte en direction de la maison. La haute silhouette voûtée d'Arch Bug était facile à reconnaître, tout comme celle de Tom Christie, plus petite et trapue. Même

---

* Interprétation de la Bible. (*N.d.T.*)

192

de loin, il paraissait pugnace. Il effectuait des gestes secs, ayant l'air de débattre âprement avec Arch.

– Parfois, ça se chamaillait dur sur la question à Ardsmuir, se souvint Duncan. Les catholiques n'appréciaient pas vraiment qu'on leur dise qu'ils étaient damnés. Christie et sa petite bande prenaient un malin plaisir à le leur répéter.

Il réprima un petit rire. Roger se demanda soudain combien de verres de whisky il avait sifflés avant de venir sur la terrasse. Il n'avait jamais vu le vieil homme aussi jovial.

– *Mac Dubh* y a mis un terme une fois pour toutes quand il nous a tous initiés à la franc-maçonnerie. Mais avant qu'il en arrive là, plusieurs hommes ont failli y laisser leur peau.

Il inclina la carafe en direction de Roger, l'interrogeant du regard. Devant la perspective d'un dîner avec Tom Christie et Hiram Crombie, Roger accepta.

Quand Duncan se pencha pour remplir son verre, un dernier rayon de soleil illumina son visage buriné. Roger aperçut une fine ligne blanche traversant sa lèvre supérieure, à peine visible sous les poils, et comprit alors pourquoi le mari de Jocasta portait une longue moustache, habitude peu courante en ces temps où la plupart des hommes étaient rasés de près.

Il n'aurait sans doute rien dit sans le whisky et l'étrange complicité entre eux, deux protestants, étroitement liés à des catholiques et n'en revenant pas de leur sort ; deux hommes que les hasards malheureux de la vie avaient laissés livrés à eux-mêmes, et qui se retrouvaient à présent chefs de famille, tenant le destin d'autres individus entre leurs mains.

Il effleura sa propre lèvre.

– Là, que vous est-il arrivé, Duncan ?

Duncan toucha sa bouche à son tour.

– Oh ça ? Rien. Je suis né avec un bec-de-lièvre. Enfin, d'après ce qu'on m'a dit, car je ne m'en souviens pas. On me l'a raccommodé quand je n'avais pas plus d'une semaine.

– Qui vous l'a corrigé ? s'étonna Roger.

– Un guérisseur itinérant, m'a raconté ma mère. Elle s'était déjà résignée à me perdre, parce que, bien sûr, je ne pouvais pas téter. Avec mes tantes, elles se relayaient pour essorer un linge imbibé de lait au-dessus de ma bouche, mais, d'après ma mère, je n'étais plus qu'un squelette lorsque ce guérisseur a débarqué dans le village.

Cette fois, il haussa une seule épaule.

– Mon père lui a donné six harengs et un paquet de tabac à priser pour me recoudre la lèvre. Après, le guérisseur a donné à ma mère un onguent à appliquer sur la plaie. Et voilà...

Il marqua une pause avant de conclure :

– Finalement, j'étais destiné à vivre. Mon grand-père a déclaré que le Seigneur m'avait choisi... Dieu seul sait pour quoi faire !

Roger ressentit un bref malaise, en dépit de l'effet euphorisant du whisky.

Un guérisseur dans les Highlands capable de corriger un bec-de-lièvre ? Il but une autre gorgée, s'efforçant de ne pas fixer ouvertement le visage de Duncan, mais ne pouvant s'empêcher de l'étudier du coin de l'œil. Après tout, ce devait être possible. La cicatrice était à peine visible sous la moustache, ne s'étendant pas jusqu'au nez. Cela avait dû être une déformation relativement bénigne et non pas un de ces cas hideux dont il avait lu la description dans le grand cahier noir de Claire, incapable de détacher le regard de la page. Le docteur Rawlings y décrivait un enfant mort non seulement avec une lèvre fendue, mais aussi sans aucun palais et avec la moitié du visage manquant.

Dieu merci, il n'y avait pas joint de dessin, mais l'image invoquée par sa description clinique suffisait amplement. Il ferma les yeux et inspira profondément, inhalant les effluves de whisky par tous ses pores.

Était-ce possible ? Peut-être. La chirurgie existait déjà, sanglante, rudimentaire et atrocement douloureuse. Il avait vu Murray MacLeod, l'apothicaire de Campbelton, recoudre avec adresse la joue d'un homme piétiné par ses moutons. Suturer les lèvres d'un nourrisson était-il beaucoup plus compliqué ?

Il songea à la bouche de Jemmy, tendre comme un bouton de rose, transpercée par une aiguille et un fil noir, et frissonna.

– Tu as froid, *a charaid*? Tu veux qu'on rentre?

Duncan s'apprêtait déjà à se lever, mais Roger le retint d'un geste.

– Non, ce n'est rien. Juste un frisson passager.

Il sourit et accepta un autre doigt d'alcool pour faire passer son trouble. Il sentait sa peau se hérisser. «Et s'il y en avait un autre… comme nous?»

Il y en avait eu, il le savait déjà. Sa propre ancêtre, Geillis, en était une. L'homme dont Claire avait retrouvé le crâne, avec ses plombages dentaires, en était un autre. Mais si Duncan en avait rencontré un troisième, dans un village isolé des Highlands, un demi-siècle plus tôt?

«Mon Dieu. Cela se produit-il souvent? Et que leur arrive-t-il?»

Avant qu'ils n'aient eu le temps d'arriver au fond de la carafe, il entendit des pas derrière lui, accompagnés d'un bruissement de soie.

– Madame Cameron.

Il se leva, la tête lui tournant un peu, et baisa la main de son hôtesse.

Les longs doigts sensibles de cette dernière effleurèrent son visage, comme elle le faisait toujours, confirmant son identité.

– Ah, te voici, Jo! Tu as passé une bonne journée avec le petit?

Duncan se leva à son tour péniblement, handicapé par le whisky et son bras unique, mais Ulysse, le majordome, s'était matérialisé hors de nulle part juste à temps pour pousser un fauteuil en osier derrière sa maîtresse. Elle s'y assit sans même tendre une main en arrière pour s'assurer de la présence du siège, sachant déjà qu'il serait là.

Roger observa le majordome avec intérêt, se demandant qui Jocasta avait soudoyé pour le récupérer. Accusé, probablement à raison, d'avoir assassiné un officier de la marine britannique sur la plantation, Ulysse avait été contraint de fuir la colonie. Mais alors que le décès du lieutenant Wolff n'avait pas été considéré comme une grande perte par ses supérieurs, Jocasta ne pouvait se passer de son majordome. Certes, l'argent ne pouvait pas tout faire, mais Roger était prêt à parier que Mme Cameron n'avait encore jamais eu à affronter un obstacle qu'elle n'avait su surmonter avec une enveloppe, des relations politiques ou de la ruse.

Elle sourit et tendit la main vers son mari.

– Oui, comme je me suis amusée à l'exhiber devant tout le monde ! Nous avons passé un merveilleux déjeuner avec la vieille Mme Forbes et sa fille. Le petit nous a chanté une chanson et les a toutes charmées. Mme Forbes avait également invité les filles Montgomery, ainsi que Mlle Ogilvie, et nous avons mangé des côtelettes d'agneau avec de la sauce à la framboise et des beignets de pommes et… oh, c'est vous, monsieur Christie ? Venez donc vous joindre à nous !

Elle haussa légèrement la voix et fixa un point par-dessus l'épaule de Roger.

– Madame Cameron. Votre serviteur.

Christie grimpa les marches qui menaient à la terrasse et fit une élégante révérence, non moins consciencieuse du fait qu'elle s'adressait à une aveugle. Arch Bug le suivit et s'inclina au-dessus de la main de Jocasta avec un aimable roucoulement.

On fit sortir d'autres fauteuils, des chandelles, une seconde carafe de whisky et un plat d'amuse-gueules préparés comme par magie. En un tour de main, la terrasse fut transformée en salle de réception, écho plus distingué des festivités un peu tendues qui se tenaient plus bas dans les prés. On entendait de la musique au loin, le son métallique d'un pipeau jouant une gigue.

Roger se détendit, savourant cette brève sensation de détente et d'irresponsabilité. Pour ce soir du moins, il n'avait pas à s'inquiéter. Tout le monde était rassemblé, en sécurité, nourri et paré pour le départ du lendemain.

Il n'avait même pas à se soucier de faire la conversation ; Tom Christie et Jocasta discutaient avec enthousiasme de la scène littéraire d'Édimbourg et d'un livre dont il n'avait jamais entendu parler ; Duncan, lui, semblait sur le point de glisser de son fauteuil d'un instant à l'autre, se réveillant de temps en temps pour placer une observation ; quant à ce vieil Arch... Tiens, où était-il donc ? Ah, là-bas, reparti vers le pré, s'étant sans doute souvenu d'une instruction de dernière minute qu'il avait oublié de donner à quelqu'un.

Il bénit Jamie Fraser d'avoir envoyé Arch et Tom avec lui. À eux deux, ils l'avaient sauvé de nombreuses gaffes, avaient géré des milliers de détails utiles et atténué les peurs des nouveaux métayers concernant ce nouveau bond dans l'inconnu.

Il inspira une grande goulée d'air parfumé de l'odeur des feux de bois et de la viande grillée, et se souvint alors d'un autre petit détail dont le bien-être dépendait encore de sa seule responsabilité.

Il s'excusa et rentra dans la maison. Il trouva Jem au sous-sol dans la cuisine principale, confortablement installé sur un banc à haut dossier, s'empiffrant de pouding arrosé de beurre fondu et de sirop d'érable. Il s'assit à ses côtés.

– Ne me dis pas que c'est ton dîner, ça ?

L'enfant hocha la tête avec vigueur.

– T'en veux, papa ?

Jem lui tendit une cuillère dégoulinante, et Roger se pencha très vite pour avaler son contenu avant qu'il ne tombe sur la table. Le gâteau était délicieux, le sucre et la crème réveillant la langue.

– Mmm... On n'en parlera pas à maman et à grand-mère, d'accord ? Elles ont cette étrange obsession pour la viande et les légumes.

Jem acquiesça et lui offrit une autre cuillerée. Ils finirent le bol ensemble dans un silence complice, après quoi l'enfant grimpa sur ses genoux, frottant son visage poisseux contre sa chemise, et s'endormit.

Les domestiques allaient et venaient dans la pièce, leur adressant des sourires au passage. Roger sentit qu'il devait se lever. Le dîner serait bientôt servi… il voyait des plats de canard et de mouton rôtis savamment présentés, de grandes coupes contenant des montagnes de riz floconneux et fumant recouvertes de sauce, et un immense saladier plein de légumes verts que l'on était en train d'assaisonner avec du vinaigre.

Cependant, rempli de whisky, de pouding et de contentement, il traînait la patte, repoussant sans cesse le moment de se séparer de Jem et de mettre un terme à ce bonheur paisible de tenir son enfant endormi dans ses bras.

– Monsieur Roger? dit une voix douce. Je le prends, vous voulez bien?

Il s'arracha à la contemplation des miettes de gâteau dans les cheveux de son fils pour découvrir Phaedre, la cameriste de Jocasta, accroupie devant lui, les bras tendus.

– Je vais le baigner et le mettre au lit, monsieur.

L'ovale de son visage était aussi doux que sa voix.

– Oui, merci.

Roger se leva avec précaution, tenant toujours Jem contre lui.

– Il est lourd, je vais le porter.

Il suivit l'esclave dans l'escalier étroit de la cuisine, admirant, d'une manière purement esthétique et abstraite, son port gracieux. Quel âge avait-elle? Vingt, vingt-deux ans? Jocasta l'autoriserait-elle à se marier? Elle devait sûrement avoir des admirateurs. Mais il savait à quel point elle était, elle aussi, précieuse à sa maîtresse, la suivant partout comme son ombre. Il voyait mal la possibilité pour elle de concilier une telle dévotion avec une maison et une famille.

Au sommet des marches, elle se tourna pour lui prendre Jem. Il abandonna sa charge inerte à contrecœur, mais aussi avec un léger soulagement. Dans le sous-sol, la chaleur était étouffante, et sa chemise était trempée là où l'enfant s'était appuyé contre lui.

Il s'apprêtait à s'en aller quand Phaedre le rappela :

– Monsieur Roger?

Elle semblait hésitante, lui lançant des regards fuyants sous la courbe blanche de son fichu.

– Oui ?

Des pas résonnèrent dans l'escalier, et il se plaqua contre le mur pour faire de la place à Oscar qui montait quatre à quatre avec un plat vide sous le bras, se rendant sans doute dans la cuisine extérieure où l'on faisait frire le poisson. En passant, il sourit à Roger et envoya un baiser à Phaedre, qui pinça les lèvres.

Elle fit un petit geste discret du menton, et Roger la suivit dans le couloir, loin du remue-ménage des cuisines. S'arrêtant devant la porte qui donnait sur les écuries, elle jeta un œil alentour pour s'assurer de n'être entendue par personne.

– Je ne devrais peut-être pas vous le dire, monsieur… c'est peut-être rien du tout. Mais je crois que je dois vous le dire quand même.

Il l'encouragea d'un hochement de tête et écarta ses mèches moites de son visage. Heureusement, la porte était entrouverte, laissant filtrer un courant d'air.

– Ce matin, monsieur, on est allés en ville, à l'entrepôt de M. Benjamin, vous savez ? Celui près de la rivière.

Il acquiesça de nouveau. Elle s'humecta les lèvres.

– Le petit maître Jem, il avait des fourmis dans les pattes et courait partout pendant que madame parlait avec M. Benjamin. Moi, je l'ai suivi, pour être sûre qu'il ne lui arriverait pas d'histoires. C'est pourquoi j'étais avec lui quand l'homme est entré.

– Quel homme ?

– Je ne sais pas, monsieur. Il était grand, aussi grand que vous. Les cheveux clairs. Il ne portait pas de perruque, mais c'était un gentleman malgré tout.

À ces paroles, Roger en déduisit qu'il était bien habillé.

– Et ?

– Il a regardé autour de lui, a vu M. Benjamin qui causait avec Mlle Jo et s'est mis sur le côté, comme s'il ne voulait pas qu'on le remarque. Puis il a aperçu M. Jem et a fait une drôle de tête.

Elle serra Jem un peu plus fort.

– Je n'ai pas du tout aimé son air, pour vous le dire en vrai. Je l'ai vu qui marchait vers M. Jem et je me suis dépêchée d'aller prendre votre fils dans mes bras, tout comme maintenant. L'homme a semblé surpris, puis a tiré une mine comme s'il pensait à quelque chose de rigolo. Il a souri à M. Jem et lui a demandé qui était son papa.

Elle tapota le dos de l'enfant en lui souriant.

– En ville, les gens lui posent tout le temps cette question, monsieur. Et il répond toujours fièrement que son papa, c'est Roger MacKenzie. Cet homme, il s'est mis à rire et il a ébouriffé les cheveux du petit. Ils font tous ça, faut dire qu'il a de si jolis cheveux. Puis il a lancé : «C'est bien vrai, ça, mon p'tit gars ? Tu en es sûr ? »

Phaedre était une imitatrice née. Elle singeait l'accent irlandais à la perfection. Roger en eut froid dans le dos.

– Que s'est-il passé ensuite ? poursuivit-il. Qu'a-t-il fait ?

Malgré lui, il regarda dehors, cherchant un danger dans la nuit.

– Il a rien fait, monsieur. Mais il a observé M. Jem sous le nez, puis moi, et il a souri, sous mon nez ! Je n'ai pas du tout aimé ce sourire, monsieur, pour vous le dire en vrai. Puis, j'ai entendu M. Benjamin derrière moi demandant au monsieur s'il voulait quelque chose. L'homme a tout de suite tourné les talons, et il a filé, comme ça !

Elle serra Jemmy d'un bras et fit claquer les doigts de son autre main.

– Je vois, dit Roger.

Soudain, le pouding forma une masse solide dans son estomac, plus lourde que du plomb.

– Vous avez parlé de cet homme à votre maîtresse ? poursuivit-il.

Elle prit un air solennel.

— Non, monsieur. C'est qu'il n'avait rien fait de mal, comme je vous l'ai raconté. Mais ça m'a perturbée. Ça m'a travaillée pendant tout le chemin du retour, puis je me suis dit que je ferais mieux de vous en causer, monsieur, si j'en avais l'occasion.

— Vous avez bien fait. Merci, Phaedre.

Il résista à l'envie de lui reprendre Jemmy pour le serrer contre lui.

— Ça vous ennuierait... une fois que vous l'aurez couché, de rester auprès de lui? Jusqu'à ce que je revienne. Je dirais à votre maîtresse que je vous ai prié de demeurer là.

Il lut dans ses yeux noirs qu'elle l'avait très bien compris. Elle acquiesça.

— Oui, monsieur. Avec moi, il ne risquera rien.

Elle esquissa une révérence et monta l'escalier qui menait à la chambre qu'elle partageait avec Jemmy, fredonnant une berceuse douce et rythmée.

Il inspira lentement, luttant contre l'envie de courir aux écuries, de sauter sur le premier cheval et de galoper jusqu'à Cross Creek pour y passer toutes les maisons au peigne fin jusqu'à ce qu'il ait débusqué Stephen Bonnet.

— Et après? pensa-t-il à voix haute.

Il serra les poings d'instinct, sachant bien ce qu'il ferait, même si son esprit reconnaissait la futilité d'une telle entreprise.

Il refoula sa rage et son impuissance, les vestiges de whisky battant dans ses veines et ses tempes. Il franchit la porte et se retrouva dans la nuit. De ce côté-ci de la maison, on ne pouvait voir les prés, mais il sentait toujours la fumée des feux de camp et distinguait vaguement une mélodie flottant dans l'air.

Il avait toujours su que Stephen Bonnet réapparaîtrait un jour. Plus loin sur la pelouse, le mausolée blanc d'Hector Cameron formait une tache pâle dans le noir. À l'intérieur, caché dans le cercueil qui attendait l'épouse d'Hector, Jocasta,

201

se trouvait une fortune en or jacobite, le secret bien gardé de River Run.

Roger percevait ses os à l'étroit dans sa chair, dévorés par le désir de traquer et de tuer l'homme qui avait violé sa femme, menacé sa famille. Mais soixante-seize personnes dépendaient de lui... non, soixante-dix-sept. Sa soif de vengeance luttait âprement contre son sens des responsabilités... et, de très mauvaise grâce, il finit par capituler.

Il s'efforça de se calmer, sentant sa cicatrice due au nœud de la corde lui serrer la gorge. Non. Il devait rentrer à Fraser's Ridge, assurer la sécurité des voyageurs. L'idée de les voir partir avec Arch et Tom pendant qu'il restait pour rechercher Bonnet était tentante. Mais on lui avait confié personnellement cette mission, et il ne pouvait l'abandonner pour se lancer dans une quête longue et privée, et probablement vaine.

Il ne pouvait pas non plus laisser Jem sans protection.

Toutefois, il devait en parler à Duncan. On pouvait lui faire confiance pour adopter les mesures nécessaires à la sécurité de River Run, prévenir les autorités de Cross Creek et mener l'enquête.

Quant à Jem, il l'installerait sur la selle devant lui, ne le quitterait pas des yeux jusqu'à ce qu'ils aient rejoint leur refuge dans les montagnes.

– «Qui est ton papa»? marmonna-t-il.

Une nouvelle vague de rage l'envahit.

– C'est moi, son papa, fils de pute!

TROISIÈME PARTIE

Il y a une saison pour tout

16

Le mot juste

Août 1773

— Tu souris toute seule, me chuchota Jamie à l'oreille. C'était pas mal, non ?

Je tournai la tête et ouvris les yeux, me retrouvant au niveau de sa bouche, qui souriait elle aussi. Je suivis le contour de ses lèvres du bout d'un doigt.

— Oui, pas mal. Tu fais exprès d'être modeste, ou bien cette litote vise à m'extirper des louanges extatiques ?

Son sourire s'élargit encore, et il mordilla mon doigt.

— Oh, c'est de la pure modestie, m'assura-t-il. Si je voulais te rendre extatique, je ne m'y prendrais pas avec des mots, n'est-ce pas ?

Une main descendit le long de mon dos en guise d'illustration.

— Cela dit, les mots aident, tu sais.

— Vraiment ?

— Oui, à l'instant même, j'essayais de classer par ordre de sincérité «je t'aime», «je te veux», «je te vénère» et «j'ai besoin de la sentir en toi».

— J'ai dit ça, moi ?

Il paraissait un peu surpris.

— Oui, tu ne t'es pas écouté ?

— Non. Mais je pensais tout ce que j'ai dit.

Sa main se referma sur une de mes fesses, la soupesant.

– Je le pense toujours, d'ailleurs.

– Quoi, même la dernière phrase ?

Je ris tout en frottant doucement mon front contre son torse velu. Il posa son menton sur le sommet de mon crâne, et me serra contre lui.

– Oh que oui ! Bon, c'est vrai que j'aurais besoin de me ravitailler et de me reposer un peu avant de remettre ça, mais l'intention y est. Dieu que tu as un beau derrière dodu ! Rien que de le voir, j'ai envie d'y replonger tout de suite. Tu as de la chance d'être mariée à un vieillard décrépi, *Sassenach,* autrement, tu serais déjà à quatre pattes les fesses en l'air.

Il sentait délicieusement bon la poussière, la sueur sèche et le musc entêtant de l'homme qui vient d'assouvir son désir.

– Ça fait plaisir de sentir que tu m'as regrettée. Toi aussi, tu m'as manqué.

Ma bouche était à quelques centimètres de son aisselle. Mon souffle le chatouilla, et il s'ébroua tel un cheval qui chasse une mouche. Il se déplaça un peu, me tournant de sorte que ma tête repose dans le creux de son épaule. Nous soupirâmes d'aise à l'unisson.

– En tout cas, la maison tient toujours debout, dit-il au bout d'un moment.

C'était la fin de l'après-midi, et les fenêtres étaient ouvertes. Le soleil bas derrière les arbres projetait des ombres dansantes sur les murs et les draps, si bien que nous avions l'impression de flotter dans une tonnelle de feuilles frémissantes.

– La maison tient toujours debout, confirmai-je. L'orge est pratiquement rentrée, et personne n'est mort.

Maintenant que nous en avions terminé avec la chose la plus importante, il était prêt pour entendre ce qui s'était passé à Fraser's Ridge en son absence.

Bien évidemment, le petit hic ne lui échappa pas.

– « Pratiquement » rentrée ? Comment cela se fait-il ? Je sais bien qu'il a plu, mais elle aurait dû être rentrée il y a une semaine.

– Ce n'est pas à cause de la pluie mais des sauterelles.

J'en frissonnais encore. Un nuage de ces satanées bestioles aux gros yeux ronds avait fondu sur nous dans un vrombissement infernal juste à la fin de la moisson d'orge. Me rendant dans mon potager, j'avais découvert mes chers légumes recouverts de corps anguleux armés de pattes griffues et coupantes, mes laitues et mes choux rongés jusqu'à n'être plus que des moignons déchiquetés et la belle-de-jour qui recouvrait la palissade pendant en lambeaux.

– J'ai couru prévenir Mme Bug et Brianna, et nous les avons chassées à coups de balai. Elles se sont envolées en chœur, ont traversé le bois en direction du champ de l'autre côté de Green Spring et se sont installées dans l'orge. On les entendait se goinfrer à des kilomètres à la ronde. On aurait dit des géants piétinant du riz.

La peau de mes épaules se hérissa. L'air absent, Jamie les caressa de ses mains chaudes.

– Mmphm. C'est le seul champ qu'elles ont attaqué ?

– Oui. On y a mis le feu. Elles ont toutes grillé vives.

Il sursauta et me regarda.

– Quoi ? Qui a eu cette idée ?

– Moi.

Je n'étais pas peu fière. Rétrospectivement, cela me paraissait encore la solution la plus sensée. D'autres récoltes avaient été en danger, non seulement des champs d'orge, mais aussi de maïs en pleine maturation, de blé, de pommes de terre et de foin, sans parler des potagers qui assuraient la subsistance de la plupart des familles.

En fait, ma décision avait été avant tout une réaction de fureur, de vengeance pure et simple pour avoir détruit mon carré de légumes. J'aurais volontiers arraché une à une les ailes de chaque insecte avant de piétiner leurs restes. Cela étant impossible, les brûler avait été presque aussi gratifiant.

Elles s'étaient rabattues sur le champ de Murdo Lindsay. Plutôt long à la détente, celui-ci n'avait pas eu le temps de réagir quand je lui avais annoncé ma décision de brûler son orge. Il était resté sur le seuil de sa cabane, la bouche grande ouverte, quand Brianna, Lizzie, Mme Bug et moi-même nous étions postées aux quatre coins de son lopin avec des brassées de fagots, les avions allumés à l'aide de torches, puis les avions lancés de toutes nos forces dans la mer d'épis bien mûrs.

Les tiges sèches avaient grésillé, puis le feu s'était propagé en rugissant. Déroutées par la chaleur et la fumée d'une douzaine de foyers simultanés, les sauterelles avaient bondi dans tous les sens telles des étincelles, leurs ailes s'embrasant, puis elles avaient disparu dans l'immense colonne de fumée et les tourbillons de cendres.

— Et il a fallu que Roger arrive à ce moment-là avec les nouveaux métayers.

Je me retins de rire de cet événement fâcheux.

— Les pauvres ! La nuit commençait à tomber. Ils se tenaient tous là, à la lisière du bois, avec leurs balluchons et leurs enfants, contemplant médusés le brasier, pendant que nous dansions en rond, pieds nus, nos jupes retroussées, hurlant comme des guenons et couvertes de suie.

Jamie se couvrit les yeux des deux mains, imaginant la scène.

— Oh, mon Dieu ! Ils ont dû croire que Roger Mac les avait conduits droit en enfer ou à un sabbat de sorcières !

Un fou rire coupable me gonflait les côtes.

— Oh, Jamie, si tu avais vu leur tête !

N'y tenant plus, j'enfouis mon visage dans sa poitrine. Nous rîmes de bon cœur un long moment, en étouffant les bruits de nos voix. Une fois ressaisie, j'expliquai :

— J'ai fait de mon mieux pour les accueillir. Nous leur avons donné à dîner, puis nous leur avons trouvé où dormir. J'en ai installé autant que je pouvais dans la maison, et on a réparti les autres dans la cabane de Brianna, l'écurie et la grange. Quand je suis redescendue tard dans la nuit – après toutes ces excitations, je ne pouvais pas dormir –, j'en ai trouvé une douzaine qui priaient dans la cuisine. Ils se tenaient en cercle près de la cheminée, les mains jointes et les têtes baissées avec révérence.

En m'entendant entrer dans la pièce, tous les visages s'étaient tournés vers moi, leurs traits émaciés et hagards faisant ressortir le blanc de leurs yeux. Ils m'avaient fixée dans un silence de mort. L'une des femmes avait lâché la main de son mari et glissé la sienne sous son vieux tablier rapiécé. On aurait pu penser qu'elle cherchait une arme, et peut-être était-ce le cas, mais j'étais presque certaine que c'était pour faire le signe des cornes.

Je m'étais déjà rendu compte que la plupart ne parlaient pas l'anglais. Je leur avais demandé dans mon gaélique hésitant s'ils avaient besoin de quelque chose. Ils avaient continué à me dévisager comme une bête à deux têtes, puis, au bout d'un moment, l'un d'eux, un homme ratatiné aux lèvres fines, avait répondu non d'un simple signe à peine perceptible.

– Ils se sont replongés dans leurs prières et je suis remontée toute penaude dans ma chambre.

– Tu es descendue en chemise?

– Eh bien… oui. Je ne m'attendais pas à trouver quelqu'un debout à cette heure de la nuit.

– Mmphm…

Ses doigts effleurèrent mes seins. Je devinais exactement ce à quoi il pensait. Ma chemise de nuit d'été était en lin fin et élimé et, oui, bon d'accord, à contre-jour, elle était un peu transparente. Mais la cuisine avait été plongée dans la pénombre, éclairée uniquement par les braises du foyer.

– Je suppose que tu ne portais même pas un bonnet de nuit, *Sassenach*?

Songeur, il passa une main dans mes cheveux. Je les avais dénoués avant de me coucher, et ils pointaient dans toutes les directions, me donnant des airs de Gorgone.

– Bien sûr que non. Mais je m'étais fait une tresse, tout ce qu'il y a de plus convenable!

– Oh, je n'en doute pas…

Enfouissant ses doigts dans la masse folle de ma chevelure, il prit ma tête entre ses mains et m'embrassa. Ses lèvres étaient gercées par le vent et le soleil, mais agréablement douces. Il ne s'était pas rasé depuis son départ, et sa barbe courte et frisée était soyeuse.

– Et à présent, ils sont tous installés, je suppose?

Ses lèvres baisèrent ma joue, puis se posèrent sur mon oreille, titillant mon lobe.

– Ah. Oh. Oui. Arch Bug les a emmenés le lendemain matin. Il les a répartis dans différentes familles un peu partout dans Fraser's Ridge. Ils sont déjà au travail, à…

Le fil de ma pensée fut momentanément interrompu, et je m'agrippai par réflexe à un des pectoraux de Jamie.

– Au fait, tu as bien dit à Murdo que je le dédommagerai? Pour son champ.

– Oui, naturellement.

Je dus faire un effort pour me concentrer, puis me mis à rire.

– Il m'a dévisagée sans comprendre, l'air hébété, et a répondu : «Oh, bien sûr, comme monsieur voudra.» Je crois qu'il n'a jamais compris pourquoi j'avais incendié son champ. Il a dû penser qu'une lubie m'avait prise, comme ça.

Jamie rit à son tour, une sensation très étrange dans la mesure où il tenait toujours mon lobe entre ses dents. Sa barbe me chatouillait la nuque, et sa peau chaude et ferme tremblait sous ma paume.

– Et les Indiens? demandai-je. Comment t'en es-tu sorti avec les Cherokees?

– Bien.

Il bougea soudain et roula sur moi. Il était très grand et très chaud, dégageant une forte odeur épicée de désir. Les ombres feuillues s'agitaient sur son visage et ses épaules, diaprant les draps et la blancheur de mes cuisses, grandes ouvertes.

– C'est fou ce que tu me plais, *Sassenach,* murmura-t-il dans mon oreille. Je te vois d'ici, à demi nue dans ta chemise de nuit, tes cheveux dénoués s'enroulant autour de tes seins… Je t'aime, je te vénè…

– Qu'est-ce que tu disais à propos de te ravitailler et de te reposer?

Ses mains se réchauffaient sous moi, serrant mes fesses, les pétrissant, son souffle chaud balayant ma gorge.

– J'ai besoin de la sentir en...

– Mais...

– Maintenant, *Sassenach*.

Il se redressa brusquement, s'agenouillant devant moi sur le lit. Il avait un léger sourire aux lèvres, mais ses yeux bleu nuit étaient ardents. Il glissa une main sous ses lourdes bourses, son pouce caressant lentement son membre exigeant.

– Retourne-toi et mets-toi à quatre pattes, *a nighean*. Maintenant.

17

Les limites du pouvoir

James Fraser, esquire, Fraser's Ridge
À l'attention de lord John Grey, plantation de Mount Josiah

14 août 1773

Milord,

Je vous écris pour vous informer de ma nouvelle charge, à
savoir celle d'agent indien de la Couronne, affecté au Bureau
du Sud sous la direction de John Stuart.

J'étais assez partagé sur l'offre qui m'avait été faite, mais
la raison l'a emporté sur mes hésitations quand j'ai reçu la
visite de deux voisins lointains, M. Richard Brown et son frère.
Je suppose que M. Higgins vous aura déjà informé sur leur
soi-disant « comité de sécurité », dont le premier dessein fut
de l'arrêter.

Connaissez-vous ce genre d'organisations spontanées en
Virginie ? Votre situation est sans doute moins instable que la
nôtre, ou que celle de Boston, où M. Higgins nous a appris en
avoir rencontré d'autres. En tout cas, je l'espère.

À mon sens, tout homme de raison ne peut que déplorer
le principe de ces comités. Leur objectif déclaré est d'assurer une protection contre les vagabonds et les bandits, et
d'arrêter les criminels dans les régions où il n'y a ni shérif ni
officier de police. Sans aucune loi pour encadrer leur comportement, hormis celle de l'intérêt personnel, rien n'empêche ces

milices irrégulières de devenir pour les citoyens une menace plus grande que les dangers contre lesquels ils sont censés les protéger.

Cependant, leur attrait est clair, notamment dans des cas tels que le nôtre, où nous sommes si loin de tout. Le tribunal le plus proche se trouve (ou se trouvait) à trois jours de cheval. Dans l'agitation constante qui a fait suite à la Régulation, la situation s'est détériorée peu à peu. Le gouverneur et son conseil sont en conflit permanent avec l'assemblée. Le tribunal itinérant n'existe plus, aucun nouveau juge n'a été nommé, et le comté de Surry n'a plus de shérif, le dernier en titre ayant démissionné après qu'on a menacé d'incendier sa maison.

Les shérifs des comtés d'Orange et de Rowan sont toujours en poste, mais leur corruption est un fait si connu que personne ne se repose sur eux, hormis ceux qui y trouvent leur compte en les soudoyant.

Depuis la fin de la récente guerre de Régulation, nous entendons fréquemment parler de maisons brûlées, d'agressions et d'autres signaux inquiétants. Le gouverneur Tryon a officiellement gracié les hommes impliqués dans le soulèvement, mais n'a rien fait pour prévenir les actes de vengeance à leur égard. Son successeur est encore moins compétent pour régler ce genre de problèmes. En outre, ces derniers surviennent dans l'arrière-pays, loin de son palais de New Bern et sont donc d'autant plus faciles à négliger. (À sa décharge, le malheureux a certainement d'autres troubles sur les bras plus près de chez lui).

Les colons d'ici se sont habitués à se défendre seuls contre les dangers habituels de la nature sauvage, mais l'apparition de ces attaques aveugles et le risque d'incursion des Indiens (si près de la ligne du Traité) les rendent nerveux, ce qui explique qu'ils accueillent avec soulagement la création de toute organisation prête à assumer le rôle de protecteur public. C'est pourquoi les vigiles de ces comités sont reçus à bras ouverts, les premiers temps du moins.

Si je vous abreuve de tous ces détails, c'est pour vous expliquer ma position quant à ma nouvelle fonction. Mon ami, le major MacDonald, (anciennement membre de la 32ᵉ cavalerie) m'a informé que si je déclinais l'offre, il s'adresserait à M. Richard Brown. Ce dernier ayant l'habitude de commercer avec les Cherokees, on peut présumer qu'il a leur confiance, ce qui le prédisposerait à se faire accepter d'eux en tant qu'agent.

Connaissant un peu M. Brown et son frère, cette perspective m'inquiète. En ces temps troublés, l'influence accrue qu'une telle charge lui conférerait risquerait d'accroître son pouvoir au point que plus personne ne pourrait s'opposer à lui, ce qui me paraît dangereux.

Mon gendre m'a fort judicieusement fait observer que le sens moral d'un homme décroît à mesure que son pouvoir s'accroît, et je soupçonne les frères Brown d'être suffisamment dépourvus du premier pour ne pas avoir besoin d'être encouragés. C'est sans doute pur orgueil de ma part que de considérer que j'en ai plus. Je connais les effets corrosifs du pouvoir sur l'âme, moi-même j'ai senti son poids sur mes épaules, tout comme vous. Toutefois, s'il me faut choisir entre M. Brown et moi-même, je préfère me retrancher derrière le vieil adage écossais : « Mieux vaut le diable que tu connais que celui que tu ignores. »

Je suis également inquiet des longues absences que mes nouveaux devoirs m'imposeront. Pourtant, je ne peux en toute conscience laisser ceux qui vivent sur mes terres être soumis aux caprices et aux dommages éventuels provoqués par le comité de Brown.

Naturellement, je pourrais créer mon propre comité (je suis sûr que ce serait votre conseil), mais je m'y refuse. Au-delà des inconvénients et des dépenses qu'une telle démarche représenterait, ce serait déclarer la guerre aux Brown, ce qui ne m'apparaît pas prudent, surtout si je dois m'absenter souvent, laissant ma famille sans protection. En revanche, avec cette nouvelle charge, j'étendrai ma propre influence et, ce faisant, serai plus à même de contrôler les ambitions de mes voisins.

Une fois ma décision prise, j'ai informé les autorités que j'acceptais l'affectation et ai entrepris, le mois dernier, ma première visite chez les Cherokees en tant qu'agent. Leur accueil a été cordial, et j'espère que mes relations avec les différents villages le resteront.

Pour en revenir à des questions domestiques, notre petite population s'est agrandie de nouveaux colons fraîchement débarqués d'Écosse. Bien que fort souhaitable, cette invasion ne se fait pas sans quelques difficultés : les arrivants sont des pêcheurs habitués à vivre sur la côte pour qui la montagne regorge de dangers et de mystères, ces derniers étant représentés par les cochons sauvages et les socs de charrue.

(Pour ce qui est des cochons, je ne suis pas certain de ne pas partager leurs vues. La truie blanche s'est depuis peu installée sous les fondations de notre maison où elle se livre à de telles débauches que nos dîners sont perturbés quotidiennement par des bruits infernaux rappelant les supplices des âmes en enfer. Ces âmes étant mises en pièces membre après membre avant d'être dévorées par le démon sous nos pieds.)

En parlant de l'enfer, nos nouveaux colons sont également, hélas, d'austères fils de covenantaires, pour qui un papiste tel que moi cache forcément des cornes et une queue. Vous vous souviendrez peut-être de Tom Christie, qui se trouvait aussi à Ardsmuir. Comparé à ces gens, il nous apparaît comme l'incarnation même de la compassion et de la générosité d'âme.

Je n'aurais jamais cru devoir un jour remercier le ciel de m'avoir donné un gendre presbytérien, mais je ne peux que constater que le Tout-Puissant nourrit des desseins que nous autres, pauvres mortels, ignorons. Bien que même Roger MacKenzie soit à leurs yeux un libertin dépravé, ils peuvent au moins lui parler sans ressentir le besoin de faire des petits signes pour conjurer le Malin, ce qui est le cas quand ils s'entretiennent avec moi.

Quant à leur comportement à l'égard de mon épouse, c'est à croire qu'elle est la sorcière d'Endor, pour ne pas dire la grande putain de Babylone. À leurs yeux, son infirmerie ne recèle que des « enchantements », une opinion renforcée depuis qu'ils y ont vu entrer des Cherokees, joyeusement parés pour l'occasion, venus troquer des objets aussi ésotériques que des crocs de serpents et des vésicules biliaires d'ours.

Ma femme m'empresse de vous transmettre ses remerciements pour vos gentils compliments concernant la santé recouvrée de M. Higgins et, surtout, pour votre offre de lui procurer des produits médicinaux auprès de votre ami à Philadelphie. Je joins ici sa liste. En la parcourant, je devine que cela n'arrangera sans doute pas la suspicion de nos pêcheurs, mais que cela ne vous dissuade pas de lui rendre ce service, car je sens que seuls le temps et l'habitude calmeront les craintes qu'elle leur inspire.

Ma fille m'enjoint elle aussi de vous faire part de sa gratitude pour le phosphore que vous lui avez offert. Je ne suis pas certain de partager ce sentiment, car ses expériences avec la substance en question ont eu jusque-là des résultats très incendiaires. Heureusement, aucun des nouveaux métayers n'y a assisté, autrement ils ne douteraient plus un instant que ma famille et moi-même sommes au mieux avec Lucifer.

Dans une veine plus légère, je vous félicite pour votre dernier cru, qui est effectivement plus que buvable. Je vous envoie en retour une cruche du meilleur cidre de Mme Bug, ainsi qu'une bouteille d'un whisky de trois ans d'âge que vous trouverez sans doute moins caustique que celui que je vous ai fait parvenir la dernière fois.

Votre serviteur
J. Fraser

Post-scriptum : On m'a rapporté qu'un homme répondant à la description de Stephen Bonnet a été vu brièvement à Cross Creek le mois dernier. S'il s'agit en effet de lui, on ignore ce qu'il était venu y faire et il semble avoir disparu sans laisser de traces. Mon oncle par alliance, Duncan Innes, a enquêté dans la région, mais m'a écrit qu'il n'a rien trouvé. Si vous apprenez quoi que ce soit à ce sujet, je vous saurai gré de m'en informer aussitôt.

18

Vroum !

Extrait du cahier des rêves

La nuit dernière, j'ai rêvé d'eau courante. D'habitude, cela signifie que j'ai trop bu avant d'aller au lit, mais, cette fois, c'était différent. Il s'agissait d'eau chaude s'écoulant du robinet de l'évier à la maison. J'aidais maman à faire la vaisselle. Elle passait les assiettes au jet avant de me les tendre pour que je les essuie. La porcelaine était chaude sous le torchon, et je sentais la buée sur mon visage.

L'humidité faisait friser les cheveux de maman dans tous les sens. Les assiettes étaient celles du beau service de mariage, avec les grosses roses. Maman ne voulait pas que je fasse la vaisselle parce qu'elle craignait que je la casse. Il faut dire que je n'avais que dix ans. Le jour où j'ai enfin eu le droit de les laver, j'étais si fière !

Je revois encore les moindres détails du vaisselier dans le salon. L'arrière-grand-père de maman avait peint lui-même le présentoir à gâteaux (c'était un artiste, disait maman, et ce plat lui avait valu un prix, un siècle plus tôt), les dizaines de coupes en cristal héritées de la mère de papa, tout comme le bol à olives en verre taillé ainsi que la tasse et sa soucoupe avec des violettes peintes à la main et un liséré d'or.

Je me tenais devant, rangeant la vaisselle (sauf qu'on ne la gardait pas dans ce vaisselier, mais sur l'étagère au-dessus du four), pendant que l'eau débordait de l'évier, se répandait sur le sol et formait une flaque à mes pieds. Puis le niveau est monté. J'allais et venais entre la cuisine et le salon en pataugeant, projetant des éclaboussures qui scintillaient comme le bol à olives. L'eau montait de plus en plus, mais personne ne semblait s'en inquiéter. En tout cas, pas moi.

Elle était chaude, brûlante même. Elle dégageait de la vapeur.

C'est tout ce qu'il y avait dans le rêve, mais, quand je me suis réveillée ce matin, l'eau dans la bassine était si froide que j'ai dû en réchauffer dans une casserole pour faire la toilette de Jemmy. Chaque fois que je vérifiais l'eau sur le feu, je repensais à mon rêve et à ces litres et ces litres d'eau courante et chaude.

Je me demande pourquoi, dans mes rêves, avant m'apparaît toujours de manière plus vive et détaillée qu'aujourd'hui, et pourquoi je vois des choses qui n'existent que dans ma tête.

Une autre chose me chiffonne : de toutes ces inventions créées par l'homme, combien ont été créées par des gens comme moi, comme nous ? Combien de ces « inventions » ne sont en fait que des souvenirs de choses que nous avons connues ailleurs ? Et… combien d'entre nous y a-t-il ?

* * *

– Avoir l'eau courante n'est pas si compliqué que ça. En théorie.

– Ah non ? Tu as sans doute raison.

Roger ne l'écoutait que d'une oreille, absorbé par l'objet en train de prendre forme sous son couteau.

– Bien sûr, ce serait une tâche immense et très pénible à accomplir. Mais le concept est simple. Tu creuses des tranchées ou tu construis des écluses… ici, ce serait probablement des écluses…

– Vraiment ?

Il arrivait à la partie la plus délicate. Il serra les dents, ciselant de fines lamelles de bois, un copeau après l'autre.

– Faute de métal, poursuivit Brianna imperturbable. Si on avait du métal, on pourrait créer une tuyauterie externe. Mais il n'y en a pas assez dans toute la colonie pour fabriquer les tuyaux nécessaires pour acheminer l'eau depuis le ruisseau jusqu'à la Grande Maison. Sans parler du chauffe-eau ! Même s'il y en avait, cela coûterait une fortune.

– Mmm…

Sentant sa réponse pas tout à fait adéquate, il ajouta bien vite :

– Mais il y a quand même un peu de métal. L'alambic de ton père, par exemple…

– Peuh ! Je lui ai demandé où il l'avait trouvé… Il m'a affirmé l'avoir remporté aux cartes en jouant avec un capitaine. Tu penses que je devrais parcourir six cent cinquante kilomètres pour parier mon bracelet en argent contre quelques centaines de mètres de rouleaux de cuivre ?

Encore une lamelle, deux… une entaille infime avec la pointe de la lame et… voilà ! Le minuscule cercle se détacha de la matrice. Il tournait !

Soudain, il prit conscience qu'elle lui avait posé une question.

– Euh… pourquoi pas ?

Elle éclata de rire.

– Tu n'as pas écouté un mot de ce que j'ai dit, n'est-ce pas ?

– Mais si ! protesta-t-il. Tu parlais de tranchée et d'eau. Ça, j'en suis sûr.

Elle fit une grimace ironique, puis reprit le fil de son discours.

– De toute façon, ce serait la seule manière de procéder.

– Procéder à quoi ?

Il caressa du pouce la petite roue, la faisant tourner sur elle-même.

– Parier. Ils ne me laisseront jamais jouer gros aux cartes.

– Dieu merci, dit-il malgré lui.

– On voit bien que tu es presbytérien ! Tu n'aimes pas les jeux de hasard, je parie !

– Pourquoi, toi si ?

Il l'avait dit en plaisantant, tout en se demandant confusément pourquoi il prenait sa remarque comme un reproche.

Elle se contenta de sourire, ses lèvres esquissant une moue suggestive qui en disait long sur ses activités pernicieuses. Cela le mit mal à l'aise. Elle avait en effet le goût du risque, quoique jusqu'à présent… Malgré lui, il jeta un coup d'œil vers la grande tache brûlée au milieu de la table.

– C'était un accident, se défendit-elle.

– Oui, bien sûr. Heureusement que tes cils ont repoussé.

– Humpf. J'y suis presque. Encore un essai…

– Tu as dit la même chose la dernière fois.

Conscient d'avancer sur un terrain miné, il semblait incapable de s'arrêter.

Elle prit une longue et lente inspiration, le dévisageant en plissant des yeux, comme si elle évaluait la portée avant de déclencher une pièce d'artillerie de gros calibre. Puis elle parut ravaler les mots qu'elle s'était apprêtée à dire. Ses traits se détendirent, et elle tendit la main vers l'objet qu'il tenait.

– Qu'est-ce que c'est ?

– Une petite voiture pour Jem.

Il la lui donna, avant d'ajouter avec une fausse modestie :

– Toutes les roues tournent.

Jemmy, qui courait à quatre pattes sur le plancher avec Adso le chat (tolérant des enfants en bas âge), redressa brusquement la tête en entendant son nom.

– Pour moi, papa ?

Le chat profita de ce que l'enfant était occupé par son nouveau jouet pour bondir par la fenêtre.

Brianna fit courir la voiture sur sa paume et la souleva, faisant tourner ses roues dans le vide. Jemmy tendit la main.

– Attention, attention, tu vas arracher les roues ! Laisse-moi te montrer.

Roger reprit la voiture et la fit rouler sur les pierres de la cheminée.

– Tu vois ? Vroum, vroum !

– Broum ! répéta l'enfant. Papa, laisse-le-moi, laisse-le-moi !

Roger lui abandonna le jouet en souriant.

– Broum, broum, broum !

Jemmy poussa la voiture avec enthousiasme, puis, la lâchant accidentellement, la regarda, ravi, filer toute seule de l'autre côté du foyer. Avec un cri de joie, il courut après.

Sans cesser de sourire, Roger releva les yeux vers Brianna qui observait son fils avec une expression bizarre. Elle sentit son regard et se tourna vers lui.

– Vroum ? demanda-t-elle à voix basse.

Une décharge électrique le parcourut, comme un coup de poing dans le ventre.

– C'est quoi, papa ? C'est quoi ?

– C'est une… un…

À dire vrai, c'était une réplique grossière d'une Austin Minor, mais même le mot « voiture », sans parler « d'automobile », n'avait aucun sens ici. Le moteur à combustion interne, avec ses pétarades amusantes, ne verrait pas le jour avant au moins un siècle.

Brianna eut pitié de lui et vint à son secours.

– C'est un vroum, chéri.

Il s'éclaircit la gorge.

– Euh… voilà, c'est ça. Un vroum.

– Broum ! dit allégrement Jemmy.

Il s'agenouilla pour la faire rouler de nouveau sur les pierres de la cheminée.

– Broum, broum !

De la vapeur. Il faudrait la faire fonctionner à la vapeur ou à l'énergie éolienne. Un moulin à vent conviendrait peut-être pour pomper l'eau dans le système, mais si je veux de l'eau chaude, cela dégagera de la vapeur de toute façon, alors pourquoi ne pas l'utiliser ?

Le problème, c'est le contenant. Le bois brûle et fuit. La terre cuite ne résistera pas à la pression. J'ai besoin de métal, il n'y a rien à faire. Je me demande ce que dirait Mme Bug si je prenais le chaudron de la buanderie. En fait, je connais déjà la réponse, une explosion de chaudière ne serait rien comparativement. En outre, on en a besoin pour laver le linge. Il va falloir que je trouve une autre solution dans mes rêves.

19

Le repos du faneur

Le major MacDonald réapparut le dernier jour du fanage. Je longeai la maison avec un énorme panier de pains quand je l'aperçus sur le sentier, attachant son cheval à un arbre. Il souleva son chapeau dans ma direction et inclina la tête, puis entra dans la cour, étonné par tous les préparatifs.

Nous avions monté des tréteaux recouverts de planches sous les châtaigniers, et des femmes chargées de plats allaient et venaient sans cesse entre la maison et les tables, telle une colonie de fourmis. Le soleil allait bientôt se coucher, et les hommes ne tarderaient plus à rentrer, crasseux, fourbus, affamés, mais ravis d'en avoir terminé, pour prendre part au banquet célébrant la fin des foins.

Je saluai le major d'un hochement de tête et acceptai avec soulagement son offre de porter mon panier.

Un sourire nostalgique apparut sur son visage tanné quand je lui expliquai la raison des festivités.

– Ah, je me souviens de la fin du fanage, quand j'étais petit. Mais c'était en Écosse. Nous avions rarement un temps aussi superbe.

Il leva les yeux vers le bleu intense du ciel d'août. C'était en effet une journée idéale pour les foins, chaude et sèche.

– C'est vrai qu'il fait un temps merveilleux.

Je humai l'air. L'odeur du foin frais régnait partout… tout comme le foin lui-même. Il y en avait des meules brillantes dans tous les abris, et chacun en était couvert, laissant des traînées de brins de paille derrière soi. À cette fragrance s'ajoutait à présent celle, délectable, de la viande qui cuisait depuis la veille dans des fours souterrains, ainsi que l'arôme capiteux du cidre de Mme Bug, dont Marsali et Brianna venaient d'apporter des cruches fraîches depuis le cabanon construit au bord de la source, où il avait été mis au frais avec le babeurre et la bière.

Observant toute cette activité avec satisfaction, le major déclara :

– Je vois que je tombe à pic.

– Si vous êtes venu manger, oui, répondis-je amusée. Mais si vous vouliez parler à Jamie, il vous faudra attendre jusqu'à demain.

Il me dévisagea, perplexe, mais n'eut pas le temps de m'interroger. Je venais d'apercevoir un autre mouvement sur le sentier. Suivant mon regard, il fronça les sourcils.

– Tiens, mais, c'est ce garçon avec la marque sur le visage, observa-t-il sur un ton réprobateur. Je l'ai déjà vu à Coopersville, mais il m'a aperçu le premier et a fait tout un détour pour ne pas me croiser. Voulez-vous que je le chasse ?

Il reposa les pains et s'apprêtait à sortir son épée du fourreau accroché à sa ceinture. Je lui agrippai fermement le bras.

– Vous ne ferez rien de la sorte, major ! M. Higgins est un ami.

Il me regarda stupéfait, puis laissa retomber sa main.

– Comme vous voudrez, madame Fraser, dit-il, dépité.

Il reprit le panier et s'éloigna en direction des tables.

Exaspérée, je levai les yeux au ciel, puis allai accueillir le nouveau venu. Bobby Higgins aurait très bien pu se joindre à MacDonald pour monter jusqu'à Fraser's Ridge. Par choix délibéré de sa part, il était resté ici. Il semblait s'être familiarisé avec les mules. Il en montait une et en tenait une seconde par la bride, chargée d'un assortiment prometteur de panières et de caisses.

– Avec les compliments de lord Grey, madame !

Il esquissa un petit salut et sauta à terre. Du coin de l'œil, je devinai MacDonald qui nous observait, tressaillant à la vue du geste militaire. À présent, il savait que Bobby était soldat, et on pouvait lui faire confiance pour déterrer son passé rapidement. Je réprimai un soupir. Je n'y pouvais rien, ce problème, si cela en était un, devrait se régler de lui-même.

Refoulant mon inquiétude, je lui souris.

– Vous avez l'air en pleine forme, Bobby. Votre selle ne vous a pas fait trop mal ?

– Oh non, madame ! Et je ne suis même pas tombé dans les pommes une seule fois depuis que je vous ai quittée.

Je le félicitai et l'examinai avec discrétion pendant qu'il déchargeait sa mule avec adresse. Il paraissait en effet en parfaite santé, le teint rose et frais, si ce n'était cette vilaine marque sur sa joue.

Affectant l'indifférence, il me questionna tout en déposant une caisse dans l'herbe :

– Le dragon anglais, là-bas, vous le connaissez ?

Je pris soin de ne pas me tourner en direction du major dont je sentais les yeux rivés sur mon dos.

– Oui. Il… accomplit des choses pour le gouverneur, je crois. Il n'appartient pas à l'armée régulière. Je veux dire par là qu'il n'est que demi-solde.

Cela rassura un peu Bobby. Il eut l'air sur le point de prononcer quelques mots, puis se ravisa et sortit plutôt de sa chemise une lettre cachetée. Il me la tendit, expliquant :

– C'est pour vous. De la part de milord. Est-ce que Mlle Lizzie est dans le coin, par hasard ?

Son regard fouillait déjà le groupe de femmes et de jeunes filles s'affairant autour des tables.

Une sensation désagréable me parcourut l'échine.

– Oui, la dernière fois que je l'ai vue, elle était dans la cuisine. Elle sortira dans un instant. Mais… vous savez qu'elle est déjà engagée ailleurs, n'est-ce pas, Bobby ? Son fiancé sera là pour le banquet avec les autres hommes.

Il soutint mon regard avec un sourire à vous faire fondre.

– Oui, bien sûr, madame. Je le sais très bien. Je voulais juste la remercier d'avoir été si gentille avec moi lors de ma dernière visite.

– Ah.

Je ne me fiai pas du tout à ce sourire. En dépit de son œil mort, Bobby était un garçon très séduisant. Qui plus est, il avait été soldat.

– Eh bien… tant mieux.

Avant que je n'aie eu le temps d'en dire plus, j'entendis des voix mâles venir de l'autre côté des arbres. Ce n'était pas précisément un chant, plutôt une sorte d'incantation rythmique. Je ne comprenais pas trop les paroles, mais je reconnaissais un grand nombre de « *Ho-ro !* », et autres interjections gaéliques. L'ambiance semblait cordiale.

Le fanage était un concept neuf pour les nouveaux métayers, plus habitués à ratisser le varech qu'à faucher les blés. Cependant, Jamie, Arch et Roger les avaient encadrés de près, et je n'avais eu à recoudre qu'une poignée de plaies mineures. Je présumais donc que tout s'était bien passé : ni main ni pied coupés, quelques altercations mais aucune bagarre, et pas plus que la quantité habituelle de tiges piétinées ou détruites.

Tous étaient d'excellente humeur quand ils envahirent la cour, débraillés, trempés de sueur et assoiffés comme des éponges. Jamie se trouvait au milieu de la mêlée, riant, trébuchant quand quelqu'un le bouscula. Il m'aperçut, et un immense sourire illumina son visage bronzé. Il me rejoignit en quelques enjambées et me souleva dans une étreinte exubérante, sentant fort le foin, le cheval et la transpiration. Il m'embrassa avec fougue avant de s'exclamer :

– C'est fini, Dieu soit loué ! Bon sang, ce que j'ai soif ! Et non, Roger Mac, ça ne compte pas comme un blasphème.

Il regarda par-dessus son épaule.

– C'est de la gratitude sincère et un besoin urgent.

– Certes, mais vous n'avez pas encore tout à fait terminé, mmm ?

Roger venait d'apparaître derrière lui, sa voix si rauque qu'elle était à peine audible dans le tumulte. Il déglutit en grimaçant.

– Oui, je sais, je sais, maugréa Jamie.

Il jeta un coup d'œil vers son gendre pour s'assurer qu'il ne plaisantait pas, puis, d'un air résigné, partit se placer au centre de la cour. Le voyant faire, Kenny Lindsay se mit à hurler :

– *Eìsd ris ! Eìsd ris !*

Evan et Murdo l'imitèrent, tapant dans les mains en criant : « Écoutez-le » assez fort pour que le vacarme se calme et que tout le monde prête attention.

> *Je dis la prière avec ma bouche,*
> *Je dis la prière avec mon cœur,*
> *Je dis la prière pour toi seul,*
> *Ô Main de la guérison, Ô Fils du Dieu du Salut.*

Il n'éleva pas la voix, mais tous se turent aussitôt, faisant résonner ses paroles.

> *Toi, Seigneur, Dieu des anges,*
> *Étale sur moi ta robe de lin,*
> *Prémunis-moi contre toutes les famines ;*
> *Libère-moi de toute forme spectrale.*
> *Renforce en moi tout ce qui est bon,*
> *Soutiens-moi dans toutes mes épreuves,*
> *Protège-moi de tous les maux,*
> *Et refrène en moi toutes les inimitiés.*

Un murmure d'approbation parcourut l'assistance. Je vis quelques-uns des pêcheurs baisser la tête, sans pour autant le quitter des yeux.

> *Que tu sois entre moi et toutes les calamités*
> *Que tu sois entre moi et toutes les méchancetés*
> *Que tu sois entre moi et toutes les atrocités*
> *Qui s'approchent de moi dans les ténèbres.*

Ô Dieu des faibles
Ô Dieu des humbles
Ô Dieu des vertueux
Ô protecteur de nos terres :
Tu t'adresses à nous
Par la voix glorieuse
De la bouche miséricordieuse
De ton fils adoré.

Je me tournai vers Roger, qui écoutait en hochant la tête lui aussi. Visiblement, ils s'étaient mis d'accord à l'avance. C'était sensé : il fallait une prière dont la forme serait familière aux nouveaux métayers, et qui n'ait rien de spécifiquement catholique.

Jamie ouvrit grand les bras, et la bise gonfla le lin humide de sa chemise. Il renversa la tête en arrière, tournant un visage rempli de joie vers le ciel.

Fais que je trouve le repos éternel
Dans la demeure de ta Trinité,
Dans le paradis des justes,
Dans le jardin solaire de ton amour !

– *Amen !* lança Roger aussi fort que sa voix le lui permettait.

Des amen retentirent un peu partout dans l'assemblée, puis le major MacDonald leva la chope de bière qu'il tenait à la main et s'écria :

– *Slàinte !*

Puis il la vida d'un trait. Dès lors, les festivités purent commencer. Je me retrouvai bientôt assise sur un fût, Jamie dans l'herbe à mes pieds avec une grande assiette de nourriture et un bock de cidre qu'on ne cessait de lui remplir.

Apercevant Bobby au milieu d'un groupe de jeunes admiratrices, je lui dis :

– Au fait, le jeune Higgins est là. Tu as vu Lizzie quelque part ?

– Non, répondit-il en réprimant un bâillement. Pourquoi ?

– Il a demandé à la voir tout particulièrement.

– Alors je suis sûr qu'il finira par la trouver. Tu veux un morceau de viande, *Sassenach* ?

Il me tendit une immense côtelette copieusement arrosée de sauce épicée au vinaigre.

– Merci, j'en ai déjà.

Il abaissa son bras et mordit à belles dents dans la viande. C'était à croire qu'il n'avait rien mangé depuis une semaine.

– Le major MacDonald t'a parlé ?

– Non, répondit-il la bouche pleine.

Il avala sa bouchée, puis déclara :

– Il attendra. Tiens, voilà Lizzie… avec les McGillivray.

Cela me rassura. Les McGillivray, et plus particulièrement *Frau* Ute, verraient d'un très mauvais œil toute attention déplacée à l'égard de leur future belle-fille. Celle-ci papotait et riait avec Robin McGillivray, qui lui souriait avec une bienveillance toute paternelle, pendant que son fils Manfred mangeait et buvait avec un appétit vorace. Je constatai au passage que *Frau* Ute surveillait de près le père de Lizzie, assis sous le porche à côté d'une grande Allemande au visage plutôt quelconque.

Je poussai Jamie du genou.

– C'est qui, là-bas, avec Joseph Wemyss ?

Il plissa des yeux à cause du soleil, puis haussa les épaules.

– Je ne sais pas. Elle est allemande. Elle a dû venir avec Ute McGillivray. Encore une de ses manœuvres de marieuse, tu ne penses pas ?

Il inclina son bock, but une longue gorgée, puis fit claquer ses lèvres avec satisfaction.

– Tu crois ?

J'examinai l'inconnue avec intérêt. Il fallait reconnaître qu'elle avait l'air de bien s'entendre avec Joseph… et lui avec elle. Il lui parlait en gesticulant, son visage fin rayonnant, et, attentive, elle l'écoutait, la tête baissée, un sourire aux lèvres.

Je n'approuvais pas toujours les méthodes dictatoriales d'Ute McGillivray, mais je ne pouvais qu'admirer les subtilités de ses plans alambiqués. Lizzie et Manfred devaient se marier au printemps prochain, et j'étais inquiète pour Joseph, me demandant comment il s'en sortirait ensuite. Lizzie était toute sa vie.

Bien sûr, il pouvait la suivre. Manfred et sa jeune épouse s'installeraient dans la grande maison des McGillivray, et je supposais qu'on trouverait bien un petit coin pour lui, là-bas. Néanmoins, il serait déchiré à l'idée de nous quitter… et bien qu'un homme valide ne soit jamais de trop dans une ferme, il n'avait rien de l'agriculteur né, pas plus qu'il n'était armurier comme Manfred et son père. En revanche, s'il se mariait…

Je jetai un œil vers *Frau* Ute et la vis observer Joseph et son *inamorata* avec l'expression satisfaite d'un marionnettiste dont les pantins dansent en accord parfait avec sa musique.

Quelqu'un avait laissé un pichet de cidre près de nous. Je remplis le bock de Jamie, puis le mien. Il était délicieux, d'un or sombre et trouble, à la fois sucré et acide, avec un arrière-goût qui chatouillait avec subtilité le gosier tel un serpent particulièrement retors. Je laissai la boisson s'écouler dans ma gorge et s'épanouir dans ma tête comme une fleur silencieuse.

Autour de nous, on bavardait et on riait. Je remarquais que, si la plupart des nouveaux métayers avaient toujours tendance à rester entre eux, certains commençaient à se mélanger. Les hommes qui avaient travaillé côte à côte pendant les deux dernières semaines poursuivaient leurs relations cordiales, leur affabilité étant alimentée par le cidre. En général, ils considéraient le vin comme un alcool fort et dangereux, le whisky, le rhum et l'eau-de-vie comme de la folie pure, mais tous buvaient du cidre. C'était un breuvage sain, m'assura une jeune mère en en donnant un bock à son jeune garçon. Je sirotai le mien sans répondre. Je leur donnai une demi-heure avant qu'ils ne tombent tous comme des mouches.

J'entendis Jamie faire un petit bruit amusé avec ses lèvres. De la tête, il m'indiqua l'autre côté de la cour. Bobby Higgins s'était débarrassé de ses admiratrices et, par quelque fourberie alchimique, était parvenu à attirer Lizzie hors du cercle des McGillivray. Ils se tenaient à l'ombre des châtaigniers, discutant.

Aussitôt, je me retournai vers les McGillivray. Assis adossé à un mur de la maison, Manfred piquait du nez au-dessus de son assiette. Son père s'était étendu près de lui en chien de fusil et ronflait comme un bienheureux. Les filles bavardaient autour d'eux, se passant des assiettes au-dessus des têtes assoupies de leurs maris, toutes dans divers états de somnolence imminente. Quant à Ute, elle discutait sous le porche avec Joseph et sa conquête.

Mon attention se reporta vers les châtaigniers. Lizzie et Bobby parlaient, se tenant à une distance respectueuse l'un de l'autre. Mais il y avait un je-ne-sais-quoi dans la manière dont il penchait la tête vers elle et dont elle se balançait sur un pied, tenant un pli de sa jupe d'une main et l'agitant d'avant en arrière.

– Oh, zut…

Je m'agitai sur mon fût, me demandant si je devais aller les interrompre, puis…

– « Il y a trois choses qui ne cessent de me surprendre, non quatre, dit le prophète. »

Jamie me pinça la cuisse. Baissant les yeux, je constatai qu'il observait lui aussi le couple, les yeux mi-clos.

– « Comment l'aigle se comporte dans les airs, comment le serpent se comporte sur son rocher, comment le navire se comporte au milieu de l'océan… et comment l'homme se comporte avec une jeune vierge. »

– Ah, donc, ce n'est pas moi qui imagine des choses ! Tu crois que je devrais intervenir ?

– Mmphm.

Il se redressa avec un soupir, secouant la tête avec vigueur pour se réveiller.

– Bonne question, *Sassenach*. Non. Si Manfred ne se donne pas la peine de veiller sur sa fiancée, tu n'as pas à le faire à sa place.

– Je suis d'accord. Mais, si Ute les voit... ou Joseph?

J'ignorais comment M. Wemyss réagirait, en revanche, Ute causerait probablement de l'esclandre.

– Ah.

Il vacilla un peu, tout en clignant des yeux.

– Oui, tu as raison.

Il regarda autour de lui, fouillant la foule du regard, puis, apercevant Ian, lui fit signe du menton d'approcher.

Ian était allongé dans l'herbe à quelques mètres de distance, près d'une pile de côtes de bœuf dégoulinantes de jus. Il roula sur le ventre et rampa vers nous.

– Mmm?

Ses épais cheveux s'étaient libérés de leur lacet, et plusieurs épis pointaient sur son crâne, le reste lui retombant devant un œil, lui donnant une allure de voyou.

Jamie lui indiqua les châtaigniers.

– Va demander à Lizzie qu'elle soigne ta main.

Ian baissa un regard vaseux sur sa main. Il s'était en effet écorché, mais la plaie avait séché depuis belle lurette. Puis il se tourna dans la direction que Jamie lui indiquait.

– Oh, dit-il simplement.

Toujours à quatre pattes, il contempla la scène d'un air pensif, puis se leva avec difficulté et tira sur le lacet de ses cheveux. Tout en les renouant nonchalamment, il s'éloigna vers le couple.

Ils étaient trop loin pour qu'on les entende, mais nous pouvions les voir. Bobby et Lizzie s'écartèrent telle la mer Rouge devant la haute silhouette dégingandée de Ian, qui vint se placer entre eux d'un pas ferme. Ils parurent échanger des amabilités quelques instants, puis Lizzie et Ian se dirigèrent vers la maison, Lizzie saluant Bobby d'un signe de la main. Songeur, Bobby resta planté là, l'observant en train de s'éloigner, se balançant sur ses talons. Puis il se reprit et mit le cap sur le cidre.

Celui-ci commençait à faire son effet. Je m'étais attendue à ce que tous les hommes soient hors circuit avant la tombée de la nuit. Pendant le fanage, les travailleurs s'endormaient souvent le nez dans leur assiette, exténués. En fait, il régnait encore pas mal d'activités autour de nous, des rires et des conversations, mais dans la lueur douce et dorée du crépuscule, on dénombrait un nombre croissant de corps inanimés étendus dans l'herbe.

Rollo rongeait avec entrain les os jetés par Ian. Brianna était assise non loin, la tête de Roger sur les genoux, ce dernier profondément endormi. Son col de chemise ouvert laissait voir la cicatrice irrégulière encore rouge vif en travers de son cou. Elle caressait l'épaisse masse noire et brillante de ses cheveux, lui extirpant des brins de paille. Elle tourna la tête vers moi et me sourit. Je ne voyais Jemmy nulle part… pas plus que Germain. Heureusement, le phosphore était sous clef, rangé sur mon étagère la plus haute.

Jamie posa lui aussi sa tête contre ma cuisse, chaude et lourde, et je plaçai ma main dans ses cheveux, rendant son sourire à Brianna. Je l'entendis pouffer de rire et suivis son regard.

– Pour une jeune fille aussi frêle et discrète, notre Lizzie provoque bien des remous, grommela Jamie.

Bobby Higgins se tenait près d'une des tables, buvant du cidre, à mille lieux de se douter qu'il était traqué par les frères Beardsley. Ces derniers se faufilaient entre les arbres, pas tout à fait invisibles, convergeant vers lui de deux directions opposées.

L'un d'eux, Jo probablement, surgit soudain derrière Bobby, le faisant sursauter au point de renverser son bock. Il fronça les sourcils, essuyant la tache sur sa chemise, tandis que Jo se penchait vers lui, marmonnant sans doute des menaces et des avertissements. Offusqué, Bobby lui tourna le dos, se retrouvant nez à nez avec Kezzie.

– Je ne suis pas sûr que Lizzie soit responsable, la défendis-je. Après tout, elle n'a fait que lui parler.

Le visage de plus en plus rouge, Bobby reposa son bock et bomba le torse, serrant un poing.

Les Beardsley se rapprochèrent encore, le regard méfiant, dans l'intention manifeste de l'entraîner vers le bois. Bobby recula, s'adossant à un tronc solide.

Je baissai les yeux. Jamie les observait entre ses paupières mi-closes avec un détachement rêveur. Puis il soupira, se relâcha et devint brusquement mou, pesant de tout son poids sur ma cuisse.

La raison de cette fuite soudaine dans l'oubli se matérialisa une seconde plus tard en la personne de MacDonald, le teint couperosé par la nourriture et le cidre, sa redingote rouge luisant dans le crépuscule, tel un charbon ardent. Il contempla Jamie qui dormait paisiblement contre ma jambe, et prit un air navré. Puis il balaya des yeux les alentours.

– Sapristi! Croyez-moi, madame, j'ai déjà vu des champs de bataille avec moins de carnage.

– Vraiment?

Son apparition avait détourné mon attention, mais, en l'entendant mentionner un «carnage», je la reportai vers la cour. Bobby et les frères Beardsley avaient disparu, volatilisés telles des volutes de brume à la tombée du soir. Bah! S'ils le battaient comme plâtre dans les bois, je le saurais vite.

MacDonald se pencha, souleva Jamie sous les aisselles et dégagea ma jambe, le reposant dans l'herbe avec une douceur inattendue.

– Puis-je? me demanda-t-il.

J'acquiesçai, et il s'assit près de moi de l'autre côté, croisant les bras autour de ses genoux.

Il était bien habillé, comme toujours, avec la perruque et tout le tralala, mais le col de sa chemise était noir, les pans de sa redingote effilochés à l'ourlet et tachés de boue. Tentant d'entretenir la conversation, je m'informai :

– Vous voyagez beaucoup, ces temps-ci, major? Vous avez une mine fatiguée, si je puis me permettre.

Je l'avais surpris en plein bâillement. Il le ravala, cligna des yeux, puis se mit à rire.

– Oui, madame. Je suis en selle depuis au moins un mois et n'ai dormi dans un lit qu'une nuit sur trois.

Même dans la lumière douce du soir, il semblait en effet épuisé. Ses traits étaient marqués, la chair sous ses yeux s'affaissant. Ce n'était pas un bel homme, mais d'ordinaire, il avait un air effronté et sûr de lui qui le rendait séduisant. À présent, il ressemblait à ce qu'il était. Un soldat en demi-solde qui frisait la cinquantaine, sans régiment ni fonction régulière, qui s'efforçait de joindre les deux bouts en exploitant les quelques relations à sa disposition, essayant d'avancer.

En temps normal, je ne lui aurais pas parlé de ses affaires. Mais la compassion m'incita à poursuivre :

– Vous travaillez beaucoup pour le gouverneur, ces jours-ci ?

Il but une longue gorgée de cidre avant de répondre, expirant bruyamment.

– En effet, madame. Le gouverneur a eu la bonté de me charger de lui rapporter des nouvelles de l'arrière-pays. Il me fait aussi l'insigne honneur d'accepter mes conseils, de temps à autre.

Son regard se posa sur Jamie, qui s'était recroquevillé comme un hérisson et commençait à ronfler. Il sourit.

– Vous voulez dire, comme celui de nommer mon mari agent indien, major ? Nous vous en sommes reconnaissants.

Il écarta mes remerciements d'un geste de la main.

– Non, madame, cela n'a rien à voir avec le gouverneur, si ce n'est indirectement. Ces affectations dépendent du directeur du Bureau du Sud. Bien sûr, le gouverneur est toujours intéressé de savoir ce que font les Indiens.

– Je suis sûre qu'il vous racontera tout demain matin, le rassurai-je.

– Oui, je n'en doute pas.

Il hésita un instant.

– Dites-moi... M. Fraser ne vous aurait pas parlé... à propos de ses entretiens dans les villages... il n'a rien dit sur d'éventuels... incendies criminels ?

Je me redressai, l'effet euphorisant du cidre se dissipant aussitôt.

– Quoi, il y en a eu d'autres ?

Il acquiesça, passant une main lasse sur son visage, puis il frotta le chaume sur ses joues.

– Oui, deux... mais dans un des cas, ce n'était qu'une grange, à Salem. Elle appartenait à un Morave. D'après le peu que j'ai pu apprendre, des Irlando-Écossais installés dans le comté de Surry en seraient probablement responsables. Leur prédicateur teigneux ne cesse de les monter contre les Moraves... cette bande de païens !

Il sourit de sa propre plaisanterie, puis se ressaisit :

– Depuis des mois, le feu couve dans le comté de Surry. Au point que les habitants implorent le gouverneur de redessiner les frontières du comté et de les inclure tous dans celui de Rowan. C'est que la ligne de démarcation entre le Surry et le Rowan traverse leurs terres, vous comprenez ? Quant au shérif de Surry, il...

Il décrivit des petits moulinets avec sa main.

– Il n'est pas très consciencieux dans l'exercice de ses fonctions ? suggérai-je. Du moins en ce qui concerne les Moraves ?

– C'est le cousin du teigneux.

Il finit son verre avant de demander :

– À propos, vous n'avez pas eu de difficultés avec les nouveaux métayers ?

Il sourit du coin des lèvres, regardant les groupes de femmes en train de bavarder pendant que leurs hommes dormaient à leurs pieds.

– Il semble que vous ayez réussi à les mettre à l'aise.

– Ce sont des presbytériens, plutôt fanatiques dans leur genre..., mais ils n'ont encore pas brûlé la maison.

Sous le porche, j'aperçus M. Wemyss avec son Allemande, toujours en pleine conversation. Avec le major, Joseph devait être le seul homme encore conscient. Quant à elle, elle ne devait pas être morave, car ces gens se mariaient rarement en dehors de leur communauté, et leurs femmes ne sortaient pratiquement jamais de leurs villages.

– À moins que, selon vous, les presbytériens aient formé un gang dans le but de purger la campagne des papistes et des luthériens... Vous ne le pensez pas, n'est-ce pas?

Il esquissa un sourire sans joie.

– Non, mais, d'un autre côté, j'ai moi-même été élevé comme un presbytérien.

– Ah... euh... Encore une petite goutte de cidre, major?

Il me tendit aussi sec son bock, me faisant la grâce de ne pas insister sur ma gaffe.

– L'autre incendie ressemblait beaucoup aux précédents, poursuivit-il. Un homme vivant seul dans une ferme isolée... Mais celle-ci se situait juste de l'autre côté de la Ligne du traité.

Il me lança un regard lourd de sous-entendus, et je baissai malgré moi les yeux vers Jamie. Il m'avait raconté que les Cherokees prenaient mal l'intrusion de colons sur leur territoire.

Interprétant avec justesse ma réaction, le major demanda :

– Je poserai la question demain à votre mari, mais, peut-être, savez-vous s'il a entendu des insinuations?...

– Des menaces voilées de la part du chef d'un des villages de la tribu d'Oiseau-des-neiges, avouai-je. Mais rien de spécifique. Il les a rapportées à John Stuart dans une lettre. Quand a eu lieu le dernier incendie?

– Difficile à dire. Je l'ai appris il y a trois semaines, mais l'homme qui me l'a raconté l'avait su un mois plus tôt. Il n'y a pas assisté, mais il le tenait d'un tiers.

Il se gratta le menton, songeur.

– Quelqu'un devrait sans doute aller voir sur place.

Je ne cachai pas mon scepticisme.

– Mmm... Et vous pensez que c'est à Jamie de s'y rendre, n'est-ce pas?

– Ce serait présomptueux de ma part de donner ses instructions à M. Fraser, madame. Mais je lui suggérerai que la situation présente un certain intérêt.

– Mouais... suggérez donc.

Jamie avait projeté une autre brève visite dans les villages cherokees quelque part entre les moissons et le début des grands froids. À mon point de vue, se rendre droit chez Oiseau-qui-chante-le-matin pour lui tirer les vers du nez au sujet d'une ferme brûlée me paraissait plutôt risqué.

Sentant un froid soudain m'envahir, j'avalai le reste de mon cidre. Le soleil était couché, et l'air s'était bel et bien rafraîchi, mais ce n'était pas là la raison de mes frissons.

Si les soupçons de MacDonald étaient fondés? Si les Cherokees s'étaient mis à incendier les maisons? Si Jamie allait les trouver pour leur poser des questions gênantes...

Je regardai ma propre maison, solide et sereine, ses fenêtres éclairées par la lueur des bougies, formant une masse pâle devant les bois sombres.

«Nous avons la douleur de vous annoncer la mort de James MacKenzie Fraser et de son épouse, Claire Fraser, dans l'incendie qui a détruit leur maison...»

Les lucioles sortaient peu à peu, flottant telles des étincelles vert pâle dans l'obscurité. Levant les yeux, je vis un nuage de parcelles incandescentes rouges et jaunes qui s'élevaient de la cheminée. Chaque fois que j'avais pensé à cette annonce macabre (je m'efforçais de ne pas le faire, comme de ne pas compter les jours nous séparant du 21 janvier 1776), j'avais toujours eu en tête un incendie accidentel. Cela arrivait fréquemment, qu'il s'agisse de braises tombées d'un âtre, d'une chandelle renversée ou de la foudre d'un orage d'été. Il ne m'était jamais venu à l'esprit que cela pouvait être un acte délibéré... un meurtre.

Je poussai Jamie du bout du pied. Il remua dans son sommeil, leva une main et la referma sur ma cheville, avant de la laisser retomber avec un grognement.

– «Que tu sois entre moi et toutes les calamités»
marmonnai-je entre mes dents.

– *Slàinte!* répondit le major avant de vider de nouveau
son verre d'un trait.

20

Des cadeaux dangereux

Stimulés par les nouvelles de MacDonald, Jamie et Ian se mirent en route deux jours plus tard pour rendre une petite visite à Oiseau-qui-chante-le-matin, tandis que le major repartait vers ses mystérieuses affaires, me laissant avec Bobby Higgins pour m'assister.

Je mourrais d'envie d'ouvrir les caisses que Bobby m'avait apportées, mais, entre une chose et une autre (les tentatives démentes de la truie blanche pour dévorer Adso, une chèvre aux pis infectés, une étrange moisissure verte qui colonisait notre dernier lot de fromages, l'achèvement très attendu de notre cuisine extérieure et une sévère réprimande des jumeaux Beardsley concernant le traitement de nos invités, entre autres), une semaine entière s'écoula avant que je trouve le temps de déballer le présent de lord John et de lire sa lettre.

4 septembre 1773

De lord John Grey, plantation de Mount Josiah
À Mme James Fraser

Chère Madame,

J'espère que les articles que vous avez demandés vous parviendront intacts. M. Higgins n'est pas très rassuré à l'idée de voyager avec de l'huile de vitriol, une substance avec laquelle il a connu une expérience fâcheuse par le passé, mais nous avons emballé la bouteille avec le plus grand soin, la laissant scellée telle qu'elle nous est arrivée d'Angleterre.

Après avoir examiné vos excellents croquis (y détecté-je la main élégante de votre fille ?), je me suis rendu à Williamsburg afin de consulter un maître verrier renommé qui se fait appeler du nom (probablement fictif) de Blogweather. M. Blogweather a déclaré que la cornue pélican serait la simplicité même, presque indigne de son talent, mais il a été enchanté par les exigences de l'appareil de distillation, notamment le serpentin amovible. Il a immédiatement saisi le caractère essentiel d'un tel dispositif et en a fabriqué trois en cas de bris.

Je vous prie de les considérer comme mes présents, une démonstration bien insignifiante de ma gratitude éternelle pour vos nombreuses bontés, tant à mon égard qu'à celui de M. Higgins.

Votre humble et dévoué serviteur,
John Grey

Post-scriptum : Je me suis jusque-là interdit toute curiosité vulgaire, mais j'ose espérer que vous me ferez un jour l'honneur de m'expliquer l'usage que vous comptez faire de ces articles.

* * *

Ils avaient effectivement été emballés avec soin. Une fois ouvertes, les caisses révélèrent une grande quantité de paille, les fragments de verre et les bouteilles scellées luisant à l'intérieur tels des œufs de dragon.

– Vous allez faire attention avec ça, hein, madame ?

Bobby m'observait anxieux, tandis que je soulevai une lourde bouteille trapue en verre brun, son bouchon copieusement enduit de cire rouge.

– C'est terriblement nocif, ce machin.

– Oui, je sais.

Me hissant sur la pointe des pieds, je déposai la bouteille sur une haute étagère, à l'abri des enfants et des chats.

– Vous avez donc déjà vu quelqu'un s'en servir, Bobby ?

Il pinça les lèvres.

– Je ne peux pas dire qu'on s'en soit servi devant moi, madame, mais j'ai vu le résultat. Il y avait cette fille… à Londres. Je l'ai rencontrée en attendant le navire qui devait nous emmener en Amérique. La moitié de son visage était jolie et lisse comme un bouton d'or, mais l'autre était si abîmée qu'on pouvait à peine le regarder. On aurait dit qu'elle avait brûlé et fondu, mais elle a expliqué que c'était à cause du vitriol.

Il leva les yeux vers la bouteille et déglutit avec peine.

– Une autre putain le lui avait lancé à la figure, «par jalousie», elle a dit.

Il soupira et saisit le balai pour enlever la paille.

– N'ayez pas d'inquiétude, je n'ai aucune intention de le lancer sur qui que ce soit.

– Oh non, madame ! Je n'ai jamais pensé une chose pareille !

J'étais trop absorbée par mes découvertes pour tenir compte de ses assurances.

– Oh, regardez ! m'exclamai-je avec ravissement.

Je tenais dans mes mains le fruit du travail artistique de M. Blogweather : un globe en verre bleuté, de la taille de ma tête, soufflé avec une symétrie parfaite, sans la moindre trace de bulle. Je pouvais y voir mon reflet déformé, avec un nez épaté et des yeux globuleux : je ressemblais à une sirène regardant hors de l'eau.

Docile, Robert contempla l'objet.

– Oui, madame. C'est… euh… grand, non ?

– Il est parfait, tout simplement parfait !

Plutôt qu'avoir été coupé d'un coup net au bout de la canne du souffleur, le col du globe avait été étiré en un tube épais d'environ deux centimètres et demi de diamètre et cinq centimètres de long. Ses bords et sa surface interne avaient été… sablés ? Dépolis ? J'ignorais comment M. Blogweather s'y était pris, mais le résultat était soyeux et opaque, formant une surface qui adhérerait hermétiquement quand une autre pièce à la finition similaire viendrait s'y emboîter.

L'excitation et la nervosité me rendirent les mains moites. De peur de faire tomber la cornue, je l'enveloppai dans mon tablier et la tournai d'un côté puis de l'autre, me demandant où la ranger. Je ne m'étais pas attendue à ce qu'elle soit si grosse. Il faudrait que je demande à Brianna ou à un des hommes de me fabriquer un support adéquat.

Indiquant le modeste brasero que j'utilisais pour mes décoctions, j'expliquai :

– On la met au-dessus d'un feu doux. La bonne température est capitale. Avec un lit de charbons, il sera sans doute trop difficile d'entretenir une chaleur régulière.

Je plaçai la grosse boule dans mon placard, à l'abri derrière une rangée de fioles.

– Je devrais sans doute utiliser une lampe à alcool, mais le globe est plus gros que je ne pensais. Il me faudra une grande lampe pour le chauffer…

Je me rendis compte que Bobby n'écoutait pas mon babil, son attention ayant été détournée par quelque chose à l'extérieur. Il plissait le front. Je m'approchai derrière lui devant la fenêtre ouverte.

J'aurais dû m'en douter : Lizzie Wemyss était en train de baratter de la crème sous les châtaigniers, en compagnie de Manfred McGillivray.

J'observai le couple conversant joyeusement, puis la mine renfrognée de Bobby. Je m'éclaircis la gorge.

– Vous voulez bien m'ouvrir l'autre caisse, Bobby ?

– Hein ?

Son attention était encore accaparée par les jeunes gens au-dehors.

– La caisse, répétai-je patiemment. Celle-ci.

Je la poussai du pied.

– Caisse… oh ! Oui, bien sûr, madame.

S'arrachant de son observation, il se mit au travail, l'air sombre.

Je sortis le reste des objets en verre de la première caisse, faisant tomber la paille, rangeant avec minutie globes, cornues, flacons et serpentins dans mon armoire, tout en le surveillant du coin de l'œil, méditant sur cette nouvelle situation. Je n'avais pas imaginé que ses sentiments pour Lizzie puissent être plus qu'une simple attirance passagère.

Ce n'était peut-être que cela, mais alors... Malgré moi, je regardai de nouveau à l'extérieur, pour découvrir que le duo était devenu un trio.

– Ian !

Bobby sursauta, mais je courais déjà vers la porte, brossant hâtivement ma jupe pleine de paille.

Si Ian était de retour, Jamie devait...

Il franchit la porte d'entrée à l'instant même où je déboulais dans le couloir. Il me cueillit au vol, m'enlaça et m'embrassa avec fougue, couvert de poussière et les joues comme du papier de verre.

– Tu es rentré, dis-je sottement.

Il me prit les fesses des deux mains et frotta sa barbe contre mon visage.

– Je suis rentré, et il y a des Indiens juste derrière moi. Bon sang ce que je donnerais pour un quart d'heure seul avec toi, *Sassenach* ! J'ai les bourses sur le point d'éclater... Ah, monsieur Higgins ! Je... euh... je ne vous avais pas vu.

Il me lâcha brusquement et se redressa, ôtant son chapeau et le faisant claquer contre sa cuisse avec une désinvolture un peu forcée.

– 'jour, monsieur, répondit Bobby morose. M. Ian est de retour, lui aussi ?

À l'entendre, ce n'était pas vraiment une bonne nouvelle. Si l'arrivée de Ian avait en effet détourné l'attention de Lizzie, cela ne l'avait en rien réorientée vers lui. La jeune fille avait abandonné sa baratte à son malheureux fiancé, qui, renfrogné, tournait la manivelle. Elle était partie en riant avec Ian vers l'étable, sans doute pour lui montrer le jeune veau né en son absence.

– Des Indiens ? demandai-je avec un temps de retard. Quels Indiens ?

– Une demi-douzaine de Cherokees, répondit Jamie. Qu'est-ce que c'est que ça ?

Il indiqua du menton la traînée de paille qui sortait de mon infirmerie.

– Ah ça ! Ça, c'est de l'éther. Ou ça le sera bientôt. Ces Indiens vont devoir manger, je suppose ?

– Oui, je vais prévenir Mme Bug. Ils amènent une jeune femme avec eux pour que tu la soignes.

Il s'éloignait déjà dans le couloir en direction de la cuisine. Je courais derrière lui.

– Qu'est-ce qu'elle a ?

– Une rage de dents.

Il poussa la porte et appela :

– Madame Bug ? *Cá bhfuil tú* ? De l'éther, *Sassenach* ? Tu ne veux pas parler de phlogistique, n'est-ce pas ?

– Euh, non, je ne crois pas.

J'essayai de me souvenir de ce que pouvait bien être le phlogistique.

– Je t'ai déjà parlé de l'anesthésie, non ? L'éther sert à ça, c'est une sorte d'anesthésique. Il permet d'endormir les gens pour pouvoir les opérer sans leur faire mal.

– Très utile en cas de rage de dents, observa-t-il. Où est passée cette femme ? Madame Bug !

– Oui, sauf qu'il me faudra un peu de temps pour en fabriquer. En attendant, il faudra se contenter de whisky. Mme Bug est dans la cuisine extérieure. C'est le jour du pain. En parlant d'alcool, justement…

Il était déjà sorti par la porte de derrière. Je dévalai les marches de la véranda derrière lui.

– … J'aurais besoin d'une grande quantité d'alcool de bonne qualité, pour l'éther. Tu pourrais m'apporter un baril de la nouvelle production, demain ?

– Un baril ? Mais que comptes-tu en faire, te baigner dedans ?

– En fait, oui. Ou plutôt, pas moi, mais l'huile de vitriol. Tu la verses tout doucement dans l'alcool chaud et elle...

– Ah, monsieur Fraser! Il m'avait bien semblé entendre quelqu'un m'appeler. Ça fait plaisir de vous savoir de retour à la maison d'une seule pièce.

Rayonnante, Mme Bug venait d'apparaître avec un panier d'œufs sous le bras.

– J'en suis aussi ravi que vous, madame Bug. Vous avez de quoi nourrir six personnes de plus pour le dîner?

Elle écarquilla les yeux, puis fronça les sourcils pour calculer.

– Des saucisses, conclut-elle. Et des navets. Tiens, Bobby! Rendez-vous donc utile et venez avec moi.

Me tendant les œufs, elle saisit par la manche Bobby qui était sorti derrière nous et le traîna vers le carré de navets.

J'avais la sensation d'être prise au piège sur un manège tournant trop vite et me raccrochai au bras de Jamie pour ne pas perdre l'équilibre.

– Tu savais que Bobby Higgins est amoureux de Lizzie? lui demandai-je.

– Non, mais si c'est le cas, dommage pour lui, répondit-il d'un ton cynique.

Prenant ma main sur son bras pour une invitation, il me débarrassa du panier et le déposa sur le sol. Puis, il m'attira à lui et m'embrassa de nouveau, avec plus de lenteur mais non moins de passion.

Me libérant avec un soupir de contentement, il se tourna vers la cuisine d'été que nous avions construite en son absence. C'était une petite structure avec des murs en toile grège et un toit en branches de sapin, érigée autour d'un foyer en pierres surmonté d'une cheminée. S'y trouvait aussi une grande table d'où s'élevaient des odeurs alléchantes de pâte en train de lever, de pain frais, de galettes d'avoine et de cannelle.

– Pour ce qui est de ce quart d'heure dont je parlais tout à l'heure, *Sassenach*... si nécessaire, je crois que je peux faire encore plus rapide.

– Eh bien, moi, non !

Je laissai néanmoins ma main le tripoter pendant un court moment méditatif. Mes joues, poncées par sa barbe naissante, étaient à vif.

– Quand nous aurons enfin un peu de temps à nous, tu m'expliqueras ce que tu as fait pour te retrouver dans un état pareil.

– J'ai rêvé.

– Pardon ?

Il remit de l'ordre dans ses culottes avant d'expliquer :

– Je n'ai pas arrêté de faire des rêves lubriques avec toi. Chaque fois que je roulai sur le ventre, je sentais mon membre tout dur et je me réveillai. C'était pénible.

J'éclatai de rire, et il affecta un air vexé, même si je voyais une lueur amusée au fond de ses yeux.

– Tu peux rire, *Sassenach*. On voit bien que tu n'en as pas un pour te torturer.

– En effet, et j'en suis fort aise. Euh… quel genre de rêves lubriques ?

Il me dévisagea, la mine suggestive. Il avança un doigt, le fit courir le long de mon cou, descendit très délicatement vers la courbe de mon sein, là où il disparaissait sous mon corsage, puis décrivit un cercle sur la toile fine qui recouvrait mon téton, qui se gonfla aussitôt comme une vesse-de-loup. Il susurra :

– Le genre qui me donne envie de t'emporter dans les bois, assez loin pour que personne ne nous entende, te coucher sur le sol, retrousser tes jupes et te fendre en deux comme une pêche bien mûre. Tu vois ?

Je déglutis.

À cet instant critique, des saluts sonores retentirent sur le sentier de l'autre côté de la maison.

– Le devoir nous appelle, dis-je, légèrement essoufflée.

Jamie inspira avec bruit, redressa les épaules et acquiesça.

– Bah, si je ne suis pas encore mort de désir frustré, je ne vais pas en mourir maintenant.

– Non, je pense que tu tiendras le coup. Et puis, ne m'as-tu pas dit que l'abstinence… euh… raffermit les chairs?

Il me jeta un regard torve.

– Si elle devient plus ferme que ça, je vais tourner de l'œil, faute de sang dans la tête. N'oublie pas tes œufs, *Sassenach*.

* ☩ *

Il était tard dans l'après-midi, mais il restait bien assez de lumière pour le travail que j'avais à accomplir, Dieu merci. Cependant, mon infirmerie était orientée de sorte à bénéficier de la lumière du matin, quand je pratiquais les opérations. Le reste de la journée, elle était plutôt sombre. J'installai donc un bloc opératoire de fortune dans la cour.

Cela tombait bien, puisque tout le monde voulait regarder. Les Indiens considéraient toujours les traitements médicaux (et pratiquement tout le reste) comme une affaire communautaire. Ils étaient surtout friands de chirurgie, celle-ci offrant un spectacle des plus divertissants. Ils se pressaient tous autour de moi, commentant mes préparatifs, se chamaillant et parlant à la patiente, à qui j'avais le plus grand mal à faire ouvrir la bouche.

Elle s'appelait Mouse, un prénom qui ne pouvait lui avoir été donné que pour des raisons métaphysiques, car elle n'avait ni le physique ni le tempérament d'une souris. Elle avait un visage rond, avec un nez en trompette, caractéristique inhabituelle chez les Cherokees et, bien qu'elle ne soit pas vraiment jolie, elle avait cette force de caractère souvent plus séduisante que la simple beauté.

Elle faisait sans aucun doute de l'effet sur les mâles présents. C'était la seule femme de la délégation indienne, ses autres membres étant son frère, Red Clay Wilson, et quatre amis venus soit pour leur tenir compagnie, soit leur offrir une protection sur la route… soit pour courtiser Mlle Wilson, cette dernière explication étant la plus probable.

En dépit du patronyme écossais Wilson, aucun des Cherokees ne parlait l'anglais au-delà de quelques mots comme «non», «oui», «mal» et «whisky!». Comme mon vocabulaire cherokee ne s'étendait pas au-delà de l'équivalent de ces quatre termes, je ne participais pas beaucoup à la conversation.

Dans les faits, nous attendions le whisky ainsi que des interprètes. Un colon nommé Wolverhampton, venu d'un trou sans nom quelque part à l'est, s'était sectionné de manière accidentelle un orteil et demi une semaine plus tôt en taillant des bûches. Trouvant son nouvel état peu confortable, il avait tenté de s'amputer lui-même le moignon restant avec un fendoir.

Or, le fendoir est peut-être un outil utile, mais pas franchement un instrument de précision. En revanche, il est tranchant.

M. Wolverhampton, un grand gaillard irascible, vivait seul à une dizaine de kilomètres du premier voisin. Le temps qu'il arrive chez ce dernier, en marchant sur ce qui lui restait de pied, et que le voisin le charge sur une mule pour le conduire jusqu'à Fraser's Ridge, il s'était écoulé vingt-quatre heures. Autant dire que le pied mutilé avait atteint la taille et l'aspect d'un blaireau passé dans une essoreuse.

Le nettoyage de la plaie et les débridements nécessaires pour contenir l'infection, sans parler du fait que M. Wolverhampton refusait obstinément de me rendre ma bouteille, avaient épuisé tout mon stock chirurgical. Comme, de toute façon, j'avais besoin d'un baril d'eau-de-vie pour fabriquer de l'éther, Jamie et Ian étaient partis en chercher dans le hangar à whisky, situé à un peu moins de deux kilomètres. J'espérais qu'ils rentreraient avant que ce soit trop sombre pour opérer.

Les remontrances sonores de Mlle Mouse envers un des messieurs qui l'asticotait m'interrompirent. J'en profitai pour lui demander, à l'aide de signes, d'ouvrir la bouche. Elle s'exécuta, mais continua de protester avec des grands gestes plutôt explicites. Apparemment, elle décrivait plusieurs actes que l'importun serait mieux d'effectuer sur sa propre personne, à en juger par la mine contrite du coupable et l'hilarité de ses compagnons.

Un côté du visage de l'Indienne était enflé et sensible. Toutefois, elle ne broncha pas, même quand je lui tournai la tête vers la lumière pour mieux voir.

– Tu parles d'une rage de dents! m'exclamai-je malgré moi.

Inquiète, elle se tourna vers moi.

– De-dent? répéta-t-elle.

Je pointai un doigt vers sa joue, expliquant :

– Mal. *Uyoi.*

– Mal, confirma-t-elle.

Suivi un flot de paroles, entrecoupé chaque fois que j'introduisais un doigt dans sa bouche, et que je devinai être l'explication de ce qui lui était arrivé.

Visiblement, un coup violent en plein visage. Une canine inférieure avait été complètement arrachée, et la prémolaire voisine était si cassée que j'allais devoir l'extraire. Celle qui suivait pouvait être sauvée. L'intérieur de sa bouche était lacéré par les bords tranchants, mais la gencive n'était pas infectée. Ce qui était encourageant.

Attiré par le bruit des voix, Bobby Higgins descendit de l'étable, et je l'envoyai sur-le-champ me chercher une lime. Quand il l'apporta, Mlle Mouse lui lança un sourire coquin. Il se plia en deux, exécutant une courbette extravagante, faisant rire tout le monde.

– Ces gens sont des Cherokees, n'est-ce pas, madame?

Souriant à Red Clay, il lui fit un petit signe de la main, ce qui parut amuser les Indiens qui lui adressèrent le même geste à leur tour.

– Je n'en avais encore jamais rencontré. La plupart de ceux qui vivent en Virginie près de la maison de lord John appartiennent à d'autres tribus.

J'étais ravie de constater qu'il était à l'aise avec les Indiens et qu'il savait se comporter avec eux avec naturel. Ce n'était pas le cas d'Hiram Crombie, qui venait d'apparaître.

En apercevant l'assemblée, il s'arrêta net à la lisière de la clairière. Je le saluai d'un signe de la main, et, avec une répugnance manifeste, il avança vers nous.

Roger m'avait raconté que Duncan qualifiait Hiram de « petit pisse-vinaigre ». Cette description lui allait comme un gant. En effet, menu et sec, il portait des cheveux fins et grisonnants tressés si serrés dans sa nuque qu'il devait avoir du mal à cligner des yeux. Son visage étant buriné par les rigueurs d'une vie de pêcheur, il paraissait la soixantaine, mais en avait sans doute beaucoup moins. Avec sa bouche en forme de U inversé, il semblait toujours avoir sucé un citron pourri.

Jetant des coups d'œil méfiants vers les Indiens, il m'annonça :

– Je cherche M. Fraser. On m'a dit qu'il était rentré.

Il tenait fermement le manche de la hachette accrochée à sa ceinture.

– Il sera là dans un instant. Vous connaissez déjà M. Higgins, je crois ?

C'était le cas, mais, de toute évidence, cette rencontre ne l'avait guère impressionné. Il fixa la marque sur sa joue et le gratifia à peine d'un hochement de tête. Ne me laissant pas démonter, je lui indiquai les Indiens, qui l'examinaient avec un intérêt non réciproque.

– Permettez-moi de vous présenter Mlle Wilson, son frère, M. Wilson et… euh… quelques-uns de leurs amis.

Hiram se raidit encore un peu plus, si cela était possible.

– Wilson ? répéta-t-il sèchement.

– Wilson, confirma joyeusement Mlle Mouse.

– C'est le nom de jeune fille de ma femme.

À son ton, il était clair qu'il trouvait cette utilisation patronymique par des Indiens tout à fait scandaleuse.

– Ah ? fis-je, mielleuse. Comme c'est intéressant. Ils sont peut-être apparentés ?

Ses yeux faillirent lui sortir de la tête. J'entendis Bobby pouffer de rire derrière moi et j'enfonçai le couteau dans la plaie :

– Sûrement du côté d'un père ou d'un grand-père écossais. Peut-être…

Des tics agitèrent les traits d'Hiram, ses émotions passant de la fureur à la consternation. Il ferma sa main droite en pointant l'index et l'auriculaire, créant ainsi des cornes pour repousser le diable.

– Le grand-oncle Ephraïm…, murmura-t-il. Que le Seigneur nous préserve !

Sans un mot de plus, il fit volte-face et s'éloigna. Mlle Mouse lui lança gaiement en anglais :

– Au revoir !

Il se retourna, hagard, puis hâta le pas comme poursuivi par une horde de démons.

* * *

Le whisky arriva enfin, et une bonne quantité fut consacrée à la patiente et aux spectateurs. Puis, l'opération put commencer.

La lime, qui servait d'ordinaire à la dentition des chevaux, était un peu grande, mais fit l'affaire. Mlle Mouse tendait à exprimer son inconfort de façon un peu braillarde, mais ses plaintes diminuèrent proportionnellement à son absorption d'alcool. À mon avis, une fois que j'en serais à l'extraction de sa dent brisée, elle ne sentirait plus rien.

Pendant ce temps, Bobby amusait Jamie et Ian en imitant la réaction d'Hiram Crombie apprenant sa possible parenté avec les Wilson. Entre deux fous rires, Ian traduisait son numéro aux Indiens, qui se roulaient dans l'herbe, au paroxysme de l'hilarité.

Tenant avec fermeté le menton de Mlle Mouse, je demandai :

– Ils ont vraiment un Ephraïm Wilson dans leur arbre généalogique ?

– Ils ne sont pas sûrs pour ce qui est d'Ephraïm, m'expliqua Ian, mais, en effet, leur grand-père était un vagabond écossais, qui est resté juste assez longtemps dans leur village pour faire un enfant à leur grand-mère. Après quoi, il est tombé d'une falaise et a été enseveli sous un éboulement rocheux. Elle s'est remariée, bien sûr, mais elle a gardé son nom par affection.

Essuyant ses yeux larmoyants, il poursuivit :

— Je me demande ce qui a poussé le grand-oncle Ephraïm à quitter l'Écosse.

— Sans doute la proximité de gens comme Hiram, répondis-je en tentant de me concentrer. Tu penses que…

Je cessai l'intervention, me rendant compte soudain que plus personne ne riait, et que tous regardaient un point de l'autre côté de la clairière.

Un autre Indien venait d'apparaître, portant un ballot par-dessus son épaule.

* * *

Il s'appelait Sequoyah et était un peu plus âgé que les Wilson et leurs amis. Il salua gravement Jamie et déposa le ballot à ses pieds, lui parlant en cherokee.

Le visage de Jamie changea, les derniers vestiges d'amusement cédant la place à l'intérêt, puis à la méfiance. Il s'agenouilla et écarta avec soin un pan de la toile élimée. Elle contenait un tas de vieux os, parmi lesquels un crâne dont les yeux creux fixaient le ciel.

— Qui c'est encore celui-là ? m'exclamai-je.

J'avais arrêté mon travail, et tout le monde, y compris Mlle Mouse, s'était rapproché pour mieux voir.

Jamie saisit le crâne et le fit tourner doucement entre ses mains.

— Il dit qu'il s'agit du vieux qui possédait la ferme dont a parlé MacDonald, celle qui a brûlé de l'autre côté de la Ligne du traité.

Il me tendit l'objet. La plupart des dents manquaient, depuis assez longtemps pour que l'os de la mâchoire se soit refermé sur les orifices. Les deux molaires restantes ne présentaient que des fissures et des taches, pas de traces de plombage, ni même d'espaces vides que des amalgames auraient pu combler.

Je me détendis un peu, sans savoir si j'étais soulagée ou déçue.

– Que lui est-il arrivé ? Et que vient-il faire ici ?

Jamie s'agenouilla et reposa le crâne dans la toile. Puis il retourna plusieurs os, en les examinant. Il releva les yeux et, d'un signe de tête, m'invita à l'imiter.

Les os n'avaient pas été brûlés. En revanche, plusieurs d'entre eux avaient été rongés par des animaux. Un ou deux des plus longs avaient été fendus, probablement pour atteindre la moelle. En outre, il manquait de nombreux petits os des mains et des pieds. Tous présentaient un aspect grisâtre et fragile, laissant deviner qu'ils étaient restés longtemps à l'extérieur.

Ian traduisit ma question à Sequoyah, accroupi près de Jamie, expliquant tout en pointant un doigt ici et là vers les ossements.

– Il dit qu'il connaissait cet homme depuis longtemps. Ils n'étaient pas vraiment amis, mais, de temps à autre, quand il passait près de sa cabane, il faisait une halte, et le vieux partageait son repas avec lui. En retour, il lui apportait parfois des petits cadeaux, comme un lièvre, ou un peu de sel.

Un jour, cela faisait déjà quelques mois, il avait découvert le corps du vieil homme dans les bois, sous un arbre, à quelque distance de sa maison.

– Il dit que personne ne l'a tué. Il est juste… mort. Il pense que, quand l'esprit l'a quitté, il était en train de chasser. Il tenait un couteau, et sa carabine était à côté de lui. Il s'est tout simplement écroulé sur place, mort.

Ian imita même le haussement d'épaules de Sequoyah.

Ne sachant pas quoi faire du corps, l'Indien l'avait abandonné là, avec son couteau, au cas où l'esprit, où qu'il soit, en aurait besoin. Il ignorait où partaient les esprits des hommes blancs, ni s'ils y chassaient. Il montra du doigt l'arme, sa lame presque toute rongée par la rouille, sous les os.

En revanche, il avait pris la carabine, en trop bon état pour être ignorée. Comme la cabane du vieux était sur son chemin, il s'y était arrêté. L'homme ne possédait pas grand-chose, et ses maigres biens ne valaient rien. Sequoyah avait pris un pot en fer-blanc, une bouilloire et un bocal de farine de maïs, qu'il avait emportés à son village.

– Il n'est pas d'Anidonau Nuya, n'est-ce pas? interrogea Jamie.

Il traduisit lui-même sa question. Sequoyah fit non de la tête, les ornements tressés dans ses cheveux tintinnabulant.

Il venait de Pierre Dressée, un village à quelques kilomètres à l'est d'Anidonau Nuya. Après la visite de Jamie, Oiseau-qui-chante-le-matin avait envoyé des émissaires dans les communautés voisines pour se renseigner sur ce qu'il était advenu du vieil homme. Apprenant le récit de Sequoyah, il lui avait demandé d'aller chercher les restes du mort et de les apporter à Jamie, afin de lui prouver que personne ne l'avait assassiné.

Ian lui posa une question, dans laquelle je reconnus le mot «feu». Sequoyah secoua de nouveau la tête.

Il n'avait pas incendié la cabane… pour quoi faire? Il pensait que ce n'était l'œuvre de personne d'autre non plus. Après avoir ramassé les ossements (il fit une grimace de dégoût), il était retourné examiner la maison. Effectivement, elle avait brûlé, mais, selon lui, c'était à cause d'un arbre voisin frappé par la foudre et qui avait incendié une bonne partie de la forêt. La cabane n'était que partiellement détruite.

Il se leva d'un air résolu.

– Il ne reste pas dîner? demandai-je.

Jamie lui transmit l'invitation, qu'il déclina. Il avait fait ce qu'on lui avait demandé; à présent il retournait à ses occupations. Il salua les autres Indiens d'un signe de tête, puis s'éloigna.

Quelques mètres plus loin, il se souvint de quelque chose et revint sur ses pas. Avec une élocution appliquée, à la manière de quelqu'un qui récite un texte dans une langue qu'il ne comprend pas, il déclara :

– Tsisqua dit : n'ou-blie-pas-les-fu-sils.

Là-dessus, il repartit.

* * *

La tombe était marquée d'un empilement de cailloux et d'une croix confectionnée avec des brindilles de pin. Sequoyah n'avait jamais su le nom du vieux et n'avait aucune idée de son âge, sans parler des dates de sa naissance et de sa mort. Nous ne savions pas non plus s'il était chrétien, mais la croix nous avait paru une bonne idée.

Ce fut une modeste cérémonie, à laquelle assistèrent, outre moi-même, Jamie, Ian, Brianna, Roger, Lizzie, son père, les Bug et Bobby Higgins, qui, j'en étais sûre, n'était là que parce que Lizzie y était. Joseph Wemyss en paraissait convaincu lui aussi, à en juger par les regards suspicieux qu'il ne cessait de lancer vers le jeune homme.

Roger récita un bref psaume devant la tombe, puis marqua une pause. Il s'éclaircit la gorge, et reprit :

– Seigneur, nous te prions d'accueillir l'âme de notre frère...

– Ephraïm, murmura Brianna, les yeux modestement baissés.

Un chuchotement amusé parcourut l'assistance, mais personne n'osa rire. Roger lui jeta un regard noir, mais je vis la commissure de ses lèvres trembler. Il conclut dignement :

– ... d'accueillir l'âme de notre frère, dont Tu connais le nom.

Il referma le psautier qu'il avait emprunté à Hiram Crombie, celui-ci ayant décliné l'invitation d'assister aux funérailles.

Quand Sequoyah avait fini ses révélations la veille, la lumière du jour avait disparu, et j'avais été obligée de reporter au lendemain matin l'extraction de la dent de Mlle Mouse. Celle-ci, complètement ivre, n'avait émis aucune objection, et Bobby Higgins, qui, amoureux ou non de Lizzie, ne semblait pas insensible aux charmes de la jeune squaw, l'avait galamment portée jusqu'à son matelas sur le sol de la cuisine.

Après en avoir terminé avec la dent, j'avais proposé au groupe d'Indiens de rester, mais, comme Sequoyah, ils avaient à faire ailleurs et, après de nombreux remerciements et petits présents, ils étaient repartis le lendemain après-midi, sentant fortement le whisky et nous laissant nous occuper des restes de feu Ephraïm.

Après le service, chacun redescendit la colline, mais Jamie et moi restâmes à la traîne, profitant de l'occasion pour demeurer seuls un instant. La veille au soir, la maison avait été remplie d'Indiens, de bavardages et de contes auprès du feu, jusqu'à tard dans la nuit. Quand nous étions enfin montés nous coucher, nous nous étions simplement blottis l'un contre l'autre, échangeant à peine un «bonne nuit» avant de nous endormir.

Le cimetière était perché sur une hauteur, à quelque distance de la maison. C'était un bel endroit paisible, entouré de sapins dont les aiguilles dorées formaient un tapis sur le sol. Le frottement de leurs branches provoquait un susurrement permanent, ajoutant encore à la douceur du site.

Je déposai une dernière pierre sur le cairn d'Ephraïm.

– Pauvre vieux. À ton avis, comment il a fini ici ?

– Dieu seul le sait, répondit Jamie. Il y a toujours eu des ermites, des hommes qui fuient la compagnie de leurs semblables. C'en était peut-être un. À moins que ce ne soient les hasards de la vie qui l'aient conduit dans les montagnes… et il y est resté.

Il m'adressa un mèche ébouriffée par le vent.

– Je ne devrais sans doute pas m'informer de cela, *Sassenach*, mais… ça t'ennuie ? Je veux dire, de te retrouver ici. Tu regrettes de ne pas être… là-bas ?

– Non, jamais.

C'était vrai, même si, parfois, je me réveillais au beau milieu de la nuit en me disant : «Et si le rêve, c'était maintenant ?» Me lèverais-je un de ces matins dans la chaleur douillette d'un radiateur, avec, dans la chambre, l'odeur de l'après-rasage de Frank ? Puis, me rendormant bercée par le grésillement du feu de bois et l'odeur musquée de Jamie, je me surprenais à éprouver un vague regret.

S'il lut cette pensée sur mon visage, il n'en laissa rien paraître, mais se pencha et déposa un baiser sur mon front. Il me prit le bras, et nous nous enfonçâmes un peu dans le bois, tournant le dos à la clairière et la maison en contrebas.

Il huma profondément l'air avant de dire :

– Parfois, en respirant le parfum des pins, j'ai l'impression d'être de retour en Écosse. Puis, je jette un œil autour de moi et je reviens sur terre : il n'y a pas de belles fougères, pas de grands sommets nus... ce n'est pas le paysage sauvage que je connais, rien qu'une nature dont j'ignore tout.

Je crus déceler de la nostalgie dans sa voix, mais pas de tristesse. Toutefois, comme il m'avait posé la question, j'étais en droit de l'interroger à mon tour :

– Et tu n'as jamais envie de... rentrer ?

– Oh si.

À la vue de mon air stupéfait, il se mit à rire.

– Mais pas assez pour souhaiter ne plus être ici, *Sassenach*.

Il se tourna vers le minuscule cimetière, avec sa série de cairns et de croix et, ici et là, un rocher plus gros marquant une tombe en particulier.

– Tu sais que, selon certains, la dernière personne à être enterrée dans un cimetière devient son gardien ? Elle doit monter la garde jusqu'à ce qu'un autre mort vienne prendre sa place... alors, elle peut reposer en paix.

Cela me fit sourire.

– Notre mystérieux Ephraïm doit être bien surpris de se retrouver à ce poste, alors qu'il gisait bien tranquille tout seul sous son arbre. Mais que peut bien garder le gardien d'un cimetière... et contre qui ?

– Oh, des vandales, je suppose. Des profanateurs de sépultures. Ou encore des charmeurs.

– Des charmeurs ? m'étonnai-je. Je pensais que ce terme désignait uniquement les guérisseurs.

– Certains charmes nécessitent des os, *Sassenach*. Ou les cendres d'un corps brûlé. Ou encore de la terre d'un cimetière. Oui, même les morts ont besoin d'être défendus.

Il parlait sur un ton léger, mais sans plaisanter.

– En effet, qui de mieux placé pour ça qu'un fantôme à demeure? Je comprends mieux.

Nous traversâmes un taillis de trembles, baignant dans une lumière qui nous diaprait de vert et d'argent, et je m'arrêtai un instant pour gratter un caillot de sève cramoisie sur un tronc gris blanc. Je me demandais pourquoi il m'intriguait autant... puis je me souvins et, promptement, me retournai vers le cimetière.

Ce n'était pas un souvenir, mais un rêve... ou une vision. Au milieu d'une forêt de trembles, un homme, à bout de forces, rompu, se relevait de terre pour ce qu'il savait être la dernière fois, son dernier combat. Il retroussait ses lèvres, dévoilant ses dents brisées, maculées d'un sang du même ton que la sève des trembles. Son visage était peint en noir, couleur de la mort... et je savais que sa bouche contenait des plombages.

Au loin, le rocher de granit était silencieux et paisible, jonché d'aiguilles de pin jaunies, marquant l'emplacement de la dépouille de celui qui, autrefois, se faisait appeler Dent-de-loutre.

Je chassai l'image de mon esprit, et nous reprîmes notre promenade, pénétrant dans une autre clairière en contre-haut du cimetière. Je remarquai avec surprise que quelqu'un avait coupé du bois et défriché le terrain. Une haute pile de troncs abattus se dressait d'un côté, près d'un amas de souches déracinées. D'autres, encore en terre, pointaient ici et là dans la masse dense de bleuets et d'oseille sauvage.

Jamie me prit par le coude.

– Regarde par-là, *Sassenach*.

– Oh! Oooh!

La clairière était assez haute pour offrir un point de vue à couper le souffle. Un océan de cimes s'étalait devant nos yeux. Nous pouvions voir au-delà de Fraser's Ridge, du sommet suivant, de celui d'après, et ainsi de suite, dans un infini bleuté rendu brumeux par le souffle des montagnes, des nuages s'élevant des creux.

– Ça te plaît ?

Il parlait avec le ton fier d'un propriétaire.

– Bien sûr. Qu'est-ce que ?...

J'indiquai d'un geste les troncs couchés et les souches.

– C'est ici que se dressera la prochaine maison, *Sassenach*.

– La prochaine maison ? Quoi, on va en construire une autre ?

– Nous peut-être pas, mais nos enfants, ou nos petits-enfants. Je me suis dit que, s'il arrivait quelque chose, non pas que je le croie, mais, au cas où…, je serais plus heureux en sachant que j'ai préparé le terrain. Juste au cas où.

Je le dévisageai plusieurs minutes, essayant de comprendre.

– S'il arrivait quelque chose, répétai-je avec lenteur.

Je me tournai vers l'est, où l'on devinait la masse de notre maison entre les arbres, la fumée de sa cheminée dessinant une plume blanche sur le vert tendre des châtaigniers et des sapins.

– Tu veux dire, si elle brûle vraiment ?

Le seul fait de formuler l'idée oralement me nouait le ventre.

Le dévisageant de nouveau, je me rendis compte que cette notion l'effrayait lui aussi, mais, égal à lui-même, il avait entrepris d'agir, de la seule manière qu'il pouvait, en prévision du désastre.

Il me fixa de son regard bleu intense.

– Ça te plaît ? Je parle du site, sinon, je peux en trouver un autre.

Je sentis des larmes me piquer les yeux.

– C'est magnifique, Jamie. Tout simplement magnifique.

* * *

La grimpée nous avait donné chaud. Nous nous assîmes à l'ombre d'une pruche géante pour mieux admirer notre

261

future vue. À présent que le silence sur notre avenir précaire était brisé, nous découvrîmes que nous pouvions en parler ensemble.

– Ce n'est pas tant l'idée de mourir tous les deux... déclarai-je. Enfin, pas tout à fait, mais c'est le «ne laisse aucune descendance» qui me flanque la frousse.

– Je comprends, *Sassenach*. Je ne suis pas chaud non plus à l'idée qu'on y passe tous les deux, et j'ai bien l'intention de m'arranger pour que ça n'arrive pas. Cela dit, ça ne signifie pas forcément qu'ils mourront eux aussi. Ils seront peut-être seulement... partis.

J'inspirai à fond, m'obligeant à accepter cette hypothèse sans paniquer.

– Partis... tu veux dire Brianna, Roger... et Jemmy. En supposant qu'il puisse lui aussi voyager à travers les pierres.

Il croisa les bras autour de ses genoux.

– Après ce qu'il a fait à cette opale? Oui, je crois qu'on peut présumer qu'il en est lui aussi capable.

Effectivement. Je me souvins de ce qui s'était passé avec la gemme. Il l'avait tenue dans sa main, se plaignant qu'elle devenait brûlante, jusqu'à ce qu'elle explose en des centaines de minuscules fragments tranchants. Oui, il avait sans doute la faculté de voyager dans le temps. Mais si Brianna avait un enfant? Il était clair que Roger et elle en voulaient un autre, du moins Roger, et elle était prête.

L'idée de les perdre était atrocement douloureuse, mais il fallait néanmoins songer à cette possibilité. M'efforçant d'être courageuse et objective, je déclarai :

– Nous avons un choix à faire : si on est morts, ils partiront, car, sans nous, ils n'ont plus vraiment de raisons d'être ici. Mais si nous sommes toujours vivants... partiront-ils quand même? Devons-nous les obliger à partir? Avec la guerre, ce sera dangereux.

– Non, répondit-il d'une voix calme.

Il avait la tête baissée, ses mèches folles qu'il avait léguées à Brianna et à Jemmy formant une auréole auburn. Puis, il redressa le chef et, scrutant la ligne d'horizon, se reprit :

– Je ne sais pas. Personne ne sait, *Sassenach*. Nous pouvons juste nous préparer à affronter ce que l'avenir nous réservera.

Il prit ma main dans la sienne avec un sourire contenant autant de douleur que de joie.

– Nous avons suffisamment de fantômes entre nous. Si les démons du passé ne peuvent plus rien contre nous, ne laissons pas les peurs du futur nous entraver. Abandonnons tout ça en arrière et allons de l'avant. D'accord?

Je mis mon autre main sur sa poitrine. Ce n'était pas une invitation, juste une envie de le toucher. La transpiration avait rendu sa peau fraîche, mais les muscles sous-jacents étaient encore chauds, car, un peu plus tôt, il avait aidé à creuser la tombe.

– Tu as été toi-même un de mes fantômes, pendant de longues années. Et pendant tout ce temps, j'ai essayé de te laisser derrière moi.

– Vraiment?

Avec douceur, il posa sa main dans mon dos, la faisant, par habitude, aller et venir. Je connaissais cette caresse… le besoin de se rassurer, de confirmer que l'autre était bel et bien là, en chair et en os.

– J'ai cru que je ne pourrais pas vivre si je pensais au passé… que je ne tiendrais pas le coup.

Ma gorge était nouée par le souvenir de cette époque.

– Je sais, murmura-t-il.

Sa main quitta mes reins pour se poser sur mes cheveux.

– Mais tu avais un enfant, *Sassenach*. Et un mari. Cela n'aurait pas été bien de les abandonner.

– Ce n'était pas bien de t'abandonner.

Je fermai les yeux, mais les larmes débordaient aux coins de mes paupières. Il attira ma tête à lui, sortit la langue et, tout en délicatesse, me lécha le visage. J'en fus si surprise que je me mis à rire entre deux sanglots et manquai de m'étrangler.

– «Je t'aime, comme la viande aime le sel», récita-t-il avant de se mettre à rire à son tour. Ne pleure pas, *Sassenach*. Tu es ici, moi aussi. Rien d'autre n'a d'importance.

Je plaçai mon front contre sa joue et l'enlaçai. Mes paumes à plat contre son dos, je le caressai des omoplates au creux de ses reins, dessinant le contour de son corps, sa forme, évitant les cicatrices qui zébraient sa peau.

Il me serra contre lui.

– Tu sais que, cette fois, on est mariés depuis près de deux fois plus longtemps que lors de ton premier voyage ?

Je m'écartai de lui, en fronçant les sourcils.

– Pourquoi, entre les deux, on n'était plus mariés ?

Pris de court, il passa un doigt méditatif sur l'arête de son nez.

– Il faudrait poser la question à un prêtre. Je suppose que si, mais, dans ce cas, ça ne fait pas de nous des bigames ?

Cette idée me mit mal à l'aise.

– Autrefois peut-être, mais plus maintenant. Mais non, nous ne l'étions pas vraiment. Le frère Anselme me l'a dit.

– Le frère Anselme ?

– Un franciscain de l'abbaye de Sainte-Anne. Mais tu ne t'en souviens sans doute pas, tu étais très malade à cette période.

– Si, si, je me souviens de lui. La nuit, il venait s'asseoir à mon chevet, quand je ne pouvais pas dormir.

Il esquissa un sourire forcé. Il préférait ne pas se rappeler ce temps-là.

– Il t'appréciait beaucoup, *Sassenach*.

Voulant le distraire de ses souvenirs de Sainte-Anne, je demandai :

– Et toi, tu ne m'appréciais pas ?

– Oh si. Cependant, je t'apprécie encore plus aujourd'hui.

Je bombai le torse, faisant la coquette.

– Vraiment ? Qu'est-ce qui a changé ?

Il inclina la tête sur le côté, me jaugeant.

– D'une part, tu pètes moins dans ton sommeil.

De justesse, il esquiva en riant la pomme de pin qui fusa près de son oreille gauche. Je saisis un morceau de bois pour lui taper sur le crâne, mais il bondit en avant et m'agrippa les bras. Il me plaqua dans l'herbe et se coucha sur moi, me clouant au sol.

– Enlève-toi de là, mufle ! Je ne pète pas dans mon sommeil !

– Comment le sais-tu, *Sassenach* ? Tu dors si profondément que même le son de tes propres ronflements ne te réveille pas.

– C'est toi qui parles de ronflements ? Quel culot ! Tu…

Il m'interrompit, souriant toujours, mais poursuivant sur un ton plus sérieux :

– Tu es fière comme Lucifer. Et courageuse. Tu as toujours été plus intrépide que de raison. Aujourd'hui, tu es plus féroce qu'un blaireau.

– Si je comprends bien, je suis arrogante et féroce. Ce ne sont pas franchement des vertus féminines.

Je tentai en vain de m'extirper de sous lui, manquant de souffle.

Il réfléchit un moment avant de reprendre :

– Tu es bonne, aussi. Très bonne. Même si tu n'en fais toujours qu'à ta tête.

Il rattrapa précipitamment mon bras que j'avais réussi à libérer et me coinça le poignet au-dessus de ma tête, ajoutant :

– Mais ce n'est pas un reproche, loin de là.

La mine concentrée, il marmonna :

– Vertus féminines, voyons voir… vertus féminines…

Sa main libre se glissa entre nous et se referma sur mon sein.

– En dehors de ça !

– Tu es très propre.

Il lâcha mon poignet et ébouriffa mes cheveux qui, en effet, étaient propres, parfumés au tournesol et aux soucis.

– Je n'ai jamais vu une femme passer autant de temps à se laver, à part Brianna peut-être.

Il marqua encore une pause, puis :

– Tu n'es pas très bonne cuisinière, même si tu n'as encore empoisonné personne, à moins de le faire exprès. Et je dois reconnaître que tu es plutôt douée avec du fil et une aiguille, quoique tu préfères repriser la chair humaine.

– Merci beaucoup !

– Donne-moi d'autres vertus, j'en ai peut-être oublié une.

– Hmph ! La douceur, la patience…

– La douceur ! Elle est bien bonne ! Tu es plus impitoyable, sanguinaire…

Je plongeai la tête en avant, réussissant presque à le mordre à la gorge. Il m'esquiva, en riant de plus belle.

– Non, tu n'es pas très patiente non plus.

Pour un temps, je cessai de me débattre et me laissai écraser sur le sol, mes cheveux étalés dans l'herbe.

– Alors, quel est le trait le plus attachant chez moi ? questionnai-je.

– Tu me trouves drôle.

– C'est… ce… que… tu… crois, haletai-je.

Je me débattis comme une furie. Il se contenta de peser de tout son poids sur moi, tranquille, nullement gêné par mes coups de pieds et de poings, jusqu'à ce que j'aie épuisé toutes mes forces. Puis, quand je fus calmée, il déclara d'un air songeur :

– Et tu aimes beaucoup ce que je te fais au lit.

– Euh…

J'aurais aimé le contredire, mais l'honnêteté l'emporta. En outre, il savait pertinemment qu'il avait raison.

– Tu m'écrases, dis-je dignement. Aurais-tu la bonté de te pousser de là ?

Il ne bougea pas.

– Ce n'est pas vrai ?

– Si ! Bon, d'accord ! C'est vrai ! Tu vas te pousser maintenant ?

Il n'en fit rien, mais baissa la tête et m'embrassa. Je serrai les lèvres, résolue à ne pas céder, mais il était aussi déterminé que moi, et, pour être sincère… la peau de son visage était chaude, le chaume de son menton me chatouillait agréablement,

266

et sa grande et douce bouche… Mes cuisses étaient ouvertes, et sa masse solide pressait contre elles, son torse nu sentait le fauve, la sueur et la sciure de bois prise dans sa chevelure auburn… La lutte m'avait mise en nage, mais l'herbe autour de nous était humide et fraîche. Une minute de plus, et il aurait pu me prendre là, sur le sol, s'il l'avait voulu.

Il me sentit capituler et, avec un soupir, se ramollit lui aussi. Je n'étais plus sa captive, il me tenait, tout simplement. Il redressa la tête et glissa une main sous mon menton.

– Tu veux savoir ce que tu as de plus attachant, vraiment?

Je pouvais lire dans le bleu nuit de ses yeux que, cette fois, il était sérieux. J'acquiesçai, muette.

– Plus que n'importe quelle créature de ce monde, tu es fidèle, chuchota-t-il.

Je faillis lui rétorquer quelque chose au sujet des saint-bernards, mais son regard était empreint d'une telle tendresse que je me contentai de le fixer dans les yeux, légèrement aveuglée par la lumière verte qui filtrait entre les aiguilles de pins au-dessus de lui.

– Toi aussi, répondis-je enfin. Ça tombe plutôt bien, non?

21

Déflagration

Pour le dîner, Mme Bug nous avait préparé une fricassée de poulet, mais ce plat à lui seul ne justifiait pas l'excitation mal contenue de Brianna et de Roger quand ils entrèrent. Ils souriaient tous les deux, les joues roses et le regard pétillant.

Aussi, quand Roger annonça qu'il avait d'excellentes nouvelles, Mme Bug en conclut sur-le-champ l'évidence. Laissant tomber sa cuillère en bois, elle joignit les mains, se gonflant comme une baudruche, et s'écria :

– Vous attendez un autre petit ! Quel bonheur !

Elle agita un doigt en direction de Roger.

– Ce n'est pas trop tôt ! Et moi qui me disais justement que je devrais peut-être ajouter un peu de gingembre et de soufre dans votre porridge, jeune homme, pour vous réveiller un peu ! Enfin, vous connaissez votre affaire ! Et toi, *a bhailach,* qu'en penses-tu ? Tu es content d'avoir bientôt un petit frère ?

Jemmy la fixa, les yeux ronds.

– Euh… commença Roger.

– Bien sûr, ça pourrait aussi être une petite sœur, admit Mme Bug. D'une manière ou d'une autre, c'est une très bonne nouvelle. Tiens, *a luaidh,* prends un bonbon. Nous autres, on va trinquer !

Perplexe mais ne refusant jamais une friandise, l'enfant accepta la pastille de mélasse et la mit aussitôt en bouche.

– Mais il n'est pas… tenta de formuler Brianna.

– Merci, madame Bug, dit Jemmy à toute vitesse.

Puis il plaqua sa main devant sa bouche, au cas où sa mère chercherait à récupérer la sucrerie strictement interdite avant le dîner.

Mme Bug ramassa sa cuillère sur le sol et l'essuya sur son tablier.

– Oh, une petite gâterie ne lui fera pas de mal, assura-t-elle. Appelez donc Arch, *a muirninn,* pour qu'on lui annonce la nouvelle. Que la Sainte Vierge vous bénisse, ma fille. J'ai bien cru que vous n'alliez jamais vous y mettre ! Quand je pense qu'on se demandait toutes si vous ne battiez pas froid à votre mari, ou si ce n'était pas lui qui manquait un peu d'ardeur, vous savez, la petite étincelle vitale en somme, mais en fin de compte…

– Oui, en fin de compte, dit Roger en haussant la voix pour essayer de se faire entendre.

– Je ne suis pas enceinte ! hurla soudain Brianna.

Le silence qui suivit résonna comme un coup de tonnerre.

– Ah, fit simplement Jamie.

Il saisit une serviette et s'assit, la coinçant dans le col de sa chemise.

– Si on dînait ? proposa-t-il.

Il tendit la main à Jemmy, qui grimpa à ses côtés sur le banc en bois sans cesser de sucer son bonbon avec vigueur.

Momentanément transformée en statue de sel, Mme Bug revint à la vie avec un «Hmpf!» appuyé. Dépitée, elle se tourna vers la crédence, y déposant avec bruit une pile d'assiettes en étain.

Roger paraissait plutôt amusé ; Brianna, elle, était incandescente, soufflant comme un dragon.

Avec toute la précaution de quelqu'un manipulant un engin explosif, je déclarai avec toute la douceur possible :

– Assieds-toi donc, ma chérie. Tu… euh… disais que tu avais de bonnes nouvelles ?

– Qu'est-ce que ça peut faire ? explosa-t-elle. Tout le monde s'en fiche, puisque je ne suis même pas enceinte ! Après tout, en dehors d'enfanter, que pourrais-je bien faire qui vous paraisse digne d'intérêt ?

Elle se passa une main rageuse dans les cheveux et, ses doigts rencontrant le ruban qui les retenait, l'arracha et le jeta par terre.

– Voyons, mon cœur... proféra Roger.

J'aurais pu le prévenir que c'était une erreur. Un Fraser en furie ne prêtant pas attention aux paroles mielleuses, ayant plutôt tendance à sauter à la gorge du premier mal avisé qui s'aventurait à les prononcer.

– Ton cœur, tu peux te le garder ! Tu penses pareil. Pour toi, tout ce que je fais, hormis laver le linge, faire la cuisine et repriser tes foutues chaussettes, est une perte de temps. Et par-dessus le marché, tu m'en veux de ne pas tomber enceinte ! Parce que tu es persuadé que c'est de ma faute ! Eh bien, c'est faux, et tu le sais très bien !

– Mais... Non, je n'ai jamais pensé ça, jamais ! Brianna, je t'en prie...

Il tendit une main vers elle, puis se ravisa, sans doute de peur qu'elle la lui arrache d'un coup de dents.

– Maman, manger ! cria Jemmy.

Un long filet de salive teinté de mélasse coulait à la commissure de ses lèvres et descendait jusque sur le devant de sa chemise. En l'apercevant, Brianna se tourna vers Mme Bug, telle une tigresse.

– Regardez votre travail, vous êtes contente à présent, espèce de fouineuse ? C'était sa dernière chemise propre ! Et de quel droit osez-vous discuter de notre vie privée avec le premier venu ? De quoi je me mêle, insupportable vieille commère ?

Constatant qu'il était inutile de discuter avec elle, Roger s'approcha par-derrière, glissa ses bras autour de sa taille, la souleva de terre et la porta vers la porte de service, sous les protestations incohérentes de Brianna et les cris de douleur de Roger chaque fois qu'elle lui donnait un coup de talon dans les tibias. Je m'approchai de la porte et la refermai derrière eux, étouffant les éclats de voix dans la cour.

Me rasseyant en face de Jamie, je lui déclarai :

– C'est de toi qu'elle tient ça, tu sais ? Mme Bug, ça sent délicieusement bon ! Si on mangeait ?

Mme Bug plaça avec bruit la fricassée au milieu de la table, mais refusa de se joindre à nous. Elle enfila sa cape et sortit d'un pas lourd par la porte d'entrée, nous laissant la corvée de vaisselle. Ce qui était aussi bien.

Nous dînâmes en paix, le silence interrompu uniquement par le cliquetis des couverts et les interrogations de Jemmy qui voulait savoir pourquoi la mélasse était si collante, comment le lait entrait dans les vaches et quand arriverait son petit frère.

Dans une brève pause entre deux questions existentielles, je demandai :

– Qu'est-ce que je vais bien pouvoir dire à Mme Bug demain matin ?

– Pourquoi lui dirais-tu quelque chose, *Sassenach* ? Ce n'est pas toi qui l'as insultée.

– Non, mais je parie que Brianna ne lui présentera pas ses excuses...

– Pourquoi faire ? Après tout, on l'a provoquée. Et puis je doute que Mme Bug vienne de se faire traiter de vieille commère pour la première fois. Elle va rebattre les oreilles d'Arch avec ce qui s'est passé, ça la calmera, et demain, tout sera oublié.

– Mouais... tu as sans doute raison, convins-je. Mais Brianna et Roger...

Il sourit, ses yeux bleus se transformant en triangles, et me tapota la main.

– Ce n'est pas à toi de régler tous les problèmes de la terre, *mo chridhe*. Roger Mac et sa femme résoudront ça entre eux... et, à mon avis, le garçon avait la situation bien en main.

Il se mit à rire, et je l'imitai malgré moi.

Je me levai pour aller chercher du lait pour le café.

– Ce sera quand même à moi de régler le problème si elle lui casse une jambe. On risque de le voir revenir ici en rampant pour être soigné.

Au même instant, on frappa à la porte. Me demandant pourquoi Roger se donnait cette peine, j'allai ouvrir et découvris, stupéfaite, le visage blême de Thomas Christie.

* * *

Il n'était pas seulement blême, mais aussi trempé de sueur et avait une main bandée d'un linge taché de sang. Il se redressa, le dos raide.

– Je ne veux pas vous déranger, madame. J'attendrai que vous ayez un moment.

– Ne soyez pas ridicule. Venez tout de suite dans mon infirmerie pendant qu'on y voit encore assez clair.

Je jetai un bref coup d'œil vers Jamie. Il était en train de poser une soucoupe sur ma tasse de café tout en fixant Tom Christie avec le regard calculateur d'un lynx observant un vol de canards.

Christie, lui, ne voyait rien d'autre que sa main blessée, ce qui était compréhensible. La douce lumière de fin de journée nimbait mon infirmerie d'un halo doré, sauf le visage de Christie, qui virait au verdâtre.

– Asseyez-vous.

Je poussai en vitesse un tabouret derrière lui. Il s'y laissa tomber plus brutalement qu'il ne l'avait voulu, secouant sa main et grimaçant de douleur.

Je plaçai mon pouce sur la veine près de son poignet afin d'arrêter le saignement et de dénouer son linge. Vu son état, je m'attendais à trouver un doigt ou deux en moins, mais ne vis qu'une profonde entaille dans le gras de son pouce, dessinant un angle droit avec son poignet. La plaie était béante et saignait encore, mais aucun vaisseau majeur n'avait été sectionné et, fort heureusement, le tendon était à peine entamé. Une suture ou deux suffiraient.

Je m'apprêtai à le lui annoncer, quand je vis ses yeux se révulser dans leurs orbites. Je lâchai sa main et le rattrapai par les épaules juste au moment où il partit à la renverse.

272

– De l'aide! m'écriai-je.

J'entendis le banc de la cuisine repoussé avec fracas et des pas de course. L'instant suivant, Jamie fit irruption dans l'infirmerie. Me voyant entraînée par le poids de Christie, il saisit ce dernier par le cou, le redressa comme une poupée de chiffon et lui poussa la tête entre les jambes. Apercevant sa main sanglante qui traînait sur le sol, il me demanda :

– Il est très grièvement blessé? Tu veux que je l'allonge sur la table?

Je plaçai une main sous la mâchoire de Christie, cherchant son pouls.

– Je ne pense pas que ce soit si grave. Il a juste tourné de l'œil. Oui, tu vois, il revient à lui.

Je me penchai vers le patient qui soufflait comme une locomotive à vapeur.

– Gardez votre tête en bas. Vous vous sentirez mieux dans un instant.

Jamie lâcha le cou de Christie, trempé de sueur froide, et s'essuya sur son kilt avec une moue dégoûtée. Ma propre main étant poisseuse, je ramassai le linge tombé par terre et m'essuyai avec un peu plus de tact.

– Vous voulez vous allonger? le questionnai-je.

Le teint toujours aussi livide, il fit non de la tête.

– Non, merci, madame. Je vais bien. J'ai juste eu un léger malaise.

Il parlait d'une voix rauque, mais son élocution était normale. Je me contentai donc de presser fort le linge contre la plaie pour éponger le sang.

Curieux, Jemmy se tenait sur le seuil, les yeux écarquillés, mais ne paraissait pas inquiet. La vue du sang ne lui était pas étrangère.

– Vous voulez un remontant, Tom? demanda Jamie. Je sais que vous ne buvez pas d'alcool fort, mais, en cas de force majeure...

Christie ouvrit la bouche, puis hésita.

– Je... euh... non merci. Peut-être... un peu de vin?

– « Prends un peu de vin pour ton estomac, hein ? »
Courage, mon ami, je vais vous en chercher.

Jamie lui donna une tape sur l'épaule, puis partit, attrapant
Jemmy par la main en sortant.

Christie pinça les lèvres. J'avais déjà remarqué que, à
l'instar de certains protestants, il considérait la *Bible* comme
un texte qui s'adressait à lui seul, confié à ses bons soins
pour qu'il le redistribue avec circonspection aux masses.
Il n'appréciait donc guère entendre des catholiques le citer
de manière indifférente, ce que Jamie, très conscient de cela,
ne ratait pas de faire.

Par curiosité autant que pour détourner son attention, je
demandai à Christie :

– Que s'est-il passé ?

Le regard torve, il s'arracha à la contemplation du seuil
vide, baissa les yeux vers sa main et, pâlissant de nouveau,
détourna vite la tête.

– Un accident, grommela-t-il. Je coupais des joncs, mon
couteau a glissé.

– Pas étonnant ! Gardez ce bras en l'air.

Je levai sa main gauche blessée et bandée avec soin
au-dessus de sa tête, la lâchai, puis saisis l'autre.

Sa main droite était atteinte d'une maladie appelée
la contracture de Dupuytren (ou le serait quand le baron
Dupuytren la décrirait une soixantaine d'années plus tard). Elle
se traduisait par un épaississement et un rétrécissement de la
gaine fibreuse des tendons permettant aux doigts de remuer.
Par conséquent, son annulaire était replié en permanence vers
la paume. Son auriculaire et son majeur étaient aussi atteints.
Depuis la dernière fois que je l'avais examiné, son état s'était
considérablement dégradé.

Avec délicatesse, je tirai sur les doigts crochus. Le majeur
pouvait encore se déplier à moitié. L'annulaire et l'auriculaire
se décrispaient à peine.

– Je vous l'avais dit, non ? Je vous avais prévenu que cela
ne pouvait qu'empirer. Je comprends que le couteau ait glissé,
je me demande même comment vous pouviez le tenir.

Son teint rosit sous la barbe poivre et sel, et il regarda ailleurs. Je retournai sa main pour examiner l'angle de contracture.

– J'aurais facilement pu vous corriger cela, il y a quelques mois. C'était simple, alors. À présent, cela sera nettement plus compliqué, mais je crois que je peux encore faire quelque chose.

Un homme moins impassible se serait tortillé de gêne sur son tabouret. Il tiqua à peine, mais rougit un peu plus.

– Je… Je ne souhaite pas…

Je l'interrompis en reposant sa main sur ses genoux.

– La question n'est pas de savoir ce que vous souhaitez. Si vous ne me laissez pas opérer votre main, elle sera inutilisable d'ici six mois. Vous n'arrivez déjà pratiquement plus à écrire avec, je me trompe ?

Il me toisa de ses yeux gris.

– Je peux écrire.

Son ton belliqueux cachait mal son embarras. Tom Christie était un homme cultivé, un universitaire, et le maître d'école de Fraser's Ridge. Bon nombre des habitants du coin venaient le trouver pour qu'il les aide à rédiger des lettres ou des actes juridiques. Il en était très fier. Je savais que le risque de perdre cette capacité était mon meilleur atout, et ma menace n'était pas formulée à la légère.

– Plus pour longtemps, répliquai-je.

Je le fixai longuement pour lui faire comprendre que je ne plaisantais pas. Il déglutit, mais, avant qu'il ne puisse répondre, Jamie réapparut avec un pichet de vin.

– Vous feriez mieux de l'écouter, Tom. Je sais ce que c'est que d'essayer d'écrire avec un doigt raide.

Il tendit sa propre main et la ferma.

– Si elle pouvait réparer ça avec son petit couteau, je poserai tout de suite ma main sur son bloc.

Le problème de Jamie était pratiquement l'inverse de celui de Christie, même si le résultat était assez similaire. Son annulaire avait été broyé au point que les articulations s'étaient rigidifiées, et qu'il ne pouvait plus le plier. Par conséquent, les deux doigts de chaque côté avaient eux aussi perdu de leur mobilité, en dépit du fait que leurs capsules articulaires soient indemnes.

– La différence, c'est que l'état de ta main ne va pas empirer, dis-je à Jamie. La sienne, si.

Christie glissa sa main entre ses cuisses.

– Oui… bon… fit-il mal à l'aise. Cela peut sûrement attendre encore un peu.

– Au moins le temps que ma femme soigne votre autre main, rétorqua Jamie.

Il servit une tasse de vin et la lui tendit.

– Vous pouvez la tenir, Tom ? Ou vous voulez que je…

Il fit mine de vouloir le faire boire, et Christie sortit aussitôt sa main droite de sa cachette.

– Je peux me débrouiller, affirma-t-il sèchement.

Il tint la tasse entre son pouce et son majeur avec une maladresse qui accentua encore sa gêne. Sa main gauche était toujours levée au-dessus de sa tête, ce qui achevait de lui donner un air ridicule. Il s'en rendait compte.

Jamie remplit une autre tasse et me la tendit. En temps normal, j'aurais pensé à de la délicatesse de sa part, si je n'avais été consciente du passé complexe entre les deux hommes. Même s'ils parvenaient en surface à maintenir un ton cordial, une note acerbe perçait toujours dans leurs échanges.

Avec n'importe quel autre homme, Jamie aurait exhibé sa main blessée pour le rassurer ou comme un témoignage de solidarité entre invalides. Avec Tom Christie, il existait une menace sous-jacente, même si Jamie lui-même n'en était pas forcément conscient.

Quand les gens avaient besoin d'aide, ils s'adressaient beaucoup plus volontiers à Jamie qu'à Christie. En dépit de sa main infirme, Jamie jouissait du respect et de l'admiration générale. Christie, lui, n'était pas un homme populaire. En perdant la capacité à écrire, il risquait de perdre sa position sociale. Or, comme je l'avais signalé sans ménagement, l'état de la main de Jamie ne s'aggraverait plus.

Christie avait compris le message, implicite ou pas. Cela n'avait rien d'étonnant, car il était de nature suspicieuse et prompt à voir une menace même là où il n'y en avait pas.

Je saisis délicatement sa main gauche et commençai à enlever son bandage.

– Le saignement a dû cesser. Laissez-moi y jeter un coup d'œil.

En effet, elle ne saignait plus. Je la plongeai dans une bassine remplie d'eau bouillie avec de l'ail, y rajoutai quelques gouttes d'éthanol pur pour achever de la désinfecter et préparai mes instruments.

Comme il faisait de plus en plus sombre, j'allumai la lampe à alcool que Brianna m'avait fabriquée. À la lumière de sa flamme vive et régulière, je constatai que la lueur hargneuse avait quitté le regard de Christie. Il était moins pâle, mais toujours aussi mal à l'aise qu'un campagnol dans un congrès de blaireaux. Il ne quittait pas mes mains des yeux, tandis que j'étalais sur la table mes sutures, mes aiguilles et mes ciseaux, les lames propres et brillantes.

Jamie resta dans la pièce, s'adossant au comptoir en sirotant sa tasse de vin… sans doute au cas où le patient s'évanouirait de nouveau.

Christie prit appui sur la table, sa main et son bras tremblant légèrement. Il s'était remis à transpirer. En sentant son odeur âcre et amère, je compris enfin d'où venait le problème : de la peur. Peut-être celle du sang, certainement celle de la douleur.

Je me concentrai sur mon travail, baissant la tête afin qu'il ne puisse lire sur mon visage. J'aurais dû m'en rendre compte plus tôt. Je l'aurais sans doute compris tout de suite s'il n'avait été un homme. Sa pâleur, les évanouissements… n'étaient pas dus à la perte de sang, mais à sa vue.

Recoudre les hommes et les garçons était pour moi la routine. L'agriculture en montagne était un rude labeur, et il se passait rarement une semaine sans qu'on m'amène des cas de blessures à la hache, à la houe ou au sarcloir, de morsures de cochon, de lacérations du cuir chevelu à la suite d'une chute, entre autres catastrophes nécessitant des points de suture. En règle générale, mes patients le prenaient avec détachement, se soumettant, stoïques, à mes soins avant de repartir tout droit au travail. Mais presque tous étaient des Highlanders et, parmi eux, bon nombre étaient d'anciens soldats.

Tom Christie était un citadin, originaire d'Édimbourg. Il avait été emprisonné à Ardsmuir pour ses sympathies jacobites, mais n'avait jamais été au combat. Il avait servi dans l'intendance et, j'en pris soudain conscience, n'avait sans doute jamais assisté à une vraie bataille. Sans parler de participer à la lutte acharnée et quotidienne contre la nature que représentait l'agriculture dans les Highlands.

Jamie se tenait toujours dans l'ombre, observant la scène avec une neutralité ironique. Je relevai brièvement les yeux vers lui. Son expression ne changea pas, mais il croisa mon regard et me fit un signe d'encouragement.

Tom Christie se mordait la langue. J'entendais sa respiration sifflante. Il ne pouvait voir Jamie, mais sentait sa présence : cela se voyait à la raideur de son dos. En dépit de sa peur, il n'était pas sans courage.

Il aurait eu moins mal s'il avait relâché les muscles de son bras et de sa main. Compte tenu des circonstances, je pouvais difficilement le lui suggérer. J'aurais pu demander à Jamie de sortir, mais j'avais déjà presque terminé. Avec un léger soupir d'exaspération et de perplexité, je coupai le fil du dernier nœud et reposai mes ciseaux.

J'étalai un onguent à la rudbeckia sur la plaie et saisis un bandage immaculé.

– Et voilà ! Gardez votre main propre. Je vais vous préparer un peu d'onguent frais. Vous n'aurez qu'à envoyer Malva le chercher. Revenez me voir dans une semaine pour que je vous retire les fils.

J'hésitai et jetai un coup d'œil vers Jamie. Je n'étais pas ravie d'utiliser sa présence pour exercer un chantage, mais c'était pour le bien du patient.

– Quand vous reviendrez, je m'occuperai de votre autre main, d'accord?

Il transpirait encore, mais avait retrouvé un peu de ses couleurs. Il me regarda, puis, presque malgré lui, se tourna un instant vers Jamie.

Celui-ci sourit.

– Dites oui, Tom. Ne vous inquiétez pas, il ne s'agit que d'un petit coup de ciseau. J'ai vécu pire.

Il avait parlé sur un ton badin, mais ses paroles auraient pu avoir été écrites en lettres de feu d'un mètre de haut. «J'ai vécu pire.»

Dans la pénombre, je distinguai nettement les yeux de Jamie, que son sourire faisait plisser.

Tom Christie se tenait toujours aussi raide. Il soutint le regard de Jamie, posant sa main recroquevillée sur son bandage. Il respirait avec bruit.

– Bien, dit-il. Je viendrai.

Il se leva d'un coup, manquant de renverser son tabouret, et marcha vers la porte, titubant un peu comme un homme qui aurait bu un verre de trop.

Sur le seuil, il éprouva quelques difficultés avec la poignée de porte, finit par l'ouvrir, puis se retourna vers Jamie. Il était si énervé qu'il arrivait à peine à parler.

– Au moins… Au moins, ce sera une cicatrice honorable, n'est-ce pas *Mac Dubh*?

Vif, Jamie se redressa, mais Christie était déjà sorti, marchant dans le couloir d'un pas si lourd sur le parquet que j'entendis les assiettes cliqueter sur les étagères de la cuisine.

– Ce petit minable!

Son ton se situait quelque part entre la colère et la stupéfaction. Il serra son poing gauche, et je remerciai le ciel que Christie ait filé aussi vite.

Je n'étais pas sûre d'avoir bien compris ce qui venait de se passer. Je me sentais comme une poignée de grains de maïs prise entre deux meules, chacune essayant de broyer l'autre.

Me retournant pour nettoyer mes instruments chirurgicaux, je déclarai avec prudence :

– Je n'avais encore jamais entendu Christie t'appeler *Mac Dubh*.

En fait, Christie ne parlait pas le gaélique, mais tous les autres anciens détenus d'Ardsmuir appelaient Jamie par son surnom gaélique. Lui employait «M. Fraser» ou simplement «Fraser» quand il était d'humeur plus cordiale.

Jamie fit une moue sarcastique, puis saisit le verre de Christie et le vida cul sec.

– Non, ça lui arrache la gueule, ce foutu *Sassenach*.

Il vit mon expression ahurie et rectifia aussitôt.

– Je ne parle pas de toi, *Sassenach*.

Je le savais bien. Le mot avait été prononcé sur un ton très différent... et choquant. Chargé d'une amertume me rappelant que, d'ordinaire, le terme «*Sassenach*» n'avait rien d'affectueux.

– Pourquoi le traites-tu de *Sassenach* ? demandai-je. Et que signifiait cette allusion à une «cicatrice honorable» ?

Il baissa les yeux et ne répondit pas tout de suite. Les doigts raides de sa main droite tambourinaient sans bruit sur sa cuisse.

– Tom Christie est un homme solide, dit-il enfin. Mais, bon sang, que ce fils de pute peut être buté !

Il redressa la tête, m'adressant un sourire un peu contrit.

– Pendant huit ans, il a vécu dans une cellule avec quarante autres hommes qui ne parlaient entre eux que le gaélique. Mais il ne se serait jamais abaissé à prononcer un seul mot dans cette langue barbare ! Plutôt crever ! Il ne parlait qu'en anglais, et s'il devait s'adresser à un homme qui ne le parlait pas, il restait là, muet, attendant que quelqu'un passe par là pour lui servir d'interprète.

– Quelqu'un comme toi ?

– Parfois.

Il regarda par la fenêtre, peut-être pour tenter d'apercevoir Christie, mais la nuit était tombée, et la vitre ne reflétait que l'intérieur de l'infirmerie où se dressaient nos silhouettes spectrales.

– Roger a dit que Kenny Lindsay lui avait parlé des... prétentions de M. Christie.

Jamie se tourna vers moi.

– Ah oui? C'est donc que Roger Mac a des doutes sur la sagesse de prendre Christie comme métayer. Kenny n'aurait rien dit si on ne le lui avait pas demandé.

M'étant plus ou moins habituée à la rapidité de ses déductions et à la justesse de ses interprétations, je ne remis pas cette remarque en question.

Je m'approchai de lui, posai mes deux mains à plat sur son torse et levai les yeux vers son visage.

– Tu ne m'en as jamais parlé.

Il plaça ses mains sur les miennes et soupira, assez fort pour que je sente sa poitrine se soulever sous mes paumes. Puis il m'enlaça et me serra contre lui. J'appuyai ma joue contre l'étoffe chaude de sa chemise.

– Ce n'était pas très important, alors.

– Tu ne voulais peut-être pas penser à Ardsmuir?

– Je préfère laisser le passé là où il est.

Je caressai son dos et compris alors ce que Christie avait probablement voulu dire. Je sentais le bourrelet des cicatrices à travers le tissu, aussi nettes que les mailles d'un filet de pêcheur.

– Des «cicatrices honorables»! m'exclamai-je soudain. Mais quel petit con! C'est de ça dont il parlait?

Mon indignation le fit sourire.

– Oui. C'est pourquoi il m'a appelé *Mac Dubh*... pour me rappeler Ardsmuir. Il m'a vu fouetté là-bas.

J'étais si furieuse que j'en bégayai.

– Ce... ce... J'aurais dû lui coudre sa putain de main à ses couilles!

– C'est le médecin qui parle, celle qui a prêté serment de ne nuire à personne? Je suis profondément choqué, *Sassenach*.

Il riait, mais je ne trouvais pas cela drôle.

– Le sale petit lâche! Il a peur du sang, tu sais?

– Oui. On ne peut pas vivre plusieurs années les uns sur les autres sans apprendre beaucoup de choses sur ses codétenus qu'on aurait préféré ne pas savoir, sans parler d'un détail comme celui-ci. Quand on m'a ramené dans la cellule après ma flagellation, il est devenu pâle comme un linge, est allé vomir dans un coin, puis est resté couché, le visage contre le mur. Je n'étais pas vraiment en état de remarquer quoi que ce soit, mais je me souviens d'avoir pensé que c'était un peu fort : c'était moi qui étais transformé en morceau de viande saignante, et lui, il avait ses vapeurs comme une donzelle.

– Ne te moque pas de ça. Mais comment ose-t-il? Puis, que veut-il dire par là, au juste? Je sais ce qui s'est passé à Ardsmuir et... si ces cicatrices ne sont pas honorables, lesquelles le seront? Tout le monde là-bas le savait bien!

À présent, il ne riait plus.

– Peut-être, cette fois-là. Mais quand ils m'ont attaché, tout le monde a pu voir que j'avais déjà été fouetté auparavant. Personne ne m'avait jamais parlé de ces anciennes cicatrices, jusqu'à aujourd'hui.

Cela m'arrêta net dans mon élan.

La flagellation n'était pas qu'atrocement douloureuse, c'était une honte, visant à marquer à vie, dévoilant à tous un passé criminel aussi clairement qu'une oreille coupée ou une lettre au fer rouge sur le visage. Bien sûr, Jamie aurait préféré se faire arracher la langue plutôt que de révéler à quiconque la raison de ces zébrures sur son dos, même si tout le monde présumait qu'il avait été fouetté pour un acte déshonorant.

Je m'étais tellement habituée à ce que Jamie garde toujours sa chemise devant les autres qu'il ne m'était jamais venu à l'esprit que les hommes d'Ardsmuir l'avaient forcément déjà vu torse nu. Pourtant, il continuait à cacher ses cicatrices, et tous faisaient comme si elles n'existaient pas. Tous, sauf Tom Christie.

– Hmph… grognai-je. Qu'il aille au diable, quand même ! Pourquoi a-t-il dit une chose pareille ?

– Parce qu'il était vexé que je l'ai vu suer comme un cochon. C'était sa vengeance, je suppose.

– Hmph… répétai-je.

Je croisai mes bras sous ma poitrine.

– Puisque tu en parles… pourquoi es-tu resté ? Tu savais qu'il ne supportait pas la vue du sang. Alors pourquoi avoir attendu et l'avoir observé dans cet état ?

– Parce que je savais qu'il ne broncherait pas et ne tournerait pas de l'œil si j'étais là. Il préférait te laisser lui enfoncer des épingles chauffées au rouge dans les yeux plutôt que de brailler en ma présence.

– Ah, donc, tu t'en étais rendu compte ?

– Bien sûr, *Sassenach*. Autrement, pourquoi aurais-je été là ? Ce n'est pas que je n'apprécie pas tes talents, mais te regarder recoudre une plaie n'est pas ce qu'il y a de mieux pour la digestion.

Il baissa les yeux vers le chiffon taché de sang et fit la grimace avant de lancer :

– Tu crois que le café a refroidi ?

– Je vais le faire réchauffer.

Je rangeai les ciseaux nettoyés dans leur étui, puis stérilisai l'aiguille que j'avais utilisée, passai un nouveau fil de soie dans son chat et l'enroulai dans son flacon d'alcool… tout en continuant de tenter d'y voir clair.

Je remis tout dans le placard puis me tournai vers Jamie.

– Tu n'as pas peur de Tom Christie, n'est-ce pas ?

Il sursauta, puis éclata de rire.

– Bien sûr que non. Qu'est-ce qui te fait penser ça, *Sassenach* ?

– Eh bien… c'est la manière dont vous vous comportez tous les deux, parfois. On dirait deux bouquetins se donnant des coups de tête pour voir qui est le plus fort.

– Ah, ça… J'ai le crâne plus solide que Tom, et il le sait bien. Mais il ne cédera pas pour autant pour me suivre comme un agneau docile.

– Mais, dans ce cas, à quoi jouais-tu exactement? Tu ne cherchais pas à le torturer juste pour lui prouver que tu en étais capable, n'est-ce pas?

– Non. Mais un homme assez têtu pour parler anglais à des Highlanders en prison pendant huit ans l'est assez pour se battre à mes côtés pendant les huit ans à venir, voilà ce que je pense. Ce serait bien s'il en était convaincu lui aussi.

Je poussai un soupir.

– Je ne comprends décidément rien aux hommes.

Cela le fit rire.

– Mais si, *Sassenach*, ton problème, c'est que tu préférerais ne pas les comprendre.

L'infirmerie était de nouveau en ordre, prête pour toutes les urgences que le jour suivant nous apporterait. Jamie saisit la lampe, mais je l'arrêtai d'une main sur son bras.

– Tu m'as promis l'honnêteté. Mais es-tu bien sûr d'être honnête avec toi-même? Tu ne tourmentais pas Tom Christie seulement parce qu'il te défie?

Son regard clair et franc à quelques centimètres du mien, il plaça sa paume chaude contre ma joue et me répondit d'une voix douce :

– Il n'y a que deux êtres dans ce monde auxquels je ne mentirai jamais. Toi et moi.

Il déposa un baiser sur mon front, puis souffla la flamme de la lampe.

– Cela dit…

Sa voix me parvenait des ténèbres, et sur le seuil de la porte, je distinguai tout juste sa haute silhouette se détachant sur le rectangle de lumière.

– … Je peux me faire avoir. Mais jamais de mon plein gré.

* * *

Roger remua un peu et gémit.

– Je crois que tu m'as cassé la jambe.

Sa femme était calmée, mais toujours d'humeur contestataire.

– Jamais de la vie. Mais, si tu veux, je peux te l'embrasser.

– C'est une bonne idée.

Le matelas bourré de spathes de maïs fit un vacarme assourdissant, tandis qu'elle se mettait en position pour administrer son traitement, s'asseyant, nue, à califourchon sur son torse. Il regretta d'avoir mouché la chandelle, car la vue devait en valoir le coup.

Elle baisa ses tibias, le chatouillant. Compte tenu des circonstances, il se prêtait bien volontiers à cette torture. Il tendit les bras. En l'absence de lumière, il devrait se replier sur le braille. Rêveur, il déclara :

– Quand j'avais environ quatorze ans, il y avait une boutique à Inverness avec une vitrine très osée, enfin osée pour l'époque. On y voyait un mannequin ne portant que de la lingerie.

– Mmm ?

– La totale : une gaine et un porte-jarretelles roses avec un soutien-gorge assorti. Cela fit scandale. Des comités s'organisèrent pour protester, et tous les prêtres de la ville furent submergés d'appels outrés. Le lendemain, la vitrine a été démontée, mais pas avant que tous les hommes d'Inverness ne soient passés devant, prenant un air détaché. Jusqu'à aujourd'hui, c'était la chose la plus érotique que j'avais jamais vue.

Elle cessa ses pratiques un moment, et il devina qu'elle le regardait par-dessus son épaule.

– Roger, je crois que tu es un pervers.

– Oui, un pervers qui voit très bien dans le noir.

Cela la fit rire, ce qu'il cherchait à obtenir depuis qu'il avait enfin réussi à apaiser sa fureur. Il se redressa sur les coudes et déposa une bise sur chacun des objets proéminents de son affection, puis se laissa retomber dans son oreiller, satisfait.

Elle embrassa son genou, puis posa sa joue sur sa cuisse, ses longs cheveux se répandant sur ses jambes, doux comme un écheveau de fils de soie.

– Pardon, dit-elle au bout d'un moment.

Il passa une main sur la courbe de sa hanche.

– Oublie ça. C'est dommage, quand même. J'aurais aimé voir leur tête en apprenant ce que tu avais réalisé.

Elle se mit à rire.

– Pourtant, pour ce qui est de les voir faire une drôle de tête, on a été servis ! Après ça, ma nouvelle serait tombée à plat.

– Tu as raison. Mais on leur dira demain, quand ils se seront remis et seront mieux à même d'apprécier.

Elle soupira et déposa un nouveau baiser sur son genou.

– Je ne le pensais pas, tu sais, quand j'ai suggéré que c'était de ta faute.

– Si, tu le pensais. Mais, ce n'est pas grave, car tu as probablement raison.

Le fait était. Il ne pouvait prétendre que la remarque ne l'avait pas blessé, cependant, il ne voulait pas se laisser emporter par la colère. Cela ne leur servirait à rien.

Elle se redressa soudain, sa silhouette formant un obélisque pâle dans le noir.

– Tu n'en sais rien. Ça pourrait venir de moi. Ou de ni l'un ni l'autre. Ce n'est peut-être pas le bon moment, uniquement.

Il glissa un bras autour de sa taille et l'attira à lui.

– Quelle que soit la cause, évitons de nous le reprocher, d'accord ?

Elle acquiesça et se blottit plus près de lui. Il avait beau dire, il ne pouvait s'empêcher de se blâmer.

Les événements parlaient d'eux-mêmes. Elle était tombée enceinte de Jemmy en une seule nuit, que ce soit avec lui ou

Stephen Bonnet, mais un seul rapport avait suffi. Cela faisait désormais plusieurs mois qu'ils essayaient, mais tout portait à croire que Jemmy resterait fils unique. Peut-être lui manquait-il la petite étincelle vitale, comme le disaient si bien Mme Bug et ses amies.

«Qui est ton père?» La petite phrase résonnait dans sa tête, prononcée avec un accent irlandais railleur.

Il toussa et s'enfonça dans l'oreiller, résolu à la chasser de son esprit.

– Pardonne-moi, toi aussi. Tu as peut-être raison quand tu dis que je me comporte comme si je préférais te voir à la cuisine et faire le ménage plutôt que de jouer avec ton kit de chimiste.

– Parce que c'est vrai, répondit-elle sans rancœur.

– Ce n'est pas tant que tu ne cuisines pas, mais que tu mettes le feu partout qui me chiffonne.

Elle enfouit son visage contre son épaule.

– Dans ce cas, tu vas aimer mon prochain projet. Il s'agit principalement d'eau.

– Ah, tant mieux, affirma-t-il peu convaincu. Principalement?

– Un peu de terre aussi.

– Rien qui brûle?

– Juste un peu de bois. Rien de particulier.

Elle faisait lentement glisser ses doigts dans la toison de sa poitrine. Il lui prit la main et baisa ses doigts. Ils étaient lisses mais rendus calleux à force de filer la laine pour vêtir sa maisonnée. Il se mit à réciter :

– «Qui peut trouver une femme vertueuse? Elle a bien plus de valeur que les perles. Elle procure de la laine et du lin, et travaille d'une main joyeuse. Elle fait des couvertures. Elle a des vêtements de soie et de pourpre.»

– Ça me fait penser, justement : j'aimerais tant trouver une plante qui permette d'obtenir une vraie teinture pourpre. Les couleurs vives me manquent. Tu te souviens de cette robe que je portais pour la fête célébrant l'atterrissage du premier homme sur la lune ? La noire, avec des bandes fluorescentes roses et vert citron ?

– Oui, comment l'oublierai-je ?

Personnellement, il trouvait que les couleurs douces du *homespun* lui allaient mieux. Avec ses jupes rouille et marron, ses vestes grises et vertes, elle ressemblait à un ravissant lichen exotique.

Saisi par un vif désir de la voir, il chercha à tâtons sur la table de chevet. La petite boîte était là où elle l'avait jetée en rentrant. Après tout, elle l'avait conçue pour être utilisée dans le noir. En tournant le couvercle, un bâtonnet de cire en sortait, frottant la bande de métal rugueux collée contre le bord.

Scratch !

La simple familiarité de ce bruit le remplit de joie. La flamme jaillit dans une bouffée de soufre… Magique !

– Ne les gaspille pas.

En dépit de sa protestation, elle était aussi ravie que quand elle lui avait montré sa création la première fois.

Ses cheveux étaient dénoués et propres, chatoyant autour de l'arrondi pâle de son épaule. Ils retombaient en un doux nuage sur la poitrine velue de Roger, cannelle, ambre et or. Il enroula une mèche autour d'un doigt, en murmurant :

– « Elle ne craint pas la neige pour sa maison, car toute sa maison est vêtue d'écarlate. »

Les paupières mi-closes, telle une chatte repue, Brianna avait toujours le sourire aux lèvres… ces lèvres qui blessaient, puis soignaient. La lumière faisait luire sa peau, coulant dans le bronze le grain de beauté près de son oreille droite. Il aurait pu la contempler ainsi pendant des heures, mais l'allumette se consumait. Juste avant que la flamme ne touche ses doigts, elle se pencha en avant et la souffla. Puis, elle lui chuchota à l'oreille :

– « Le cœur de son mari a confiance en elle. Elle lui fait du bien et non du mal, tous les jours de sa vie. »

22

Ensorcellement

Tom Christie ne revint pas à l'infirmerie, mais il envoya sa fille, Malva, quérir l'onguent. Brune, svelte, elle paraissait intelligente, même si elle ne disait mot. Elle écouta avec attention pendant que je l'interrogeais sur l'aspect de la plaie (jusque-là, tout allait bien, un peu de rougeur, mais pas de suppuration ni de traînées rouges sur le bras) et lui donnais des instructions sur l'application du baume et le changement du bandage.

Je lui tendis le bocal.

– S'il est pris de fièvre, venez me chercher. Autrement, dites-lui de revenir dans une semaine afin que je lui ôte les fils.

– Oui, m'dame, sans faute.

Toutefois, elle ne s'en alla pas, s'attardant dans l'infirmerie en contemplant les tas d'herbes recouverts de gaze qui séchaient sur les étagères et les instruments chirurgicaux.

– Avez-vous besoin d'autre chose? À moins que vous n'ayez une question à me poser?

Elle semblait avoir parfaitement compris mes recommandations, mais peut-être désirait-elle me demander un renseignement plus personnel. Après tout, elle n'avait plus de mère.

– Eh bien, oui. Je me demandais… qu'est-ce vous écrivez dans ce cahier noir, m'dame?

– Ça? J'y écris des comptes rendus de mes interventions et des recettes pour mes remèdes. Tenez.

Je retournai le cahier et l'ouvris à la page où j'avais dessiné un croquis de la dentition abîmée de Mlle Mouse.

Les yeux gris de Malva pétillaient de curiosité. Elle se pencha pour lire, les mains croisées avec soin derrière son dos, comme si elle craignait de toucher accidentellement les pages.

Amusée par sa prudence, je la rassurai :

– Vous pouvez le feuilleter, si vous avez envie.

Je poussai le cahier vers elle, et elle recula d'un pas, étonnée. Elle me fixa d'un air dubitatif, puis, me voyant lui sourire, tourna une page.

– Oh, regardez !

Cette page, que le docteur Rawlings avait rédigée, montrait l'extraction d'un enfant mort-né d'un utérus à l'aide de divers instruments de dilatation et de curetage. J'y jetai un œil et détournai vite les yeux. Rawlings n'avait rien d'un artiste, mais il avait le don de représenter une situation avec un réalisme brutal.

Malva ne parut pas impressionnée, mais plutôt fascinée.

Elle commençait à m'intéresser, et je la surveillai tandis qu'elle tournait les pages au hasard. Naturellement, elle s'arrêtait surtout sur les dessins, mais elle prenait aussi la peine de lire les descriptions et les recettes.

– Pourquoi écrivez-vous ce que vous avez fait ? questionna-t-elle. Les recettes, je comprends, au cas où vous oublieriez un ingrédient, mais pourquoi dessinez-vous et décrivez-vous comment vous avez coupé un doigt de pied gelé ? Vous vous y prendriez différemment la prochaine fois ?

Je mis de côté la tige de romarin séché que j'étais en train d'effeuiller.

– Peut-être. Les opérations chirurgicales ne se pratiquent pas toujours de la même manière. Chaque corps est unique et, même si la procédure de base reste identique, l'intervention peut se dérouler chaque fois d'une manière un peu, ou très, différente.

Je repoussai mon tabouret et contournai la table pour me rapprocher d'elle. Je tournai quelques pages, m'arrêtant sur mon rapport des nombreux maux de la vieille Grannie MacBeth. La liste était si longue que je les avais classés par ordre alphabétique, commençant par «Arthrite» (toutes articulations), puis «Dyspepsie», «Lipothymie», «Otite», et ainsi de suite pour terminer par «Vulvite».

– Je tiens un journal pour plusieurs raisons. D'une part, pour me souvenir du traitement que j'ai administré à un patient donné et de la manière dont il a réagi... si bien que s'il a de nouveau besoin d'être soigné, je peux regarder en arrière et avoir une description détaillée de son état précédent. Pour comparer, vous comprenez?

Elle acquiesça avec énergie.

– Comme ça, vous savez s'il va mieux ou pire. Quelle autre raison?

– La plus importante, c'est pour permettre à quelqu'un d'autre, un docteur venant après moi, de lire mes comptes rendus et de constater comment j'ai traité tel ou tel cas. Cela pourra peut-être lui indiquer un traitement qu'il ne connaît pas encore... ou lui suggérer un meilleur remède que celui qu'il utilise déjà.

– Aaah! Vous voulez dire qu'on peut apprendre avec ce cahier?

Elle effleura le cahier du bout des doigts.

– Mais vous, comment avez-vous fait? On peut s'instruire sans être apprenti chez un docteur?

– C'est mieux si vous avez quelqu'un pour vous montrer. Beaucoup de choses ne peuvent se transmettre par les livres. Mais quand il n'y a personne...

Je regardai par la fenêtre, vers les montagnes couvertes de verdure qui s'étendaient à perte de vue.

– ... c'est toujours mieux que rien.

– Où avez-vous appris? Dans ce cahier? Il y a une autre écriture que la vôtre.

J'aurais dû la voir venir. Je n'avais pas prévu la vivacité d'esprit de Malva Christie.

– Ah… euh… Dans des tas de livres… Et avec d'autres docteurs.

– D'autres docteurs, répéta-t-elle. Ça veut dire que vous vous appelez docteur, vous aussi ? Je ne savais pas qu'une femme pouvait l'être.

Pour la bonne raison qu'aucune femme ne se faisait appeler médecin ou chirurgien en ces temps, ou était acceptée comme tel.

Je toussotai.

– Eh bien… c'est une appellation, rien de plus. Beaucoup de gens préfèrent dire «une sage», ou «une rebouteuse», ou encore une *ban-lichtne*. Mais cela revient au même. Ce qui compte, c'est que mes connaissances peuvent les aider.

– *Ban…* quoi ? Je n'avais jamais entendu ce mot.

– C'est du gaélique, la langue des Highlanders. Cela signifie «guérisseuse» ou quelque chose du genre.

– Ah, du gaélique.

Elle fit une moue un peu dédaigneuse. Je devinai qu'elle avait adopté l'attitude de son père concernant la langue ancienne des Highlands. Elle le lut sur mon visage et changea aussitôt d'expression, se penchant de nouveau sur le cahier.

– Qui a écrit les autres passages ?

Je lissai une page froissée, ressentant, comme toujours, un élan d'affection pour mon prédécesseur.

– Un homme du nom de Daniel Rawlings. Un docteur de Virginie.

Elle parut surprise.

– Lui ? Celui qui est enterré dans le cimetière là-haut dans la montagne ?

– Oui.

La façon dont il avait atterri là-bas n'était pas une histoire que je pouvais partager avec Mlle Christie. Je me retournai vers la fenêtre, évaluant la clarté du jour.

– Votre père n'attend-il pas son dîner ?

– Oh ! Si.

Elle se redressa, un peu affolée, jeta un dernier regard plein d'envie vers le cahier, puis épousseta sa jupe et réajusta son bonnet, prête à partir.

– Merci de m'avoir montré votre petit livre, madame Fraser.

– Ce fut un plaisir. Vous pouvez revenir le consulter quand vous voulez. D'ailleurs…

J'hésitai, puis, encouragée par son regard luisant d'intérêt, me lançai :

– Demain, je dois aller extraire une excroissance derrière l'oreille de Grannie MacBeth. Cela vous dirait de m'accompagner, pour voir comment je fais ? Une deuxième paire de mains me serait bien utile.

– Oh oui, madame Fraser, ça me plairait bien ! C'est juste que mon père…

Elle parut gênée un instant, puis prit une décision.

– Je viendrai. Je suis sûr que je pourrai le convaincre.

– Voulez-vous que je lui écrive une lettre ? Ou que je vienne lui parler après son repas ?

J'avais soudain très envie qu'elle se joigne à moi.

– Non, m'dame. Je me débrouillerai, j'en suis sûre.

Elle m'adressa un grand sourire qui creusa ses fossettes.

– Je vais lui dire que j'ai jeté un œil à votre cahier noir et qu'il ne contient pas du tout des sortilèges, mais uniquement des recettes pour des thés et des purges. Sauf que je ne lui parlerai pas des dessins.

– Des sortilèges ? C'est ce qu'il croit ?

– Oh oui. Il m'a dit de surtout ne pas y toucher, car je pourrais être ensorcelée.

– Ensorcelée ! répétai-je perplexe.

Dire que Tom Christie était maître d'école ! D'un autre côté, à voir le regard fasciné de Malva quand elle se retourna vers moi en franchissant la porte, il n'avait peut-être pas tort.

23

Anesthésie

Je fermai les yeux, approchai ma main à quelques centimètres de mon visage et l'agitai sous mon nez, comme les parfumeurs que j'avais vus faire à Paris, testant une fragrance.

L'odeur me percuta le visage, telle une vague puissante, avec le même effet. Mes genoux lâchèrent, ma vision se brouilla, et je cessai de distinguer le haut du bas.

Un instant plus tard, je revins à moi, étendue sur le sol de l'infirmerie, Mme Bug penchée sur moi avec horreur.

– Madame Claire ! Que vous arrive-t-il, *mo gaolach* ? Je vous ai vue tomber…

Je secouai la tête et me redressai sur un coude.

– Replacez… replacez le bouchon.

Je fis un geste vague vers la grosse bouteille ouverte sur la table, son bouchon de liège posé à côté.

– N'approchez pas votre visage !

Étirant le cou et fronçant tout le visage, elle referma la bouteille à bout de bras.

– Pouah ! Qu'est-ce encore que cette mixture infâme ?

Elle recula d'un pas en grimaçant, puis éternua dans son tablier.

– Je n'ai jamais rien senti de pareil… et Dieu sait que j'en ai reniflé des puanteurs dans votre infirmerie !

– Ça, ma chère madame Bug, c'est de l'éther.

La sensation de flottement dans ma tête s'était presque évaporée, cédant la place à l'euphorie.

– De l'éther?

Fascinée, elle observa l'appareil de distillation sur mon plan de travail. Le bain d'alcool bouillonnait doucement dans la bulle en verre au-dessus d'un feu doux. L'huile de vitriol, qui ne s'appelait pas alors de l'acide sulfurique, tombait goutte à goutte dans son tube incliné, ses émanations chaudes et dangereuses s'élevant et se révélant derrière les senteurs habituelles de racines et d'herbes.

– Vous m'en direz tant! Mais qu'est-ce que c'est?

– Ça endort les gens, afin qu'ils ne ressentent pas de douleur pendant l'opération. Et je sais exactement qui va me servir de premier cobaye!

* * *

– Tom Christie? répéta Jamie. Tu le lui as dit?

– J'ai prévenu Malva. Elle va le préparer, me l'amadouer un peu.

Jamie fit une grimace cynique.

– Tu peux faire bouillir Tom Christie dans du lait pendant deux semaines, il sera toujours aussi coriace. Si tu t'imagines qu'il va laisser sa gamine lui rebattre les oreilles avec une potion magique censée le faire dormir…

– Non, elle ne lui parlera pas de l'éther, c'est moi qui m'en chargerai. Elle va juste le harceler au sujet de sa main, le convaincre de se faire soigner.

– Mmm.

L'opiniâtreté de Christie n'était pas la seule raison du doute de Jamie.

– Dis-moi, *Sassenach,* ton éther, ça ne risque pas de le tuer, au moins?

En effet, cette possibilité m'avait beaucoup préoccupée. J'avais souvent opéré des patients endormis à l'éther, et celui-ci était, en général, un anesthésique relativement inoffensif. Mais de l'éther fait maison, administré à la main… En outre, on pouvait mourir d'un accident anesthésique même dans les conditions les plus sûres, avec des praticiens dûment formés et des appareils de réanimation à portée de main. Je n'avais pas oublié Rosalind Lindsay, dont la mort accidentelle hantait encore mes nuits de temps en temps. D'un autre côté, la possibilité de disposer d'un anesthésique fiable, de pouvoir pratiquer des interventions sans douleur...

– C'est possible, répondis-je enfin. Je ne pense pas, mais il y a toujours un risque. Néanmoins, le jeu en vaut la chandelle.

Jamie parut sceptique.

– Ah oui ? Tom Christie le pense aussi ?

– On ne tardera pas à le savoir. Je vais tout lui expliquer en détail et, s'il refuse, tant pis. Cependant, j'espère de tout mon cœur qu'il acceptera.

Il m'adressa un sourire indulgent.

– Tu es comme Jemmy quand il a un nouveau jouet, *Sassenach*. Prends garde que les roues ne tombent pas.

J'aurais pu lui exprimer mon indignation, mais nous arrivions devant la cabane des Bug. Arch était assis sous le porche, fumant tranquillement sa pipe en terre cuite. En nous voyant, il voulut se lever, mais Jamie lui fit signe de rester assis.

– *Ciamar a tha thu, a charaid ?*

Arch répondit par son habituel «Mmp», qu'il parvint à rendre cordial et accueillant. Un sourcil blanc arqué dans ma direction et un mouvement de sa pipe vers le sentier indiqua que Mme Bug était chez nous, si c'était elle que nous cherchions.

J'agitai mon panier vide.

– Non, je vais dans les bois chercher des plantes. Toutefois, Mme Bug a oublié son nécessaire de couture, vous permettez que je le lui prenne ?

Il acquiesça en souriant et souleva ses fesses de quelques centimètres pour me laisser passer et entrer dans la cabane. Derrière moi, j'entendis un «Mmp ?» d'invitation et sentit les planches ployer quand Jamie s'assit à côté de son vieux compagnon.

Comme il n'y avait pas de fenêtre, je dus attendre quelques instants que ma vue s'accoutume à la pénombre. La cabane était petite. Elle ne contenait qu'un sommier, un bahut, une table et deux tabourets. Le nécessaire de Mme Bug était suspendu à un crochet au mur du fond.

Sous le porche, j'entendais les hommes bavarder. Il était rare d'entendre la voix d'Arch Bug. Il pouvait parler, bien sûr, mais Mme Bug était si volubile qu'en sa présence, il se contentait d'habitude de sourire et de quelques «Mmp» d'assentiment ou de désaccord.

Il était en train de dire, sur un ton méditatif :

– Ce Christie, vous ne le trouvez pas un peu bizarre, *a Sheaumais*?

– C'est un gars des Lowlands, répondit Jamie.

Un «Mmp» amusé d'Arch Bug indiqua que cette explication se suffisait à elle-même.

J'ouvris le nécessaire pour m'assurer que son tricot était bien à l'intérieur. Il n'y était pas, et je me mis à le chercher dans la cabane, attentive au moindre objet. Là! Une masse molle dans un coin, tombée de la table et poussée de côté par un pied.

Toujours neutre, Jamie poursuivit :

– Vous le trouvez plus bizarre qu'il ne devrait l'être?

Je jetai un œil vers la porte et vis Arch acquiescer tout en suçant férocement l'embout de sa pipe pour la faire repartir. Il leva sa main droite et l'agita, exhibant les moignons de ses deux doigts manquants. Laissant enfin échapper un nuage de fumée victorieuse, il déclara :

– Il est venu me demander si ça m'a fait très mal quand on me l'a fait.

Son visage se froissa comme un sac en papier, et il souffla bruyamment, sa façon à lui de rire à gorge déployée.

– Ah oui? Et que lui avez-vous répondu?

Songeur, Arch téta sa pipe, puis exhala un rond de fumée parfait.

– Que je n'ai rien senti, sur le coup. À vrai dire, c'était sans doute parce que le choc m'avait sonné comme une cloche.

Il leva sa main, l'examina avec détachement, puis se retourna pour me questionner :

– Vous n'avez pas l'intention de lui faire ça à coups de hache, à ce pauvre vieux Tom, hein, madame ? Il dit que vous vous êtes mis en tête de lui réparer sa main la semaine prochaine.

– Probablement pas. Je peux voir ?

Je ressortis sous le porche, me penchai vers lui et pris la main qu'il me tendait, ayant passé sa pipe dans la gauche.

L'index et le majeur avaient été tranchés nets à la base. C'était une très vieille blessure, si ancienne qu'elle avait perdu cet aspect choquant des mutilations récentes, quand l'esprit continue de voir ce qui devrait être là et cherche vainement à réconcilier la réalité et l'expectative. Cependant, le corps humain est d'une plasticité stupéfiante et compense de son mieux les parties manquantes. Dans le cas d'une main mutilée, les moignons développent souvent une sorte de déformation utile, pour favoriser le peu de fonction qu'il reste.

Je palpai la main, fascinée. Les métacarpes des doigts amputés étaient indemnes, mais les tissus environnants s'étaient rétractés en se tordant, retranchant légèrement cette partie de l'organe, de sorte que le pouce et les deux doigts restants puissent mieux s'opposer. J'avais vu Arch Bug utiliser cette main avec une grâce parfaite, tenant une tasse ou maniant le manche d'une pelle.

Les cicatrices des moignons s'étaient aplaties et avaient pâli, formant une surface lisse et calleuse. L'arthrite avait rendu les articulations des autres doigts noueuses, et la main dans son ensemble était si tordue qu'elle ne ressemblait plus du tout à une main, sans pourtant être en rien répugnante. Elle était puissante et chaude dans ma propre main, d'une beauté étrange, un peu comme un morceau de bois érodé par le temps.

– Vous dites qu'ils ont été coupés par un coup de hache ?

Je me demandais comment il avait pu s'infliger une telle blessure, puisqu'il était droitier. Une lame en dérapant pouvait entailler un bras ou une jambe, mais sectionner deux doigts à la fois ainsi... Je compris soudain, et ma propre main se crispa. Oh non.

– Oh si, me dit-il.

Il exhala un nuage de fumée, ses yeux bleus fixant les miens.

– Qui vous a fait ça?

– Les Fraser.

Il serra mes doigts, puis retira sa main, la retournant d'un côté puis de l'autre. Il se tourna vers Jamie.

– Pas les Fraser de Lovat, la rassura-t-il. Bobby Fraser de Glenhelm et son neveu, Leslie.

– Ah? Tant mieux. Je n'aurais pas aimé apprendre que c'était un de mes parents.

Arch rit doucement. Enfouis dans leur masse dense de peau ridée, ses yeux pétillaient toujours, mais quelque chose dans ce rire me donna tout à coup envie de reculer d'un pas.

– Je vous comprends, reprit-il. Moi non plus. De toute façon, ça devait être l'année de votre naissance, *a Sheaumais,* ou même un peu avant. Aujourd'hui, il ne reste plus de Fraser à Glenhelm.

La main en elle-même ne m'avait pas dérangée, mais imaginer la méthode pour l'amputer me sciait les jambes. Je m'affalai sous le porche à côté de Jamie sans attendre d'y être invitée.

– Pourquoi? demandai-je de but en blanc. Comment?

Il tira sur sa pipe et souffla un nouveau rond. Puis, il fronça les sourcils et regarda sa main, à présent posée sur son genou.

– En fait, c'était mon choix. C'est qu'on était des archers, voyez-vous. Tous les hommes de mon clan. On était élevés pour ça dès notre plus jeune âge. J'ai eu mon premier arc à trois ans et, à l'âge de six, je pouvais tuer une grouse d'une flèche en plein cœur à quinze mètres.

Il parlait avec une fierté simple, observant un groupe de tourterelles picorant sous les arbres non loin, comme s'il évaluait avec quelle facilité il pourrait en transpercer une.

– J'ai entendu mon père parler de ces archers, se souvint Jamie. À Glenshiels. Beaucoup étaient des Grant, disait-il. Et quelques-uns des Campbell.

Il se pencha en avant, reposant ses coudes sur ses cuisses, intéressé par le récit mais circonspect.

Arch tirait assidûment sur sa pipe, la fumée s'enroulant en couronne au-dessus de sa tête.

– Oui, c'était bien nous. On avait rampé dans la bruyère pendant la nuit et on s'était cachés parmi les rochers au-dessus de Glenshiels, sous les fougères et les sorbiers. Il faisait si noir qu'à cinquante centimètres, on ne pouvait pas nous voir. Pas très confortable, croyez-moi. Pas question de se lever pour pisser. Avant de grimper sur ce flanc de la montagne, on avait tous eu un dîner bien arrosé de bière. On était tous là, accroupis comme des femmes, essayant de garder nos arcs au sec sous nos chemises, car il s'était mis à pleuvoir. L'eau dégoulinait sur les fougères et nous coulait dans le cou.

Il fit une pause puis reprit sur un ton joyeux.

– Mais le lendemain à l'aube, au signal, on s'est tous levés et on a décoché. Je peux vous le dire, c'était un beau spectacle, nos flèches retombant comme de la grêle au pied de la colline sur ces pauvres gars qui campait au bord de la rivière.

Il pointa sa pipe vers Jamie.

– Oui, votre père était de cette bataille, *a Sheaumais*. Il faisait partie de ces pauvres gars en bas.

Un spasme de rire silencieux le parcourut.

– Je vois que c'est une longue histoire d'amour, entre vous et les Fraser, répliqua Jamie caustique.

– Vous pouvez le dire, dit Arch sans se démonter.

Il se tourna alors vers moi, plus grave.

– Quand les Fraser capturaient un Grant, il lui laissait le choix. Il pouvait perdre son œil droit, ou deux doigts de la main droite. Dans un cas comme dans l'autre, il ne pourrait plus jamais tirer à l'arc.

Il frotta sa main mutilée contre sa cuisse, l'étirant comme si ses doigts fantômes cherchaient encore la corde chantante.

Puis, il secoua la tête comme pour chasser cette vision et serra le poing.

– Vous ne comptez pas couper les doigts de Christie, n'est-ce pas ? me demanda-t-il.

– Non, répondis-je surprise. Pourquoi, il croit que…

Il fit une moue d'incertitude, haussant ses sourcils broussailleux vers son front dégarni.

– Je ne sais pas vraiment, mais il paraissait très angoissé à l'idée de se laisser découper.

– Mmm.

Je me devais d'avoir un bon entretien avec Tom Christie.

Jamie se leva, et je l'imitai machinalement, secouant ma jupe et essayant d'effacer l'image d'une main de jeune homme, maintenue sur le sol pendant qu'une hache s'abattait.

Songeur, Jamie regarda Arch Bug.

– Plus de Fraser à Glenhelm, vous dites ? Leslie, le neveu, ce n'était pas l'héritier de Bobby Fraser ?

– Oui, sans doute.

Sa pipe s'était éteinte. Il la retourna et tapa son culot contre le bord de la marche.

– Ils ont tous les deux été tués ensemble, n'est-ce pas ? Mon père en a parlé, une fois. On les a retrouvés dans un ruisseau, le crâne défoncé.

Arch Bug le dévisagea, plissant les yeux dans le soleil, tel un lézard.

– C'est que, vous voyez, *a Sheaumais,* un arc, c'est comme une bonne épouse. Il connaît son maître et ne répond qu'à ses caresses. Une hache, en revanche, c'est une vraie catin. N'importe quel homme peut la manier, et elle fonctionne aussi bien dans une main comme dans l'autre.

Il souffla dans sa pipe pour vider les cendres de son fourneau, l'essuya avec son mouchoir pour la ranger dans sa poche, de sa main gauche. Il nous sourit, dévoilant ses dernières dents, pointues et jaunies par le tabac.

– Que Dieu vous accompagne, *Sheaumais mac Brian.*

* * *

Plus tard dans la semaine, je me rendis à la cabane de Christie pour lui ôter ses points de suture et lui expliquer ce qu'était l'éther. Son fils Allan se trouvait dans la cour, aiguisant un couteau sur une meule à pédale. Il me salua d'un sourire, mais ne parla pas, ne pouvant se faire entendre au-dessus du grincement râpeux de la pierre et du métal.

Peut-être était-ce ce vacarme strident qui avait éveillé les appréhensions de Tom Christie.

Une fois que j'eus ôté le dernier point, il me déclara sèchement :

– J'ai décidé de garder mon autre main telle quelle.

Je reposai mes pinces et le dévisageai.

– Pourquoi ?

Il rosit et se leva, fixant un point par-dessus mon épaule pour éviter mon regard.

– Après avoir longuement prié, j'en suis venu à la conclusion que si cette infirmité est la volonté du Seigneur, ce serait un péché que de la corriger.

Je réprimai, non sans mal, mon envie de lui rétorquer : « Foutaises. »

– Asseyez-vous, ordonnai-je. Et expliquez-moi, je vous prie, ce qui vous fait penser que le Seigneur souhaite pour vous une main toute déformée.

Il sursauta, troublé.

– Mais… ce n'est pas à moi de remettre en question les voies de Dieu !

– Ah non ? C'est pourtant ce que vous sembliez faire dimanche dernier. Ce n'est pas vous qui demandiez à voix haute ce que Dieu avait dans la tête pour laisser tous ces catholiques s'épanouir comme du laurier vert ?

Le rose passa au rouge vif.

– Vous m'avez sûrement mal compris, madame Fraser.

Il se redressa encore un peu, au point de pencher presque en arrière.

– Mais cela ne change rien. Je n'aurais pas besoin de votre aide.

Je me rassis sur le tabouret, croisant les mains sur mes genoux.

– Parce que je suis catholique? Vous craignez peut-être que j'en profite pour vous baptiser à votre insu selon le rite de l'église de Rome?

– Je suis déjà baptisé comme il se doit! rétorqua-t-il. Et je vous saurai gré de garder pour vous vos principes papistes.

– J'ai un arrangement avec le Pape : je n'émets pas de bulles sur des questions de doctrine, et il ne pratique pas de chirurgie. Maintenant, si on parlait de votre main…

– La volonté du Seigneur…

– C'est le Seigneur qui a voulu que votre vache tombe dans le précipice et se brise une patte le mois dernier? Parce que, dans ce cas, vous auriez dû l'abandonner sur place au lieu de venir chercher mon mari pour la remonter et de me demander de la soigner. À propos, comment va-t-elle?

Je pouvais voir l'animal en question par la fenêtre, paissant tranquillement au bord de la cour. En apparence, elle n'était dérangée ni par son jeune veau ni par le bandage que je lui avais appliqué pour stabiliser l'os fracturé de sa patte.

– Elle va très bien, merci. Mais ça ne…

– Vous pensez que le Seigneur considère que vous valez moins la peine d'être soigné que votre vache? Cela me paraît peu probable, compte tenu de son opinion sur les moineaux et tout le reste.

Cette fois, ses bajoues avaient viré au violet. Il serrait sa main défectueuse dans la saine, comme pour la protéger de moi.

– Je vois que vous connaissez un peu la Bible, dit-il très pompeusement.

– À dire vrai, je l'ai même lue au complet. C'est que, voyez-vous, je sais très bien lire.

– Vraiment? Dans ce cas, vous aurez sans doute lu l'épître de saint Paul aux Corinthiens, dans lequel il écrit : « Que les femmes se taisent… »

J'avais déjà croisé saint Paul et ses opinions par le passé, et j'avais, moi aussi, mon avis là-dessus.

– Saint Paul a dû tomber aussi sur une femme ayant plus d'arguments que lui. Il lui était plus facile de bâillonner tout un sexe que de remporter le débat avec des armes loyales. Je m'attendais à mieux de votre part, monsieur Christie.

Il manqua de s'étrangler.

– Mais c'est un blasphème !

– Pas du tout. À moins que vous ne preniez saint Paul pour Dieu ce qui, à mon sens, « serait » un blasphème. Mais ne perdons pas notre temps…

Je crus que ses yeux allaient sortir de leurs orbites.

Je me levai de mon tabouret et avançai d'un pas vers lui. Il recula si vivement qu'il heurta la table, envoyant valser le panier à ouvrage de Malva, une cruche de lait et un plat en étain.

Je me baissai aussitôt pour ramasser le panier avant qu'il ne soit trempé. M. Christie, lui, saisit un chiffon pour éponger le lait. Nous évitâmes de justesse de nous cogner le crâne l'un contre l'autre, mais je perdis l'équilibre et tombai sur lui de tout mon poids. Il attrapa mes bras par réflexe, laissant tomber son chiffon, puis me lâcha sur-le-champ, lui reculant avec horreur, et moi me tenant oscillante sur mes genoux.

Il était agenouillé lui aussi, mais à une distance sûre, haletant. Je pointai un doigt accusateur vers lui.

– La vérité, c'est que vous crevez de frousse !

– Pas du tout !

– Si.

Je me relevai et replaçai le panier sur la table, poussant le chiffon du pied sur la flaque de lait.

– Vous avez peur que je vous fasse mal…, mais vous vous trompez. J'ai un remède appelé éther. Il vous fera dormir, vous ne sentirez rien.

Il écarquilla les yeux.

– Vous redoutez peut-être aussi d'y perdre quelques doigts ou l'usage de votre main. Enfin… ce qu'il en reste.

Il était toujours à genoux devant la cheminée, les yeux levés vers moi.

– Je ne peux pas promettre que ce ne sera pas le cas. Je doute que cela arrivera…, mais l'homme propose et Dieu dispose, n'est-ce pas ?

Il acquiesça, très lentement, sans répondre. Je pris une profonde inspiration, provisoirement à court d'arguments.

– Je crois que je peux réparer votre main. Je ne peux pas le garantir. Parfois, il y a les impondérables : les infections, les accidents… Mais…

Je tendis un bras vers lui, lui faisant signe de me donner sa main infirme. Tel un oiseau prisonnier du regard hypnotique d'un serpent, il s'exécuta. Je saisis son poignet et le hissai sur ses pieds. Il se laissa faire.

Je pris sa main dans les deux miennes et fléchis ses doigts noueux, passant doucement mon pouce sur l'aponévrose palmaire épaissie qui emprisonnait les tendons. Je pouvais la sentir très précisément, visualiser dans ma tête exactement comment aborder le problème, où appuyer le scalpel, de quelle manière la peau calleuse s'ouvrirait sous la lame. La longueur et la forme en Z de l'incision libéreraient ses doigts et leur rendraient leur utilité.

Je pressai sa paume pour sentir les os sous la chair.

– Je l'ai déjà fait, affirmai-je avec calme. Je peux recommencer. Avec l'aide de Dieu. Allez-vous me faire confiance ?

Il ne mesurait que quelques centimètres de plus que moi. Je tenais son regard autant que sa main. Ses yeux perçants gris clair sondaient mon visage, partagés entre la peur et la suspicion. Mais il se cachait autre chose derrière. Je devins alors consciente de sa respiration, lente et régulière, et sentis la chaleur de son souffle contre ma joue.

– Soit, dit-il enfin d'une voix cassée.

Il retira sa main, presque à contrecœur, et se tint là, la berçant dans sa main valide.

– Quand ?

– Demain, répondis-je. S'il fait beau. J'ai besoin d'une bonne lumière. Venez le matin, mais soyez à jeun.

Je pris mes affaires, le saluai d'une courbette maladroite et sortis, en proie à un sentiment étrange.

Allan Christie me salua gaiement en me voyant partir, puis poursuivit son meulage.

* * *

– Tu crois qu'il viendra ?

Nous avions terminé le petit-déjeuner, et toujours aucun signe de Tom Christie. Après une nuit d'un sommeil agité, au cours de laquelle j'avais rêvé à plusieurs reprises de masques à l'éther et de catastrophes chirurgicales, je ne savais plus si je tenais tant à ce qu'il vienne ou pas.

– Il viendra.

Jamie lisait une *North Carolina Gazette* vieille de quatre mois, tout en grignotant le dernier toast à la cannelle de Mme Bug.

– Regarde, ils ont publié une lettre du gouverneur à lord Dartmouth, où il affirme que nous ne sommes qu'une bande indisciplinée de salopards séditieux, intrigants et émeutiers. Il requiert l'aide du général Gage et l'envoi de canons pour nous apprendre à bien nous tenir. Je me demande si MacDonald sait que tout le monde est désormais au courant.

Je me levai pour aller chercher le masque à éther que je n'avais pas réussi à quitter des yeux durant tout le petit- déjeuner. L'esprit ailleurs, je répondis :

– Il a fait ça ? On a intérêt à être prêts, au cas où il débarquerait.

Le goutte-à-goutte que Brianna m'avait confectionné était installé dans l'infirmerie, ainsi que tous mes instruments. Je saisis la bouteille, la débouchai et agitai la main au-dessus du goulot, attirant ses émanations vers mon visage. Un étourdissement rassurant me troubla la vue un instant, puis passa, et je remis le bouchon en place, satisfaite.

Juste à temps. J'entendis des voix au-dehors et des bruits de pas. Quand je me retournai, Tom Christie se tenait sur le seuil, le regard noir, sa main fermée devant sa poitrine.

– J'ai changé d'avis, annonça-t-il. Je ne veux pas de votre potion abjecte.

– Qu'est-ce que vous pouvez être stupide! explosai-je malgré moi. Mais qu'avez-vous dans la tête?

Il fut pris de court, comme si un serpent enroulé dans l'herbe à ses pieds avait osé lui adresser la parole. Puis, agressif, il leva le menton.

– La question serait plutôt : qu'est-ce que «vous» avez dans la tête, madame?

– Et moi qui pensais que seuls les Highlanders pouvaient être plus têtus que des mules!

Il parut insulté, sans que je sache s'il trouvait plus vexant d'être comparé à un Highlander ou à une mule. Avant qu'il ne puisse renchérir, Jamie passa la tête dans l'entrebâillement de la porte et questionna poliment :

– Il y a un problème?

– Oui, il refuse…

– En effet, elle insiste…

Ayant parlé en même temps, nous nous interrompîmes, nous foudroyant du regard. Jamie se tourna vers moi, puis vers Christie, enfin vers l'appareil sur la table. Il leva les yeux au ciel et se gratta le nez.

– Je vois. Tom, vous voulez récupérer votre main?

Celui-ci hésita un instant, berçant sa main infirme d'un air protecteur, et acquiesça de la tête.

– Oui, mais sans toutes ces absurdités papistes!

– Papistes?

Jamie et moi nous étions exclamés à l'unisson, lui perplexe, moi excédée.

– Parfaitement, et ne croyez pas me faire changer d'avis, Fraser!

Jamie me lança un regard à la «je t'avais prévenue, *Sassenach*», mais rassembla néanmoins ses forces.

– Vous avez toujours été un sacré casse-pieds, Tom, mais, après tout, c'est votre choix. Toutefois, je peux vous dire pour l'avoir déjà subi que ça fait un mal de chien.

Christie pâlit.

Jamie désigna du menton le plateau d'instruments : deux scalpels, une sonde, des ciseaux, une pince et deux aiguilles à sutures flottant dans un flacon d'alcool.

– Elle va vous ouvrir la main, vous en êtes conscient ?

– Je le sais, rétorqua Christie d'un ton sec.

Toutefois, son regard restait fixé sur l'assortiment sinistre.

– Oui, bien sûr, mais vous n'avez aucune idée de ce que cela signifie. Moi si. Regardez.

Jamie tendit sa main vers lui et l'agita. À la lumière du soleil matinal, on distinguait nettement le réseau de fines cicatrices blanches autour de ses doigts bronzés.

– Vous n'imaginez pas la douleur. Aucun homme ne voudrait subir ça s'il peut l'éviter... or, vous le pouvez.

– J'ai déjà pris ma décision, répondit Christie avec dignité.

Il s'assit sur le tabouret et posa sa main ouverte sur la serviette. Il était blanc comme un linge et serrait son autre main si fort qu'elle tremblait.

Jamie le dévisagea un long moment, puis soupira.

– Soit, dans ce cas, attendez un instant.

De toute évidence, il était inutile d'insister davantage. Je capitulai et descendis la bouteille de whisky que je conservais à des fins médicales sur une étagère. Je lui en servis une tasse pleine et la lui plantai fermement dans sa main ouverte.

– « Prends un peu de vin pour ton estomac », récitai-je. Saint Paul, une connaissance commune. Si vous avez le droit de boire pour votre estomac, vous l'avez aussi pour votre main.

Il desserra les dents, étonné, baissa les yeux vers la tasse, puis les releva vers moi. Il déglutit, hocha la tête, puis but.

Avant qu'il eût fini, Jamie revint, tenant un petit livre vert défraîchi qu'il plaça sans cérémonie dans la main de Christie.

Sur la couverture élimée, on pouvait lire : *La Sainte* Bible. *Version du roi James.*

– Vous aurez besoin de toute l'aide que vous pourrez trouver, expliqua-t-il.

Christie le fixa avec méfiance, puis un soupçon de sourire apparut sous sa barbe.

– Je vous remercie.

Il sortit ses lunettes de sa veste, les chaussa, puis ouvrit la Bible, très méticuleux, la feuilletant à la recherche d'un passage édifiant concernant les opérations chirurgicales sans anesthésie.

J'interrogeai Jamie du regard, qui se contenta d'un bref haussement d'épaules. Ce n'était pas une simple Bible : autrefois, elle avait appartenu à Alexander McGregor.

Jamie l'avait eue tout jeune homme, alors qu'il était emprisonné à Fort William par le capitaine Jonathan Randall. Torturé, attendant d'être flagellé de nouveau, terrifié et souffrant, on l'avait enfermé seul dans une cellule sans autre compagnie que ses propres pensées et cette Bible que le médecin de la garnison lui avait donnée.

Alex McGregor avait été un autre prisonnier écossais, qui avait préféré se donner la mort plutôt que de subir encore les assauts du capitaine Randall. Son nom était écrit à l'intérieur, en lettres appliquées.

Cette Bible avait vu son lot de peurs et de souffrances et, puisqu'il fallait se passer d'éther, j'espérais qu'elle possédait encore ses vertus apaisantes.

Christie avait trouvé un extrait lui convenant. Il s'éclaircit la gorge, se redressa sur son tabouret et posa de nouveau sa main sur la serviette, paume ouverte, avec une telle détermination que je me demandais s'il n'était pas tombé sur l'épisode où les Macchabées offraient spontanément leurs mains et leur langue à couper au roi païen.

Un coup d'œil discret m'apprit qu'il se trouvait quelque part dans les psaumes.

– Quand vous voudrez, madame Fraser.

S'il allait rester conscient, j'avais besoin d'un peu plus de préparatifs. Même armés de tout le courage viril et d'inspiration biblique, peu d'hommes étaient capables de rester assis sans bouger pendant qu'on leur ouvrait la main, et, selon moi, Tom Christie n'en faisait pas partie.

Je retroussai sa manche et attachai son avant-bras à la table avec les bandelettes de lin qui me servaient d'habitude pour les pansements. J'étendis et immobilisai de la même manière sur le bloc ses doigts recroquevillés.

Christie semblait s'être réconcilié avec le fait de boire du whisky tout en lisant la Bible (la présence de Jamie et la vision des scalpels y étaient sans doute pour quelque chose). Le temps que je finisse de l'attacher et que je badigeonne sa paume d'alcool pur, il en avait déjà sifflé une bonne dose et paraissait beaucoup plus détendu.

Cette décontraction disparut d'un coup, dès la première incision.

Il bondit de son siège en inspirant bruyamment, entraînant la table avec lui. J'agrippai son poignet juste à temps pour qu'il n'arrache pas les bandelettes. Jamie lui appuya avec force sur les épaules, l'obligeant à se rasseoir.

– Ça va aller, Tom. Allons, allons.

Christie avait le visage trempé de sueur et les yeux exorbités derrière ses lunettes. Il haleta, baissa le regard vers sa main sanglante et, livide, détourna aussitôt sa tête.

– Si vous devez vomir, faites-le là-dedans, s'il vous plaît.

Je poussai du pied vers lui un seau vide. Je tenais toujours son poignet d'une main, pressant un carré de lin stérilisé sur l'incision de l'autre.

Jamie continuait de lui parler comme s'il cherchait à calmer un cheval paniqué. Raide, Christie respirait avec difficulté, mais tremblait de tous ses membres, y compris celui que j'essayais d'opérer.

– Je m'arrête? lui lançai-je ainsi qu'à Jamie.

Je sentais le pouls de Christie dans son poignet. L'homme n'était pas tout à fait en état de choc, mais plutôt mal en point.

Sans quitter Christie des yeux, Jamie fit non de la tête.

– Ce serait dommage d'avoir gaspillé autant de whisky, non ? Et je doute qu'il veuille remettre ça à plus tard. Tenez, Tom, buvez encore un petit coup, ça vous fera du bien.

Il approcha la tasse des lèvres de Christie qui but sans hésiter.

Jamie lâcha ses épaules et lui plaqua fermement le bras sur la table. De sa main libre, il ramassa la Bible tombée au sol et l'ouvrit du pouce.

– « La main droite de l'Éternel est élevée ! » lut-il. Tiens, voilà qui tombe à pic. « La main droite de l'Éternel manifeste sa puissance ! »

Il regarda Christie qui s'était calmé, son poing valide serré contre son ventre.

– Poursuivez, dit-il d'une voix rauque.

– « Je ne mourrai pas, je vivrai, et je raconterai les œuvres de l'Éternel. L'Éternel m'a châtié, mais il ne m'a pas livré à la mort. »

Christie sembla trouver ces mots réconfortants. Il respirait un peu mieux. Je n'avais pas le temps de le regarder. Son bras maintenu contre la table était dur comme du bois. Cependant, il se mit à murmurer en même temps que Jamie, reprenant quelques phrases.

– « Ouvrez-moi les portes de la justice… Je te loue, parce que tu m'as exaucé… »

J'avais dégagé l'aponévrose. Son épaississement était visible à l'œil nu. Un coup de scalpel en libéra le bord, puis un second, s'enfonçant profondément dans le tissu fibreux… et la lame rencontra l'os. Christie gémit.

– « L'Éternel est Dieu, il nous éclaire. Attachez la victime avec des liens. Amenez-la jusqu'aux cornes de l'autel ! »

Je percevais une pointe d'amusement dans la voix de Jamie. Le fait était que ma table d'opération ressemblait à un autel sacrificiel. Les mains ne saignent pas autant que des plaies à la tête, mais la paume contient une multitude de petits vaisseaux. J'épongeai de mon mieux le sang d'une main

311

tout en travaillant de l'autre. Des tampons imbibés de rouge jonchaient la table et le sol autour de moi.

Jamie lisait des bribes d'évangile au hasard, mais Christie était désormais totalement avec lui, récitant lui aussi. Il avait toujours le teint blême et le pouls rapide, mais sa respiration était moins laborieuse. Les verres de ses lunettes s'étaient couverts de buée.

J'avais totalement exposé le tissu coupable et découpai les minuscules fibres à la surface du tendon. Les doigts crochus tressaillirent, et les tendons bougèrent aussitôt, argentés tels des poissons fuyants. Je saisis ses doigts et les serrai fort.

– Vous ne devez pas bouger. J'ai besoin de mes deux mains, je ne peux tenir la vôtre.

Je ne pouvais relever la tête, mais le sentis acquiescer et le lâchai. Je terminai d'extraire les derniers vestiges d'aponévrose, aspergeai la plaie avec un mélange d'alcool et d'eau distillée pour la désinfecter et commençai à recoudre les incisions.

Les voix des deux hommes n'étaient plus que des murmures, un faible susurrement auquel je n'avais pas prêté attention, absorbée comme je l'étais par ma tâche. À présent que les points de suture requéraient moins ma concentration, je les entendis de nouveau.

– « L'Éternel est mon berger. Je ne manquerai de rien… »

J'essuyai avec ma manche la transpiration sur mon front et, relevant les yeux, constatai que c'était Tom Christie qui tenait désormais la Bible, fermée et pressée contre son corps. Le menton enfoncé dans sa poitrine, ses paupières fermées et les traits déformés par la douleur.

Jamie tenait toujours solidement le bras opéré, mais, les yeux fermés lui aussi, avait posé son autre main sur l'épaule de Christie.

– « Quand je marche dans la vallée de l'ombre de la mort, je ne crains aucun mal… »

Je nouai le dernier point, coupai le fil et, dans le même mouvement, tranchai d'un coup de ciseaux les liens qui attachaient le poignet. Je laissai échapper le souffle que je retenais depuis un moment. Les deux hommes se turent d'un coup.

Je levai la main, l'enveloppai d'un bandage propre, puis étirai les doigts avec douceur, les redressant.

Christie rouvrit les yeux. Il fixa son pansement avec des pupilles énormes et sombres. Je lui souris et lui donnai une petite tape sur l'épaule, récitant :

– «Oui, le bonheur et la grâce m'accompagneront tous les jours de ma vie, et j'habiterai dans la maison de l'Éternel jusqu'à la fin de mes jours.»

24

Ne me touche pas

Le pouls de Christie était un peu trop rapide mais puissant. Je reposai son poignet et posai ma paume sur son front.

– Vous êtes un peu fiévreux. Tenez, avalez ça.

Je glissai un bras sous ses reins pour l'aider à se redresser dans son lit, ce qui l'alarma. Il s'emmêla dans les draps, réprimant un cri de douleur quand il remua sa main blessée.

Avec tact, je fis mine de ne pas remarquer sa gêne, que j'attribuai au fait qu'il était en chemise et moi en négligé. Certes, celui-ci était en lin léger, avec un simple châle jeté par-dessus, mais j'étais à peu près sûre qu'il ne s'était pas trouvé en présence d'une femme en *déshabillé* depuis la mort de sa femme, et encore.

Je marmonnai quelques paroles neutres et lui tins la tasse d'infusion de consoude pendant qu'il buvait. Puis, je remis de l'ordre dans ses oreillers en prenant garde de ne pas le toucher.

J'avais insisté pour qu'il passe la nuit chez nous plutôt que de le renvoyer dans sa cabane, afin de pouvoir le surveiller en cas d'infection postopératoire. Je ne me fiais pas du tout à lui pour suivre mes instructions, le sachant capable d'aller nourrir ses cochons, couper du bois ou de se torcher avec sa main blessée. Je ne voulais pas le quitter des yeux jusqu'à ce que l'incision ait commencé à granuler… ce qu'elle ferait dès le lendemain, si tout se passait bien.

Encore éprouvé par l'opération, il n'opposa pas de résistance, et Mme Bug et moi l'avions installé dans la chambre des Wemyss, Joseph et Lizzie étant partis chez les McGillivray.

À défaut de laudanum, je lui avais fait boire une infusion de valériane et de millepertuis qui l'avait endormi presque tout l'après-midi. Il n'avait pas voulu dîner, mais, ayant une bonne opinion de M. Christie, Mme Bug l'avait abreuvé de grogs, de sabayons et autres élixirs nourrissants, tous contenant un pourcentage élevé d'alcool. Par conséquent, il était plutôt groggy et ne protesta pas quand je pris sa main bandée et approchai une chandelle pour l'examiner.

La main était enflée, ce qui était normal, mais pas trop. Toutefois, le bandage était serré et comprimait douloureusement la peau. Je l'ouvris et, maintenant en place le pansement enduit au miel, le humai.

Il sentait le miel, le sang, les herbes et l'odeur métallique de la chair depuis peu entaillée… mais pas le parfum douceâtre du pus. Tant mieux. J'appuyai avec délicatesse ici et là sur le pansement, guettant les signes de douleur intense ou des traînées rouge vif sur la peau, mais, en dehors d'une sensibilité raisonnable, je ne constatai qu'une faible inflammation.

Néanmoins, sa légère fièvre méritait d'être surveillée. Je changeai son bandage avec soin, finissant avec un joli nœud au niveau du poignet.

– Pourquoi vous ne portez pas un fichu ou un bonnet comme il se doit? lança-t-il soudain.

– Pardon?

Je relevai des yeux surpris, ayant pour un temps oublié l'homme attaché à la main.

– Pour quoi faire?

Je tressais parfois mes cheveux avant d'aller au lit, mais pas ce soir-là. Je les avais juste brossés, et ils retombaient sur mes épaules, sentant bon la préparation à l'hysope et aux fleurs d'ortie avec laquelle je les protégeais des poux.

– Pour quoi faire? répéta-t-il d'une voix haut perchée. «Toute femme qui prie ou prophétise la tête non voilée déshonore son chef; c'est comme si elle était rasée.»

– Ah, nous revoilà avec Paul, marmonnai-je. Il ne vous est jamais venu à l'esprit que cet homme avait une dent contre les femmes? En outre, je ne suis pas en train de prier. Je suis juste venue examiner cette main avant d'aller dormir, afin d'éviter d'avoir à prophétiser sur son sort. Jusqu'à présent, il semble que tout...

– Vos cheveux... Ils sont...

Avec une moue réprobatrice, il me dévisageait. Puis il effectua un geste circulaire autour de son propre crâne dégarni.

– Il y en a beaucoup, ajouta-t-il enfin.

Je le fixai un instant, puis reposai sa main et saisis la Bible verte sur la table de chevet.

– L'Épître aux Corinthiens, hein? Laissez-moi voir. Ah, nous y voici.

Je me redressai et lus à voix haute :

– «La nature elle-même ne vous enseigne-t-elle pas que c'est une honte pour l'homme de porter de longs cheveux? Mais que c'est une gloire pour la femme d'en porter, parce que la chevelure lui a été donnée comme voile.»

Je refermai le livre en le claquant et le reposai à sa place, le questionnant poliment :

– Voulez-vous aller dire à mon mari à quel point ses cheveux longs sont une honte?

Jamie était parti se coucher. On l'entendait ronfler paisiblement de l'autre côté du palier.

– À moins que vous ne pensiez qu'il en est déjà conscient?

Christie ouvrit la bouche, remua les lèvres, puis la referma sans répondre. Sans attendre de trouver quelque chose à redire, je me penchai de nouveau sur sa main.

– Vous devez faire des exercices réguliers pour vous assurer que les muscles ne se contractent pas en cicatrisant.

316

Au début, ce sera douloureux, mais vous devez absolument vous entraîner. Je vais vous montrer comment.

Je saisis son annulaire juste sous la première phalange et, maintenant le doigt droit, fléchis la dernière articulation vers l'intérieur.

– Vous avez compris ? À vous. Aidez-vous de votre autre main et essayez de plier une phalange à la fois. Voilà, c'est ça. Vous sentez la traction dans votre paume ? C'est précisément l'effet recherché. À présent, essayez avec le majeur… oui ! Excellent !

Je lui souris, mais il avait l'air toujours aussi renfrogné. Il ne me rendit pas mon sourire, détournant plutôt les yeux.

– Bien. Là, posez votre main à plat sur la table… oui, comme ça… Essayez de soulever votre annulaire et votre auriculaire. Oui, je sais que c'est difficile. Essayez encore. Vous avez faim, monsieur Christie ?

Son estomac venait d'émettre un grondement sourd, nous faisant sursauter.

– Je suppose que manger ne me ferait pas de mal, déclara-t-il toujours aussi bourru.

Il fixait d'un regard noir sa main récalcitrante.

– Je vais aller vous chercher quelque chose. Pendant ce temps, continuez vos exercices.

La maison était silencieuse. Comme il faisait chaud, les volets étaient restés ouverts, laissant filtrer assez de clair de lune pour m'épargner d'allumer une chandelle. Une ombre sortit des ténèbres de l'infirmerie et me suivit dans la cuisine. Abandonnant provisoirement sa chasse nocturne de souris dans l'espoir d'une proie plus facile, Adso se glissa entre mes jambes.

– Salut, le chat. Si tu t'imagines que je vais te donner un morceau de jambon, tu te plantes, mon vieux. Une soucoupe de lait, à la rigueur.

La cruche de lait en faïence blanche bordée d'un liseré bleu formait une silhouette pâle flottant dans l'obscurité. J'en versai dans une soucoupe que je déposai sur le sol pour

Adso, puis préparai un dîner léger, sachant qu'avec ce qu'un Écossais entendait par repas frugal, on pouvait gaver un cheval. J'entassai les aliments sur un plateau, énumérant entre mes dents :

– Du jambon, des pommes de terre frites refroidies, de la bouillie frite, du pain et du beurre. Boulettes de lapin, tomates au vinaigre, une part de tarte aux raisins… quoi d'autre ?

Je baissai les yeux vers le bruit de lapement à mes pieds.

– Je lui donnerai bien un peu de lait à lui aussi, mais il n'en boit pas. Dans ce cas, autant continuer sur notre lancée, cela l'aidera à dormir.

Je saisis la carafe de whisky et la posai sur le plateau.

Je m'arrêtai dans le couloir en sentant une vague odeur d'éther. Je humai l'air… Adso aurait-il renversé la bouteille ? Non, l'émanation n'était pas si forte. Ce devait être quelques molécules égarées autour du bouchon.

J'étais à la fois soulagée et déçue que M. Christie ait refusé l'éther. Soulagée, car je ne savais pas ce qui aurait pu se passer. Déçue, parce que j'aurais beaucoup aimé ajouter le don d'inconscience à mon arsenal, un don précieux pour les futurs patients, et que j'aurais été ravie de tester sur M. Christie.

Au-delà du fait que l'intervention avait été très douloureuse, il était beaucoup plus difficile d'opérer un sujet conscient. Les muscles étaient tendus, le système était inondé d'adrénaline, le rythme cardiaque très accéléré, faisant jaillir et non s'écouler le sang… Pour la énième fois depuis le matin, je visualisai exactement comment je m'y serais pris, me demandant si j'aurais été plus efficace.

À ma surprise, Christie était toujours en train d'effectuer ses exercices. Le visage moite de transpiration, il serrait les dents.

– C'est très bien, dis-je. Il faut arrêter, à présent. Il ne faudrait pas que vous vous remettiez à saigner.

Je pris la serviette et lui tamponnai le front.

Il écarta la tête, agacé par mes attentions.

– Il y a quelqu'un d'autre dans la maison ? Je vous ai entendue parler à quelqu'un dans la cuisine.

– Ah… euh… Non, c'était le chat.

Sur cette présentation, Adso, qui m'avait suivie à l'étage, entra dans la chambre et sauta sur le lit, grattant la couverture d'une patte, ses grands yeux verts lorgnant l'assiette de jambon.

Le regard soupçonneux de Christie passa du chat à moi.

Je soulevai Adso et le mis par terre, déclarant avec sarcasme :

– Non, ce n'est pas mon démon personnel, ce n'est qu'un chat. M'adresser à lui est un peu moins ridicule que de parler toute seule.

Christie me dévisagea avec étonnement, soit parce que j'avais déchiffré ses pensées, soit parce qu'il me trouvait encore plus sotte qu'il ne l'avait cru. Toutefois, les plis suspicieux autour de ses yeux se détendirent.

Je lui coupai sa nourriture, mais il tint à manger seul, portant maladroitement les aliments à sa bouche sans quitter son assiette du regard, l'air concentré.

Quand il eut terminé, il siffla d'un trait sa tasse de whisky comme s'il s'agissait d'eau, puis il la reposa et me regarda.

– Madame Fraser, je suis un homme éduqué. Je ne vous prends pas pour une sorcière.

– Ah non ? rétorquai-je amusée. Vous ne croyez donc pas aux sorcières ? Pourtant, il y en a dans la Bible, vous savez ?

Il éructa dans son poing avant de déclarer :

– Je n'ai pas dit que je ne croyais pas aux sorcières, juste que vous n'en étiez pas une.

Je me retins de sourire.

– Je suis ravie de l'apprendre.

Il était assez ivre, mais son élocution était plus précise que d'habitude, son accent refaisant surface. D'ordinaire, il contrôlait le plus possible les inflexions de son Édimbourg natal.

– Encore un peu ?

Je n'attendis pas sa réponse et remplis de nouveau sa tasse. Les volets étant ouverts, il faisait frais dans la pièce, mais il transpirait. Visiblement, il souffrait et ne pourrait se rendormir sans aide.

Cette fois, il but à petites gorgées, m'observant par-dessus le bord de son récipient pendant que je ramassais les restes de son repas. En dépit du whisky et de son ventre plein, il était de plus en plus agité, remuant sans cesse ses jambes sous les couvertures. Croyant qu'il avait besoin du pot de chambre, je me demandai si je devais lui proposer mon aide ou m'éclipser au plus vite et le laisser se débrouiller. La seconde option était probablement la bonne.

Toutefois, je me trompais. Avant que je n'aie eu le temps de prendre congé, il déposa sa tasse sur la table de chevet et se redressa dans son lit.

— Madame Fraser, je voudrais vous présenter mes excuses.

— Pourquoi? questionnai-je surprise.

Il pinça les lèvres.

— Pour... la façon dont je me suis comporté ce matin.

— Oh, ne vous en faites pas. Je comprends parfaitement que l'idée de vous laisser endormir vous paraisse... un peu étrange.

— Ce n'est pas ça. Je voulais parler... du fait que je n'ai pas pu m'empêcher de bouger.

Je le vis rougir de nouveau et ressentis malgré moi un élan de compassion. Sa gêne était sincère.

Je reposai le plateau et m'assis sur le tabouret à côté du lit, me demandant comment le tranquilliser sans aggraver la situation.

— Monsieur Christie, aucun homme ne peut rester sans bouger pendant qu'on lui découpe l'intérieur de la main. C'est tout simplement... humain.

— Pas même votre mari?

Je fus prise de court. Ce n'était pas tant ses paroles qui m'avaient surprise que le ton amer avec lequel il les avait prononcées. Roger m'avait rapporté quelques propos de Kenny Lindsay sur Ardsmuir. Que Christie ait été jaloux de l'autorité et du respect dont Jamie jouissait à l'époque n'était un secret pour personne.

– C'est vrai ? Au sujet de la main de votre mari. Il a dit que vous la lui aviez opérée. Il ne s'est pas tortillé comme moi, n'est-ce pas ?

En effet. Il avait prié, juré, transpiré, et même hurlé une ou deux fois, mais il n'avait pas bougé. Toutefois, je ne tenais pas à discuter de la main de Jamie avec Tom Christie. Je soutins son regard.

– Tout le monde est différent. Personne n'attendait de vous que...

– Oui, je sais, personne n'est aussi courageux que votre mari.

Il baissa les yeux vers son bandage. Il serrait son poing valide.

– Ce n'est pas ce que je voulais dire ! Pas du tout. J'ai recousu les blessures et remis en place les os de bien des hommes. Pratiquement tous les Highlanders se sont comportés avec un courage exemp...

Je me souvins, une fraction de seconde trop tard, que Christie « n'était pas » un Highlander. Sa gorge émit un bruit sinistre.

– Les Highlanders... Hmp !

S'il n'avait pas été en présence d'une femme, il aurait sûrement craché par terre.

– Des barbares ? demandai-je sur le même ton.

Il détourna le regard et prit une grande inspiration. Quand il expira de nouveau, je sentis l'odeur de whisky dans son haleine.

– Votre mari... est... un gentleman, c'est indubitable. Il vient d'une famille noble, même si elle a une histoire teintée de trahison.

Le r de trahison roula comme un grondement de tonnerre. Il était vraiment saoul.

– Mais il est également... également...

Il fronça les sourcils, cherchant le terme adéquat, puis capitula.

– L'un deux. Vous en êtes bien entendu consciente, étant anglaise vous-même.

– «L'un d'eux»? Vous voulez dire un Highlander ou un barbare?

– Cela ne revient-il pas au même? lâcha-t-il perplexe et triomphant.

Sur ce point, il n'avait pas tout à fait tort. Les Highlanders riches et cultivés que j'avais rencontrés, tels que Colum et Dougal MacKenzie, sans parler de l'infâme grand-père de Jamie, lord Lovat, auquel Christie faisait allusion, avaient tous des instincts de pirates vikings. Et, pour être totalement honnête, Jamie aussi.

– Ah... c'est que... ils ont tendance à être, comment dirais-je?...

Je me grattai une joue, mal à l'aise.

– Disons qu'ils ont été élevés pour être des guerriers. C'est ce que vous vouliez dire, n'est-ce pas?

Il soupira et secoua la tête, même s'il ne semblait pas en désaccord. Il était plutôt consterné par les us et coutumes des Highlanders.

M. Christie était lui-même un homme cultivé, fils d'un marchand d'Édimbourg qui avait réussi. À ce titre, il se considérait gentleman, alors qu'il ne ferait jamais un bon guerrier. Je comprenais pourquoi les Highlanders le déconcertaient et l'agaçaient, ce qu'il avait dû endurer quand il s'était retrouvé emprisonné avec une horde de barbares frustes (selon ses critères), violents, bruyants et catholiques de surcroît, quand il avait été traité, ou maltraité, comme étant l'un des leurs.

Il s'était un peu renfoncé dans ses oreillers, les paupières closes et les lèvres pincées. Sans rouvrir les yeux, il me demanda soudain :

– Vous savez que votre époux porte des traces de flagellation?

J'ouvris la bouche pour lui rétorquer que j'étais mariée à Jamie depuis près de trente ans, puis me dis que je ne voulais pas risquer de déclencher une discussion sur le concept du mariage selon M. Christie.

— Je sais, répondis-je simplement. Pourquoi?

— Vous êtes au courant de ce qu'il a fait?

Je sentis le feu me monter aux joues.

Sans attendre ma réponse, il leva un doigt accusateur vers moi et poursuivit :

— À Ardsmuir, il a revendiqué un morceau de tartan, vous comprenez? C'était strictement interdit.

— Ah oui?

Christie secoua la tête, me faisant penser à une grosse chouette ivre, le regard fixe.

— Ce n'était pas le sien, mais celui d'un jeune détenu.

Il ouvrit la bouche pour continuer, mais il n'en sortit qu'un rot, qui le surprit lui-même. Il referma les lèvres, cligna des yeux, puis essaya de nouveau.

— C'était un acte d'un... d'un... courage et d'une... noblesse... extra... extraordinaire. In... incompréhen... sible.

— Comment ça, incompréhensible? Vous voulez parler de la manière dont il s'y est pris?

Jamie était une telle tête de cochon qu'il se rendait toujours jusqu'au bout de ses idées, même si les portes de l'enfer lui barraient le chemin et sans se soucier de ce qui pourrait lui arriver. Mais Christie le savait sûrement lui aussi.

La tête de Christie tomba légèrement en avant, et il la redressa au prix d'un effort visible.

— Pas comment. Pourquoi.

— Pourquoi?

J'avais envie de lui rétorquer : « Parce que c'est un foutu héros, voilà pourquoi! C'est plus fort que lui. » En fait, j'ignorai la réponse. Jamie ne me l'avait jamais expliqué, ce qui me surprenait un peu.

— Il ferait n'importe quoi pour protéger l'un de ses hommes, dis-je plutôt.

Le regard de Christie était voilé, mais toujours intelligent. Il demeura silencieux, les pensées se succédant dans ses yeux. Une latte du plancher craqua, et je tendis l'oreille, guettant les ronflements de Jamie. Oui, on les entendait toujours, doux et réguliers. Il dormait.

– Il me considère comme un de « ses hommes » ? questionna enfin Christie.

Sa voix basse était remplie d'incrédulité et d'outrage.

– Parce que je ne le suis pas, je peux vous l'assurer !

Je me mis à penser que j'avais commis une grave erreur en lui offrant cette dernière tasse de whisky.

– Non, soupirai-je. Je suis convaincue que non. Si vous voulez parler de ça (j'indiquai la petite Bible verte)… il a agi par simple bonté. Il en aurait fait autant pour n'importe quel inconnu. Pas vous ?

Il respira bruyamment pendant quelques instants, puis acquiesça et s'enfonça dans son oreiller, éreinté. Son agressivité s'était volatilisée aussi vite que l'air d'une baudruche. Il me parut alors plus petit et triste.

– Je suis désolé, dit-il doucement.

J'ignorais s'il s'excusait pour ses remarques sur Jamie ou pour ce qu'il considérait comme un manque de courage de sa part pendant l'opération. Je préférai ne pas le lui demander et me levai. Je tirai la couverture sous son menton et mouchai la chandelle. Il ne formait plus qu'une silhouette sombre sur l'oreiller. Son souffle était rauque et régulier. Je lui donnai une petite tape sur l'épaule et chuchotai :

– Vous vous en êtes très bien sorti. Bonne nuit, monsieur Christie.

* * *

Mon barbare se réveilla, tel un chat, quand je me glissai dans notre lit. Il étira un bras et m'attira à lui avec un « Mmmm ? » endormi.

Je me blottis contre lui, les muscles de mes cuisses se relâchant automatiquement au contact de sa chaleur.

– Mmmm.

– Alors, comment va ce cher Tom ?

Ses grandes mains se posèrent sur mes trapèzes, massant les nœuds dans ma nuque et mes épaules.

– Odieux, irascible, prêchi-prêcha et complètement ivre. À part ça, il va bien. Oh, oui… Encore… un peu plus haut, s'il te plaît. Oh oui, oooooh.

– Oui, je le reconnais bien là, mis à part l'ivresse. Si tu continues à couiner comme ça, *Sassenach,* il va s'imaginer que je malaxe autre chose que ton cou.

Je fermai les yeux pour mieux profiter des sensations exquises qui parcouraient ma colonne vertébrale.

– M'en fiche. J'en ai par-dessus la tête de Tom Christie pour le moment. En outre, avec tout ce qu'il a bu, il est probablement dans le coma à l'heure qu'il est.

Toutefois, je tempérai ma réaction vocale dans l'intérêt du repos de mon patient.

– D'où tu as sorti cette Bible ? demandai-je.

La réponse était évidente. Jenny avait dû la lui faire parvenir de Lallybroch. Son dernier colis était arrivé quelques jours plus tôt, alors que je me trouvais à Salem.

Jamie me le confirma, puis ajouta :

– Ça m'a fait tout drôle de la trouver parmi le lot de livres que ma sœur m'a envoyés. Je ne savais pas trop quoi en penser.

Je n'étais pas étonnée.

– Elle t'a dit pourquoi elle te l'expédiait ?

– Elle a juste précisé qu'en nettoyant le grenier, elle était tombée sur une caisse de livres que, selon elle, j'aimerais récupérer. Mais elle m'a aussi écrit qu'elle avait entendu raconter que tout le village de Kildennie avait décidé d'émigrer en Caroline du Nord ; ce sont tous des McGregor par là-bas, non ?

– Ah, je vois.

Jamie m'avait confié un jour son intention de retrouver la mère d'Alex McGregor et de lui donner sa Bible, l'informant aussi que son fils avait été vengé. Après Culloden, il avait mené son enquête et appris que les deux parents de McGregor étaient morts. Il ne lui restait qu'une sœur, qui avait quitté le domicile familial après s'être mariée. Personne ne savait où elle était ni même si elle vivait encore en Écosse.

— Tu penses que Jenny, ou plutôt Ian, a enfin retrouvé la sœur? Et qu'elle habitait dans ce village?

Il exerça une dernière pression sur mes épaules, puis les lâcha.

— Peut-être. Mais tu connais Jenny, elle ne dirait rien, pour me laisser décider seul si je veux la retrouver ou pas.

— Et?

Je roulai sur le ventre pour le regarder. Alex McGregor s'était pendu plutôt que de continuer à être la proie de Black Jack Randall. Ce dernier était mort à Culloden. Toutefois, les souvenirs que Jamie gardait de cette bataille étaient fragmentaires, effacés par le traumatisme des combats et la fièvre qui l'avait ensuite terrassé. Il s'était réveillé blessé, le cadavre de Jack Randall étendu sur lui, mais ne se souvenait pas de ce qui s'était passé.

Même ainsi, Alex McGregor avait en effet été vengé, que ce soit ou non par la main de Jamie.

Il réfléchit en silence de longues minutes. Je sentais ses deux doigts raides battre contre sa cuisse.

— Je vais me renseigner, dit-il enfin. Elle s'appelait Mairi.

— Ah. Ma foi, il ne doit pas y avoir plus de… disons trois à quatre cents femmes répondant à ce prénom en Caroline du Nord.

Cela le fit rire. Puis nous nous endormîmes paisiblement, bercés par la respiration stertoreuse de Tom Christie de l'autre côté du couloir.

* * *

Je me réveillai en sursaut, sans savoir si j'avais dormi quelques minutes ou plusieurs heures. La chambre était dans le noir, le feu s'étant éteint. Les volets battaient doucement dans la brise. Je me tendis, m'efforçant de reprendre assez mes esprits pour me lever et aller voir mon patient..., puis j'entendis ses inspirations sifflantes, suivies de ronflements.

Ce n'était pas ce qui m'avait extirpée de mon sommeil, mais le silence soudain à mes côtés. Jamie était étendu, raide, respirant à peine.

J'étendis doucement la main pour ne pas le faire sursauter et la posai sur sa cuisse. Il n'avait pas fait de cauchemars depuis des mois, mais je reconnaissais les signes.

– Que se passe-t-il? chuchotai-je.

Il inspira un peu plus fort que d'habitude, et son corps parut se replier sur lui-même. Je ne bougeai pas, laissant ma main sur sa cuisse, sentant ses muscles fléchir imperceptiblement sous mes doigts.

Toutefois, il ne se rétracta pas. Après un brusque mouvement d'épaules, il soupira et s'enfonça dans le matelas. Il ne dit rien, mais son poids m'attirait plus près de lui, telle une lune gravitant vers sa planète. Je restai silencieuse moi aussi, ma hanche contre la sienne... la chair de sa chair.

Il fixait les ombres entre les poutres du plafond. J'apercevais son profil et l'éclat de ses pupilles chaque fois qu'il clignait des yeux. Enfin, il murmura :

– La nuit, à Ardsmuir, il faisait très sombre dans la cellule. Parfois, il y avait une lune ou un ciel rempli d'étoiles, mais, même dans ce cas, couchés à même le sol, on ne voyait rien. Tout était noir... mais on pouvait entendre.

Entendre le souffle de quarante hommes, le bruissement de leurs corps quand ils remuaient. Des ronflements, des toux, les sons d'un sommeil agité... et les bruits furtifs de ceux qui ne pouvaient pas dormir.

– Il se passait parfois des semaines sans qu'on y pense, reprit-il d'une voix plus assurée. On avait toujours faim, froid. On était vidés. On ne réfléchissait pas beaucoup, sauf pour poser un pied devant l'autre, soulever une autre pierre… On ne voulait pas penser. C'était plus facile ainsi. Pendant un temps.

Mais, parfois, il se passait quelque chose. Les brumes de l'épuisement se dissipaient, soudain, sans prévenir.

– Parfois, cela nous tombait dessus… c'était à cause d'une histoire que l'un de nous avait racontée, d'une lettre envoyée par une épouse ou une sœur. Parfois rien. Personne n'en parlait, mais on se réveillait au beau milieu de la nuit et c'était là, comme l'odeur d'une femme couchée à tes côtés.

Les souvenirs, les désirs… les besoins. Ils devenaient alors des hommes incandescents, extirpés de la torpeur de la résignation par la brusque conscience de ce qu'ils avaient perdu.

– L'espace de quelques jours, tout le monde devenait un peu fou. Il y avait sans cesse des bagarres. Et la nuit, dans le noir…

La nuit, on entendait les bruits du désespoir, des sanglots étouffés ou des halètements furtifs. Certains hommes finissaient par s'abandonner aux bras les uns des autres, parfois pour être repoussés par des cris ou un coup de poing, parfois pas.

Je n'étais pas sûre de comprendre ce qu'il cherchait à me dire, ni le rapport avec Thomas Christie. Ou, peut-être, lord John Grey.

– Est-ce que certains… ont essayé de te toucher ?

– Non. Aucun n'aurait jamais osé. J'étais leur chef. Ils m'aimaient, oui, mais ils n'auraient jamais, jamais, osé.

Il prit une grande inspiration saccadée.

– Tu en avais envie ? murmurai-je.

Je sentais mon cœur battre jusque dans le bout de mes doigts.

Il répondit d'une voix si faible que je l'entendis à peine.

– J'en crevais d'envie. Plus encore que de manger. Plus que de dormir, même si je voulais désespérément trouver le sommeil, pas seulement parce que j'étais épuisé, mais parce que, dans mes rêves, tu m'apparaissais parfois. Mais ce n'était pas l'envie d'une femme, même si, Dieu sait, ce besoin était puissant. C'était juste… le besoin d'une caresse humaine. Uniquement ça.

Sa peau brûlait de désir, au point qu'il avait l'impression de devenir translucide, et que son cœur à vif était visible dans sa poitrine.

– Tu te souviens de ces représentations du Sacré-Cœur, celles qu'on a vues à Paris ?

Oui, je les revoyais, dans les tableaux de la Renaissance ou sur les vitraux aux couleurs vives de Notre-Dame. L'Homme de douleur, son cœur exposé et transpercé, irradiant l'amour.

– J'y repensais souvent et je me disais que celui qui avait eu cette vision du Seigneur était très probablement très seul pour l'avoir si bien compris.

Je déplaçai ma main pour la déposer avec délicatesse sur la petite dépression au milieu de sa poitrine. Les draps étaient repoussés, et sa peau était fraîche.

Il ferma les yeux et serra ma main, fort.

– Je me disais que je savais ce que Jésus avait dû ressentir… de vivre un tel manque, et personne pour le toucher.

25

Poussière tu es

Jamie vérifia de nouveau ses sacoches. Ces derniers temps, il le faisait si souvent que l'exercice était devenu une routine. Pourtant, chaque fois qu'il ouvrait celle de gauche, il souriait. Brianna la lui avait modifiée, cousant des lanières de cuir pour accueillir ses pistolets, présentés la crosse en haut afin de pouvoir dégainer rapidement, sa bourse de balles, sa poire à poudre, un couteau de secours, une bobine de fil de pêche, une pelote de ficelle pour poser des collets, un petit nécessaire contenant du fil, des aiguilles et des épingles, un paquet de nourriture, une bouteille de bière et une chemise propre soigneusement roulée.

À l'extérieur de la sacoche, une poche contenait ce que Brianna appelait fièrement « un kit de secourisme », même s'il n'était pas sûr de savoir ce qu'elle entendait par là. Elle renfermait plusieurs sachets en gaze remplis d'une herbe amère, un baume dans une boîte en fer-blanc et plusieurs rouleaux de plâtre adhésif. Bref, rien qui soit très utile en cas de mésaventure, mais qui ne pouvait pas faire de mal.

Il ôta un savon qu'elle avait ajouté, ainsi que quelques autres fanfreluches superflues, et les cacha derrière un seau pour ne pas la vexer.

Juste à temps. Il entendit sa voix, exhortant Roger à emporter assez de bas propres. Pendant qu'ils contournaient la maison, il avait fini de tout attacher.

– Alors, prêt, *a charaid* ?

– Prêt, confirma Roger.

Il laissa tomber à terre ses sacoches, puis se tourna vers Brianna, qui portait Jemmy dans ses bras, et l'embrassa brièvement.

– Papa! Je viens avec toi! s'écria Jemmy plein d'espoir.

– Pas cette fois-ci, fiston.

– Je veux voir les Indiens!

– Plus tard, quand tu seras grand.

– Je peux parler Indien! Oncle Ian m'a appris! Je veux y aller!

– Pas cette fois, répéta Brianna avec fermeté.

Toutefois, il n'était pas d'humeur à écouter et gigotait pour être déposé à terre. Jamie émit un grondement sourd et le dévisagea sévèrement.

– Tu as entendu tes parents.

Jemmy lui lança un regard noir et avança une lèvre boudeuse, mais n'insista pas.

– Un jour, il faudra que vous m'expliquiez comment vous faites ça, déclara Roger.

Jamie se mit à rire et se pencha vers l'enfant.

– On donne un baiser à grand-papa?

Oubliant sa déception, Jemmy lui enlaça le cou. Jamie le souleva des bras de sa mère, l'étreignit et l'embrassa. Le garçonnet sentait le porridge, le miel et le pain grillé.

– Sois sage et prends bien soin de ta mère, d'accord? Quand tu seras un peu plus grand, tu viendras avec nous. Viens dire au revoir à Clarence, tu pourrais lui répéter ce qu'oncle Ian t'a appris.

Il espérait qu'il s'agissait de mots convenant à un enfant de trois ans. Ian avait un sens de l'humour très particulier.

Il sourit en lui-même. « À moins que je ne pense aux expressions françaises que j'apprenais moi-même aux enfants de Jenny, Ian y compris. »

Il avait déjà sellé et bridé le cheval de Roger. La mule Clarence était chargée. Pendant que Roger balançait ses sacoches en travers de la selle, Brianna vérifia les sangles et les étriers, plus pour s'occuper les mains que par nécessité. Elle se mordait la lèvre inférieure, s'efforçant de ne pas montrer son inquiétude, mais sans tromper personne.

Jamie emmena Jem caresser le museau de Clarence pour laisser un peu d'intimité à sa fille et son gendre. La mule avait bon caractère et subit avec une tolérance à toute épreuve les tapes enthousiastes et les paroles en mauvais cherokee. Mais quand l'enfant tendit les bras vers Gideon, Jamie l'écarta aussitôt.

– Non, mon petit, on ne touche pas à cette rosse. Il t'arracherait la main en un clin d'œil.

Gideon coucha ses oreilles et tapa du sabot, impatient. Le grand étalon avait hâte de se mettre en route et de sauter sur une nouvelle occasion de briser le cou de son maître.

Le voyant retrousser ses longues lèvres et dévoiler ses dents jaunes, Brianna reprit bien vite Jemmy des bras de son père, tout en demandant :

– Pourquoi conserves-tu cette méchante carne ?

– Qui, Gideon ? Oh, on est de vieux copains. En outre, il représente la moitié de mes richesses à troquer.

Elle jeta un coup d'œil suspicieux vers l'alezan.

– Vraiment ? Tu ne crains pas de déclencher une guerre en offrant ce monstre aux Indiens ?

– Je n'ai pas l'intention de leur en faire cadeau. Pas directement, en tout cas.

Cheval capricieux et pervers, Gideon était doté d'une mâchoire d'acier et d'une volonté tout aussi inébranlable. Toutefois, ces qualités peu sociables semblaient plaire aux Indiens, tout comme son poitrail massif, son souffle puissant et sa solide musculature. Quand Air-tranquille, le sachem de l'un des villages, lui avait offert trois peaux de daim en échange de la saillie de sa jument pommelée, Jamie s'était alors rendu compte qu'il tenait là une bonne affaire.

Il donna une tape vigoureuse sur le garrot du cheval et esquiva, par réflexe, son coup de dents.

– Ma plus grande chance, c'est de n'avoir jamais trouvé le temps de le castrer. En montant les ponettes indiennes, il gagne largement sa croûte. C'est la seule chose que je lui ai demandée qu'il ne rechigne jamais à exécuter.

– C'est quoi castrer ? questionna Jemmy.

– Ta mère te l'expliquera.

Il sourit à Brianna et ébouriffa les cheveux de l'enfant. Puis il se tourna vers Roger.

– On y va ?

Roger Mac acquiesça et grimpa en selle. Il montait un vieil hongre bai nommé Agrippa. Il avait tendance à grogner et à souffler, mais était assez solide et stable pour un cavalier tel que lui, compétent, mais n'ayant jamais perdu sa réserve initiale face aux chevaux.

Roger se pencha sur sa selle pour un dernier baiser à Brianna, puis ils se mirent en route. Jamie avait fait ses adieux à Claire un peu plus tôt, en privé et de manière approfondie.

Elle se tenait derrière la fenêtre de leur chambre, sa brosse à la main, attendant pour les saluer. Ses cheveux se dressaient en vagues folles sur sa tête, le soleil matinal s'immisçant à l'intérieur telles des flammes dans un buisson épineux. Il eut un pincement au cœur en la voyant à demi nue dans sa chemise de nuit et un puissant désir s'empara de lui, en dépit de ce qu'il lui avait fait, moins d'une heure plus tôt. Mais il sentit aussi quelque chose qui ressemblait à de la peur, comme s'il risquait de ne plus jamais la revoir.

Involontairement, il baissa les yeux vers sa main gauche, où, à la base du pouce, se dessinait le fantôme à peine visible d'une cicatrice en forme de C. Il ne l'avait plus remarquée ni n'y avait pensé depuis des années, et eut tout à coup l'impression de manquer d'air.

Il lui fit signe de la main, et elle lui souffla un baiser en riant. Il vit même le suçon qu'il lui avait laissé dans le cou. Un peu honteux, il enfonça les talons dans les flancs de Gideon, qui hennit agacé et tordit le cou pour le mordre.

Il ne se retourna qu'une seule fois, alors qu'ils étaient déjà au bout du sentier. Toujours à son poste, encadrée de lumière, elle leva une main, comme pour les bénir, puis les branchages se refermèrent sur elle.

* * *

Le temps était clair, mais il faisait plutôt froid pour ce début d'automne. Le souffle des chevaux se condensait dans l'air, tandis qu'ils descendaient vers la petite colonie appelée désormais Coopersville, suivant la Grande Piste du bison vers le nord. Il surveillait le temps. Il était beaucoup trop tôt pour les premières neiges, mais les pluies diluviennes n'étaient pas rares en cette saison. Toutefois, les seuls nuages étaient des cirrus. Pas de quoi s'inquiéter.

Ils ne parlaient pas beaucoup, chacun restant plongé dans ses pensées. En général, Roger Mac était de bonne compagnie, mais Jamie regrettait l'absence de petit Ian. Il aurait aimé discuter avec lui de la nouvelle situation avec Tsisqua. Ian comprenait mieux que n'importe quel autre Blanc la mentalité indienne. Certes, Jamie était capable d'interpréter le geste d'Oiseau-qui-chante-le-matin : en envoyant les ossements de l'ermite, il lui signifiait qu'il était bien disposé à l'égard des colons, à condition que le roi lui envoie des fusils, mais il aurait apprécié avoir l'opinion de son neveu.

D'un autre côté, il devait présenter Roger Mac aux villageois afin qu'il puisse plus tard entretenir les bonnes relations. Il rougit à l'idée de devoir lui expliquer…

Maudit Ian. Il s'était juste éclipsé avec son chien quelques nuits plus tôt. Il l'avait déjà fait par le passé et réapparaîtrait un beau jour aussi soudainement, comme à son habitude. Les ténèbres qu'il avait rapportées avec lui du nord devenaient parfois trop lourdes pour ses épaules, et il se retranchait dans la forêt, revenant plus tard, silencieux et maussade, mais étrangement plus en paix avec lui-même.

Jamie le comprenait. À sa manière, la solitude était un baume pour les âmes esseulées. Mais quels souvenirs ce garçon fuyait-il, ou recherchait-il, dans les bois?

Claire, inquiète, lui avait demandé un jour :

– Il t'en a déjà parlé? De sa femme? De leur enfant?

Jamais. Ian n'évoquait pas le temps passé auprès des Mohawks, et le seul souvenir qu'il en avait rapporté était un brassard en perles de nacre bleues et blanches. Jamie l'avait entraperçu dans son escarcelle, mais sans en voir le motif.

Il pria en silence : «Que saint Michel te protège, mon garçon, et que les anges soignent ton âme.»

Il n'eut pas de vraie conversation avec Roger Mac avant qu'ils ne s'arrêtent pour déjeuner. Ils mangèrent les produits frais que les femmes leur avaient préparés et en gardèrent un peu pour leur dîner. Après, ce ne serait plus que des galettes de maïs et tout ce qu'ils pourraient trouver à chasser ou pêcher sur leur chemin. Plus tard, les squaws de la tribu d'Oiseau-des-neiges les nourriraient royalement en tant qu'émissaires de la couronne d'Angleterre.

– La dernière fois, elles nous ont servi des canards farcis aux patates douces et au maïs, raconta-t-il à Roger. Quoi qu'on lui serve, l'invité se doit de manger jusqu'à plus faim.

– Message reçu.

Roger baissa les yeux vers le friand à la saucisse à moitié mangé dans sa main.

– À propos d'invité… On a un petit problème, je crois, avec Hiram Crombie.

– Hiram? s'étonna Jamie. Quel rapport avec lui?

Roger, hésita, ne sachant s'il devait en rire ou pas.

– C'est que… vous savez que tout le monde appelle désormais Ephraïm les ossements que nous avons enterrés dans le cimetière? C'est la faute de Brianna, mais, passons.

Jamie acquiesça, intrigué.

– Hier, Hiram est venu me trouver pour m'annoncer qu'il avait étudié la question… en priant, etc., et qu'il en était arrivé à la conclusion que si certains Indiens étaient apparentés à sa femme, alors il lui paraissait raisonnable que quelques-uns soient sauvés, eux aussi.

– Non ?

– Si. Il dit qu'il se sent le devoir d'apporter le message du Christ à ces malheureux sauvages. Car, sinon, comment le connaîtront-ils ?

Jamie se frotta la lèvre inférieure, partagé entre l'amusement et la consternation à l'idée d'Hiram Crombie déboulant dans un village cherokee, son psautier à la main.

– Mmphm… Mais… vous ne croyez pas… je veux dire, vous autres les presbytériens… que tout est prédestiné ? Il y a d'un côté, les sauvés, de l'autre, les damnés, et on ne peut rien y changer ? Ce qui explique pourquoi nous autres, papistes, sommes tous condamnés à rôtir en enfer ?

– Eh bien…

Roger hésita, ne voulant pas présenter les choses de manière aussi négative.

– Mmphm. Il y a quelques divergences d'opinion parmi les presbytériens. Mais oui, c'est plus ou moins ce que pensent Hiram et sa cohorte.

– Dans ce cas, puisqu'il croit que certains Indiens sont déjà sauvés, pourquoi a-t-il besoin de les évangéliser ?

Roger se frotta le milieu du front du bout de l'index.

– Pour la même raison que les presbytériens prient et vont à l'église. Même s'ils sont sauvés, ils estiment qu'ils doivent louer le Seigneur pour les avoir choisis et apprendre à mieux faire, afin de vivre comme Dieu l'entend. Par gratitude pour leur salut, vous me suivez ?

– Je crains que le Dieu d'Hiram Crombie n'apprécie guère les coutumes indiennes.

Jamie revit les corps nus dans la pénombre du wigwam.

– Je ne vous le fais pas dire.

Le ton cynique de Roger ressemblait tellement à celui de Claire que Jamie éclata de rire.

– En effet, je vois le problème. Donc, Hiram a l'intention de se rendre chez les Cherokees pour prêcher ?

Roger acquiesça tout en avalant un morceau de saucisse.

– Pour être plus exact, il voudrait que vous l'y emmeniez et que vous le présentiez. Il a précisé que vous n'auriez pas besoin de traduire ses prêches.

– Doux Jésus !

Il prit un moment pour essayer d'imaginer la scène, puis dit sur un ton ferme :

– Pas question.

– Bien sûr que non.

Roger déboucha la bouteille de bière et la lui tendit.

– Je pensais juste que je devais vous en parler, afin que vous sachiez quoi lui répondre quand il évoquera la question.

Jamie prit la bouteille, but une longue gorgée, puis répondit :

– Très avisé de ta part.

Au même instant, il se figea. Il vit Roger Mac bouger lentement la tête et comprit qu'il l'avait senti, lui aussi, portée par la brise fraîche.

Roger Mac se tourna vers lui, fronçant ses épais sourcils.

– Vous ne sentez pas comme une odeur de brûlé ?

* * *

Roger les entendit avant de les voir : un concert braillard de croassements et de piaillements, aigus comme des cris de sorcières, puis les battements d'ailes quand, les voyant apparaître, les oiseaux s'envolèrent, surtout des corneilles et, ici et là, d'énormes corbeaux.

– Oh, mon Dieu !

Deux corps étaient pendus à un arbre près de la maison. Ou ce qu'il en restait. Seuls leurs vêtements lui indiquèrent qu'il s'agissait d'un homme et d'une femme. Une feuille de papier était épinglée sur la jambe de l'homme, si froissée et tachée qu'il la vit juste parce que le vent en agitait un coin.

Jamie l'arracha, la lissa pour la lire, puis la jeta au sol. Roger eut juste le temps de déchiffrer « Mort aux Régulateurs » avant qu'elle ne soit balayée par la brise.

337

Jamie fit volte-face vers son gendre.

– Où sont les enfants ? Ces gens avaient des enfants. Où sont-ils ?

Les cendres étaient froides, s'éparpillant déjà, mais l'odeur de brûlé le prenait à la gorge, bloquant sa respiration. Ses paroles lui râpaient les cordes vocales, tel un crissement de cailloux sous ses semelles. Roger tenta de répondre, cracha, puis réessaya :

– Cachés, peut-être.

Il indiqua la forêt.

– Oui, peut-être.

Jamie se redressa et lança un appel vers le bois, puis, sans attendre de réponse, marcha vers la lisière, appelant de nouveau.

Roger le suivit, grimpant entre les arbres sur le versant derrière la maison, lançant des paroles rassurantes aussitôt englouties par le silence de la forêt.

Il avança en trébuchant, en nage, haletant, criant sans se soucier de la douleur dans sa gorge, s'arrêtant à peine pour écouter si on lui répondait. À plusieurs reprises, il aperçut un mouvement du coin des yeux, mais ce n'était que le vent, agitant des laîches desséchées, ou une liane se balançant comme sur le passage de quelqu'un.

Il imaginait Jemmy jouant à cache-cache, des petits pieds s'enfuyant, le soleil faisant briller une tête rousse. Cela lui donnait la force de crier de plus belle, encore et encore. Au bout d'un moment, il dut reconnaître que des enfants n'auraient pu courir aussi loin et rebroussa chemin, sans cesser d'appeler.

En arrivant devant la maison, il vit Jamie saisir une pierre et la lancer vers un couple de corbeaux qui s'étaient installés dans l'arbre des pendus, s'approchant peu à peu de ses fruits macabres. Les oiseaux s'envolèrent en croassant, mais se perchèrent sur l'arbre voisin, les observant.

En dépit de la fraîcheur, ils ruisselaient tous les deux de transpiration. Jamie s'essuya le visage sur sa manche, le souffle court.

La gorge de Roger était si irritée qu'il pouvait à peine parler.

– Com... combien d'enfants?

Jamie toussa puis cracha.

– Trois, au moins. L'aîné doit avoir une douzaine d'années.

Il resta immobile devant les cadavres, puis se signa et sortit son coutelas pour les détacher.

N'ayant aucun outil pour creuser, ils durent se contenter de gratter l'humus mou de la forêt, puis construisirent un cairn avec des cailloux, autant par décence que pour décourager les corbeaux.

Faisant une pause pour reprendre son souffle, Roger demanda :

– C'était vraiment des Régulateurs?

– Oui, mais... ça n'a rien à voir avec ça.

Jamie secoua la tête d'un air dégoûté et reprit son travail.

Roger crut d'abord que c'était une pierre, à demi enfouie sous les feuilles qui s'étaient entassées au pied d'un des murs de la cabane brûlée. Il se baissa pour la ramasser et, quand il la toucha, elle bougea. Il bondit en arrière en poussant un cri.

Jamie le rejoignit en un clin d'œil et l'aida à dégager la fillette des décombres.

– Tout doux, *a muirninn,* tout doux.

Elle ne pleurait pas. Elle devait avoir environ huit ans. Ses vêtements et ses cheveux étaient brûlés, et sa peau était si noircie et crevassée qu'elle semblait en pierre.

– Oh, mon Dieu! Oh, mon Dieu! répétait Roger dans un souffle.

Mais si c'était une prière, il était bien trop tard pour qu'elle soit exaucée.

Il la serrait dans ses bras, la berçant. Elle entrouvrit les yeux, le dévisageant sans soulagement ni curiosité, juste avec une calme fatalité.

Jamie avait versé un peu d'eau de sa gourde sur son mouchoir. Il en glissa un coin entre ses lèvres, et Roger la vit déglutir par réflexe.

– Ça va aller, lui chuchota-t-il. Tout va bien, *a leannan*.

– Qui a fait ça, *a nighean*? questionna doucement Jamie.

Elle sembla comprendre. La question troubla son regard tel un souffle de vent à la surface d'une mare, puis passa, le laissant calme de nouveau. Ils eurent beau l'interroger, elle ne parla pas, se contentant de les fixer d'un regard indifférent, tétant le mouchoir mouillé.

– Tu es baptisée, *a leannan*? lui demanda enfin Jamie.

Roger sursauta. Encore choqué par sa découverte, il n'avait pas vraiment pensé à l'état de l'enfant.

Jamie le regarda et lui dit en français :

– *Elle ne vivra pas.*

Sa première réaction viscérale fut de nier l'évidence. Bien sûr qu'elle survivrait, il le fallait. Mais d'immenses lambeaux de peau s'étaient consumés, la chair vive formant une croûte qui suintait encore. Il pouvait voir le bord blanc d'une rotule et même son cœur battre, littéralement, une bosse rougeâtre palpitant sous ses côtes. Elle était aussi légère qu'une poupée de son, semblant flotter dans ses bras comme une nappe de pétrole sur l'eau.

– Tu as mal, ma chérie? questionna-t-il.

– Maman? chuchota-t-elle.

Puis elle ferma les yeux, ne marmonnant que «maman» de temps à autre.

Il avait d'abord pensé qu'ils la ramèneraient à Fraser's Ridge pour la confier à Claire. Mais cela représentait plus d'une journée de cheval. Elle ne tiendrait jamais le choc.

Ce constat se referma comme un nœud coulissant sur sa gorge. Il leva les yeux vers Jamie et lut la même conclusion atroce dans son regard.

– Vous savez… vous savez comment elle s'appelle?

Roger pouvait à peine parler. Jamie répondit non de la tête, puis s'accroupit à ses côtés, retira le mouchoir qu'elle tétait toujours et le pressa au-dessus de son front, faisant tomber quelques gouttes et récitant les paroles du baptême.

Puis ils se considérèrent en silence, prenant conscience du devoir qui les attendait. Jamie était livide, la transpiration perlant sur sa lèvre supérieure entre les poils roux de sa barbe. S'armant de courage, il tendit les bras.

– Non, dit Roger. Je vais le faire.

Elle était à lui. Il aurait préféré se laisser arracher un bras plutôt que de la confier à un autre. Il prit le mouchoir que Jamie lui tendait, souillé de suie et encore humide.

Il n'aurait jamais pensé accomplir un jour un tel geste. D'ailleurs, il ne pensait pas. Il n'en avait pas besoin. Sans hésiter, il la serra plus près de lui et plaça le mouchoir sur le visage de la fillette, sentant la petite bosse de son nez entre son pouce et son index.

Le vent agita les branchages, faisant tomber sur eux une pluie dorée et fraîche. Il se dit qu'elle allait avoir froid et aurait voulu la couvrir, mais il avait les deux mains occupées.

Son autre bras était sous elle, sa main posée sur sa poitrine. Il sentait le petit cœur battre sous ses doigts. Il ralentit, s'accéléra, battit une fois encore, puis s'arrêta. Il frémit quelques secondes, comme s'il cherchait la force de battre une dernière fois, et Roger s'imagina que non seulement il parviendrait à le faire, mais que, dans sa volonté de vivre, il s'arracherait à sa cage fragile pour se réfugier dans le creux de sa main.

L'illusion passa, et un grand silence s'abattit sur le paysage. Tout à côté, un corbeau croassa.

* * *

Ils avaient presque achevé l'inhumation quand des bruits de sabots et de harnais leur annoncèrent des visiteurs… tout un tas de visiteurs.

Prêt à filer se cacher dans les bois, Roger jeta un œil vers son beau-père, qui lui fit signe de ne pas bouger.

– Non, ils ne reviendraient pas. Pour quoi faire ?

Il balaya d'un regard morne les ruines fumantes de la ferme, la cour et les monticules des tombes. La fillette gisait à côté, sous la cape de Roger. Il ne s'était pas encore résigné à l'ensevelir, le fait de l'avoir tenue encore vivante étant encore trop vif dans son esprit.

Jamie se redressa et étira son dos. Roger le vit jeter un coup d'œil vers son fusil, qu'il avait posé contre un tronc d'arbre. Puis il s'appuya sur une planche à moitié brûlée qu'il avait utilisée comme pelle et attendit.

Le premier cavalier émergea de la forêt, sa monture piaffant et renâclant devant l'odeur de brûlé. Il la fit adroitement tourner sur elle-même et la força à avancer, se penchant en avant pour voir à qui il avait affaire.

– Ah, c'est vous, Fraser?

Le visage ridé de Richard Brown était d'une jovialité sinistre. Il regarda les vestiges calcinés, puis se tourna vers ses compagnons.

– Je me disais bien que vous ne gagniez pas votre vie uniquement en vendant du whisky.

– Un peu de respect pour les morts, Brown.

Jamie lui indiqua les tombes d'un signe de tête. Les traits de Brown se durcirent, puis ses yeux se tournèrent vers Jamie et Roger.

– Vous n'êtes que tous les deux? Que faites-vous ici?

Roger essuya ses mains pleines d'ampoules sur ses culottes, répliquant :

– On creuse des tombes. Et vous?

Piqué, Brown se redressa sur sa selle. Son frère Lionel répondit à sa place :

– On rentre d'Owenawisgu.

Il montra les quatre chevaux de bât derrière lui, chargés de peaux. Plusieurs autres montures portaient des sacoches pleines à craquer.

– On a senti l'odeur de brûlé et on est venus voir ce qui se passait. C'est Tige O'Brian, n'est-ce pas?

Il indiquait les tombes. Jamie hocha la tête.

– Oui, vous les connaissiez?

342

– Leur ferme est sur la route d'Owenawisgu. Je me suis arrêté une fois ou deux. Ils m'ont offert à dîner.

Avec un peu de retard, il ôta son chapeau, lissant son crâne dégarni du plat de la main.

– Que Dieu veille sur eux.

Un des plus jeunes du groupe, un Brown à en juger par ses épaules étroites et ses joues creuses, lança :

– Qui c'est qui a foutu le feu, si c'est pas vous ?

Il souriait niaisement, se croyant drôle.

Poussée par le vent, la feuille de papier s'était coincée sous un caillou, non loin de Roger. Il la ramassa, avança d'un pas et la plaqua contre la selle de Lionel.

– Ça vous dit quelque chose ? C'était épinglé sur le corps d'O'Brian.

Il avait conscience d'être agressif, mais peu lui importait. Sa gorge lui faisait mal, et sa voix n'était qu'un râle étranglé.

Lionel Brown lut le mot, les sourcils arqués, puis le tendit à son frère.

– Non. C'est vous-même qui l'avez écrit, pas vrai ?

– Quoi ?

Roger le dévisagea, incrédule.

– Des Indiens, dit Lionel en indiquant la maison. Ce sont les Indiens qui ont fait ça.

– Ah oui ? dit Jamie. Quels Indiens ? Ceux à qui vous avez acheté ces peaux ? Ce sont eux qui vous l'ont dit, peut-être ?

Le scepticisme, la lassitude et la colère étaient perceptibles dans sa voix.

– Ne sois pas idiot, Nelly.

Richard avait parlé à voix basse, mais son frère tiqua. Brown fit avancer son cheval de quelques pas. Jamie ne bougea pas, mais Roger vit ses mains serrer la planche un peu plus fort.

– Ils ont tué toute la famille ?

– Non, répondit Jamie. On n'a pas retrouvé les deux aînés, uniquement la petite fille.

– Les Indiens, répéta Lionel buté. Ils les ont enlevés.

343

Jamie prit une profonde inspiration et toussa.

– Je me renseignerai dans les villages.

Richard froissa le papier, serrant soudain le poing.

– Vous ne les trouverez pas. Si les Indiens les ont emmenés, ils ne les garderont pas dans le coin. Ils les vendront, dans le Kentucky par exemple.

Un murmure d'assentiment parcourut les hommes à cheval. Roger sentit les braises qui avaient couvé dans sa poitrine toute l'après-midi s'embraser brusquement. Il s'écria :

– Ce ne sont pas des Indiens qui ont écrit ce mot ! Et s'il s'agissait d'une vengeance parce que ces gens étaient des Régulateurs, ils n'auraient pas enlevé les enfants.

L'œil torve, Brown le fixa. Roger sentit Jamie déplacer son poids d'une jambe à l'autre, prêt à réagir.

– En effet, répondit Brown en articulant lentement. Ils n'auraient pas pu l'écrire. C'est pourquoi Nelly en a déduit que vous l'aviez écrit vous-même. Imaginons ce qui a pu se passer : les Indiens viennent et enlèvent les gamins, puis vous vous pointez et décidez de prendre ce qu'il reste. Alors, vous mettez le feu à la cabine, pendez O'Brian et sa femme, épinglez ce message, et le tour est joué ! Que pensez-vous de mon raisonnement, monsieur MacKenzie ?

– Comment savez-vous qu'ils ont été pendus, monsieur Brown ?

Les traits de ce dernier se durcirent. Roger sentit la main de Jamie se poser sur son avant-bras, l'incitant à se calmer, et se rendit compte alors qu'il serrait les poings.

– Les cordes, *a charaid,* dit son beau-père d'une voix impassible.

Les mots pénétrèrent avec lenteur dans son esprit. En effet, les cordes qu'ils avaient coupées étaient encore au pied de l'arbre. Jamie continuait à parler, mais Roger n'entendait plus rien. Le vent l'assourdissait. Sous son rugissement, il percevait à peine les palpitations sourdes d'un cœur vivant. C'était peut-être le sien… ou celui de la petite.

– Descendez de ce cheval, dit-il, ou crut-il s'entendre dire.

Le vent lui cinglait le visage, chargé de suie, et les mots s'étranglaient dans sa gorge. Un goût de cendres épais et amer lui remplit la bouche. Il toussa et cracha, les yeux larmoyants.

Il sentit une douleur dans son bras, et sa vision s'éclaircit. Les hommes les plus jeunes le fixaient, à la fois narquois et méfiants. Richard Brown et son frère évitaient soigneusement de le regarder, se concentrant sur Jamie, qui le tenait toujours par le bras avec fermeté.

Avec un effort, Roger se dégagea, faisant un léger signe de tête à son beau-père pour le rassurer et lui faire savoir qu'il n'était pas sur le point de perdre la raison, même si son cœur battait toujours à tout rompre et que la sensation du nœud dans sa gorge était encore si forte qu'il aurait été incapable d'articuler le moindre mot.

– On va vous aider.

Brown indiqua le petit corps gisant sur le sol et passa une jambe par-dessus sa selle, mais Jamie l'arrêta d'un geste de la main.

– Non, on se débrouillera.

Brown se figea dans une position bizarre, un pied en l'air. Puis il pinça les lèvres et se rassit, tira sur ses rênes et fit demi-tour sans un mot. Les autres le suivirent, leur lançant des regards intrigués par-dessus leur épaule.

Jamie alla chercher son fusil, puis contempla la lisière de la forêt où le dernier d'entre eux venait de disparaître.

– Ce n'étaient pas eux. Toutefois, ils en savent plus long qu'ils ne le disent.

Roger hocha la tête, puis s'approcha de l'arbre des pendus, repoussa violemment les cordes du pied et frappa le tronc de son poing nu, une fois, deux fois, trois fois. Puis, il resta pantelant, le front contre l'écorce. La douleur de ses articulations meurtries le soulageait, un peu.

Une procession de minuscules fourmis remontait dans les crevasses de l'écorce, affairées par quelque tâche capitale, concentrées. Il les observa un moment, jusqu'à ce qu'il parvienne enfin à déglutir. Puis, il se redressa et alla enterrer la fillette, frottant l'ecchymose sur son bras.

QUATRIÈME PARTIE

Captive

26

Regard vers le futur

Roger laissa tomber ses sacoches près du bord de la fosse et se pencha vers le trou :

– Où est Jemmy ?

Sa femme releva la tête, les cheveux en bataille et le visage maculé de boue.

– Bonjour quand même ! Tu as fait bonne route ?

– Non. Où est Jemmy ?

Inquiète à son tour, elle planta sa pelle dans la terre et tendit la main pour qu'il l'aide à remonter.

– Chez Marsali. Il joue à vroum vroum avec Germain et les petites voitures que tu leur as confectionnées... En tout cas, quand je l'ai quitté.

Le nœud d'angoisse qui comprimait la cage thoracique de Roger depuis deux semaines se relâcha peu à peu. Il hocha la tête, un soudain spasme du larynx l'empêchant de parler. Il hissa Brianna hors de la fosse et l'attira brutalement contre lui, sans se soucier de son cri de surprise et de sa robe crottée.

Il la serra fort, le cœur palpitant. Il ne voulait, ne pouvait plus la lâcher. Enfin, à force de gesticulations, elle parvint à se libérer de son étreinte. Elle garda les mains sur ses épaules, inclina la tête sur le côté et le dévisagea, intriguée.

– À moi aussi, tu m'as manqué. Qu'est-ce qui ne va pas ? Que s'est-il passé ?

– C'était affreux.

Pendant le voyage du retour, les pendus, la maison incendiée et la mort de la fillette avaient revêtu les couleurs d'un cauchemar, la monotonie de la route muant l'horreur en un flou surréaliste. À cheval, à pied, abrutis par le gémissement constant du vent, par le crissement des cailloux, du sable, des aiguilles de pins sous leurs semelles, avançant dans la gadoue sous un ciel sans fin, la végétation qui ne formait plus qu'une masse confuse de verts et de jaunes autour d'eux les avait submergés.

Mais, maintenant qu'il était de retour chez lui, le souvenir de l'enfant qui avait abandonné son cœur dans le creux de sa main redevenait aussi réel qu'à l'instant où la fillette avait rendu son dernier souffle.

– Rentrons, dit Brianna. Tu as besoin de boire quelque chose de chaud.

– Je vais bien.

Toutefois, il la suivit dans la cabane sans protester.

Il s'assit à table pendant qu'elle mettait la bouilloire sur le feu et lui raconta tout ce qui était arrivé, la tête entre les mains, fixant le bois patiné avec ses taches familières et ses marques de brûlure.

– Je me répétais qu'il y avait forcément une solution… un moyen ou un autre de la sauver. Mais non. Même quand… quand j'ai recouvert son visage avec ma main, c'était comme si cela n'arrivait pas vraiment. Pourtant, en même temps…

Il se redressa et regarda ses paumes. En même temps, cela avait été l'expérience la plus saisissante de sa vie. Y penser lui était insupportable, sauf de la manière la plus fugace, et, pourtant, il n'en oublierait jamais les moindres détails.

Brianna sonda son visage et le vit porter une main à la cicatrice dans son cou.

– Tu as du mal à respirer?

Il fit non de la tête, mais il mentait. Il sentait sa gorge écrasée par une poigne géante, son larynx et sa trachée broyés en une masse sanguinolente.

Il lui fit signe que tout allait bien, que cela passerait, même s'il en doutait. Alors, elle vint se placer derrière lui, écarta sa main et posa la sienne sur sa gorge.

– Ça va aller, lui murmura-t-elle. Inspire, ne réfléchis pas, inspire, c'est tout.

Elle avait les doigts froids, et ses mains sentaient la terre. Les yeux de Roger se remplirent de larmes. Il battit des paupières, voulant voir la pièce, la cheminée, la bougie et la vaisselle pour s'assurer vraiment de son retour chez lui. Une goutte chaude roula le long de sa joue.

Elle se pressa contre lui, glissant un bras autour de son torse, tenant toujours sa gorge douloureuse de sa main fraîche. Ses seins s'aplatirent contre son dos. Il perçut, plutôt qu'il n'entendit, un fredonnement, cet air atone qu'elle entonnait quand elle était anxieuse ou très concentrée.

Enfin, le spasme s'atténua, et la sensation d'étouffement disparut. Son torse se gonfla, se remplissant d'oxygène, et elle le lâcha.

– Que... qu'est-ce... que tu creuses ? demanda-t-il en articulant laborieusement.

Il se retourna vers elle et sourit.

– Une pi... piscine pour hippopo... tame ?

Un soupçon de sourire effleura son visage, mais Brianna paraissait encore inquiète.

– Non, un four à marmottes.

Il essaya de trouver une boutade spirituelle sur le fait que le trou lui semblait plutôt grand pour cuire un animal aussi petit qu'une marmotte, mais c'était au-dessus de ses forces. Il se contenta d'un :

– Ah.

Il saisit l'infusion de cataire qu'elle lui tendait et l'approcha de son visage, laissant la vapeur parfumée lui réchauffer le nez et se condenser sur ses joues froides.

Brianna s'en versa une tasse à son tour, puis s'assit en face de lui.

– Je suis contente que tu sois rentré.

– Oui, moi aussi.

Il tenta de boire, mais le liquide était encore trop chaud.

– Un four ?

Il avait été obligé de lui parler des O'Brian, mais ne tenait pas à en discuter plus longtemps. Pas pour l'instant. Elle le sentit et n'insista pas.

– Oui, pour l'eau.

Devant la perplexité de Roger, elle sourit cette fois de manière plus sincère.

– Je t'avais bien dit qu'il y aurait un peu de terre dans ce projet, non ? En outre, c'était ta suggestion.

– La mienne ?

Au point où il en était, plus rien ne pouvait le surprendre, mais il n'avait aucun souvenir d'avoir eu une brillante idée en rapport avec l'eau.

Le problème de l'acheminement de l'eau dans les maisons était le transport. Dieu savait que l'eau ne manquait pas : elle coulait dans les ruisseaux, tombait en cascades, débordait des corniches, jaillissait de sources, stagnait en mares bourbeuses au pied des falaises. Mais pour la faire aller où on voulait, il fallait pouvoir la contenir.

– M. Wemyss en a parlé à *Fräulein* Berrisch. C'est sa nouvelle petite amie, *Frau* Ute les a présentés l'un à l'autre. Elle lui a dit que le chœur d'hommes de Salem planchait sur le même sujet.

Avec prudence, il prit une autre gorgée et trouva l'infusion plus buvable.

– Le chœur ? Quel rapport avec…

– C'est juste une appellation. Ils ont un chœur d'hommes célibataires, un autre de femmes célibataires, un autre encore de couples mariés… Ils ne se contentent pas de chanter ensemble, c'est un peu comme des associations locales, chaque groupe effectuant des tâches particulières pour la communauté. Toujours est-il que… (elle agita une main), ils essaient d'acheminer l'eau jusqu'à la ville et se heurtent au même problème : le manque de métal pour la tuyauterie. Ils ont essayé de construire des conduits avec des troncs, mais c'est très difficile, et ça prend un temps fou parce qu'il faut évider les troncs à la tarière. En outre, il faut quand même des colliers en métal. Sans parler du fait que, au bout d'un moment, le bois pourrit. Puis, ils ont eu la même idée que toi. Tu te souviens que tu m'avais parlé de la poterie de Salem? Ils ont pensé fabriquer des tuyaux en terre cuite.

Juste à y penser, elle s'animait. Le bout de son nez n'était plus rougi par le froid, ses joues s'empourpraient et ses yeux brillaient d'excitation. Elle effectuait de grands gestes avec les bras, une manie qu'elle tenait de sa mère.

– … on a donc confié les enfants à maman et à Mme Bug, puis Marsali et moi sommes descendues à Salem.

– Marsali? Ne me dis pas qu'elle est montée sur une selle?

Marsali était très, très, enceinte, avec un ventre si gros que Roger était toujours un peu énervé en sa présence, craignant qu'elle n'accouche d'un instant à l'autre.

– Le bébé ne devrait pas arriver avant un mois. Et puis, on n'y est pas allées à cheval, on a pris la carriole pour faire du troc. On a échangé du miel, du cidre et du gibier contre du fromage, des édredons et… au fait, tu as vu ma nouvelle théière?

Elle agita fièrement l'objet devant lui, une chose trapue recouverte d'un vernis tirant vers un marron délavé avec une ligne de gribouillis jaunes. C'était la théière la plus laide qu'il avait jamais vue. Il en eut les larmes aux yeux, sa vue le remplissant du bonheur d'être de retour à la maison.

– Tu ne l'aimes pas? demanda-t-elle, inquiète.

– Si, si, elle est magnifique.

Il chercha son mouchoir et se moucha pour cacher son émotion.

– Je l'adore. Tu disais… Marsali?

– Ah, oui, j'en étais aux conduits en terre cuite. Mais… je dois aussi te parler de Marsali.

Les plis de son front se creusèrent un peu plus.

– J'ai bien peur que Fergus ne se conduise pas très bien.

– Non ! Qu'est-ce qu'il a fait ? Il a une liaison torride avec Mme Crombie ?

Cette plaisanterie lui valut un regard cinglant mais bref.

– Il est absent la plupart du temps, abandonnant la pauvre Marsali seule avec les enfants et tout le boulot.

– C'est plutôt normal, en ces temps. La plupart des hommes en font autant. Ton père y compris. Moi aussi. Tu n'as pas remarqué ?

– Plutôt, oui ! (Autre regard torve). Mais, en général, les hommes se chargent des corvées les plus pénibles comme le labourage, les semailles, etc., laissant les femmes s'occuper des travaux domestiques : la cuisine, le filage, le tissage, le blanchissage, les conserves, et patati et patata… Mais Marsali fait déjà tout ça, en plus d'élever les enfants, d'effectuer les travaux extérieurs, de s'occuper de la malterie. Le peu de temps que Fergus passe à la maison, il est bougon et boit trop.

Cela lui paraissait aussi être le comportement typique d'un père de trois jeunes enfants très remuants et du mari d'une femme très enceinte. Cependant, il se garda bien d'en faire la remarque, observant avec prudence :

– C'est drôle, je ne voyais pas Fergus comme un feignant.

– Non, il n'est pas paresseux. Il faut dire que c'est dur pour lui, avec une main en moins. Il ne peut pas effectuer certains des travaux les plus lourds, mais il pourrait s'occuper des enfants ou cuisiner au lieu de tout remettre entre les mains de Marsali. Papa et Ian aident au labour, mais… Puis, il s'absente pendant des jours. Parfois, il déniche des petits boulots, servant d'interprète à des voyageurs, mais, la plupart du temps, il est tout simplement ailleurs. Et puis…

Elle hésita, l'observant en coin en se demandant si elle pouvait continuer.

– Et puis ?

L'infusion était efficace. La douleur dans sa gorge avait pratiquement disparu.

Elle baissa les yeux vers la table, suivant du bout de l'index des motifs invisibles dans le bois.

– Elle n'a rien dit, mais… je crois qu'il la bat.

Roger sentit une masse s'abattre sur son ventre. Sa première réaction fut d'écarter d'emblée cette notion, mais il en avait trop vu, à force de vivre aux côtés du révérend. Trop de familles en apparence heureuses et respectables, où les épouses plaisantaient sur leur «maladresse» quand on s'inquiétait de leur œil au beurre noir, de leur nez cassé, de leur poignet démis. Trop d'hommes qui compensaient le stress de devoir subvenir aux besoins d'une famille en s'oubliant dans l'alcool.

Tout à coup, l'épuisement le gagna.

– Merde.

Il se massa les tempes, sentant venir la migraine.

– Qu'est-ce qui te fait penser ça? demanda-t-il alors. Elle a des marques?

Elle acquiesça tristement sans relever les yeux. Son doigt s'était figé sur la table.

– Sur l'avant-bras. Des petits bleus ronds, comme des empreintes de doigts. Je les ai vus quand elle a descendu un seau de rayons de miel de la carriole et que sa manche a glissé.

Il pensa alors qu'il aurait dû avaler un remontant au lieu d'une infusion.

– Tu crois que je devrais aller lui parler?

Ses traits se radoucirent, même si elle évitait toujours son regard.

– Tu sais, je ne connais pas beaucoup d'hommes qui se proposeraient.

– Je ne vais pas prétendre que je saute de joie à cette idée, mais on ne peut pas laisser durer une situation pareille. Quelqu'un doit intervenir.

Mais comment? Il regrettait déjà son offre, essayant de réfléchir à ce qu'il pourrait bien lui dire. «Alors, Fergus, mon vieux, j'ai su que tu battais ta femme ? Sois gentil, arrête ça, d'accord ? »

Il vida le fond de sa tasse et alla chercher le whisky.

– On est à sec, lui annonça Brianna. M. Wemyss a attrapé un rhume.

Il reposa la bouteille vide avec un soupir. Elle mit une main sur son bras.

– On est invités à dîner chez les parents. On n'a qu'à y aller un peu plus tôt, si tu veux.

Cette suggestion était revigorante. Jamie gardait toujours une bonne bouteille de pur malt cachée quelque part dans la maison.

Il décrocha la cape de Brianna de sa patère et la lui déposa sur les épaules.

– Tu penses que je devrais parler à ton père de cette histoire avec Fergus ou il vaut mieux que je m'en occupe tout seul ?

Il eut soudain l'espoir indigne que Jamie considérerait cette affaire comme la sienne et déciderait de régler la question lui-même.

C'était visiblement ce que craignait Brianna. Elle agita la tête, autant pour libérer ses cheveux à moitié secs que pour lui signifier qu'il avait là une bien mauvaise idée.

– Papa serait capable de lui briser le cou. Or, je ne pense pas que ce soit le souhait de Marsali.

– Mmphm.

Acceptant l'inévitable, il lui ouvrit la porte. La Grande Maison blanche luisait sur la colline un peu plus haut, baignant dans la lumière paisible de l'après-midi. L'épinette rouge la dominait de sa présence imposante mais bienveillante. Il avait toujours eu l'impression que l'arbre protégeait la bâtisse et, dans son état de fragilité mentale, il trouva cette image réconfortante.

Ils firent un bref détour afin qu'elle lui montre son four et lui explique son fonctionnement. Il ne saisit pas tous les détails, mais comprit l'essentiel, à savoir que l'intérieur devait être très chaud. Le flot de paroles de Brianna était apaisant.

– … des briques pour la cheminée, disait-elle en montrant l'autre extrémité du trou de deux mètres et demi de long.

Pour le moment, il ne ressemblait qu'à une fosse destinée à accueillir un très gros cercueil. Toutefois, Brianna avait bien travaillé. Les angles étaient nets et parfaitement droits, à croire qu'elle avait utilisé une machine ; les parois étaient lissées avec soin. Il la félicita, et elle rayonna.

– Il faut encore le creuser, disons, environ d'un mètre. Mais la terre est facile à travailler, elle est molle et ne s'effrite pas trop. J'espère que j'aurais le temps de le finir avant la neige, mais rien n'est moins sûr.

Elle se passa un doigt sous le nez, contemplant son trou d'un air dubitatif.

– Je dois à tout prix filer assez de laine pour vous confectionner des chemises d'hiver, à Jemmy et toi. En plus, la semaine prochaine sera consacrée à la cueillette et aux conserves, et…

– Je creuserai à ta place.

Elle se hissa sur la pointe des pieds et l'embrassa juste derrière l'oreille. Il se mit à rire, se sentant d'un coup nettement mieux.

Réjouie, elle lui prit un bras et poursuivit :

– Il ne sera pas prêt pour cet hiver. Mais tôt ou tard… Je me demande si je ne peux pas détourner une partie de la chaleur du four pour chauffer la cabane par le plancher. Tu sais ce qu'est un hypocauste romain ?

– Oui.

Il se tourna vers les fondations de leur cabane, une simple base creuse consolidée par des pierres des champs d'où partaient les murs de la structure. L'idée du chauffage central dans une cabane rudimentaire de montagne lui donna envie de rire, mais, au fond, ce n'était pas impossible.

– Tu ferais comment ? En passant des conduits d'air chaud entre les pierres de la fondation ?

– Oui, à condition que je parvienne à fabriquer de bons tuyaux, ce qui reste encore à voir.

Il jeta un œil vers la Grande Maison. Même de loin, on pouvait voir les amas de terre près des fondations, preuve des capacités excavatrices de la truie blanche.

– À mon avis, si tu crées un petit nid douillet et bien chaud sous la cabane, on risque fort de voir cette bougresse s'installer chez nous.

– La bougresse ? Tiens, ça lui va bien comme surnom !

– C'est une description métaphysique. Tu as vu ce qu'elle a fait au major MacDonald ?

Brianna se mit à réfléchir.

– Cette truie a une dent contre le major. Mais pourquoi ?

– Questionne ta mère, elle n'a pas l'air de l'apprécier beaucoup non plus.

Elle s'arrêta brusquement. Une ombre venait de passer derrière la fenêtre de l'infirmerie.

– Tu sais quoi ? Tu vas aller trouver papa et boire un coup avec lui ; pendant ce temps, j'irai voir maman et lui parlerai de Marsali et de Fergus. Elle aura peut-être une bonne idée.

– Je ne suis pas sûr que leur problème soit d'ordre médical, mais si elle parvenait à anesthésier Germain, ce serait déjà un plus.

27

La malterie

En remontant le sentier, je pouvais sentir l'odeur douceâtre et moisie de l'orge mouillée. Elle n'avait pas encore l'âcreté entêtante des céréales en trempe, le parfum du maltage rappelant vaguement le café grillé, ni la puanteur de la distillation…, mais on y reconnaissait distinctement celle du whisky. La fabrication du *uisgebaugh* était très odorante, ce qui expliquait la présence de la clairière où l'on fabriquait le whisky à plus d'un kilomètre de la Grande Maison. Même ainsi, je percevais souvent une faible odeur spiritueuse à travers la fenêtre ouverte de mon infirmerie quand le vent s'y prêtait et que les grains macéraient.

La fabrication du whisky suivait son propre cycle dans lequel tous les habitants de Fraser's Ridge étaient impliqués, qu'ils y travaillent directement ou pas. Ainsi, je savais, sans avoir besoin de poser la question, si l'orge dans la malterie avait commencé sa germination et si Marsali y serait, retournant et étalant les grains en un tapis régulier avant d'allumer les feux.

Pour que l'orge soit sucrée à souhait, il fallait la malter sans la laisser germer, sinon la pâte serait amère et gâchée. Il ne devait pas s'écouler plus de vingt-quatre heures après le début de la germination. Or, alors que je cherchais des plantes dans la forêt l'après-midi précédente, j'avais reconnu le parfum fécond et humide de la céréale. Le moment était venu.

C'était de loin le meilleur endroit pour avoir une discussion en tête à tête avec Marsali. La clairière était le seul lieu où elle n'était pas entourée de sa marmaille cacophonique. Je me disais souvent qu'elle appréciait sans doute ce travail beaucoup plus pour la solitude qu'il lui offrait plutôt que pour la part de whisky que Jamie lui donnait en échange, même si cet alcool était une denrée très précieuse.

Brianna m'avait expliqué que Roger avait proposé de parler à Fergus, mais je pensais préférable de discuter d'abord avec Marsali, afin de savoir ce qui se passait en réalité.

Que devais-je lui dire? Lui demander de but en blanc : « Est-ce que Fergus te bat? » J'avais du mal à le croire, en dépit, ou peut-être à cause de ma connaissance intime des salles d'urgence remplies des effets de la violence conjugale.

Ce n'était pas que je croyais Fergus incapable de brutalité. Il avait vu, et vécu, des situations d'une cruauté extrême dès son plus jeune âge; grandir parmi des Highlanders en plein soulèvement jacobite, puis subir les persécutions qui avaient suivi n'inculquaient certainement pas à un jeune homme une grande considération pour les vertus de la paix. D'un autre côté, il avait été élevé en majeure partie par Jenny Murray.

N'importe quel homme ayant vécu aux côtés de la sœur de Jamie pendant plus d'une semaine ne pouvait plus « jamais » lever la main sur une femme. En outre, j'avais souvent remarqué à quel point Fergus était un père doux avec ses enfants, et ses rapports avec Marsali étaient généralement tendres…

Il y eut soudain un épouvantable fracas au-dessus de ma tête. Avant même que j'aie eu le temps de lever les yeux, une grosse masse s'effondra à travers les branchages, dans une pluie de poussière et d'aiguilles mortes. Je bondis en arrière en me protégeant d'instinct derrière mon panier, mais compris aussitôt que je n'étais pas attaquée. Germain était étalé à plat ventre à mes pieds, les yeux exorbités, tandis qu'il tentait de retrouver son souffle coupé par l'impact.

– Mais qu'est-ce que tu…

Je m'interrompis en constatant qu'il serrait contre lui un nid contenant quatre œufs verdâtres, miraculeusement indemnes en dépit de la chute.

Pantelant, il me sourit.

– Pour… *maman.*

– C'est très gentil.

Je connaissais assez les jeunes hommes, à vrai dire les hommes tout court, pour savoir à quel point il était futile de leur faire des reproches dans ce genre de situation. Dans la mesure où il n'avait cassé ni les œufs ni ses deux jambes, je me contentai de lui prendre le nid et de le lui tenir pendant qu'il retrouvait son souffle et que mon cœur reprenait un rythme normal.

S'étant ressaisi, il se leva, sans se soucier de la terre, de la résine et des aiguilles de pin qui le recouvraient des pieds à la tête. Il tendit les mains vers son trésor.

– *Maman* est dans la malterie. Vous allez la voir, *grand-mère*?

Je le dévisageai avec suspicion.

– Oui. Où sont tes sœurs? Tu n'étais pas censé les surveiller?

– *Non.* Elles sont à la maison; c'est la place des femmes, répondit-il, désinvolte.

– Vraiment? Qui t'a dit ça?

– J'ai oublié.

Totalement remis, il me devança en trottinant sur le sentier, fredonnant une chanson dont le refrain semblait dire «*Na tuit, na tuit, na tuit, Germain!*»

Marsali était en effet dans la clairière. J'aperçus son bonnet, sa cape et sa robe suspendus à une branche du plaqueminier. Un pot en terre cuite rempli de braises de charbon était posé non loin, fumant.

La malterie avait enfin été ceinte de murs, formant une grange surélevée dans lequel les grains humidifiés pouvaient être stockés, d'abord pour malter, puis pour être doucement grillés par un feu doux brûlant sous le plancher. On avait nettoyé les cendres, puis placé sous les pilotis de nouvelles bûches en chêne attendant d'être allumées. Même sans feu, il faisait très chaud dans l'aire de maltage. Je le sentis à plusieurs mètres. En germant, l'orge dégageait une telle chaleur que la structure semblait irradier.

Un raclement rythmique me parvenait depuis l'intérieur. Marsali retournait les grains avec une pelle en bois, s'assurant qu'ils étaient bien étalés avant d'allumer le feu. La porte était ouverte, mais, bien sûr, il n'y avait pas de fenêtres. De loin, je ne voyais qu'une ombre sombre aller et venir dans la grange.

Le bruit des grains avait caché celui de nos pas. Quand je bloquai la lumière en entrant, Marsali sursauta.

– Mère Claire?

– Bonjour! Germain m'a dit que tu serais ici. J'ai pensé venir te voir pour…

– *Maman!* Regarde, regarde ce que j'ai trouvé!

Germain me passa devant, tendant son trophée devant lui. Marsali lui sourit, plus glissa une longue mèche trempée derrière son oreille.

– Oh, c'est formidable! Approchons-le de la lumière afin que je puisse mieux le regarder.

Elle sortit, souriant en sentant la caresse de l'air frais. Elle s'était déshabillée et ne portait plus que sa chemise. La mousseline était si mouillée que je pouvais voir non seulement le cercle sombre de ses aréoles, mais aussi la petite bosse de son nombril étiré par la courbe ample de son ventre.

Elle s'assit avec un profond soupir de soulagement et étira ses jambes devant elle, écartant ses orteils nus. Ses pieds étaient gonflés, les veines bleues distendues sous sa peau diaphane.

– Ah, que ça fait du bien de s'asseoir! Viens, *a chuisle,* montre-moi ce que tu as là.

J'en profitai pour me placer derrière elle, cherchant discrètement des traces de coups ou des plaies.

Elle était mince, mais elle l'avait toujours été, indépendamment de la proéminence de son ventre. Ses bras étaient fins, mais noués de muscles durs, à l'instar de ses jambes. Elle avait des cernes bleutés sous les yeux, cependant ses trois enfants en bas âge, sans compter l'inconfort de sa grossesse, devaient sérieusement perturber ses nuits. Son teint était rose et sain.

Elle avait quelques ecchymoses dans le bas des jambes, mais rien d'anormal. Les femmes enceintes se faisaient facilement des bleus et, entre les nombreux obstacles présents dans une cabane en rondins de bois et ceux de la végétation sauvage des montagnes, peu de gens à Fraser's Ridge pouvaient se targuer de pas avoir quelques contusions ici ou là.

Cherchai-je des excuses ? Refusai-je d'admettre la possibilité suggérée par Brianna ?

Germain toucha les œufs un à un, expliquant :

– Un pour moi, un pour Joan, un pour Félicité et un pour *Monsieur l'Œuf*.

Il pointa le ventre rebondi de sa mère.

– Oh, comme c'est gentil de ta part.

Marsali l'attira à elle et déposa un baiser sur son front taché de boue.

En palpant l'abdomen de sa mère, son sourire radieux se mua en perplexité. Il le tapota avec soin.

– Quand le bébé sortira de l'œuf à l'intérieur, qu'est-ce que tu feras de sa coquille ? Tu me la donneras, dis ?

Marsali s'efforça de ne pas rire.

– Les gens ne naissent pas dans des coquilles, mon chéri. Heureusement.

– Tu es sûre, *maman* ?

Méfiant, il regarda de nouveau le ventre.

– On dirait vraiment un œuf.

– Oui, mais ce n'en est pas un. C'est simplement que ton père et moi appelons comme ça le bébé avant sa naissance. Un jour, toi aussi, tu as été *Monsieur l'Œuf*.

Cette révélation stupéfia Germain.

– C'est vrai?

– Oui, tes petites sœurs aussi.

– Ah non, ce n'est pas possible. Elles étaient des *Mademoiselles Œufs*.

Cette fois, Marsali éclata de rire.

– Oui, si tu veux. Peut-être que celui-ci est aussi une mademoiselle, mais *Monsieur l'Œuf* sonne mieux, c'est tout.

Elle se pencha un peu en arrière et appuya ici et là sur son ventre, puis elle prit la main de son fils et la plaqua sur un côté de la proéminence. De là où je me tenais, je pouvais voir les sursauts sous la peau, tandis que le fœtus réagissait aux pressions par de vigoureux coups de pied.

Germain retira vite sa main, puis la remit, fasciné. Il approcha son visage du ventre et lança :

– Salut! *Comment ça va* là-dedans, *Monsieur l'Œuf*?

– Il va très bien, l'assura sa mère. Ou elle. Mais les bébés ne parlent pas tout de suite. Tu le sais très bien. Félicité ne sait encore que dire «maman».

– Oui, c'est vrai.

Se désintéressant tout à coup du futur membre de la famille, il ramassa un caillou à la forme intrigante.

Marsali leva la tête et observa le soleil en plissant les paupières.

– Tu devrais rentrer, Germain. Ce sera bientôt l'heure de traire Mirabel, et il me reste du travail à faire ici. Va donc aider papa, d'accord?

Mirabel était une chèvre, suffisamment nouvelle dans la maisonnée pour être encore intéressante. Le visage de l'enfant s'éclaira.

– *Oui, maman. Au revoir, grand-mère!*

Il visa et lança le caillou vers la malterie, la manquant de peu. Puis il tourna les talons et dévala la pente vers le sentier. Marsali cria :

– Germain! *Na tuit!*

– Qu'est-ce que ça signifie? demandai-je intriguée. C'est du gaélique ou du français?

Elle me sourit.

– Du gaélique. Cela veut dire : «Ne cours pas.»

Elle secoua la tête, l'air faussement consterné.

– Ce gamin ne sait plus quoi inventer pour se blesser!

Germain avait oublié son nid. Quand elle le déposa sur le sol, j'aperçus les traces ovales jaunes sur son avant-bras, exactement telles que Brianna me les avait décrites.

– Comment va Fergus? demandai-je soudain.

Un voile de méfiance retomba sur son visage.

– Très bien.

Je baissai délibérément les yeux vers son bras et insistai :

– Vraiment?

Elle rougit et tourna aussitôt son bras, cachant les marques.

– Mais oui, je vous assure. Il ne sait pas encore très bien traire, mais ça viendra vite. C'est sûr que, d'une seule main, ce n'est pas facile, mais...

Je m'assis sur une bûche à côté d'elle et saisis son poignet, le retournant.

– Brianna m'en a parlé. C'est Fergus qui t'a fait ça?

Gênée, elle libéra son bras, le pressant contre son ventre pour ne pas me le montrer.

– Eh bien, oui. Oui, c'est lui.

– Veux-tu que j'en parle à Jamie?

Elle se releva d'un bond.

– Mon Dieu, non! Il lui briserait le cou! Et puis, ce n'était pas vraiment de sa faute.

– C'était forcément de sa faute, répliquai-je avec fermeté.

Aux urgences de Boston, j'avais vu tant de femmes battues affirmant que leur mari ou leur petit ami ne l'avait pas fait exprès. Certes, les femmes y étaient aussi pour quelque chose, mais ce n'était pas...

– Mais, je vous assure! insista Marsali.

Le rouge de ses joues s'était intensifié.

– Je... Il... Je veux dire, il m'a agrippé le bras, c'est vrai, mais uniquement parce que j'essayais de lui taper sur la tête avec un bout de bois.

Elle détourna les yeux, confuse.

– Ah, fis-je prise de court. Je vois. Mais pourquoi voulais-tu lui taper dessus ? Il te menaçait ?

Ses épaules s'affaissèrent.

– Non. En fait, c'était parce que Joanie avait renversé le lait, alors il a crié contre elle. Elle s'est mise à pleurer et... Je suppose que j'étais mal lunée ce jour-là.

– Ça ne ressemble pourtant pas à Fergus de crier contre les enfants, non ?

– Non, pas du tout. Ça ne lui arrive pratiquement jamais... enfin, surtout avant, mais, avec tous ces... En tout cas, cette fois-là, je ne pouvais pas le lui reprocher. Il avait mis un temps fou à traire la chèvre et de voir tout ce lait gaspillé... J'aurais perdu patience moi aussi.

Elle fixait le sol, évitant mon regard tout en tripotant l'ourlet de sa chemise, caressant la couture du pouce.

– Les petits enfants peuvent être éprouvants pour les nerfs, convins-je.

Je conservais un souvenir très vif de Brianna alors âgée de deux ans, d'un grand plat de spaghettis et du porte-documents ouvert de Frank. Ce dernier était d'ordinaire d'une patience d'ange avec Brianna (un peu moins avec moi), mais, en cette occasion, ses hurlements outrés avaient fait vibrer les fenêtres.

Maintenant que j'y repensais, je lui avais en effet lancé une boulette de viande, prise d'une fureur frôlant l'hystérie. Si je m'étais tenue près de la cuisinière à ce moment-là, il aurait sans doute reçu toute la casserole. Je me frottai l'arête du nez, ne sachant pas si je devais regretter l'incident ou en rire. Je n'avais jamais réussi à faire partir les taches sur le tapis.

Malheureusement, je ne pouvais partager ce souvenir avec Marsali, qui ignorait tout des spaghettis, des porte-documents et de Frank. Elle avait toujours les yeux baissés, repoussant des feuilles de chêne mortes du bout d'un orteil.

– C'était de ma faute, vraiment.

Elle se mordit la lèvre. Je lui pris le bras pour la consoler.

– Marsali, il ne faut pas penser ainsi. Ce genre de scène n'est la faute de personne. Les accidents, ça arrive, on s'énerve… mais tout finit par s'arranger.

Elle acquiesça, mais son visage était toujours ombrageux.

– Oui, mais, c'est juste que…

Elle n'acheva pas sa phrase.

J'attendis, ne voulant pas la brusquer. Elle avait envie, besoin de s'épancher. Et j'avais besoin de l'entendre avant de décider ce que je révélerais à Jamie, si je lui en parlais. Un fait était sûr : il se passait quelque chose entre elle et Fergus.

– Je… je me disais justement pendant que j'étalais les grains, que… je n'aurais sans doute pas réagi ainsi si… je n'avais pas ressenti le même sentiment que…

– Que quoi ?

– Que quand j'avais renversé le lait moi-même. J'étais toute petite. J'avais faim, j'ai voulu saisir la cruche et je l'ai fait tomber.

– Et ?

– Et il s'est mis à crier.

Elle voûta le dos, comme si elle cherchait à parer un coup.

– Qui s'est mis à crier ?

– Je ne sais plus trop. Je crois que c'était mon père, Hugh, ou peut-être Simon, le deuxième mari de ma mère. Je ne m'en souviens plus. J'ai eu si peur, que j'ai fait pipi sur moi. Ça l'a rendu encore plus furieux.

Son visage était rouge vif, et ses orteils se recroquevillèrent de honte.

– Ma mère s'est effondrée en larmes, car il n'y avait plus rien à manger. Nous n'avions qu'un peu de pain et du lait, et je venais de le renverser. Alors il s'est mis à hurler qu'il ne supportait plus du tout ce vacarme, parce que Joan et moi nous étions mises à pleurer aussi… Puis il m'a giflée, et maman s'est précipitée sur lui. Il l'a repoussée brutalement, elle est tombée à la renverse et s'est cognée le visage contre le rebord de la cheminée. Elle saignait du nez.

Elle renifla et se passa le dos de la main sous le nez, refoulant les larmes.

– Il est sorti en claquant la porte, et Joanie et moi nous sommes jetées sur maman, toutes deux braillant comme des possédées parce qu'on la croyait morte... Mais elle s'est relevée à quatre pattes et nous a dit que tout allait bien, que ce n'était rien... Elle chancelait. Elle avait perdu son bonnet, et son sang gouttait sur le sol... j'avais oublié ce détail. Ainsi, quand Fergus s'est mis à crier contre la pauvre Joanie... c'était comme si j'entendais de nouveau Simon. Ou Hugh. Enfin... lui, quoi.

Elle ferma les yeux et se pencha en avant, serrant son ventre. Avec douceur, j'écartai les mèches qui retombaient sur son visage, lui dégageant le front.

– Ta mère te manque, n'est-ce pas ?

Pour la première fois, j'eus un élan de compassion envers Laoghaire.

– Oh oui, terriblement.

Elle pressa sa joue contre ma main, et je l'attirai contre mon épaule, caressant ses cheveux en silence.

C'était la fin de l'après-midi, et les ombres étaient longues. Elle frissonna dans l'air qui se rafraîchissait peu à peu, la peau de ses longs bras se hérissant.

Je me levai et déposai ma cape sur ses épaules.

– Mets ça, tu vas attraper froid.

– Non, non, ça ira.

Elle se redressa et essuya son visage.

– Il me reste encore un peu de travail à faire ici, puis je dois rentrer à la maison préparer le dîner et...

– Je m'en occupe, l'interrompis-je fermement. Tu as besoin de te reposer un peu.

L'atmosphère dans la malterie était si saturée du parfum musqué de l'orge germant et des fines particules des téguments qu'elle montait à la tête. Après l'air frisquet au-dehors, sa chaleur était agréable, mais, au bout de quelques minutes, je me mis à transpirer sous ma robe. Je la passai par-dessus mes épaules et l'accrochai à un clou près de la porte.

Elle avait dit vrai, il n'y avait plus grand-chose à faire. Le travail me garderait réchauffée, puis je raccompagnerais Marsali chez elle. Je préparerais un dîner pour la famille, la laissant se reposer, et, pendant que j'y serais, j'essayerais de coincer Fergus en tête à tête pour en savoir un peu plus.

Tout en soulevant des pelletées d'orge, je me dis que Fergus aurait bien pu préparer le dîner. Toutefois, cela ne viendrait même pas à l'esprit de ce petit feignant de Français. Traire la chèvre était probablement le seul «travail de femme» auquel il était prêt à s'abaisser.

Puis, je pensai à Joan et à Félicité et me sentis plus charitable à l'égard de Fergus. Joan avait trois ans, Félicité, un an et demi… Toute personne seule à la maison avec ces deux démons avait toute ma sympathie, indépendamment des tâches qu'elle accomplissait ou pas.

En apparence, Joan avait une adorable petite bouille ; seule, elle était calme et docile, jusqu'à un certain point. Félicité était le portrait craché de son père, brune, fine, capable de vous faire fondre avec ses yeux doux un instant, et d'exploser dans une passion sans retenue l'instant suivant. Mises ensemble… Jamie les avait surnommées «les chatonnes de l'enfer». Si elles étaient dans la cabane, rien d'étonnant que Germain préfère errer dans les bois… et que Marsali considère comme un soulagement d'effectuer des corvées lourdes, seule, dans la malterie.

«Lourdes» n'était pas un vain mot, constatai-je en enfonçant de nouveau ma pelle dans le tas. L'orge en germination se chargeait d'humidité, et chaque pelletée pesait des kilos. Les grains retournés formaient des nappes sombres, tachées par la moiteur des couches sous-jacentes. L'orge non retournée était plus pâle, même dans la faible lumière. Il n'en restait que quelques parcelles dans un coin.

Je les attaquai avec résolution, me rendant compte que je m'efforçais de ne pas penser au récit de Marsali. Je ne voulais pas aimer Laoghaire, et je ne l'aimais pas. Mais je ne voulais pas la plaindre non plus, ce qui m'était de plus en plus difficile.

Apparemment, elle n'avait pas eu une vie facile. D'un autre côté, on pouvait en dire autant de tous ceux ayant vécu dans les Highlands durant cette triste époque. Être une bonne mère n'était facile nulle part…, mais elle semblait s'en être bien sortie.

La poussière me fit éternuer, et je m'arrêtai un instant pour m'essuyer sur ma manche avant de reprendre ma pelle.

Après tout, elle n'avait pas tenté de me voler Jamie, pensai-je dans un effort de compassion et de noble objectivité. C'était même le contraire, ou du moins, peut-être l'avait-elle vu ainsi.

Le bord de la pelle crissa contre le plancher quand j'atteignis la dernière couche. Je projetai les grains sur le côté, puis utilisai le plat de l'outil pour repousser une partie de l'orge fraîchement retournée dans un coin vide et aplanir les bosses.

Je connaissais toutes les raisons pour lesquelles il l'avait épousée, et je croyais tout ce qu'il m'avait raconté. Toutefois, la seule mention de son nom suffisait à invoquer toute une série d'images qui me mettaient le sang en ébullition et me faisaient souffler comme un phoque, à commencer par celle de Jamie l'embrassant avec fougue dans une alcôve de Castle Leoch et finissant avec celle de mon homme retroussant sa chemise de nuit dans l'obscurité de leur chambre nuptiale, ses mains chaudes et avides sur ses cuisses nues.

« Finalement, conclus-je, je n'avais sans doute pas l'âme assez noble. À dire vrai, je pouvais même être parfois assez vile et rancunière. »

Cette crise d'autocritique fut interrompue par des voix et du mouvement au-dehors. Je sortis sur le seuil, éblouie par les derniers rayons du soleil.

Je ne pouvais distinguer leurs visages, ni même combien ils étaient exactement. Certains étaient à cheval, d'autres à pied, formant des silhouettes noires devant le couchant. Je perçus un mouvement du coin de l'œil. Marsali reculait à pas lents vers la malterie. Levant le menton, elle lança :

– Qui êtes-vous, messieurs ?

L'une des formes noires approcha son cheval un peu plus près et répondit :

– Rien que des voyageurs assoiffés, madame. En quête d'hospitalité.

Si les paroles étaient courtoises, le ton ne l'était pas. Je sortis de la malterie, tenant ma pelle d'une main ferme.

– Bienvenue, dis-je m'efforçant de paraître aimable. Restez où vous êtes, messieurs. Nous allons vous donner à boire. Marsali, tu veux bien aller chercher un tonnelet ?

Nous conservions un petit tonneau de whisky brut pour ce genre d'occasion. Mon cœur palpitait, et je serrai si fort le manche que le grain du bois marquait ma peau.

Il était très inhabituel de voir autant d'étrangers à la fois dans nos montagnes. De temps à autre, nous rencontrions un groupe de chasseurs cherokees, mais ces hommes n'étaient pas des Indiens.

Un autre cavalier descendit de son cheval, déclarant :

– Ne vous dérangez pas, madame. Je vais aller le chercher moi-même. Mais j'ai bien peur qu'un seul tonnelet ne nous suffise pas.

Son accent anglais m'était étrangement familier. Ce n'était pas un accent cultivé, mais sa diction était appliquée.

– Nous n'en avons qu'un de prêt.

Avec lenteur, je fis quelques pas de côté sans quitter des yeux celui qui avait parlé. Il était petit et très svelte, se déplaçant avec le pas raide et saccadé d'un pantin. Il avançait vers moi, imité par les autres. Marsali avait rejoint le tas de bois et fouillait derrière les bûches de chêne et de noyer blanc, là où était caché le tonneau. À ses côtés se trouvait aussi une hache.

– Marsali, attends. Je viens t'aider.

Une hache était une meilleure arme qu'une pelle, mais deux femmes contre... combien étaient-ils? Dix... douze... plus? La clarté du soleil me brûlait les yeux. Je battis des paupières et aperçus plusieurs autres individus sortir de la forêt. Ceux-là, je les distinguais clairement. L'un d'eux me sourit de manière narquoise, et je dus faire un effort pour ne pas détourner le regard. Son sourire s'élargit encore.

Le petit se rapprochait. Mais qui était-ce donc? Je le connaissais, je l'avais déjà vu..., mais j'étais incapable de mettre un nom sur ce front étroit et ces joues creuses.

Il empestait la vieille sueur séchée, la crasse et la pisse; il en allait de même des autres, leur odeur flottant dans l'air, aussi sauvage et fétide que celle des putois.

Il comprit que je le reconnaissais. Il pinça un instant ses lèvres minces, puis il se détendit.

– Madame Fraser.

Mon appréhension s'accentua, quand je vis la lueur mauvaise dans ses yeux malins. Je rassemblai tout mon courage.

– Vous avez un avantage sur moi, monsieur. Nous serions-nous déjà rencontrés?

Il ne répondit pas. Un coin de ses lèvres se retroussa, puis son attention fut retenue par deux hommes qui venaient de bondir pour s'emparer du tonneau que Marsali avait fait rouler hors de sa cachette. L'un d'eux avait déjà saisi la hache que je convoitais et allait s'en servir pour fendre le couvercle quand le petit teigneux cria :

– Laisse ça!

La bouche ouverte, l'homme le fixa avec des yeux ronds.

– J'ai dit, laisse ça!

L'homme regarda le tonneau, puis la hache, totalement perdu.

– On l'emporte avec nous, dit le chef. Je ne veux pas vous voir tous saouls comme des cochons ici.

Se retournant vers moi comme s'il poursuivait une conversation, il demanda :

– Où est le reste ?

– C'est tout ce qu'il y a, répliqua Marsali avant que je n'aie eu le temps de répondre. Prenez-le, puisque vous y tenez tant.

Il se tourna vers elle pour la première fois, mais ne lui jeta qu'un bref coup d'œil avant de s'adresser encore à moi.

– Inutile de mentir, madame Fraser. Je sais très bien qu'il y en a plus, et je veux tout.

– Il n'y a rien de plus. Rends-moi ça, espèce de gros balourd !

Marsali arracha la hache des mains de celui qui la tenait et foudroya leur chef du regard.

– C'est ainsi que vous nous remerciez de notre hospitalité ? En nous volant ? Prenez ce que vous êtes venus chercher et fichez le camp !

Je n'avais d'autre choix que de suivre Marsali dans sa lancée, même si des sonnettes d'alarme résonnaient dans ma tête chaque fois que j'observais le petit homme sec.

– Elle dit vrai, confirmai-je. Vous n'avez qu'à vérifier par vous-même.

Je pointai l'index vers la malterie, puis vers les cuves vides et l'alambic éteint à côté.

– Nous commençons tout juste le maltage. Il faudra attendre des semaines avant que le prochain whisky soit prêt.

Sans que son expression change d'un iota, il avança d'un pas et me gifla à toute volée.

Le coup n'était pas assez fort pour me faire tomber, mais ma tête partit en arrière, et mes yeux se mirent à larmoyer. J'étais plus choquée que sonnée, même si un goût amer de sang remplit ma bouche. Je sentais déjà ma lèvre enfler.

Marsali poussa un cri d'outrage, et j'entendis certains hommes murmurer sur un ton surpris et intéressé. Ils s'étaient rapprochés, nous encerclant.

Je touchai ma bouche sanglante du dos de la main, constatant avec détachement qu'elle tremblait. En revanche, mon cerveau s'était retranché à une distance sûre, élaborant des hypothèses et les écartant à une telle allure qu'elles défilaient dans ma tête comme des cartes que l'on bat.

Qui étaient ces hommes? À quel point étaient-ils dangereux? Jusqu'où étaient-ils prêts à aller? Le soleil se couchait… combien de temps s'écoulerait avant qu'on remarque notre absence et qu'on vienne nous chercher? Qui viendrait le premier, Fergus ou Jamie? Et si Jamie venait seul?…

Ces hommes étaient certainement ceux qui avaient incendié la maison de Tige O'Brian et perpétré les attaques de ce côté-ci de la Ligne du traité. Ils étaient donc dangereux… mais surtout motivés par le vol.

J'avais un goût de cuivre dans la bouche, la saveur métallique du sang et de la peur. Il ne s'était écoulé que quelques secondes pendant que je formulais toutes ces suppositions, mais, avant même d'abaisser ma main, j'en avais conclu qu'il valait mieux leur donner ce qu'ils voulaient et prier qu'ils déguerpissent au plus tôt avec le whisky.

Toutefois, ils ne me laissèrent pas l'occasion de le leur dire. Leur chef m'attrapa le poignet et le tordit brutalement. Je sentis les os tourner et craquer, puis une atroce douleur me parcourut tout le corps. Je tombai à genoux, pouvant à peine respirer.

Marsali se mit à hurler et réagit avec la fulgurance d'un serpent qui frappe. Elle prit son élan et, de tout son poids, planta la hache dans l'épaule de l'homme à ses côtés. La lame s'enfonça profondément; elle la dégagea d'un coup sec. Une giclée de sang chaud m'arrosa le visage et se répandit comme une pluie sur le tapis de feuilles autour de moi.

Elle poussa un second hurlement strident; l'homme se mit à vociférer à son tour, puis toute la clairière entra en mouvement, les hommes se lançant sur nous telle une déferlante rugissante. Je bondis en avant, attrapai les genoux du chef et lui envoyai un coup de tête dans les parties. Il gargouilla et tomba sur moi, m'aplatissant au sol.

Je me débattis pour me dégager, devant coûte que coûte me placer entre Marsali et les hommes, mais ils étaient déjà sur elle. Les poings claquaient sur la chair, et des corps percutaient la paroi de la malterie. Un cri de femme s'éleva au-dessus du vacarme.

Le pot de braises était à ma portée. Je le saisis sans même sentir mes paumes brûler et le projetai contre le groupe d'hommes. Il heurta un dos et éclata, les charbons incandescents volant de toutes parts. Les hommes hurlèrent et bondirent en arrière. J'aperçus Marsali affalée au pied de la malterie, la tête couchée sur l'épaule, les yeux révulsés, les cuisses grandes ouvertes, sa chemise arrachée dévoilant ses seins lourds étalés sur la masse ronde de son ventre.

Puis, quelqu'un me frappa à la tête, et je fus précipitée sur le côté, glissant sur les feuilles et atterrissant à plat ventre, incapable de me mouvoir, de penser ou de parler.

Un grand calme m'envahit, et mon champ de vision se rétrécit... très lentement, tel un iris géant se refermant en vrille. À quelques centimètres de mon nez, je vis le nid de Germain, ses brindilles finement enchevêtrées, ses quatre œufs verts lisses et fragiles. Puis, un talon les fit exploser, et l'iris se ferma.

* * *

L'odeur de brûlé me réveilla. Je n'avais dû rester inconsciente que quelques minutes, la touffe d'herbes sèches près de mon visage fumant à peine. Un charbon ardent luisait tout près. L'incandescence gagna les brins jaunis, et la touffe s'embrasa d'un coup, juste au moment où des mains agrippaient mon bras et me relevaient.

Encore étourdie, je tentai de frapper mon ravisseur avant d'être traînée vers un des chevaux, soulevée de terre et balancée en travers d'une selle avec une force qui me coupa le souffle. J'eus à peine la présence d'esprit de me retenir à un des étriers en cuir avant qu'on assène une claque sur la croupe de la monture. Elle se mit en branle dans un petit trot qui m'écrasa les côtes.

Entre le vertige et les secousses, ma vision était fragmentée, comme si je voyais à travers du verre brisé, mais j'entraperçus Marsali, gisant inerte, telle une poupée de chiffon, au milieu d'une dizaine de feux déclenchés par les morceaux de charbon qui s'embrasaient les uns après les autres.

Je tentai de l'appeler, mais n'émis qu'un son étranglé qui se perdit dans le vacarme des harnais et des voix d'hommes autour de moi.

– Tu es dingue, Hodge? On ne veut pas de cette femme. Laisse-la!

– Pas question.

La voix du chef semblait furieuse mais contrôlée. Il se trouvait tout près de moi.

– Elle nous conduira au whisky.

– Le whisky nous fera une belle jambe si on est morts! Hodge, bon sang, c'est la femme de Jamie Fraser!

– Je sais qui elle est. Avance!

– Mais… tu ne connais pas le genre d'homme que c'est! Je l'ai vu une fois…

– Épargne-moi tes souvenirs. J'ai dit, avance!

Il y eut un claquement mat et un cri de douleur. Je devinai que quelqu'un venait de se faire éclater le nez par un coup de crosse, ce que me confirmèrent des halètements chuintants.

Une main m'attrapa par les cheveux et m'obligea à tourner le cou. Le visage émacié du chef était penché sur moi, m'examinant d'un air calculateur. Il parut juste vouloir s'assurer que j'étais en vie, car il ne dit rien et laissa retomber ma tête avec autant d'indifférence qu'une pomme de pin ramassée sur le chemin.

Quelqu'un tirait le cheval sur lequel j'étais perchée. Plusieurs hommes étaient à pied. Je les entendais s'interpeller, souffler et grogner en piétinant les broussailles, courant à moitié pour ne pas être distancés, tandis que les chevaux prenaient leur élan pour grimper sur une butte.

J'arrivais tout juste à prendre de petites inspirations saccadées, étant secouée comme un sac de pommes de terre, mais je n'avais pas le temps de penser à mon inconfort. Marsali était-elle morte? Elle en avait eu tout l'air, mais je n'avais pas vu de sang et me raccrochai de mon mieux à ce maigre espoir.

Même encore en vie, elle risquait fort de passer rapidement l'arme à gauche, que ce soit des suites de ses blessures, du choc ou d'une fausse couche... Oh, mon Dieu, mon Dieu, pauvre petit *Monsieur l'Œuf.*

Mes doigts serraient désespérément les étriers en cuir. Qui allait la trouver et quand?

À mon arrivée à la malterie, il restait un peu moins d'une heure avant le dîner. Quelle heure était-il à présent? J'apercevais le sol qui défilait sous moi, mais mes cheveux s'étaient dénoués et me retombaient sur le visage chaque fois que je tentai de redresser la tête. Toutefois, l'air était plus frais et, à en juger par la lumière, le soleil était près de la ligne d'horizon. Dans quelques minutes, le soir tomberait.

Ensuite? Combien de temps avant qu'on se lance à notre recherche? Fergus remarquerait l'absence de Marsali si elle ne rentrait pas préparer le dîner, mais pourrait-il aller à sa rencontre avec les deux petites sur les bras? Non, il enverrait Germain. Ma gorge se noua. Un gamin de cinq ans découvrant sa mère...

Cela sentait encore le brûlé. Je humai l'air, une fois, deux fois, trois fois, espérant que cette odeur était le fruit de mon imagination. Non, au-dessus de la poussière, de la sueur des chevaux, du cuir et des herbes foulées, je percevais distinctement l'odeur âcre de la fumée. La clairière, la grange, ou les deux étaient en feu. Quelqu'un verrait-il la fumée? Et assez tôt?

Je fermai les paupières, essayant de ne pas penser, m'efforçant de ne pas imaginer la scène qui devait se dérouler derrière moi.

J'entendais toujours des voix autour de moi, notamment celle de l'homme appelé Hodge. Je devais me trouver sur son cheval, car il marchait près de l'encolure. Quelqu'un lui faisait des remontrances, sans plus de succès que le premier un peu plus tôt.

– On va se séparer, rétorqua-t-il sèchement. Divise les hommes en deux groupes. Tu en prendras un, et moi l'autre. On se retrouve dans trois jours à Brownsville.

Crotte. Il s'attendait à être poursuivi et voulait brouiller les pistes. Je cherchai avec frénésie un objet à laisser tomber, une trace quelconque signalant à Jamie mon enlèvement.

Mais je ne portais qu'une chemise, un corset et des bas. J'avais perdu mes souliers quand ils m'avaient traînée jusqu'aux chevaux. Les bas restaient la seule possibilité, mais, par une perversité extrême, mes jarretières étaient, pour une fois, solidement attachées et hors de ma portée.

J'entendis les hommes et les chevaux se scinder en deux bandes. Hodge encouragea sa monture, et notre pas s'accéléra.

Mes cheveux se prirent dans des branchages, puis se libérèrent en faisant craquer des tiges sèches qui percutèrent ma pommette à quelques centimètres de mon œil. Je lâchai un juron très grossier, et quelqu'un – probablement Hodge – me donna une grande claque sur la fesse.

Je marmonnai des propos beaucoup, beaucoup plus vulgaires, mais en serrant les dents. Mon unique réconfort était qu'il ne serait pas trop difficile de suivre à la trace une telle bande, étant donné les branches cassées, les empreintes et les pierres retournées sur le chemin de leur fuite.

J'avais vu Jamie traquer aussi bien des proies minuscules et rusées que grosses et pataudes. Je l'avais vu examiner l'écorce des arbres et les branches des buissons, cherchant des éraflures ou des touffes de… poils.

Personne ne marchant du côté où se trouvait ma tête, je me mis à m'arracher des cheveux un à un. Trois, quatre, cinq… cela suffirait-il? Je tendis la main et les fis traîner dans un houx. Les longs cheveux bouclés se soulevèrent au passage du cheval, mais restèrent accrochés au feuillage en dents de scie.

Je répétai l'opération quatre fois. Il verrait au moins l'un des signes et saurait quelle piste prendre... s'il ne perdait pas de temps à suivre l'autre d'abord. Il ne me restait plus qu'à prier, ce que je fis de tout mon cœur, à commencer pour le salut de Marsali et de *Monsieur l'Œuf,* qui en avaient encore plus besoin que moi.

Nous continuâmes à grimper un bon moment. Il faisait nuit quand nous atteignîmes ce qui avait l'air d'être le sommet d'une crête. J'étais presque inconsciente, mon crâne m'élançant à force d'avoir la tête en bas, et les baleines de mon corset pressant si fort contre mes côtes qu'elles paraissaient chauffées à blanc.

Quand le cheval s'arrêta, il me restait juste assez de forces pour me propulser en arrière. J'atterris comme une masse sur le sol, où je restais sur les fesses, prise de tournis et massant mes mains enflées d'être restées ballantes si longtemps.

Les hommes s'étaient regroupés, échangeant des messes basses, mais trop près de moi pour que j'essaie de m'éclipser en me faufilant entre les arbustes. L'un d'eux, à quelques mètres, me surveillait.

Je regardai dans la direction d'où nous étions venus, déchirée entre la peur et l'espoir de voir la lueur d'un feu en contrebas. Il aurait attiré l'attention de quelqu'un... quelqu'un qui aurait compris ce qui se passait et aurait sonné l'alerte, organisant les recherches. D'un autre côté, Marsali...

Était-elle déjà morte, et le bébé avec elle ?

Je scrutai les ténèbres, autant pour refouler mes larmes que pour tenter d'apercevoir un indice. Mais la forêt était dense autour de nous, et je ne distinguai que des nuances de noir.

Il n'y avait aucune lumière. La lune ne s'était pas encore levée, et les étoiles brillaient faiblement... Toutefois, ma vue avait eu amplement le temps de s'accoutumer et, si je n'étais pas un chat, j'y voyais assez pour compter. Ils se disputaient, me jetant des regards de temps à autre. Ils étaient une douzaine. Combien étaient-ils à l'origine ? Vingt, trente ?

Tremblante, je fléchis mes doigts. Mon poignet me faisait mal, mais, pour l'instant, ce n'était pas ma préoccupation première.

Il était clair, pour moi mais sans doute pour eux aussi, qu'ils ne pouvaient se rendre à la cache de whisky, quand bien même j'aurais pu la retrouver dans le noir. Même si Marsali n'avait pas survécu et parlé, Jamie devinerait vraisemblablement que les intrus en avaient après l'alcool et le ferait surveiller.

Dans l'idéal, les hommes m'auraient forcée à les conduire à la cachette, auraient pris leur butin, puis se seraient enfuis avant que le vol ne soit découvert. En abandonnant derrière eux deux femmes pouvant sonner l'alerte et les décrire ? Probablement pas.

Dans la panique qui avait suivi l'attaque de Marsali, leur plan original était tombé à l'eau. Qu'allaient-ils faire à présent ?

Le groupe d'hommes se dispersa, bien que la dispute se poursuivît. Des pas approchèrent.

— Puisque je te dis que ça ne marchera pas ! disait l'un d'eux en s'énervant.

À sa voix nasillarde, je devinais qu'il s'agissait de l'individu au nez cassé, que sa blessure ne paraissait pas déranger outre mesure. Il poursuivit :

— Tue-la tout de suite, et laisse-la ici. Le temps que quelqu'un passe par-là, les bêtes auront éparpillé ses os.

— Ah oui ? Mais si personne ne la trouve, ils vont penser qu'elle est toujours avec nous, non ?

— Si Fraser nous rattrape et qu'on ne l'a plus, à qui il va s'en prendre ?…

Ils s'arrêtèrent. Ils étaient quatre ou cinq autour de moi. Je me relevai avec difficulté, ma main se refermant par réflexe sur l'objet le plus proche ressemblant à une arme, une pierre ridiculement petite.

– Le whisky, c'est loin ? demanda Hodge.

Il avait ôté son chapeau, et ses yeux de rat luisaient dans le noir.

Maîtrisant mes nerfs, je répondis en articulant :

– Je n'en sais rien, je ne sais même pas où nous sommes.

C'était vrai, même si je pouvais le deviner. Nous avions chevauché pendant quelques heures, surtout en amont, et les arbres environnants étaient des sapins et des baumiers. Je sentais leur résine, âcre et nette. Nous nous trouvions sur les versants supérieurs, sans doute près d'un col.

– Tue-la, insista un des hommes. Elle ne nous sert à rien, et si Fraser la trouve avec nous...

– Ta gueule !

Hodge avait parlé avec une telle violence que l'autre, pourtant beaucoup plus grand, recula d'un pas. Cette menace écartée, le chef lui tourna le dos et me saisit le bras.

– Ne jouez pas à la plus maligne avec moi. Dites-moi ce que je veux savoir.

Il ne se donna même pas la peine d'ajouter « sinon... ». Un objet froid se posa au-dessus de mon sein, et la brûlure de l'entaille suivit une demi-seconde plus tard, faisant perler le sang.

– Non mais, quel connard ! lâchai-je interloquée.

J'arrachai mon bras de son emprise et m'écriai :

– Puisque je vous dis que je ne sais même où on est, pauvre idiot ! Comment voulez-vous que je sache où est quoi ?

Il tiqua et brandit de nouveau son poignard, s'attendant sans doute que je me jette sur lui. Se rendant compte que ce n'était nullement mon intention, il me jeta un regard mauvais.

– Je ne peux vous dire que ce que je sais, poursuivis-je. La réserve de whisky se situe à un peu moins d'un kilomètre de la malterie. Il est dans une grotte, bien caché. Je peux vous y conduire, à condition de me ramener à la source, là où vous m'avez enlevée... sinon, ce sont toutes les indications que je peux vous fournir.

C'était également vrai. Je savais y aller, mais indiquer la voie ? « Enfoncez-vous dans les broussailles sur la droite, jusqu'à ce que vous aperceviez le taillis de chêne où Brianna a abattu un opossum, tournez à gauche après un rocher sur lequel pousse de la langue-de-serpent... » Sans compter que la seule raison qui les retenait de me tuer était qu'ils avaient besoin de moi comme guide.

Ma blessure était superficielle ; je ne saignais pas beaucoup. Toutefois, j'avais le visage et les mains gelés, et des éclairs me traversaient la vue. Je me tenais encore sur mes jambes, car je me disais vaguement que, si les choses tournaient mal, je préférais mourir debout.

Un grand type avait rejoint le groupe autour de moi.

— Crois-moi, Hodge, tu ferais mieux de ne pas toucher à cette femme.

Il me regarda par-dessus l'épaule du chef et hocha la tête. Dans la nuit, ils étaient tous noirs, mais celui-ci parlait avec un accent où l'on reconnaissait les inflexions traînantes de l'Afrique. Un ancien esclave, ou peut-être un marchand d'esclaves.

— J'ai déjà entendu parler d'elle. C'est une magicienne. Je les connais, moi. Elles sont comme des serpents. Ne la touche pas, tu m'entends ? Elle va te porter la poisse.

Je parvins à émettre un rire sinistre, et, à ma surprise, l'homme le plus près de moi recula précipitamment d'un pas.

Toutefois, je respirais mieux, et les éclairs blancs avaient disparu.

Le grand gaillard étira le cou et aperçut la ligne sombre de sang sur ma chemise.

— Quoi, tu l'as fait saigner ? T'es cinglé, Hodge ! Tu sais pas ce que tu as fait !

Alarmé, il recula à son tour, effectuant un geste vague dans ma direction.

Sans même réfléchir, je laissai tomber ma pierre, touchai ma plaie et, dans un même mouvement, tendis la main et étalai un peu de sang sur la joue du petit chef du bout des doigts, en répétant mon rire sinistre.

– La poisse, vous dites ? Que pensez-vous de ça ? Touchez-moi encore une fois, et je ne vous donne pas plus de vingt-quatre heures à vivre.

Les traces de sang apparaissaient noires sur son teint blême. Il se tenait si près que je sentais son haleine fétide et voyais la fureur décomposer ses traits.

« Mais qu'est-ce qui t'a pris, Beauchamp ? » me demandai-je en me surprenant moi-même. Hodge prit son élan pour me frapper de nouveau, mais le grand type lui attrapa le poignet avec un cri effrayé.

– Ne fais pas ça ! Tu vas tous nous tuer !

– Pour ça, je peux même te tuer tout de suite, crétin !

Hodge tenait toujours son couteau. Dans un grognement de rage, il tenta, mais avec maladresse, de le poignarder. L'autre gémit, mais ne fut pas grièvement atteint. Il tordit le poing de Hodge qui poussa un cri aigu de lapin mordu au cou par un renard.

Puis, tous les autres s'en mêlèrent, se poussant et hurlant, sortant des armes. Je tournai les talons et courus, mais ne parvins à faire que quelques pas avant que l'un d'eux ne se jette sur moi et ne me plaque au sol.

– Tout doux, on ne va nulle part, ma petite dame, haleta-t-il dans mon oreille.

Il n'était pas plus grand que moi, mais était beaucoup plus fort. Je tentai de me débattre, mais il me maintenait fermement par la taille et resserra son étreinte. Je me raidis, mon cœur battant à tout rompre de fureur et de peur, ne voulant pas lui donner un prétexte pour me tripoter. Il était excité, je sentais aussi son cœur palpiter. L'odeur fétide de sa transpiration fraîche s'élevait au-dessus de la puanteur de son corps et de ses vêtements crasseux.

Je ne pouvais voir ce qui se passait, mais ils semblaient plus se quereller que se battre. Celui qui me tenait changea de position, puis s'éclaircit la gorge.

– Euh… vous êtes d'où, ma petite dame? demanda-t-il très poliment.

– Quoi? D'où je suis? Euh… ah… d'Angleterre. De l'Oxfordshire, plus précisément. Puis Boston.

– Ah? Je suis du Nord, moi-même.

Je réprimai l'impulsion de répondre « enchantée », puisque je ne l'étais pas, et la conversation battit de l'aile.

La querelle s'était arrêtée aussi vite qu'elle avait éclaté. Dans un brouhaha de grognements et de grondements de pure forme, les hommes battirent en retraite, pendant qu'Hodge vociférait que c'était lui le chef et qu'ils feraient mieux d'obéir ou ils auraient à en pâtir.

– Il est sérieux, grommela celui qui me tenait. Vous ne voulez pas le foutre en rogne, croyez-moi, ma petite dame.

– Hmph…

Cela partait sans doute d'un bon sentiment, mais j'avais espéré que la dispute dégénérerait en bagarre longue et bruyante, augmentant les chances que Jamie puisse nous rattraper.

– Mais, ce Hodge, lui, d'où est-il? demandai-je.

Il me paraissait toujours très familier. J'étais convaincue de l'avoir déjà vu, mais où?

– Hodgepile? Ah… d'Angleterre, je suppose. Ça ne s'entend pas?

Hodge? Hodgepile? Oui, cela me disait quelque chose, mais…

Chacun maugréait et tournait en rond, mais, beaucoup trop tôt à mon goût, nous nous remîmes en route. Heureusement, cette fois, je fus autorisée à être assise en selle, bien que mes mains soient liées au pommeau.

Nous avancions très lentement dans une sorte de sentier, mais, dans la faible lueur de la lune, la progression était ardue. Ce n'était plus Hodge qui tenait mon cheval, mais le jeune homme qui m'avait rattrapée. Il tirait sur la bride, cajolant ma monture de plus en plus récalcitrante en la guidant entre les fourrés. Je l'entrevoyais de temps à autre. Il était mince, avec une épaisse chevelure hirsute qui lui retombait sur les épaules, lui conférant une silhouette de lion.

La menace de ma mort imminente s'était quelque peu atténuée, mais mon ventre était toujours noué, et l'angoisse contractait les muscles de mon dos. Hodgepile l'avait emporté pour l'instant, mais le groupe n'était pas arrivé à un consensus sur la question. Un de ceux qui désiraient offrir mon cadavre en repas aux putois et aux fouines pouvait décider de mettre rapidement fin à la controverse en surgissant dans le noir.

J'entendais la voix d'Hodgepile un peu plus loin. Il allait et venait le long de la colonne, harcelant, asticotant, aboyant tel un chien de berger tentant de maintenir le troupeau en marche.

Les chevaux étaient visiblement épuisés. Celui que je montais traînait les sabots, s'ébrouant avec irritation. Dieu seul savait d'où venaient ces maraudeurs, et combien de temps ils avaient voyagé avant d'arriver à la clairière. Les hommes aussi ralentissaient, une brume de fatigue s'abattant peu à peu sur eux à mesure que l'adrénaline de la fuite et de la bagarre s'estompait. Je sentais la lassitude m'envahir moi aussi et luttai pour rester alerte.

On n'était encore qu'au début de l'automne, mais je ne portais que ma chemise et mon corset et, à cette altitude, l'air se rafraîchissait considérablement après la nuit tombée. Je ne cessais de frissonner, et l'entaille sur ma poitrine me brûlait, tandis que les petits muscles tout autour fléchissaient sous la peau. Ce n'était rien de grave, mais si la plaie s'infectait? J'espérais vivre assez longtemps pour connaître ce problème.

J'avais beau faire, je ne pouvais m'empêcher de penser à Marsali ni de faire des suppositions d'ordre médical, imaginant tout, depuis la contusion avec gonflement intracrânien jusqu'à des brûlures avec asphyxie par inhalation de fumée. J'aurais même pu pratiquer d'urgence une césarienne, si j'avais été là. J'étais la seule à en être capable.

J'empoignai le rebord de ma selle en tirant sur la corde qui retenait les poings. Il fallait que j'y sois !

Mais je n'y étais pas et n'y serais peut-être jamais.

Si les mécontentements et les grommellements avaient tous cessé à mesure que l'obscurité de la forêt se refermait sur nous, un malaise persistait au sein du groupe. Je l'attribuais en partie à la peur d'être poursuivis, mais, surtout, à un sentiment de discorde interne. La querelle n'avait pas été résolue, juste reportée à un moment plus opportun. Il régnait une ambiance de conflit rampant.

Un conflit dont j'étais le centre. Lors de la dispute, je n'avais pas pu voir clairement qui pensait quoi, mais la division était nette : un groupe, mené par Hodgepile, désirait me garder en vie, du moins assez longtemps pour que je les guide jusqu'au whisky ; l'autre voulait seulement me trancher la gorge. Une partie à l'opinion minoritaire, exprimée par le monsieur à l'élocution africaine, souhaitait me laisser filer au plus tôt.

Naturellement, il était dans mon intérêt de cultiver mes liens avec ce monsieur et de tenter de tourner ses croyances à mon avantage. Comment ? J'avais déjà bien débuté en maudissant Hodgepile (ce dont je m'étonnais encore). Toutefois, il n'était pas judicieux de les maudire tous à la fois… cela aurait gâché l'effet.

Je m'agitai sur ma selle, qui commençait à m'irriter. Ce n'était pas la première fois que je faisais peur à des hommes. La superstition pouvait être une arme efficace… mais aussi très dangereuse à brandir. Si je les effrayais trop, ils n'hésiteraient pas à me tuer.

Nous avions franchi le col. Peu d'arbres poussaient entre les rochers, et, quand nous émergeâmes de l'autre côté de la montagne, le ciel s'ouvrit devant nous, vaste et scintillant d'une multitude d'étoiles.

Je dus émettre un son de surprise, car le jeune homme qui guidait mon cheval s'arrêta et leva la tête à son tour.

– Oh… fit-il doucement.

Il resta en contemplation quelques instants, puis fut ramené à la réalité par le passage d'un autre cheval qui nous dépassa, son cavalier se retournant sur sa selle pour me dévisager.

– Vous aviez autant d'étoiles… là d'où vous venez ? interrogea mon escorte.

Encore émerveillée par la splendeur du spectacle, je répondis :

– Non. Enfin, elles ne brillaient pas autant.

– Non, c'est vrai.

Il agita la tête et se remit en marche en tirant sur les rênes. Sa remarque me parut étrange, mais je ne savais pas quoi en penser. J'aurais pu tenter de renouer la conversation – Dieu savait que j'avais besoin d'alliés –, mais un cri retentit plus en avant. Apparemment, nous montions le camp.

Je fus détachée et descendue de cheval. Hodgepile se fraya un chemin entre les broussailles et me saisit par l'épaule.

– Si vous essayez de vous enfuir, vous le regretterez.

Il enfonça ses doigts dans ma chair en ajoutant :

– J'ai besoin de vous vivante, mais pas nécessairement entière.

Sans me lâcher, il sortit son poignard, pressa le plat de la lame contre mes lèvres, puis la remonta sous mon nez. Il se pencha si près que la moiteur de son haleine répugnante se répandit sur mon visage. Il chuchota :

– La seule chose que je ne couperai pas, c'est votre langue.

Il fit glisser la lame le long de ma joue, de mon menton, suivit la ligne de mon cou et décrivit un cercle autour de mon sein.

– Je me suis bien fait comprendre ?

Il attendit que j'acquiesce, puis me lâcha et disparut dans les ténèbres.

S'il avait cherché à me flanquer une peur bleue, il avait fait du bon boulot. Je transpirais en dépit du froid et j'en tremblais encore, quand une grande silhouette s'approcha, prit ma main et y déposa un objet.

– Je m'appelle Tebbe. Ne l'oubliez pas… Tebbe. Souvenez-vous que je vous ai aidée. Dites à vos esprits qu'ils ne doivent pas faire de mal à Tebbe, parce qu'il a été bon pour vous.

J'acquiesçai de nouveau, stupéfaite, puis fus encore laissée seule, cette fois avec un morceau de pain dans la main. Je le mangeai à toute vitesse, remarquant au passage que, bien que rance, il avait été de qualité. C'était du bon pain de seigle noir, du genre que préparaient les femmes de Salem. Ces hommes avaient-ils attaqué une maison là-bas ? Ou l'avaient-ils simplement acheté ?

On avait jeté une selle sur le sol près de moi. Une gourde était attachée au pommeau, et je m'agenouillai pour boire. Le pain et l'eau, qui avaient un goût de toile et de bois, étaient ce que j'avais avalé de plus délicieux depuis longtemps. Par le passé, j'avais déjà eu l'occasion de m'apercevoir que la proximité de la mort ouvrait l'appétit. Toutefois, j'espérais que mon dernier repas serait un peu plus élaboré.

Hodgepile revint quelques minutes plus tard avec une corde. Il ne s'embarrassa pas de nouvelles menaces, estimant sans doute qu'il avait été assez clair. Il m'attacha les mains et les pieds, puis me poussa sur le sol. Personne ne m'adressa la parole, mais quelqu'un, dans un élan de bonté, jeta une couverture sur moi.

Le camp fut monté en un clin d'œil. On n'avait allumé aucun feu, si bien que rien de chaud ne fut cuit ; les hommes s'étaient sans doute contentés du même repas que moi. Ils s'éparpillèrent dans la forêt pour s'allonger, après avoir attaché les chevaux non loin.

J'attendis que les allées et venues cessent, puis pris ma couverture entre mes dents et rampai vers un autre arbre, à une dizaine de mètres de l'endroit où l'on m'avait installée. Je ne cherchais pas à m'enfuir, mais, si un des bandits qui préféraient me voir morte décidait de profiter de la nuit pour régler le problème, je n'allais pas rester là à l'attendre, tel un agneau sacrificiel. Avec un peu de chance, si quelqu'un venait rôder près du lieu où il croyait me trouver, cela me donnerait un peu de temps pour appeler à l'aide.

Sans l'ombre d'un doute, je savais que Jamie viendrait à ma rescousse. Il me suffisait de survivre jusqu'à son arrivée.

Haletante, en nage, couverte de feuilles mortes et mes bas en lambeaux, je m'enroulai en chien de fusil au pied d'un grand hêtre blanc et m'enfouis sous la couverture. Ainsi dissimulée, je tentais de dénouer mes liens avec mes dents. Malheureusement, Hodgepile avait serré les nœuds avec une efficacité toute militaire. À moins de ronger la corde comme un écureuil, rien à faire.

Militaire ! C'était ça, la clef. Je me souvins soudain qui il était et où je l'avais déjà vu. Arvin Hodgepile. Il gardait l'entrepôt de la Couronne à Cross Creek. C'était là que je l'avais rencontré brièvement deux ans plus tôt, quand Jamie et moi avions apporté le corps de la jeune fille assassinée au sergent de la garnison.

Le sergent Murchison était mort… et j'avais cru qu'Hodgepile avait lui aussi péri dans l'explosion de l'entrepôt. Ainsi, c'était un déserteur. Soit il avait eu le temps de s'enfuir avant que l'incendie ne ravage la bâtisse, soit il n'avait pas été là à ce moment. Dans les deux cas, il avait été assez malin pour saisir l'occasion rêvée de fausser compagnie à l'armée de Sa Majesté, en se faisant passer pour mort.

Ce qu'il était devenu depuis était aussi évident. Il avait erré dans la nature, volant, pillant, tuant… et glanant en cours de route quelques compagnons pareillement disposés.

Justement, leurs dispositions semblaient, à présent, diverger. Si Hodgepile était le leader autoproclamé de la bande pour l'instant, il était clair qu'il ne le resterait plus longtemps. Il n'avait pas l'habitude de commander, ne gérait les hommes que par la menace. J'avais rencontré bon nombre de commandants militaires au cours de ma vie, des bons comme des mauvais, et je savais faire la différence.

Je pouvais entendre sa voix au loin, se disputant avec quelqu'un. J'avais déjà eu affaire avec ce genre de brutes qui parvenaient provisoirement à dominer leur entourage par des accès imprévisibles de violence. Ils ne faisaient jamais long feu… et j'avais la nette impression qu'Hodgepile avait atteint ses limites.

En tout cas, son règne cesserait dès que Jamie lui mettrait la main dessus. Cette pensée m'apaisa aussi sûrement qu'une bonne rasade de whisky. Jamie était à coup sûr à ma recherche.

Je me blottis encore un peu sous ma couverture, grelottant légèrement. Pour suivre nos traces dans la nuit, Jamie aurait besoin de lumière, de torches. Ces dernières les rendraient visibles, lui et ses hommes, et vulnérables en approchant du camp. En revanche, ce dernier serait invisible. Il n'y avait pas de feu ; les hommes et les chevaux étaient éparpillés dans les bois. Des sentinelles avaient été postées, je les entendais de temps à autre dans la forêt, parlant à voix basse.

«Mais Jamie n'était pas né de la dernière pluie», me répétai-je en m'efforçant de chasser de ma tête des images d'embuscade et de massacre. Il saurait, en examinant les crottins frais des montures, qu'il se rapprochait, et ne marcherait certainement pas tout droit sur le camp en brandissant des torches. S'il était parvenu à suivre les traces jusqu'ici, il…

Je me tendis en percevant des pas furtifs. Ils venaient de l'endroit où je m'étais couchée un peu plus tôt. Je me recroquevillai sous ma couverture telle une musaraigne apercevant une belette.

Les pas allaient et venaient, comme si quelqu'un fouillait parmi les broussailles, piétinant les feuilles mortes et les aiguilles de pin, me cherchant. Je retins mon souffle, même si, avec le bruit du vent dans les branchages, personne ne pouvait m'entendre respirer.

Je tentai de percer les ténèbres, mais ne distinguai qu'une vague forme entre les troncs, une douzaine de mètres plus loin. Il me vint alors à l'esprit que ce pouvait être Jamie. S'il avait repéré le camp, il s'approcherait sûrement à pied.

J'avais une envie folle de l'appeler, mais n'osai pas. S'il s'agissait vraiment de lui, je ne ferai qu'attirer l'attention sur sa présence. Si j'entendais les sentinelles, elles pouvaient forcément m'entendre elles aussi.

Mais si ce n'était pas Jamie, mais l'un des bandits venu m'égorger en douce?

J'expirai lentement, chaque muscle de mon corps noué. Je percevais ma propre odeur, la sueur se mêlant aux relents de la peur et aux émanations plus froides de la terre et de la végétation.

La silhouette avait disparu, comme les bruits de pas. Mon cœur battait toujours la chamade. Les larmes que j'avais retenues tout ce temps se mirent à couler, chaudes sur mon visage. Tremblante, je sanglotai en silence.

La nuit était immense autour de moi, l'obscurité chargée de tous les dangers. Dans le ciel, les étoiles observaient la terre. Au bout de quelques minutes, je finis par m'endormir.

28

Malédictions

Je me réveillai juste avant l'aube avec un affreux mal de crâne. Les hommes s'agitaient déjà, râlant contre l'absence de café et de petit-déjeuner.

Hodgepile s'accroupit devant moi, l'air toujours aussi hargneux. Considérant l'arbre sous lequel il m'avait installée la veille, puis le profond sillon de terre et de feuilles retournées que j'avais creusé en rampant, son menton se froissa de mécontentement. Quand il sortit son poignard de sous sa ceinture, mon sang se glaça. Toutefois, il se contenta de trancher mes liens au lieu de me couper un doigt pour exprimer ses sentiments.

– On part dans cinq minutes, lâcha-t-il avant de s'éloigner.

Je grelottais et avais la nausée à force d'avoir peur. J'étais si raide que je tenais à peine debout. Néanmoins, je parvins à me relever et à tituber vers un ruisseau, non loin.

Dans l'air humide, je tremblais de froid dans ma chemise trempée de sueur, mais l'eau fraîche sur mes mains et mon visage me revigora un peu et atténua les élancements derrière mon œil droit. J'eus à peine le temps de me débarbouiller, d'ôter ce qui restait de mes bas et de me passer les doigts dans les cheveux, qu'Hodgepile réapparut pour m'emmener avec lui.

Cette fois, on ne m'attacha pas à la selle, Dieu merci, mais on fit tenir les rênes par un des bandits.

J'avais enfin l'occasion d'observer mes ravisseurs à mesure qu'ils sortaient de la forêt, toussant, crachant et urinant contre les arbres sans se soucier de ma présence. Outre Hodgepile, je comptai au moins douze scélérats.

Je n'eus aucun mal à identifier le grand Tebbe, un mulâtre. Je notai la présence d'un autre sang-mêlé, un homme ni Noir ni Indien, mais petit et trapu. La mine renfrognée et la tête baissée, Tebbe ne m'adressa pas un regard, vaquant à ses occupations.

J'étais déçue. J'ignorais ce qui s'était passé entre les hommes durant la nuit mais, de toute évidence, l'insistance de Tebbe pour me libérer avait nettement fléchi. Un mouchoir taché de rouge sombre était noué autour de son poignet, ceci expliquant peut-être cela.

Grâce à sa longue chevelure ébouriffée, le jeune homme qui avait guidé mon cheval la veille était également facile à repérer. Lui non plus ne m'approcha pas et évitait de me regarder. À ma surprise, c'était un Indien... pas un Cherokee, mais peut-être un Tuscarora. Ce n'était pas sa chevelure mais son élocution qui m'avait mise sur la mauvaise piste. Il était sans doute de sang mêlé lui aussi.

Les autres membres du gang étaient plus ou moins blancs, quoique formant un groupe bigarré. Trois d'entre eux n'étaient que des adolescents dépenaillés et dégingandés avec tout juste un peu de poil au menton. Eux me dévisageaient, la bouche grande ouverte en se donnant des coups de coude. J'en fixai un jusqu'à parvenir à croiser son regard. Il devint rouge pivoine et détourna les yeux.

Heureusement, ma chemise avait des manches longues et me couvrait assez décemment, tombant jusqu'à mi-chevilles et avec un col fermé par un cordon. Toutefois, je ne me sentais pas moins exposée, le tissu moite collant aux courbes de mes seins, une sensation dont j'étais tout à fait consciente. Je regrettais de ne pas avoir gardé la couverture.

Les hommes s'affairaient autour de moi, chargeant les bêtes, et j'avais la désagréable impression d'être le centre d'une cible. Je ne pouvais qu'espérer ressembler à une bique ratatinée dans ses frusques sales. Mes cheveux défaits et emmêlés retombaient sur mes épaules, comme une tignasse rasta. De fait, j'avais le sentiment d'être un vieux sac en papier froissé.

Je me tins droite sur ma selle, jetant des regards hostiles à tous ceux qui osaient poser les yeux sur moi. L'un d'eux lorgna ma jambe nue avec un air intéressé, mais battit en retraite à la vue de mes prunelles noires.

J'en aurais tiré une certaine satisfaction, sans le choc qui suivit immédiatement après. Alors que les chevaux se mettaient en route et le mien, docile, suivant l'homme devant moi, j'aperçus deux nouveaux individus se tenant sous un chêne. Je les connaissais.

Harley Boble attachait les sangles d'une sacoche, s'adressant en grommelant à un autre type plus grand. Cet ancien chasseur de primes, visiblement passé de l'autre côté, était devenu criminel lui-même. Les chances que ce vil personnage soit bien disposé à mon égard étaient fort minces.

Le voir ici n'était pas de bon augure, même si je ne m'étonnais pas de le retrouver en si mauvaise compagnie. Mais c'était surtout la vue de l'autre l'homme qui acheva de me nouer l'estomac et hérissa ma peau.

M. Lionel Brown, de Brownsville.

Levant les yeux, il m'aperçut et détourna aussitôt la tête, voûtant les épaules. Puis, il dut se rendre compte que je l'avais reconnu, car il se tourna de nouveau vers moi, avec un air de défi résigné. Son nez était enflé et tuméfié, un tubercule rouge visible même dans la lumière grisâtre. Il me fixa un instant, me salua d'un geste bref de la tête avant de m'ignorer.

Je tentai de regarder en arrière, tandis que nous nous enfoncions entre les arbres, mais ne parvins plus à le voir. Que faisait-il ici? Je n'avais pas reconnu sa voix la veille mais, à présent, il était clair qu'il s'agissait de l'individu qui avait remis en question le bien-fondé de me garder en vie. Je comprenais mieux! J'étais aussi troublée que lui par notre rencontre.

Lionel Brown et son frère Richard étaient des négociants, les fondateurs et patriarches d'une minuscule implantation, Brownsville, située dans les hauteurs, à une soixantaine de kilomètres de Fraser's Ridge. Que des brigands comme Hodgepile ou Boble errent dans la nature, volant et incendiant, était une chose; que les Brown de Brownsville leur offrent une base d'où commettre leurs déprédations en était une autre. Bien sûr, Lionel Brown voulait éviter à tout prix que je rapporte à Jamie ce qu'il trafiquait.

Je devais m'attendre à ce qu'il fasse tout son possible pour m'en empêcher. Le soleil commençait à poindre, mais l'air me parut tout à coup plus froid, comme si j'étais tombée au fond d'un puits.

La lumière de l'aube scintillait entre les arbres, dorant les derniers vestiges de brume matinale et bordant d'argent les feuilles lourdes de rosée. La forêt résonnait de chants d'oiseaux. Un tohi aux yeux rouges sautilla, lissant ses plumes, indifférent au passage des hommes et des chevaux. Il était encore trop tôt pour les mouches et les moustiques. La brise caressait mon visage. C'était une de ces scènes idylliques que la présence d'êtres humains entachait.

La matinée se déroula sans heurts, mais entre les hommes se maintenait une tension constante… même s'ils ne pouvaient être plus tendus que moi.

«Jamie Fraser, où es-tu?» Je me concentrais de toutes mes forces sur la forêt environnante; le moindre bruissement de feuilles, le moindre craquement de branches réveillaient en moi l'espoir d'être secourue. Cette attente mettait mes nerfs à vif.

Où? Quand? Comment? Je n'avais ni rênes ni arme. Lorsque la bande serait attaquée, ma seule option serait de sauter de mon cheval et de courir. À mesure que nous avancions, je ne cessais d'examiner tous les taillis d'hamamélis, chaque bosquet d'épinettes, repérant des prises, imaginant ma course en zigzag entre les troncs et les rochers.

Je ne me préparais pas uniquement pour l'assaut de Jamie et de ses hommes ; je ne voyais pas Lionel Brown, mais je le savais quelque part, non loin. À l'anticipation d'un possible coup de couteau, un nœud se forma entre mes omoplates.

Je cherchais autour de moi des armes potentielles : grosses pierres, branches cassées sur le sol. En cas de fuite, personne ne devait pouvoir m'arrêter. Hélas, nous continuions d'avancer aussi vite que le pas des chevaux le permettait, les hommes, nerveux, regardant sans cesse dans leur dos, la main sur leur revolver. Quant à moi, chaque fois que nous passions devant tel ou tel objet contondant, je devais abandonner l'idée de m'en saisir.

À ma profonde désillusion, nous atteignîmes la gorge vers midi, sans la moindre anicroche.

J'étais déjà venue ici avec Jamie. Rugissante, une cascade de vingt mètres de haut dévalait une falaise en granit dans un arc-en-ciel de reflets irisés. En contrebas du précipice ourlé de frondes d'aronie rouge et d'indigo sauvage, le bassin de la cataracte était bordé de peupliers jaunes. Ils formaient un toit si dense qu'on ne devinait la présence de l'eau que par quelques éclats fugaces de lumière. Bien entendu, Hodgepile ne nous avait pas conduits jusque-là pour admirer la beauté du paysage.

– Descendez.

Je sursautai et découvris Tebbe près de ma monture.

– On va faire traverser les chevaux à la nage. Vous venez avec moi.

– Je m'occupe d'elle.

Mon cœur me remonta dans la gorge en reconnaissant la voix nasillarde de Lionel Brown. Il s'approcha en écartant une liane sur son chemin, ne me quittant pas des yeux.

Tebbe se tourna vers lui, serrant le poing.

– Pas toi.

– Pas vous, répétai-je fermement. Je vais avec lui.

Je glissai de ma selle et m'abritai derrière la carcasse massive du grand mulâtre, regardant Brown par-dessous son bras.

Je ne me faisais aucune illusion sur les intentions de ce dernier. Il lui était impossible de m'assassiner sous le nez d'Hodgepile, mais il pouvait facilement me noyer et prétexter ensuite un accident. Là où nous étions, la rivière était peu profonde, mais le courant, très fort.

Brown observa les environs, se demandant s'il pouvait tenter le coup, mais Tebbe se redressa de toute sa hauteur, bombant le torse, et il capitula. Dépité, il cracha de côté et s'éloigna d'un pas lourd dans un fracas de branches.

C'était l'occasion rêvée. Je glissai une main sous le bras du grand mulâtre et le serrai, disant à voix basse :

– Merci pour ce que vous avez fait hier soir. Vous avez très mal ?

Il baissa les yeux vers moi, visiblement inquiet, déconcerté que je l'aie touché. Je sentais la tension dans son bras, comme s'il n'arrivait pas à décider s'il devait se dégager ou non.

– Non, répondit-il enfin. Ça va.

Il hésita, puis esquissa un demi-sourire.

Un à un, les chevaux furent guidés le long d'un étroit sentier qui bordait la falaise. Nous étions à plus d'un kilomètre de la chute, mais son vacarme remplissait l'air. Les flancs de la gorge tombaient à pic, une quinzaine de mètres plus bas. La berge opposée était aussi escarpée et envahie de végétation.

Un épais rideau de buissons cachait les bords du cours d'eau, mais je pouvais le voir s'élargir, ralentissant à l'endroit où son lit devenait moins profond. Sans courant dangereux, les chevaux étaient capables de sauter à l'eau, de se laisser porter et de ressortir dès qu'ils reprendraient pied en aval sur l'autre rive. Quiconque était parvenu à nous suivre jusqu'ici perdrait notre trace à ce passage. Retrouver des empreintes quelque part de l'autre côté ne serait pas une mince affaire.

Le cœur battant, je luttai pour ne pas me retourner. Si Jamie se trouvait dans les parages, il attendrait que la bande entre dans l'eau pour attaquer, car les hommes seraient alors plus vulnérables. Même s'il n'était pas encore là, la traversée serait désordonnée. C'était le moment ou jamais de m'enfuir…

Je déclarai à Tebbe sur un ton détaché :

– Si vous les suivez, vous mourrez avec eux.

Le bras sous ma main se contracta convulsivement. Il me dévisagea, effaré. La sclérotique jaunâtre de ses yeux et ses iris blessés lui donnaient un regard étrange et brouillé.

J'indiquai Hodgepile, loin devant nous.

– Je lui ai dit la vérité, vous savez. Il va mourir. Comme tous ceux qui sont avec lui. Mais vous n'êtes pas obligé de subir le même sort.

Il bougonna et pressa son poing contre sa poitrine. Il portait un objet au cou, sous sa chemise. J'ignorais s'il s'agissait d'une croix ou d'une amulette païenne mais, pour l'instant, il semblait bien réagir à mon plan.

Si près de la rivière, l'atmosphère était chargée d'humidité et de l'odeur des algues et de l'eau.

Je pris l'air mystérieux convenant le plus possible à une magicienne. Je ne savais pas bien mentir, mais ma vie en dépendait.

– L'eau est mon amie. Quand nous serons dans la rivière, lâchez-moi. Un cheval des eaux montera à la surface pour m'emporter.

Ses yeux n'auraient pu être plus ronds. Apparemment, il avait entendu parler des *kelpies,* ou d'un esprit aquatique similaire. Dans le rugissement de la cascade, il était facile de distinguer des voix, si on prenait la peine de tendre l'oreille.

– Je ne monterai pas sur un cheval des eaux, répondit-il avec fougue. Je les connais. Ils vous entraînent sous l'eau, vous noient et vous dévorent.

– Moi, ils ne me dévoreront pas. Vous n'avez pas besoin de vous en approcher. Une fois dans l'eau, écartez-vous.

S'il gobait ça, je pourrais plonger et nager comme une dératée avant qu'il n'ait eu le temps de dire «ouf». J'étais prête à parier que la plupart des hommes d'Hodgepile ne savaient pas nager, peu de montagnards étant à leur aise dans l'eau. Je fléchis les muscles de mes jambes, me préparant, la décharge d'adrénaline éliminant les courbatures et les raideurs.

La moitié des bandits se trouvaient déjà au bord de la rivière avec leurs chevaux. Je devais ralentir Tebbe jusqu'à ce qu'ils soient tous à l'eau. Il ne pourrait délibérément aider à ma fuite, mais si je lui échappais, les chances étaient grandes qu'il ne tente pas de me rattraper.

Je m'arrêtai tout d'un coup.

– Aïe ! Attendez, j'ai marché sur quelque chose.

Je levai un pied, examinant ma plante. Elle était tellement couverte de poussière et de grumeaux de résine que personne n'aurait pu vérifier si je m'étais planté des fruits de bardane, des épines de ronces ou même un clou de fer à cheval dans le pied.

Je fis semblant d'extraire quelque chose.

– Juste une minute. J'y suis presque.

– Laissez. Je vais vous porter.

Tebbe était nerveux, lorgnant sans arrêt du côté de la gorge où le sentier disparaissait dans la végétation, comme s'il craignait l'apparition d'Hodgepile d'un instant à l'autre.

Toutefois, ce ne fut pas ce dernier mais Lionel Brown qui émergea des buissons, l'air déterminé, suivi par deux jeunes hommes à la mine tout aussi résolue.

Il m'attrapa par le bras et annonça sans préambule.

– Je l'emmène.

– Non !

Tebbe saisit mon autre bras.

Une partie de tir à la corde plutôt grotesque s'ensuivit, chacun tirant de son côté. Heureusement, avant que je ne sois écartelée comme un bréchet de poulet, Tebbe changea de tactique. Il lâcha mon bras et m'attrapa par la taille, me soulevant de terre, tout en frappant M. Brown à coups de pied.

Cette manœuvre eut pour résultat de nous faire tomber à la renverse dans un tas désordonné de bras et de jambes, pendant que Brown perdait lui aussi l'équilibre, bien que je ne m'en sois pas rendu compte tout de suite. Je n'entendis qu'un long cri et un bruit de chute, suivis d'un fracas et d'un crépitement de pierres rebondissant sur la pente.

Me dégageant tant bien que mal, j'avançai de quelques mètres à quatre pattes et aperçus le reste des hommes regroupés autour d'un buisson écrasé au bord de la gorge. Deux d'entre eux coururent chercher des cordes, hurlant des ordres contra-dictoires. J'en déduisis que M. Brown était bel et bien tombé dans le précipice, mais que son décès n'était pas encore confirmé.

Je changeai rapidement de cap dans l'intention de plonger la tête la première dans la végétation et me retrouvai nez à nez avec une paire de bottes élimées appartenant à M. Hodgepile. Il m'attrapa par les cheveux et tira d'un coup sec. Je hurlai de douleur et tentai de le frapper. Je l'atteignis en plein ventre. Le souffle coupé, il ouvrit la bouche toute ronde, mais sans desserrer sa poigne de fer.

Les traits déformés par la colère, il me lâcha et me poussa du genou vers le bord du gouffre. Un des jeunes bandits, se retenant aux branches des buissons, cherchait des prises du bout du pied, une corde enroulée autour de la taille et une autre jetée en travers de son épaule.

Se penchant au-dessus du rebord pour tenter d'apercevoir la scène, Hodgepile enfonça ses ongles dans mon bras, en vociférant :

– Sale garce ! Satisfaite, à présent ?

Pendant que l'opération de sauvetage se déroulait, il allait et venait le long du précipice, agitant son poing et beuglant des insultes qui s'adressaient autant à son associé en difficulté qu'à moi. Tebbe s'était mis à l'écart, l'air renfrogné.

Non sans mal, Brown fut hissé et déposé dans l'herbe. Il geignait. Les hommes qui n'étaient pas déjà dans la rivière s'étaient rassemblés.

Tebbe me regarda, sceptique.

– Vous allez le remettre en état ?

J'ignorais s'il doutait de mes capacités ou de l'importunité d'aider Brown, mais je hochai la tête, un peu hésitante, et m'avançai.

Un serment était un serment, même si je doutais qu'Hippocrate se soit jamais retrouvé devant un tel cas de figure. Ou peut-être ; après tout, les Grecs n'étaient pas des enfants de chœur non plus.

Les hommes s'effacèrent devant moi sans faire d'histoires. Maintenant qu'ils avaient sorti Brown du précipice, ils semblaient ne pas trop savoir qu'en faire.

Je fis un rapide diagnostic. Outre de nombreuses entailles et une épaisse croûte de boue et de poussière, M. Lionel Brown avait au moins deux fractures de la jambe gauche, le poignet gauche brisé et probablement plusieurs côtes écrasées. Une des fractures était ouverte et paraissait méchante : le fragment de fémur en dents de scie saillait hors du pantalon, et la peau environnante rougissait à vue d'œil.

Dommage, il ne s'était pas sectionné l'artère fémorale, ce qui aurait réglé bien vite la question, car il serait déjà mort. Toutefois, point positif : il ne représenterait plus une menace pour ma personne avant un bon moment.

En l'absence d'instruments et de médicaments, hormis quelques foulards crasseux, une branche de sapin et une gourde de whisky, mes soins furent forcément sommaires. Je parvins, non sans mal et à grand renfort de whisky, à redresser plus ou moins le fémur et à l'éclisser, sans que Brown ne succombe à l'état de choc, ce qui, compte tenu des conditions, était une prouesse.

Néanmoins, la tâche était ardue, et je travaillais tout en maugréant, jusqu'à ce que je relève la tête et découvre Tebbe, accroupi de l'autre côté du corps de Brown, m'observant avec intérêt.

— Ah, vous le maudissez, nota-t-il avec approbation. Bonne idée.

Brown rouvrit soudain les yeux. Il était abruti de douleur et complètement ivre, mais pas au point de ne pas entendre cette dernière remarque.

— Empêchez-la ! Empêchez-la ! Hodgepile, dis-lui de retirer sa malédiction !

Hodgepile s'était un peu calmé, mais sa mauvaise humeur s'embrasa aussitôt. Au moment où je palpais le torse du blessé, il m'attrapa le poignet, le même qu'il avait tordu brutalement la veille, et une décharge de douleur me parcourut tout le bras.

– Qu'est-ce que c'est encore que ces histoires ? Que lui avez-vous dit ?

– Si vous tenez vraiment à le savoir, j'ai dit : « Putain de bordel de merde. » Lâchez-moi !

Pris de panique, Brown tenta de se tortiller pour m'échapper, très mauvaise idée de la part de quelqu'un ayant des os brisés. Il devint blanc comme un linceul, et ses yeux se révulsèrent. Un des spectateurs s'exclama :

– Regardez ! Il est mort ! Elle l'a tué ! Elle l'a ensorcelé !

Cela déclencha un véritable tumulte, entre les approbations sonores de Tebbe et de ses partisans, mes propres protestations et les cris des amis et parents de M. Brown. L'un d'eux s'agenouilla près du corps et posa une oreille contre sa poitrine.

– Il est vivant ! Oncle Lionel ! Ça va ?

Lionel Brown gémit de manière inquiétante et rouvrit les yeux. Le vacarme redoubla d'intensité. Le jeune homme qui l'avait appelé « oncle » sortit un grand couteau de sous sa ceinture et le pointa vers moi. Il écarquillait tant les yeux, que ses pupilles étaient cernées de blanc.

– Reculez ! cria-t-il. Ne le touchez pas !

Je levai les mains, montrant mes paumes dans un geste de renoncement.

– Très bien ! répondis-je. Je ne le toucherai plus.

D'ailleurs, je ne pouvais plus faire grand-chose de plus pour lui. Il devait rester au chaud, au sec et bien hydraté, mais, à mon avis, Hodgepile ne serait pas très réceptif à mes conseils.

Effectivement. Il parvint à calmer l'émeute naissante à force de cris et de menaces, puis déclara que nous traverserions la gorge sans plus attendre.

Aux protestations du neveu, il rétorqua :

– Tu n'as qu'à le coucher sur une civière.

Puis, se tournant vers moi :

– Quant à vous, je vous avais prévenue : plus de tours de magie !

– Tue-la, dit Brown dans un râle. Tue-la tout de suite.

Une lueur mauvaise traversa le regard d'Hodgepile.

– La tuer ? Pas question. Elle ne représente pas plus de danger vivante que morte…, et elle me sera nettement plus rentable vivante. Cela dit, je vais la mettre au pas.

En un clin d'œil, il sortit son couteau et attrapa ma main. Je n'eus même pas le temps de réfléchir avant de sentir la lame s'enfoncer profondément à la base de mon index.

– Vous vous souvenez de mes paroles ? Je n'ai pas besoin de vous entière.

Mon ventre se noua. Ma gorge était si sèche que je ne pouvais plus parler. L'entaille était cuisante, et la douleur se répandit en un éclair à travers mes nerfs. L'envie de retirer ma main était si puissante qu'une crampe contracta les muscles de mon bras.

J'imaginais déjà le sang jaillissant du moignon, le choc de l'os brisé, de la chair déchirée, l'horreur de la perte irrévocable.

Derrière Hodgepile, Tebbe s'était levé, son regard bizarre rempli d'effroi fasciné. Il serra le poing. Je vis sa pomme d'Adam remonter quand il déglutit et je me remis à saliver. Si je voulais conserver sa protection, je devais entretenir sa croyance.

Je dévisageai Hodgepile et me penchai vers lui. Ma peau frémissait, les battements de mon cœur cognaient dans mes oreilles, étouffant le tumulte de la cascade. J'ouvris grand les yeux, des yeux de sorcière, disaient certains.

Très, très lentement, je levai ma main libre, encore couverte du sang de Brown, et l'approchai du visage d'Hodgepile.

– Oui, je m'en souviens, murmurai-je d'une voix rauque. Et vous, vous vous souvenez de ce que je vous ai dit ?

Il m'aurait coupé le doigt. Je lus sa décision dans ses yeux, mais avant qu'il enfonce davantage la lame, le jeune Indien bondit et lui agrippa le bras avec un hurlement d'horreur. Distrait, Hodgepile lâcha sa prise, et je me libérai.

Tebbe et deux autres hommes bondirent à leur tour, les mains sur le manche de leur couteau et la crosse de leur revolver.

Les traits fins d'Hodgepile étaient toujours déformés par la fureur, mais son accès de violence était passé. Il abaissa son propre poignard. La menace reculait.

J'ouvris la bouche pour tenter de désamorcer la situation, mais fus devancée par le cri paniqué du neveu de Brown.

– Ne la laissez pas parler ! Elle va tous nous maudire !

– Oh, bon Dieu ! s'exclama Hodgepile exaspéré.

J'avais utilisé plusieurs foulards pour attacher l'éclisse de Brown. Hodgepile en ramassa un sur le sol, le froissa en boule et revint vers moi.

– Ouvrez ! grogna-t-il.

Il attrapa ma mâchoire d'une main, me forçant à ouvrir la bouche et fourra le tissu à l'intérieur. D'un regard assassin, il arrêta Tebbe qui s'apprêtait à intervenir.

– Je ne vais pas la tuer, mais elle ne dira plus un mot. Ni à lui (il indiqua Brown), ni à toi, ni à moi.

Quand il se tourna vers moi, je remarquai avec surprise une lueur d'inquiétude au fond de ses yeux.

– Ni à personne, acheva-t-il.

Tebbe ne paraissait pas convaincu, mais Hodgepile me bâillonna en nouant son propre foulard derrière ma nuque.

– Plus un mot, répéta-t-il en balayant les hommes du regard. À présent, on y va !

* * *

Nous traversâmes la rivière. À ma surprise, Lionel Brown survécut, mais l'opération dura des heures, et le soleil était bas quand nous montâmes le camp, environ trois kilomètres plus loin, à l'autre extrémité de la gorge.

Tout le monde était trempé, et un feu fut allumé sans soulever d'objections. Les courants de dissension et la méfiance étaient toujours palpables, mais l'eau et la fatigue les avaient tempérés. Plus personne n'avait la force de chercher querelle.

Ils m'avaient attaché les poings, mais pas les pieds. Vidée, je m'affalai sur un tronc couché près du feu. Je tremblais de froid et d'épuisement. Ils m'avaient obligée à marcher depuis la rive et, pour la première fois, je me demandais si Jamie finirait par me retrouver, un jour.

Il avait peut-être suivi l'autre groupe de bandits. Peut-être les avait-il trouvés et attaqués... se faisant blesser ou tuer dans la bataille. Ayant fermé les yeux, je les rouvris pour ne plus voir les images provoquées par cette pensée. Je m'inquiétais toujours pour Marsali mais, soit ils l'avaient trouvée à temps, soit ils étaient arrivés trop tard. Dans les deux cas, son sort était fixé.

Glacés, trempés et affamés, les hommes avaient assemblé un grand tas de bûches. Un Noir, petit et silencieux, attisait le feu, pendant que deux adolescents vidaient les sacoches en quête de nourriture. Une marmite d'eau bouillonnait sur les flammes avec un morceau de bœuf salé, et le jeune Indien à la crinière de lion versa de la farine de maïs dans un bol avec un peu de lard.

Sur une grille en fonte, un autre morceau de lard grésillait, fondant en graisse. Cela sentait délicieusement bon.

La salive remplit ma bouche, absorbée aussitôt par le tissu du bâillon et, malgré l'inconfort, l'odeur de nourriture me remonta un peu le moral. Mon corset, qui s'était relâché au cours du voyage, s'était de nouveau resserré quand les dentelles avaient séché et rétréci. Ma peau me démangeait, mais, au moins, les baleines me soutenaient plus ou moins.

Les deux neveux de M. Brown, Aaron et Moïse avais-je appris, entrèrent dans le camp, traînant le pas, en tirant derrière eux une civière de fortune. Ils la déposèrent près du feu avec un soupir de soulagement, déclenchant un hurlement de son occupant.

Si Brown avait survécu à la traversée, celle-ci ne l'avait pas arrangé. D'un autre côté, je les avais prévenus de bien le garder hydraté. En dépit de ma fatigue, je ne pus retenir un ricanement étouffé derrière mon bâillon.

En m'entendant, un des jeunes non loin de moi tendit la main vers le nœud de mon foulard, mais la baissa quand Hodgepile aboya :

– Laisse-la !

– Mais… faudra bien qu'elle mange, Hodge ?

– On verra plus tard.

Hodgepile s'accroupit devant moi, me reluquant de haut en bas.

– Alors, elle a appris sa leçon, l'emmerdeuse ?

Je ne bougeai pas, me contentant de le dévisager en mettant le plus de mépris possible dans mon regard. Mes paumes transpiraient, ravivant la brûlure de l'entaille dans ma main. Il tenta de soutenir mon regard, mais n'y parvint pas, ses yeux ne cessant de dévier sur le côté. Cela ne fit que l'énerver davantage.

– Arrêtez de me fixer !

Je battis des paupières, une fois, deux fois, mais continuai de le dévisager, avec ce que j'espérais être une froideur calculatrice. Notre M. Hodgepile me semblait au bout du rouleau. Il avait de lourds cernes noirs sous les yeux, de profondes rides autour de la bouche, de larges auréoles humides sous les aisselles. Harceler constamment les autres, ça minait un homme.

Soudain, il me saisit le bras et me hissa sur mes pieds.

– Je vais la mettre là où elle ne pourra plus regarder personne, cette salope.

Il me poussa devant lui et me fit contourner le feu. Légèrement à l'écart du campement, il trouva un arbre qui lui convenait. Il détacha mes mains puis les ligota à nouveau sous une boucle enserrant ma taille. Il me fit tomber en position assise, façonna un nœud coulant, me le passa autour du cou et lia l'autre bout de la corde au tronc.

– Comme ça, je suis sûr que vous ne filerez pas pendant la nuit. Je ne voudrais pas que vous vous perdiez. Vous pourriez vous faire dévorer par un ours et, après, on aura l'air de quoi, hein ?

Il éclata de rire. Il semblait avoir retrouvé sa bonne humeur, car il en riait encore en s'éloignant. Il se retourna une dernière fois vers moi. Je me tenais le dos droit, le fixant toujours. Toute trace de gaieté quitta aussitôt son visage. Il tourna les talons et, d'un pas raide, retourna près du feu.

En dépit de la faim, de la soif et de l'inconfort de ma position, j'éprouvai un certain soulagement. Si je n'étais pas seule à strictement parler, j'étais au moins hors de vue, à une bonne vingtaine de mètres du feu. Ce semblant d'intimité était bienvenu. Je m'adossai contre le tronc d'arbre, et tous les muscles de mon corps et de mon visage se relâchèrent d'un coup.

Bientôt. Jamie viendrait me chercher bientôt. À moins que... j'écrasai cette idée douteuse tel un scorpion venimeux, comme toute pensée au sujet de Marsali ou sur ce qui arriverait si... non, quand... il nous retrouverait. J'ignorais comment il s'y prendrait, mais il trouverait une solution. Il ne pouvait en être autrement.

Le soleil était presque couché. Les ombres se creusaient sous les arbres, et la lumière pâlissait, rendant les couleurs fugitives et enlevant leur profondeur aux formes solides. J'entendis le clapotis d'un cours d'eau non loin et des chants d'oiseaux dans les arbres. Dès que la fraîcheur tomba, ces gazouillis cédèrent la place aux stridulations des criquets. Un mouvement furtif attira mon regard, et j'aperçus un lapin, aussi gris que le crépuscule, assis sur ses pattes arrière sous un buisson, remuant son museau.

La simple banalité de la scène me fit monter les larmes aux yeux. Je fermai les paupières pour les chasser ; quand je les rouvris, le lapin était parti.

M'étant ressaisie, je fis quelques expériences pour tester la solidité de mes liens. Mes jambes n'étaient pas attachées, ce qui était un bon point. Je pouvais me hisser dans une position accroupie peu élégante et tourner tel un crabe autour du tronc. Mieux encore, je pouvais me soulager à l'abri des regards, du côté caché.

En revanche, je ne pouvais me lever complètement, ni atteindre le nœud de la corde qui m'attachait à l'arbre ; soit la corde glissait en même temps que moi, soit elle se coinçait dans l'écorce, mais le nœud restait obstinément de l'autre côté du tronc qui mesurait près d'un mètre de diamètre.

La corde entre le tronc et le nœud coulant autour de mon cou faisait un peu plus d'une cinquantaine de centimètres, assez pour me permettre de m'allonger, ou de me tourner d'un côté et de l'autre. Apparemment, Hodgepile avait de l'expérience en matière de ligotage. Je songeai à la ferme des O'Brian, aux deux corps pendus, aux deux aînés disparus. Un frisson me parcourut.

Où étaient-ils ? Vendus comme esclaves à une tribu indienne ? Dans un bordel pour marins dans une des villes de la côte ? Ou sur un bateau, en direction des Antilles pour y travailler dans une plantation ?

Je ne m'illusionnais pas trop : aucun de ces sorts romanesques ne m'attendait. J'étais bien trop vieille, trop tapageuse… et trop connue. Non, ma seule valeur aux yeux d'Hodgepile était ma connaissance de la cachette du whisky. Dès qu'il saurait où la trouver, il me trancherait la gorge sans sourciller.

Une odeur de viande grillée flottait dans l'air, me faisant saliver… C'était déjà ça, car, au-delà des grondements de mon estomac, le bâillon me desséchait la bouche.

Une crise de panique contracta mes muscles. Il me fallait absolument éviter de penser au bâillon et aux cordes autour de mes poings et de mon cou, sinon je risquais de céder à l'angoisse de l'emprisonnement et de m'épuiser dans une lutte inutile. Je devais préserver mes forces. J'ignorais quand et comment j'en aurais besoin, mais le moment viendrait. « Bientôt, priai-je. Faites que ce soit bientôt. »

Les hommes s'étaient installés devant leur dîner, leur appétit effaçant de leur esprit les disputes de la journée. Étant trop loin d'eux pour suivre leurs conversations, je n'entendais que quelques bribes de phrases ou un mot par-ci par-là porté par la brise. J'orientai ma tête de manière que le faible vent écarte les cheveux de devant mon visage et j'aperçus un étroit pan de ciel au-dessus de la gorge, d'un bleu profond et irréel, comme si la couche fragile de l'atmosphère se dispersait, dévoilant les ténèbres infinies de l'espace.

Une à une, les étoiles apparurent, et je me perdis dans leur contemplation, les comptant au fur et à mesure, telles des perles de rosaire, récitant tous les noms astronomiques que je connaissais, ignorant totalement s'ils correspondaient aux corps célestes que je voyais. Alpha Centauri, Cygnus, Sirius, Bételgeuse, les Pléiades, Orion…

Cela m'apaisa au point que je m'assoupis, ne revenant à moi qu'une fois la nuit tombée. La lueur du feu formait un halo vacillant à travers les broussailles, peignant mes pieds étendus devant moi de tons rosés. Je m'étirai de mon mieux, essayant de soulager la raideur de mon dos. Hodgepile se sentait-il donc tellement en sécurité à présent pour autoriser un si grand feu?

Le vent porta jusqu'à moi un gémissement sourd. Lionel Brown. Je grimaçai, mais je ne pouvais rien pour lui pour le moment.

J'entendis des pas et des murmures. Quelqu'un s'occupait de lui.

– … chaud comme un canon de revolver… dit une voix sur un ton inquiet.

– … chercher la femme?

– Non, répondit une voix autoritaire.

Hodgepile. Je soupirai.

– … de l'eau… Rien à faire…

J'étais si concentrée sur les voix, espérant comprendre ce qui se tramait près du feu, que je ne perçus pas tout de suite les craquements de branches près de moi. Ce n'était pas un animal. Seuls des ours auraient fait un tel raffut, or les ours ne ricanaient pas. Les rires étaient non seulement étouffés, mais régulièrement interrompus.

J'entendis aussi des chuchotements, mais sans en distinguer la teneur. Toutefois, le ton évoquait une conspiration juvénile, et j'en déduisis qu'il s'agissait des membres les plus jeunes de la bande.

– … allez, vas-y, quoi !

Cette bribe de phrase, prononcée avec véhémence, fut suivie d'un fracas de branches, une indication que l'on avait poussé quelqu'un contre un arbre. Un son identique y répondit, le bousculé rendant sans doute la pareille à son compagnon.

D'autres pas furtifs. Chuchotements, ricanements, encore des chuchotements. Je tendis l'oreille, me demandant ce qu'ils pouvaient bien mijoter.

Puis j'entendis :

– Ses jambes ne sont pas attachées…

Mon cœur fit un bond.

– Mais si elle…

Murmures indistincts.

– Ça fait rien, puisqu'elle ne peut pas gueuler.

Cette fois, la phrase était limpide. Je voulus me redresser à la hâte, et la corde autour de mon cou me rappela à l'ordre, formant comme une barre de fer contre ma trachée. Je retombai sur les fesses, des points rouges apparaissant en périphérie de mon champ de vision.

Secouant la tête, je pris de grandes inspirations, luttant contre l'étourdissement, l'adrénaline fusant dans mes veines. Une main agrippa ma cheville et agita frénétiquement mon pied.

– Hé ! s'écria une voix surprise.

Il me lâcha et recula un peu. Je commençai à voir plus clair. C'était un des adolescents mais, à contre-jour avec le feu derrière lui, il ne formait qu'une silhouette sans visage.

– Chuuut ! fit-il.

Il pouffa de rire nerveusement et tendit une main hésitante vers moi. J'émis un grognement sourd derrière mon bâillon, et il se figea.

Un bruissement dans le taillis lui rappela que son ami, ou ses amis, l'observait. L'air déterminé, il s'avança de quelques pas, accroupi tel un canard. Il me tapota la cuisse en chuchotant :

– Vous inquiétez pas, m'dame. Je ne vous veux pas de mal.

Je grognai de nouveau, et il hésita, mais un autre chuchotis dans le sous-bois raffermit sa résolution. Il m'attrapa par les épaules, essayant de me forcer à m'allonger. Je me débattis comme une diablesse, donnant des coups de pieds et de genoux. Déséquilibré, il tomba à la renverse.

Les éclats de rire de ses compagnons le propulsèrent de nouveau sur ses pieds. Cette fois, il m'attrapa les chevilles et les tira vers lui. Puis il se jeta sur moi, m'aplatissant au sol.

– Chut ! dit-il de nouveau dans mon oreille.

Ses mains cherchaient ma gorge. Je gigotai dans tous les sens, tentant de le faire tomber de côté. Il m'enserra le cou, et je cessai de bouger, ma vue se brouillant de nouveau.

– Chut ! répéta-t-il. Arrêtez de faire du bruit, m'dame, d'accord ?

J'émis des petits bruits étranglés qu'il dut prendre pour un assentiment, car il desserra sa prise.

– Je ne vous ferai pas de mal, m'dame, je vous jure ! Mais cessez de bouger, s'il vous plaît !

D'une main, il me plaquait au sol, de l'autre, il fouillait entre les couches de vêtements qui nous séparaient. Bien évidemment, je n'avais pas l'intention de le laisser faire et me démenais, jusqu'à ce qu'il appuie son avant-bras contre mon cou, pas assez fort pour m'étouffer, mais suffisamment pour m'immobiliser. Il était maigrichon mais très fort et, à force de détermination, parvint à retrousser ma chemise et à coincer son genou entre mes cuisses.

Il était aussi essoufflé que moi et dégageait une odeur de bouc en rut. Ses mains quittèrent mon cou et malaxèrent fiévreusement ma poitrine d'une manière laissant deviner que les seuls autres seins qu'il avait jamais touchés étaient sans nul doute ceux de sa mère.

– Chut, n'ayez pas peur, m'dame, tout va bien se passer. Je vais pas... oh. Oh, mon Dieu. Je... euh... oh...

Sa main fouilla entre mes cuisses, puis disparut pendant qu'il tentait de baisser ses culottes.

Il tomba lourdement sur moi, ses hanches bougeant avec frénésie, sans autre contact que celui du frottement. De toute évidence, il n'avait aucune notion de l'anatomie féminine. Pétrifiée de stupéfaction, je restai sans bouger quand un liquide chaud gicla sous ma cuisse, tandis que, pantelant, il se perdait dans l'extase.

Toute la tension nerveuse quitta son corps, et il s'effondra sur mon torse, tel un ballon vidé de son air. Son jeune cœur battait comme un marteau-piqueur. Sa tempe était collée contre ma joue, moite de transpiration.

L'intimité de ce toucher m'était tout aussi insupportable que la chose molle entre mes cuisses. Je roulai brusquement sur le côté, pour le repousser. Revenant aussitôt à la vie, il se redressa en moins de deux sur les genoux, tout en tirant sur ses culottes.

Il oscilla sur place un instant, puis se rapprocha de moi à quatre pattes.

– Je suis vraiment désolé, m'dame, chuchota-t-il.

Je ne bougeai pas et, au bout de quelques secondes d'hésitation, il me donna une petite tape sur l'épaule.

– Je suis désolé, répéta-t-il, avant de déguerpir.

Couchée sur le dos, je me demandais si un assaut aussi incompétent pouvait, sur le plan légal, être qualifié de viol.

Des bruits lointains dans les fourrés, accompagnés de cris de joie étouffés, me convainquirent que c'en était bien un. Seigneur, les autres petites brutes n'allaient pas tarder à rappliquer à leur tour. Prise de panique, je m'assis, veillant à ne pas tirer sur le nœud autour de mon cou.

La lueur du feu était irrégulière et vacillante, tout juste assez forte pour que je puisse distinguer les troncs, la fine couche d'aiguilles de pin et de feuilles mortes, et, au-delà, à travers le feuillage, les rochers de granit et la masse sombre d'une branche cassée. Même la présence éventuelle d'une arme ne ferait pas une grande différence, dans la mesure où j'avais les poings liés.

Le poids du jeune assaillant avait aggravé la situation : les nœuds s'étaient resserrés au cours de ma lutte, et mes mains m'élançaient en raison de la mauvaise circulation sanguine. Le bout de mes doigts était presque insensible. Il ne manquait plus que ça ! Cette absurdité se solderait-elle par une gangrène qui me coûterait quelques phalanges ?

L'espace d'un instant, je me demandai si je n'étais pas mieux de filer doux avec le prochain morveux, dans l'espoir qu'il m'ôterait mon bâillon. Le cas échéant, je pourrais au moins le supplier qu'il desserre mes liens... puis hurler au secours. Alors Tebbe viendrait peut-être m'épargner d'autres assauts, craignant ma vengeance surnaturelle.

J'entendis approcher entre les buissons. Je mordis le fichu dans ma bouche et relevai les yeux, mais la silhouette dressée devant moi n'était pas celle d'un adolescent.

La seule pensée qui me vint à l'esprit en reconnaissant mon visiteur fut : «Mais qu'est-ce que tu fous, merde, Jamie Fraser ?»

Je me figeai, comme si cela pouvait me rendre invisible. L'homme s'avança et s'accroupit devant moi.

– Alors, on rit moins, maintenant, hein ?

C'était Boble, l'ex-chasseur de primes.

– Votre mari et vous, vous avez trouvé ça vachement drôle, non, ce que ces Allemandes m'ont fait ? Et quand M. Fraser, avec son air de cul-bénit, m'a dit qu'elles allaient me transformer en chair à saucisse, vous trouviez ça rigolo aussi, non ?

Pour être parfaitement sincère, on avait bien ri. Mais, il avait raison, je ne riais plus du tout. Il me gifla à toute volée.

Le coup me fit larmoyer. La lumière l'éclairait de côté, et je pouvais voir le sourire sur son visage bouffi. Un frisson glacé me parcourut. Il s'en rendit compte, et son sourire s'élargit davantage. Ses canines étaient courtes et carrées, si bien que ses incisives jaunes n'en paraissaient que plus longues, telles des dents de rongeur.

Il se releva et tripota sa braguette.

– Vous n'avez pas fini de rire. J'espère qu'Hodge ne vous tuera pas trop tôt pour que vous ayez le temps de raconter à votre mari à quel point vous vous êtes amusée. Je vous parie qu'avec son sens de l'humour, il goûtera la plaisanterie.

Le sperme du garçon était encore frais et poisseux sur ma cuisse. Je me jetai en arrière par réflexe, essayant de me relever, mais la corde m'arrêta dans mon élan. Le nœud se resserra sur mes carotides et, pendant un instant, je ne vis que du noir. Quand je retrouvai la vue, le visage de Boble se trouvait à quelques centimètres de mon visage, son souffle chaud sur ma peau.

Il agrippa mon menton et frotta son visage contre le mien, râpant mes joues avec les poils de sa barbe. Puis il s'écarta, me laissant la figure pleine de bave, me poussa sur le dos et grimpa sur moi.

Je sentais la violence qui palpitait en lui, prête à exploser. Je savais que je ne pouvais lui échapper ni l'empêcher de saisir la moindre occasion pour me blesser. Ma seule option était de rester immobile et d'endurer.

Mais j'en étais incapable. Je me soulevai et roulai sur le côté, lui donnant un coup de genou juste au moment où il relevait ma chemise. Je l'atteignis à la cuisse. Il se redressa aussitôt et m'envoya son poing en plein visage.

Une douleur aiguë irradia du centre de mon visage, me remplit le crâne et je ne vis plus rien, aveuglée par le choc. Avec une grande clarté, je pensais : « Pauvre sotte, tu as gagné, maintenant il va te tuer.» Le second coup me cueillit sous la mâchoire et propulsa ma tête sur le côté. Peut-être tentai-je de me débattre à l'aveuglette ou peut-être restai-je inerte, je ne saurais le dire.

Il s'assit à califourchon sur moi, me frappant à tour de bras, me giflant, des coups sourds et lourds comme le grondement des vagues sur le sable, trop lointains pour être douloureux. Je me tortillai, tentant de me recroqueviller en chien de fusil et de protéger mon visage derrière mon épaule. Puis son poids disparut.

Il s'était relevé. Il me rouait de coups de pied en jurant, haletant, sanglotant à moitié, sa botte martelant mes côtes, mon dos, mes cuisses et mes fesses. Je suffoquai, ne trouvant plus mon souffle. Mon corps tressaillait à chaque assaut, glissant sur le sol jonché de feuilles. Je m'accrochai de toutes mes forces à la sensation de la terre sous moi, essayant de m'y enfoncer, d'être engloutie par elle.

Puis il cessa. Je l'entendis panteler et balbutier :
– Putain… oh, putain… putain de garce.

Immobile, je tentai de me fondre dans l'obscurité autour de moi, devinant qu'il s'apprêtait à me frapper la tête. J'entendais déjà mes dents s'entrechoquer, sentais les fragments osseux de mon crâne éclater et s'effondrer dans la masse molle et humide de mon cerveau. Je tremblais, serrant les mâchoires dans un effort vain pour résister à l'impact. Cela ferait le son creux et sourd d'un melon qui explose. L'entendrais-je ?

Il ne vint pas. À la place, il y eut un autre bruit, un va-et-vient rapide et violent que je n'identifiais pas. Un bruit de viande, rythmique, comme de la chair frottée contre de la chair, puis il poussa un long râle, et des gouttes chaudes plurent sur mon visage et mes épaules nues.

J'étais paralysée. Quelque part au fond de mon esprit, un observateur détaché se demanda à voix haute si ce n'était pas là la chose la plus répugnante que j'avais jamais vécue. Non. Certaines des scènes auxquelles j'avais assisté à l'Hôpital des Anges, sans parler de la mort du père Alexander, du grenier des Beardsley... de l'hôpital de camp à Amiens... Non, vraiment, j'avais déjà connu bien pire.

Raide, les yeux fermés, je songeais avec regret à diverses expériences désagréables de mon passé en les comparant à celle-ci.

Boble se pencha sur moi, m'attrapa par les cheveux et frappa mon crâne plusieurs fois contre le tronc, soufflant comme un phoque.

– Ça t'apprendra... marmonna-t-il.

Puis il me lâcha, et je l'entendis s'éloigner en traînant les pieds.

Quand je rouvris les yeux, j'étais seule.

* * *

Je demeurai seule, Dieu merci. La violence de l'agression parut avoir effrayé les adolescents.

Je roulai sur le côté, puis ne bougeai plus, me sentant très lasse et abandonnée.

« Jamie, où es-tu ? »

Je n'avais plus peur de ce qui m'arriverait ensuite. Je ne pouvais voir au-delà de l'instant présent, au-delà de ma prochaine respiration, de mon prochain battement de cœur. Je ne pensais pas, je ne voulais rien ressentir. Pas encore. Je gisais... et respirais.

Peu à peu, je remarquai des détails. Un fragment d'écorce pris dans mes cheveux, me grattant la joue. Le ploiement des épaisses feuilles mortes sous mon corps, me soutenant. L'effort de ma poitrine à chaque inspiration. Un effort croissant.

Un nerf se mit à sursauter près de mon œil gauche.

Soudain, je pris conscience qu'entre le foulard dans ma bouche et mon nez enflé qui se remplissait de sang, je risquais de suffoquer. Je me tordis le plus possible sur le côté sans m'étrangler et frottai mon visage, d'abord contre le sol, puis, les talons enfoncés dans la terre, frénétiquement contre le tronc, tentant en vain de déplacer ou de desserrer le bâillon.

L'écorce râpait mes lèvres et mes joues, mais le fichu noué autour de ma tête était si serré qu'il entaillait les commissures de ma bouche, la maintenant ouverte, si bien que le tissu absorbait sans arrêt ma salive. Le chiffon trempé me chatouilla la gorge; j'eus un haut-le-cœur et sentis le vomi me piquer l'arrière du nez.

«Tu ne vomiras pas, tu ne vomiras pas, tu ne vomiras pas!»

J'inspirai par le nez du sang chargé de bulles d'air, son goût cuivré me remplissant tandis qu'il coulait dans ma gorge. Je fus de nouveau prise d'une nausée, me pliai en deux et vis un éclair blanc quand la corde comprima ma trachée.

Enflé d'une pommette à l'autre, mon nez gonflait à vue d'œil. Je serrai les dents sur le bâillon et soufflai par les narines, afin d'essayer de les dégager. Une petite pluie de sang et de bile éclaboussa mon menton et ma poitrine... et j'inspirai un peu d'air.

«Souffle, inspire, souffle, inspire, souffle...», mais à présent, mes conduits nasaux étaient presque entièrement obstrués. J'avais beau faire, l'air n'entrait plus. Je manquai de sangloter de frustration et de panique.

«Bon sang, ne pleure pas! Si tu pleures, tu meurs! Bon sang, ne pleure pas! Souffle, souffle...» J'éjectai la dernière réserve d'air rance de mes poumons et créai un minuscule passage, juste de quoi les remplir de nouveau.

Je retins mon souffle, tentant de rester consciente assez longtemps pour trouver un nouveau moyen de respirer. Il devait en exister un autre.

Je n'allais pas mourir à cause d'un minable comme Harley Boble. Ce n'était pas juste. Je ne pouvais pas finir ainsi.

Je m'adossai en position semi-assise contre le tronc pour soulager la tension de la corde et laissai pendre ma tête, faisant s'écouler le sang. Il y eut une légère amélioration, mais pas pour longtemps.

Je sentais mes paupières s'étirer. Mon nez était cassé, et toute la partie supérieure de mon visage se gorgeait du sang et de la lymphe des vaisseaux capillaires endommagés, me fermant les yeux et obstruant encore un peu le mince passage d'air.

Folle de frustration et de rage, je mordis le bâillon, puis me mis à le mâcher, limant le tissu entre mes dents, m'efforçant de l'aplatir et de le comprimer. En le faisant bouger à l'intérieur de ma bouche, je finis par m'entailler la chair, mais la douleur était secondaire, seul l'air comptait. « Oh mon Dieu, je ne peux pas respirer. Mon Dieu, laissez-moi respirer, je vous en supplie… »

Je me mordis la langue, grimaçai de douleur, puis je me rendis compte que j'avais réussi à la glisser au-delà du bâillon, son bout atteignant un coin de ma bouche. En poussant de toutes mes forces, j'avais créé un minuscule canal d'où filtrait une infime quantité d'oxygène, mais peu importait, c'était de l'air.

Mon cou était douloureusement tordu sur le côté, mon front pressé contre le tronc, mais je n'osais bouger de peur de perdre ce mince souffle vital. Figée, je gargouillai, respirant faiblement, et me demandai combien de temps je pourrais maintenir cette position, mes muscles tremblant déjà sous l'effort.

Mes mains m'élançaient de nouveau. En fait, elles n'avaient sans doute jamais cessé de me faire mal, mais je n'avais guère eu le temps d'y prêter attention. À présent, j'accueillis avec soulagement les langues de feu sous mes ongles, car elles me permettaient de penser à autre chose qu'à la rigidité mortelle qui s'étendait de ma nuque à mes épaules.

Des spasmes musculaires me parcoururent le cou. Je haletai, perdis mon filet d'air et me cambrai de toutes mes forces, mes doigts s'enfonçant dans les liens de mes mains, tandis que je m'efforçais de retrouver ce souffle.

Puis une main se posa sur mon épaule. Je n'avais entendu approcher personne. Je me tournai et donnai des coups de front à l'aveuglette. Peu m'importait qui il était et ce qu'il voulait, pourvu qu'il m'enlève le bâillon. Le viol me paraissait une monnaie d'échange tout à fait acceptable contre ma survie, du moins pour l'instant.

J'émis des sons désespérés, gémissant, grognant, projetant des gouttes de sang et de morve en secouant la tête avec vigueur pour faire comprendre que j'étouffais. Compte tenu de l'incompétence sexuelle des précédents, celui-ci risquait de ne pas s'apercevoir que je ne respirais plus et d'accomplir ce pourquoi il était là sans se rendre compte que son viol avait viré à la nécrophilie.

Il tripotait l'arrière de ma tête. Dieu merci, Dieu merci ! Je fis un effort surhumain pour ne pas bouger, mon crâne tournoyant, tandis que de minuscules boules de feu explosaient derrière mes yeux. Puis la bande de tissu tomba, et je crachai le foulard de ma bouche. J'eus immédiatement un haut-le-cœur, vomis, avalant de l'air et crachant mes poumons simultanément.

Je n'avais rien mangé, si bien qu'un simple filet de bile me brûla la gorge et dégoulina sur mon menton. Je m'étranglai, déglutis, puis enfin respirai, inspirant avec avidité d'immenses goulées d'air.

Il me parlait, chuchotant sur un ton insistant. Je m'en fichais, ne pouvais écouter. Je n'entendais que le chuintement merveilleux de mon souffle et les battements de mon cœur. Après une course frénétique pour pomper assez d'oxygène dans mes tissus affamés, mon muscle cardiaque ralentissait enfin, mais palpitait encore assez fort pour faire trembler tout mon corps.

Puis, quelques mots parvinrent jusque dans mon cerveau. Je levai la tête vers lui.

– G'avez ?

Je toussai et agitai mon crâne pour remettre un peu d'ordre dans mes idées. Un mouvement très douloureux.

– Qu'avez-vous dit ?

Je ne voyais que sa silhouette dégingandée couronnée par son épaisse chevelure léonine.

Il se pencha plus près :

– J'ai dit : « Le nom Ringo Starr, ça vous dit quelque chose ? »

J'avais atteint un stade où plus rien ne pouvait me surprendre. J'essuyai ma lèvre fendue sur mon épaule et répondis très calmement :

– Oui.

J'entendis son long soupir et vis ses épaules s'affaisser.

– Oh mon Dieu ! dit-il entre ses dents. Oh, mon Dieu !

Tout à coup, il se jeta sur moi et m'étreignit. Je reculai, le nœud autour de mon cou m'étranglant de nouveau, mais il ne parut pas s'en rendre compte.

Presque en larmes, il enfouit son visage dans le creux de mon épaule.

– Oh, mon Dieu, répéta-t-il. Je le savais. Je savais que vous deviez en être, mais je n'arrivais pas à y croire. Oh, mon Dieu, oh mon Dieu, oh mon Dieu. Je n'aurais jamais cru trouver quelqu'un d'autre, jamais…

– Gââââh…

Je cambrai le dos.

– Quoi ? Oh merde !

Il me lâcha, saisit le nœud coulant, le desserra et le tira par-dessus ma tête, manquant de m'arracher une oreille au passage.

– Ça va aller ?

– Oui, répondis-je d'une voix rauque. Dé… tachez-moi.

Il renifla, s'essuya le nez sur sa manche et, nerveux, jeta un coup œil vers l'arrière.

– Je ne peux pas, chuchota-t-il. Le prochain type qui va venir s'en apercevra.

Je poussai un cri étranglé.

– Le prochain type ? Que voulez-vous dire par le prochain…

– Ben… vous savez bien…

Apparemment, il ne lui était pas venu à l'esprit que je pourrais refuser d'attendre sagement, telle une dinde troussée, le prochain violeur sur la liste.

– Euh… c'est que… bon, passons. Qui êtes-vous?

– Vous savez très bien qui je suis, chuchotai-je furieuse. Je suis Claire Fraser. Et vous, hein? Qu'est-ce que vous fichez ici? Et si vous voulez en savoir plus, vous avez intérêt à me détacher, et vite!

L'air inquiet, il se retourna de nouveau. Il craignait visiblement ses soi-disant «camarades». Moi aussi. Je distinguai son profil. C'était bien le jeune Indien à la tignasse hirsute, celui que j'avais pris pour un Tuscarora. Un Indien… Dans les tréfonds de mes synapses enchevêtrées, un déclic se produisit.

J'essuyai un filet de sang à la commissure de mes lèvres.

– Bordel! Tent-de-Loudre. Dent… Vous êtes un des siens.

Il écarquilla les yeux.

– Quoi? Qui?

– Oh, comment s'appelait-il de son vrai nom, déjà? Robert… Robert je-ne-sais-quoi…

Tremblante de fureur, de terreur, de choc et d'épuisement, je fouillais dans les vestiges bourbeux de ce qui me restait de cerveau. J'avais beau être une épave, je me souvenais très bien de Dent-de-Loutre. Je me revoyais encore très distinctement seule une nuit, dégoulinante de pluie, avec, dans les mains, un crâne que j'avais déterré.

Il agrippa mon bras.

– Springer? demanda-t-il. Robert Springer, ce ne serait pas ce nom?

J'eus tout juste la présence d'esprit de serrer mes mâchoires, d'avancer le menton et de lui mettre mes poings liés sous le nez. Pas un mot de plus tant qu'il ne m'aurait pas détachée.

– Merde, grogna-t-il de nouveau.

Après un autre bref coup d'œil derrière lui, il chercha son couteau. Le moins que l'on puisse dire, c'était qu'il était plutôt empoté avec une lame. Si j'avais eu besoin d'une autre preuve qu'il n'était pas un Indien de cette époque… Toutefois, il parvint à trancher la corde sans me taillader une veine. Le sang déferla dans mes doigts, et je coinçai mes mains sous mes aisselles. On aurait dit des baudruches sur le point d'éclater.

Sans égard pour ma douleur, il m'interrogea :

– Quand êtes-vous venue ? Où avez-vous rencontré Bob ? Où est-il ?

– La première fois en 1946. La seconde en 1968. Quant à M. Springer…

– La seconde… vous avez bien dit la seconde fois ?

Il se rendit compte qu'il s'était presque écrié et, coupable, regarda derrière son dos. Cependant, les éclats de voix des hommes jouant aux dés et se chamaillant près du feu étaient assez forts pour couvrir une simple exclamation.

– La seconde fois… répéta-t-il plus doucement. Alors, vous avez réussi ? Vous êtes rentrée ?

J'acquiesçai, serrant les lèvres et me balançant légèrement d'avant en arrière. Avec chaque battement de mon cœur, j'avais l'impression que mes ongles allaient tomber.

Bien qu'étant pratiquement sûre de sa réponse, je demandai :

– Et vous ?

Il me confirma ce que je savais déjà :

– 1968.

– En quelle année avez-vous débarqué ? Je veux dire… vous êtes ici depuis combien de temps ? Euh… enfin, vous comprenez ce que je veux dire.

Il s'assit sur ses talons et passa une main dans ses longs cheveux.

– Oh la la ! Pour autant que je sache, ça fait environ six ans. Mais vous avez dit « la seconde fois ». Si vous êtes rentrée chez vous, qu'est-ce que vous êtes venue foutre de nouveau ici ? Non, laissez-moi deviner. Vous n'êtes pas rentrée à la bonne époque ? Vous êtes arrivée dans une autre année que celle d'où vous étiez partie ?

– Non, je suis bien rentrée. J'étais partie d'Écosse en 1946.

Ne tenant pas à entrer dans les détails, j'expliquai succinctement :

– Mon mari était ici. Je suis donc revenue exprès, pour être avec lui.

Une décision dont, pour le moment, la sagesse était plutôt douteuse.

– En parlant de mon mari, je ne plaisantais pas. Il arrive. Je vous l'assure : vous n'avez pas intérêt à ce qu'il vous trouve en train de me garder prisonnière. Mais si vous…

Il ne parut pas impressionné.

– Alors, ça veut dire que vous savez comment ça marche ! Vous pouvez naviguer !

Je commençai à m'impatienter.

– Quelque chose comme ça, oui. J'en déduis que vous et vos compagnons ne savez pas « naviguer », comme vous dites.

Je massai mes mains endolories. Les cordes avaient creusé un profond sillon autour de mes poignets.

– On croyait pouvoir, répondit-il d'un ton amer. Les pierres qui chantent, les gemmes… On les a utilisées. Raymond nous avait expliqué comment s'y prendre, mais ça n'a pas marché. Ou peut-être que si, au fond.

Il faisait des déductions. J'entendais l'excitation qui montait dans sa voix.

– Vous avez donc rencontré Bob Springer, ou Dent-de-Loutre. Ça veut dire qu'il a réussi ! Peut-être que les autres aussi, alors. C'est que… je les croyais tous morts. Je pensais… je pensais que j'étais tout seul.

Sa voix se brisa et, en dépit de l'urgence de la situation et de mon agacement, je ressentis une pointe de compassion pour lui. Je ne connaissais que trop bien cette sensation d'être seul au monde, échoué dans le temps.

J'étais navrée de le décevoir, mais il ne servait à rien de lui cacher la vérité.

– Dent-de-Loutre est mort.

Il se figea. La faible lueur du feu derrière les arbres auréolait sa silhouette. Je pouvais voir son visage. Quelques longues mèches oscillaient dans la brise. Rien d'autre chez lui ne bougeait.

– Comment ? questionna-t-il enfin.

– Tué par les Iroquois. Des Mohawks.

Mon cerveau recommençait, très lentement, à fonctionner. Cet homme, qui qu'il soit, était arrivé six ans plus tôt, donc en 1767. Pourtant, Dent-de-Loutre, qui, dans une autre vie, avait été Robert Springer, était mort plus d'une génération plus tôt. Ils étaient partis ensemble, mais étaient arrivés à des époques différentes.

Malgré son désarroi, l'homme parlait avec un respect craintif.

– Merde, vous parlez d'un sale coup, surtout pour un gars comme lui ! Il idolâtrait ces types.

– En effet, j'imagine que sa mort a dû le contrarier.

Mes paupières bouffies étaient lourdes. Garder les yeux ouverts me demandait un effort, mais je voyais encore. En me tournant vers le feu, je n'aperçus que quelques ombres vagues qui remuaient au loin. S'il existait vraiment une liste d'attente pour mes services, les candidats ne se bousculaient pas. Je remerciai le ciel de ne pas avoir vingt ans de moins.

– J'ai rencontré des Iroquois. Purée… ! C'est même moi qui suis allé à leur rencontre ! Parce que c'était le but de l'opération, vous comprenez… d'aller trouver ces tribus et de leur dire…

– Oui, je connais votre projet, l'interrompis-je. Toutefois, ce n'est pas vraiment le lieu ni le moment pour un long débat. Je crois que…

– Ces Iroquois ne sont pas des tendres, croyez-moi. Vous n'imaginez pas ce qu'ils font aux…

– Si, je sais. Mon mari n'est pas un tendre non plus.

Je lui décochai un regard noir que, vu la façon dont il recula, l'état de mon visage devait rendre encore plus menaçant. Je tentai d'insuffler le plus d'autorité possible dans ma voix.

– Ce que vous devez faire, c'est retourner auprès du feu, attendre un peu, puis vous éclipser comme si de rien n'était, contourner le campement et voler deux chevaux. J'entends un ruisseau par ici (je fis un signe de tête vers la droite). Je vous y attendrai. Une fois que nous serons hors d'atteinte, je vous raconterai tout ce que je sais.

À vrai dire, je ne pourrais probablement rien lui apprendre de très utile, mais il n'était pas obligé de le savoir.

Hésitant, il jeta un œil aux alentours.

– Je ne sais pas... Ce Hodge est un vrai dingue. Il y a quelques jours, il a descendu un gars qui n'avait rien fait. Il s'est approché, a dégainé son flingue et « Pan ! » en pleine poire.

– Mais, pourquoi ?

– J'en sais rien. Juste comme ça, « Pan ! », c'est tout. Vous comprenez ?

Je me raccrochai au dernier fil ténu qui me retenait à la tempérance et à la santé mentale.

– Oui, très bien. Écoutez, laissons tomber les chevaux. Filons tout de suite.

Je tentai de me redresser sur un genou, espérant être capable de me lever au bout de quelques instants, voire même de marcher. Les muscles longs de mes cuisses étaient noués, là où Boble m'avait frappée. L'effort les fit trembler spasmodiquement, me paralysant.

– Pas maintenant !

Dans son agitation, il me retint par le bras et me fit retomber en arrière sur les fesses. Je poussai un cri de douleur.

– Tout va bien, Donner ?

La voix avait surgi des ténèbres quelque part derrière moi. Le ton était tranquille. Ce devait être un des hommes, venu se soulager contre un arbre, mais l'effet sur le jeune Indien fut foudroyant. Il se jeta de tout son long sur moi, me cognant la tête contre le sol et me coupant le souffle.

– Ouais... très... bien, lança-t-il.

Il haleta exagérément, s'efforçant d'imiter un homme en plein coït. À mon avis, cela ressemblait plus à une crise d'asthme, mais ce n'était pas le moment de me plaindre. D'ailleurs, j'en étais bien incapable.

J'avais déjà reçu pas mal de coups sur la tête et, généralement, ne voyais plus que du noir. Cette fois-ci, je vis vraiment des étoiles. Je restai inerte et perplexe, comme si je flottais au-dessus de mon corps rompu. Puis Donner posa les mains sur mes seins, et je revins séance tenante sur terre.

– Lâchez-moi tout de suite, sifflai-je. Vous vous croyez où ?

– Du calme, du calme, ce n'est rien. Désolé, m'assura-t-il à toute vitesse.

Il ôta ses mains, mais resta couché sur moi. Il remua un peu, et je me rendis compte que le contact l'avait excité, consciemment ou pas.

– Ôtez-vous de là ! chuchotai-je furieuse.

– Chut, je ne fais rien. Je veux dire, je ne vous ferai jamais le moindre mal, mais ça fait un bail que je n'ai pas couché avec une femme et…

Je lui attrapai une poignée de cheveux, soulevai sa tête et le mordis fortement à l'oreille. Il poussa un cri et roula à côté de moi.

L'autre homme était retourné vers le feu. En l'entendant, il lança :

– Eh bien, Donner ! Elle est si bonne que ça ? Va falloir que je l'essaie à mon tour.

Se tenant le lobe, Donner murmura sur un ton geignant :

– Vous n'aviez pas besoin de me mordre ! Je ne faisais rien, zut ! C'est vrai que vous avez de gros seins, mais vous avez l'âge de ma mère !

– Taisez-vous !

Je m'assis, l'effort me faisant tourner la tête ; de petites lumières clignotaient dans le coin de mes yeux telles des guirlandes de Noël. Malgré cela, une partie de mon cerveau s'activait toujours.

Il avait en partie raison. Nous ne pouvions pas nous en aller tout de suite. Après avoir attiré l'attention sur lui, les autres s'attendraient à le voir réapparaître d'un instant à l'autre. Ne le voyant pas revenir, ils le chercheraient. Or, il nous fallait plus que quelques minutes d'avance.

– Si on s'en va tout de suite, ils s'en rendront compte, souffla-t-il. Attendons qu'ils s'endorment. Je reviendrai vous chercher.

J'hésitai. Chaque instant supplémentaire passé près d'Hodgepile et de sa bande de sauvages me rapprochait de la mort. Si j'avais encore eu besoin de preuves, les deux dernières heures m'en avaient amplement apporté. Ce Donner devait revenir près du feu et se montrer, mais je pouvais m'éclipser. Courir le risque que l'on s'aperçoive de ma fuite avant de me mettre hors de leur portée valait-il la peine ? Certes, il était préférable de patienter jusqu'à ce qu'ils dorment. Mais oserai-je attendre plus longtemps ?

Puis, il y avait Donner. S'il voulait me parler, j'avais aussi très envie de discuter avec lui. La chance de tomber sur un autre voyageur du temps…

Il lut mon hésitation, mais se méprit sur mon intention.

– Vous ne partirez pas sans moi !

Il m'attrapa le bras avant que j'aie eu le temps de réagir et enroula en moins de deux la corde autour de mon poignet. Je me débattis, tentant de me faire comprendre, mais il paniquait à l'idée de me voir m'enfuir sans lui. Entravée par mes blessures, ne voulant pas faire de bruit et risquer d'attirer les autres, je ne pus que retarder, mais pas empêcher, ses efforts pour me ligoter de nouveau.

Il transpirait. Une goutte de sueur tomba sur mon visage, quand il se pencha pour vérifier mes liens. Au moins, il n'avait pas remis le nœud autour de mon cou, se contentant de m'attacher la taille au tronc d'arbre.

– J'aurais dû savoir qui vous étiez avant même que vous le traitiez de « connard ».

– Que voulez-vous dire ?

Le voyant s'apprêter à me remettre le bâillon, je sifflai :

– Pas cette saloperie ! Je vais étouffer.

Mon ton terrifié l'arrêta.

– Oh. Euh… je suppose que…

Il se tourna vers le feu, puis posa le foulard à terre.

– Bon d'accord, mais vous la fermez, c'est clair ? Je voulais dire que… vous ne craignez pas les hommes. La plupart des femmes d'aujourd'hui en ont peur. Vous devriez faire semblant d'avoir peur vous aussi.

Là-dessus, il se leva, fit tomber les feuilles de ses culottes et s'éloigna en direction du feu.

* * *

Il arrive un moment où le corps cesse tout simplement de répondre. Il sombre dans le sommeil, malgré les dangers qui menacent. J'en avais déjà été témoin : les soldats jacobites qui s'effondraient dans les fossés et dormaient ; les pilotes britanniques qui piquaient un somme dans leurs cockpits pendant que les mécaniciens ravitaillaient leur avion, pour se réveiller, alertes, pour le décollage. De même, les femmes qui connaissent un accouchement laborieux s'endorment souvent entre deux contractions.

De la même manière, je dormis.

Ce type de sommeil n'est ni profond ni paisible. J'en émergeai brusquement avec une main plaquée sur ma bouche.

Le quatrième homme n'était ni incompétent ni brutal. Il était grand, avec un corps mou. Il avait beaucoup aimé sa femme morte. Je le sus, parce qu'il pleura dans ma chevelure et, qu'à la fin, il m'appela par son nom. Martha.

* * *

Je me réveillai de nouveau plus tard, d'emblée consciente, le cœur battant. Sauf que ce n'était pas mon cœur que j'entendais, mais un tambour.

Des cris de surprise retentirent près du feu, les hommes étant brutalement extirpés de leurs rêves.

Quelqu'un s'écria :

– Les Indiens !

Un autre donna des coups de pied dans le feu pour éparpiller les branches.

Il ne s'agissait pas d'un tambour indien. Je tendis l'oreille. Il émettait le son d'un cœur qui bat, lent et rythmé, puis un roulement accéléré, telle une bête traquée qui s'enfuit.

J'aurais pu leur dire que les Indiens n'utilisaient jamais leurs tambours comme des armes. Que c'était une coutume celte. Le son d'un *bodhran*.

«Et puis quoi encore? pensai-je, au bord de l'hystérie. Les cornemuses?»

Ce ne pouvait être que Roger. Il n'y avait que lui pour battre le tambour ainsi. Dans ce cas, Jamie n'était pas très loin. Je me relevai, prise d'une envie, d'un besoin désespéré de bouger. Je tirai sur la corde autour de ma taille, en vain.

Un autre tambour retentit, plus lent, manié par un homme moins compétent, mais tout aussi menaçant. Le son semblait bouger… Il bougeait! Il s'estompait, puis se rapprochait. Un troisième tambour les rejoignit. À présent, les battements paraissaient venir de partout, rapides, lents, railleurs.

Pris de panique, quelqu'un tira un coup de feu vers la forêt.

– Attendez! hurla la voix d'Hodgepile.

Trop tard. La pétarade éclata, presque étouffée par le vacarme des tambours. Il y eut un «Pan!» près de ma tête, et une pluie d'éclats d'écorce retomba sur moi. Rester debout pendant qu'on tirait de tous les côtés à l'aveuglette n'était pas la meilleure des stratégies; je me baissai à toute vitesse, m'enfouissant dans les aiguilles mortes, cherchant à mettre le tronc entre moi et le tumulte.

Les tambours oscillaient, tantôt proches, tantôt loin, troublants même pour ceux qui les reconnaissaient. Ils donnaient l'impression d'encercler le camp. S'ils approchaient assez près, devais-je crier pour attirer l'attention sur moi?

Ce dilemme cornélien me fut épargné. Les hommes autour du feu produisaient un tel vacarme qu'on n'aurait pas entendu mes cris éraillés. Ils s'interpellaient, hurlaient des questions, vociféraient des ordres, auxquels, visiblement, personne n'obéissait, vu le désordre ambiant.

Un homme fonça droit dans un buisson non loin, fuyant les tambours. J'entendis un halètement et des pas de course. Donner? Je me redressai soudain, puis m'aplatis dès qu'une autre balle siffla au-dessus de ma tête.

Les tambours se turent brusquement. Autour du feu régnait le chaos. J'entendais Hodgepile tenter de rassembler ses hommes, rugissant et menaçant, sa voix nasillarde s'élevant au-dessus du tintamarre. Puis les tambours reprirent, beaucoup plus près.

Ils se rapprochaient, resserraient leurs rangs quelque part dans la forêt, sur ma gauche. Le «tip-tap, tip-tap, tip-tap» moqueur s'était transformé en un grondement sourd, une menace pure. De plus en plus proche.

Les coups de feu partaient au hasard, assez proches pour que je voie les canons des fusils cracher leur feu et que je sente l'odeur de la poudre. Les branches éparpillées brûlaient toujours, formant un halo pâle entre les arbres.

– Ils sont là! Je les vois! cria quelqu'un.

On tira une nouvelle salve de tirs de mousquets en direction des tambours.

Puis un son inhumain s'éleva dans la nuit, sur ma droite. J'avais déjà entendu des Écossais pousser leur cri de guerre avant de s'élancer au combat, mais ce hurlement perçant de Highlander me glaça le sang. «Jamie.» Malgré ma peur, je me redressai et regardai derrière le tronc qui m'abritait, juste à temps pour apercevoir les démons surgissant de la forêt.

Je les connaissais, je savais que je les connaissais, et pourtant, je me retranchai aussitôt en les voyant, noircis à la suie, hurlant avec toute la folie de l'enfer, la lueur du feu rougeoyant sur les lames de leurs couteaux et de leurs haches.

Les tambours stoppèrent dès le premier cri. Puis, une autre série de hululements déments retentit sur ma gauche, et les roulements reprirent, exhortant les attaquants à la tuerie. Je me plaquai contre le tronc, le cœur dans la gorge, pétrifiée à l'idée des lames frappant à l'aveuglette au moindre mouvement dans l'obscurité.

Un individu courut vers moi et trébucha dans le noir. Donner? J'appelai son nom, espérant attirer son attention. La silhouette vague s'arrêta, se tourna dans ma direction, hésita, puis m'aperçut et bondit sur moi.

Ce n'était pas Donner mais Hodgepile. Il m'attrapa le bras, me hissant debout tout en tranchant d'un coup sec la corde qui me retenait à l'arbre. Il pantelait, d'épuisement, de peur.

Je compris sur-le-champ son intention. Ses chances de s'enfuir étant minces, se servir de moi comme bouclier était son seul espoir. Mais plutôt crever qu'être encore son otage! C'était assez!

Je lui donnai un coup de pied et l'atteignis sur le côté du genou. Cela ne le fit pas tomber, mais détourna son attention un instant. Je chargeai, tête baissée, en pleine poitrine, l'envoyant valser.

L'impact me sonna. Je chancelai, la douleur me faisant larmoyer. Il s'était redressé et se jeta de nouveau sur moi. Je voulus encore le frapper, ratai ma cible et retombai sur mes fesses.

Avec violence, il tira sur mes mains ligotées. Je rentrai la tête et tirai vers moi, le faisant basculer. Roulant sur le côté, je tentai d'enrouler mes jambes autour de lui, avec la ferme intention de broyer les côtes de ce sale petit ver de terre jusqu'à ce qu'il expire son dernier souffle. Mais il parvint à se libérer en se tortillant et se retrouva assis sur moi, me cognant la tête avec ses poings.

Il me tapa sur l'oreille, et je fermai les yeux par réflexe. Puis son poids disparut tout à coup. Quand je les rouvris, Jamie le soulevait, le tenant à quelques centimètres du sol. Les jambes maigrelettes d'Hodgepile battaient désespérément l'air, tentant en vain de s'enfuir, et je fus prise d'une envie folle de rire.

De fait, je dus rire, car la tête de Jamie se tourna soudain vers moi. J'entrevis le blanc de ses yeux avant qu'il ne se concentre de nouveau sur Hodgepile. Sa silhouette se dessinait devant la lueur faible des braises. Je le vis de profil un instant, puis son corps se plia quand il baissa la tête.

Il serra Hodgepile contre son torse, un bras fléchi. Je clignai des yeux. Mes paupières bouffies ne pouvaient s'ouvrir entièrement. J'avais du mal à comprendre ce qui se passait. Puis, j'entendis un grognement d'effort, le cri étranglé d'Hodgepile, et j'aperçus le coude fléchi de Jamie s'abattre.

La courbe sombre de la tête d'Hodgepile se renversa en arrière, encore et encore. J'entrevis le nez pointu et la mâchoire anguleuse, étrangement hauts, et le poing de Jamie pressant dessus. Il y eut un «pop» étouffé qui résonna jusque dans mes entrailles quand les vertèbres cervicales cédèrent, puis la marionnette qu'était devenu Hodgepile devint toute molle.

Jamie laissa tomber le corps sur le sol et me tendit la main pour m'aider à me relever.

– Tu es vivante, tu es entière, *mo nighean donn?*

Ses mains me palpaient tout en me tenant debout (mes genoux s'étant soudain transformés en beurre fondu) et en cherchant la corde qui liait mes mains.

Je pleurais et riais en même temps, ravalant mes larmes et mon sang, le poussant de mes poings attachés, afin qu'il tranche mes liens.

Cessant de me tripoter, il me serra contre lui avec une telle force que je poussai un cri de douleur quand mon visage tuméfié s'écrasa contre son plaid.

Il me parlait, mais je n'arrivais pas à comprendre. Son corps tout entier vibrait d'énergie, chaude et violente comme la tension d'un câble électrique. Je me rendis compte alors qu'il était encore à demi fou; il ne parvenait plus à parler anglais.

– Je vais bien, parvins-je à articuler.

Il me lâcha enfin. Le feu se raviva dans la clairière, quelqu'un ayant rassemblé les braises et ajouté du bois. Quand les flammes éclairèrent le visage de Jamie peint en noir, ses yeux lancèrent un éclat bleu vif.

On se battait encore autour de nous. Plus personne ne criait, mais j'entendais des grognements et les bruits sourds de corps s'entrechoquant. Jamie leva mes poignets, sortit son coutelas et coupa la corde. Mes mains retombèrent comme deux poids morts. Il me dévisagea un instant, comme s'il cherchait ses mots, puis caressa ma joue et repartit en direction des combats.

Étourdie, je m'écrasai sur le sol. Le cadavre d'Hodgepile gisait non loin, ses membres de travers. Je revis dans ma tête un collier que Brianna avait eu, enfant, constitué de perles en plastique s'emboîtant les unes dans les autres et que l'on pouvait séparer en tirant dessus d'un coup sec. On appelait cela des «perles clic clac». J'aurais préféré ne pas m'en souvenir à cet instant-là.

L'homme paraissait surpris, ses yeux grands ouverts vers la lumière dansante. Cependant, un détail clochait. Je le fixai, m'efforçant de trouver quoi. Puis, je m'aperçus que sa tête était tournée à l'envers.

Je restai sans doute là à le regarder plusieurs minutes, les bras autour de mes genoux et l'esprit vide, quand un bruit de pas me fit redresser le buste.

Grand, mince et noir, Archie Bug sortit de l'obscurité, serrant le manche d'une hache dans son poing. L'arme aussi avait été peinte en noir, et une épaisse odeur de sang l'accompagnait.

– Il en reste encore quelques-uns en vie, annonça-t-il.

Je sentis quelque chose de froid et dur sur ma main.

– Souhaitez-vous exercer vous-même votre vengeance, *a banamhaighistear*?

Je baissai les yeux et découvris qu'il me tendait le manche d'un coutelas. J'étais debout mais ne me souvenais pas de m'être levée.

Je ne pouvais pas parler, ni faire un geste… pourtant mes doigts se refermèrent sur l'arme sans que j'en aie vraiment conscience. Puis, une main luisante et couverte de sang jusqu'au poignet me la reprit. Tels des rubis, des gouttes rouge sombre étaient retenues dans les poils de l'avant-bras de Jamie.

– Elle a prêté serment, déclara-t-il à Archie Bug en gaélique. Elle n'a pas le droit de tuer, sauf pour sauver sa propre vie. C'est moi qui tue pour elle.

– Et moi.

Une haute silhouette était apparue derrière lui. Ian.

Archie acquiesça, comprenant. Quelqu'un se tenait près de lui… Fergus. Je le reconnus sur-le-champ, mais quelques secondes me furent nécessaires pour mettre un nom sur son visage fin et pâle.

– Madame… Milady.

Sa voix tremblait d'émotion.

Puis, Jamie me regarda, et l'expression de son visage changea. Je vis ses narines palpiter quand il sentit l'odeur de sperme et de transpiration sur ma chemise.

– Lesquels ? Combien étaient-ils ?

Ayant retrouvé son anglais, il parlait sur un ton détaché, comme s'il me demandait le nombre d'invités pour le dîner. Cela me rassura.

– Je ne sais pas… Il… Il faisait noir.

Il hocha la tête, me serra le bras et se tourna vers Fergus, ordonnant toujours aussi calmement :

– Tue-les tous.

Immenses et sombres, les yeux de Fergus étaient profondément enfoncés dans leurs orbites, ardents. Il se contenta d'acquiescer et saisit la hachette coincée sous sa ceinture. Le devant de sa chemise était taché d'éclaboussures, l'extrémité de son crochet, noir et poisseux.

Tout au fond de moi, une voix me souffla de dire quelque chose, de les arrêter. Mais je me tus. Je m'adossai à un tronc d'arbre, silencieuse.

Jamie essuya la lame de son coutelas sur sa cuisse, puis retourna vers la clairière.

Je demeurai là, sans effectuer le moindre mouvement. Il y avait encore du bruit, mais je n'y prêtai pas plus attention qu'au bruissement du vent dans les branches au-dessus de moi. Il s'agissait d'un sapin baumier. Son parfum résineux propre et frais m'enveloppait, assez puissant pour imprégner mon palais en dépit des membranes coagulées de mon nez. En arrière de ce doux voile, je sentais le sang, le chiffon souillé et la puanteur de ma propre lassitude.

L'aube pointait. Au loin dans la forêt, des oiseaux chantaient, et la lumière était aussi douce que les cendres éparses sur le sol.

Je ne pensais à rien, sauf au plaisir de plonger dans un bain d'eau chaude jusqu'au cou, de récurer ma peau jusqu'à ce qu'elle se détache de ma chair, de laisser le sang s'écouler le long de mes jambes et remonter doucement à la surface en épais nuages rouges qui cacheraient mon corps.

29

Tout va très bien

Ils étaient remontés à cheval et étaient partis, les abandonnant sans sépulture ni même un mot de consécration. D'une certaine manière, cette attitude était plus choquante que le carnage lui-même. Roger avait accompagné le révérend au chevet de bien des agonisants, ou sur des lieux d'accident, afin de réconforter les proches, d'être présent quand l'esprit quitterait le corps, de prononcer quelques paroles de grâce. On faisait cela quand un être mourait : on se tournait vers Dieu ou, au moins, on reconnaissait le fait.

Mais comment peut-on se tenir devant un homme qu'on a tué et regarder Dieu dans les yeux ?

Roger ne parvenait pas à rester en place. La fatigue le lestait tel du sable mouillé, mais il n'arrivait pas à rester assis.

Il se leva, ramassa le tisonnier, puis demeura là, prostré, fixant le feu mourant dans l'âtre. Il était parfait, les braises satin noir saupoudrées de cendres, la chaleur rouge couvant dessous. S'il touchait les charbons, ils se briseraient, provoquant une flambée qui mourrait aussitôt, faute de combustible. Remettre du bois si tard dans la nuit serait du gaspillage.

Il reposa le tisonnier et marcha d'un mur à l'autre, telle une abeille épuisée prisonnière dans une bouteille, continuant à bourdonner même après que ses ailes sont réduites en lambeaux.

Fraser, lui, n'avait pas paru perturbé. Mais Fraser n'avait pas eu une seule pensée pour les bandits ; il n'avait songé qu'à Claire, ce qui était compréhensible.

Tel un Adam couvert de sang, il l'avait conduite, Ève meurtrie, dans la lumière matinale de la clairière pour contempler la connaissance du Bien et du Mal. Il lui avait posé son plaid sur les épaules, l'avait soulevée de terre et l'avait portée vers son cheval.

Les hommes l'avaient suivi, silencieux, tirant les montures des bandits derrière les leurs. Une heure plus tard, le soleil dans le dos, Fraser s'était écarté du sentier et avait dirigé son cheval vers un ruisseau. Il avait mis pied à terre, avait aidé Claire à descendre, puis ils avaient disparu entre les arbres.

Les hommes s'étaient regardés, interdits, sans dire un mot. Puis le vieil Archie avait sauté au bas de sa mule, déclarant sur un ton détaché :

– Eh bien quoi ? Elle a bien le droit de faire un brin de toilette, non ?

Un soupir de compréhension parcourut le groupe, puis la tension se dissipa d'un coup, se dissolvant dans les occupations familières. Chacun descendit de selle, se dégourdissant les jambes, vérifiant ses sangles, crachant, se soulageant contre un arbre. Peu à peu, ils ressoudèrent les liens entre eux, échangeant quelques banalités, cherchant un réconfort dans les lieux communs.

Kenny Lindsay et le vieil Archie Bug partagèrent leur tabatière, bourrant leurs fourneaux dans une tranquillité apparente. Tom Christie vint les rejoindre, blanc comme un linge, mais la pipe à la main. Roger avait déjà eu l'occasion de constater la valeur sociale du tabac.

Arch l'aperçut, seul dans son coin près de son cheval, et s'approcha pour lui parler de sa voix calme et rassurante. Cependant, Roger n'avait aucune idée de ce que le vieil homme lui disait, et encore moins de ce qu'il lui répondit. Le seul fait de parler lui fit retrouver sa respiration et apaiser les tremblements qui le parcouraient, telles des vagues se fracassant contre les récifs.

Soudain, le vieillard s'interrompit et indiqua du menton un point par-dessus son épaule.

– Vas-y, mon garçon. Il a besoin de toi.

Roger se retourna et aperçut Jamie de l'autre côté de la clairière, adossé à un arbre, tête baissée, perdu dans ses pensées. Avait-il fait un signe à Arch ? Puis, Jamie jetant un œil autour de lui croisa le regard de Roger. Oui, il avait besoin de lui. Roger se retrouva à ses côtés ayant traversé l'espace qui les séparait sans s'en être rendu compte.

Jamie prit sa main et la serra, fort. Roger serra à son tour.

– Juste un mot, *a cliamhuinn,* dit Jamie avant de le lâcher. J'aurais préféré t'en parler à un autre moment, mais nous n'aurons peut-être plus l'occasion d'en discuter plus tard, et le temps presse.

Lui aussi, il paraissait calme, mais pas comme Arch. Sa voix était pleine de brisures. Roger se racla la gorge.

– Dites.

Jamie prit une profonde inspiration, puis remua les épaules, comme si sa chemise était trop étroite.

– C'est au sujet du petit. Je n'ai aucun droit de te le demander, mais je n'ai pas le choix. Ressentirais-tu la même chose pour lui, si tu étais sûr qu'il n'était pas de toi ?

Roger le dévisagea sans comprendre.

– Quoi ? Par le petit… vous voulez dire… Jemmy ?

Jamie acquiesça.

– Eh bien… Je… je ne sais pas. Pourquoi ? Et surtout, pourquoi me posez-vous la question maintenant, en un instant pareil ?

– Réfléchis.

Il était justement en train de le faire, se demandant quelle mouche avait piqué son beau-père. En voyant son air perplexe, Jamie comprit qu'il devait en dire un peu plus.

– Oui, je sais… c'est peu probable, n'est-ce pas ? Mais, c'est toujours possible. Après ce qui s'est passé la nuit dernière, elle pourrait être enceinte, tu comprends ?

Il comprit et crut qu'on lui avait asséné un coup de poing sous le sternum. Avant qu'il ait retrouvé son souffle pour répondre, Fraser reprit :

– À un ou deux jours près, je pourrais être…

Il détourna les yeux. Son embarras était visible sous la couche de suie qui recouvrait ses traits.

– … mais il y aurait un doute, tu saisis ? Comme dans ton cas. Cependant…

Il déglutit, laissant ce « cependant » résonner dans un silence éloquent.

Malgré lui, il lança un coup d'œil sur le côté. Roger suivit son regard. Derrière un écran de fourrés et de lianes rousses se trouvait un bassin agité de remous. Claire était agenouillée de l'autre côté, nue, étudiant son reflet. Il détourna aussitôt les yeux, mais l'image s'était déjà gravée dans son cerveau.

Elle ne paraissait pas humaine. Son corps était couvert de bleus, son visage, méconnaissable. Elle ressemblait à une créature étrange et primitive, un esprit de la forêt. Toutefois, c'était surtout son attitude qui l'avait frappé. Elle semblait lointaine et parfaitement immobile, comme un arbre reste immuable même quand le vent agite son feuillage.

Il ne put s'empêcher de l'observer de nouveau. Elle se pencha au-dessus de l'eau. De la paume de sa main, elle lissa en arrière ses cheveux mouillés, dégageant son visage tout en inspectant ses traits tuméfiés avec une concentration détachée.

Elle appuya délicatement ici et là, ouvrant et fermant la bouche. Il supposa qu'elle vérifiait si elle avait des dents déchaussées et des os cassés. Elle ferma les yeux et suivit du bout de ses doigts les contours de ses arcades sourcilières et de son nez, de sa mâchoire et de ses lèvres. Ses gestes étaient aussi assurés et délicats que ceux d'un peintre. Puis, déterminée, elle saisit le bout de son nez et tira d'un coup sec.

Il grimaça malgré lui, voyant le sang et les larmes couler sur le visage de Claire. Pourtant, elle ne fit aucun bruit. L'estomac noué, Roger sentit une boule dure remonter dans sa gorge, faisant gonfler la cicatrice dans son cou.

Ensuite, elle s'assit sur ses talons, inspirant à fond, les yeux fermés, les deux mains en coupe devant son visage.

Soudain, il prit conscience de la nudité de la femme et de son regard sur elle. Il se détourna aussitôt, le feu aux joues, espérant que Fraser ne s'était aperçu de rien. Pas de danger, son beau-père avait disparu.

Roger le chercha autour de lui et, apaisé, l'aperçut. Aussitôt, une nouvelle décharge d'adrénaline dissipa son soulagement lorsqu'il vit faire Fraser.

Ce dernier se tenait devant un corps gisant sur le sol, vérifiant d'un rapide coup d'œil où se trouvaient ses hommes. Roger pouvait presque sentir l'effort de Jamie pour réprimer ses sentiments. Puis, le regard bleu acier se fixa de nouveau sur l'homme à terre, et Fraser respira profondément.

Lionel Brown.

Roger le rejoignit en quelques enjambées et vint se placer à ses côtés.

Brown avait les yeux fermés, mais il ne dormait pas. Son visage était tuméfié et enflé, mais ses traits ravagés par la fièvre ne pouvaient cacher la panique qu'il tentait de refouler. À juste titre, pour autant que Roger pût en juger.

Unique survivant de la tuerie de la veille, Brown ne devait la vie sauve qu'à Arch Bug, qui avait arrêté le bras de Ian de justesse alors que celui-ci s'apprêtait à lui fracasser le crâne d'un coup de tomahawk. Le vieux Bug était intervenu non parce qu'il avait des scrupules à voir tuer un homme blessé, mais par pur pragmatisme. Il avait simplement déclaré :

– Ton oncle aura quelques questions à poser à cet homme. Laisse-le vivre le temps d'y répondre.

Sans un mot, Ian avait libéré son bras et disparu dans les ténèbres de la forêt.

Les traits de Jamie étaient nettement moins expressifs que ceux de son prisonnier. Toutefois, Roger n'avait pas besoin de lire sur son visage pour connaître ses pensées. Immobile comme une statue de marbre, Fraser vibrait d'une énergie sinistre et inexorable. Le seul fait de se tenir près de lui était terrifiant.

Enfin, encore maculé de sang séché, il se tourna vers Archie de l'autre côté de la civière.

– Qu'est-ce que vous en dites, mon vieil ami ? Il est en état de voyager, ou le trajet risque de le tuer ?

L'homme âgé se pencha sur le blessé, l'examinant d'un air neutre.

– À mon avis, il tiendra le coup. Il a le teint rougeaud, pas blanc, et il est réveillé. Vous voulez l'emmener avec nous ou l'interroger tout de suite ?

L'espace d'un instant, le masque tomba, et Roger, qui n'avait pas quitté Jamie des yeux, sut exactement ce qu'il aurait aimé faire. Si Lionel Brown l'avait vu lui aussi, il aurait bondi de sa civière et prit ses jambes à son cou, jambe cassée ou pas. Mais il s'entêtait à garder les yeux fermés et, comme Jamie et Archie s'exprimaient en gaélique, il resta dans l'ignorance de ce qui l'attendait.

Sans répondre à la question d'Archie, Jamie s'agenouilla et posa une main sur la poitrine de Brown. Roger voyait le pouls du blessé palpiter dans son cou. Il respirait par petites inspirations superficielles et, bien qu'il serrât ses paupières, ses globes roulaient frénétiquement d'un côté et de l'autre.

Jamie ne bougea pas pendant ce qui parut une éternité, et dut durer une éternité pour Brown. Puis il émit un bruit qui pouvait être un ricanement méprisant ou un grognement de dégoût et se releva.

– On l'emmène.

Puis il ajouta en anglais :

– Veille à ce qu'il reste en vie. Pour le moment.

Brown avait continué à faire le mort durant tout le trajet jusqu'à Fraser's Ridge, en dépit des conjectures macabres sur son sort auxquelles les hommes n'avaient cessé de se livrer en passant près de lui. Une fois arrivés, Roger avait aidé à détacher sa civière. Des vêtements et des bandages trempés de sueur du blessé s'élevait l'odeur de la peur remplissant l'air autour de lui de miasmes palpables.

Claire avait amorcé un mouvement vers Brown, le front soucieux, mais Jamie l'avait retenue d'une main sur le bras. Roger n'avait pas entendu ce qu'il lui avait chuchoté, mais elle avait acquiescé et l'avait suivi dans la Grande Maison. Quelques minutes plus tard, Mme Bug était apparue, silencieuse pour une fois, et avait pris Lionel Brown en charge.

Murdina Bug n'était pas comme Jamie, ni comme le vieil Arch. Ses pensées se lisaient sur ses lèvres pincées et son teint blême de rage. Lionel Brown avait bu de l'eau dans sa main en coupe et, ouvrant enfin les yeux, l'avait regardée comme si elle était la lumière de son salut. Pourtant, Roger savait qu'elle l'aurait volontiers écrasé du talon comme un de ces cafards qu'elle exterminait sans pitié dans sa cuisine. Mais Jamie le voulait vivant, et vivant il resterait.

Pour le moment.

Un bruit au-dehors ramena d'un seul coup Roger dans le temps présent. Brianna !

Mais quand il ouvrit la porte, ce n'étaient que des bouts de branches et des glands de chêne balayés par le vent. Il regarda vers le sentier, espérant la voir approcher. Personne. Bien sûr, elle se trouvait auprès de sa mère qui avait besoin d'elle.

« Moi aussi. »

Il chassa cette pensée, mais resta devant la porte à observer l'extérieur, le vent gémissant dans ses oreilles. Dès qu'il était rentré et avait annoncé à Brianna que sa mère était sauve, elle était partie pour la Grande Maison. Il n'avait pas eu le temps de lui dire grand-chose d'autre, mais elle avait vu le sang sur ses vêtements et s'était juste assurée que ce n'était pas le sien avant de sortir à toute vitesse.

Il referma doucement la porte, vérifiant que le courant d'air n'avait pas réveillé Jemmy. Il avait une envie folle de prendre son fils dans ses bras et, en dépit de ce que son expérience lui avait appris sur les conséquences de perturber un enfant endormi, ce fut plus fort que lui. Il l'extirpa de son petit lit gigogne.

Jemmy était lourd et groggy. Il remua et souleva la tête, puis cligna des yeux remplis de sommeil.

Roger lui tapota le dos.

– Tout va bien. Papa est là.

Jemmy soupira comme un pneu qui se dégonfle et laissa retomber sa tête contre l'épaule de Roger. Il sembla se dilater de nouveau, glissa son pouce dans sa bouche et s'affaissa dans cet état singulier de mollesse totale commune aux enfants endormis. Sa chair parut se fondre dans celle de Roger, sa confiance étant si absolue qu'il n'avait plus besoin de contenir les limites de son corps. Papa était là.

Roger sentit les larmes lui monter aux yeux et pressa ses lèvres contre la chaleur douce des cheveux de son fils.

La lueur du feu créait des ombres rouges et noires à l'intérieur de ses paupières. En les fixant, il pouvait contenir ses larmes. Peu importait ce qu'il y voyait. Il s'y trouvait une collection de souvenirs effroyables, encore vifs, mais il était capable d'y faire face, pour l'instant. C'était plutôt la confiance endormie dans ses bras qui l'émouvait, ainsi que l'écho de ses propres paroles murmurées.

Était-ce seulement un souvenir ? Peut-être n'était-ce qu'un vœu, celui d'avoir été un jour réveillé dans son sommeil, puis de s'être rendormi dans des bras forts en entendant : « Papa est là. »

Il s'efforça de se calmer, calquant sa respiration sur celle de l'enfant. Il était important de ne pas se laisser emporter par les sanglots, même si personne n'était là pour le voir ou s'en soucier.

Quand ils s'étaient éloignés de la civière de Brown, Jamie l'avait longuement regardé dans le blanc des yeux, puis avait murmuré :

– Tu ne crois pas que je ne pense qu'à moi, j'espère ?

Puis il s'était tourné vers le bassin où Claire n'était plus, plissant les paupières comme si cette vision lui était insupportable mais incontrôlable. D'une voix si basse que Roger l'avait à peine entendue, il avait repris :

– C'est pour elle. Tu penses qu'elle préférerait… douter ?

Roger inspira l'odeur des cheveux de son fils et pria le ciel d'avoir alors donné la bonne réponse.

— Je ne sais pas. Mais pour vous, s'il y a un doute, acceptez de vivre avec.

Si Jamie était disposé à suivre son conseil, Brianna ne tarderait plus à rentrer.

* * *

— Je vais bien, dis-je avec fermeté. Très bien.

Brianna me dévisagea d'un air dubitatif.

— Oui, tu parles ! On dirait qu'une locomotive t'est passée dessus. Non, deux locomotives.

Je touchai délicatement ma lèvre fendue.

— Oui, c'est à peu près ça. Mais, cela mis à part…

— Tu as faim ? Assieds-toi, maman. Je vais te préparer du thé et un petit dîner.

Je n'avais pas faim, n'avais pas envie de thé et ne souhaitais pas particulièrement m'asseoir, surtout après une longue journée à cheval. Brianna descendait déjà la théière de son étagère au-dessus de la crédence, mais je ne trouvai rien à dire pour l'arrêter. Soudain, je n'avais plus de mots. Je me tournai vers Jamie, impuissante.

Il sembla deviner mes pensées, même s'il ne pouvait les lire facilement sur mon visage, compte tenu de son état. Il lui prit la théière des mains et lui murmura deux, trois paroles à l'oreille. Elle le regarda en fronçant les sourcils, puis se tourna vers moi. Tout à coup, son visage s'éclaira, et elle s'approcha de moi.

— Un bain ? Tu aimerais que je te lave les cheveux ?

— Oh oui !

Mes épaules s'affaissèrent de soulagement.

Cette fois, j'acceptai de m'asseoir et la laissai m'éponger les pieds et les mains, puis me laver les cheveux dans une bassine d'eau chaude. Elle travaillait tranquillement, tout en fredonnant, et je me détendis peu à peu, tandis qu'elle me massait le crâne de ses longs doigts agiles.

J'avais dormi une partie du chemin, m'appuyant contre le dos de Jamie, l'épuisement ayant eu raison de moi. Mais on ne peut pas vraiment se reposer sur une selle, aussi je m'assoupis de nouveau, remarquant vaguement que l'eau de la bassine était d'un rouge sale, remplie de sable et de fragments de feuilles.

J'avais passé une chemise propre. La caresse fraîche et douce du lin propre sur ma peau me paraissant d'un luxe inouï.

Brianna chantonnait un air familier. Qu'est-ce que c'était déjà… Un de ces tubes bébêtes des années soixante…

1968.

Je tressaillis, et Brianna me plaqua ses mains des deux côtés de la tête, me stabilisant.

– Maman ? Ça va ? Je t'ai fait mal ?

– Non, non ! Tout va bien. Parfaitement bien. Je me suis juste… endormie.

Le cœur battant, je regardai les tourbillons de crasse et de sang dans la bassine.

Elle lâcha ma tête et alla chercher de l'eau propre pour me rincer, me laissant m'agripper au rebord de la table, tout en essayant de ne pas trembler.

« Vous ne craignez pas les hommes… Vous devriez faire semblant d'avoir peur, vous aussi. » Cet écho ironique me revenait clairement à l'esprit, tout comme la chevelure léonine du jeune homme se détachant devant la lueur du feu. Je ne me souvenais pas de ses traits, mais comment oublier cette crinière ?

Jamie m'avait prise par le bras et m'avait entraînée hors de l'abri des arbres, dans la clairière. Lors du combat, le feu s'était éparpillé. Ici et là, entre les cadavres, se trouvaient des pierres noircies et des touffes d'herbes calcinées. Il m'avait conduite lentement de l'un à l'autre. Une fois que nous étions parvenus devant le dernier, il m'avait dit avec douceur :

– Tu vois, ils sont morts.

Je savais pourquoi il avait tenu à me les montrer : afin que je n'aie pas peur qu'ils reviennent et se vengent. Mais je n'avais pas pensé à les compter, ni à regarder leurs visages avec attention. Je ne savais même pas exactement leur nombre...

Un nouveau frisson me parcourut, et Brianna enveloppa mes épaules d'une serviette chaude, murmurant des paroles que je n'entendis pas, tant les questions résonnaient dans ma tête.

Donner avait-il été parmi eux ? Ou m'avait-il écoutée quand je lui avais conseillé de prendre la fuite avant qu'il ne soit trop tard ? Il ne m'avait pas paru très avisé.

En revanche, il m'avait fait l'impression d'un poltron.

L'eau chaude coulait près de mes oreilles, noyant les voix de Jamie et de Brianna derrière moi. Je n'entendis qu'un mot ou deux, mais, quand je me redressai, Brianna décrochait sa cape de la patère près de la porte.

– Tu es sûre que ça ira, maman ?

Elle semblait encore inquiète, mais, cette fois, je parvins à formuler une phrase pour la rassurer.

– Merci, ma chérie, ça m'a fait un bien fou.

J'ajoutai, un peu moins sincère :

– Tout ce que je désire à présent, c'est dormir.

J'étais toujours très fatiguée, mais tout à fait éveillée. Ce que je voulais... à vrai dire, je ne le savais pas vraiment, mais je ne voulais plus qu'on s'occupe de moi. D'ailleurs, j'avais entraperçu Roger un peu plus tôt, couvert de sang, blême et branlant sur ses jambes. Je n'étais pas la seule victime de cette nuit horrible.

Jamie lui prit sa cape des mains et la déposa sur ses épaules.

– Rentre chez toi, ma fille. Nourris ton homme, couche-le et récite une prière pour lui. Je m'occupe de ta mère, d'accord ?

Brianna parut hésiter. J'affichai ce que j'espérais être mon expression la plus rassurante (assez douloureuse, d'ailleurs) et, au bout d'un moment, elle m'étreignit et déposa un baiser sur mon front.

Jamie referma la porte derrière elle, puis s'y adossa, les mains dans le dos. J'avais l'habitude du masque impavide derrière lequel il se cachait quand il était troublé ou en colère. Cette fois, il ne le portait pas, et l'expression de son visage acheva de m'angoisser.

– Tu ne dois pas t'inquiéter pour moi. Je ne suis pas traumatisée, je t'assure.

– Ah non ? Eh bien… ça m'aiderait sans doute, si je comprenais ce que tu veux dire.

Je me tamponnai le visage avec la serviette, puis m'essuyai le cou.

– Oh, pardon… ça veut dire profondément blessée… ou en état de choc. Ça vient du grec, je crois. *Trauma*.

– Vraiment ? Tu soutiens que tu n'es pas… choquée ?

Il m'examina avec la même concentration critique que lorsqu'il évaluait une bête de race avant de l'acheter.

– Puisque je te dis que je vais bien. Je suis juste un peu… ébranlée.

Il avança d'un pas, et je reculai brusquement, me rendant soudain compte que je serrais la serviette contre ma poitrine, tel un bouclier. Je m'efforçai de l'ôter et sentis mes joues et ma nuque me picoter désagréablement.

Il s'immobilisa, me regardant toujours avec ce même air sceptique. Puis il fixa le sol entre nous. Il resta là, plongé dans ses pensées, puis ses grandes mains se replièrent, une fois, deux fois. Très lentement. J'entendis alors avec clarté les vertèbres d'Arvin Hodgepile se séparer les unes des autres.

Jamie redressa la tête, et je m'aperçus que j'étais de l'autre côté de la chaise, la serviette roulée en boule devant ma bouche. Mes coudes semblaient rouillés, raides et lents, mais je parvins à baisser les bras. Mes lèvres aussi étaient raides, mais j'articulai quand même :

– Oui, je suis un peu secouée. Mais ça ira. Je ne veux pas que tu t'inquiètes pour moi.

Son regard vacilla d'un coup, comme une vitre une fraction de seconde avant qu'une pierre ne la fasse voler en éclats.

– Claire… dit-il très doucement. Moi aussi, j'ai été violé. Et tu voudrais que je ne me tracasse pas pour toi ?

– Oh, merde !

Je jetai la serviette par terre, regrettant aussitôt mon geste. Je me sentais nue dans ma chemise et détestais la sensation de fourmillement sous ma peau au point d'avoir envie de me gifler la cuisse pour faire disparaître ce désagrément.

– Merde, merde et merde ! Je ne veux pas que tu repenses à ça ! Je ne veux pas !

Pourtant, dès le début, j'avais su que cela arriverait.

Je m'agrippai des deux mains au dossier de la chaise et tentai de toutes mes forces de pénétrer son regard, désirant ardemment me jeter sur ces éclats de verre et le protéger de leurs tranchants.

– Écoute… je ne veux pas… je ne veux pas faire ressurgir de vieux souvenirs qu'il vaut mieux laisser là où ils sont.

Un léger rictus remonta les commissures de ses lèvres.

– Seigneur, tu crois vraiment que je peux oublier ça ?

– Peut-être pas, capitulai-je. Mais… Oh, Jamie, j'aurais tellement voulu que tu oublies !

Il tendit la main et, très délicatement, effleura mes doigts crispés sur le bord de la chaise.

– Ne t'en fais pas, murmura-t-il. Ça n'a plus d'importance à présent. Tu ne veux pas te reposer un peu, *Sassenach* ? Ou manger quelque chose ?

– Non. Je ne veux pas… Non.

Je n'arrivais toujours pas à décider ce que je voulais, outre quitter ma peau et disparaître, ce qui semblait peu réaliste. J'inspirai à fond, espérant me ressaisir et retrouver cette sensation agréable d'épuisement total.

Devais-je l'interroger au sujet de Donner ? Mais pour lui demander quoi ? « Tu n'aurais pas tué un type avec de longs cheveux emmêlés ? » D'une certaine manière, ils correspondaient tous à peu près à cette description. Donner avait été – ou était encore – indien, mais personne ne l'avait sans doute remarqué dans la nuit et dans le feu du combat.

Finalement, je ne trouvais rien d'autre à dire que :

– Comment va Roger ? Et Ian ? Fergus ?

Il parut un peu surpris, comme s'il avait oublié leur existence.

– Eux ? Bien. Aucun de nous n'a été blessé. On a eu de la chance.

Il hésita, puis avança d'un pas prudent vers moi, observant mes traits. Comme je ne hurlais pas et ne faisais pas mine de m'enfuir, il risqua un autre pas, approchant si près que je pouvais sentir la chaleur de son corps. Je me détendis et oscillai vers lui. Quand il s'en aperçut, je vis la tension dans ses épaules se relâcher.

Il effleura mon visage. Le sang battait juste dessous, douloureux, et je fis un effort visible pour contenir un mouvement de recul. Il repoussa alors un peu sa main et la laissa là, en suspens, à quelques centimètres de ma peau.

Ses doigts tracèrent à distance la ligne de mon sourcil, puis descendirent le long de ma joue jusqu'à ma mâchoire écorchée, là où la botte d'Harley Boble avait bien failli porter le coup fatal qui m'aurait brisé la nuque.

– Ça va guérir ? questionna-t-il.

– Bien sûr que ça va guérir. Tu devrais le savoir, tu en as vues des bien pires sur les champs de bataille.

J'aurais aimé lui sourire, mais ne voulais pas rouvrir la crevasse profonde de ma lèvre, si bien que je fis une sorte de grimace ressemblant à la moue boudeuse d'un poisson rouge. Pris de court, il sourit malgré lui.

– Oui, bien sûr… C'est juste que…

Il paraissait soudain étrangement intimidé.

– Oh, mon Dieu, *mo nighean donn*. Oh, Seigneur, ton joli visage.

– Quoi ? Tu ne supportes plus de le regarder ?

Je détournai les yeux, blessée par cette idée, mais essayant de me convaincre que ce n'était pas grave. Après tout, les plaies cicatriseraient.

Ses doigts touchèrent mon menton, doucement mais avec fermeté, et le levèrent pour m'obliger à lui faire face. Il me contempla, effectuant l'inventaire.

– Non, murmura-t-il. Je ne le supporte pas. Ça me déchire le cœur de le voir ainsi abîmé, et ça me remplit d'une telle rage que j'ai envie de tuer quelqu'un ou d'exploser. Mais au nom du Dieu qui t'a créée, *Sassenach,* je ne pourrais pas te faire l'amour sans être capable de te regarder en face.

– Me faire l'amour? Quoi… tu veux dire… maintenant?

Il lâcha mon menton et me dévisagea sans sourciller.

– Eh bien… euh… oui.

Si ma mâchoire n'avait pas été enflée à ce point, j'en serais restée bouche bée.

– Ah… pourquoi?

– Pourquoi?

Il baissa enfin les yeux et haussa les épaules, comme quand il était gêné ou confus.

– Eh bien… parce que ça me semble nécessaire.

Je fus prise d'une envie très déplacée d'éclater de rire.

– Nécessaire? Tu crois que c'est comme quand on tombe de cheval? Il faut remonter tout de suite en selle?

Il me lança un regard noir, puis déglutit, faisant un effort manifeste pour contrôler ses émotions.

– Non. Es-tu… es-tu très déchirée?

– C'est une plaisanterie, ou quoi? Ah!

Je compris enfin où il voulait en venir, et le feu me monta aux joues. Les ecchymoses sur mon visage m'élancèrent de plus belle. Je repris mon souffle, tenant à lui répondre d'une voix assurée.

– Jamie, j'ai été rouée de coups et maltraitée de toutes les façons imaginables. Mais un seul d'entre eux… enfin… il n'y en a qu'un qui a réussi… Il… Il n'a pas été brutal.

Je n'arrivais pas à déloger le nœud dans ma gorge. Les larmes brouillèrent ma vue, si bien que je ne pus lire son expression. Je détournai la tête.

– Non! repris-je plus fort que je ne l'avais voulu. Je ne suis pas… déchirée.

Il lâcha une interjection incompréhensible en gaélique, brève et explosive, puis s'écarta brusquement de la table. Son tabouret se renversa, et il donna un grand coup de pied dedans. Puis, encore et encore, finissant par le piétiner avec une telle violence que des éclats de bois volèrent à travers la cuisine et percutèrent la cloche à tarte.

Je me figeai, trop abasourdie pour être bouleversée. Aurais-je dû ne pas lui en parler? Pourtant, il le savait sûrement déjà. En me retrouvant, il m'avait demandée : «Combien?» Puis il avait ordonné : «Tuez-les tous.»

Mais à présent… savoir était une chose, entendre les détails en était une autre. J'en étais consciente et l'observais avec un chagrin mêlé de culpabilité, tandis qu'il bottait dans les fragments de tabouret et se jetait contre la fenêtre aux volets fermés. Les deux mains sur le chambranle, il pressa son front contre le bois, me tournant le dos. Je n'arrivais pas à savoir s'il pleurait.

Un vent d'ouest se levait. Les volets tremblaient, et les cendres chaudes de la cheminée crachaient des bouffées de suie chaque fois qu'un courant d'air s'engouffrait dans le conduit. Puis la rafale passa, et l'on n'entendit plus que les petits craquements secs des braises dans l'âtre.

– Je suis désolée, dis-je enfin d'une voix faible.

Il pivota alors sur ses talons et me fusilla du regard. Il ne pleurait plus, mais des larmes avaient bien coulé sur ses joues qui brillaient encore.

– Ne sois surtout pas désolée! rugit-il. Je te l'interdis, tu m'entends?

Il traversa la pièce d'une seule grande enjambée et frappa du poing sur la table, si fort que la salière sauta en l'air et tomba par terre.

– Ne sois pas désolée!

J'avais fermé les yeux par réflexe et me forçai à les rouvrir.

– D'accord.

Je me sentais de nouveau terriblement fatiguée et sur le point de m'effondrer en larmes à mon tour.

Il y eut un silence pesant. J'entendais des châtaignes délogées par le vent tomber dans le bosquet derrière la maison. Une, puis une autre, puis une autre encore. Enfin, Jamie se redressa et essuya son visage sur sa manche.

Je m'assis, posai mes coudes sur la table et appuyai ma tête dans mes mains. Elle me paraissait si lourde que je ne pouvais plus la tenir droite. Sans la relever, je le questionnai :

– « Nécessaire » ? Que voulais-tu dire, au juste, par « nécessaire » ?

Il s'était ressaisi et me répondit aussi calmement que s'il me demandait si j'avais prévu de servir du bacon avec le porridge du petit-déjeuner :

– T'est-il venu à l'esprit que tu pourrais être enceinte ?

Stupéfaite, je redressai la tête.

– Je ne le suis pas.

Toutefois, mes mains s'étaient posées machinalement sur mon ventre.

– Je ne le suis pas, répétai-je plus fort. Je ne peux pas l'être.

Certes, il y avait toujours un risque, ténu, mais néanmoins existant. En temps normal, j'utilisais toujours une forme de contraception, juste pour être sûre, mais, bien sûr...

– Je ne le suis pas. Je le saurais.

Il se contenta de me fixer, les sourcils arqués. Naturellement, je ne pouvais pas le savoir, pas encore. Or, s'il y avait eu plus d'un homme, il y aurait un doute. Le bénéfice du doute, voilà ce qu'il m'offrait... ainsi que lui-même.

Un violent frisson partit du plus profond de mes entrailles et se propagea dans tout mon corps, ma peau se hérissant en dépit de la chaleur qui régnait dans la pièce.

« Martha », avait-il murmuré, son poids m'écrasant dans les feuilles.

– Bon sang de bon sang, dis-je tout bas.

J'étalai mes mains sur la table, m'efforçant de réfléchir.

« Martha. » Son odeur rance, la pression de ses cuisses moites et nues contre les miennes, le frottement de ses poils...

– Non !

Mes cuisses et mes fesses se crispèrent de révulsion, si fort que je me soulevai de quelques centimètres du banc.

– Tu pourrais... s'entêta Jamie.

– Je ne le suis pas, répétai-je aussi opiniâtre. Mais quand bien même... tu ne peux pas, Jamie.

J'aperçus une lueur effrayée dans son regard. Soudain, je me rendis compte qu'il s'agissait précisément de sa plus grande frayeur. Entre autres choses. Je me repris très vite :

– Je veux dire... nous ne pouvons pas. Je suis presque certaine de ne pas être enceinte, mais beaucoup moins de ne pas avoir été contaminée par quelque saloperie.

Je n'y avais pas pensé jusqu'alors, et mes poils se dressèrent de plus belle. La grossesse était peu probable, la blennorragie ou la syphilis l'étaient nettement plus.

– On... on ne peut pas. Pas avant que je me sois traitée à la pénicilline.

Je me levais déjà de mon banc.

– Où vas-tu ? demanda-t-il étonné.

– Me soigner !

Le couloir sombre et le manque de feu dans l'infirmerie ne m'arrêtèrent pas. J'ouvris grand les portes du placard et me mis à fouiller dedans. Une lueur apparut derrière mon épaule, illuminant les rangées de fioles. Jamie avait allumé une chandelle et m'avait rejointe.

– Mais que fabriques-tu, *Sassenach* ?

– Je cherche ma pénicilline.

Je saisis l'une des fioles et la bourse en cuir contenant les seringues en crocs de serpents.

– Maintenant ?

– Oui, maintenant ! Fais un peu de lumière, veux-tu ?

Il alluma une autre chandelle. La flamme oscilla, puis un globe jaune doré fit luire les étuis en cuir de mes seringues improvisées. Heureusement, il me restait une bonne dose de pénicilline toute prête. Le liquide était rose, bon nombre des colonies de *penicillium* de ce lot ayant été cultivées dans du vin éventé.

– Tu es sûre que c'est efficace ? questionna Jamie.

– Non, mais il faut faire avec les moyens du bord.

Mes mains tremblaient à l'idée que des spirochètes se multiplient dans mon sang seconde après seconde. Je refoulai ma peur que la pénicilline soit défectueuse. Ayant déjà fait des merveilles sur des plaies superficielles, il n'y avait pas de raison que…

– Laisse-moi faire, *Sassenach*.

Il prit la seringue de mes doigts moites et maladroits, et la remplit. Ses mains étaient assurées, ses traits, calmes. Puis, il me la rendit, en déclarant :

– Pique-moi d'abord.

– Quoi… toi ? Mais tu n'as pas besoin de… c'est que… tu détestes les injections !

– Écoute, *Sassenach*, si je veux surmonter mes peurs et les tiennes, ce que je compte bien faire, je ne vais pas faire d'histoires pour une petite piqûre. Vas-y.

Il me tourna le dos, se pencha en avant et remonta un côté de son kilt, m'exhibant une fesse musclée.

Je ne savais pas si je devais rire ou pleurer. J'aurais pu essayer de discuter davantage, mais un seul regard vers lui, la fesse à l'air et plus têtu qu'une mule, me convainquit de l'inutilité de tenter de le dissuader. Il avait pris sa décision, et nous devrions tous les deux vivre avec ses conséquences.

Me sentant alors étrangement calme, je levai la seringue et la pressai pour chasser les bulles d'air.

– Prends appui sur l'autre jambe et relâche ce côté-ci. Je ne veux pas casser les crocs.

Il prit une grande inspiration sifflante. L'aiguille était épaisse, et l'alcool contenu dans le vin piquait beaucoup, comme je le découvris quelques minutes plus tard quand vint mon tour.

– Aïe! Ouille! Putain de bordel de merde! La vache, qu'est-ce que ça fait mal!

Jamie m'adressa un petit sourire en coin tout en se massant la fesse.

– Tu peux le dire! J'espère que la suite ne sera pas aussi douloureuse.

La suite. D'un coup, je me sentis vide. La tête me tournait comme si je n'avais rien mangé depuis une semaine. Je reposai la seringue.

– Tu... tu es sûr?

– Non. Mais j'essaierais quand même. Il le faut.

Je lissai le lin de ma chemise sur mes cuisses, tout en le dévisageant. Il avait laissé tomber tous ses masques depuis longtemps. Le doute, la colère et la peur étaient toujours là, gravés dans ses traits tirés. Pour une fois, cachée derrière mes contusions, mon expression était plus difficile à déchiffrer.

Un objet doux effleura ma jambe avec un petit miaou. Sans doute dans un geste de compassion, Adso m'avait apporté un campagnol mort. J'essayai un sourire, sentis ma lèvre me piquer, puis relevai les yeux vers Jamie, un goût de sang chaud sur la langue.

– C'est vrai que... tu as toujours été à la hauteur quand j'ai eu besoin de toi. Je ne vois pas pourquoi il en irait autrement cette fois-ci.

Il me regarda d'un air neutre, ne comprenant pas ma mauvaise boutade. Puis le déclic se fit, et il rougit. Sa lèvre inférieure tressaillit, puis tressaillit encore, comme s'il n'arrivait pas à décider s'il était choqué ou amusé.

Il se tourna, et je crus tout d'abord qu'il voulait se cacher le visage, mais il fouillait dans le tiroir. Il se retourna avec une bouteille de mon meilleur muscat à la main. Il la coinça sous un bras et en sortit une autre.

– Oui, tu peux me faire confiance sur ce point, déclara-t-il en me tendant sa main libre. Mais si tu t'imagines qu'on va faire ça à jeun, *Sassenach*, tu n'y es pas du tout.

* * *

Le courant d'air s'engouffrant par la porte ouverte extirpa Roger de son sommeil. Il s'était endormi sur le banc, les pieds traînant par terre, Jemmy blotti contre lui.

Il se redressa, confus, et cligna des yeux au moment où Brianna se penchait sur lui pour lui prendre l'enfant, sa cape dégageant une odeur d'humidité et d'air frais. Il se frotta le visage pour se réveiller, sentant sa barbe de quatre jours.

– Il pleut?

– Non, mais ça ne va pas tarder.

Elle déposa Jemmy dans son lit, le couvrit et accrocha son manteau avant de revenir vers Roger. Elle caressa sa joue de sa main froide. Il enlaça sa taille et pressa sa tête contre son ventre en soupirant.

Il aurait pu rester ainsi pour l'éternité, ou du moins une heure ou deux. Elle lui massa le crâne avec douceur, puis s'écarta, allumant une bougie dans le feu de la cheminée.

– Tu dois être mort de faim. Tu veux que je te prépare quelque chose?

– Non. Ou plutôt… si. S'il te plaît.

À mesure qu'il s'extirpait de son engourdissement, il se rendit compte qu'il était en effet affamé. Après leur halte au bord du ruisseau au petit matin, ils ne s'étaient plus arrêtés, Jamie ayant hâte de rentrer chez eux. Il ne pouvait se souvenir quand il avait avalé un morceau pour la dernière fois, mais, jusqu'à cet instant, il n'avait pas pris conscience de sa faim.

Il se jeta sur le pain, le beurre et la confiture qu'elle déposa devant lui, mangeant avec voracité, et il se passa plusieurs minutes avant qu'il ne songe à demander :

– Comment va ta mère?

– Bien. «Très» bien.

Elle imitait à merveille l'accent anglais un peu guindé de Claire. Elle lui fit une grimace, et il se mit à rire tout bas de peur de réveiller l'enfant.

– C'est vrai?

Elle arqua un sourcil narquois.

– À ton avis?

– Non, admit-il. Mais elle ne te le dirait sans doute pas de peur que tu t'inquiètes.

Elle émit un son glottal assez éloquent et lui tourna le dos, soulevant sa longue chevelure.

– Tu veux bien m'aider avec mes lacets?

– On dirait ton père quand tu fais ce bruit, mais une octave plus haut. Tu t'es entraînée?

Il se leva et dénoua les lacets, puis écarta son corset, glissa ses mains dans sa robe et les posa sur la courbe chaude de ses hanches. Elle s'adossa à lui et il monta ses mains sur ses seins.

– Oui, tous les jours. Et toi?

– Non. Ça fait trop mal.

Claire lui avait suggéré d'essayer de chanter un ton au-dessus et en dessous de sa voix normale, pour tenter de détendre ses cordes vocales, voire même restaurer un peu de leur résonance.

– Petite nature.

Toutefois, elle le formula d'une voix aussi douce que les cheveux qui frôlaient le visage de son mari.

– Oui, je suis une petite nature, reconnut-il.

L'exercice était en effet douloureux, mais ce n'était pas la douleur physique qui le faisait rechigner. C'était de sentir l'écho de sa voix d'avant dans ses os, fluide et puissante, puis les sons frustes qui sortaient si difficilement de sa bouche, des croassements, des grognements et des cris éraillés. Comme un cochon s'étouffant en mangeant un corbeau.

– Quelle bande de lâches, dit Brianna d'une voix se durcissant. Son visage… son pauvre visage! Comment ont-ils pu? Comment quiconque peut-il faire une chose pareille?

457

Soudain, Roger se souvint de Claire, agenouillée et nue au bord de l'eau, des traînées de sang sur les seins après avoir remis son nez en place. Il eut un mouvement de recul, manquant d'enlever ses mains. Brianna frissonna.

– Quoi ? Que se passe-t-il ?

– Rien.

Il sortit ses mains de sa robe et s'écarta.

– Il n'y aurait pas… euh… un peu de lait ?

Elle le regarda bizarrement, puis sortit pour aller dans l'appentis derrière la maison d'où elle revint avec une cruche de lait. Il but tout en sentant Brianna l'observer telle une chatte, tandis qu'elle se déshabillait et passait sa chemise de nuit.

Elle s'assit sur le bord du lit et commença à brosser ses cheveux, s'apprêtant à les tresser pour dormir. Il lui prit la brosse des mains et, sans un mot, passa ses doigts dans l'épaisseur de sa chevelure, la soulevant et la lissant en arrière.

– Tu es belle, murmura-t-il.

Il sentit de nouveau les larmes lui monter aux yeux.

– Toi aussi.

Elle posa ses mains sur ses épaules et le força doucement à s'agenouiller devant elle. Elle scruta son regard, et il fit de son mieux pour ne pas détourner les yeux. Elle sourit, puis dénoua à son tour le lacet qui lui retenait les cheveux.

Ils retombèrent sur ses épaules en une masse désordonnée sentant le brûlé, la transpiration et l'étable. Il protesta quand elle reprit sa brosse, mais elle ne voulut rien entendre, lui faisant baisser la tête et commençant à ôter les brindilles et les grains de sable, démêlant lentement ses mèches noires. Il pencha la tête plus bas, puis plus bas encore, et finit par poser son front sur ses genoux, se remplissant de son odeur.

Il songea à des tableaux médiévaux, à des pénitents à la confession, la tête courbée par le remords. Les presbytériens ne se confessaient pas à genoux, les catholiques, si. Dans l'obscurité, comme lui en ce moment… et dans l'anonymat.

– Tu ne m'as pas raconté ce qui s'est passé, demanda-t-il enfin dans les ombres entre ses cuisses. Ton père t'a parlé ?

– Non.

Elle n'en dit pas plus, et le silence retomba dans la pièce. On n'entendait plus que le bruit de la brosse dans ses cheveux et le vent qui se levait au-dehors.

Qu'allait faire Jamie ? se demanda-t-il soudain. Essaierait-il de ? … Il chassa cette pensée, préférant ne pas y réfléchir. À sa place, il vit Claire, émergeant de l'aube, son visage tel un masque boursouflé. Toujours elle-même mais aussi lointaine qu'une planète sur une orbite qui l'emmenait à l'autre bout du cosmos. Quand réapparaîtrait-elle ? Claire se baissant pour toucher les morts, sur l'insistance de Jamie, afin de constater par elle-même le prix de son honneur.

Ce n'était pas le risque qu'elle soit enceinte. C'était la peur… mais pas d'une grossesse. La peur qu'avait Jamie de la perdre, qu'elle s'en aille, qu'elle se réfugie dans un espace sombre et solitaire, sans lui, à moins qu'il ne parvienne à l'attacher à lui, à la garder à ses côtés. Mais, mon Dieu, c'était courir un tel risque… avec une femme tellement meurtrie et violentée. Comment pouvait-il le courir ?

Pouvait-il ne pas le prendre ?

Brianna avait reposé sa brosse, mais continuait à lui caresser la tête. Il connaissait lui-même trop bien cette peur… se souvenait du gouffre qui s'était creusé entre eux, et du courage qu'il avait fallu pour bondir de l'autre côté. À tous les deux.

Petite nature peut-être, mais il n'était pas un lâche.

– Brianna ? chuchota-t-il.

Elle sentit le besoin dans sa voix et baissa les yeux vers lui au moment où il relevait la tête. Elle porta la main à son visage, et il la saisit, pressant sa paume contre sa joue, se frottant contre elle.

– Brianna ? répéta-t-il.

– Oui ? Qu'y a-t-il ?

Il désirait tant le réconfort de son corps qu'il se serait couché là sur le tapis devant le feu avec elle et aurait enfoui son visage entre ses seins. Mais pas encore.

– Écoute ce que je dois te dire. Et puis, plaise à Dieu, dis-moi si j'ai bien fait.

« Dis-moi que tu m'aimes toujours », aurait-il voulu demander, mais il ne le pouvait pas.

– Tu n'es pas obligé de me raconter, murmura-t-elle.

Ses yeux sombres et doux étaient remplis du pardon qu'il n'avait pas encore mérité. Quelque part au-delà, il revit une autre paire d'yeux le fixant dans une stupeur avinée et qui s'était soudain muée en terreur quand il avait levé le bras pour asséner le coup de grâce.

– Si, il le faut, répondit-il. Souffle la chandelle, veux-tu ?

* * *

Pas dans la cuisine, encore jonchée des dégâts de la crise. Pas dans l'infirmerie, avec tous ses souvenirs tranchants. Jamie hésita, puis m'indiqua l'escalier d'un signe du menton, interrogateur. J'acquiesçai et le suivis vers notre chambre.

Elle me paraissait à la fois familière et étrangère, comme lorsqu'on est resté absent de chez soi pendant une longue période. Peut-être était-ce à cause de mon nez cassé, mais même son odeur me parut étrange, froide et légèrement rance, bien que tout soit propre et dépoussiéré. Jamie attisa le feu, et les flammes jaillirent dans le foyer, baignant les parois en bois de grandes traînées claires, les émanations de fumée et de résine chaude aidant à combler la sensation de vide.

Ni l'un ni l'autre ne regardèrent vers le lit. Il alluma la chandelle près du cabinet de toilette, poussa nos deux tabourets devant la fenêtre et ouvrit les volets sur la nuit venteuse. Il avait apporté deux coupes en étain. Il les remplit et les posa sur le rebord de la fenêtre, à côté des bouteilles.

Je restai sur le seuil, observant ses préparatifs, en proie à une humeur singulière.

J'étais partagée entre des sentiments contradictoires. D'une part, il me faisait l'impression d'être un parfait inconnu. Même dans mes souvenirs, je ne pouvais pas m'imaginer en train de le toucher. Son corps n'était plus l'extension confortable du mien, mais un objet étranger, inaccessible.

Parallèlement, d'alarmantes bouffées lubriques montaient en moi sans prévenir, et elles me faisaient peur. Je les avais ressenties tout au long de la journée. Cela n'avait rien du feu doux du désir coutumier, ni de l'étincelle de la passion. Ce n'était même pas cette envie purement physique, cyclique et instinctive de s'accoupler qui sortait des entrailles.

Ce qui m'effrayait surtout, c'était cette pure sensation impersonnelle d'appétit vorace ; elle me possédait, mais ne faisait pas partie de moi. Plus que l'impression d'éloignement, cette peur m'empêchait de le toucher.

Il surprit mon expression et, inquiet, fit un pas dans ma direction.

– Tout va bien, *Sassenach* ?

Je tendis une main devant moi pour l'arrêter.

– Très bien.

Je me laissai tomber sur un tabouret, mes jambes ployant sous moi, et saisis une des coupes. J'avais les doigts et les pieds gelés, ainsi que le bout du nez.

– Euh... à ta santé !

Interdit, il saisit néanmoins sa coupe et s'assit face à moi.

– À la tienne !

Il choqua son verre contre le mien. L'arôme du vin était assez puissant pour avoir de l'effet même sur mes membranes endommagées, et sa douceur réconforta mes nerfs et mon estomac. Je vidai ma première coupe rapidement, puis me resservis aussitôt, souhaitant placer au plus vite un tampon d'oubli entre moi et la réalité.

Le coffre en cèdre, chauffé par le feu, diffusa peu à peu son parfum familier dans la pièce. Jamie but plus lentement, mais remplit son verre en même temps que moi. Il me lançait des regards de temps à autre, mais sans un mot. Le silence entre nous n'était pas gêné, mais néanmoins chargé.

Je devais trouver quelque chose à dire, mais quoi? Je vidai ma seconde coupe, me creusant la tête.

Enfin, je tendis la main et effleurai l'arête de son nez, là où une brisure ancienne avait tracé une fine ligne blanche.

– Tu sais, tu ne m'as jamais raconté comment tu t'étais cassé le nez. Qui te l'a remis en place?

– Ah, ça? Personne.

Il sourit, portant à son tour la main vers son nez, légèrement embarrassé.

– C'est un coup de chance que la cassure ait été nette, car, sur le moment, je ne m'en suis pas préoccupé du tout.

– Tu m'as dit un jour...

Je m'interrompis, me souvenant soudain avec précision de ce qu'il m'avait répondu, quand je l'avais retrouvé après toutes ces années de séparation dans un atelier d'imprimerie à Édimbourg.

– ... «Je l'ai cassé environ trois minutes après que je t'ai vue la dernière fois, *Sassenach*.»

C'était donc à la veille de la bataille de Culloden, sur cette colline rocheuse d'Écosse, au pied du cercle de menhirs.

– Désolée, dis-je un peu piteuse. Tu n'as probablement pas envie d'évoquer cette période, n'est-ce pas?

Il saisit ma main libre et me regarda au fond des yeux, poursuivant d'une voix très basse :

– C'est à toi. Tout. Tout ce que j'ai vécu t'appartient. Si tu le veux, si cela peut t'aider, je suis prêt à revivre tout ce qui m'est arrivé.

– Mon Dieu, non, Jamie. Non, je n'ai pas besoin de tout savoir. Tout ce qui m'importe, c'est que tu aies survécu. Que tu vas bien. Mais... Dois-je te le raconter?

Je voulais parler de ce qu'on m'avait fait, et il le comprit. Il détourna les yeux, tenant ma main dans les siennes, frottant doucement ses paumes sur mes articulations endolories.

– Tu dois vraiment? demanda-t-il.

– Je crois. Tôt ou tard. Mais pas maintenant... à moins que tu n'aies besoin de l'entendre. Tout de suite.

– Non, pas maintenant, chuchota-t-il. Pas maintenant.

Je retirai ma main et vidai le fond de ma coupe. Le vin était âpre, chaud et musqué, avec l'arrière-goût amer des grains de raisin. J'étais enfin réchauffée de partout, et reconnaissante.

Je me versai un autre verre.

– Alors, ton nez. Raconte-moi, s'il te plaît.

– Il y avait deux soldats anglais qui patrouillaient sur la colline. À mon avis, ils ne s'attendaient pas à y rencontrer quelqu'un. Leurs mousquets n'étaient pas chargés, sinon, je ne serais sans doute plus de ce monde. Ils m'ont aperçu, et l'un d'eux t'a vue, tout là-haut près des menhirs. Il a crié et a voulu te courir après, alors je me suis jeté sur lui. Peu m'importait ce qui m'arriverait, tant que tu repartais saine et sauve. Je lui ai planté mon couteau dans le flanc, mais sa cartouchière a glissé, et ma lame est restée coincée. Pendant que j'essayais de la déloger et de rester en vie, son coéquipier nous a rejoints et m'a envoyé sa crosse en pleine figure.

La main libre de Jamie s'était refermée, serrant le manche d'un couteau imaginaire. Je grimaçai, sachant exactement l'effet que cela faisait. Le seul fait de l'entendre ravivait la douleur dans mon propre nez. Je reniflai, m'essuyai délicatement sur le revers de ma main et remplis de nouveau ma coupe.

– Comment leur as-tu échappé?

– Je lui ai arraché le mousquet des mains et leur ai fracassé le crâne à tous les deux.

Il parlait calmement, de manière presque détachée, mais une étrange résonance dans sa voix me noua le ventre. C'était encore trop frais, cette vision des gouttes de sang prises dans les poils de son bras. Trop frais cette nuance de… de quoi? De satisfaction?… dans son ton.

– Je suis désolé, *Sassenach*. Je n'aurais probablement pas dû te le raconter. Ça te perturbe?

– Non, ce n'est pas ça.

J'étais un peu sèche. Pourquoi lui avoir demandé de me parler de son nez? Pourquoi à cet instant, alors que j'avais

463

vécu dans l'ignorance toutes ces années sans m'en porter plus mal?

– Qu'est-ce qui te perturbe, dans ce cas?

C'était surtout que j'avais gâché l'effet bénéfique du vin qui m'avait si bien anesthésiée. Toutes les images de la nuit précédentes revenaient en force, projetées en technicolor par cette simple phrase prononcée avec un tel détachement : « Je lui ai arraché le mousquet des mains et leur ai fracassé le crâne à tous les deux. » Et par son écho silencieux : « Je tue pour elle. »

J'avais envie de vomir. Au lieu de cela, je bus encore un peu de vin, sans même le goûter, l'avalant le plus vite possible. J'entendis vaguement Jamie répéter sa question et me tournai brusquement vers lui.

– Ce qui me perturbe? Perturber, quel mot idiot! Ce qui me rend folle de rage, c'est que j'aurais pu être n'importe qui, n'importe quoi, un truc chaud avec des parties molles à tripoter. Bon sang, pour eux, je n'étais qu'un trou!

Je frappai du poing le rebord de la fenêtre. Le bruit sourd m'agaçant à l'extrême, je pris ma coupe en étain et la projetai de toutes mes forces contre le mur.

– Ce n'était pas comme ça avec Black Jack Randall, n'est-ce pas? Il te connaissait. Quand il t'agressait, il te regardait. À ses yeux, tu n'étais pas n'importe qui, c'était toi qu'il voulait.

– Mon Dieu, tu crois vraiment que c'est mieux?

Il me regardait, les yeux écarquillés. Je m'arrêtai, essoufflée, la tête me tournant.

– Non.

Je retombai sur le tabouret et fermai les yeux, sentant la chambre tournoyer autour de moi, des lumières colorées défilant comme un manège sur mes paupières.

– Non, je ne le crois pas. Jack Randall était un malade mental, un pervers de premier ordre, et ces… ces… types, ils n'étaient que des hommes.

Je chargeai ce dernier mot de tout le mépris et le dégoût dont j'étais capable.

– Des hommes, répéta Jamie d'une voix étrange.

– Oui, rien que des hommes.

Je rouvris les yeux. Ils me brûlaient, et je devinai qu'ils étaient rouges et brillants comme ceux d'un opossum dans la lueur d'un flambeau.

– J'ai traversé une guerre mondiale, repris-je d'une voix vénéneuse. J'ai perdu un enfant. J'ai perdu deux maris. J'ai crevé de faim avec toute une armée. J'ai été battue, blessée, traitée comme une moins que rien, trahie, emprisonnée et agressée. Et j'ai survécu à tout cela !

Mon ton montait, mais je ne pouvais plus m'arrêter.

– Et à présent, je devrais être anéantie parce qu'une bande de pathétiques petits minables ont enfoncé leur ridicule appendice entre mes cuisses et l'ont agité ?

Je me relevai, saisi le bord du cabinet de toilette et le projetai en l'air, envoyant valser la bassine, l'aiguière et le bougeoir. Puis je conclus calmement :

– Pas question.

– Leur ridicule appendice ? répéta Jamie éberlué.

– Pas le tien. Je ne parlais pas du tien. Le tien, je l'aime plutôt bien.

Là-dessus, je me rassis et m'effondrai en larmes.

Il passa les bras autour de mes épaules, tout en douceur. Je ne sursautai pas ni le repoussai. Il pressa ma tête contre la sienne et glissa ses doigts dans mes cheveux.

– Pas question, répétai-je les yeux fermés. Pas question.

Je pris sa main et la portai à mes lèvres, frottant mes lèvres fendues contre ses phalanges. Elles étaient aussi enflées et meurtries que les miennes. Je touchai sa peau du bout de la langue, goûtant le parfum du savon, de la poussière et de la saveur métallique des écorchures et des entailles, des cicatrices laissées par des os et des dents brisés. J'appuyai sur les veines de son poignet et de son avant-bras, les sentant glisser sous mes doigts, rouler sur l'os sous-jacent. J'aurais aimé me dissoudre et être absorbée dans le sang qui coulait dans ses artères, me laisser porter jusque dans le refuge des cavités aux parois épaisses de son cœur. Mais je ne pouvais pas.

Je remontai ma main sous sa manche, explorant, m'accrochant, réapprenant son corps. Je touchai la touffe de son aisselle et la caressai, surprise de la trouver si douce et soyeuse.

— Tu sais, je crois bien que je ne t'avais jamais touché là.

— C'est vrai, dit-il avec un petit rire nerveux. Je m'en souviendrais. Oh !

Sa peau douce se hérissa au contact de mes doigts. Je pressai mon front contre son torse.

— Le pire, dis-je dans les plis de sa chemise, c'est que je les connaissais. Je connaissais chacun d'eux. Je me souviendrai de leur visage à chacun. Et je me sentirai coupable, parce qu'ils sont morts à cause de moi.

— Non, répondit-il posément mais d'un ton ferme. Ils sont morts à cause de moi, *Sassenach*. Et à cause de leurs propres vices. Les seuls coupables, ce sont eux. Ou moi.

— Pas toi tout seul. «Tu es le sang de mon sang, les os de mes os», c'est toi-même qui l'as dit. Tout ce que tu fais, je le fais aussi.

— Alors, prions pour que ton serment me rachète, murmura-t-il.

Il me souleva et me serra contre lui, comme un tailleur rassemble un grand lé d'une soie lourde et fragile, pli après pli. Il me porta à travers la pièce et me déposa délicatement sur le lit, dans la lueur vacillante du feu.

* * *

Il avait eu l'intention d'être doux. Très doux. Il s'y était soigneusement préparé, s'inquiétant de chacune des étapes qui devaient les ramener à bon port. Elle était brisée, il devait prendre son temps, recoller chacun de ses morceaux épars.

Puis il découvrit qu'elle ne voulait ni qu'il soit doux ni qu'il lui fasse la cour. Elle le voulait direct. Bref et violent. Puisqu'elle était cassée, elle le tailladerait de ses fragments tranchants, aussi incontrôlable qu'un ivrogne armé d'un tesson de bouteille.

Au début, il lutta, essayant de la serrer contre lui et de l'embrasser tendrement. Elle gigota entre ses bras telle une anguille, puis roula sur lui, se trémoussant, le mordant.

Il avait pensé que le vin la détendrait, les mettrait tous les deux à l'aise. Il savait que l'alcool la désinhibait, mais il ne s'était pas rendu compte de tout ce qu'elle avait retenu jusqu'ici. Il ne pouvait que s'efforcer de la tenir, sans lui faire mal.

Pourtant, il aurait dû le voir venir ; lui mieux que n'importe qui d'autre ! Ce n'était pas du chagrin ni de la douleur… mais de la rage.

Elle lui griffa le dos. Il sentit la morsure de ses ongles cassés et se dit qu'il était sans doute bon pour elle qu'elle se batte. Ce fut sa dernière pensée cohérente. La rage et le désir s'abattirent sur lui comme un orage noir sur la montagne, un nuage si dense qu'il ne voyait plus rien d'autant qu'il devenait lui-même invisible. Toutes ses attentions prévenantes furent balayées, et il se retrouva seul au milieu de la tempête, dans les ténèbres.

Peut-être était-ce son cou qu'il tenait fermement, mais cela aurait pu être celui de n'importe qui. Il sentit les os noueux d'une nuque dans le noir et entendit des cris de lapins tués par sa propre main. Il s'éleva dans un tourbillon, projetant de la poussière et de la poudre de sang séché.

La fureur bouillonnait dans ses testicules. Il la chevauchait avec une fougue désespérée. Il devait cracher sa foudre et carboniser toute trace de l'intrus dans sa matrice ! Et s'ils devaient être consumés tous les deux, réduits en cendres et en poussière d'os, qu'il en soit ainsi.

* * *

Quand il retrouva ses sens, il était couché de tout son poids sur elle, l'écrasant dans le lit. Il haletait. Ses mains serraient ses bras si fort qu'il sentait ses os, telles des brindilles, sur le point de craquer.

Il s'était perdu, ne sentait même plus les limites de son propre corps. Il resta hagard un moment, se demandant s'il n'avait pas perdu la raison… Non. Il sentit une goutte froide tomber sur son épaule, et les fragments éparpillés de son esprit se regroupèrent aussitôt comme une flaque de mercure, le laissant tremblant et consterné.

Il était encore en elle. Il faillit s'arracher d'elle telle une caille effrayée qui s'envole, mais se retint. Il se retira doucement, relâchant un à un ses doigts agrippés à ses bras, se soulevant avec délicatesse même si l'effort lui paraissait immense. Il s'était presque attendu à la voir aplatie comme une crête, inerte sur le drap, mais l'arche élastique de ses côtes se gonfla lentement, s'affaissa, puis se gonfla de nouveau, rassurante.

Une autre goutte s'écrasa à la base de sa nuque, lui faisant voûter le dos par réflexe. Elle rouvrit les yeux, et il y lut la même surprise effarée. C'était le choc de deux inconnus se retrouvant nus l'un contre l'autre. Puis elle leva les yeux vers le plafond.

– Il y a une fuite, chuchota-t-elle. Je vois une tache d'humidité.

– Ah.

Il ne s'était même pas rendu compte qu'il pleuvait, en dépit du crépitement sur le toit. Il l'avait pris pour le bruit de son propre sang dans ses tempes, tel le roulement d'un *bodhran* dans la nuit, les battements de son cœur dans la forêt.

Il se pencha pour embrasser son front. Elle lui enlaça le cou et le tint fermement, le pressant contre elle. Il lui rendit son étreinte, la serrant si fort qu'il l'entendit se vider de tout son souffle, tout en étant incapable de la lâcher. Il se souvint vaguement d'une conversation avec Brianna où elle parlait de globes géants tournoyant dans l'espace et d'une chose appelée la gravité... Qu'y avait-il de si grave là-dedans? s'était-il demandé sur le moment. Il comprenait mieux à présent : une force si grande qu'elle promenait un corps d'une taille inimaginable dans l'air, sans soutien, ou projetait deux de ces corps l'un contre l'autre, dans une explosion de poussière d'étoiles.

Elle avait des marques rouges sur les bras, là où il l'avait agrippée. Elles vireraient au noir dans les heures qui suivraient. Les traces des autres hommes formaient des fleurs sombres et violettes, bleues et jaunes, des pétales flous prisonniers sous la blancheur de sa peau.

Ses fesses et ses cuisses étaient courbaturées par l'effort; une crampe le fit gémir et s'étirer. Il était en nage, elle aussi, et ils se séparèrent lentement, à contrecœur.

Elle avait les yeux bouffis et voilés, comme du miel sauvage. Son visage à quelques centimètres du sien, elle chuchota :

– Comment te sens-tu?

– Très mal, répondit-il sincèrement.

Il avait la voix rauque comme s'il avait hurlé (peut-être avait-ce été le cas). La lèvre de Claire s'était rouverte, et un filet de sang avait coulé sur son menton. Il avait son goût métallique dans la bouche.

Il s'éclaircit la gorge, incapable de détacher son regard du sien. Il voulut essuyer le sang du pouce et ne fit que l'étaler.

– Et toi?

Elle avait tressailli quand il l'avait touchée, mais ses yeux étaient toujours fixés sur lui. Il eut l'impression qu'elle contemplait un point au-delà, à travers lui, puis son regard se fit plus net et, pour la première fois depuis qu'il l'avait ramenée à la maison, elle le vit vraiment.

– En sécurité, répondit-elle enfin.

Elle ferma les yeux, et son corps se relâcha d'un seul coup, devenant aussi mou et lourd que celui d'un lièvre rendant son dernier souffle.

Il la tint, la ceignant des deux bras comme s'il cherchait à la sauver de la noyade, tout en la sentant sombrer malgré tout. Elle s'enfonçait dans les profondeurs du sommeil. Il aurait voulu la retenir, souhaitant qu'elle guérisse, craignant qu'elle ne s'enfuie. Il enfouit son visage dans ses cheveux et son odeur.

Le vent faisait claquer les volets ouverts et, dans l'obscurité au-dehors, une chouette hulula, et une autre lui répondit, à l'abri de la pluie.

Il pleura sans bruit, ses muscles tendus jusqu'à la douleur pour ne pas trembler, ne pas la réveiller et qu'elle le voit ainsi. Il pleura jusqu'à ce que l'oreiller soit trempé sous sa joue. Puis il fut envahi d'une fatigue au-delà de l'épuisement, si loin du sommeil qu'il ne se souvenait plus de ce que dormir signifiait. Son seul réconfort était le poids si fragile étendu contre son cœur, respirant profondément.

Soudain, elle leva les mains et les reposa sur lui. Sa blancheur était aussi propre que la neige silencieuse qui recouvre les vestiges calcinés et le sang, répandant la paix sur le monde.

30

Le prisonnier

C'était une matinée calme et chaude, la dernière de l'été indien. Un pic-vert tambourinait dans la forêt non loin, et un insecte quelconque faisait un bruit grinçant dans les hautes herbes devant la maison. Je descendis une à une les marches, me sentant désincarnée et regrettant de ne pas l'être, car chaque parcelle de mon corps me faisait mal.

Mme Bug n'était pas venue ; peut-être était-elle souffrante. À moins qu'elle ne sache pas trop comment réagir à ma vue ni quoi me dire. Mes lèvres se crispèrent légèrement, ce dont je fus consciente seulement parce que la crevasse à demi cicatrisée me piquait.

Je détendis avec attention chaque muscle de mon visage et m'affairai à préparer le café. Une procession de minuscules fourmis noires longeait l'étagère où les ustensiles étaient rangés, et toute une colonie avait pris d'assaut la boîte en fer-blanc où je gardais le sucre en morceaux. Je les balayai de quelques coups de mon tablier et notai mentalement d'aller chercher des racines de benoîte pour les dissuader de revenir.

Cette résolution, aussi triviale fut-elle, me rasséréna et me redonna de l'assurance. Depuis qu'Hodgepile et sa bande étaient apparus à la malterie, je m'étais sentie totalement à la merci des autres, empêchée de la moindre action indépendante. Pour la première fois depuis quelques jours (cela me semblait des lustres), j'étais capable de décider de ce que j'allais faire. C'était une liberté précieuse.

Parfait, pensai-je. Qu'allais-je donc faire ? D'abord… boire un bol de café. Manger un morceau de pain grillé ? Non. J'auscultai l'intérieur de ma bouche avec la langue. Plusieurs dents d'un côté branlaient, et les muscles de ma mâchoire étaient si endoloris que la mastication était hors de question. Rien que du café donc, et, pendant que je le boirais, je déciderais du tour que prendrait ma journée.

Satisfaite de mon plan, je remis en place mon bol en bois et descendis plutôt de l'étagère ma seule tasse en porcelaine, un cadeau de Jocasta, ornée de violettes peintes à la main.

Jamie avait préparé le feu un peu plus tôt, et l'eau bouillait. J'en versai un peu dans la cafetière pour la réchauffer, l'agitai, puis ouvris la porte de service pour la vider dehors. Heureusement, je regardai avant.

Ian était assis en tailleur sur le perron, une pierre à aiguiser dans une main, un couteau dans l'autre. J'identifiai enfin le chuintement monotone que j'avais perçu plus tôt.

– Bonjour, ma tante, lança-t-il gaiement. Vous vous sentez mieux ?

– Oui, très bien.

Il m'inspecta de bas en haut d'un air dubitatif.

– Mieux que vous en avez l'air, j'espère.

– Pas aussi bien.

Cela le fit rire. Il reposa ses outils et se leva. Il était beaucoup plus grand que moi, presque autant que Jamie, mais plus svelte. Il avait hérité de la silhouette noueuse de son père, ainsi que de son sens de l'humour et de son opiniâtreté.

Il me prit par les épaules et m'orienta vers la lumière, plissant les paupières tout en m'examinant de près. J'imaginai à quoi je devais ressembler, n'ayant pas encore eu le courage de me regarder dans un miroir. Je savais néanmoins que les ecchymoses devaient aller du noir au rouge en passant par tout un éventail de bleus, de verts et de jaunes. En ajoutant à cela quelques bosses et boursouflures par-ci par-là, des croûtes noires sur la lèvre et ailleurs, je devais être l'image même de la bonne santé.

Pourtant, je ne recelai aucune surprise dans ses yeux noisette. Il me lâcha enfin et me donna une tape sur l'épaule.

– Ça ira, ma tante. Vous êtes bien toujours la même, n'est-ce pas?

– Oui.

Sans prévenir, les larmes montèrent et débordèrent. Je savais exactement ce qu'il avait voulu dire, et pourquoi... et il avait raison.

J'eus l'impression que mon centre était devenu liquide et se déversait à l'extérieur, non pas par chagrin mais par soulagement. J'étais toujours la même. Fragilisée, rompue, endolorie et lasse, mais moi-même. Ce ne fut qu'en le comprenant que je me rendis compte à quel point j'avais craint le contraire... de n'émerger du choc que pour me retrouver irrémédiablement altérée, une partie vitale de moi-même disparue à jamais.

J'essuyai avec hâte mes yeux sur le bord de mon tablier.

– Je vais bien, Ian. Juste un peu...

– Oui, je sais.

Il me prit la cafetière et jeta l'eau dans l'herbe au bord du sentier.

– Ça fait un peu bizarre, non? De rentrer.

Je repris la cafetière et serrai sa main. Il était revenu deux fois de captivité: sauvé de l'étrange domaine de Geillis Duncan en Jamaïque, puis, plus tard, s'exilant lui-même en terre mohawk. De ce périple, il était revenu homme, et je me demandais quelles parties de lui-même il avait laissées en chemin.

– Tu veux prendre un petit-déjeuner, Ian?

– Et comment! Rentrez vous asseoir, ma tante. Je m'en occupe.

Je le suivis à l'intérieur, remplis la cafetière et, la laissant infuser, m'assis à table, le soleil me réchauffant le dos par la porte ouverte. J'observai Ian fouiller dans l'office. J'avais l'esprit bourbeux et me sentais incapable de réfléchir, mais une sensation de paix m'envahit, douce comme la lumière

473

chatoyante à travers les branches de châtaigniers. Même les petits élancements ici et là n'étaient pas désagréables, signe du travail de cicatrisation qui s'opérait peu à peu.

Ian déversa sur la table une brassée d'aliments pris au hasard et s'assit face à moi.

– Tout va bien, ma tante ? s'inquiéta-t-il de nouveau.

– Oui. C'est comme être assis sur une bulle de savon, non ?

Il était concentré sur la tranche de pain qu'il beurrait. J'eus l'impression qu'il souriait mais n'en étais pas certaine.

– Oui, un peu.

Le café chauffa mes paumes à travers la tasse, et sa vapeur apaisa les membranes à vif de mon nez et de mon palais. J'avais l'impression d'avoir hurlé pendant des heures, mais ne me souvenais pourtant pas d'avoir crié. Peut-être avec Jamie, la nuit précédente…

Je ne tenais pas trop à penser à cette nuit ; elle faisait partie de cette sensation de bulle. Quand je m'étais réveillée, Jamie n'était plus là, et je ne savais pas si j'en avais été soulagée ou chagrinée.

Ian ne parlait pas, étant occupé à engloutir une demi-miche de pain couverte de beurre et de miel, trois muffins aux raisins, deux épaisses tranches de jambon et une cruche de lait. C'était Jamie qui avait trait la vache : il utilisait toujours la cruche bleue, alors que M. Wemyss prenait la blanche. Je me demandais vaguement où était Joseph ; je ne l'avais pas vu, et la maison était vide. Peut-être Jamie lui avait-il demandé ainsi qu'à Mme Bug de se tenir à l'écart, pensant que j'avais besoin de rester seule.

– Encore un peu de café, ma tante ?

J'acquiesçai, et il se leva pour aller chercher la carafe, versant une bonne rasade de whisky dans ma tasse avant de la remplir de café.

– Maman disait toujours que ça soigne tout.

– Ta mère disait vrai. Tu n'en prends pas un peu ?

Il huma les effluves aromatiques, mais fit non de la tête.

474

– Il vaut mieux pas, ma tante. J'ai besoin de garder la tête claire ce matin.

– Vraiment ? Pourquoi ?

Le porridge dans le pot devait être vieux de trois ou quatre jours. Normal : il n'y avait eu personne pour le manger. J'observai d'un œil critique l'espèce de ciment qui adhérait à ma cuillère, puis décidai qu'il était quand même encore assez mou pour être mangé et l'arrosai copieusement de miel.

Ian avait la bouche pleine de la même substance pâteuse, et il lui fallut un moment pour l'avaler avant de me répondre :

– Oncle Jamie veut poser ses questions.

Il saisit le pain en me jetant un regard circonspect.

– Ah oui ?

Mais avant que je n'aie eu le temps de lui demander ce qu'il voulait dire par là, des pas sur le sentier annoncèrent l'arrivée de Fergus.

Il avait l'air d'avoir dormi dans les bois. Ce qui, évidemment, était le cas. Ou plutôt, il avait l'air de ne pas avoir dormi du tout. Lancés à la poursuite de la bande d'Hodgepile, ils ne s'étaient pratiquement pas arrêtés. Il s'était rasé, mais était débraillé, lui d'ordinaire toujours impeccable. Son beau visage était tiré, de gros cernes sous les yeux.

Il se pencha et me fit la bise, une main sur mon épaule.

– Milady, murmura-t-il. *Comment allez-vous ?*

– *Très bien, merci.* Comment vont Marsali et les enfants ? Et Germain, notre héros ?

En chemin, Jamie m'avait rassuré sur le sort de Marsali et m'avait raconté comment Germain, ce vrai petit singe, était grimpé à un arbre en entendant Hodgepile approcher. Il avait tout vu depuis son perchoir et, sitôt les hommes repartis, était descendu et avait tiré sa mère à demi consciente à l'écart des flammes avant de courir chercher du secours.

Un léger sourire anima soudain les traits de Fergus.

– Ah, Germain ! *Un vrai petit guerrier.* Il affirme que *grand-père* a promis de lui donner un pistolet rien qu'à lui, pour tirer sur les méchants.

*Grand-père** était probablement sérieux. Germain ne pouvait manier un mousquet, l'arme étant plus grande que lui, mais un pistolet ferait l'affaire. Dans mon état d'esprit brumeux, le fait que l'enfant n'avait que six ans ne me parut pas d'une grande importance.

Je poussai la cafetière vers son père.

– Tu as pris ton petit-déjeuner, Fergus ?

– *Non. Merci**.

Il se servit de la galette, du jambon et du café, mais je remarquai qu'il mangeait sans grand appétit.

Nous restâmes assis en silence, buvant notre café et écoutant les chants des oiseaux. Des troglodytes de Caroline avaient bâti leur nid sous l'avant-toit, et les parents allaient et venaient juste au-dessus de nos têtes. J'entendais les cris affamés des oisillons et aperçus des brindilles mêlées à des fragments de coquille tombés sur les lattes du porche. Ils étaient prêts à prendre leur envol, juste à temps avant l'arrivée des grands froids.

Les coquilles tachetées de brun me rappelèrent *Monsieur l'Œuf*. Voilà ce que j'allais faire ! Je passerais voir Marsali plus tard. Et peut-être Mme Bug. Avoir enfin un projet ferme en tête me soulagea un peu. Je me tournai vers Ian :

– Tu as vu Mme Bug ce matin ?

Sa cabane (tout juste un abri recouvert de broussailles) se trouvait derrière celle des Bug. Il avait dû passer devant en venant à la Grande Maison.

Il parut surpris.

– Oui, elle balayait devant sa porte quand je suis passé plus tôt. Elle m'a offert le petit-déjeuner, mais je lui ai dit que je le prendrais ici. Je savais qu'oncle Jamie avait un jambon !

Il me fit un clin d'œil.

– Donc, elle va bien ? J'ai pensé qu'elle était peut-être malade. D'habitude, elle arrive ici de bonne heure.

– C'est qu'elle est très occupée. Elle surveille le *ciomach*.

---

* En français dans le texte. *(N.d.T.)*

Mon bien-être passager se craquela comme les œufs des troglodytes. Un *ciomach* était un prisonnier. Dans mon euphorie nébuleuse, j'avais oublié jusqu'à l'existence de Lionel Brown.

La remarque au sujet des questions de Jamie prit enfin tout son sens, tout comme la présence de Fergus et le couteau que Ian affûtait un peu plus tôt.

– Où est Jamie ? Tu l'as vu ce matin ?

Ian avala une bouchée de pain et de jambon, et déglutit avant de répondre :

– Il est dans le bûcher en train de tailler des bardeaux. Il m'a dit que votre toit fuyait.

Il n'avait pas fini de parler que des coups de marteau retentirent au-dessus de nos têtes. Naturellement, le plus important d'abord ! D'un autre côté, Lionel Brown pouvait attendre ; il n'allait nulle part, après tout.

– Peut-être que... euh... je vais aller voir M. Brown, annonçai-je.

Ian et Fergus échangèrent un regard.

– Non, ma tante. Vous ne devriez pas.

Ian avait parlé calmement, mais sur un ton autoritaire que je ne lui connaissais pas.

– Que veux-tu dire ?

Je le dévisageai, mais il continua de manger comme si de rien n'était, peut-être avec un peu plus de lenteur.

– Milord a dit que vous ne deviez pas le voir, précisa Fergus en touillant son café avec une cuillerée de miel.

– Il a dit quoi ?

Ni l'un ni l'autre ne me regardait. Ils semblaient s'être retranchés derrière une résistance obtuse. Je savais que si je demandais n'importe quoi à l'un comme à l'autre, ils le feraient... sauf défier Jamie. Si ce dernier avait décidé que je ne devais pas voir M. Brown, je devrais me passer de l'aide d'Ian et de Fergus.

– Il n'aurait pas par hasard expliqué pourquoi ?

Ils échangèrent un autre regard, plus long cette fois.

— Non, *milady,* répondit Fergus.

Il y eut un bref silence, durant lequel ils parurent tous deux réfléchir à la question. Puis Fergus lança un coup d'œil à Ian avec un haussement d'épaules, le laissant prendre la décision.

— C'est que, voyez-vous, ma tante, on a l'intention de l'interroger.

— Et il a des réponses à nous donner, précisa Fergus.

— Puis, quand oncle Jamie aura décidé qu'il nous a dit tout ce qu'il savait…

Ian reprit le couteau qu'il avait posé sur la table à côté de lui et fendit une saucisse en longueur, libérant une bouffée de sauge et d'ail. Puis il releva les yeux et soutint mon regard. Je me rendis compte que si j'étais toujours moi-même, Ian n'était plus le garçon que j'avais connu. Plus du tout.

— Vous allez le tuer ?

— Probablement, répondit Fergus, les yeux froids comme du marbre.

— Il… euh… Ce n'était pas lui, balbutiai-je, manquant de souffle. Il ne pouvait pas. Il s'était déjà cassé la jambe, quand… Quant à Marsali, ce n'était pas… Je ne pense pas que…

Ian eut l'air de me comprendre.

— Tant mieux pour lui.

— Tant mieux, répéta Fergus. Mais, au bout du compte, je ne pense pas que cela fasse une grande différence. On a tué tous les autres, alors pourquoi l'épargner, lui ?

Il s'écarta de la table sans finir son café.

— Je crois que je vais y aller, cousin.

Ian repoussa son assiette.

— Je viens avec toi. Tante Claire, vous pourrez dire à oncle Jamie qu'on a pris de l'avance ?

J'acquiesçai et les regardai s'éloigner jusqu'à ce qu'ils disparaissent derrière le grand châtaignier qui dominait le sentier menant à la cabane des Bug. Puis, je me levai sans réfléchir et débarrassai la table.

Je n'étais pas certaine de me soucier vraiment du sort de M. Brown. Certes, j'étais contre le principe de la torture et du meurtre de sang-froid. D'un autre côté, s'il était vrai que Brown ne m'avait pas violée personnellement et qu'il avait tenté de convaincre Hodgepile de me libérer, il avait néanmoins été le premier à réclamer ma mort plus tard. Je ne doutais pas un instant qu'il m'aurait noyée, dans la gorge, si Tebbe n'était pas intervenu.

« Non, conclus-je en rinçant ma tasse et en l'essuyant avec mon tablier, tout compte fait, je me fiche pas mal de ce qui arrivera à M. Brown. »

En revanche, ce dont je ne me fichais pas du tout, c'était de Ian et de Fergus. Sans parler de Jamie. Tuer quelqu'un dans le feu de l'action était une chose, l'exécuter froidement en était une autre. Je le savais, mais le savaient-ils ?

Jamie oui.

« Prions pour que ton serment me rachète », m'avait-il chuchoté la veille. C'était même la dernière chose dont je me souvenais. Soit, mais j'aurais nettement préféré qu'il ne ressente pas le besoin d'être racheté. Quant à Ian et Fergus...

Fergus avait participé à la bataille de Prestonpans à l'âge de dix ans. Je revoyais encore le visage du petit orphelin français, couvert de suie, hébété de fatigue et d'effroi, assis à califourchon sur un canon capturé et me déclarant : « J'ai tué un soldat anglais, madame. Il est tombé à terre, et je l'ai poignardé ! »

Je revoyais aussi Ian, à quinze ans, à Édimbourg, en larmes parce qu'il croyait avoir tué accidentellement un intrus dans l'atelier d'imprimerie de Jamie. Dieu seul savait quels actes il avait commis depuis, puisqu'il ne parlait pas. J'eus une soudaine vision du crochet sanglant de Fergus et de la silhouette d'Ian, quand il avait répété : « Et moi », après que Jamie avait déclaré : « Je tue pour elle. »

Nous étions en 1773. Le canon dont le coup retentirait dans le monde entier, le 18 avril de l'an soixante-quinze, était déjà en train d'être chargé. Mais de quoi m'imaginais-je pouvoir les protéger au juste ?

Un rugissement soudain au-dessus de ma tête m'extirpa de mes pensées.

Je sortis dans la cour et regardai vers le toit, la main en visière. Jamie était assis à califourchon sur la crête, se balançant d'avant en arrière en serrant sa main contre son ventre.

– Qu'est-ce qui se passe là-haut ? m'écriai-je.

– Je me suis enfoncé une écharde, répondit-il entre ses dents.

J'eus envie de rire, mais me retins.

– Eh bien descends, je vais te l'enlever.

– Je n'ai pas terminé.

– Et alors ? m'impatientai-je soudain. Descends tout de suite ! J'ai à te parler.

Un sac de clous atterrit dans l'herbe, suivi aussitôt d'un marteau.

Les choses importantes d'abord.

* * *

Techniquement, c'était en effet une écharde. Elle faisait plus de cinq centimètres de long et était enfoncée sous l'ongle de son majeur presque tout le long de la dernière phalange.

– Bon sang !

– Oui, tu peux le dire.

Le bout émergeant était trop court pour que je l'attrape avec les doigts. Je le traînai jusqu'à l'infirmerie et la sortis d'un seul coup avec une pince avant qu'il n'ait pu dire ouf ! Après quoi, il dit bien plus que cela, surtout en français, une langue dont les jurons sonnent particulièrement bien.

Je plongeai son doigt dans un bain d'alcool et d'eau, observant sur un ton détaché :

– Ton ongle va tomber.

Un nuage de sang s'épanouit dans le liquide telle de l'encre de seiche.

– M'en fous de mon ongle, grogna-t-il. Pourquoi ne pas couper tout le doigt et que je sois débarrassé! *Merde de merde.*

– Autrefois, les Chinois… maintenant que j'y pense, c'est toujours le cas… enfonçaient des lames de bambou sous les ongles de leurs prisonniers pour les faire parler.

– *Tu m'emmerdes* avec tes histoires de Chinois!

– Apparemment, une technique très efficace.

Je soulevai sa main hors de la bassine et enroulai une bandelette de lin autour de son majeur. Je poursuivis, m'efforçant de conserver un ton léger :

– Tu la testais sur toi avant de l'utiliser sur Lionel Brown?

– Par tous les saints et les archanges, qu'est-ce que Ian a été te raconter?

– Que tu comptais interroger Brown et obtenir des réponses.

– Oui, et alors?

– Fergus et Ian semblent croire que tu es prêt à utiliser tous les moyens nécessaires. D'ailleurs, ils seront plus que ravis de t'assister.

Les premières douleurs étant passées, il respirait plus calmement, son visage retrouvant ses couleurs.

– Ça n'a rien d'étonnant. Fergus est dans son droit. C'est sa femme qui a été agressée.

– Ian avait l'air…

Je cherchai le mot juste. Ian m'avait paru d'un calme terrifiant.

– Tu n'as pas demandé à Roger de t'aider, pour l'interrogatoire?

– Non, pas encore. Roger Mac est un bon combattant, mais il ne fait pas peur, sauf quand il sort de ses gonds. Ce n'est pas un fourbe.

– Alors que vous…

– Oh oui! Rusés comme des renards, qu'on est. Il suffit de regarder Roger Mac pour deviner combien leur vie est tranquille, à la petite et à lui. Ce qui est un réconfort, tu me diras. Je veux dire, les choses ne peuvent qu'aller mieux, entre eux.

Il essayait de changer de sujet, ce qui n'était pas bon signe. Je voulus émettre un grognement cynique, mais ne réussis qu'à raviver la douleur dans mon nez.

– Et toi, tu n'es pas hors de tes gonds, c'est ça?

Il ne répondit pas, inclinant la tête en m'observant étaler un carré de gaze au-dessus duquel j'émiettai des feuilles de camphrier. Je ne savais pas comment lui parler de ce qui me dérangeait, mais il voyait bien que quelque chose clochait.

– Tu vas le tuer? demandai-je enfin.

Je fixai le pot de miel en verre bruni. La lumière qui le traversait lui donnait l'allure d'un grand morceau d'ambre clair.

– Je crois.

Mes mains commencèrent à trembler, et je les posai à plat sur la table pour les immobiliser.

– Pas aujourd'hui, ajouta-t-il. Si je le tue, je le ferai proprement.

Je n'étais pas certaine de vouloir savoir ce qu'il considérait comme une mise à mort «propre», mais il me l'expliqua quand même.

– S'il meurt de ma main, ce sera en plein jour, lui debout, devant des témoins qui connaissent le fin mot de l'affaire. Je ne veux pas qu'on dise plus tard que j'ai tué un homme sans défense, quel que soit son crime.

– Ah.

Je saupoudrai une pincée de sanguinaire séchée au-dessus de l'onguent que je préparais. Son odeur légèrement astringente me réconforta.

– Mais… tu pourrais le laisser vivre?

– Peut-être. Je pourrais m'en servir contre son frère, exiger une rançon… Tout dépend.

– On croirait entendre ton oncle Colum. Il aurait fait le même calcul.

Il esquissa un sourire.

– C'est un compliment, *Sassenach*?

– Prends-le comme tu veux.

Ses doigts raides tapotèrent le bord de la table. Il grimaça quand le mouvement étira le majeur blessé.

– Colum avait un château et des hommes de clans armés à ses ordres. J'aurais sans doute du mal à défendre cette maison contre un raid.

– C'est ça que tu entendais par « tout dépend »?

Le risque de voir des pilleurs armés attaquant la maison ne m'était encore pas venu à l'esprit. Tout compte fait, l'idée de garder M. Brown hors de nos murs n'était peut-être pas uniquement motivée par le désir d'épargner ma sensibilité.

– Entre autres choses.

Je mélangeai mes herbes en poudre avec un peu de miel, puis laissai tomber une bonne cuillerée de graisse d'ours stérilisée dans le mortier.

Sans quitter ma mixture des yeux, je demandai :

– Je suppose que livrer Lionel Brown aux autorités n'a aucun sens.

Il fit une moue ironique.

– À quelles autorités penses-tu, *Sassenach*?

Bonne question. Cette partie de l'arrière-pays n'avait pas encore été constituée en comté ni jointe à une circonscription établie, même si un mouvement se dessinait dans ce sens. Livrer Brown au shérif du comté le plus proche pour qu'il soit jugé était dérisoire. Brownsville était située juste à la limite du territoire en question, et son shérif se nommait précisément Brown.

Je me mordis la lèvre, réfléchissant. Dans les moments de stress, j'avais encore tendance à réagir comme une Anglaise civilisée, habituée à me reposer sur les garants du gouvernement et de la loi. D'accord, Jamie n'avait pas tort ; le XXe siècle recelait ses propres dangers, mais des progrès avaient été accomplis. Or, nous étions presque en 1774, et le système colonial commençait à se fissurer et à montrer ses lignes de faille, signes de l'effondrement prochain.

– On pourrait le conduire à Cross Creek.

Farquard Campbell, l'ami de la tante de Jamie, Jocasta Cameron, y était juge de paix.

– Ou à New Bern.

Le gouverneur Martin et le Conseil royal s'y trouvaient, à près de cinq cents kilomètres.

– À Hillsborough ?

C'était le siège du tribunal itinérant.

– Mmphm.

Je devinais qu'il était très peu enclin à perdre plusieurs semaines de travail pour traîner M. Brown devant n'importe laquelle de ces instances, et encore moins à confier une affaire d'importance à un système judiciaire très peu fiable et souvent corrompu. Nos regards se croisèrent, le sien étant amusé mais froid. Si je ne pouvais m'empêcher d'être ce que j'étais, lui non plus.

Or, Jamie était un laird des Highlands, accoutumé à suivre ses propres lois et à mener ses propres combats.

– Mais… commençai-je.

– *Sassenach,* dit-il doucement. Que fais-tu des autres ?

Les autres. Le souvenir me paralysa : un grand groupe de silhouettes noires émergeant de la forêt avec le soleil dans le dos. Ils s'étaient séparés en deux bandes avec l'intention de se retrouver à Brownsville trois jours plus tard, à savoir ce jour même.

Pour le moment, on pouvait supposer que personne à Brownsville ne savait encore ce qui s'était passé, qu'Hodgepile et ses hommes étaient morts et que Lionel Brown était désormais prisonnier à Fraser's Ridge. Compte tenu de la vitesse à laquelle l'information se propageait dans les montagnes, tout le monde serait au courant avant la fin de la semaine.

Encore sous le contrecoup de mon rapt, j'avais oublié qu'il restait encore des bandits en liberté. Si j'ignorais qui ils étaient, eux savaient qui j'étais et où me trouver. Se rendraient-ils compte que j'étais bien incapable de les identifier ? Courraient-ils ce risque ?

Bien sûr, Jamie n'allait pas prendre celui d'abandonner Fraser's Ridge en escortant Lionel Brown quelque part, qu'il ait décidé ou non de lui laisser la vie sauve.

Le fait de penser aux autres me rappela un autre détail important. Ce n'était sans doute pas le meilleur moment pour en parler mais, d'un autre côté, il n'y en aurait probablement jamais de bon.

Je rassemblai mes forces.

– Jamie.

Le ton grave de ma voix l'extirpa aussitôt de ses méditations. Il se tourna vers moi, intrigué.

– J'ai… j'ai quelque chose à te dire.

Il pâlit un peu et saisit ma main.

– Vas-y.

– Oh.

Je me rendis compte qu'il croyait le moment venu de lui raconter les détails scabreux de mon enlèvement.

– Non, ce n'est pas ça. Pas tout à fait…

Je serrai sa main et ne la lâchai plus, pendant que je lui racontai ce que je savais sur Donner.

Il parut légèrement sonné.

– Encore un autre ?

– Encore un, confirmai-je. Le problème, c'est que je ne me souviens pas d'avoir vu son corps… parmi les morts.

J'avais des souvenirs très vifs mais fragmentaires de cette aube, les morceaux épars ne parvenant pas à me donner un tableau complet. Une oreille. Voilà ce dont je me souvenais, épaisse et ronde comme un champignon des bois. Parée de ravissantes nuances violettes, brunes et indigo. Les volutes internes, sombres, paraissaient sculptées dans le bois, le pourtour du pavillon presque translucide. Parfaite dans la lumière diaprée qui filtrait entre les feuilles d'une ciguë.

Je me souvenais si bien de cette oreille que je touchai instinctivement la mienne. Mais j'ignorais à qui elle avait appartenu. Les cheveux derrière elle avaient-ils été noirs, châtain, roux, lisses, bouclés, gris ? Et le visage… Aucune idée. Je n'avais pas regardé, je n'avais rien vu.

– Tu penses qu'il s'est échappé ? demanda Jamie.

– Peut-être. Je l'avais mis en garde. Je lui ai dit que tu venais et qu'il valait mieux pour lui que tu ne le trouves pas avec moi. Quand vous avez attaqué le camp, il a peut-être décampé. Il ne m'a pas paru très courageux, mais je ne sais pas.

Il poussa un profond soupir. Je lui demandai sur un ton hésitant :

– Et toi… tu te souviens de quelque chose ? Quand tu m'as montré les corps, tu les as bien regardés ?

– Non, je ne voyais que toi.

Il leva vers moi un regard inquiet et sondeur. Je soulevai sa main et la pressai contre ma joue, fermant les yeux.

– Ce n'est pas grave, dis-je. C'est simplement que…

– Quoi ?

– S'il s'est en effet enfui, où s'est-il réfugié, à ton avis ?

– À Brownsville, répondit-il sur un ton résigné. Ce qui voudrait dire que Richard Brown est déjà au courant de ce qui est arrivé à Hodgepile et ses hommes. Il doit penser que son frère est mort lui aussi.

– Ah.

Ce fut mon tour de chercher à changer de sujet.

– Pourquoi as-tu dit à Ian de ne pas me laisser voir M. Brown ?

– Je n'ai pas dit ça. Mais je pense que ça vaut mieux, c'est vrai.

– Parce que ?

Il parut surpris que la réponse ne me saute pas aux yeux.

– Parce que tu es sous serment. Peux-tu voir un homme souffrir et ne pas lui porter assistance ?

L'onguent était prêt. Je déroulai le bandage autour de son doigt qui, entre-temps, avait cessé de saigner et badigeonnai copieusement l'ongle blessé de ma mixture.

– Sans doute pas. Mais pourquoi…

– Imagine que tu le soignes, qu'il guérisse, puis que je décide qu'il doit mourir. Comment le prendrais-tu ?

– En effet, ce serait un peu bizarre...

J'enroulai de nouveau une fine bande de lin autour de la blessure et fis un joli nœud.

– Toutefois...

– Tu veux le soigner ? Pourquoi ?

Il ne paraissait pas fâché, juste intrigué.

– Ton serment est-il si puissant ?

– Non.

Mes genoux ramollissaient. Je me retins des deux mains sur la table et baissai les yeux. Mes doigts étaient encore enflés, mes paumes à vif, de profondes marques violacées ceignaient mes poignets. Je murmurai :

– C'est parce que je suis contente qu'ils soient morts. Et que je me sens...

Je me sentais comment ? Effrayée. J'avais peur des hommes, peur de moi-même. Exaltée, aussi, d'une façon horrible.

– ... honteuse, achevai-je. Très honteuse. Et je déteste cette sensation.

Je relevai les yeux vers lui. Il tendit la main, attendant. Il savait qu'il ne devait pas me toucher, que je n'aurais pas supporté le moindre contact à cet instant précis. Je ne la pris pas, même si j'en avais envie. Je détournai la tête et m'adressai à Adso, qui s'était matérialisé sur mon plan de travail et m'observait de son regard vert insondable.

– Je me dis que... si je le voyais, si je lui portais secours... Dieu sait que je n'en ai pas la moindre envie ! Mais, si je parvenais à... peut-être que ça m'aiderait. À me racheter.

– D'être contente qu'ils soient morts ? Et de vouloir qu'il meure lui aussi ? suggéra-t-il.

J'acquiesçai, sentant que le seul fait d'avoir prononcé ces paroles me soulageait d'un fardeau. Je ne me souvenais pas d'avoir pris sa main, mais elle serrait la mienne. Une tache de sang frais avait traversé son bandage propre.

– Et toi, tu veux sa mort ? poursuivis-je.

Il me dévisagea longtemps avant de répondre d'une voix très basse :

– Oui. Toutefois, pour l'instant, sa vie protège la tienne. Et probablement celle de nous tous. Alors, il restera en vie, jusqu'à nouvel ordre. Mais j'ai des questions à lui poser, et j'obtiendrai des réponses.

* * *

Je restai assise dans l'infirmerie plusieurs minutes après qu'il fut parti. Émergeant peu à peu de mon épreuve, je m'étais sentie en sécurité dans ma maison, auprès de Jamie, entourée de mes amis. À présent, je devais me faire à l'idée que rien ni personne n'était à l'abri, ni moi, ni ma maison, ni mes amis, et certainement pas Jamie.

– Mais toi, bien sûr, tu ne l'es jamais, n'est-ce pas, maudit Écossais ! m'écriai-je à voix haute.

Je me mis à rire, et mon moral remonta. Ayant pris une nouvelle décision, je me levai et rangeai mes placards, organisant les flacons par ordre de grandeur, balayant les débris d'herbes sèches, jetant les solutions qui avaient tourné ou paraissaient suspectes.

J'avais eu l'intention de rendre visite à Marsali, mais Fergus m'avait prévenue pendant le petit-déjeuner que Jamie l'avait envoyée avec Lizzie et les enfants chez les McGillivray, où elle serait dorlotée et à l'abri. Si un grand nombre de personnes était une garantie de sécurité, alors la maison des McGillivray était vraiment l'endroit où aller.

Situé près de Woolam's Creek, leur domaine jouxtait la tonnellerie de Ronnie Sinclair et abritait une foule grouillante et cordiale, incluant non seulement Robin et Ute McGillivray, leur fils Manfred, leur fille Senga, mais également Ronnie. La maisonnée accueillait aussi par intermittence le fiancé de Senga, Heinrich Strasse, avec ses parents allemands venus de Salem, ainsi qu'Inga et Hilda, leurs maris, leurs enfants, leurs belles-familles.

Si on ajoutait à cela tous ceux qui se réunissaient chaque jour dans l'atelier de Ronnie, une halte pratique en bordure de la route et à deux pas du moulin de Woolam, il était peu probable qu'on remarque Marsali et ses enfants parmi la multitude. Personne ne chercherait à lui nuire là-bas. En revanche, si j'allais lui rendre visite…

Le tact et la délicatesse des Highlanders étaient légendaires. Leur hospitalité et leur curiosité aussi. Si je restais tranquillement chez moi, j'aurais la paix, du moins pour un temps encore. Si je mettais le pied près de chez les McGillivray… l'idée me fit frémir. Je décidai de remettre ma visite au lendemain ou au surlendemain. Jamie m'avait assuré qu'elle allait bien ; elle était juste choquée et contusionnée.

Autour de moi, la maison était paisible. Aucun bruit de fond moderne de chaudière, de ventilateur, de tuyauterie, de réfrigérateur. Pas de chauffe-eau qui s'allume ni de compresseur qui ronronne, juste le craquement occasionnel d'une poutre ou d'une latte de plancher, le grattement lointain d'un sirex construisant son nid sous les avant-toits.

Je contemplai le monde bien ordonné de mon infirmerie, ses rangées étincelantes de bouteilles et de pots, ses rayons de gaze où séchaient des marantas et des fagots de lavandes, ses bouquets d'orties, de mille-feuilles achillées et de romarin suspendus au plafond. Le flacon d'éther, baigné par un rayon de soleil. Adso, roulé en boule sur le plan de travail, la queue coincée entre ses pattes, ronronnant de contentement.

Mon chez-moi. Un petit frisson parcourut mon échine. Tout ce à quoi j'aspirais, c'était d'être seule et en sécurité dans ma maison.

En sécurité… J'avais encore un jour, peut-être deux, pendant lesquels le danger était écarté. Après quoi…

Tout à coup, je pris conscience que je me tenais immobile depuis plusieurs minutes, fixant une boîte remplie de baies de douces-amères, rondes et brillantes comme des billes.

Très toxiques, provoquant une mort lente et douloureuse. Je lançai un regard vers l'éther, rapide et miséricordieux. Si Jamie décidait de tuer Lionel Brown… Mais non, il avait dit : « Debout, devant témoins. » Je refermai la boîte et la rangeai sur l'étagère.

* * *

Il y avait toujours quelque chose à faire, mais rien de pressant ; personne à nourrir, à vêtir, à soigner. J'errai un peu dans la maison, puis entrai dans le bureau de Jamie où j'examinai les livres sur les étagères, arrêtant enfin mon choix sur *Tom Jones*, d'Henry Fielding.

Je ne me souvenais plus de la dernière fois où j'avais lu un roman. Et pendant la journée, de surcroît ! Me sentant délicieusement feignante, je m'installai devant la fenêtre ouverte de mon infirmerie et, déterminée, me plongeai dans un univers aux antipodes du mien.

Je perdis la notion du temps, m'interrompant juste pour chasser un insecte importun ou pour gratter d'une main distraite le crâne d'Adso quand il venait se frotter contre moi. Parfois, Jamie et Lionel Brown réapparaissaient quelque part dans ma tête, mais je les chassais comme les chrysomèles ou les mites qui atterrissaient sur ma page. Je ne pouvais tout simplement pas réfléchir à ce qui se passait, ou allait se passer, dans la cabane des Bug. À mesure que je m'enfonçais dans ma lecture, la bulle de savon se formait de nouveau autour de moi, remplie d'un calme absolu.

Le soleil était déjà bas dans le ciel quand la faim commença à me tenailler Je m'arrachai à ma lecture et me frottai le visage en me demandant s'il restait du jambon dans la cuisine, quand j'aperçus un homme sur le seuil de l'infirmerie.

Je bondis et envoyai valser Henry Fielding.

Thomas Christie parut presque aussi surpris que moi.

– Pardon, madame. Je croyais que vous m'aviez entendu entrer !

490

– Non. Je… je lisais.

Je fis un geste vague vers le livre sur le sol. Mon cœur palpitait, mon visage rougissait, mes oreilles bourdonnaient, mes mains me picotaient : tout mon corps semblait hors de contrôle.

Il se baissa pour ramasser *Tom Jones,* lissant sa couverture avec toute l'application d'un homme qui accorde une grande valeur aux livres, bien que celui-ci soit en piteux état, couvert de cercles là où il avait servi de support à des verres et des bouteilles. Jamie l'avait troqué à un épicier de Cross Creek contre un chargement de bois. Un client l'avait oublié là des mois plus tôt.

Il jeta un œil autour de lui.

– Il n'y a personne ici pour s'occuper de vous ? Voulez-vous que je vous envoie ma fille ?

– Non, je vous remercie. Je n'ai besoin de personne, je vais très bien. Et vous ?

Il regarda mon visage et détourna rapidement les yeux. Fixant avec soin un point près de mes clavicules, il reposa le livre et tendit sa main droite enveloppée dans un linge.

– Je vous demande pardon, madame. Je ne voudrais pas vous déranger, mais…

Je défaisais déjà son bandage de fortune. Sa cicatrice s'était rouverte, possiblement, pensai-je avec un serrement au cœur, pendant le combat avec les bandits. La plaie n'était pas bien grave, mais elle contenait des débris et de la terre, ses bords rouges et béants couverts d'un voile de pus.

– Vous auriez dû venir me trouver tout de suite.

Ce n'était pas vraiment un reproche. Je savais très bien pourquoi il n'était pas venu et, de toute manière, je n'aurais pas été en état de le soigner.

Je le fis asseoir et allai chercher de quoi nettoyer sa plaie. Heureusement, il me restait un peu du baume antiseptique que j'avais préparé pour Jamie. Ajouté à un bain d'alcool et un bandage frais…

Il tournait une à une les pages de *Tom Jones,* pinçant les lèvres d'un air concentré. Apparemment, Henry Fielding ferait office d'anesthésique, pas besoin d'aller chercher la Bible.

– Vous aimez la littérature ?

Ma question n'était pas du tout méprisante, je m'étonnais juste qu'il approuve un art aussi frivole.

Il hésita.

– Oui. Enfin… oui.

Il serra les dents quand je plongeai sa main dans la bassine, mais elle ne contenait que de l'eau, de la saponaire et très peu d'alcool. Il poussa un soupir de détente.

– Vous avez déjà lu *Tom Jones* ?

– Pas vraiment, mais je connais l'histoire. Ma femme…

Il s'interrompit. Il n'avait encore jamais fait allusion à elle. Ce devait être le soulagement de ne pas subir une douleur atroce qui le rendait bavard. Il se rendit compte qu'il avait laissé sa phrase en suspens et l'acheva à contrecœur :

– Ma femme… lisait des romans.

Je commençai à débrider la plaie.

– Vraiment ? murmurai-je. Elle aimait ça ?

– Je suppose.

Un ton étrange dans sa voix me fit lever les yeux vers lui. Il rougit.

– Je… Je n'approuvais pas la littérature. À cette époque.

Il se tut un moment, gardant sa main bien stable, puis il lâcha :

– J'ai brûlé tous ses livres.

Cela ressemblait plus à la réponse que j'attendais de lui.

– Ça n'a pas dû lui faire plaisir.

Il sursauta, comme si la question du plaisir de sa femme n'avait aucune pertinence.

Je me concentrai sur les débris que j'extirpai avec ma pince. Des échardes et des morceaux d'écorce. Qu'avait-il manié ? Une massue ou une branche d'arbre ?

– Euh… qu'est-ce qui vous a fait changer d'avis ?

Il agita les jambes. Cette fois, je lui faisais mal.

– Je… C'est à Ardsmuir.

– Comment? Vous pouviez lire, en prison?

– Non. Il n'y avait pas de livres.

Il prit une longue inspiration, puis fixa un coin de la pièce où une araignée entreprenante avait profité de l'absence de Mme Bug pour construire sa toile.

– En fait, je ne lisais pas. Mais M. Fraser avait pris l'habitude de raconter des histoires aux autres prisonniers. Il a une mémoire remarquable.

– Oui, en effet. Cette fois, je ne vais pas vous recoudre. Il vaut mieux laisser la plaie se refermer d'elle-même. La cicatrice sera moins nette, mais elle ne vous gênera pas.

J'étalai l'onguent sur la blessure, pressai les lèvres de la plaie l'une contre l'autre en veillant à ne pas couper la circulation. Brianna avait fait des essais de bandages adhésifs et était parvenue à réaliser des sortes de pansements très utiles en forme de papillons, à l'aide de lin amidonné et de goudron végétal.

– En somme, *Tom Jones* vous a plu? J'aurais pensé que vous trouveriez que le héros laissait quelque peu à désirer. Pas vraiment un modèle de moralité, n'est-ce pas?

– En effet, mais je me suis rendu compte que la fiction (il prononça le mot avec précaution, comme s'il maniait un outil dangereux) n'est pas forcément, contrairement à ce que je pensais, une incitation à l'oisiveté et à la rêverie pernicieuse.

– Vraiment? Mais alors, à votre avis, quelles sont ses vertus?

Il plissa le front, réfléchissant.

– Eh bien… ce que j'ai trouvé de plus remarquable, c'est qu'un tel tissu de mensonges parvienne néanmoins à exercer un effet bénéfique. Car ce fut le cas.

Il en paraissait encore surpris.

– Comment ça?

Il inclina la tête.

– C'était une distraction, certes, mais dans de telles conditions, la distraction n'est pas nécessairement un mal.

Bien sûr, il est préférable de chercher une échappatoire dans la prière…

– Oui, bien sûr, murmurai-je.

– Mais au-delà de ces considérations, le récit rapprochait les détenus. Qui aurait pensé que ces hommes, des Highlanders, des paysans, pourraient ressentir des affinités avec de telles… situations, de telles personnes.

Il agita sa main libre vers le roman, indiquant par-là, supposai-je, des personnages tels qu'Allworthy et lady Bellaston.

– Pourtant, ils en parlaient durant des heures, pendant que nous cassions des pierres, se demandant pourquoi l'officier Northerton s'était comporté comme il l'avait fait avec miss Western et s'ils auraient eux-mêmes réagi de la sorte.

Son visage s'éclaira un bref instant à ce souvenir particulier.

– Invariablement, l'un d'eux secouait la tête et déclarait : «Au moins, personne ne m'a jamais traité comme ça!» Il avait beau mourir de faim, de froid, être couvert de plaies, séparé de sa famille et arraché à sa vie ordinaire, il trouvait un réconfort dans le fait qu'il n'avait jamais subi les vicissitudes de personnages imaginaires!

Il alla même jusqu'à sourire, ce qui rendit soudain son visage nettement plus avenant.

J'en avais terminé avec sa main, que je reposai sur la table.

– Merci, dis-je doucement.

Il parut stupéfait.

– Pardon? Mais pourquoi?

– Je devine que vous vous êtes blessé en vous portant à mon secours. Je… euh… vous remercie.

– Ah.

Il était totalement décontenancé et très embarrassé.

– Je… hum…

Il repoussa son tabouret et se leva, ne sachant plus ou se mettre. Je fis de même, puis repris sur un ton professionnel :

– Vous devez l'enduire d'onguent tous les jours. Je vais vous en préparer. Revenez le chercher ou envoyez Malva.

Il acquiesça sans rien dire, ayant épuisé ses réserves de civilité pour la journée. Je vis toutefois son regard s'attarder sur le livre et, prise d'une impulsion soudaine, le lui tendis.

– Pourquoi ne l'empruntez-vous pas? Vous devriez vraiment le lire par vous-même. Je suis sûre que Jamie a oublié des détails.

Il fronça les sourcils comme s'il soupçonnait un piège. Toutefois, quand j'insistai, il l'accepta, le saisissant avec un air d'avidité méfiante qui me fit me demander depuis combien de temps il n'avait pas ouvert un livre autre que la Bible.

Il me remercia d'un signe de tête, coiffa son chapeau et tourna les talons. Quand il fut sur le seuil de la porte, je ne pus m'empêcher de demander :

– Avez-vous eu l'occasion de vous excuser auprès de votre femme?

C'était une erreur. Ses traits se figèrent, et son regard devint aussi froid que celui d'un serpent.

– Non.

Je crus un instant qu'il allait reposer le livre, mais il se contenta de le coincer sous une aisselle et de disparaître sans un mot de plus.

31

À présent, au lit !

Je n'eus pas d'autres visites. À la nuit tombée, je devins nerveuse, sursautant au moindre bruit, fouillant du regard les ombres sous les châtaigniers, m'attendant à apercevoir des rôdeurs… ou pire. Je me dis que je ferais mieux de préparer le dîner. Jamie et Ian allaient sûrement rentrer. Ou peut-être devrais-je rejoindre Brianna et Roger dans leur cabane…

Toutefois, l'idée de leur sollicitude me retint, aussi bien intentionnée fut-elle. Je ne m'étais toujours pas regardée dans un miroir, mais j'étais à peu près sûre que mon visage ferait peur à Jemmy, ou du moins lui inspirerait une foule de questions. Je n'avais aucune envie de lui expliquer ce qui m'était arrivé. En outre, je me doutais que Jamie avait conseillé à Brianna de rester à l'écart un moment, ce qui était parfait. Je n'étais pas en état de prétendre que j'allais bien. Pas encore.

Traînant dans la cuisine, je saisissais des objets puis les reposais. J'ouvrais les tiroirs de la crédence puis les refermais. Finalement, j'ouvris de nouveau le deuxième, celui où Jamie gardait ses pistolets.

La plupart avaient disparu. Il ne restait que celui aux incrustations dorées qui ne tirait pas droit, avec quelques charges et une petite poire à poudre, du genre destiné aux duels chics.

D'une main tremblante, je le chargeai et versai un peu de poudre dans le magasin.

Quand la porte de la cuisine s'ouvrit, quelque temps plus tard, j'étais assise derrière la table, un exemplaire de

Don Quichotte posé devant moi, pointant le pistolet des deux mains vers le seuil.

Ian se figea un instant, puis entra.

– Vous n'atteindrez jamais quelqu'un à cette distance avec cette arme, tante Claire.

– Ils ne peuvent pas le savoir, n'est-ce pas ?

Je reposai le pistolet, les paumes moites, des crampes dans les doigts. Il hocha la tête et s'assit en face de moi.

– Où est Jamie ? demandai-je.

– Il fait sa toilette. Vous allez bien, ma tante ?

Son regard doux évaluait discrètement mon état.

– Non, mais ça ira.

J'hésitai :

– Et… euh… M. Brown ? Il… il vous a dit quelque chose ?

Ian fit une moue méprisante.

– Il s'est pissé dessus quand oncle Jamie a sorti son couteau pour se curer les ongles. Mais, ne vous en faites pas, ma tante, on ne l'a pas touché.

Jamie entra à cet instant, rasé de près, fraîchement débarbouillé dans l'eau glacée du puits, les cheveux mouillés. Malgré cela, il paraissait épuisé. Ses traits tirés se détendirent un peu quand il vit le pistolet devant moi. Il s'installa à mes côtés et me tapota l'épaule.

– Tout va bien, *a nighean*. J'ai posté des hommes pour surveiller la maison, au cas où, mais je pense que nous avons encore quelques jours tranquilles devant nous.

Je poussai un long soupir.

– Tu aurais pu m'avertir plus tôt !

– Je pensais que tu t'en doutais. Tu ne crois tout de même pas que je t'aurais abandonnée là sans protection ?

Je secouai la tête, incapable de parler. Si j'avais été en état de penser de façon logique, je ne me serais pas inquiétée autant. En fait, j'avais passé une bonne partie de l'après-midi terrorisée, inutilement. Imaginant, me souvenant…

Il posa sa main sur la mienne.

– Je suis désolé, *Sassenach*. Je n'aurais pas dû te laisser seule. J'ai pensé que…

– Non, tu as bien fait. Je n'aurais pas supporté d'avoir de la compagnie, hormis celle de Sancho Panza.

Il baissa des yeux surpris vers *Don Quichotte*. Le livre était en espagnol, langue que je ne parlais pas.

– Ça ressemble assez au français, me justifiai-je piteusement. Et puis je connais déjà l'histoire.

Je pris une grande inspiration, puisant dans le réconfort qu'offraient la chaleur du feu, le vacillement de la bougie et la proximité de ces deux hommes grands, solides, pragmatiques et, du moins en apparence, imperturbables.

– Il y a quelque chose à manger, ma tante?

N'ayant aucun appétit moi-même, je n'avais pas mangé et n'avais rien préparé, trop énervée pour me concentrer sur quoi que ce soit. Mais il y avait toujours de la nourriture dans la maison et, en un tour de main, Ian et Jamie sortirent de l'office un restant de tourte au perdreau, plusieurs œufs durs, un bol de *pickles* et une demi-miche de pain, qu'ils coupèrent en tranches et grillèrent au-dessus du feu au bout d'une fourchette. Puis ils les beurrèrent et me forcèrent à manger de manière péremptoire.

Le pain grillé chaud et beurré est toujours réconfortant, même grignoté du bout des dents avec une mâchoire douloureuse. Une fois le ventre plein, je me sentis plus calme et capable de les interroger sur ce qu'ils avaient appris de Lionel Brown.

– Il a tout mis sur le dos d'Hodgepile, répondit Jamie. Ce à quoi il fallait s'attendre.

– On voit que tu n'as jamais rencontré Arvin Hodgepile, rétorquai-je. Enfin, je veux dire que… tu ne lui as jamais parlé.

Il me jeta un regard noir, mais ne releva pas, laissant Ian me raconter la version du prisonnier.

Tout avait commencé quand son frère et lui avaient créé leur comité de sécurité. Ce dernier, insista-t-il, était censé être un service public, purement et simplement. Cela fit ricaner Jamie, mais il n'interrompit pas le récit.

Contrairement aux fermiers des environs, la plupart des hommes habitant Brownsville avaient rejoint le comité. Cependant, au début, tout allait bien. Ils avaient réglé toute une série de petits litiges, exerçant la justice dans les cas de bagarres, de larcins, etc. S'ils s'étaient approprié un cochon sauvage ou une carcasse de daim de temps en temps en guise de dédommagement pour leur peine, il n'y avait pas eu trop de plaintes.

– La Régulation est encore très présente dans les esprits, expliqua Ian en coupant une nouvelle tranche. Les Brown n'ont pas participé au mouvement. Ils n'en ont pas eu besoin, puisque le shérif est un de leurs cousins, et que la moitié de ceux qui gravitent autour du tribunal sont des Brown ou mariés à des Brown.

En d'autres termes, la corruption avait été de leur côté.

Dans l'arrière-pays, le sentiment régulateur était encore fort, même si les principaux leaders, tels qu'Hermon Husband et James Hunter, avaient quitté la colonie. Après Alamance, la plupart des Régulateurs avaient appris à s'exprimer avec prudence, mais plusieurs familles habitant dans le voisinage de Brownsville avaient critiqué de manière plus virulente l'influence des Brown dans la politique et l'économie locales.

– Tige O'Brian en faisait partie ? demandai-je.

Jamie m'avait raconté ce qui leur était arrivé, et j'avais vu le visage de Roger quand il était rentré.

Jamie hocha la tête, déclarant :

– C'est là qu'intervient Arvin Hodgepile.

Il mordit avec férocité dans sa part de tourte.

Après avoir échappé aux contraintes de l'armée britannique en se faisant passer pour mort dans l'incendie de l'entrepôt de Cross Creek, Hodgepile avait décidé de gagner sa croûte par divers moyens peu recommandables. L'eau ayant une fâcheuse tendance à toujours trouver son niveau, il n'avait pas tardé à s'acoquiner avec un gang d'individus pareillement disposés.

Ils avaient commencé simplement, en détroussant tous ceux qui croisaient leur chemin, en braquant des tavernes, ce genre de choses. Toutefois, ce type de comportement attire d'habitude l'attention, notamment celle des shérifs, des représentants de la loi, des comités de sécurité. Ils avaient donc dû quitter la vallée pour se retrancher dans les montagnes, où ils pouvaient trouver des fermes et des hameaux isolés. Ils s'étaient également mis à tuer leurs victimes pour éviter le désagrément d'être reconnus et poursuivis.

– Enfin, pas tous, murmura Ian.

Au cours de sa carrière militaire à Cross Creek, Hodgepile avait rencontré bon nombre d'hommes commerçant le long du fleuve et de contrebandiers de la côte. Certains spécialisés dans la fourrure, d'autres, dans tout ce qui pouvait rapporter.

– Ils se sont vite rendu compte que les filles, les femmes et les jeunes garçons constituaient les plus gros profits…, déclara Jamie. À l'exception peut-être du whisky.

– Notre M. Brown soutient n'avoir rien à voir là-dedans, ajouta Ian. Pas plus que son frère et leur comité.

– Comment les Brown se sont-ils retrouvés associés au gang ? interrogeai-je. Et que faisaient-ils des gens kidnappés ?

La réponse à ma première question fut que c'était l'heureuse issue d'un vol raté.

– Tu te souviens de la vieille maison d'Aaron Beardsley, n'est-ce pas ?

– Oui.

Je voulus froncer le nez à l'évocation de cette porcherie infâme, puis poussai un petit cri et couvris de mes deux mains mon appendice malmené. Jamie me jeta un regard en coin, puis planta un autre morceau de pain sur sa fourchette. Faisant la sourde oreille à mes protestations manifestant que je ne pouvais plus rien avaler, il poursuivit :

– Les Brown s'en sont accaparés, évidemment. Ils l'ont nettoyée, retapée, approvisionnée et l'ont utilisée comme comptoir.

Les Cherokees et les Catawabas avaient pris l'habitude d'y venir pour commercer avec Aaron Beardsley. Ils avaient continué à faire affaire avec les nouveaux gérants, une opération somme toute très rentable pour tout le monde.

– Puis Hodgepile en a entendu parler, déclara Ian.

Les membres du gang, conformément à leur manière expéditive de fonctionner, s'étaient présentés, avaient abattu le couple qui tenait le comptoir et pillé les lieux en bonne et due forme. Les gérants avaient une fille de onze ans qui, heureusement, se trouvait dans la grange à l'arrivée des voleurs. Elle avait pu s'éclipser, sauter sur une mule et s'enfuir à toute vitesse vers Brownsville pour chercher de l'aide. Par chance, elle avait croisé le comité de sécurité en chemin et l'avait ramené au comptoir pour prendre les pillards la main dans le sac.

Il s'était ensuivi ce qu'on appellerait des années plus tard une « impasse à la mexicaine ».

Les Brown avaient encerclé la maison. Toutefois, Hodgepile, lui, détenait Alicia Beardsley Brown, la petite fille de deux ans, propriétaire légale du comptoir, adoptée par les Brown à la mort de son père putatif.

Il avait assez de réserves de nourriture et de munitions pour tenir le siège pendant des semaines. Les Brown n'avaient pas voulu mettre le feu à leur précieuse propriété pour en faire sortir le gang ni risquer la vie de la petite en donnant l'assaut. Après une journée ou deux durant lesquelles quelques coups de feu sporadiques avaient été échangés, les membres du comité, obligés de dormir dans les bois, avaient montré des signes d'impatience. Puis on avait agité un drapeau blanc à l'une des fenêtres à l'étage. Richard Brown était alors entré dans la maison pour négocier avec Hodgepile.

Il en résulta une sorte de fusion commerciale. Hodgepile et son gang continueraient leurs opérations, à condition d'éviter toute implantation dans un territoire sous la protection des Brown. Ils apporteraient leurs larcins au comptoir où ils pourraient être revendus discrètement à bon prix, les bandits percevant un pourcentage non négligeable des profits.

– Les profits… Tu veux dire, celui de la vente des captifs ?

– Parfois.

Jamie versa du cidre dans un verre et me le tendit.

– Cela dépendait de l'endroit où ils les trouvaient. Ceux qu'ils enlevaient dans les montagnes étaient d'habitude vendus aux Indiens par l'intermédiaire du comptoir. Ceux qu'ils prenaient dans la vallée, ils les destinaient aux pirates du fleuve ou les conduisaient sur la côte afin de les vendre aux Antilles… C'était là qu'ils réalisaient les plus gros bénéfices, tu comprends ? Un adolescent d'une quinzaine d'années peut rapporter au moins cent livres.

J'étais atterrée.

– Combien de temps cela a-t-il duré ? Combien en ont-ils kidnappé ?

Des enfants, des jeunes hommes, des jeunes filles, arrachés à leur foyer et vendus froidement comme esclaves. Personne pour les rechercher. Même si certains parvenaient à s'échapper, ils n'avaient plus de maison, plus de famille vers qui revenir.

Jamie avait l'air éreinté.

– Brown l'ignore, répondit Ian. Il affirme… il affirme n'avoir rien à voir là-dedans.

Ma colère éclipsa momentanément mon horreur.

– Mon cul, oui ! Il était avec Hodgepile, quand ils ont débarqué à la malterie. Il savait très bien qu'ils venaient voler le whisky. Et il devait être avec eux avant… quand ils commettaient… autre chose.

Jamie acquiesça.

– Il prétend qu'il a essayé de les convaincre de ne pas t'emmener.

– C'est vrai. Puis, il a essayé de les convaincre de me tuer, afin que je ne puisse pas te dire qu'il était avec eux. Ensuite, il a voulu me noyer de ses propres mains ! Je suppose que ça, il ne te l'a pas dit.

— Non.

Ian et Jamie échangèrent un regard, et je devinai qu'ils passaient un accord tacite. Il me vint à l'esprit que je venais peut-être de sceller le sort de Lionel Brown. Le cas échéant, je n'étais pas sûre de me sentir coupable.

— Que comptez-vous faire de lui ?

— Je crois que je vais le pendre, répondit Jamie après un temps mort. Toutefois, j'ai encore d'autres questions à lui poser et je dois réfléchir à la manière dont je vais m'y prendre. Ne t'en fais pas, *Sassenach*. Tu ne le reverras plus.

Il se leva et s'étira en faisant craquer ses os. Puis, il me tendit la main et m'aida à me lever à mon tour.

— Monte te coucher, *Sassenach*. Je te rejoins tout de suite. J'ai deux mots à dire à Ian d'abord.

* * *

Le pain grillé, le cidre et la conversation m'avaient provisoirement réconfortée. Cependant, j'étais si lasse que je parvins tout juste à gravir l'escalier. Je demeurai assise sur le bord du lit, me balançant doucement, espérant trouver la force de me déshabiller. Il se passa plusieurs minutes avant que je remarque Jamie attendant sur le seuil de notre chambre.

— Euh... qu'est-ce que tu fais ? demandai-je.

— Je ne sais pas. Tu veux que je reste avec toi, ce soir ? Si tu préfères dormir seule, je prendrais le lit de Joseph. Ou sinon, je peux me coucher par terre, près du lit.

Pendant un instant, silencieuse, je jaugeai ces différentes solutions.

— Non, reste. Je veux dire, dors avec moi.

Du plus profond de mon puits de fatigue, je parvins à extraire un demi-sourire.

— Au moins, tu chaufferas le lit.

Il eut une expression des plus étranges, entre la gêne et une consternation amusée, avec en plus, l'air qu'il aurait eu, conduit au bûcher : un héroïsme résigné.

J'en fus si étonnée que cela m'extirpa de ma torpeur.

– Qu'est-ce qui t'arrive, encore ?

L'embarras prit le dessus : le bout de ses oreilles et ses joues se mirent à rougir. C'était flagrant, même dans la faible lueur de la chandelle qu'il avait posée sur la table.

– Je ne voulais pas te le dire, bougonna-t-il. J'ai fait jurer à Ian et à Roger Mac de garder le secret.

– Tu peux compter sur ces deux-là, de vraies tombes !

D'un autre côté, cela expliquait peut-être les regards un peu étranges qu'avait Roger ces derniers temps. Je répétai ma question :

– Qu'est-ce qui se passe ?

– Euh… et bien, c'est la faute de Tsisqua, vois-tu ? La première fois, c'était un geste d'hospitalité, mais quand Ian lui a dit… ce n'était sans doute pas ce qu'il y avait de plus malin à lui raconter, compte tenu des circonstances, mais bon… Puis, à notre seconde visite, elles ont remis ça, sauf que ce n'étaient pas les mêmes. Quand j'ai essayé de les faire partir, elles m'ont répondu que Bird avait dit que c'était pour honorer mon vœu, car quelle est la valeur d'un vœu quand ça ne te coûte rien de le respecter ? Je ne sais pas s'il le pensait réellement ou s'il essayait de me faire craquer afin d'avoir définitivement le dessus sur moi, ou s'il espérait que je lui donnerais les fusils qu'il réclame pour mettre un terme à tout ça ; à moins qu'il se soit tout simplement payé ma tête. Même Ian n'arrive pas à deviner où il voulait en venir et il…

– Jamie, qu'est-ce que tu me racontes ?

– Ah… euh… des femmes nues.

Cette fois, il était cramoisi. Je le dévisageai un instant. Mes oreilles bourdonnaient un peu, mais mon ouïe était tout à fait normale. Je pointai un doigt vers lui, articulant lentement :

– Toi, viens ici tout de suite. Assieds-toi (je tapotai le lit à mes côtés) et explique-moi avec des mots simples, monosyllabiques, ce que tu as fabriqué.

Il s'exécuta et, cinq minutes plus tard, j'étais allongée sur le dos, me tordant de rire et gémissant de douleur en tenant mes côtes fêlées. Les larmes coulaient le long de mes tempes et dans mes oreilles.

– Oh, mon Dieu, oh, mon Dieu, oh, mon Dieu ! C'est trop ! Tu me tues ! Aide-moi à me redresser.

Je tendis la main et poussai un petit cri quand ses doigts se refermèrent sur mon poignet lacéré. Je parvins non sans mal à retrouver la position assise, un oreiller coincé sur le ventre, que je serrai de plus en plus fort chaque fois qu'une nouvelle crise de rire me prenait.

– Je suis ravi que tu trouves ça drôle, *Sassenach*. Tu es sûre que ce n'est pas une crise d'hystérie ?

Je reniflai et essuyai mes yeux sur un coin de l'oreiller.

– Non, non, pas du tout. Ouille, ouille, ouille, qu'est-ce que ça fait mal !

Avec un soupir résigné, il remplit le verre d'eau sur la table de chevet et me le tendit. Elle était froide mais un peu trouble. Elle devait être là depuis…

– C'est bon, ça va aller, dis-je enfin. Maintenant, je comprends pourquoi tu reviens toujours des villages cherokees dans un tel état de… de…

Je sentis le fou rire remonter et me penchai en avant, tentant de le contenir en gémissant.

– Oh, bon sang de bon sang ! Et moi qui croyais que c'était de penser tout le temps à moi qui te faisait un tel effet !

Il sourit, reposa le verre, se leva et repoussa le couvre-lit. Puis il me dévisagea et déclara :

– Claire, c'était toi. Ça a toujours été toi et ça le sera toujours. Mets-toi au lit et souffle la chandelle. Dès que j'aurai fermé les volets, étouffé le feu et verrouillé la porte, je viendrai te tenir chaud.

* * *

« TUE-MOI. » Les yeux de Randall brûlaient de fièvre. « Tue-moi, c'est mon vœu le plus cher. »

Il se réveilla en sursaut, les paroles résonnant dans sa tête, revoyant ce regard, ces cheveux trempés par la pluie, cette tête mouillée comme celle d'un noyé.

Il se passa une main sur le visage, surpris de trouver sa peau sèche, ses joues rasées. La sensation d'humidité et de démangeaison d'une barbe d'un mois était encore si puissante qu'il se leva et s'approcha de la fenêtre. Le clair de lune filtrait entre les lattes des volets. Il versa un peu d'eau dans la bassine, l'approcha d'un faisceau de lumière et se regarda pour chasser cette impression lancinante d'être quelqu'un d'autre, ailleurs.

Le reflet dans l'eau n'était qu'un ovale flou, sans l'ombre d'une barbe. Ses cheveux retombaient sur ses épaules et n'étaient pas attachés pour le combat. Pourtant, ces traits semblaient appartenir à un inconnu.

Troublé, il repartit se coucher sur la pointe des pieds.

Elle dormait. Il n'avait pas pensé à elle en se réveillant, mais de la voir l'apaisa. C'était un visage qu'il connaissait, même contusionné et enflé comme il l'était.

Il posa une main sur la tête de lit, trouvant un réconfort dans la solidité du bois. Parfois, quand il se réveillait, son rêve restait avec lui, et le monde réel lui paraissait fantomatique et vague. Parfois, il craignait de n'être lui-même qu'un spectre.

Mais les draps étaient frais sur sa peau, et la chaleur de Claire le rassurait. Il tendit la main, et elle roula vers lui, se blottissant en chien de fusil avec un gémissement de contentement, calant fermement ses fesses contre lui.

Elle se rendormit aussitôt sans être vraiment sortie du sommeil. Il eut envie de la réveiller, qu'elle lui parle, ne serait-ce que pour se prouver qu'elle le voyait, l'entendait. Il la serra contre lui et fixa la porte par-dessus sa chevelure bouclée, comme si elle risquait de s'ouvrir sur Jack Randall, trempé, dégoulinant sur le seuil.

« Tue-moi, avait-il dit, c'est mon vœu le plus cher. »

Il entendait son cœur battre dans l'oreiller. Certaines nuits, ce son sourd et monotone le berçait. D'autres nuits, il n'entendait que les silences entre les battements, ce silence qui attend patiemment chaque être.

Il avait remonté l'édredon ; à présent, il le repoussa de sorte que Claire soit couverte mais pas lui, laissant la fraîcheur de la pièce l'envahir de peur que la chaleur ne l'endorme et le replonge dans son rêve. Que le sommeil lutte dans le froid pour le saisir et le pousse enfin dans le précipice de l'inconscience, dans les profondeurs ténébreuses de l'oubli.

Car il ne souhaitait pas savoir ce que Randall avait voulu dire.

32

La pendaison est trop douce

Le lendemain matin, Mme Bug était de retour dans la cuisine et la maison remplie d'odeurs chaudes et appétissantes. Elle semblait comme à son habitude et, hormis un bref regard à mon visage avec un «tsss», ne fit pas d'histoires. Soit elle était plus délicate que je ne l'avais cru, soit Jamie lui en avait touché deux mots.

– Tenez, *a muirninn,* mangez pendant que c'est chaud.

Elle déposa une montagne de hachis de viande sur mon assiette, qu'elle couronna d'un œuf frit.

Je la remerciai et saisis ma fourchette sans grand enthousiasme. Ma mâchoire était encore si sensible, que manger était une opération lente et douloureuse.

L'œuf passa sans encombre, mais l'odeur d'oignon brûlé me parut très forte et huileuse. Je pris une petite bouchée de pomme de terre et l'écrasai contre mon palais avec la langue plutôt que de la mâcher. Puis je la fis descendre avec une gorgée de café.

Plutôt pour occuper mon attention que par curiosité, je demandai :

– Comment va M. Brown ce matin ?

Elle pinça les lèvres et écrasa des pommes de terre sautées avec sa spatule, comme s'il s'agissait de la cervelle de Brown.

– Beaucoup trop bien, si vous voulez que je vous dise. La pendaison est trop douce pour cette espèce de bouse de vache grouillante d'asticots.

Je recrachai mes pommes de terre et avalai vite une autre gorgée de café qui atterrit au fond de mon estomac et remonta aussi sec. Je me levai et courus vers la porte, arrivant juste à temps pour arroser le mûrier de café, de bile et d'œuf frit.

J'étais vaguement consciente de la présence de Mme Bug en train de m'observer depuis le perron et lui fis signe d'une main que tout allait bien. Elle hésita un instant, puis rentra en me voyant me redresser et me diriger vers le puits.

L'intérieur de ma tête sentait le café et la bile, et l'arrière de mon nez me démangeait. Je pensais saigner de nouveau, mais, après avoir palpé mes narines avec prudence, je découvris que non. Je me gargarisai à l'eau fraîche, ce qui calma mon nez, mais n'atténua en rien ma panique provoquée par ma nausée.

J'eus soudain la nette et étrange impression que je n'avais plus de peau. Mes jambes tremblaient. Je m'assis sur la souche où l'on coupait le petit bois.

«Ce n'est pas possible. Ce n'est tout simplement pas possible.»

Je sentais mon utérus de manière très distincte. Une petite masse ronde à la base de mon abdomen, légèrement enflée, très douloureuse.

«Ce n'est rien, me convainquis-je avec toute la détermination dont j'étais capable. Je le sens toujours à un moment donné de mon cycle.» En outre, après la gymnastique à laquelle nous nous étions adonnés avec Jamie… il n'y avait rien d'étonnant à ce que j'aie les entrailles un peu remuées. Certes, nous n'avions rien fait la veille, ayant seulement désiré qu'il me tienne dans ses bras. D'un autre côté, j'avais failli me provoquer une hernie tellement j'avais ri. Je pouffai encore en me souvenant de sa confession. Cela me fit mal, et je me tins les côtes. Toutefois, je me sentais un peu mieux.

Je me levai en déclarant à voix haute :

– Bon! C'est bien gentil tout ça, mais j'ai du pain sur la planche!

Mue par cette audacieuse intention, j'allai chercher mon panier et mon couteau, expliquai à Mme Bug que je partais à la cueillette et pris la direction de la cabane des Christie.

Je vérifierais la main de Tom, puis inviterais Malva à m'accompagner à la recherche de racines de ginseng et de tout ce que nous trouverions d'utile sur notre chemin. C'était une bonne élève, observatrice et à l'esprit vif, avec une excellente mémoire des plantes. Je voulais également lui enseigner comment préparer des bouillons pour cultiver du *penicillium*. Fureter dans des immondices moites et moisies serait rassérénant. Cette vision me souleva un peu le cœur, mais je n'y prêtai pas attention, préférant offrir mon visage tuméfié au soleil.

Et Jamie pouvait bien faire ce qu'il voulait avec Lionel Brown, ce n'était pas mon problème !

33

Mme Bug prend la mouche

Le lendemain matin, cela allait déjà mieux. Mon estomac s'était calmé et ma santé psychologique était nettement plus forte. C'était aussi bien, car les ordres que Jamie avait sans nul doute donnés la veille à Mme Bug afin qu'elle me laisse tranquille étaient vraisemblablement oubliés.

Tout me faisait moins mal. Mes mains avaient presque retrouvé leur état normal, mais j'éprouvais encore de la lassitude, et je dus reconnaître qu'il était plutôt agréable de pouvoir mettre les pieds sur le banc, pendant qu'on m'apportait des tasses de café (nos réserves de thé étaient presque épuisées et il y avait peu de chance de pouvoir en retrouver avant plusieurs années) et des assiettes de riz au lait agrémenté de raisins secs.

– Vous êtes vraiment certaine que votre visage ressemblera un jour à un vrai visage?

Mme Bug me tendit un muffin dégoulinant de beurre et de miel, et me dévisagea d'un air sceptique.

Je fus tentée de lui demander à quoi ressemblait la chose au milieu de mon visage, puis me ravisai, préférant ne pas entendre sa réponse. Je me contentai donc d'un bref «oui» et lui demandai un autre café.

– J'ai connu une femme à Kirkcaldy qui avait pris un coup de sabot de vache en pleine figure. Elle avait perdu toutes ses dents de devant, la pauvre et, après ça, son nez pointait sur le côté, comme ça.

Elle écrasa son petit nez rond sur le côté avec l'index en rentrant sa lèvre supérieure pour simuler le sourire d'une édentée.

Je palpai l'arête de mon propre nez, mais, quoique encore enflé, il était toujours droit.

– Puis il y avait William McCrea de Balgownie, qui s'est battu à Sheriffsmuir avec mon Archie. Il s'est retrouvé en face d'une pique anglaise qui lui a fendu la mâchoire en deux et lui a enlevé une bonne partie du nez ! Archie dit qu'on pouvait presque voir l'intérieur de son gosier et de sa boîte crânienne. Mais il a survécu. Surtout grâce au porridge et au whisky.

– Tiens, c'est une idée. Je crois que je vais aller m'en chercher un verre.

Emportant ma tasse, je m'enfuis hors de la cuisine, poursuivie par le souvenir de Dominic Mulroney, un Irlandais qui s'était pris de plein fouet la porte d'une église à Édimbourg alors qu'il n'avait même pas bu une goutte d'alcool ce jour-là, le pauvre…

Je refermai la porte de l'infirmerie derrière moi et jetai le fond de café par la fenêtre. Puis je descendis la bouteille de son étagère et remplis ma tasse à ras bord.

J'avais eu l'intention de demander à Mme Bug des nouvelles de Lionel Brown, mais, tout compte fait, cela pouvait attendre. Mes mains s'étaient remises à trembler, et je dus les poser quelques minutes à plat sur la table avant de pouvoir tenir ma tasse.

J'inspirai profondément, puis pris une grande gorgée de whisky. Puis une autre. Oui, cela allait déjà mieux.

Des crises d'angoisse me saisissaient encore de temps à autre. N'en ayant pas eu ce matin-là, j'avais espéré qu'elles avaient tout à fait disparu. Visiblement, non.

Je sirotai mon whisky, tamponnai la sueur froide sur mes tempes, puis cherchai autour de moi quelque chose à faire. La veille, Malva et moi avions commencé plusieurs bouillons de culture, préparé des teintures à l'herbe à ressouder et à l'ail doux, ainsi que du baume à la gentiane. Finalement, je me mis à feuilleter mon grand cahier noir, buvant du whisky et m'attardant sur les pages qui décrivaient diverses complications horribles d'accouchement.

Consciente de ce que j'étais en train de faire, j'étais incapable de m'arrêter. Je n'étais pas enceinte, j'en étais certaine. Pourtant, mon bas-ventre était toujours aussi sensible et enflammé, et tout mon corps, sens dessus dessous.

Ah, en voilà une bonne! C'était un des comptes rendus de Daniel Rawlings, où il était question d'une Slave d'âge moyen souffrant d'une fistule recto-vaginale se traduisant par un écoulement constant de matières fécales par le vagin.

Ces fistules étaient provoquées par de trop violentes poussées lors de l'accouchement. Elles étaient plus courantes chez les jeunes filles, chez qui un trop grand effort lors d'un travail prolongé provoquait des déchirures. Ou chez les femmes plus âgées dont les tissus étaient moins élastiques. Naturellement, chez ces dernières, les dégâts s'accompagnaient souvent d'un prolapsus périnéal complet, l'utérus, l'urètre, voire même l'anus, s'effondrant à travers le plancher pelvien.

– C'est heureux que je ne sois pas enceinte! m'exclamai-je en refermant le cahier.

Il était sans doute préférable que je tente de me replonger dans *Don Quichotte*.

Au fond, quand Malva Christie toqua à ma porte sur le coup de midi, cela me soulagea.

– Comment va la main de votre père?

– Oh, très bien, madame. J'ai regardé, comme vous m'aviez expliqué, mais je n'ai pas vu de traînées rouges ni de pus, juste un peu de rougeurs près de l'endroit où la peau a été coupée. Je lui ai fait remuer les doigts comme vous l'aviez demandé.

Ses fossettes se creusèrent un peu.

– Il a rechigné, braillé comme si je voulais le fouetter avec des épines, mais il s'est quand même exécuté.

– Bravo!

Je lui donnai une tape dans le dos, et elle rosit de plaisir.

Remarquant l'odeur délicieuse qui flottait dans le couloir, j'ajoutai :

– Je crois que vous avez mérité un biscuit au miel. Venez.

En entrant dans le couloir pour nous diriger vers la cuisine, j'entendis un bruit étrange derrière nous. Une sorte de battement sec ou de traînement, comme si un gros animal marchait pesamment sur les planches de la véranda de l'entrée.

Malva jeta un regard effrayé.

– Qu'est-ce que c'était ?

Un gémissement sonore lui répondit, suivi d'un bruit sourd, comme si un corps lourd venait de s'effondrer contre la porte.

– Par Marie, Joseph et sainte Bride ! Qu'est-ce que c'est ?

Mme Bug venait de surgir de sa cuisine, se signant.

Mon cœur s'était mis à palpiter et ma gorge était nouée. Un objet large et sombre bloquait la lumière sous la porte. On entendait distinctement un souffle rauque, ponctué de gémissements.

– Quoi que ce soit, c'est malade ou blessé, dis-je. Reculez.

Je m'essuyai les mains sur mon tablier, déglutis, fis un pas en avant et ouvris la porte.

Je ne le reconnus pas tout de suite. Il n'était qu'un amas de chair, les cheveux hirsutes, ses habits dépenaillés couverts de terre. Puis il se redressa sur un genou et releva la tête, pantelant, me montrant son visage livide, tacheté de bleus et luisant de sueur.

– Monsieur Brown ? demandai-je incrédule.

Il avait le regard vitreux ; je n'étais pas sûre qu'il puisse me voir, mais il reconnut ma voix, car il plongea en avant, manquant de me renverser. Je fis un pas de côté, mais il m'attrapa le pied et s'y accrocha, suppliant :

– Pitié ! Ayez pitié de moi, madame, je vous en supplie !

– Mais qu'est-ce que… Lâchez-moi, voyons !

J'agitai le pied pour m'en débarrasser, mais il s'y agrippa de plus belle, criant « pitié, pitié » comme une sorte de litanie.

– Oh, il va le fermer, son clapet ! s'écria Mme Bug.

Remise de sa frayeur, elle ne semblait pas surprise par son aspect, mais considérablement agacée.

Obstiné, Lionel Brown refusa de se taire, continuant ses implorations en dépit de mes efforts pour le calmer. Elles furent interrompues par Mme Bug, qui passa devant moi armée de son maillet à viande et lui assena un bon coup sur le crâne. Ses yeux se révulsèrent dans leurs orbites, et il s'effondra, la figure sur le plancher, ne pipant plus.

– Je suis vraiment désolée, madame Fraser. Je ne sais pas comment il est sorti, ni comment il s'est débrouillé pour arriver jusqu'ici !

La réponse à cette dernière question était claire : il avait rampé, traînant sa jambe cassée derrière lui. Ses mains et ses jambes étaient écorchées et en sang, ses culottes en lambeaux, et il était couvert des pieds à la tête de boue pleine d'herbes et de feuilles.

Je me penchai et cueillis une feuille d'orme dans ses cheveux, me demandant ce que j'allais pouvoir faire de lui. Il n'y avait sans doute pas d'alternative. Avec un soupir, je le soulevai sous les aisselles.

– Aidez-moi à le porter à l'infirmerie.

Mme Bug fut scandalisée.

– Madame Fraser, vous ne pouvez pas faire ça ! Monsieur a été très clair sur ce sujet : vous ne devez pas vous laisser approcher par cette crapule, ni même poser vos yeux dessus.

– J'ai bien peur que ce soit un peu tard pour ça. On ne peut quand même pas l'abandonner là, non ? Allez, aidez-moi !

D'après les apparences, Mme Bug ne voyait pas pourquoi il ne pouvait pas agoniser tranquillement sur la véranda, mais Malva, qui s'était plaquée contre le mur en écarquillant des yeux affolés, vint à ma rescousse. Mme Bug capitula alors avec un soupir las, puis nous donna un coup de main.

Le temps que nous parvenions à le hisser sur la table de l'infirmerie, il avait repris conscience, gémissant :

– Empêchez-le de me tuer…, s'il vous plaît, empêchez-le de me tuer…

– Vous allez vous taire ? m'exclamai-je agacée. Laissez-moi examiner votre jambe.

Personne n'avait touché à mon éclisse rudimentaire, et son parcours du combattant depuis la cabane des Bug n'avait rien arrangé. Ses bandages sales étaient imbibés de sang. J'étais très surprise qu'il soit parvenu jusqu'ici, compte tenu de ses autres blessures. Sa peau était moite, sa respiration laborieuse, mais sa fièvre ne semblait pas trop élevée.

Avec délicatesse, je palpai son membre fracturé.

– Madame Bug, vous voulez bien m'apporter de l'eau chaude ? Et peut-être aussi un peu de whisky.

– Non !

Elle regarda le patient avec une profonde antipathie.

– On devrait plutôt épargner à M. Fraser la peine de se débarrasser de ce peigne-cul, puisqu'il n'a même pas la courtoisie de crever tout seul.

Elle tenait toujours son maillet, qu'elle brandit d'un air menaçant. Brown voulut se protéger et poussa un cri en remuant son poignet cassé.

– Je vais aller chercher de l'eau, dit Malva.

Brown attrapa mon avant-bras de sa main valide, avec une force surprenante, vu son état.

– Empêchez-le de me tuer ! S'il vous plaît ! Je vous en supplie.

Il me fixait avec des yeux injectés de sang.

J'hésitai. Ce n'était pas que j'avais oublié son existence, mais j'avais plus ou moins effacé cet homme de ma mémoire au cours des deux derniers jours, trop heureuse de ne plus y penser.

Il vit mon trouble, s'humecta les lèvres et reprit de plus belle :

– Sauvez-moi, madame Fraser, je vous implore ! Vous êtes la seule qu'il écoutera !

Non sans mal, je parvins à libérer mon bras.

– Qu'est-ce qui vous fait croire qu'on veut vous tuer?

Il ne rit pas, mais sa bouche se déforma en un rictus cynique. Il répondit, plus calme :

– C'est lui-même qui le dit. Et je le crois. S'il vous plaît, madame Fraser, je vous en supplie, sauvez-moi.

Je fixai Mme Bug et lus la vérité sur ses lèvres pincées et ses bras croisés sur sa poitrine. Elle savait.

Malva revint au pas de course, une cruche d'eau chaude dans une main, la bouteille de whisky dans l'autre.

– Que dois-je faire? questionna-t-elle essoufflée.

J'essayai de me concentrer.

– Euh… là, dans le placard. Vous savez à quoi ressemblent la consoude et l'herbe à fièvre?

De manière machinale, je cherchai le pouls de Brown. Il galopait.

– Oui, madame. Vous voulez que j'en mette à tremper?

Malva avait déposé sa cruche et cherchait déjà sur les étagères.

Je soutins le regard de Brown, essayant d'être neutre.

– Vous m'auriez tuée si vous aviez pu, dis-je dans un souffle.

Mon propre pouls était presque aussi rapide que le sien.

– Non!

Il détourna les yeux pendant une fraction de seconde, mais c'était déjà trop.

– Je ne l'aurais jamais fait!

– Vous avez demandé à Hodgepile de me tuer. Ne dites pas le contraire!

Ma voix trembla en prononçant son nom, une colère sourde montant en moi.

Son poignet gauche était sans doute brisé, car la peau était enflée et violacée. Même ainsi, il pressa sa main libre sur la mienne, cherchant à tout prix à me convaincre. Son odeur était fétide, chaude et sauvage, comme celle de…

Révulsée, j'arrachai ma main, ma peau se hérissant comme si elle grouillait de mille-pattes. Je l'essuyai sur mon tablier, m'efforçant de ne pas vomir.

Ce ne pouvait pas être lui. Je le savais. Il s'était cassé la jambe un peu plus tôt dans l'après-midi. Il n'aurait jamais pu être cette présence dans la nuit, lourde, inexorable, puante, s'enfonçant en moi. Pourtant, j'avais cette impression. Je ravalai de la bile, me sentant soudain partir.

– Madame Fraser! Madame Fraser!

Malva et Mme Bug parlaient en même temps et, avant que je comprenne ce qui m'arrivait, on m'avait assise sur un tabouret, Mme Bug me tenant les épaules pendant que Malva pressait une tasse de whisky contre mes lèvres.

Je bus en fermant les yeux, tentant de m'oublier momentanément dans le goût clair et âcre de l'alcool, dans sa chaleur au fond de ma gorge.

Je me souvins de la fureur de Jamie, la nuit où il m'avait ramenée à la maison. Si Brown avait été présent dans la chambre, il l'aurait tué à coup sûr. Le ferait-il maintenant, de sang-froid? Je l'ignorais, mais Brown en était convaincu.

Je l'entendais pleurer, un son bas, désespéré. Je repoussai la tasse et me redressai, ouvrant les yeux. À ma surprise, je pleurais aussi.

Je me levai en m'essuyant le visage avec mon tablier. Il sentait bon le beurre, la cannelle et la compote de pommes fraîche. Ces odeurs calmèrent ma nausée.

– L'infusion est prête, madame Fraser, me chuchota Malva. Vous voulez la boire?

Elle ne quittait pas Brown des yeux, piteux et recroquevillé sur la table.

– Non, c'est pour lui. Faites-le boire, puis allez me chercher des bandages propres. Ensuite, rentrez chez vous.

J'ignorais quel sort lui réservait Jamie; j'ignorais quelle serait ma réaction en apprenant ses intentions. Je ne savais pas quoi penser ni quoi ressentir. Une seule chose était certaine : j'avais sous les yeux un homme blessé. Pour l'instant, je n'avais pas besoin d'en savoir plus.

* * *

Pendant un temps, je parvins à oublier qui il était. Lui interdisant de parler, je me laissai absorbée par ma tâche. Il pleurnicha, mais ne bougea pas. Je nettoyai, bandai, administrai des soins impersonnels. Cependant, à la fin de mon travail, l'homme était toujours là, et mon dégoût croissait chaque fois que je le touchai.

Je me lavai les mains avec soin, les frottant avec un chiffon imbibé de térébenthine et d'alcool, grattant sous mes ongles en dépit de la douleur dans mes doigts. Je me comportais comme s'il était atteint d'un mal abject et contagieux, mais ne pouvais m'en empêcher.

Il m'observait, appréhensif.

– Qu'allez-vous faire ?

– Je n'ai pas encore décidé.

C'était plus ou moins vrai. Même si ce n'était pas une décision consciente, ma ligne de conduite était déjà arrêtée. Jamie, maudit soit-il, avait raison. Toutefois, je ne voyais aucune raison d'en informer Lionel Brown. Pour le moment.

Il ouvrit la bouche, probablement pour m'implorer encore, mais je l'arrêtai d'un geste de la main.

– Il y avait un homme avec vous, un certain Donner. Que savez-vous sur lui ?

Il ne s'était pas attendu à une telle question et resta un instant perplexe.

– Donner ? répéta-t-il.

– Ne vous avisez pas de me répondre que vous ne vous souvenez pas de lui !

– Oh, non, madame. Je m'en souviens très bien, très bien ! Que voulez-vous savoir ?

Je voulais surtout savoir s'il était mort ou vivant, mais Brown l'ignorait certainement.

Je m'assis à son chevet.

– Commençons par son vrai nom. Puis, vous me raconterez tout ce qui vous viendra à l'esprit.

En fait, Brown ne savait presque rien, mis à part son prénom : Wendigo.

– Quoi ? m'exclamai-je incrédule.

Brown ne semblait trouver rien de bizarre à cela et eut l'air vexé que je puisse douter de lui.

– C'est ainsi qu'il a dit s'appeler. C'est indien, non ?

En effet. Plus précisément, c'était le nom d'un monstre mythologique de l'une des tribus du Nord, je ne me rappelais plus laquelle. Au lycée, Brianna avait suivi un cours sur les mythes amérindiens, chaque élève devant expliquer et illustrer une légende particulière. Elle avait choisi Wendigo.

Je m'en souvenais parce que son dessin m'avait frappée. Sur un fond de fusain noir, elle avait dessiné au crayon blanc des arbres nus agités par des tourbillons de vent et de neige, l'espace entre les troncs se fondant dans la nuit. L'image évoquait un paysage menaçant, dément et torturé. Il m'avait fallu un certain temps pour distinguer le visage parmi les branches. J'avais même poussé un cri et lâché la feuille, pour le plus grand plaisir de Brianna, fière de son œuvre.

– D'où venait-il ? questionnai-je. Habitait-il à Brownsville ?

Il n'y avait vécu que quelques semaines. Hodgepile l'avait amené d'ailleurs, avec ses autres comparses. Brown l'avait à peine remarqué, c'était un type sans histoire.

– Il logeait chez la veuve Baudry. Il lui a peut-être raconté des choses sur lui. Je pourrais me renseigner pour vous. Quand je rentrerai.

Il m'adressa un regard qu'il voulait sans doute être celui d'un chien fidèle, mais qui me fit plutôt penser à un têtard asphyxié.

Je lui adressai en retour mon air le plus dubitatif.

– Hmm… on verra.

Il se lécha les lèvres, prenant une mine pitoyable.

– Je ne pourrais pas avoir un peu d'eau, madame ?

Chose certaine, le laisser mourir de soif n'était pas convenable, mais j'en avais plus qu'assez de cet homme. Je le voulais hors de mon infirmerie, hors de ma vue, le plus tôt possible. Je hochai la tête et sortis dans le couloir, demandant à Mme Bug qu'elle lui apporte de l'eau.

C'était un après-midi chaud, et je me sentais irritable. Soudain, une bouffée de chaleur monta dans ma poitrine et mon cou pour se répandre telle de la cire chaude sur mon visage, la sueur coulant derrière mes oreilles. Marmonnant un prétexte, j'abandonnai mon patient à Mme Bug et me précipitai à l'air libre.

Il y avait un puits dans la cour, tout juste une fosse peu profonde bordée d'un muret. Une grande louche taillée dans une calebasse était coincée entre les pierres. Je m'agenouillai et puisai de l'eau pour boire puis asperger mon visage brûlant.

Les bouffées de chaleur en elles-mêmes n'étaient pas si déplaisantes, et étaient même assez intéressantes, provoquant, un peu comme une grossesse, une étrange sensation que le corps a des réactions soudaines impossibles à contrôler. Je me demandai si les hommes ressentaient la même chose lors d'une érection.

Sur le moment, cette sensation était même bienvenue. Si j'avais des bouffées de chaleur, je n'étais donc pas enceinte. Ou si ? Malheureusement, les réactions hormonales du début d'une grossesse provoquaient toutes sortes de phénomènes thermiques assez semblables à ceux de la ménopause. Mes sautes d'humeur, elles, étaient typiques d'une femme enceinte, ou en phase de ménopause… ou violée.

– Ne sois pas ridicule, Beauchamp ! m'exclamai-je à voix haute. Tu sais très bien que tu n'es pas enceinte !

De me l'entendre formuler me fit une drôle d'impression, un soulagement où perçait une pointe de regret. Disons que j'étais à 99,9 % soulagée et à 0,1 % désolée. Mais le regret était tout de même là.

En revanche, je me serais bien passée de la sudation qui suit parfois une bouffée de chaleur. J'étais trempée jusqu'à la racine de mes cheveux. Si l'eau fraîche sur mon visage me faisait du bien, j'étais encore parcourue par des vagues brûlantes qui se propageaient comme un voile collant à mon torse, ma figure et mon cuir chevelu. N'y tenant plus, je versai une louche d'eau dans mon corsage, poussant un soupir d'aise en la sentant dégouliner entre mes seins, le long de mon ventre, entre mes cuisses et goutter par terre.

J'avais belle allure, mais Mme Bug ne s'en soucierait pas, et peu m'importait ce que Lionel Brown en penserait. M'essuyant les tempes, je retournai vers la maison.

La porte était entrouverte, telle que je l'avais laissée. Je la poussai, et la lumière forte et pure de l'après-midi entra avec moi, illuminant Mme Bug en train de presser de toutes ses forces un oreiller sur le visage de Lionel Brown.

Je restai un instant interdite, ne comprenant pas ce que je voyais, puis plongeai en avant avec un cri incohérent et agrippai son bras.

Elle était terriblement forte et si concentrée, les veines saillant sur son front et le visage cramoisi par l'effort, qu'elle ne bougea pas. Je tirai sur son bras sans parvenir à lui faire lâcher prise, puis, ne sachant quoi faire, la poussai violemment en avant.

Elle perdit l'équilibre. J'attrapai un coin d'oreiller et le tirai sur le côté, libérant le visage de Brown. Elle revint à la charge, déterminée à achever son œuvre, ses petites mains s'enfonçant dans le coussin en plumes jusqu'aux poignets.

Je pris mon élan et me jetai sur elle. Nous heurtâmes la table, renversâmes le banc et atterrîmes par terre parmi les débris de poterie, de feuilles de consoude trempées et d'une odeur de pot chambre.

Je roulai sur le côté et pantelai, la douleur de mes côtes brisées me paralysant quelques secondes. Puis je serrai les dents, la repoussai, m'extirpai non sans mal d'un enchevêtrement de jupes et me relevai.

La main de Brown pendait mollement du bord de la table. Je saisis sa mâchoire, renversai sa tête en arrière et pressai ma bouche contre la sienne. Je soufflai le peu d'air qu'il me restait dans les poumons, inspirai, soufflai encore, tout en cherchant furieusement un pouls dans son cou.

Il était chaud, mais sa chair me paraissait horriblement molle, ses lèvres s'aplatissant de manière obscène contre les miennes. Ma plaie s'étant rouverte, mon sang éclaboussait partout, m'obligeant à aspirer avec frénésie par les coins de ma bouche, forçant mes poumons à se remplir d'air pour souffler de nouveau.

Je sentis quelqu'un derrière moi. Mme Bug. Je lui envoyai un grand coup de pied en arrière. Elle tenta d'attraper mon épaule, mais je fis une embardée sur le côté, et ses doigts glissèrent, puis je pivotai sur les talons et la frappai au ventre. Elle tomba sur les fesses avec un grand « woufff ». Je plongeai de nouveau sur Brown.

Sa poitrine se soulevait chaque fois que je soufflais, mais retombait à plat dès que je m'arrêtais. Je reculai d'un pas et frappai des deux poings sur son sternum.

Je soufflai, frappai, soufflai, jusqu'à ce que je ruisselle de sueur, que mes oreilles bourdonnent et que des points noirs volent devant mes yeux. Enfin, je cessai, haletante, les cheveux trempés me retombant sur le visage, les élancements de mes mains suivant le rythme de mes palpitations cardiaques.

Le bougre était mort.

Je me servis de mon tablier pour m'essuyer les mains et le visage. Mes lèvres étaient enflées et sanglantes ; je crachai par terre. Je me sentais calme. L'air avait cette immobilité particulière qui accompagne souvent une mort silencieuse. Un troglodyte de Caroline chantait dans le bois, non loin.

Un bruissement me fit me retourner. Mme Bug avait redressé le banc et s'était assise dessus, voûtée en avant, les deux mains sur les genoux. Le front plissé, elle fixait intensément le corps sur la table.

Le drap qui recouvrait le corps était souillé, d'où l'odeur de pot de chambre. Cela signifiait que Brown était déjà mort avant que je tente de le ranimer.

Une nouvelle bouffée de chaleur me monta au visage, recouvrant ma peau de sueur. Je fermai brièvement les yeux, les rouvris et me tournai de nouveau vers Mme Bug pour lui demander simplement :

– Mais quelle mouche vous a piquée ?

* * *

– Elle a fait quoi ?

Jamie me dévisagea d'un air abasourdi, puis se tourna vers Mme Bug, assise derrière la table de la cuisine, la tête baissée, les mains jointes devant elle.

N'attendant pas que je lui répète mes paroles, il se précipita dans l'infirmerie. J'entendis ses pas s'arrêter net. Un moment de silence, puis un vigoureux juron gaélique. Mme Bug enfonça la tête jusqu'aux épaules.

Les pas revinrent, plus posés. Jamie entra et se posta devant elle, demandant en gaélique :

– Femme, comment as-tu osé porter la main sur un homme qui m'appartenait ?

Elle était incapable de le regarder, se cachant sous son bonnet, le visage presque invisible.

– Oh, monsieur… Je… je ne l'ai pas fait exprès. Je vous assure, monsieur !

Jamie me regarda.

– Elle l'a étouffé, répétai-je. Avec un oreiller.

– Je vois mal comment vous avez pu lui écraser un coussin sur la figure sans le faire exprès, lança-t-il d'une voix tranchante. Qu'est-ce qui vous a pris, *Sassenach* ?

Les petites épaules rondes se mirent à trembler.

– Oh, monsieur ! Oh, monsieur ! Je sais bien que c'était mal, mais… mais… c'est à cause de sa langue de vipère. Pendant tout le temps où je l'ai gardé chez moi, il s'aplatissait et pleurnichait chaque fois que vous ou le petit étiez là, même avec Arch…, mais avec moi… Je ne suis qu'une femme, vous comprenez, alors il n'avait pas besoin de se cacher. Il menaçait, monsieur, il jurait et disait des choses horribles. Il disait que son frère viendrait le libérer, avec tous ses hommes, qu'ils nous égorgeraient tous jusqu'au dernier et brûleraient nos maisons avec nous dedans.

Ses bajoues frémissaient, mais elle trouva le courage de relever la tête et de regarder Jamie en face.

— Je savais bien que vous ne laisseriez jamais faire ça et m'efforçais de ne pas l'écouter. Quand je n'en pouvais plus de l'entendre, je lui répondais qu'il serait mort bien longtemps avant l'arrivée de son frère. Mais, ce sale gueux s'est échappé... je ne m'explique pas comment. J'aurais juré qu'il n'était même pas en état de sortir de son lit et, pourtant, il est arrivé jusqu'ici et s'est jeté au pied de votre dame. Elle l'a relevé. Pour ma part, je l'aurais chassé comme le chien qu'il était, mais elle m'en a empêchée.

Elle me jeta un coup d'œil plein de ressentiment, mais se retourna presque aussitôt vers Jamie, l'air contrit.

— Elle l'a retapé, parce qu'elle a une âme bonne et charitable. J'ai bien vu sur son visage qu'après l'avoir soigné, elle ne supporterait pas qu'on le tue. Lui aussi, ce bouseux, l'a vu. Quand elle est sortie, il m'a narguée, m'a dit qu'à présent, il était sauvé, qu'il l'avait enjôlée et qu'elle ne le laisserait jamais se faire tuer. Que dès qu'il aurait filé d'ici, il enverrait sa bande et qu'on rirait bien...

Elle ferma les yeux, perdant un peu l'équilibre, et pressa une main sur sa poitrine.

— Je n'ai pas pu m'arrêter, monsieur. Ça a été plus fort que moi.

Pendant ses explications, Jamie s'était tenu droit devant elle, le regard fulminant. Il se tourna brièvement vers moi, et ma face bouffie lui confirma les faits. Il pinça les lèvres.

— Rentrez chez vous, dit-il enfin. Racontez à votre mari ce que vous avez fait, puis envoyez-le-moi.

Il fit volte-face et partit s'enfermer dans son bureau. Évitant de me regarder, Mme Bug se leva d'un pas chancelant et sortit, marchant comme une aveugle.

* * *

– Tu avais raison, je suis désolée.

Je me tenais sur le seuil de son bureau, appuyée au chambranle.

Il était assis, les coudes sur sa table, la tête dans les mains.

– Je croyais t'avoir interdit d'être désolée, *Sassenach*?

Un léger sourire aux lèvres, il m'examina des pieds à la tête et s'inquiéta :

– Bon sang, Claire, tu tiens à peine debout! Viens t'asseoir.

Il m'installa dans son fauteuil, s'agitant autour de moi.

– Je demanderais bien à Mme Bug de te préparer quelque chose, mais je l'ai renvoyée chez elle. Tu veux un peu de thé?

J'avais été sur le point de pleurer, mais me mis à rire.

– On n'en a plus depuis des mois. Je vais bien, je suis juste… sous le choc.

– Tu saignes un peu.

Anxieux, il sortit un mouchoir froissé de sa poche et me tamponna les lèvres.

Immobile, je luttai contre une fatigue subite. Je ne désirais plus qu'une chose : m'étendre, m'endormir et ne jamais me réveiller. Si je me réveillais quand même, je voulais que l'homme dans mon infirmerie ait disparu. Et aussi que notre maison ne brûle pas avec nous dedans.

«Mais ce n'est pas encore le moment», pensai-je. Cette idée idiote était néanmoins étrangement réconfortante.

Je m'efforçai de rendre mes pensées cohérentes et demandai :

– Ça va beaucoup te compliquer la vie? Avec Richard Brown?

– Je ne sais pas. J'essaie de réfléchir. Dommage qu'on ne soit pas en Écosse. Je saurais mieux prévoir les réactions de Brown s'il était Écossais.

– Vraiment? Imaginons qu'il s'agisse de ton oncle Colum, que ferait-il, à ton avis?

– Il essaierait de me tuer et de récupérer son frère, répondit-il sur-le-champ. Or, si ton Donner est rentré à Brownsville, Richard sait déjà.

Il avait tout à fait raison. Un picotement d'angoisse me grimpa le long de l'échine. Il dut le lire sur mes traits, car il esquissa un sourire.

– Ne t'en fais pas, *Sassenach*. Les frères Lindsay sont partis pour Brownsville le lendemain matin de notre retour. Kenny surveille la ville, Evan et Murdo attendent à des points stratégiques le long de la route avec des montures fraîches. Si Richard Brown et son maudit comité de sécurité se mettent en route pour venir par ici, on le saura assez tôt.

En effet, cela me rassura.

– Oui, mais… si Donner est vraiment rentré, il ne peut pas savoir que tu as fait Lionel Brown prisonnier. Il doit penser que tu l'as tué pendant le combat.

– Si seulement! Cela m'aurait épargné bien du souci. D'un autre côté, je n'aurais jamais su ce qu'ils trafiquaient, et j'avais grand besoin de l'apprendre. Quoi qu'il en soit, si Donner est à Brownsville, il a raconté à Brown les événements et les a conduits sur place pour récupérer les corps. Là, il notera bien l'absence de son frère.

– Donc, il en tirera la conclusion logique et viendra le chercher ici.

Le bruit de la porte de service qui s'ouvrit me fit sursauter, le cœur battant, mais les pas feutrés qui suivirent ne pouvaient être que les mocassins de petit Ian. Il avança sa tête dans le bureau.

– Je viens juste de croiser Mme Bug qui rentrait chez elle à toute allure. Elle n'a même pas voulu s'arrêter pour me parler, et elle faisait une drôle de mine. Il y a quelque chose qui ne va pas?

– Tu ferais mieux de demander si quelque chose va, rétorquai-je en pouffant de rire.

Du bout du pied, Jamie poussa un tabouret vers lui.

– Assieds-toi, je vais te raconter.

Ian écouta avec attention, ouvrant grand la bouche quand Jamie arriva à la partie du récit où Mme Bug étouffait Brown sous un oreiller.

– Il est encore ici ? questionna-t-il.

Il se retourna comme s'il s'attendait à voir Brown sortir de l'infirmerie d'un instant à l'autre.

– Il ne risque pas d'aller où que ce soit tout seul, déclarai-je acerbe.

Ian partit quand même vérifier. Il revint quelques instants plus tard, l'air songeur.

– Il ne porte pas de traces, observa-t-il en se rasseyant.

– En effet, confirma Jamie. Et il porte un bandage propre. Ta tante venait juste de le soigner.

Ils hochèrent la tête à l'unisson, pensant visiblement à la même chose. Voyant que je ne les suivais pas, Ian m'expliqua :

– À le voir, on ne dirait pas qu'il a été assassiné, tante Claire. Il aurait pu mourir tout seul.

– D'une certaine manière, c'est le cas. S'il n'avait pas tenté de terroriser Mme Bug…

Je me massai le front, sentant monter une migraine.

– Comment allez-…, commença Ian inquiet.

J'en avais par-dessus la tête qu'on me pose cette question et l'interrompis sèchement.

– Je n'en sais rien !

Je baissai les yeux vers mes poings, serrés sur mes genoux.

– Il… il n'était pas fondamentalement mauvais, repris-je.

Mon tablier était taché de sang, mais j'ignorais s'il s'agissait du sien ou du mien.

– Il était juste… très faible.

– Dans ce cas, il est aussi bien mort, trancha Jamie sans méchanceté particulière.

Ian acquiesça. Puis Jamie revint sur le sujet à l'ordre du jour.

– Je disais justement à ta tante que si Brown était Écossais, je saurais mieux comment le prendre, puis il m'est venu à l'esprit que, d'une certaine manière, ils se comportent un peu comme des Écossais, lui et son comité de sécurité. Ils forment comme une Ronde, tu ne trouves pas?

– C'est vrai, dit Ian intéressé. Je n'en ai jamais vu, mais maman m'en a parlé, surtout de celle qui t'avait arrêté. Elle m'a raconté comment tante Claire et elle se sont lancées à ses trousses.

Il me sourit, son visage émacié retrouvant soudain l'éclat de l'adolescent qu'il avait été.

– Il faut dire que j'étais plus jeune alors, et plus courageuse.

Amusé, Jamie poursuivit :

– Eux, ils sont plus directs, assassinant, brûlant…

– Contrairement aux Écossais qui rançonnaient leurs victimes?

Je commençais à voir où il voulait en venir. Ian était né après Culloden et n'avait jamais connu la Ronde, une de ces bandes organisées d'hommes armés qui sillonnaient la campagne, réclamant des gages aux chefs de clan pour protéger leurs métayers, leurs terres et leur bétail. S'ils refusaient, ils confisquaient tous leurs biens. Pour ma part, j'avais croisé leur chemin. J'avais entendu dire qu'il leur arrivait aussi de tuer et d'incendier des maisons de temps en temps, mais surtout pour faire un exemple et améliorer la coopération.

Jamie acquiesça.

– Comme je disais, Brown n'est pas Écossais, mais les affaires sont les affaires, n'est-ce pas?

Il médita un instant, puis se pencha en arrière, les mains croisées sur un genou.

– Ian, combien de temps te faut-il pour te rendre à Anidonau Nuya?

Après le départ de Ian, nous restâmes dans le bureau. Il fallait trouver une solution pour le cadavre dans mon infirmerie, mais je n'étais pas encore prête à affronter le problème. En dehors d'une allusion au fait qu'il trouvait regrettable de ne pas avoir encore eu le temps de construire une glacière, Jamie ne l'aborda pas non plus.

– Pauvre Mme Bug, soupirai-je. Je n'imaginais pas qu'il la torturait ainsi. Il a dû croire que c'était une tendre. Grave erreur ! Elle est sacrément costaude, je n'en revenais pas !

Je n'aurais pourtant pas dû être surprise. J'avais vu Mme Bug parcourir à pied plus d'un kilomètre avec une chèvre adulte sur les épaules. Néanmoins, il est rare de faire le lien entre la force musculaire nécessaire aux tâches agricoles quotidiennes et la furie homicide.

– Moi aussi, dit Jamie. Toutefois, ce qui me surprend, ce n'est pas qu'elle soit assez forte pour le faire, mais qu'elle ait décidé de prendre les choses en main toute seule. Pourquoi n'en a-t-elle pas parlé à Archie ou à moi ?

– Elle t'a répondu. Elle pensait qu'il aurait été déplacé de sa part de se plaindre. Tu lui avais confié la mission de le surveiller, et elle aurait remué ciel et terre pour exécuter toutes tes demandes. Elle pensait s'être bien acquittée de sa tâche, mais, quand il a débarqué ici, elle a… craqué, tout simplement. Ça arrive, je l'ai déjà vu.

– Moi aussi, mais j'aurais pensé que… marmonna-t-il.

Une ride profonde barrait son front et je me demandai à quels incidents violents il était en train de penser.

Archie Bug entra si discrètement que je ne l'entendis pas. Je ne me rendis compte de sa présence que quand Jamie releva d'un coup la tête, se raidissant. Je pivotai sur mon tabouret et vis la hache qu'Arch tenait à la main. J'ouvris la bouche, mais il avança vers Jamie d'un pas ferme, ne voyant rien d'autre dans la pièce.

Il déposa son arme sur la table et déclara en gaélique :

– Ma vie pour la sienne, Ô, chef.

Il recula d'un pas et s'agenouilla, baissant la tête. Il avait tressé ses fins cheveux blancs et les avait relevés afin de dénuder sa nuque tannée et ridée par la vie au grand air, mais épaisse et musclée au-dessus du col blanc.

Un petit bruit me fit me retourner. Mme Bug était là aussi, mal en point, se tenant au chambranle de la porte. Son bonnet était de travers, et ses cheveux gris adhéraient à son front en sueur, encadrant un visage couleur de lait qui a tourné.

Ses yeux passèrent très vite sur moi, puis elle fixa toute son attention sur son mari et Jamie qui s'était levé. Il caressa du doigt l'arête de son nez, tout en examinant Archie.

– Quoi, je suis censé vous couper la tête? Je devrais le faire ici dans mon bureau, puis demander à votre femme de nettoyer le sang, ou dans la cour et ensuite vous clouer au linteau en guise d'avertissement pour Richard Brown? Levez-vous, vieille fripouille.

L'air dans la pièce se figea un instant, assez longtemps pour que je remarque le grain de beauté noir au milieu de la nuque d'Archie Bug, puis le vieillard se releva, très lentement.

– C'est votre droit, dit-il en gaélique. Je vous ai prêté serment, *a ceann-cinnidh*. Je le jure encore par le fer, c'est votre droit.

Il se tenait très droit, le regard baissé, fixant la hache sur la table, son tranchant affûté formant une ligne argentée étincelante qui jurait avec la matité de la lame.

Jamie allait répondre, puis se ravisa. Attentif, il inspecta son métayer. Quelque chose changea en lui, comme si une ancienne conscience renaissait.

– *A ceann-cinnidh?* répéta-t-il.

Arch acquiesça en silence.

A ceann-cinnidh. Ô chef. Un seul mot, et nous nous retrouvions en Écosse. On distinguait aisément la différence entre les nouveaux métayers et les ex-détenus d'Ardsmuir, une différence de loyauté et de reconnaissance. Dans ce cas,

531

il y avait plus : une allégeance ancestrale, qui avait régi les Highlands pendant un millénaire. Le serment du sang et du fer.

Je vis Jamie peser le passé et le présent, me rendant compte qu'Archie Bug se tenait entre les deux. Je le lus sur son visage, son exaspération se muant en compréhension. Ses épaules s'affaissèrent : Jamie acceptait son rôle.

Il se redressa, saisit la hache et la brandit, la tenant par la lame.

– C'est vrai, par ta parole, c'est mon droit. Et par ce droit, je te rends la vie de ta femme et la tienne.

Mme Bug laissa échapper un petit sanglot. Archie ne se retourna pas vers elle, mais inclina la tête et reprit sa hache. Il se tourna et sortit sans un mot, mais j'aperçus sa main effleurer la manche de sa femme discrètement, en passant.

Mme Bug se redressa et, de ses doigts tremblants, remit un peu d'ordre dans sa coiffure. Sans lever les yeux vers elle, Jamie se rassit, saisit une plume et une feuille de papier, même si je doutais qu'il eût vraiment l'intention d'écrire. Ne voulant pas embarrasser la pauvre femme, j'affectai de consulter les rayons de livres, puis saisis le serpent en noisetier que Jamie avait taillé, faisant mine de l'examiner.

Elle s'avança dans la pièce, esquissa une révérence et demanda avec la plus grande dignité :

– Voulez-vous que je vous apporte quelque chose à manger ? Il y a des gâteaux d'orge tout frais.

– Oui, merci, cela me ferait bien plaisir. *Gun robh math agaibh, a nighean.*

Elle acquiesça et tourna les talons. Sur le pas de la porte, elle s'arrêta et fixa Jamie dans les yeux.

– J'étais là, vous savez, quand les *sassenachs* ont tué votre grand-père, là-haut sur Tower Hill. Il y a eu beaucoup de sang.

Elle marqua une pause, l'examinant avec les yeux rouges, puis ajouta :

– Vous lui faites honneur.

Là-dessus, elle disparut dans un tourbillon de jupons et de lacets de tablier.

Jamie me regarda en roulant des yeux étonnés.

– Ce n'était pas forcément un compliment, tu sais, lui dis-je.

Il se mit à rire.

– Je m'en doute ! Parfois, cette vieille ordure me manque. Un jour, il faudra que je demande à Mme Bug si ce qu'on raconte à propos de ses dernières paroles est vrai.

– C'est-à-dire ?

– Il aurait payé son dû au bourreau, puis lui aurait dit de s'appliquer : « Parce que je serai très fâché si tu bâcles ton travail ! »

Cela me fit sourire.

– En tout cas, ça lui ressemble. À ton avis, que faisaient les Bug à Londres ?

– Va savoir ! Tu penses qu'elle a raison ? Que je suis comme lui ?

– Ça ne me saute pas aux yeux.

Feu Simon, lord Lovat, avait été petit et trapu, quoique encore très costaud pour son âge. Il avait aussi fortement ressemblé à un crapaud malveillant et très rusé.

– Dieu merci ! Mais, pour le reste ?

Malgré une pointe d'humour dans ses yeux, il était sérieux. Il désirait vraiment savoir.

J'examinai Jamie avec soin. Il n'y avait aucune trace du vieux renard dans ses traits forts et réguliers (ces derniers lui venant surtout du côté de sa mère, les McKenzie) ni dans sa taille et ses épaules carrées. Mais au fond de ses yeux en amande bleu nuit, je discernais parfois un écho du regard de lord Lovat, pétillant de curiosité et d'humour sardonique.

– Tu as un petit quelque chose de lui, admis-je. Parfois, plus qu'un petit peu. Tu n'as pas son ambition dévorante et... J'allais dire que tu n'es pas aussi impitoyable, mais, au fond, si.

Il ne parut ni surpris ni offensé.

– Vraiment ?

– Tu peux l'être.

Le bruit des vertèbres disloquées d'Arvin Hodgepile résonna dans ma moelle épinière.

– Je suis aussi retors ? questionna-t-il gravement.

– Je ne sais pas. Tu n'es pas un escroc, mais peut-être parce que tu as un sens de l'honneur qu'il n'avait pas. Tu ne te sers pas des gens comme il le faisait.

– Oh, mais si, *Sassenach*. Sauf que je m'arrange pour que ça ne se voie pas.

Son regard s'attarda un instant sur le serpent en bois entre mes mains, mais il ne le voyait sans doute pas. Enfin, il s'extirpa de ses pensées et releva les yeux vers moi, un sourire ironique au coin des lèvres.

– S'il y a un paradis et que mon grand-père y est, ce qui m'étonnerait fortement, il doit hurler de rire à en perdre la tête en me voyant. Enfin, c'est ce qu'il ferait, s'il ne l'avait pas déjà perdue !

34

Les pièces à conviction

C'est ainsi que, quelques jours plus tard, nous entrâmes en procession dans Brownsville, Jamie dans toute sa splendeur en tenue de Highlander, le coutelas aux filigranes d'or d'Hector Cameron accroché à sa ceinture, une plume de faucon dans son chapeau et perché sur Gideon, les oreilles aplaties et l'œil mauvais comme à son habitude.

À ses côtés chevauchait Oiseau-qui-chante-le-matin, chef de paix de la tribu cherokee Oiseau-des-neiges. Ian m'avait expliqué qu'il appartenait au clan des Longs Cheveux, mais je m'en serais doutée rien qu'à son allure. Ses cheveux étaient non seulement longs, brillants et enduits de graisse d'ours mais magnifiquement parés, avec une queue qui partait du sommet de son crâne et descendait jusqu'en bas de ses reins, se finissant par une dizaine de petites tresses ornées (comme le reste de son costume) de coquillages, de perles de verre, de clochettes en cuivre, de plumes de perruche et d'une pièce de monnaie chinoise (Dieu seul savait où il l'avait dégotée !). À sa selle pendait son nouveau bien, et le plus précieux : la carabine de Jamie.

De l'autre côté de Jamie se trouvait ma personne : pièce à conviction numéro un. Je montais ma mule Clarence et étais vêtue d'une robe et d'une cape indigo qui mettaient en valeur la pâleur de ma peau et soulignaient à merveille les jaunes et les verts de mes ecchymoses. Pour me soutenir moralement, j'avais passé à mon cou mon collier de perles d'eau douce.

Ian avançait derrière nous flanqué des deux guerriers qu'Oiseau avait amenés comme escorte. Il paraissait plus Indien qu'Écossais avec ses demi-cercles en pointillé tatoués sur ses pommettes et ses cheveux châtains graissés, lissés en arrière et noués en queue de cheval, une simple plume de dinde plantée dedans. Au moins, il ne s'était pas épilé le crâne à la Mohawk. Il n'en avait pas besoin pour avoir l'air menaçant.

Sur une civière tirée par le cheval de Ian arrivait la pièce à conviction numéro deux : le cadavre de Lionel Brown. Nous l'avions mis dans la crémerie au bord de la source pour le garder au frais avec les œufs et le beurre. Brianna et Malva avaient fait de leur mieux pour le recouvrir de mousse afin d'absorber les liquides, ajoutant autant d'herbes aromatiques que possible, puis l'avaient enveloppé dans une peau de daim, nouée à l'indienne avec des bandes de cuir brut. Malgré ces soins, tous les chevaux renâclaient à proximité de la dépouille. Seule la monture de Ian la tolérait tout juste, s'ébrouant sans cesse en faisant cliqueter ses harnais, contrepoint lugubre au bruit sourd des sabots.

Nous ne parlions pas beaucoup.

Dans les implantations de montagne, toute visite attirait la curiosité et les commentaires. Au passage de notre groupe, les têtes sortaient des fenêtres et des portes comme des bigorneaux au bout d'épingles, bouche bée. Le temps que nous soyons arrivés devant la maison de Richard Brown, également la taverne locale, toute une bande de curieux marchait derrière nous, surtout des hommes et des enfants.

En nous entendant approcher, une femme sortit sur la véranda rudimentaire. Je reconnus Mme Brown. Elle porta une main à sa bouche, puis se précipita à l'intérieur.

Nous attendîmes en silence. C'était un jour d'automne clair et frais. La brise agitait les cheveux sur ma nuque. À la demande de Jamie, je les avais tirés en arrière et ne portais pas de bonnet. Mon visage était exposé, nu comme la vérité.

« Savent-ils ? » Me sentant étrangement lointaine, comme si j'assistais à la scène quelque part hors de mon corps, j'examinai les visages dans la foule.

«Ils ne peuvent pas savoir», m'avait assuré Jamie. À moins que Donner se soit enfui et leur ait raconté ce qui était arrivé cette fameuse nuit. Mais ce ne pouvait être le cas, autrement Richard Brown serait venu jusqu'à nous.

Tout ce qu'ils savaient se résumait à ce que mon visage leur montrait. Et c'était déjà trop.

Clarence sentait l'hystérie qui montait en moi. La mule frappa du sabot, une fois, et s'ébroua comme si elle cherchait à chasser des mouches de ses oreilles.

La porte se rouvrit, et Richard Brown, pâle, dépenaillé et mal rasé, apparut, avec plusieurs hommes derrière lui, tous armés.

Les cheveux graisseux, les yeux rouges et troubles, il dégageait des miasmes de bière. Il avait bu et essayait visiblement de reprendre ses esprits pour affronter la menace qui se présentait.

– Fraser, dit-il en clignant des yeux.

– M. Brown.

Faisant avancer Gideon d'un pas, Jamie se retrouva au même niveau que les hommes sur la véranda, à moins de deux mètres de Richard Brown. Il déclara sur un ton neutre :

– Il y a dix jours, une bande d'hommes a pénétré sur mes terres. Ils ont volé mes biens, agressé ma fille enceinte, brûlé ma malterie, détruit ma récolte, enlevé puis violé ma femme.

J'avais déjà du mal à supporter le regard de certains hommes. Cette fois, tous les yeux étaient braqués sur moi. J'entendis le déclic d'un pistolet qu'on armait. Je conservai un visage de marbre, mes mains tenant fermement mes rênes, mes yeux fixés sur Richard Brown.

Celui-ci ouvrit la bouche, mais, avant qu'il ait pu parler, Jamie leva une main, lui imposant le silence.

– Je les ai suivis avec mes hommes et je les ai tués. J'ai trouvé votre frère parmi eux. Je l'ai fait prisonnier, mais ne l'ai pas exécuté.

Des murmures parcoururent l'assistance. Richard Brown jeta un œil vers le paquet sur la civière et pâlit.

– Vous… commença-t-il d'une voix éraillée. Nelly?

C'était mon tour d'entrer en piste. Je pris une grande inspiration et fis avancer Clarence. Je parlai d'une voix rauque mais claire, la projetant pour me faire entendre de tous.

– Avant que mon mari ne nous retrouve, votre frère a chuté et s'est grièvement blessé. Nous l'avons soigné, mais il n'a pas survécu.

Laissant passer un silence ébahi, Jamie fit un geste à Ian avant de reprendre :

– Nous vous l'avons amené pour que vous puissiez l'enterrer.

Sans un mot, Ian et les deux Cherokees détachèrent la civière, la traînèrent devant la véranda, la déposèrent sur la route poussiéreuse, puis remontèrent sur leurs chevaux.

Jamie salua de la tête, puis fit tourner Gideon. Oiseau le suivit, aussi impassible que Bouddha. J'ignorais s'il parlait assez l'anglais pour avoir suivi le discours de Jamie, mais il comprenait son rôle et le jouait parfaitement bien.

Avec le vol, le meurtre et l'esclavage, les Brown s'étaient trouvés une activité annexe très juteuse, mais leurs revenus principaux leur venaient du commerce avec les Indiens. Par sa présence aux côtés de Jamie, Oiseau leur donnait un avertissement clair : aux yeux des Cherokees, les liens avec la Couronne d'Angleterre et son représentant passaient avant le négoce avec les Brown. S'ils touchaient encore à Jamie et à ses biens, ils pouvaient faire une croix sur leurs affaires.

Je ne connaissais pas qu'elle avait été la teneur exacte des arguments de Ian pour demander à Oiseau de venir, mais je supposais que, par un accord tacite, il n'y aurait pas d'enquête officielle de la Couronne sur le sort de captifs qui auraient pu passer entre des mains indiennes.

Les affaires sont les affaires.

D'un coup de talon, je fis avancer Clarence et pris place derrière Oiseau, gardant les yeux sur la pièce de monnaie chinoise qui brillait au milieu de son dos, attachée avec un fil écarlate. J'avais une envie folle de regarder derrière moi mais serrai fort mes rênes, enfonçant mes ongles dans mes paumes.

« Donner était-il mort, finalement ? » Je ne l'avais pas aperçu parmi les hommes de Richard Brown.

Préférai-je qu'il soit mort ? Le désir d'en savoir plus sur son compte était puissant, mais pas autant que celui d'en finir, de laisser cette nuit dans la montagne derrière moi définitivement, tous les témoins confiés au silence de la tombe.

Ian et les deux Cherokees nous emboîtèrent le pas et, peu après, nous étions hors de Brownsville, bien que l'odeur de bière et de fumée de cheminée hante encore mes narines. J'avançai à la hauteur de Jamie. Oiseau, lui, était passé en arrière avec Ian et ses deux guerriers. Je les entendais rire.

– Tu crois que, cette fois, l'affaire est réglée ? demandai-je.

– Ce genre d'affaire n'est jamais réglé, répondit-il calmement. Mais nous sommes toujours en vie. C'est bon signe.

CINQUIÈME PARTIE

Les grandes désespérances

35

La laminaire

De retour de Brownsville, j'adoptai des résolutions draconiennes pour reprendre une vie normale. Parmi ces dernières, une visite à Marsali s'imposait. Elle était rentrée de chez les McGillivray. J'avais croisé Fergus qui m'avait assuré qu'elle s'était bien remise de ses blessures et se sentait bien, mais j'avais besoin de le vérifier par moi-même.

Leur fermette semblait en ordre, mais présentait quelques signes de délabrement. Quelques bardeaux du toit s'étaient envolés, un coin de la véranda commençait à s'affaisser et la toile huilée qui protégeait l'unique fenêtre s'était en partie déchirée, le trou ayant été comblé à la hâte avec un chiffon. Ce n'était que des détails, mais qu'il faudrait régler avant l'arrivée de la neige. Elle ne tarderait plus ; je la sentais dans l'air, le bleu éclatant du ciel automnal se voilant du gris pâle de l'hiver imminent.

Personne ne se précipita à ma rencontre, mais il y avait quelqu'un à la maison. La cheminée crachait de la fumée et des petites étincelles. Au moins, Fergus était capable de couper assez de bois pour chauffer son foyer. Je lançai un joyeux « Y a quelqu'un ? » et poussai la porte.

Je le perçus tout de suite. Ces derniers temps, je me méfiais de mon instinct, mais cette impression-ci était on ne peut plus nette. Identique à celle du médecin quand un patient entre dans son cabinet, et qu'il sait d'emblée que quelque chose ne va pas du tout, avant même d'avoir posé une seule question, d'avoir vérifié le premier signe vital. Cela n'arrive pas souvent, et on prie que cela ne se produise jamais…, mais cela arrive. Et il n'y a rien à faire.

Ce fut surtout l'attitude des enfants qui me mit la puce à l'oreille. Marsali cousait près de la fenêtre. Tranquilles, les deux petites jouaient à ses pieds. À l'intérieur, contrairement à son habitude, Germain était assis à la table, les deux pieds ballants, plongé dans un livre pour enfants défraîchi mais des plus précieux que Jamie lui avait rapporté de Cross Creek. Eux aussi, ils savaient.

Marsali redressa la tête en m'entendant entrer et fut stupéfaite en apercevant mon visage, même s'il était déjà en meilleur état. J'arrêtai net ses exclamations.

– Je vais bien. Ce ne sont que des ecchymoses. Et toi, comment te sens-tu ?

Je posai ma sacoche et pris sa tête entre mes mains, l'orientant doucement vers la lumière. Son oreille et sa joue étaient sérieusement contusionnées, et il lui restait une bosse sur le front, mais elle n'avait pas d'entailles, et son regard était clair. Son teint me parut sain, pas de signe de jaunisse ni de troubles hépatiques.

« Elle va bien, c'est le bébé », pensai-je. Sans la prévenir, je posai mes mains sous son ventre et le soulevai légèrement, m'attendant au pire. Je faillis me mordre la langue de surprise quand un coup de genou ténu répondit à ma pression.

Cela me rassura, j'avais craint la mort du bébé. Un bref regard vers Marsali atténua mon soulagement. Elle était tiraillée entre la peur et l'espoir, priant pour que je démentisse son mauvais pressentiment.

J'allai chercher mon stéthoscope. Je l'avais fait fabriquer par un étameur de Wilmington : une petite cloche évasée avec le bord aplati. Rudimentaire mais efficace. Je demandai en essayant de ne pas montrer ma nervosité :

– Le bébé a beaucoup remué ces derniers jours ?

– Pas autant qu'avant. Mais c'est généralement le cas, n'est-ce pas, quand ils sont prêts à naître ?

Elle se pencha en arrière pour que j'écoute son ventre.

– Joanie était lourde et immobile, comme si elle était mo... comme un boulet de canon, la nuit avant que je perde les eaux.

– Oui, oui, ils font souvent ça. Ils rassemblent leurs forces, je suppose.

Elle sourit, mais ses traits se durcirent de nouveau quand je collai mon instrument contre son abdomen.

Il me fallut du temps pour entendre battre le cœur. Il était anormalement lent et sautait aussi des temps. J'en eus la chair de poule.

Je poursuivis mon examen, l'interrogeant, plaisantant, répondant aux questions des enfants qui s'étaient rassemblés autour de nous, se marchant sur les pieds et se mettant en travers de mon chemin. Pendant tout ce temps, je réfléchissais à toute allure, envisageant les possibilités, toutes mauvaises.

L'enfant remuait, mais pas comme il aurait dû. Son cœur battait, mais pas comme il aurait dû. Rien, dans ce ventre, ne se déroulait comme ça aurait dû. Que se passait-il donc ? Il était fort possible que le cordon ombilical se soit enroulé autour du cou du bébé, une complication très dangereuse.

Je remontai encore un peu la chemise de Marsali, m'efforçant de mieux entendre, et découvris d'autres ecchymoses, de grosses taches vertes et jaunes, certaines encore avec un centre violacé, qui s'étalaient comme des fleurs vénéneuses sur la courbe de son abdomen. Je me mordis la lèvre. Ces salauds lui avaient donné des coups de pied dans le ventre. C'était un miracle qu'elle n'ait pas avorté sur le coup.

La colère monta en moi, s'accumulant derrière mon sternum, le pressant au point d'exploser.

Avait-elle des saignements ? Non. Pas de douleurs non plus, hormis la sensibilité de ses bleus. Pas de crampes. Pas de contractions. Sa tension me semblait normale, pour autant que je pusse en juger.

Outre la position du cordon, le problème le plus probable pouvait aussi être un décollement partiel du placenta, avec une hémorragie utérine. Un déchirement de l'utérus? Ou, plus rare, un jumeau mort, une malformation congénitale… J'étais certaine d'une seule chose : ce bébé devait voir le jour le plus tôt possible.

Je demandai avec sang-froid :

– Où est Fergus?

– Je ne sais pas, répondit-elle aussi calme. On ne l'a pas vu depuis avant-hier. Ne mets pas ça dans ta bouche, *a chuisle.*

Elle tendit la main vers Félicité qui mâchouillait un bout de chandelle, mais ne put l'atteindre.

– Ce n'est pas grave. On va le trouver.

Je pris le fragment de cire des mains de Félicité qui ne protesta pas, sentant la gravité de la situation sans la comprendre. Cherchant à se rassurer, elle voulut grimper sur les genoux de sa mère. Germain la rattrapa par la taille et la tira en arrière.

– Non, *bébé.* Viens avec moi, *a piuthar.* Tu veux un peu de lait? Si on allait à la laiterie au bord de la source?

– Je veux maman!

Félicité agita les mains et les pieds, s'efforçant de lui échapper.

– Allez, les filles, on y va! annonça-t-il d'un ton ferme.

Il avança péniblement vers la porte, sa petite sœur grognant et gesticulant dans ses bras. Joanie le suivit d'un pas sautillant, puis s'arrêta sur le seuil, lançant un regard inquiet à sa mère.

– Allez-y, *a muirninn,* dit-elle en souriant. Germain, emmène-les voir Mme Bug. Tout se passera bien.

Quand ils furent sortis, elle croisa ses mains sur son ventre, son sourire envolé.

– C'est un bon garçon, notre Germain, murmura-t-elle.

– Un enfant adorable. Marsali…

– Oui, je sais. Vous pensez que celui-ci a une chance de vivre?

Elle baissa les yeux sur son ventre, le caressant avec douceur.

Rien n'était moins sûr, mais, pour l'instant, il était encore en vie. J'hésitai, inventoriant mes possibilités. Toutes les mesures que je pouvais prendre s'accompagnaient d'un risque monstrueux... pour l'enfant, pour elle, pour les deux.

Pourquoi n'étais-je pas venue plus tôt? Je m'en voulais d'avoir cru Jamie et Fergus quand ils m'avaient assurée de sa bonne santé, mais il était trop tard pour se faire des reproches. De toute manière, cela n'aurait probablement rien changé.

– Tu peux marcher? demandai-je. Il faut qu'on aille à la Grande Maison.

– Oui, bien sûr.

Elle se leva en s'accrochant à mon bras. Elle regarda autour d'elle dans la cabane, comme si elle cherchait à en graver tous les détails dans sa mémoire, puis se tourna vers moi, l'air résolu.

– On discutera en chemin.

* * *

Il y avait différentes solutions, toutes terrifiantes. En cas de décollement placentaire, je pouvais pratiquer une césarienne d'urgence et, peut-être, sauver l'enfant, mais Marsali n'y survivrait pas. Provoquer l'accouchement en faisant sortir l'enfant lentement était très dangereux pour le bébé, mais beaucoup plus sûr pour sa mère. Bien entendu, déclencher le travail prématurément augmentait le risque d'hémorragie, ce dont je me gardai de parler. Auquel cas...

Peut-être pourrais-je arrêter les saignements et sauver Marsali, mais je ne pourrais aider l'enfant, qui serait à l'évidence en difficulté. Il y avait aussi l'éther... une idée tentante, mais que je repoussai à contrecœur. Je ne l'avais pas encore utilisé, n'en connaissant pas très bien la concentration ni l'efficacité et ne possédant pas de formation d'anesthésiste me permettant d'évaluer ses effets dans une situation aussi délicate qu'un accouchement dangereux. Dans le cas d'une opération mineure, je pouvais procéder pas à pas, surveiller la respiration du patient et faire marche arrière si les choses me semblaient tourner mal. Mais au beau milieu d'une césarienne, en cas de problème, je n'avais aucune issue de secours.

Marsali me paraissait d'un calme irréel, comme si elle écoutait ce qui se passait en elle plutôt que mes explications et mes hypothèses. Elle ne revint sur terre que lorsque nous croisâmes Ian près de la Grande Maison. Il descendait de la colline avec une poignée de lièvres morts qu'il tenait par les oreilles. Il lança joyeusement :

– Salut, cousine ! Comment ça va ?

– J'ai besoin de Fergus, Ian, déclara-t-elle sans préambule. Tu peux le trouver ?

Le sourire de Ian s'effaça aussitôt en apercevant la pâleur de Marsali et en remarquant que je la soutenais.

– Oh, mon Dieu, le petit arrive déjà ? Mais pourquoi...

Il jeta un œil vers le sentier, se demandant pourquoi elle avait quitté sa cabane.

– Va chercher Fergus, l'interrompis-je. Maintenant.

– Oh. Oui, j'y vais. Tout de suite.

Il resta un instant décontenancé, l'air soudain très jeune. Il partit d'un côté, puis tourna les talons et me fourra ses lièvres dans la main. Puis il sortit du sentier et se mit à courir, zigzaguant entre les arbres, bondissant par-dessus les troncs couchés. Rollo, qui ne voulait rien manquer, partit comme une flèche derrière son maître.

Je tapotai le bras de Marsali.

– Ne t'inquiète pas, ils vont le trouver.

Elle les suivait du regard.

– Oui, bien sûr... Mais s'ils ne le trouvent pas à temps...

– Ils le trouveront. Viens.

* * *

J'envoyai Lizzie chercher Brianna et Malva Christie, car j'allais avoir besoin de renforts, puis laissai Marsali dans la cuisine aux bons soins de Mme Bug pendant que je préparais l'infirmerie. Je jetai un drap et des oreillers sur ma table. Un vrai lit aurait été préférable, mais il me fallait tous mes instruments à portée de main.

Je les sortis : mes outils chirurgicaux, que je cachai soigneusement sous une serviette propre ; le masque à éther, bordé d'une épaisse bande de gaze ; le goutte-à-goutte... pouvais-je laisser Malva administrer l'éther au cas où je devrais opérer d'urgence ? Je pensais que oui. Elle était très jeune et n'avait aucune expérience, mais elle possédait un sang-froid remarquable et n'avait pas peur du sang. Je remplis le flacon, écartant mon visage pour ne pas sentir les effluves sucrés et puissants du liquide, puis bourrai son goulot de coton pour éviter qu'il s'évapore et nous endorment tous... ou qu'il s'enflamme. Je me tournai alors vers la cheminée, mais aucun feu n'y brûlait.

Mais si le travail se prolongeait et qu'il y avait des complications ? Si je devais travailler de nuit, à la lueur des bougies ? C'était impossible. L'éther était beaucoup trop inflammable. Je m'imaginai pratiquant une césarienne dans le noir, au toucher, et repoussai hâtivement cette vision.

– Si vous n'avez rien de mieux à faire, ce serait le moment idéal pour nous rendre une petite visite.

J'adressai cette prière collectivement à sainte Bride, saint Raymond et sainte Margaret d'Antioche, tous patrons des accouchements et des femmes enceintes, ainsi qu'à tout ange gardien passant par là, le mien, celui de Marsali et celui du bébé.

Apparemment, l'un d'eux m'avait écoutée. Quand je fis grimper Marsali sur la table, je découvris avec un grand soulagement que son col utérin avait commencé à se dilater sans trace de saignement. Malheureusement, cela n'écartait pas le risque d'hémorragie, mais, en diminuait néanmoins la probabilité.

À vue de nez, sa tension paraissait normale, et les battements de cœur du bébé s'étaient stabilisés. En revanche, il avait cessé de bouger et ne répondait pas à mes pressions.

– Il doit être profondément endormi, dis-je avec un sourire à Marsali. Il se repose.

Elle se tourna sur le côté avec un grognement de truie.

– J'aurais bien besoin d'un peu de repos, moi aussi, après cette marche depuis la maison !

Elle s'enfonça dans les oreillers avec un soupir. Adso en profita pour sauter sur la table et se blottir contre ses seins, frottant son museau contre son visage. J'aurais pu le chasser, mais Marsali semblait trouver un réconfort dans sa présence, le grattant entre les oreilles jusqu'à ce qu'il s'enroule sous son menton en ronronnant de bonheur. Au fond, j'avais déjà assisté des accouchements dans des conditions nettement moins sanitaires, et tout portait à croire que celui-ci prendrait du temps. Adso déguerpirait longtemps avant de devenir gênant.

J'étais un peu rassurée, mais pas au point d'être à mon aise, cette impression subtile de problème imminent étant toujours présente. En chemin, j'avais examiné les différentes options qui s'offraient à moi. Compte tenu de la légère dilatation du col utérin et des battements cardiaques réguliers, je décidai d'essayer la méthode la plus classique d'induction du travail afin de stresser le moins possible la mère et son petit. Si une urgence survenait… nous aviserions en temps et en heure.

J'espérai que le contenu du flacon était utilisable. Je n'avais encore jamais eu l'occasion de m'en servir. L'étiquette disait *Laminaria,* dans l'écriture fleurie de Daniel Rawlings. Cette petite fiole verte était fermée hermétiquement et ne pesait presque rien. Quand je l'ouvris, un vague parfum d'iode se répandit, mais aucune odeur de pourriture, Dieu merci !

La laminaire était une algue marine. Séchée, ce n'était que des petits fragments fins comme du papier d'un vert brunâtre. Toutefois, contrairement à d'autres algues séchées, elle ne s'effritait pas et présentait une capacité d'absorption étonnante.

Insérée dans l'ouverture de l'utérus, elle se gorgeait de l'humidité des muqueuses et gonflait, ouvrant ainsi un peu plus le col et déclenchant le travail. Je l'avais déjà vue utilisée, même à mon époque, mais, dans les temps modernes, elle servait surtout à aider à avorter d'un enfant mort-né. Je repoussai aussi cette image et sélectionnai un beau spécimen d'algue.

Cette manipulation étant assez simple, une fois la laminaire en place, il ne restait plus qu'à attendre. Et espérer. L'infirmerie était paisible, remplie de lumière et du bruit des hirondelles rustiques sous les avant-toits.

– J'espère qu'ils vont trouver Fergus, déclara Marsali après un long silence.

J'étais occupée à essayer d'allumer mon brasero avec une lame d'acier et un silex. Je regrettai de ne pas avoir chargé Lizzie d'une commission : de demander à Brianna qu'elle apporte ses allumettes.

– Pardon ? Ah oui, bien sûr qu'ils vont le trouver. Tu me disais qu'il était absent ?

– Oui. Je l'ai à peine vu depuis... depuis que les hommes sont venus à la malterie.

Sa voix étouffée me fit relever la tête. Elle parlait le visage enfoui dans la fourrure d'Adso. Je ne savais pas trop quoi répondre à cela. J'ignorais que Fergus s'était fait si discret, mais, connaissant les hommes du XVIIIe siècle, je devinais pourquoi. Ce que Marsali me confirma :

– Il a honte, ce petit crétin de Français, dit-elle sur un ton détaché.

Elle se tourna vers moi, un œil bleu visible au-dessus du crâne d'Adso.

– Il croit que c'est sa faute. Il s'en veut parce que j'étais là-haut toute seule et se dit que s'il n'était pas invalide, je n'aurais pas besoin de m'occuper de la malterie.

Je secouai la tête en soupirant :

– Ah, les hommes !

Cela la fit rire.

– Oui, les hommes. Mais n'imaginez pas qu'il me racontera ce qu'il a sur le cœur ! Non, monsieur préfère aller broyer du noir dans son coin et m'abandonner toute seule avec les trois sauvageons.

Elle leva les yeux au ciel.

– Eh oui, les hommes sont comme ça, déclara Mme Bug en entrant avec une mèche allumée. Ils n'ont pas de raison, même si leurs intentions sont bonnes. Je vous entend frapper contre votre pierre depuis tout à l'heure, madame Claire. On croirait que vous sonnez la veillée funèbre. Il ne serait pas plus simple de venir chercher du feu dans la cuisine, comme tout le monde?

Elle approcha la mèche de mon brasero qui s'enflamma aussitôt.

– Je m'entraîne, répondis-je en alimentant la flamme de brindilles. J'espère parvenir à allumer un feu en moins d'un quart d'heure.

Mme Bug et Marsali échangèrent un regard de dérision.

– Ma pauvre enfant, un quart d'heure, ce n'est rien! J'ai souvent passé plus d'une heure à essayer de faire partir une étincelle dans le bois humide… surtout en Écosse, où pendant l'hiver, rien ne sèche jamais. Pourquoi croyez-vous que les gens se donnent tant de peine pour endormir le feu sans l'éteindre complètement?

Il s'ensuivit une discussion animée sur la meilleure manière d'endormir un feu pour la nuit, incluant un débat sur la bonne bénédiction à réciter. La causerie dura assez long-temps, jusqu'à ce que j'obtienne une flamme suffisamment décente pour chauffer ma bouilloire. Une infusion aux feuilles de framboisier encouragerait les contractions.

L'allusion à l'Écosse dut rappeler un souvenir à Marsali, car elle se hissa soudain sur un coude.

– Mère Claire, vous pensez que je peux emprunter une feuille de papier et un peu d'encre à papa? Je viens de penser que je ferais bien d'écrire à ma mère.

– Excellente idée.

J'allai chercher du papier, une plume et de l'encre, le cœur battant un peu plus vite. Marsali était d'un calme olympien, pas moi. J'avais déjà constaté ce type de réaction. Était-ce du fatalisme, de la foi ou quelque chose de purement physique?

Les femmes en couches semblaient souvent perdre toute peur ou tout doute, se renfermant sur elles-mêmes et faisant preuve d'une concentration qui pouvait ressembler à de l'indifférence, tout simplement parce qu'elles ne pouvaient plus penser à autre chose qu'à l'univers à l'intérieur de leur ventre.

Les deux ou trois heures qui suivirent, passées dans une atmosphère paisible, atténuèrent mes mauvais pressentiments. Marsali écrivit à Laoghaire, puis rédigea un petit mot pour chacun de ses enfants, «juste au cas où», expliqua-t-elle de manière laconique. Je remarquai qu'elle n'écrivait pas à Fergus mais regardait vers la porte au moindre bruit.

Lizzie revint en annonçant qu'elle n'avait pu trouver Brianna nulle part, mais Malva apparut, l'air excité, et fut vite mise au travail, lisant à voix haute *Histoire et aventures de sir William Pickle* de Tobias Smollet.

Jamie arriva, couvert de poussière, m'embrassa sur la bouche, puis Marsali sur le front. Il nota la singularité de la situation et arqua un sourcil interrogateur dans ma direction.

– Comment ça se présente, *a muirminn*? demanda-t-il à Marsali.

Elle fit la grimace et sortit la langue, le faisant rire.

– Tu ne saurais pas où est passé Fergus, par hasard? questionnai-je.

Il parut surpris.

– Mais si. Vous avez besoin de lui?

Sa question s'adressait autant à Marsali qu'à moi.

– Oui, rétorquai-je. Où est-il?

– Au moulin de Woolam. Il sert d'interprète à un voyageur français, un artiste qui recherche des oiseaux.

Cela sembla scandaliser Mme Bug qui reposa un instant son tricot.

– Des oiseaux? Voilà que, maintenant, notre Fergus parle aussi leur langage? Vous feriez mieux d'aller chercher ce manant sur-le-champ. L'autre Français peut bien trouver ses volatiles tout seul!

Pris de court par autant de véhémence, Jamie me laissa l'entraîner dans le couloir, le plus près possible de la porte d'entrée. Une fois hors de portée d'oreille, il me chuchota :

– Que se passe-t-il avec la petite ?

Il jeta un coup d'œil vers l'infirmerie, où Malva avait repris sa lecture de sa voix claire et haut perchée.

Je lui expliquai de mon mieux.

– Ce n'est peut-être rien, je l'espère, mais elle réclame Fergus. Elle dit qu'il l'évite, se sentant coupable pour ce qui est arrivé à la malterie.

– Oui, c'est normal.

– Normal ? Mais pourquoi Dieu ! Ce n'était pas sa faute, voyons !

Il me regarda comme si je n'avais pas compris une évidence qui aurait sauté aux yeux d'un débile profond.

– Tu crois que cela change quelque chose ? Et si la petite meurt ou si l'enfant a un problème, tu ne penses pas qu'il se le reprochera ?

– Il a tort. Pourtant, il est évident qu'il s'en veut. Mais toi, par exemple…

Je m'interrompis, me souvenant qu'il se l'était reproché lui aussi. Il me l'avait avoué, très clairement, la nuit où il m'avait ramenée.

Il vit ce souvenir traverser mon regard et esquissa un sourire douloureux. Il caressa la cicatrice sur mon arcade sourcilière.

– Tu crois que je ne l'ai pas senti quand tu as reçu ce coup, ou les autres ?

Je secouai la tête, non pas en signe de négation mais d'impuissance.

– Un homme doit protéger sa femme, conclut-il en tournant les talons. Je vais chercher Fergus.

* * *

La laminaire avait patiemment accompli son long travail, et Marsali ressentait enfin des contractions occasionnelles, même si ce n'était pas encore le travail proprement dit. La lumière commençait à baisser quand Jamie revint avec Fergus, et Ian qu'ils avaient trouvé en chemin.

Couvert de poussière, Fergus n'était pas rasé et ne s'était manifestement pas lavé depuis des jours, mais le visage de Marsali s'illumina comme un soleil dès qu'elle le vit. J'ignorais de quoi il avait parlé avec Jamie ; il paraissait sombre et inquiet, cependant, en apercevant sa femme, il fondit sur elle comme une flèche vers sa cible, la serrant contre lui avec une telle ferveur que Malva en lâcha son livre, écarquillant les yeux.

Je me détendis un peu, pour la première fois depuis mon entrée dans la maison de Marsali, ce même matin, et déclarai :

– Bon ! Si nous allions grignoter un morceau ?

Je confiai Marsali à Fergus le temps de notre dîner. Quand je revins dans l'infirmerie un peu plus tard, ils se tenaient tête contre tête, discutant à voix basse. J'étais navrée de les déranger, mais il le fallait.

D'un côté, le col de l'utérus s'était bien dilaté et il n'y avait pas de saignements anormaux, ce qui me procura un immense apaisement. De l'autre, le rythme cardiaque du bébé était de nouveau irrégulier. Cette fois, j'étais presque certaine que le problème venait du cordon ombilical.

Très consciente du regard de Marsali rivé sur moi pendant que j'écoutais au stéthoscope, je faisais un effort surhumain pour ne rien laisser paraître.

– Tu t'en sors très bien, l'assurai-je. Je crois que le moment est venu d'accélérer un peu les choses.

Pour les accouchements, on utilisait toutes sortes d'herbes, mais la plupart ne me paraissaient pas convenir devant un risque d'hémorragie. L'infusion de feuilles de framboisier pourrait peut-être induire de fortes contractions sans être trop puissantes. Devais-je y ajouter de l'herbe de saint Christophe ?

Avec un certain détachement, Marsali expliqua à Fergus :

– Le bébé doit sortir au plus vite.

Visiblement, je n'avais pas réussi à cacher mon inquiétude aussi bien que je l'avais cru.

Elle tenait son rosaire enroulé autour de la main, la petite croix pendant entre ses doigts.

– Aide-moi, mon cœur.

Il souleva sa main et la baisa.

– Oui, *chérie.*

Il se signa et se mit au travail.

Fergus avait passé les dix premières années de sa vie dans la maison close où il était né. Par conséquent, il en savait plus sur les femmes – à certains égards – que tous les autres hommes que j'avais connus. Même ainsi, je restai médusée lorsqu'il dénoua les lacets de la chemise de Marsali et l'ouvrit, exposant ses seins.

Pas du tout étonnée, Marsali s'enfonça dans ses oreillers et se tourna à peine vers lui. Il s'agenouilla sur un tabouret et, plaçant avec tendresse sa main sur son ventre rebondi, se pencha sur son sein, pinçant les lèvres. Puis, il me vit l'observer bouche bée et me sourit.

– Vous n'avez jamais vu faire ça, milady ?

J'étais partagée entre la fascination et l'impression que je devais détourner les yeux.

– Euh... non. Qu'est-ce que...

– Quand les premières douleurs sont longues à venir, téter les seins de la mère encourage la matrice à bouger et presse ainsi l'enfant de sortir.

Il effleura délicatement un téton qui se dressa, rond et dur comme une cerise de printemps.

– Dans le bordel, quand une des *filles* éprouvait des difficultés, une collègue lui rendait parfois ce service. Je l'ai déjà fait pour *ma douce,* quand Félicité est arrivée. Ça aide, vous verrez.

Là-dessus, il prit le sein de sa main et se mit à téter, très concentré, les yeux fermés. Marsali soupira, et son corps se détendit avec cette fluidité présente chez les femmes enceintes, devenant aussi mou qu'une méduse échouée.

J'étais déconcertée, mais obligée de rester au cas où il me faudrait intervenir. J'hésitai, puis attirai un tabouret et m'assis, essayant de me faire la plus discrète possible. De fait, ils ne semblaient pas gênés par ma présence, peut-être même n'en étaient-ils plus conscients. Pour ma part, je me mis un peu de biais, pour ne pas les fixer.

Bien qu'estomaquée, j'étais intéressée par la technique de Fergus. En effet, il avait tout à fait raison : la tétée induisait une contraction de l'utérus. Les sages-femmes de l'Hôpital des Anges me l'avaient expliqué : dès la naissance, la mère devait donner le sein au nourrisson afin de ralentir les saignements. Toutefois, aucune ne m'avait parlé de cette méthode comme un moyen de provoquer le travail.

« Dans le bordel, quand une des filles éprouvait des difficultés, une collègue lui rendait parfois ce service », avait-il dit.

Sa mère avait été l'une des *filles,* bien qu'il ne l'ait jamais connue. J'imaginai une prostituée parisienne, brune, probablement jeune, accouchant en gémissant, pendant qu'une amie agenouillée près d'elle lui tétait le sein, le tenant avec soin entre les mains et murmurant des paroles d'encouragement par-dessus le vacarme joyeux et tapageur des clients satisfaits qui faisaient trembler le plancher et les parois.

Sa mère était-elle morte ? En lui donnant naissance ou en accouchant d'un autre enfant ? Étranglée par un client ivre ou battue par le videur de la mère maquerelle ? À moins qu'elle n'ait tout simplement pas voulu de lui, qu'elle n'ait pas souhaité la responsabilité d'un bâtard, le confiant à la pitié des autres femmes, un des fils sans nom de la rue, l'enfant de personne.

Marsali remua, et je levai la tête pour voir si tout allait bien. Elle s'était juste repositionnée pour pouvoir entourer les épaules de Fergus avec ses bras, posant sa tête contre la sienne. Elle avait ôté son bonnet, et ses cheveux blonds dénoués se mêlaient aux siens, d'un noir lustré. Elle chuchota de façon à peine audible :

– Fergus… je crois que je vais mourir.

Il lâcha son mamelon, embrassa son sein et lui répondit posément :

– *Ma puce,* chaque fois, tu crois que tu vas mourir. Toutes les femmes le pensent.

– Oui, mais c'est parce que bon nombre d'entre elles ont raison, rétorqua-t-elle.

Il sourit et effleura son téton du bout de la langue.

– Pas toi, dit-il avec assurance.

Il passa une main sur son ventre, d'abord doucement, puis en appuyant avec plus de force. Je vis la masse ronde se raffermir, se soulevant, compacte. Marsali retint son souffle, et il pressa fort le bas de sa paume contre son pubis, le tenant là jusqu'à la fin de la contraction.

– Ouf! fit Marsali.

– Pas toi, répéta-t-il dans un murmure. Je ne te laisserai pas partir.

Je croisai mes doigts dans les plis de ma jupe. Cela m'avait paru une belle contraction bien solide. Elle n'avait rien provoqué d'horrible.

Fergus reprit son travail, s'interrompant de temps en temps pour murmurer quelques mots doux en français à Marsali. Je me levai et fis le tour de la table, jetant un œil discret entre ses cuisses. Non, rien de fâcheux. Je m'assurai de nouveau que tous mes instruments étaient prêts sur le comptoir.

Peut-être que tout se passerait bien. La traînée de sang sur le drap n'était qu'une perte tout à fait normale. Il y avait toujours l'inquiétant rythme cardiaque du bébé, le risque d'étranglement, mais, pour l'instant, je ne pouvais agir. Marsali avait pris sa décision, et c'était la bonne.

Pour leur laisser un peu d'intimité, je sortis dans le couloir, gardant la porte entrouverte. En cas d'hémorragie, je serais là en une seconde.

J'avais toujours le flacon de feuilles de framboisier dans la main. N'ayant rien d'autre à faire, je pouvais toujours préparer l'infusion, histoire de m'occuper un peu.

Ne trouvant pas sa femme à la maison, Archie Bug était venu avec les enfants. Félicité et Joanie étaient endormies sur le banc, le vieil Archie fumait sa pipe près du feu, formant des ronds de fumée pour le plus grand plaisir de Germain. Pendant ce temps, Jamie, Ian et Malva étaient engagés dans une aimable discussion littéraire sur les mérites d'Henry Fielding, Tobias Smollet et...

– Ovide? m'étonnai-je en surprenant la fin d'une phrase. Vraiment?

– «Tant que tu n'as pas de soucis, tu auras beaucoup d'amis, cita Jamie. Si ton ciel s'obscurcit, tu seras seul.» Vous ne trouvez pas que c'est le cas de ce pauvre Tom Jones et du petit William Pickle?

– Mais quand même! s'indigna Malva. Les vrais amis n'abandonneraient pas un homme parce qu'il éprouve quelques difficultés! Quel genre d'ami se comporterait comme ça?

– La plupart, j'en ai peur, déclarai-je. Heureusement, ils ne sont pas tous ainsi.

– C'est vrai, dit Jamie en souriant à Malva. Les Highlanders font les meilleurs amis du monde... ne serait-ce que parce qu'ils peuvent être les pires ennemis.

La jeune fille rosit, comprenant qu'il la taquinait. Elle pinça le nez et se redressa :

– Hmp... Mon père dit que les Highlanders sont les guerriers les plus féroces, parce qu'il n'y a pratiquement rien de bon dans les Highlands, et que les batailles les plus violentes sont toujours menées pour les enjeux les plus bas.

Tout le monde éclata de rire, puis Jamie s'approcha de moi, laissant Malva et Ian poursuivre leur querelle.

– Comment va la petite? me demanda-t-il à voix basse.

Il versa l'eau bouillante dans la théière.

– Je ne sais pas trop. Fergus... euh... l'assiste.

– Hein? Je ne savais pas qu'un homme pouvait aider, une fois le processus en route.

– Oh, tu serais surpris. En tout cas, moi, j'ai été sidérée !

Il parut intrigué, mais, avant qu'il ait pu m'interroger, Mme Bug ordonna que tout le monde cesse de divaguer à propos de malheureux à qui il arrivait toutes sortes de malheurs entre les pages de livres et vienne s'asseoir à table pour dîner.

Je me joignis à eux, mais, trop préoccupée par Marsali, ne pus rien avaler. Les feuilles de framboisier avaient fini de tremper quand nous sortîmes de table. J'en emportai une tasse à l'infirmerie, toquant prudemment à la porte avant d'entrer.

Fergus était rouge et essoufflé, mais son regard brillait. Je ne parvins pas à le convaincre d'aller manger ; il préférait demeurer auprès de Marsali. Ses efforts portaient des fruits ; à présent, elle avait des contractions régulières, quoique encore assez espacées.

– Une fois que j'aurai perdu les eaux, ça ira très vite, m'expliqua-t-elle. C'est toujours comme ça.

Elle était elle aussi essoufflée, concentrée sur l'intérieur de son ventre.

Je vérifiai de nouveau le rythme cardiaque du bébé. Il était toujours irrégulier, mais ne faiblissait pas. Puis, je m'excusai et traversai le couloir, rejoignant Jamie dans son bureau, juste en face.

Il rédigeait sa lettre quotidienne à sa sœur, s'interrompant de temps à autre pour masser la crampe dans sa main droite. À l'étage, Mme Bug couchait les enfants. J'entendais Félicité pleurnicher et Germain tenter de la bercer avec une chanson.

De l'autre côté du corridor, il y avait des chuchotements, des grincements de table et, dans les profondeurs de mon oreille interne, les battements rapides du cœur d'un bébé.

Cela pouvait si aisément mal se terminer.

– Qu'est-ce que tu fais, *Sassenach* ?

Je sursautai.

– Pardon ? Je ne fais rien.

– Si, tu fixes ce mur comme si tu voyais à travers et, à ta tête, ce que tu vois ne semble pas te plaire.

– Ah.

Je baissai les yeux, me rendant compte que je tripotais ma jupe depuis un moment; un morceau du *homespun* fauve était tout froissé.

– Je revivais mes échecs.

Il se leva et vint derrière moi, posant ses paumes à la base de ma nuque et massant mes épaules de ses mains chaudes.

– Quels échecs?

Je fermai les yeux et laissai ma tête tomber en avant, essayant de ne pas gémir à cause de la douleur de mes muscles noués et du soulagement exquis de ses manipulations.

– Les patients que je n'ai pas pu sauver. Les erreurs. Les désastres. Les accidents. Les mort-nés.

Ce dernier mot resta en suspens dans la pièce. Ses paumes s'arrêtèrent un instant, puis reprirent leur massage avec plus de vigueur.

– Il y avait forcément des cas où tu ne pouvais rien faire, non? Ni toi ni personne. Dans certaines situations, personne ne peut rien faire.

– Toi-même, tu ne le crois jamais quand ça t'arrive. Pourquoi il en irait autrement pour moi?

Il ouvrit la bouche pour me contredire, mais ne trouva aucun argument.

– Mmm. Je suppose que tu as raison.

– Ce n'est pas ce que les Grecs appelaient l'*hubris,* l'orgueil démesuré?

Il émit un petit rire.

– Si, je crois bien. Et tu sais où il te mène.

– Sur un rocher isolé sous un soleil torride, avec un vautour qui te dévore le foie.

Nous pouffâmes de rire tous les deux.

– Ma foi, je ne dirais pas non à un rocher isolé sous un soleil torride si je suis en bonne compagnie, et je ne te parle pas du vautour.

Ses doigts exercèrent une pression finale, mais restèrent sur mes épaules. Je m'adossai à lui, les yeux clos.

Dans le silence, nous entendions des bruits ténus venant de l'infirmerie. Un grognement étouffé de Marsali à l'arrivée d'une contraction, une question en français posée par Fergus.

J'étais gênée de les écouter, mais ni Jamie ni moi ne trouvions de quoi parler pour couvrir leur conversation intime.

Un murmure de Marsali, une pause, puis Fergus lui chuchota quelques mots à l'oreille sur un ton hésitant.

– Oui, comme pour Félicité, répondit Marsali d'une voix étouffée mais très audible.

– Mais...

– Tu n'as qu'à coincer la porte avec un des meubles, s'impatienta-t-elle.

Nous entendîmes des pas, et la porte de l'infirmerie s'ouvrit. Fergus apparut, hirsute, la chemise ouverte. Il nous aperçut, et l'expression la plus extraordinaire traversa son visage. Un mélange de fierté, de gêne et d'un sentiment indéfinissable... mais très français. Il adressa un sourire en coin à Jamie, accompagné d'un haussement d'épaules d'une suprême insouciance latine, puis il ferma la porte. On entendit alors le crissement d'une table qu'on tire et un bruit sourd quand elle cogna contre la porte.

Jamie et moi échangeâmes un regard perplexe.

Il y eut des gloussements de rire dans l'infirmerie, suivi d'un craquement de bois et d'un bruissement de tissu.

– Il ne va pas...

Jamie s'interrompit, atterré, puis interrogea :

– Si ?

Apparemment oui, à en juger par les grincements rythmiques qui s'élevèrent dans la pièce d'à côté. Le feu me monta aux joues. Je me sentais un peu choquée, mais j'avais encore plus envie de rire.

– Eh bien... euh... j'ai entendu dire que... parfois, ça aide à déclencher le travail. Quand un enfant tardait à naître, la maîtresse sage-femme de l'Hôpital des Anges conseillait parfois aux mères de faire boire leur mari et de… enfin, tu comprends…

Jamie lança vers l'infirmerie un regard teinté d'incrédulité et d'un certain respect.

– Quand je pense qu'il n'a même pas bu une goutte! S'il est vraiment en train de…, ce garçon ne manque pas de couilles.

Ian, qui entra à ce moment-là, s'arrêta net. Il entendit les bruits, regarda Jamie, puis moi, puis la porte, secoua la tête et tourna les talons, retournant dans la cuisine.

Jamie referma alors la porte de son bureau. Sans commentaire, il se rassit, reprit sa plume et se remit à écrire. Je m'approchai de la bibliothèque, contemplant le dos des livres, mais sans en saisir un.

Les contes de vieilles femmes n'étaient parfois rien de plus que des contes. Mais pas toujours.

Quand je traitais mes patients, j'étais rarement perturbée par des souvenirs personnels. Je n'avais ni temps ni attention à perdre. Dans le cas présent, toutefois, j'avais un peu trop des deux. Et un souvenir très vif de la nuit avant la naissance de Brianna.

On dit souvent que les femmes oublient leur accouchement, car, sinon, elles n'auraient jamais un deuxième enfant. Personnellement, je m'en rappelais comme si c'était hier.

Surtout l'écrasante sensation d'inertie. Ce temps qui n'en finissait pas avec l'impression qu'il n'y aurait jamais de fin, que j'étais embourbée dans une fosse de goudron préhistorique, que le moindre effort était un combat vain. Que chaque centimètre carré de ma peau était aussi tendu que mes nerfs.

On n'oublie pas. On en arrive simplement au point où on se fiche pas mal de ce que l'on ressentira quand le bébé naîtra enfin; prête à subir n'importe quoi plutôt que d'être enceinte un instant de plus.

J'avais atteint ce stade environ deux semaines avant la date prévue pour la naissance. La date arriva… et passa. Une semaine plus tard, j'étais dans un état d'hystérie chronique, si l'on pouvait être à la fois hystérique et apathique.

Sur le plan physique, Frank s'en sortait bien mieux que moi, mais pour ce qui était des nerfs, nous en étions au même point. Tous les deux terrifiés, pas tant par la naissance elle-même que par ce qui se passerait ensuite. Frank étant ce qu'il était, il réagissait à la terreur par le silence, en se renfermant sur lui-même, en se réfugiant dans un lieu où il pouvait encore contrôler ce qui arrivait, en refusant d'y laisser entrer qui que ce soit.

Mais je n'étais pas d'humeur à respecter les limites des autres. Quand mon obstétricien m'avait informée que je n'étais pas encore dilatée et « qu'il pouvait se passer encore plusieurs jours, voire une semaine », je m'étais effondrée en larmes, purement désespérée.

Pour essayer de me calmer, Frank m'avait massé les pieds. Puis le dos, la nuque et les épaules, tout ce que je l'autorisais à toucher. Peu à peu, j'avais fini par m'épuiser et me détendre. Et… nous avions tant besoin de nous rassurer respectivement sans être capable de trouver les mots pour l'exprimer.

Il m'avait fait l'amour, tendrement. Puis, nous nous étions endormis dans les bras l'un de l'autre, pour nous réveiller pris de panique quelques heures plus tard, quand j'avais perdu les eaux.

– Claire !

Jamie avait dû m'appeler plusieurs fois. Perdue dans mes souvenirs, j'en avais oublié où j'étais.

– Quoi ? Est-il arrivé quelque chose ?

– Non, pas encore.

Il m'étudia plusieurs secondes, puis vint me rejoindre.

– Ça va, *Sassenach* ?

– Oui. Je… je réfléchissais, c'est tout.

– Oui, j'ai bien vu.

Il hésita, puis, après un gémissement particulièrement sonore à côté, il toucha mon coude.

– Tu as peur ? interrogea-t-il doucement. Peur d'être enceinte toi aussi ?

– Non.

J'entendis le ton désolé dans ma voix aussi clairement que lui.

– Je sais que je ne le suis pas.

Je levai les yeux vers lui. Un voile de larmes contenues brouillait ses traits.

– Je suis triste parce que je ne le suis pas... et que je ne le serai jamais plus.

Je lus sur son visage les mêmes émotions : le soulagement et le regret mêlés dans de telles proportions qu'il était impossible de dire quel sentiment l'emportait. Il m'enlaça, et je posai ma tête sur son épaule, pensant au grand confort de savoir que, sur mon rocher isolé, moi aussi, j'étais en bonne compagnie.

Nous restâmes silencieux un long moment, puis il y eut un changement brusque dans les bruits furtifs de l'infirmerie. Un cri de surprise, une exclamation sonore en français, des pieds atterrissant sur le sol, puis l'éclaboussement reconnaissable entre tous du liquide amniotique.

* * *

En effet, à partir de là, tout alla très vite. Moins d'une heure plus tard, j'aperçus le sommet d'un crâne couvert de duvet noir.

Tout en enduisant le périnée d'huile, j'observai :

– Il a beaucoup de cheveux. Attention, ne pousse pas trop fort ! Pas encore.

Je passai la main autour de la proéminence qui émergeait.

– Il a une très grosse tête.

– Merci, je ne l'aurais jamais deviné ! rétorqua Marsali.

J'eus à peine le temps de rire que la tête sortait, le visage tourné vers le bas. Le cordon était bien enroulé autour du cou, mais, Dieu merci, il n'était pas serré. Je glissai un doigt dessous et le libérai. Dès mon ordre donné – « Pousse ! » – Marsali prit une grande inspiration qui dut être entendue jusqu'en Chine et expulsa le bébé comme un boulet de canon que je reçus en plein ventre.

C'était comme de me retrouver d'un seul coup avec un porcelet huilé dans les bras. Je parvins tant bien que mal à le retourner en le tenant par les pieds, puis à vérifier qu'il – ou elle – respirait bien.

Des cris d'excitation retentirent dans la cuisine, suivis des pas de course de Malva et de Mme Bug.

Je trouvai le visage du nouveau-né, nettoyai vite son nez et sa bouche, soufflai brièvement entre ses lèvres, donnai une petite tape sur la plante de son pied. Celle-ci se contracta par réflexe, et la minuscule bouche s'ouvrit grand pour pousser un braillement vigoureux.

– Bonsoir, *Monsieur l'Œuf*! déclarai-je après avoir vérifié qu'il s'agissait bien d'un monsieur.

– *Monsieur?*

Le visage de Fergus se fendit d'un large sourire.

– *Monsieur*, confirmai-je.

J'enveloppai le bébé dans un linge en flanelle et le déposai dans les bras de son père avant de nouer et de couper le cordon ombilical. Puis, je me tournai vers sa mère.

Elle allait très bien. Exténuée et dégoulinante de sueur mais aux anges. Comme tout le monde dans la pièce. Malgré une grande flaque par terre, les draps trempés et l'air riche des odeurs fécondes de l'accouchement, c'était l'euphorie générale.

Je pétris le ventre de Marsali pour stimuler l'utérus à se contracter, pendant que Mme Bug lui tendait une grande chope de bière. Elle la but avec avidité, puis demanda :

– Alors, c'est vrai, il va bien? Vraiment bien?

– Il a deux bras, deux jambes et une tête, répondis-je. Je n'ai pas eu le temps de compter les doigts et les orteils.

Fergus déposa le nouveau-né près d'elle sur la table.

– Vois par toi-même, ma chérie.

Il écarta les pans du linge, cligna des yeux et se pencha plus près, perplexe.

En voyant son air, Ian et Jamie interrompirent leur conversation.

– Quelque chose ne va pas ? questionna Ian.

Un silence s'abattit dans la pièce, Malva lançant des regards inquiets.

– *Maman ?*

Germain se tenait sur le seuil, oscillant de sommeil.

– Il est arrivé ? *C'est Monsieur ?*

Sans attendre la réponse ni la permission, il avança d'un pas chancelant vers la table et s'accouda sur la table souillée de sang, examinant son petit frère. Il fronça les sourcils.

– Il a une drôle de tête. Qu'est-ce qu'il a qui ne va pas ?

Fergus était resté figé, comme nous tous. Il posa une main sur l'épaule de son fils et répondit sur un ton presque détaché :

– C'est un nain.

Là-dessus, il sortit de la pièce. J'entendis la porte d'entrée s'ouvrir. Un courant d'air froid s'engouffra dans le couloir et jusque dans l'infirmerie.

Fergus n'ayant pas refermé la porte, le vent souffla les bougies, nous plongeant dans une semi-obscurité, éclairés uniquement par le halo du brasero.

36

Les loups en hiver

Le petit Henri-Christian semblait en parfaite santé, il était tout simplement nain. Il était né avec une faible jaunisse lui dorant la peau et donnant à ses joues rondes un éclat délicat, comme des pétales de jonquille. Avec sa touffe de cheveux noirs sur le sommet du crâne, il aurait pu être un bébé chinois, n'eussent été ses énormes yeux bleus et ronds.

D'une certaine manière, je devais lui être reconnaissante. Il ne fallait rien de moins que la naissance d'un nain pour détourner l'attention des habitants de Fraser's Ridge de ma personne et des événements du mois précédent. Les gens ne saisissaient plus le moindre prétexte pour venir chez nous et commenter mon visage cicatrisant. Cela étant, ils avaient beaucoup de choses à dire, à moi, à qui voulait bien les entendre, et même à Marsali quand ni Brianna ni moi n'intervenions assez tôt pour les en empêcher.

Ils devaient sans doute en dire autant à Fergus, s'ils le voyaient. Il était revenu trois jours après la naissance du bébé, silencieux et taciturne. Il était resté suffisamment de temps pour approuver le prénom choisi par Marsali et avoir une brève conversation en tête à tête avec elle. Puis il était reparti.

Elle savait peut-être où il se cachait, mais ne le disait pas. Pour l'instant, les enfants et elle habitaient avec nous dans la Grande Maison. Elle souriait et veillait sur toute sa progéniture en bonne mère, mais paraissait toujours écouter des bruits inexistants. Les pas de Fergus ?

À toute heure, elle gardait Henri-Christian avec elle, le portant dans une écharpe nouée ou l'installant dans un panier de jonc à ses pieds. C'était une bonne chose. J'avais déjà rencontré des parents ayant des enfants anormaux. Le plus souvent, ils s'en détachaient, incapables d'affronter la situation. Marsali réagissait à l'inverse, devenant férocement protectrice.

Des visiteurs se présentaient, prétendument pour discuter avec Jamie ou me demander un tonique ou un baume, mais surtout dans l'espoir d'apercevoir Henri-Christian. Je ne fus pas surprise, donc, quand Marsali se tendit, serrant son fils contre elle, en entendant la porte de service s'ouvrir et en voyant une ombre s'avancer.

Elle relaxa en reconnaissant Ian.

– Salut, cousine. Vous allez bien, toi et le petit?

– Très bien, répondit-elle d'un ton ferme. Tu viens rendre visite à ton nouveau cousin?

Elle le dévisageait quand même avec méfiance.

– Oui, je lui ai apporté un cadeau.

Il tapota sa chemise, sous laquelle on devinait une bosse.

– Et vous, tante Claire, j'espère que vous allez bien aussi?

Je posai de côté la chemise que j'étais en train de raccommoder et me levai.

– Bonjour, Ian. Oui, très bien, tu veux un peu de bière?

J'étais ravie de le voir. Je tenais compagnie à Marsali, ou plutôt je montais la garde pour repousser les importuns, pendant que Mme Bug nourrissait les poules. Mais je devais aller m'occuper d'une décoction d'orties qui macérait, à l'infirmerie. Je pouvais confier la jeune mère à Ian en toute confiance.

Les quittant avec un rafraîchissement en main, je m'enfuis dans mon antre où je passai un quart d'heure seule avec mes herbes, décantant des infusions et séparant des branches de romarin pour les faire sécher, m'imprégnant des odeurs âcres et de la paix des plantes. Ces temps-ci, la solitude était un luxe, avec tous ces enfants qui surgissaient entre mes pattes à la moindre occasion. Marsali avait hâte de rentrer chez elle, j'en étais consciente, mais je ne voulais pas la laisser seule tant que Fergus ne reviendrait pas l'aider un peu.

– Maudit bonhomme, marmonnai-je. Sale égoïste.

De toute évidence, je n'étais pas la seule à penser cela. En retournant dans le couloir, empestant le romarin et la racine de ginseng, j'entendis Marsali exprimer une opinion similaire.

– Oui, je sais qu'il ne s'y attendait pas. Qui aurait pu le deviner? Mais avait-il besoin de s'enfuir et de nous abandonner? Tu lui as parlé, Ian? Il t'a dit quelque chose?

Ian avait dû partir pour un de ses mystérieux voyages et rencontrer Fergus quelque part. Il le lui avait dit.

Il hésita.

– Oui... deux ou trois mots, pas plus.

Je restai en retrait, ne voulant pas les interrompre, mais j'apercevais le visage de Ian, ses tatouages féroces contrastant avec la tendresse qui voilait son regard. Il se pencha sur la table, tendant les bras.

– Je peux le prendre, cousine?

Surprise, Marsali se raidit un instant, puis lui donna l'enfant. Il s'agita un peu et battit des jambes, puis s'affaissa rapidement contre l'épaule de Ian, produisant des bruits de succion. Ian inclina la tête en souriant et déposa un baiser sur le crâne rond d'Henri-Christian.

Il lui murmura une phrase. Je crus reconnaître la langue mohawk.

– Que lui as-tu chuchoté? questionna Marsali.

Avec douceur, il tapota le dos du nourrisson.

– C'est une sorte de bénédiction. Tu en appelles au vent pour lui demander de l'accueillir, au ciel pour lui offrir un abri, à l'eau et la terre pour lui offrir de quoi se nourrir.

– Oh, fit Marsali émue. C'est très gentil, Ian.

Puis elle redressa les épaules, refusant de se laisser détourner de son sujet.

– Tu disais que tu as parlé à Fergus?

Ian acquiesça, les yeux fermés, et posa sa joue sur la tête de l'enfant. Je vis sa pomme d'Adam monter et descendre, puis il avoua, si faiblement que je l'entendis tout juste :

– Moi aussi, j'ai eu un enfant.

Marsali se figea, son aiguille en suspens dans le vide. Très lentement, elle reposa son ouvrage.

– Vraiment?

Elle se leva, contourna la table et alla s'asseoir tout près de Ian, posant sa petite main sur son bras.

Il ne rouvrit pas les yeux et, le bébé blotti contre son cœur, se mit à parler, d'une voix à peine plus forte que les crépitements du feu.

* * *

Il se réveilla en sursaut avec un horrible pressentiment. Il roula au pied de la plate-forme qui leur servait de lit, là où il gardait ses armes, mais avant d'avoir eu le temps de saisir son couteau ou sa lance, il entendit de nouveau ce son qui l'avait extirpé de son sommeil. Il venait de derrière lui, comme un soupir, mais chargé de douleur et de peur.

Le feu couvait. Il distinguait tout juste le sommet de la tête de Wako'teqehsnonhsa, souligné d'une lueur rouge, et la double courbe de son épaule et de sa hanche sous la fourrure. Elle ne bougea pas et m'émit plus un bruit, mais un détail dans cette silhouette immobile le frappa comme un coup de tomahawk en plein cœur.

Il agrippa son épaule, souhaitant de toutes ses forces qu'elle n'ait rien. Ses os étaient petits et durs sous sa peau. Il ne trouvait pas ses mots, semblant avoir d'un coup oublié tout son kahnyen'kehaka, si bien qu'il balbutia les premières paroles qui lui vinrent à l'esprit :

– Mon amour... tu vas bien, hein? Saint Michel, protège-nous, fais qu'elle aille bien!

Elle savait qu'il était là, derrière elle, mais elle ne se retourna pas. Un étrange remous, comme une pierre ricochant sur l'eau, la parcourut, et sa respiration se coinça de nouveau dans sa gorge, émettant ce son cassant.

Il n'attendit pas. Il se précipita nu au-dehors, appelant à l'aide. Des gens accoururent dans la pénombre de la longue hutte, formant des masses sombres, le pressant de questions. Il ne pouvait pas parler; il n'en eut pas besoin. Quelques instants plus tard, la vieille Tewaktenyonh se tenait devant lui, son long visage d'un calme austère. Les femmes de la hutte le poussèrent de côté et emportèrent Emily, enveloppée dans une peau de daim.

Il les suivit à l'extérieur, mais elles ne lui prêtèrent aucune attention, s'engouffrant dans la maison des femmes à l'autre bout du village. Deux ou trois hommes sortirent à leur tour, les observèrent, puis retournèrent se coucher avec un haussement d'épaules. Il faisait froid, il était très tard et c'était clairement une affaire de femmes.

Il retourna dans sa hutte lui aussi, mais juste pour enfiler des vêtements. Il ne pouvait demeurer là, devant leur lit vide et plein de sang. Il en avait aussi sur lui, mais ne se lava pas.

Dans la voûte du ciel, les étoiles avaient pâli, mais il faisait toujours noir.

La peau qui fermait l'entrée de sa hutte remua, et Rollo se glissa dehors, gris comme un fantôme. Il étira ses pattes et bâilla avant de s'ébrouer pour chasser l'heure tardive et le froid. Puis, son souffle se condensant en minuscules nuages blancs, il trottina vers son maître, s'assit lourdement et, résigné, se colla contre sa jambe.

Ian resta là longtemps, observant la maison où on avait emmené son Emily. Son visage brûlait de la fièvre de l'urgence. Il sentait le feu se consumer en lui, comme un charbon ardent dont la chaleur se dissipait dans la froideur de la nuit, son cœur noircissant peu à peu. Enfin, il frappa sa cuisse du plat de la main, partit vers la forêt, marchant d'un pas rapide, le grand chien trottant sans bruit à ses côtés.

– *Je vous salue, Marie, pleine de grâce…*

Il ne regardait pas où il allait, priant à voix haute pour le réconfort d'entendre sa propre voix dans la nuit silencieuse.

Devait-il plutôt prier un des esprits mohawks ? N'allaient-ils pas être fâchés qu'il s'adresse à son ancien Dieu, à la mère de celui-ci ? N'allaient-ils pas se venger de cet affront en s'en prenant à sa femme et à son enfant ?

« L'enfant est déjà mort. » Il ignorait d'où lui venait cette conviction, mais il le savait aussi sûrement que si on le lui avait annoncé. Un pressentiment détaché, pas encore source de chagrin, mais de le savoir le remplissait d'effroi.

Il poursuivit son chemin, marchant, puis courant, ne ralentissant que pour reprendre son souffle. L'air glacé sentait l'humus et la résine. Les arbres chuchotaient sur son passage. Emily pouvait les comprendre, elle connaissait leurs voix secrètes.

Il se tourna vers le ciel vide, visible entre les branches.

– À quoi tu sers ? Que m'as-tu appris qui méritait d'être su ? Tu ne t'es même pas rendu compte à quel point elle souffrait, avoue !

De temps à autre, il entendait les pas du chien derrière lui, tantôt écrasant les feuilles mortes, tantôt résonnant sur la terre nue. Il trébucha plusieurs fois, se blessant en tombant. Perdu dans le noir, il avait cessé de prier. Son esprit ne parvenait plus à former des mots, ne pouvant choisir entre les syllabes brisées de ses différentes langues. Son souffle lui brûlait la gorge.

Il sentit son corps contre le sien, ses seins pleins dans ses mains, ses petites fesses rondes se soulevant, l'encourageant, le pressant, tandis qu'il s'enfonçait en elle. Oh, Seigneur, il savait qu'il n'aurait pas dû, il savait ! Et pourtant, il l'avait prise, nuit après nuit, ivre de ses caresses, longtemps après qu'il aurait dû arrêter, égoïste, irresponsable, fou de désir…

Il courait, pendant que les arbres d'Emily murmuraient des reproches au-dessus de sa tête.

Il fut contraint de s'arrêter, hors d'haleine. Le ciel avait perdu sa noirceur, revêtant cette couleur qui précède la lumière.

Le chien le poussa du museau, gémissant, ses yeux d'ambre ayant l'air noirs dans cette pénombre.

Sous sa tunique en cuir, son torse ruisselait de sueur, trempant son pagne. Ses testicules étaient gelés, ratatinés contre son corps, et il dégageait une odeur rance et amère de peur et de confusion.

Rollo dressa ses oreilles et gémit encore, avançant d'un pas, reculant, avançant encore en remuant la queue nerveusement. «Viens! disait-il. Allons-y!»

Ian se serait bien étendu sur les feuilles givrées, enfouissant sa tête dans la terre, sans bouger. Mais il avait l'habitude d'écouter son chien.

Il s'essuya le visage sur sa manche.

– Quoi? Qu'y a-t-il?

Rollo gronda. Il se tenait immobile, les poils de sa nuque se hérissant. Un signal d'alarme se fraya un chemin à travers le brouillard du désespoir et de l'épuisement. Ian porta la main à sa ceinture et ne trouva rien. Il se frappa la hanche, excédé. Bon sang, il n'avait même pas son couteau à dépecer sur lui!

Rollo gronda encore, mais plus fort. L'avertissement était clair. Ian regarda autour de lui, mais ne vit que des troncs sombres de cèdres et de pins. Le sous-bois n'était qu'une masse d'ombres entre lesquelles flottait de la brume.

Un négociant français qui s'était un jour réchauffé devant leur feu avait appelé cette heure, cette lumière particulière, *l'heure du loup.* À juste titre: c'était le moment idéal pour la chasse, quand la nuit s'éclaircissait et qu'une brise annonçait le lever du jour, transportant l'odeur des proies.

Il porta la main de l'autre côté de sa ceinture, où était attachée sa bourse de *taseng,* de la graisse d'ours mélangée à des feuilles de menthe. Elle servait à masquer l'odeur de l'homme qui chassait… ou était chassé. Elle aussi était vide. Il sentit son cœur battre plus vite et plus fort, tandis que le vent froid séchait la transpiration sur son corps.

Rollo montrait les dents, émettant un grondement de tonnerre continu. Ian ramassa une branche de pin sur le sol. Elle était longue, quoique pas assez solide à son goût, et difficile à manier, hérissée de pousses.

– À la maison, murmura-t-il au chien.

Il n'avait aucune idée de l'endroit où il se trouvait ni où était le village, mais Rollo, lui, le savait. Le chien recula, sans quitter des yeux les ombres grises… Ne venaient-elles pas de remuer, ces ombres ?

À présent, il marchait plus vite, toujours à reculons, évaluant le degré de la pente derrière lui à travers les semelles de ses mocassins, devinant la présence de Rollo en se basant sur le bruit de ses pas et de ses gémissements intermittents. Là ! Oui, une ombre avait bougé. Une forme grise, trop lointaine et fugitive pour être reconnue, mais néanmoins identifiable par sa seule présence.

S'il y en avait un, il y en avait d'autres. Ils ne chassaient jamais seuls. Cependant, ils étaient encore loin. Il se tourna et se mit presque à courir. Il ne paniquait pas, cette fois, en dépit de la peur qui lui nouait le ventre. Il avançait d'un long pas rapide et régulier, le pas du montagnard comme le lui avait appris son oncle. Il permettait de parcourir les étendues interminables et escarpées des montagnes écossaises sans s'épuiser. Il fallait conserver son énergie pour le combat.

Tout en marchant, il élaguait les pousses de sa branche, se disant avec une certaine ironie que, quelques instants plus tôt, il avait voulu mourir, et sans doute le voudrait-il encore si Emily… Mais pas maintenant. En outre, Rollo le chien ne l'abandonnerait pas. Ils devaient se défendre mutuellement.

Il y avait de l'eau tout près. Il l'entendait gargouiller dans le vent qui, tout de suite après, lui porta un autre son : un long hurlement irréel. Un autre lui répondit, à l'ouest. Ils étaient encore loin, mais la chasse était ouverte. Ian portait sur lui l'odeur du sang d'Emily.

Il chercha l'eau. Le ruisseau ne faisait que quelques mètres de large, mais il s'y jeta sans hésiter, crevant la fine couche de glace qui bordait ses berges. Le froid mordit ses jambes et ses pieds, quand ses jambières et ses mocassins se trempèrent. Il s'arrêta une fraction de seconde pour ôter ses souliers, de crainte qu'ils ne soient emportés par le courant. Emily les lui avait confectionnés dans de la peau d'élan.

Ayant traversé le ruisseau en deux bonds de géant, Rollo attendait sur l'autre rive en secouant sa fourrure. Ian était toujours dans l'eau, pataugeant jusqu'aux mollets, y demeurant le plus longtemps possible. Les loups chassaient avec le vent aussi bien qu'avec les odeurs laissées sur le sol, mais pas question de leur faciliter la tâche.

Il avait attaché les mocassins mouillés autour de son cou, et des gouttelettes glacées ruisselaient sur son torse et sous son pagne. Ses pieds étaient gourds ; il ne sentait plus les galets ronds dans le lit du ruisseau, mais il glissait parfois sur les algues et agitait les bras pour conserver son équilibre.

À présent, il entendait les loups plus nettement. C'était bon signe, cela voulait dire que le vent avait tourné, soufflant vers lui, portant leurs voix. À moins qu'ils ne se soient tout simplement rapprochés ?

Oui. Rollo était comme fou, sautant d'un côté et de l'autre, geignant et grondant, pressant son maître de se dépêcher. Une piste de cerf descendait sur la berge de l'autre côté ; Ian s'y dirigea en trébuchant et sortit de l'eau, haletant. Il tenta à plusieurs reprises de renfiler ses mocassins. Le cuir mouillé avait raidi, et ses doigts et ses pieds étaient insensibles. Il dut poser sa branche et utiliser les deux mains.

Il venait juste de remettre la deuxième chaussure, quand Rollo bondit vers la berge, rugissant pour intimider. Ian dérapa sur la boue gelée, reprit son arme et se tourna juste à temps pour apercevoir une silhouette grise, presque aussi grande que son chien, de l'autre côté du ruisseau, ses yeux pâles d'une clarté alarmante.

Il cria et lança sa branche sans réfléchir. Elle atterrit près des pattes du loup qui s'évanouit comme par magie. Il se figea quelques secondes, fixant le lieu où la bête s'était tenue. Il ne l'avait quand même pas imaginée ?

Non. Rollo semblait fou de rage, retroussant les babines, bavant. Ian saisit une des pierres au bord du ruisseau, puis les ramassa par poignées, s'arrachant les doigts, les lâchant dans le devant de sa tunique repliée en forme de sac.

Le loup le plus lointain hurla de nouveau. Le plus proche lui répondit, si près que la peau de Ian se hérissa. Il lança une pierre dans la direction du cri, puis détala, serrant les cailloux contre son ventre.

Le ciel s'était éclairci, s'ouvrant à l'aube. Son cœur et ses poumons réclamaient désespérément plus de sang et d'air, et pourtant il avait l'impression de courir lentement, flottant au-dessus du sol de la forêt tel un nuage à la dérive. Il pouvait voir chaque arbre, chaque aiguille d'épinette, courte et épaisse, d'un vert argenté.

Son souffle se faisait rauque, et sa vue se brouillait chaque fois que des larmes d'effort lui remplissaient les yeux, redevenant nette quand il les chassait d'un battement de paupière. Une branche d'arbre lui cingla le visage, l'aveuglant, son odeur lui inondant le nez.

– Cèdre rouge, aide-moi ! implora-t-il.

Son kahnyen'kehaka lui était revenu, comme s'il n'avait jamais parlé d'autre langue.

«Derrière toi.» Cette petite voix, calme, était peut-être uniquement celle de son instinct, mais il fit aussitôt volte-face et lança une pierre de toutes ses forces. Puis une autre, et une autre, aussi vite qu'il le pouvait. Il y eut un craquement, un bruit sourd, un glapissement. Rollo freina et dérapa, voulant se tourner pour attaquer.

– Viens, viens, viens !

Il attrapa le grand chien par la peau du cou sans cesser de courir et le traîna, le forçant à poursuivre sa route.

Désormais, il pouvait les entendre, ou du moins le pensait-il. Au-dessus de lui, les branches bruissaient sous le vent de l'aube, l'appelant par ici, puis par là, le guidant dans sa course. Il ne distinguait plus qu'une couleur floue, mais il les sentait étreindre son esprit. Le picotement de l'épinette et du pin, la peau blanche du tremble, aussi lisse que celle d'une femme, poisseuse de sang.

« Va par là, viens par ici. » Il suivait le vent.

Un hurlement retentit derrière eux, suivi de glapissements, puis d'un autre appel. Proches, trop proches ! Il lançait des pierres dans son dos, tout en courant, sans regarder, sans prendre le temps de viser.

Puis il n'eut plus de pierres et laissa retomber sa tunique, s'aidant de ses bras pour accélérer, un halètement dans les oreilles qui aurait pu être le sien, celui du chien ou de leurs poursuivants.

Combien étaient-ils ? Était-ce encore loin ? Il commençait à tituber, des points noirs et rouges dansant devant ses yeux. S'ils n'approchaient pas bientôt du village, ils étaient perdus.

– Par où ? demanda-t-il aux arbres. Dans quelle direction ?

S'ils lui répondirent, il ne les entendit pas. Il y eut un rugissement et un bruit sourd derrière lui, puis une rixe brutale ponctuée de grognements et des cris aigus de chiens qui se battent.

– Rollo !

Il pivota et écarta un rideau de lianes mortes pour découvrir le chien et le loup devenus une boule tournoyante de fourrure et de crocs.

Il se précipita, donnant des coups de pied et de poing en criant, soulagé d'avoir au moins une cible à frapper, de se défendre même si ce devait être son dernier combat. Quelque chose frôla sa jambe, mais il ne sentit que l'impact de son genou qu'il envoya dans le flanc de l'animal. Projeté un peu plus loin, celui-ci poussa un cri strident et se retourna aussitôt en position d'attaque.

Il bondit, ses pattes atteignant Ian à la poitrine et le renversant. Ce dernier se cogna le crâne, eut le souffle coupé un instant, puis se retrouva avec une main sous la mâchoire baveuse, essayant de l'empêcher de le mordre à la gorge.

Rollo sauta sur le dos du loup, et Ian perdit sa prise, s'effondrant sous le poids des muscles trépidants et de la fourrure puante. Il allongea un bras, cherchant n'importe quoi, une arme, un outil, une prise pour se libérer. Ses doigts se refermèrent sur une masse dure. Il l'arracha à son lit de mousse et l'écrasa contre la tête du loup. Des fragments de dents sanglantes volèrent et retombèrent sur son visage. Il frappa, encore et encore.

Rollo geignait, un chant funèbre aigu... non, c'était sa propre voix. Il abattit une dernière fois la pierre sur le crâne fracassé, mais le loup avait cessé de lutter. Il gisait en travers de ses cuisses, ses pattes agitées de soubresauts, son regard se voilant. Fébrile, Ian le repoussa avec répulsion. Les crocs de Rollo s'enfoncèrent dans la gorge de la bête et l'arrachèrent dans une ultime giclée de sang et de chair chaude.

Ian ferma les yeux et demeura immobile. Bouger ou penser lui paraissait impossible.

Quand il reprit ses esprits, il constata qu'il était adossé à un grand arbre. Il était tombé contre lui quand le loup avait bondi. Entre ses racines, un trou boueux indiquait l'endroit où il avait arraché la pierre. Il la tenait toujours, mais elle semblait avoir fondu dans sa paume. Il tenta en vain d'ouvrir la main. La roche s'étant brisée, ses éclats tranchants lui avaient entaillé la peau, restant collés par le sang séché. Écartant ses doigts à l'aide de son autre main, il enleva un à un les morceaux. Il gratta un peu de mousse sur les racines de l'arbre, la roula en boule, puis referma sa main dessus.

Un loup hurla non loin. Rollo, qui s'était couché près de lui, releva la tête et émit un « wouf ! ». Le hurlement retentit encore, avec, dans ce son, comme une question, une note d'inquiétude.

Pour la première fois, il regarda le corps du loup. L'espace d'un instant, il crut le voir bouger et secoua sa tête pour s'éclaircir la vue. Il ne s'était pas trompé.

Le ventre distendu se souleva à peine, puis s'affaissa. Désormais, il faisait jour, et il pouvait voir les deux rangées de mamelles roses sous la fourrure. Ce n'était pas une meute, mais un couple. Ils n'étaient que deux. Le mâle hurla de nouveau. Ian se tourna sur le côté et vomit.

Mange-les-tortues le découvrit un peu plus tard, adossé au grand cèdre rouge, près de la louve morte, Rollo couché contre lui. Mange s'accroupit à une certaine distance, en équilibre sur les talons, et les observa.

– Bonne chasse, Frère-du-loup, lança-t-il enfin.

Ian sentit le nœud entre ses épaules se détendre légèrement. Le ton de Mange était tranquille, sans chagrin. Cela voulait dire qu'elle vivait toujours.

Évitant avec soin de prononcer son nom pour ne pas risquer d'attirer les mauvais esprits, il demanda :

– Celle dont je partage la couche, elle va bien?

Mange ferma les yeux, haussant les sourcils et les épaules. Elle était en vie et hors de danger. Mais il n'était pas donné à l'homme de pouvoir prédire ce qui arriverait. Ian ne fit pas allusion à l'enfant. Mange, non plus.

L'Indien avait apporté un fusil, un arc et son couteau. Il tendit ce dernier à Ian.

– Tu auras besoin de peaux. Pour envelopper ton fils, le jour où il naîtra.

Une onde de choc parcourut Ian, comme une pluie soudaine sur la peau nue. Mange le lut sur son visage et détourna les yeux.

– Cette enfant-ci était une fille, dit-il sur un ton neutre. Tewaktenyonh l'a annoncé à ma femme quand elle est venue chercher une peau de lapin pour l'envelopper.

Les muscles de son ventre se contractèrent et tremblèrent. Un court instant, il crut qu'il allait éclater. La gorge sèche, il déglutit avec difficulté, puis ouvrit sa main blessée et la secoua pour faire tomber la mousse. Il saisit le couteau et se pencha sur la louve pour la dépecer.

Mange examinait avec curiosité les fragments de la pierre brisée quand un autre hurlement lui fit relever brusquement la tête.

Il résonna dans la forêt. Les arbres au-dessus d'eux se mirent à murmurer, répondant à ce cri chargé de douleur et de désolation. La lame s'enfonça dans la fourrure claire du ventre, séparant les deux rangées de mamelles. Sans relever la tête, Frère-du-loup déclara :

– Son mari doit être tout près. Va le tuer.

* * *

Marsali le dévisageait, respirant à peine. La tristesse teintait toujours son regard, mais elle s'était atténuée, cédant la place à la compassion. Sa colère l'avait quittée. Elle avait repris Henri-Christian et le serrait contre elle de ses deux bras, la joue posée sur la courbe ronde et douce de son crâne.

– Ah, Ian, soupira-t-elle. *Mo charaid, mo chridhe.*

Il ne semblait pas l'avoir entendue. Il fixait ses mains posées sur ses cuisses. Enfin, il s'étira, comme une statue qui s'anime. Sans relever les yeux, il glissa une main sous sa chemise et sortit un petit rouleau lié avec du crin et décoré de perles en coquillage.

Il le déroula et étendit sur les épaules du bébé une peau de fœtus de loup. Sa main noueuse lissa la fourrure pâle, s'arrêtant un moment sur celle de Marsali qui tenait l'enfant.

– Crois-moi, cousine. Ton mari est en peine. Mais il reviendra.

Puis il se leva et sortit, silencieux comme un Indien.

37

Le Maître des champignons

La petite grotte qui nous servait d'étable n'accueillait actuellement qu'une chèvre et ses deux chevreaux. Tous les animaux nés au printemps étaient désormais assez grands pour être lâchés en liberté dans la forêt avec leurs mères. Seule la chèvre avait encore droit au service à domicile, sous la forme de déchets de cuisine et d'un peu de maïs concassé.

Il pleuvait depuis plusieurs jours, et ce matin-là était nuageux et humide, chaque feuille gouttant et l'air étant chargé des parfums de résine et de terre trempée. Par bonheur, le temps maussade calmait les animaux : les oiseaux moqueurs et les geais avaient vite appris et surveillaient d'un œil avide les allées et venues de tous ceux qui transportaient de la nourriture. J'avais droit à un raid aérien chaque fois que je montais la colline avec ma bassine.

Je me tenais sur mes gardes, mais, même ainsi, un geai intrépide tomba tout droit d'une branche dans mon récipient, me faisant sursauter. Avant que j'aie eu le temps de réagir, il s'était emparé d'un morceau de galette de maïs et s'était envolé, si vite que je ne compris pas tout de suite ce qui venait de se passer. Heureusement, je n'avais pas lâché ma bassine. Un cri de triomphe retentit dans les arbres, et je me hâtai de rentrer dans l'étable avant que l'exemple du chapardeur n'inspire ses amis.

Je découvris avec surprise le vantail supérieur de la porte entrebâillé. Les chèvres ne risquaient pas de s'échapper, mais les renards et les ratons laveurs étaient tout à fait capables d'escalader le vantail inférieur. Pour cette raison, chaque soir on fermait les deux battants avec un loquet. Peut-être M. Wemyss l'avait-il oublié. Une de ses tâches était de nettoyer la paille souillée et d'enfermer le bétail pour la nuit.

Cependant, dès que je poussai la porte, je compris que M. Wemyss n'y était pour rien. Avec un bruissement de paille, une grande silhouette remua dans l'obscurité.

Je criai et, cette fois, lâchai ma bassine, les aliments s'éparpillant sur le sol, le tout effrayant la bique qui se mit à bêler à tue-tête.

– *Pardon,* milady !

Une main sur le cœur, je m'écartai du seuil, laissant la lumière tomber sur Fergus, accroupi par terre, des brins de paille dans ses cheveux lui donnant l'allure de la Folle de Chaillot*.

– Ah, te voilà, toi ! dis-je froidement.

Gêné, il frotta ses joues mal rasées.

– Euh… oui.

Visiblement, il n'avait rien à ajouter. Je le toisai, puis secouai la tête et commençai à ramasser les pelures de pommes de terre et les autres déchets. Il voulut m'aider, mais je l'arrêtai d'un geste.

Il resta alors immobile, m'observant, les mains sur les genoux. Il faisait sombre dans l'étable. Les plantes qui poussaient sur la falaise au-dessus de la grotte dégoulinaient, formant un rideau d'eau devant l'entrée.

La chèvre, qui m'avait reconnue, avait cessé son vacarme. Elle étirait le cou entre les barreaux de son enclos, pointant sa longue langue myrtille pour tenter d'attraper une pomme qui avait roulé près d'elle. Je la saisis et la lui donnai, tout

---

* Pièce célèbre de Jean Giraudoux, dont l'héroïne, Aurélie, mobilise les gens de Chaillot (un quartier de Paris) pour déjouer les plans criminels d'hommes d'affaires peu scrupuleux.

en me demandant par quel bord attaquer le sujet avec Fergus. Finalement, je déclarai de but en blanc :

– Henri-Christian va bien. Il prend du poids.

Laissant cette observation en suspens, je me penchai par-dessus la clôture pour verser du maïs dans la mangeoire.

Pas de réaction. J'attendis un instant, puis me tournai, une main sur la hanche.

– C'est un très joli bébé.

Toujours aucune réponse. Exaspérée, j'ouvris le battant inférieur de la porte pour faire entrer un peu plus de lumière, illuminant Fergus. Il était assis, la tête résolument tournée de l'autre côté. Je pouvais le sentir à distance : il empestait la sueur amère et la faim.

– Les nains comme lui ont une intelligence tout à fait normale. Je l'ai ausculté sous tous les angles, il a tous les réflexes et toutes les réactions normales. Rien ne l'empêche de recevoir une éducation comme les autres enfants et d'exercer plus tard un métier… quelconque.

– Quelconque, répéta-t-il.

Dans sa bouche, le mot était chargé de désespoir et de dérision.

Il se retourna enfin vers moi, et je vis le vide dans ses yeux.

– Avec tout le respect que je vous dois, milady, vous savez ce qu'est la vie d'un nain ?

– Et toi, tu le sais ?

Il ferma les yeux en hochant la tête.

– Oui, je l'ai vu. À Paris.

Le bordel où il avait grandi était une grande maison à la clientèle variée, connue pour pouvoir satisfaire pratiquement tous les goûts des clients.

– La maison proposait des *filles, bien sûr, et des enfants.* Elle tirait évidemment ses revenus principaux de ces deux catégories. Mais il y en a toujours qui désirent… de l'exotisme et qui sont prêts à le payer. Aussi, de temps en temps, la maquerelle envoyait chercher les spécialistes. Il y avait la

Maîtresse des scorpions… qui s'occupait des flagellations et de ce genre de choses. Ou le Maître des champignons.

– Le quoi?

– Oui, le maître des nains, en somme.

Le regard tourné vers l'intérieur, les traits hagards, il revoyait des scènes et des personnes auxquelles il n'avait pas pensé depuis de nombreuses années… et ce souvenir était désagréable.

– Les femmes, on les appelait « *les chanterelles* ». Les hommes, eux, c'étaient des « *morilles* ».

Des champignons rares, appréciés pour leurs formes en vrille, le goût étrange de leur chair.

– Ils n'étaient pas maltraités, les *champignons*. Ils avaient de la valeur, vous comprenez. Le *Maître* les achetait bébés à leurs parents ou les ramassait dans la rue. Une fois, il y en a même un qui est né dans le bordel, la maquerelle n'en revenait pas!

Il baissa les yeux, tripotant l'étoffe de ses culottes.

– La rue… répéta-t-il. Ceux qui s'échappaient du bordel devenaient mendiants. J'en ai bien connu un. Il s'appelait Luc. On s'entraidait, parfois.

L'ombre d'un sourire apparut sur ses lèvres, et il agita les doigts fins de sa main unique en mimant un *pickpocket*.

– Mais Luc était tout seul. Il n'avait pas de protecteur. Un jour, je l'ai retrouvé dans une ruelle, la gorge tranchée. Je l'ai dit à la maquerelle qui a aussitôt envoyé le portier le chercher pour vendre son corps à un médecin de l'*arrondissement* voisin.

Je ne demandai pas ce que le médecin voulait faire du cadavre de Luc. J'avais vu des mains desséchées de nains proposées à la vente comme talisman ou pour la divination, entre autres parties du corps.

– Je commence à comprendre pourquoi une maison close pourrait paraître comme un abri plus sûr, mais néanmoins…

– J'ai écarté les fesses pour de l'argent, milady, ça ne me dérangeait pas, sauf quand ça faisait mal. Mais ensuite, j'ai rencontré milord et j'ai découvert un autre monde au-delà du bordel et de la rue. L'idée que mon fils puisse retourner dans ces endroits…

Il s'interrompit, incapable de continuer. Horrifiée, je m'écriai :

– Fergus. Mon petit Fergus, tu ne peux pas imaginer que Jamie… que nous laisserions arriver une telle chose !

Il m'adressa un sourire d'une tristesse infinie.

– Non, milady, mais vous ne vivrez pas éternellement, milord non plus. Ni moi. Mais l'enfant, lui, sera un nain toute sa vie. Ah, *les petits* ! Ils ne peuvent pas se défendre. Ils sont cueillis par ceux qui les recherchent, emportés et consommés.

Il se moucha sur sa manche et se redressa un peu.

– Ça, c'est pour ceux qui ont de la chance ! Hors des villes, on ne les aime pas. Les paysans croient que la naissance d'un nabot est, dans le meilleur des cas, le reflet des péchés de ses parents. C'est peut-être le cas. Mes péchés…

Il s'interrompit encore, détournant la tête.

– … Au pire, ils sont considérés comme des monstres, des enfants nés de démons qui auraient séduit leur mère. Les gens leur jettent des pierres, les brûlent vivants… parfois leur mère avec. Dans les villages de montagne, en France, un nouveau-né nain serait abandonné aux loups. Mais je ne vous apprends rien, milady, n'est-ce pas ?

– Euh… non, bien sûr.

Je posai une main sur la paroi, ayant tout à coup besoin d'un soutien. En effet, je le savais déjà, mais de la manière abstraite dont on pense aux coutumes des aborigènes et des sauvages, de gens qu'on ne rencontrera jamais, raisonnablement lointains, confinés dans les livres de géographie, les histoires anciennes.

Il avait raison, je le savais. Mme Bug s'était signée en apercevant l'enfant, puis avait fait le signe des cornes pour conjurer le mauvais sort, son visage pâlissant d'horreur.

Préoccupée par Marsali et l'absence de Fergus, je n'avais pratiquement pas quitté la maison depuis une semaine au moins. Je n'avais pas idée de ce que les gens racontaient dans la région. Visiblement, Fergus oui.

– Ils… ils s'habitueront à lui, dis-je en rassemblant mon courage. Ils finiront par se rendre compte que ce n'est pas un monstre. Cela prendra peut-être du temps, mais je te le promets, ils y arriveront.

– Vraiment? Et s'ils le laissent vivre, que fera-t-il?

Il se leva de manière subite, étira son bras gauche et libéra d'un coup sec la sangle qui retenait son crochet. Celui-ci tomba dans la paille, mettant à nu le moignon de son poignet, la peau pâle striée de rouge là où les lanières l'avaient trop serrée.

– Je ne peux pas chasser! Je ne peux pas faire le travail d'un homme normal! Je ne suis bon qu'à tirer une charrue… comme une mule!

Sa voix tremblait de rage et du dégoût de lui-même.

– Si je ne peux pas travailler comme un vrai homme, que voulez-vous qu'un nain fasse?

– Fergus, ce n'est pas…

– Je ne suis même pas capable de faire vivre ma famille! Ma femme doit trimer nuit et jour pour nourrir les enfants, elle est obligée de s'exposer à la racaille qui la maltraite, qui la… qui la… Même si j'étais encore à Paris, je suis trop vieux pour faire la putain!

Il agita son moignon vers moi, les traits convulsés, puis pivota et frappa son bras mutilé contre la cloison, encore et encore.

– Fergus!

Je saisis son autre bras, mais il me repoussa, le visage ruisselant de larmes.

– Quel métier exercera-t-il? De quoi vivra-t-il? *Mon Dieu, il est aussi inutile que moi!*

Il ramassa son crochet et le projeta de toutes ses forces contre la paroi rocheuse. L'objet recourbé la percuta avec un bruit métallique et retomba dans la paille, faisant sursauter la chèvre et ses petits.

Fergus était parti, les deux vantaux de la porte battaient au vent. La bique lança un long « Bêêêêh ! » de réprobation.

Je me tins à la balustrade de l'enclos, avec l'impression que c'était la seule chose encore solide dans un monde qui penchait de plus en plus. Puis, je fouillai dans la paille jusqu'à ce que je retrouve le crochet, encore chaud du corps de Fergus. Avec minutie, j'essuyai la paille et les traces de fumier avec mon tablier, entendant encore ses dernières paroles :

« Mon Dieu ! Il est aussi inutile que moi ! »

38

Un diable dans le lait

Henri-Christian louchait presque à force de regarder le pompon que Brianna faisait pendre devant lui.

– Je crois que ses yeux vont rester bleus. À ton avis, qu'est-ce qu'il regarde ?

Il était assis sur ses genoux, les jambes fléchies presque sous son menton, les yeux bleus en question fixant un point loin derrière elle.

Marsali était occupée à essayer le nouveau rouet à pédale de Brianna. Elle jeta un coup d'œil vers son petit dernier en souriant.

– Ma mère me disait toujours que les bébés voient encore le ciel. Il y a peut-être un ange installé sur ton épaule ? Ou un saint qui se tient derrière toi ?

Cela lui fit une étrange impression, comme si, en effet, quelqu'un se trouvait dans son dos. Ce n'était pas effrayant, plutôt vaguement rassurant. Elle fut sur le point de répondre : «Ce doit être mon père», mais se reprit de justesse. À la place, elle demanda :

– Qui est le saint patron de la lessive ? C'est de lui qu'on aurait besoin !

Il pleuvait depuis des jours, et des monticules de linge s'accumulaient un peu partout, recouvrant les meubles. Il y avait du linge humide en train de sécher, du linge sale destiné au chaudron de lessive dès que le temps le permettrait, du linge moins sale qui attendait d'être battu, brossé ou secoué pour être porté encore quelques jours. Puis, il y avait la montagne toujours croissante de linge à raccommoder.

Marsali rit tout en enroulant avec dextérité le fil autour de la bobine.

– Il faut le demander à papa. Il connaît mieux les saints que n'importe qui. Il est formidable, ton rouet! Je n'en avais jamais vu de pareil. Comment t'est venue l'idée?

– Oh… j'en ai aperçu un semblable quelque part.

Elle ne précisa pas que c'était dans un musée d'art folklorique. Même si la construction n'avait pas été très compliquée, cela lui avait pris du temps. Elle avait d'abord dû fabriquer un tour rudimentaire, puis tremper et courber le bois pour façonner la roue.

– Ronnie Sinclair m'a beaucoup aidée. Il sait ce que le bois peut faire ou pas. C'est fou ce que tu es douée avec cette machine! On dirait que tu l'as utilisée toute ta vie!

– Je file depuis l'âge de cinq ans, *a piuthar*. La seule différence ici, c'est que je peux rester assise au lieu de travailler debout jusqu'à tomber d'épuisement.

Actionnant la pédale, ses pieds déchaussés allaient et venaient sous l'ourlet de sa jupe. La machine ronronnait agréablement, mais on l'entendait à peine, noyée dans le vacarme qui régnait de l'autre côté de la pièce, où Roger taillait une nouvelle voiture pour les enfants.

Les vrooms avaient du succès auprès des petits, et la demande ne cessait de croître. Avec amusement, Brianna observa Roger, le front concentré, en train de repousser du coude Jemmy, très curieux. Le bout de sa langue pointait entre ses dents, et des copeaux de bois jonchaient le sol et ses vêtements. Il en avait jusque dans les cheveux, des boucles claires dans la masse noire.

Elle haussa la voix pour se faire entendre :

– Tu fais quoi, là?

Il releva la tête.

– Je crois que c'est un pick-up Chevrolet de 57. Tiens, *a nighean,* celui-ci est pour toi.

Il souffla sur sa création pour faire tomber un dernier copeau et la tendit à Félicité, qui ouvrit une bouche et des yeux ronds.

– C'est vroum? demanda-t-elle en la serrant sur son cœur. Mon vroum à moi?

– C'est un namion, lui expliqua Jemmy avec une condescendance bienveillante. C'est papa qui l'a dit.

Voyant le doute s'emparer de la petite, Roger s'empressa de préciser :

– Un camion est un vroum. Mais en plus grand.

Félicité donna un coup de pied dans le tibia de Jemmy en s'exclamant :

– Tu vois, c'est un grand vroum !

Jemmy poussa un cri et l'attrapa par les cheveux, pour se prendre aussitôt un coup de tête dans le ventre de la part de Joanie, toujours prompte à défendre sa sœur.

Brianna se raidit, prête à intervenir, mais Roger tua dans l'œuf l'émeute naissante en maintenant Jemmy et Félicité chacun à bout de bras et en lançant un regard intimidant à Joanie.

– C'est bon maintenant ! Plus de dispute ou on range les vroums jusqu'à demain.

Le calme revint aussitôt. Brianna sentit Marsali se détendre et reprendre le rythme régulier de son filage. La pluie clapotait bruyamment sur le toit ; c'était une bonne journée pour rester à l'intérieur en dépit de la difficulté d'occuper les enfants qui s'ennuyaient.

Malicieuse, Brianna proposa à Roger :

– Pourquoi vous ne jouez pas à un jeu tranquille comme… les Vingt-quatre heures du Mans ?

– Merci, tu m'es d'une grande utilité ! ronchonna Roger.

Néanmoins, il fit dessiner aux enfants un circuit de course automobile à la craie sur la grande pierre du foyer, observant sur un ton nonchalant :

– Dommage que Germain ne soit pas là. Qu'est-ce qu'il fabrique donc dehors sous cette pluie, Marsali ?

Le vroum de Germain (selon Roger, c'était une Jaguar X-KE, mais, aux yeux de Brianna, il ressemblait à tous les autres : un bloc rectangulaire monté sur des roues) trônait sur le manteau de cheminée, attendant son propriétaire.

– Il est avec Fergus.

Marsali avait répondu sans sourciller, ne cassant pas son rythme, mais on détectait une tension dans sa voix.

– Ah? Et comment va-t-il, notre Fergus?

Le fil sauta, rebondit dans la main de Marsali et s'enroula par-dessus un nœud. Elle grimaça et ne répondit pas avant d'avoir réparé l'erreur et que le fil se remette à couler entre ses doigts.

– Disons que, pour un manchot, il sait bougrement bien se battre.

Après avoir jeté un œil vers Roger, Brianna posa la question en s'efforçant de paraître détachée :

– Avec qui se bat-il donc?

– Il ne me le dit pas toujours. Mais hier, c'était avec le mari d'une femme qui lui avait demandé pourquoi il n'avait pas étranglé Henri-Christian à la naissance. Il l'a mal pris.

Elle ne précisa pas si c'était Fergus, le mari ou les deux qui l'avaient mal pris. Elle leva son fil et le trancha d'un coup de dent.

– On le comprend, murmura Roger. Ce ne doit pas être le seul qu'il a corrigé.

Il traçait une ligne, tête baissée, si bien que ses cheveux lui retombaient devant le visage, masquant ses traits.

Marsali enroula le fil autour de la bobine, une ride désormais omniprésente entre ses deux sourcils blonds.

– En effet. Cela dit, c'est toujours mieux que ceux qui pointent le doigt en échangeant des messes basses. Certains pensent qu'Henri-Christian est la… semence du Diable. Je crois bien qu'ils n'hésiteraient pas à le brûler vif, et moi aussi, s'ils pensaient pouvoir s'en tirer impunément.

Brianna sentit son ventre se nouer et serra un peu plus fort le bébé sur ses genoux.

– Quel genre d'idiot peut penser une chose pareille, et encore plus le formuler à voix haute ?

– Tu veux dire, quel genre d'idiot passerait à l'acte !

Marsali reposa la bobine et se leva pour prendre Henri-Christian et lui donner le sein. Avec ses genoux fléchis et sa grosse tête ronde couronnée d'une touffe de cheveux noirs, Brianna devait reconnaître qu'il avait l'air... différent.

Se balançant doucement avec l'enfant collé sur elle, Marsali poursuivit :

– Papa a été parler aux gens, ici et là. Sans cela...

S'impatientant devant ce bavardage adulte incompréhensible, Jemmy tira sur la manche de son père.

– Papa, papa ! Joue !

Troublé, Roger dévisageait Marsali. Il sursauta et baissa les yeux vers son fils parfaitement normal. Puis, il prit la voiture de Germain.

– Voilà. Regarde : ici, c'est la ligne de départ.

Brianna posa une main sur le bras de Marsali, la gorge nouée.

– Ils vont s'arrêter, murmura-t-elle. Ils finiront par comprendre...

– Peut-être. Ou peut-être pas. Mais si Fergus est en compagnie de Germain, il sera plus prudent. Je ne voudrais pas qu'ils me le tuent.

Elle baissa la tête vers le bébé, débutant la tétée et ne souhaitant visiblement pas continuer cette conversation. Brianna lui tapota la main, puis s'installa à son tour devant le rouet à pédale.

Elle avait entendu les rumeurs, bien sûr. Du moins une partie. Surtout juste après la naissance d'Henri-Christian, naissance qui avait produit une onde de choc dans tout Fraser's Ridge. Après les premières expressions de compassion, on avait beaucoup chuchoté à propos des événements récents et des influences malignes qui auraient pu les provoquer : depuis l'agression de Marsali et l'incendie de la malterie à l'enlèvement de sa belle-mère et à la naissance d'un nain.

Une petite sotte avait déclaré un jour, alors qu'elle se trouvait dans les parages : «... Avec toute cette sorcellerie, il fallait s'y attendre.» Brianna avait fusillé du regard la fille qui avait pâli et s'était recroquevillée entre ses deux camarades. Mais une fois le dos tourné, elle les avait entendus ricaner de dépit.

Pourtant, personne ne leur avait jamais manqué de respect, ni à elle ni à sa mère. Il était clair que bon nombre des métayers avaient peur de Claire, mais beaucoup plus encore de son père. Le temps et l'habitude avaient paru apaiser leurs craintes... jusqu'à la naissance d'Henri-Christian.

Travailler au rouet calmait les nerfs, le ronronnement de la roue se confondant avec le bruit de la pluie et les chamailleries des enfants.

Au moins, Fergus était revenu. Il avait quitté la maison quand le bébé était né et n'avait pas réapparu avant plusieurs jours. «Pauvre Marsali, pensa-t-elle. Laissée seule pour encaisser le choc.» Car ils avaient tous reçu un choc, elle y compris. Au fond, Fergus avait sans doute des circonstances atténuantes.

Comme chaque fois qu'elle voyait Henri-Christian, elle imaginait sa réaction en mettant au monde un enfant atteint d'un terrible handicap. Elle voyait parfois des gamins avec des becs-de-lièvre, les traits mal formés par ce que sa mère appelait la «syphilis congénitale», ou encore des attardés mentaux. Alors, elle se signait et remerciait Dieu que Jemmy soit normal.

D'un autre côté, Germain et ses sœurs étaient aussi normaux. Un tel accident pouvait venir de nulle part, n'importe quand. Malgré elle, elle regarda vers la petite étagère où elle rangeait ses effets personnels, et le flacon de graines de *dauco*. Elle s'était mise à en reprendre depuis la naissance d'Henri-Christian, sans en parler à Roger. Elle se demandait s'il le savait. Lui non plus n'avait rien dit.

Marsali fredonnait. En voulait-elle à Fergus? Lui en voulait-il? Elle n'avait pas eu l'occasion de discuter avec lui depuis un bon moment. Marsali ne semblait pas critique à son égard, elle venait même de dire qu'elle ne voulait pas qu'il se fasse tuer. Ce souvenir fit sourire Brianna. Toutefois, on sentait indéniablement une distance entre eux.

Soudain, le fil s'épaissit, et elle pédala plus fort, s'efforçant de compenser. Résultat : il se coinça et cassa. Parlant dans sa barbe, elle s'arrêta, laissant la roue tourner à vide jusqu'à ce qu'elle s'immobilise toute seule. Elle se rendit compte alors qu'on frappait à la porte depuis quelque temps déjà, le bruit des coups étant estompé par le chahut à l'intérieur.

En ouvrant le battant, elle découvrit un des enfants des pêcheurs, dégoulinant sous le porche, petit, maigrichon et l'air sauvage. Dans les familles des nouveaux métayers, plusieurs jeunes avaient le même âge ; ils se ressemblaient tant qu'elle avait toujours du mal à les distinguer les uns des autres.

– Aidan ? essaya-t-elle. Aidan McCallum ?

Le garçon inclina la tête nerveusement.

– Bonjour, m'dame. Le pasteur est chez lui ?

– Le pas ? Ah, oui, entre, répondit-elle en réprimant un sourire.

L'enfant parut sidéré en apercevant Roger à quatre pattes sur le sol, jouant à vroum-vroum avec Jemmy, Joanie et Félicité, tous appliqués à vrombir et à rugir avec une telle ardeur qu'ils n'avaient pas remarqué le nouveau venu.

Brianna haussa la voix.

– Tu as un visiteur. Il réclame le pasteur.

Roger s'interrompit en plein virage, levant des yeux perplexes.

– Le quoi ?

Il se redressa, assis en tailleur, son vroum à la main. Puis, il aperçut l'enfant et lui sourit :

– Tiens, Aidan ! *A charaid*. Que puis-je pour toi ?

Aidan fronça tout son visage, cherchant à se remémorer le message appris par cœur.

– Mère dit qu'il faut que vous veniez, s'il vous plaît. C'est pour chasser le démon qui s'est mis dans le lait.

La pluie était plus fine, mais ils furent quand même trempés avant d'arriver à la maison des McCallum. Si on pouvait qualifier cette masure de «maison». Secouant son chapeau plein d'eau, Roger suivit Aidan sur l'étroit sentier glissant qui menait à la cabane perchée en équilibre sur une corniche rocheuse.

Orem McCallum était parvenu à ériger les murs de la structure branlante, puis avait dérapé sur un rocher et s'était brisé la nuque au fond du ravin moins d'un mois après son arrivée à Fraser's Ridge, laissant sa femme enceinte et leur jeune fils livrés à eux-mêmes dans leur abri douteux.

À la hâte, les autres hommes étaient venus poser un toit sur la cabane, mais, aux yeux de Roger, cette bicoque en position précaire à flanc de montagne n'attendait que le printemps prochain pour suivre son bâtisseur en bas du précipice.

Mme McCallum était jeune et pâle, si maigre que sa robe pendouillait autour d'elle comme un sac à patates. «Mon Dieu, pensa-t-il, ces gens ne doivent rien avoir à manger.»

Elle l'accueillit avec une petite révérence.

— Oh, merci beaucoup d'être venu. Je suis désolée de vous avoir obligé à sortir sous cette pluie, mais… je ne savais plus quoi faire !

— Je vous en prie, ce n'est pas un problème. Euh… Aidan m'a dit que vous vouliez un pasteur. Je ne le suis pas, vous le savez ?

Elle parut déconcertée.

— Peut-être pas tout à fait, monsieur, mais, on m'a raconté que votre père l'était et que vous saviez tout un tas de choses sur la Bible, et tout ça.

Il se tint sur ses gardes, se demandant quel genre d'urgence nécessitait une bonne connaissance de la Bible.

— Oui, un peu. Vous avez… euh… un démon dans votre lait ?

D'un œil discret, il regarda le nourrisson dans son berceau, se demandant si elle voulait parler de son lait maternel, situation pour laquelle il n'était pas du tout compétent. Par chance, le problème semblait venir d'un grand seau de lait en bois posé sur la table branlante. Il était recouvert d'un voile de gaze lesté de cailloux aux quatre angles pour le protéger des mouches.

Elle le désigna du menton, ayant visiblement peur de s'en approcher, expliquant :

– Lizzie Wemyss, qui travaille dans la Grande Maison, me l'a apporté hier soir. Elle m'a dit que madame voulait que j'en donne à Aidan et que j'en boive moi-même.

Elle le dévisageait, perplexe. Roger comprenait ses réserves. Même à son époque, le lait était considéré comme une boisson réservée aux bébés et aux invalides. Venant d'un village de pêcheurs sur la côte écossaise, elle n'avait sans doute jamais vu de vache avant de poser le pied en Amérique. Elle savait sûrement ce qu'était du lait, et que, techniquement, ce liquide était comestible, mais elle n'avait jamais dû y goûter.

– C'est très sain, tenta-t-il de la rassurer. Dans ma famille, tout le monde boit du lait. Il aide les enfants à devenir grands et forts.

En outre, il ne pouvait faire de mal à une mère mal nourrie qui allaite son enfant, ce que Claire avait dû se dire.

Elle acquiesça, peu convaincue.

– Oui, monsieur. Mais le petit a eu faim et a voulu en boire. Alors, j'ai plongé ma louche dedans et... Si ce n'est pas un démon qui s'est mis dedans, c'est autre chose, mais il est hanté, ça, j'en mettrais ma main à couper !

Roger surprit chez Aidan un vif intérêt qui s'évanouit presque aussitôt, cédant la place à une innocence suspecte.

Ce fut donc avec la plus grande prudence qu'il s'approcha du seau, se pencha dessus et souleva un coin de la gaze. Même ainsi, il poussa un cri et bondit en arrière, envoyant le carré de tissu voler à l'autre bout de la pièce.

Les yeux verts malveillants qui le fixaient au milieu du seau disparurent en formant une grosse bulle qui creva dans une explosion de gouttes blanches, tel un volcan miniature.

– Merde !

Mme McCallum s'était réfugiée à l'autre bout de la pièce en roulant des yeux terrorisés, les deux mains plaquées sur ses lèvres. Aidan, quant à lui, émit un faible gargouillis.

Roger attendit de s'être ressaisi, tout en se disant qu'il tordrait bien le coup du chenapan. Il essuya les éclaboussures de lait sur son visage, puis retroussa sa manche et plongea résolument le bras dans le seau.

Il dut s'y reprendre à plusieurs reprises avant de saisir la chose, qui ressemblait à une grosse masse très musclée et agile de morve compacte. Enfin, à la quatrième tentative, il y parvint et extirpa triomphalement une énorme grenouille-taureau indignée, projetant du lait dans toutes les directions.

La grenouille cala ses pattes arrière contre sa paume glissante et s'élança dans un plongeon spectaculaire qui couvrit la moitié de la distance la séparant de la porte. Mme McCallum poussa un hurlement. Le bébé réveillé en sursaut se mit à brailler, ajoutant au brouhaha, tandis que la grenouille ruisselante de lait progressait par petits bonds jusqu'à la porte et disparaissait sous la pluie, avec, dans son sillage, une série de flaques jaunes.

Aidan s'éclipsa bien vite.

Mme McCallum s'était assise par terre, son tablier par-dessus la tête, en proie à une violente crise de nerfs. Le bébé criait, le lait dégoulinait du bord de la table, ponctuant le clapotis de la pluie au-dehors. Le toit fuyait. Roger pouvait voir des traînées sombres dans les rondins en bois brut derrière Mme McCallum trônant au milieu d'une mare.

En soupirant, il sortit le nourrisson de son berceau, le surprenant au point qu'il fut pris d'un hoquet et cessa de pleurer. L'enfant le regarda en clignant des yeux, puis enfonça son poing dans sa bouche. Roger ignorait son sexe. Ce n'était qu'un paquet de chiffons avec un minuscule visage tout froissé et un air méfiant.

Le tenant d'un côté, il s'accroupit et passa l'autre bras autour des épaules de Mme McCallum, lui tapotant le dos en priant qu'elle s'arrête.

– Ce n'est rien, tout va bien. Ce n'était qu'une grenouille.

Elle geignait comme une *banshee* et poussait de petits cris. Ces derniers s'espacèrent, et les gémissements se désintégrèrent enfin en sanglots plus ou moins normaux. Toutefois, elle refusait obstinément de sortir de sous son tablier.

Il commençait à avoir des crampes dans les cuisses à force d'être accroupi, sans compter qu'il était trempé. Il s'assit alors à ses côtés dans la flaque, continuant à lui taper dans le dos de temps à autre pour lui signaler sa présence.

En tout cas, le bébé, lui, semblait relativement content. Il suçait son poing, indifférent à la crise de sa mère.

Roger profita d'une brève pause entre deux sanglots pour demander :

– Quel âge a-t-il ?

Il le savait déjà plus ou moins. L'enfant était né une semaine après la mort d'Orem McCallum, mais cela alimentait la conversation. Le bébé était très petit et léger, comparativement à Jemmy au même stade.

Elle marmonna une réponse inaudible, mais, au moins, ses pleurs s'estompèrent. Puis, elle énonça autre chose.

– Pardon ?

– Pourquoi ? répéta-t-elle sous le calicot élimé. Pourquoi Dieu m'a-t-il conduite ici ?

C'était une très bonne question. Il se l'était lui-même souvent posée, mais attendait toujours une réponse satisfaisante.

– Eh bien… il faut croire que Dieu a une espèce de… plan. Mais on ne le connaît pas.

– Ah, il est beau, son plan ! Nous faire venir jusqu'ici, dans cet endroit horrible, puis me prendre mon homme et m'abandonner toute seule, crevant de faim !

– Bah… ce n'est pas si horrible que ça, ici. Il y a la forêt… les ruisseaux, la montagne… c'est… euh… très joli. Quand il ne pleut pas.

L'ineptie de sa réponse la fit rire, puis elle repartit aussitôt à pleurer.

Il l'attira un peu plus près de lui, autant pour la réconforter que pour entendre ses propos sous la toile de son tablier.

– Pardon ?

Elle appuya la tête contre son épaule, paraissant soudain très fatiguée. Elle répéta tout doucement :

– Je disais : la mer me manque. Je ne la reverrai sans doute plus jamais.

Il ne trouva rien à répondre ; elle avait sans doute raison. Ils restèrent un instant ainsi, en silence, écoutant les bruits de succion du bébé. Puis, il parla enfin :

– Je ne vous laisserai pas mourir de faim. C'est tout ce que je peux vous promettre, mais vous pouvez compter sur moi. Vous ne mourrez pas de faim.

Il se releva avec difficulté, puis prit une des petites mains râpeuses posées mollement sur ses genoux.

– Allez, venez, levez-vous. Pendant que vous nourrirez le petit, je vais mettre un peu d'ordre.

* * *

Quand il quitta enfin la bicoque des McCallum, la pluie avait cessé, et les nuages se dispersaient, dévoilant de grands morceaux de ciel bleu. Il s'arrêta au milieu d'un des lacets du sentier boueux pour admirer un arc-en-ciel. Ce demi-cercle s'étendait d'un coin de la ligne d'horizon à l'autre, ses couleurs brumeuses se fondant dans le vert sombre et luisant de la végétation du sommet d'en face.

Tout était calme, hormis le floc floc des feuilles qui dégouttaient et le clapotis d'un filet d'eau dévalant entre les rochers près du chemin.

– Quel trésor attend au pied de l'arc-en-ciel ? questionna-t-il à voix haute.

Il reprit sa route, se retenant aux branches et aux buissons pour ne pas glisser dans le ravin et finir en un tas d'os, comme Orem McCallum.

Il parlerait à Jamie, ainsi qu'à Tom Christie et à Hiram Crombie. Ils feraient marcher le bouche à oreille. Les gens de Fraser's Ridge étaient généreux, ils n'hésiteraient pas à partager, mais encore fallait-il le leur demander.

Il se retourna. La cheminée toute de guingois dépassait au-dessus des arbres, mais ne crachait pas de fumée. Le bois ne manquait pas, lui avait-elle expliqué, mais mouillé comme il l'était, il faudrait des jours avant d'obtenir une flambée. Elle avait besoin d'un abri où entasser des bûches, assez grosses pour brûler pendant toute une journée, et non pas des brindilles et des branches cassées, les seules qu'Aidan pouvait porter.

Au même moment, il aperçut le gamin. Il pêchait, accroupi sur un rocher perché quelques mètres au-dessus d'une mare, dos au sentier. Ses omoplates saillaient sous le tissu usé de sa chemise, telles de minuscules ailes d'ange.

Le bruit de l'eau couvrit les pas de Roger. Il s'approcha du garçon et posa tout doucement une main autour de son cou maigre et pâle.

– Aidan, tu tombes bien, j'ai deux mots à te dire.

* * *

La veille de la Toussaint, nous montâmes nous coucher au son du vent hurlant et de la pluie, et nous nous réveillâmes le lendemain matin pour découvrir un tapis blanc et de gros flocons tombant dans un silence absolu. Il n'existait pas de calme plus parfait que la solitude au cœur d'une tempête de neige.

C'était le temps des vaches maigres, quand nos chers disparus se rapprochaient de nous. Le monde se tournait vers l'intérieur, et l'air glacé se chargeait de rêves et de mystères. Le ciel clair où brillaient la veille encore un million d'étoiles cédait la place à un plafond gris rose et bas qui enveloppait la terre d'une promesse de neige.

Je craquai une des allumettes de Brianna, m'émerveillant de l'immédiateté de la flamme, et l'approchai du fagot de petit bois. Il neigeait, et l'hiver était là. La saison du feu commençait. Chandelles et feux de cheminée, ce ravissant paradoxe crépitant, cette destruction contenue mais jamais apprivoisée, tenue à une distance raisonnable pour réchauffer et enchanter, mais toujours, encore, chargée d'une menace prochaine.

Un parfum de potiron grillé flottait dans la maison. Après avoir régné sur la nuit et épouvanté les enfants, le fruit grimaçant connaissait un sort plus paisible sous forme de tartes et de compost, retournant à la terre pour un doux repos avant de renaître. J'avais labouré mon potager le jour précédent, plantant mes semailles d'hiver afin qu'elles dorment et grandissent, pensant à leur naissance souterraine.

C'était le temps où nous rentrions dans les entrailles de la terre, rêvant de neige et de silence. Nous réveillant pour découvrir nos lacs gelés sous une lune pâle ou un soleil froid brillant entre les branches givrées, rentrant de nos tâches brèves et nécessaires pour nous nourrir d'aliments et de contes, à la chaleur d'un feu de bois dans la nuit.

Autour de la cheminée, dans le noir, toutes les vérités peuvent être dites et entendues, en sécurité.

J'enfilai mes bas de laine, mes épais jupons, mon châle le plus chaud et allai attiser le feu de la cuisine. J'observai les volutes de vapeur s'élever du chaudron, puis me sentis rentrer à l'intérieur de moi-même. Le monde pouvait s'éloigner et nous laisser panser nos plaies.

39

Je suis la résurrection

Roger fut réveillé juste avant l'aube par des coups à la porte. À ses côtés, Brianna émit un son qu'il connaissait. D'expérience, il savait que cela signifiait que, s'il ne se levait pas pour ouvrir, elle le ferait…, mais il le regretterait, tout comme la personne de l'autre côté de la porte.

Résigné, il repoussa l'édredon et passa une main dans ses cheveux emmêlés. L'air glacé caressa ses jambes nues. Il se retourna vers la forme recroquevillée sous les draps.

— La prochaine fois que je me marie, je choisirai une fille qui se réveille fraîche et de bonne humeur le matin.

— Bonne idée, répondit une voix étouffée, mais nettement hostile sous l'oreiller.

On tambourina de nouveau. Jemmy, qui, lui, se réveillait frais et de bonne humeur le matin, se redressa dans son petit lit, l'air d'un pissenlit roux monté en graine.

— On frappe, informa-t-il son père.

— Pas possible ! Mmphm.

Hiram Crombie se tenait sur le seuil, la mine encore plus sinistre que d'habitude dans la lumière grise. Visiblement, ce n'était pas un matinal non plus.

— La vieille mère de ma femme nous a quittés pendant la nuit, annonça-t-il sans préambule.

Jemmy passa la tête entre les jambes de Roger.

– Elle est allée où ?

Il se frotta un œil et bâilla. Contrit, Roger toussota dans le creux de son poing et posa une main sur la tête de son fils.

– La belle-mère de M. Crombie est décédée, Jemmy. Je suis sincèrement désolé pour vous, monsieur Crombie.

Ce dernier ne sembla pas sensible aux condoléances.

– Oui, bon. Murdo Lindsay dit que vous connaissez bien vos Évangiles. Ma femme se demande si vous accepteriez de venir dire quelques mots sur la tombe.

– Murdo a dit quoi… Ah !

Ce devait être à cause de la famille de Hollandais. Jamie l'avait prié de réciter un texte devant leurs sépultures.

– Oui… euh… bien sûr.

Il se racla la gorge. Le matin, sa voix était particulièrement éraillée tant qu'il n'avait pas avalé un liquide chaud. Cela expliquait sans doute l'air dubitatif de Crombie.

– Oui, bien sûr, répéta-t-il d'une voix plus assurée. On… on peut faire quelque chose ?

Crombie fit un geste sec lui indiquant que non. Puis, il jeta un bref coup d'œil vers la forme que faisait Brianna dans le lit.

– Les femmes doivent avoir terminé de la préparer. Nous nous mettrons à creuser après le petit-déjeuner. Avec de la chance, nous l'aurons enterrée avant l'arrivée de la neige.

Il leva le nez vers le ciel d'un gris clair mat comme la fourrure du ventre d'Adso. Ensuite, il esquissa un salut de la tête et tourna les talons sans un mot de plus.

– Papa, regarde !

Jemmy étirait les coins de ses lèvres avec ses doigts, singeant le U inversé de la bouche d'Hiram Crombie. Il fronça les sourcils en une grimace féroce, d'une ressemblance si frappante que Roger éclata de rire, s'étrangla puis se mit à tousser jusqu'à être plié en deux, respirant bruyamment.

Brianna se redressa dans le lit, inquiète.

– Ça ne va pas ?

– Si, si.

Il prit une grande inspiration, puis toussa de nouveau, crachant une glaire abjecte dans le creux de sa main, n'ayant pas de mouchoir sur lui.

– Beurk! fit Brianna.

– Fais-moi voir, papa, fais-moi voir!

Jemmy se hissa sur la pointe des pieds, puis fit à son tour :

– Beurk! Beurk! Beurk!

Roger sortit et essuya sa paume dans l'herbe mouillée près de la porte. Crombie avait raison : il allait de nouveau neiger. L'air froid était électrique et étouffait les bruits.

Brianna sortit à son tour, passant un châle autour de ses épaules.

– Alors, comme ça, la vieille Mme Wilson est morte? C'est triste. Tu t'imagines, avoir fait tout ce chemin pour mourir dans un endroit inconnu, avant même d'avoir eu le temps de s'installer?

– Au moins, elle était entourée de sa famille. Elle n'aurait sans doute pas aimé mourir seule en Écosse sans les siens autour d'elle.

– Mmm… Tu penses que je devrais monter les voir?

– Pour lui rendre un dernier hommage? Selon Crombie, sa toilette est déjà terminée.

Incrédule, elle fit la moue, libérant des volutes évoquant un instant dans son esprit un dragon.

– Il ne peut pas être plus de sept heures du matin, et il fait encore nuit. Je ne crois aucunement que sa femme et sa sœur auraient effectué la toilette d'une morte à la lueur des bougies. Hiram aurait râlé devant le gaspillage d'une chandelle supplémentaire. Non, il était contrarié de devoir te demander un service, alors il s'est vengé en suggérant que ta femme est une flemmarde et une souillon.

Roger fut amusé par autant de perspicacité, d'autant plus qu'elle n'avait pas vu le regard éloquent de Crombie quand il l'avait aperçue au lit.

Flairant un nouveau mot péjoratif, Jemmy questionna, intrigué :

– C'est quoi une flemmarde souillon ?

– Une dame qui n'est pas une vraie dame, répondit Roger. Et qui fait mal le ménage par-dessus le marché.

– Si Mme Bug t'entend prononcer ces mots, elle te lavera la bouche avec du savon, le mit en garde sa mère.

Ne portant que sa chemise de nuit, Roger avait les jambes et les pieds gelés. En revanche, Jemmy sautillait autour d'eux pieds nus sans souffrir du froid le moins du monde. Roger le prit par la main.

– Ta mère n'en est pas une. Viens, allons faire un tour au petit coin, pendant que maman prépare le petit-déjeuner.

Brianna bâilla.

– Merci pour ce vote de confiance. J'apporterai un pot de miel aux Crombie tout à l'heure.

– Moi aussi, je viens ! annonça Jemmy.

Brianna hésita, puis interrogea Roger du regard. L'enfant n'avait encore jamais vu un mort.

Roger haussa une épaule. La morte avait sans doute l'air paisible et, après tout, c'était la réalité de la vie dans les montagnes. De voir le cadavre de la vieille Mme Wilson ne lui donnerait probablement pas de cauchemars ; d'un autre côté, cela risquait de lui inspirer un tas de questions embarrassantes qu'il exprimerait devant tout le monde. Une explication préparatrice serait sans doute utile.

– D'accord, dit-il à Jemmy. Mais, d'abord, on ira dans la Grande Maison après le petit-déjeuner chercher la Bible de grand-père.

* * *

Il trouva Jamie attablé, et une délicieuse odeur de porridge chaud l'enveloppa dès qu'il pénétra dans la cuisine. Avant qu'il n'ait pu expliquer la raison de sa venue, Mme Bug l'avait fait asseoir en plaçant devant lui un bol, un pot de miel, une assiette de bacon frit, du pain grillé dégoulinant de beurre et une tasse d'une mixture sombre et parfumée qui aurait presque pu être du café. Jemmy prit place à ses côtés, déjà barbouillé de miel jusqu'aux oreilles. Honteux l'espace d'un instant, Roger se demanda si, au fond, Brianna n'était pas un peu feignante, quoique certainement pas une souillon.

Claire était assise en face de lui, la mèche rebelle, le regard vide posé sur son pain grillé. Il conclut généreusement que ce n'était sans doute pas un choix conscient de la part de sa femme, mais plutôt l'influence de la génétique.

Toutefois, entre le bacon et le porridge, Claire se réveilla en apprenant l'objet de sa visite.

– La vieille Mme Wilson ? De quoi est-elle morte, il vous l'a dit ?

– Non, juste qu'elle les avait quittés pendant la nuit. Ils ont dû la trouver ainsi. Son cœur, peut-être ? Elle devait bien avoir dans les quatre-vingts ans.

Claire lui rétorqua sèchement :

– Elle avait cinq ans de plus que moi. C'est elle qui me l'a dit.

– Oh. Mmphm.

Il s'éclaircit la gorge et but une gorgée du liquide sombre et chaud dans sa tasse. C'était un mélange de chicorée et de glands grillés. Pas mauvais.

Jamie tendit la main et s'empara du dernier toast.

– J'espère que tu ne lui as pas avoué ton âge, *Sassenach*.

Toujours aux aguets, Mme Bug enleva la panière pour la remplir.

Claire enfonça un doigt dans le miel, puis le lécha.

– Je ne suis pas idiote. Ils me soupçonnent déjà d'avoir conclu un pacte avec le diable ; s'ils étaient au courant de mon âge, ils n'en douteraient plus.

Roger rit, tout en pensant qu'elle avait raison. Les traces de son épreuve avaient presque disparu ; ses ecchymoses s'étaient effacées, et son nez droit avait désenflé. Même négligée et bouffie par le sommeil, elle était encore très belle, avec une peau ravissante, une épaisse chevelure bouclée et des traits d'une élégance comme les pêcheurs des Highlands n'en avaient jamais rêvé. Sans parler de ses yeux ambrés et saisissants.

Il fallait ajouter à cela les bienfaits de l'hygiène et de la nutrition du XXe siècle : elle avait encore toutes ses dents, blanches et droites, et paraissait facilement vingt ans de moins que les autres femmes de son âge. C'était réconfortant. Il espérait que Brianna hériterait aussi de cette faculté de bien vieillir. Après tout, il pouvait se préparer son petit-déjeuner lui-même.

Jamie avait fini son repas et était parti chercher la Bible. Il revint et la déposa près de Roger en déclarant :

– On t'accompagne aux obsèques. Madame Bug, vous pouvez préparer un petit panier pour les Crombie ?

– C'est déjà fait.

Elle déposa une grande corbeille sur la table devant lui, recouverte d'une serviette et débordante de nourriture en précisant :

– Vous le leur apporterez ? Je vais prévenir Archie et chercher mon bon châle. Nous vous retrouverons là-bas.

Brianna entra à son tour, bâillant mais toilettée. Elle entreprit de rendre Jemmy présentable, pendant que Claire allait chercher elle aussi un châle et un bonnet. Roger ouvrit la Bible dans l'intention de la feuilleter à la recherche d'un psaume à la fois lugubre mais inspirant.

– Peut-être le vingt-troisième ? dit-il à voix haute. Bref et concis. Toujours un classique. En plus, il y est question de la mort.

– Tu comptes prononcer une oraison ou un sermon ? le questionna Brianna intriguée.

– Mince, je n'y avais pas pensé !

Il s'exerça la voix, puis demanda :

– Il n'y aurait pas encore un peu de café ?

À Inverness, il avait assisté à de nombreux enterrements présidés par le révérend et savait fort bien que les parents du défunt qui avaient payé pour la messe considéraient l'événement comme un désastre total si le prêtre ne parlait pas pendant au moins une demi-heure. Certes, nécessité faisait loi, et les Crombie ne pouvaient s'attendre à...

– Papa, d'où tiens-tu une Bible protestante?

Brianna avait cessé de tenter de déloger un morceau de pain grillé des cheveux de son fils pour regarder par-dessus l'épaule de Roger. Surpris, celui-ci referma le livre. En effet, il était encore possible de lire sur la couverture, en lettres dorées fanées, *La Bible du roi James.*

– On me l'a donnée.

Sa réponse était simple, mais son ton cachait la réalité. Brianna jeta un coup d'œil étonné à son père, qui avala une dernière bouchée de bacon, la mine inexpressive. Il se tourna vers Roger :

– Une petite goutte dans ton café, Roger Mac?

À l'entendre, rien n'était plus naturel que d'offrir du whisky au petit-déjeuner.

De fait, l'offre était séduisante, compte tenu de ce qui attendait Roger, mais ce dernier hésita, puis fit non de la tête.

– Non merci, ça ira.

– Tu es sûr? insista Brianna. Tu devrais peut-être, pour ta gorge.

– Ça ira, répéta-t-il d'un ton sec.

Lui aussi s'inquiétait pour sa voix, mais il n'avait pas besoin de la sollicitude du contingent des roux, tous les trois le dévisageant, songeurs, comme s'ils doutaient fortement de ses capacités. Le whisky soulagerait peut-être sa gorge, mais n'aiderait pas son sermon. Or, rien ne pourrait être pire que de se présenter en empestant l'alcool devant une assemblée qui n'en buvait jamais une goutte.

– Du vinaigre, conseilla Mme Bug. C'est du vinaigre chaud qu'il vous faut. Ça dissout les glaires.

– Je veux bien le croire, répondit Roger qui en doutait pourtant. Merci, mais, sans façon, madame Bug.

Il s'était réveillé avec un léger mal de gorge et avait pensé que la douleur disparaîtrait avec le petit-déjeuner, ce qui n'était pas le cas. Mais à l'idée d'avaler du vinaigre chaud, ses amygdales se rebiffaient.

Il tendit sa tasse pour avoir du café et se concentra sur la tâche qui l'attendait.

– Quelqu'un a des renseignements sur Mme Wilson ?

– Elle est morte, répondit Jemmy avec assurance.

Tout le monde éclata de rire. Jemmy resta perplexe une ou deux secondes, puis se mit à rire à son tour, sans savoir ce qui était si drôle.

– C'est un bon début, reprit Roger. Le révérend avait un bon sermon inspiré des épîtres. Du genre… « la rétribution du péché est la mort, mais le don de Dieu est la vie éternelle ». Je l'ai entendu le prononcer plusieurs fois. Qu'est-ce que tu en penses ?

Il interrogea Brianna du regard, qui fronça les sourcils et saisit la Bible.

– Mouais, ça pourrait marcher. Ce livre possède un index ?

Jamie reposa sa tasse.

– Non, mais c'est dans l'épître aux Romains, chapitre 6.

Devant les regards ahuris, il rosit et agita la main vers la Bible.

– On me l'a donnée en prison. Alors je l'ai lue, quoi. Bon, tu es prêt, *a bhailach* ?

* * *

Le temps se gâtait, les nuages promettant de la pluie glacée ou de la neige. Des bourrasques gonflaient les capes et les jupes, telles des voiles. Les hommes s'accrochaient à leurs chapeaux, les femmes se blottissaient sous leurs capuches, tous marchaient tête baissée comme un troupeau de moutons s'entêtant à avancer contre le vent.

– Un temps parfait pour un enterrement, murmura Brianna en resserrant le col de sa cape.

– Mmphm.

Roger n'avait sans doute pas entendu ces paroles, réagissant juste au fait qu'elle avait parlé. Il était pâle et tendu. Elle lui prit le bras, exerçant une pression pour le rassurer.

Soudain, une plainte lugubre retentit, et Brianna se figea. Le son s'éleva en un cri aigu, puis se brisa en une série de bruits de gosier descendant une gamme de sanglots, comme un cadavre dégringolant un escalier.

La chair de poule sur tout le corps, elle se tourna vers Roger, tout aussi livide qu'elle.

– Ce doit être la *bean-treim,* observa son père. J'ignorais qu'ils en avaient une.

– Moi aussi, dit sa mère. C'est qui, à ton avis ?

Elle aussi avait sursauté en l'entendant, mais paraissait surtout intéressée.

Roger tapota le bras de Brianna pour la rassurer :

– C'est une pleureuse. Elles accompagnent généralement le cercueil.

La voix, cette fois plus déterminée, s'éleva de nouveau dans la forêt. Brianna crut entendre des mots dans la lamentation, mais ne pouvait les distinguer. *Wendigo.* Le nom lui vint soudain à l'esprit, et elle frissonna. Jemmy se mit à pleurnicher, essayant de s'enfouir sous le manteau de son grand-père.

– Il ne faut pas avoir peur, *a bhailach.*

Il lui donna une tape dans le dos, mais l'enfant ne parut pas convaincu. Il enfonça son pouce dans sa bouche, se blottissant contre la poitrine de Jamie, tandis que la lamentation se dissolvait dans les gémissements.

Jamie prit alors la direction de la forêt, marchant vers la voix.

– Venez, allons à sa rencontre.

Ils n'avaient pas d'autre choix que de le suivre. Brianna lâcha Roger et se rapprocha de son père, afin que Jemmy puisse la voir et être rassuré. Il avait le bout du nez rouge et le blanc des yeux un peu rose. Il ne manquait plus qu'il s'enrhume !

Elle tendit la main pour toucher son front, mais au même moment la voix reprit de plus belle. Toutefois, elle avait changé. Le son était haut perché et effilé, ce n'était plus l'oraison vigoureuse entendue un peu plus tôt. Elle semblait moins sûre d'elle, comme un apprenti fantôme.

C'était en effet une apprentie, mais pas un fantôme. Jamie se pencha pour passer sous une branche basse, et elle marcha sur ses talons, émergeant dans une clairière et faisant sursauter les deux femmes qui s'y trouvaient. Ou plutôt, une femme et une adolescente, des châles sur la tête. Brianna les connaissait, mais comment s'appelaient-elles ?

Se remettant de sa surprise, la femme se plia en deux en une profonde courbette et déclara :

– *Maduinn mhath, maighistear.*

– Bonjour à vous, mesdames, répondit Jamie en gaélique.

– Bonjour, madame Gwilty, dit Roger de sa voix rauque. Et bonjour à toi, *a nighean*.

Il s'inclina avec courtoisie devant la jeune fille. Olanna, voilà ! Brianna se souvenait de son visage rond, comme le « O » de son prénom. Était-ce la fille de Mme Gwilty ?... Sa nièce ?

– Oh, le joli petit garçon, roucoula l'adolescente.

Elle avança un doigt vers la joue dodue de Jemmy qui se recroquevilla et suça son pouce avec une ardeur redoublée ; il l'observa d'un air suspicieux sous le bord de son bonnet en laine.

Les femmes ne parlaient pas l'anglais, mais le gaélique rudimentaire de Brianna lui permettait désormais de suivre le gros de la conversation, à défaut de pouvoir y participer. Mme Gwilty expliqua qu'elle enseignait à sa nièce comment effectuer un *coronach* convenable.

Poli, Jamie répondit :

– Je ne doute pas qu'à vous deux, vous ferez des merveilles.

Mme Gwilty renifla et lança un regard dédaigneux à sa nièce.

– Peuh, vous pensez ! Avec cette voix de pet de chauve-souris ! Mais c'est la seule femme de ma famille qui reste, et je ne vivrai pas éternellement.

Choqué, Roger émit un son étranglé, qu'il se hâta de camoufler en une toux convaincante. Le visage plaisant d'Olanna, déjà rosi par le froid, devint écarlate. Humble, elle baissa les yeux et s'engonça un peu plus sous son châle. Il était en *homespun* brun. Celui de Mme Gwilty était en laine plus fine, teinte en noir, et, bien qu'un peu effiloché, elle le portait avec toute la dignité de sa profession.

– Nous sommes emplis de tristesse pour vous, déclara Jamie reprenant le ton formel des condoléances. La défunte ?

– La sœur de mon père, répondit promptement Mme Gwilty. Ah, quel malheur, quel malheur qu'elle soit enterrée parmi des étrangers !

Cette femme avait un visage mince et émacié, de profonds cernes noirs sous les yeux. Lorsqu'elle se tourna vers Jemmy, celui-ci saisit aussitôt le bord de son bonnet et le descendit jusque sous son menton. En voyant le regard noir et pénétrant se diriger vers elle, Brianna fut tentée de faire comme son fils.

Claire déclara dans son gaélique hésitant :

– J'espère que son ombre trouvera le réconfort. Grâce… grâce à la présence de votre famille.

C'était étrange d'entendre le gaélique parlé avec l'accent anglais. Brianna vit son père se mordre les lèvres pour ne pas sourire.

– Elle ne sera pas seule bien longtemps, lâcha Olanna.

Elle croisa le regard de Jamie, redevint écarlate et tira son châle devant son visage.

– Pourquoi ? Il y a quelqu'un de souffrant ? Qui ?

Il interrogea Claire des yeux, mais elle secoua discrètement la tête. Si quelqu'un était malade, personne n'était venu lui demander son aide.

Les lèvres ridées de Mme Gwilty dévoilèrent ses dents gâtées, et elle rétorqua avec un plaisir macabre :

– Seaumais Buchan. Il est pris de fièvre, et sa poitrine le tuera avant la fin de la semaine, mais on l'a pris de vitesse. Heureusement.

Claire ouvrit des yeux ronds.

– Pardon ? dit-elle, estomaquée.

Devant cette réaction, Mme Gwilty la toisa.

– La dernière personne enterrée dans le cimetière doit monter la garde, *Sassenach*. Jusqu'à ce qu'un nouveau mort prenne le relais, expliqua Jamie en anglais.

Revenant au gaélique, il déclara :

– En effet, elle a bien de la chance. Elle en a encore plus d'avoir une telle *bean-treim* pour l'accompagner.

Il glissa une main dans sa poche et lui tendit une pièce.

– Ah, fit-elle ravie. Que voulez-vous, on fait ce qu'on peut, la petite et moi. Allez, *nighean*, montre-moi de quoi t'es capable.

Ainsi pressée de se donner en spectacle, Olanna parut terrifiée. Mais sous le regard scrutateur de sa tante, il lui était impossible d'y échapper. Elle ferma les yeux, bomba le torse, renversa ses épaules en arrière et lança un IIIIIIIIIIIIiiiiiiiiiiI IIIIIIIiiiiiiiiIIIIIIiiiiiiieuh-IIIIIIiiiIIIIeuh-ii-euh perçant avant de s'interrompre, à bout de souffle.

Roger plissa le visage comme si on lui enfonçait des clous dans les mains, et les mâchoires de Claire s'en décrochèrent. Les épaules de Jemmy remontèrent jusqu'au niveau de ses oreilles, et, désespéré, il s'accrocha au revers du manteau de son grand-père. Même Jamie avait l'air décontenancé.

– Pas mal, conclut Mme Gwilty. Tu ne nous couvriras peut-être pas de honte, après tout.

Regardant Roger avec dédain, elle lui lança :

– J'ai entendu dire qu'Hiram vous avait demandé de prononcer quelques mots ?

– En effet. J'en suis honoré.

Mme Gwilty ne commenta pas, se contentant de le dévisager de haut en bas, puis elle secoua la tête, pivota sur ses talons et leva les bras au ciel.

— AaaaaaaaaAAAAAAAAaaaaAAAAAAaaaaaIIiiiiiii IIIiiii Malheur! Malheur! Malheeeeeeeuuuuuuuur! Un malheur s'est abattu sur la maison Crombie… Malheur!

Brianna sentit des cristaux de glace se former dans son sang.

Docile, Olanna leur tourna le dos à son tour et entonna une nouvelle lamentation. Peu diplomate mais pratique, Claire se boucha carrément les oreilles.

— Combien lui as-tu donné? demanda-t-elle à Jamie en anglais.

Il ne répondit pas, mais lui prit le bras et s'empressa de l'entraîner au loin.

Brianna se tourna vers Roger qui paraissait mal en point.

— Je t'avais bien dit de boire un whisky.

— Oui, je sais, répondit-il avant d'éternuer.

* * *

Tandis que nous traversions la cour boueuse de la maison des Crombie, j'interrogeai Jamie :

— Tu as déjà entendu parler de ce Seaumais Buchan? Qui est-ce?

Il me prit par la taille pour m'aider à sauter par-dessus une flaque fétide qui ressemblait à de la pisse de chèvre.

— Ouf! *Sassenach*, tu pèses autant qu'un âne mort!

— C'est à cause du panier, expliquai-je. Je crois que Mme Bug y a mis du plomb. À moins que ce ne soit son cake aux fruits confits. Alors, c'est qui? Un des pêcheurs?

— Oui, c'est le grand-oncle de Maisie MacArdle, celle qui est mariée à celui qui construisait des bateaux. Tu te souviens d'elle? Une rousse avec un très long nez, six marmots?

— Vaguement. Comment fais-tu pour te souvenir de tous ces détails?

Il se contenta de sourire et m'offrit son bras. Nous pataugeâmes dans la gadoue en prenant un air solennel, le laird et sa dame venant assister à des funérailles.

La porte de la cabane était ouverte en dépit du froid, afin de laisser sortir l'esprit de la défunte. Par chance, cela permettait aussi un peu à la lumière d'entrer, la bâtisse étant rudimentaire et sans fenêtres. Elle était aussi remplie de monde, la plupart ne s'étant pas lavés depuis au moins quatre mois.

J'avais pris l'habitude des cabanes oppressantes et des corps crasseux, et, comme je savais que l'un d'eux au moins était propre mais mort, j'avais déjà commencé à respirer par la bouche avant que l'une des filles Crombie, les yeux rouges et voilée d'un châle, nous invite à entrer.

Mme Wilson était étendue sur la table avec une chandelle au-dessus de la tête, enveloppée dans le linceul qu'elle avait sans doute tissé elle-même pour son trousseau de mariage. Le lin était jauni par le temps, mais propre et doux à la lueur de la bougie, ses bords brodés d'un simple motif de lierre. On l'avait conservé avec soin et apporté d'Écosse au prix de nombreux sacrifices.

Jamie s'arrêta sur le seuil, ôta son chapeau et murmura les condoléances d'usage que les Crombie, hommes et femmes, acceptèrent les uns avec des hochements de tête, les autres avec des grognements. Je tendis le panier d'offrande et saluai avec ce que j'espérais être une expression de compassion digne, tout en surveillant Jemmy du coin des yeux.

Brianna avait fait de son mieux pour lui expliquer la situation, mais je n'avais aucune idée de la façon dont il réagirait à la vue du cadavre. Il avait fini par se laisser convaincre d'émerger de sous son bonnet et, fasciné, contemplait le monde autour de lui.

Il pointa alors un doigt vers le corps et me demanda dans un chuchotement sonore :

– C'est la dame morte, grand-mère ?

– Oui, mon chéri.

Mme Wilson paraissait paisible, les paupières fermées, dans son plus beau bonnet avec une écharpe nouée sous le menton pour fermer sa mâchoire. Jemmy ne l'ayant sans doute jamais croisée de son vivant, il n'avait aucune raison d'être bouleversé de la voir ainsi. On l'avait emmené à la chasse depuis qu'il savait marcher, et il comprenait sans doute le concept de la mort. En outre, après notre rencontre avec la *bean-treim,* un cadavre devait lui sembler bien morne. Néanmoins...

Jamie le posa par terre et lui chuchota à l'oreille :

– Viens, mon garçon, allons lui rendre un dernier hommage.

Je le vis jeter un œil vers la porte, où Brianna et Roger présentaient leurs condoléances à leur tour, et compris qu'il avait attendu qu'ils nous rattrapent afin de leur montrer la marche à suivre.

Il guida Jemmy entre la foule, qui s'écarta avec respect, et le conduisit jusqu'à la table. Là, il mit une main sur le corps. Ah ! Il s'agissait donc de ce type d'enterrement.

En Écosse, lors de certaines funérailles, la coutume voulait que chacun touche la dépouille, afin que le mort ne revienne pas les hanter. Je doutais que la vieille Mme Wilson ait un intérêt particulier à me persécuter, mais, après tout, on n'était jamais trop prudent. En outre, je gardais le souvenir désagréable d'un crâne aux dents plombées et de l'apparition spectrale de son propriétaire sur la montagne par une nuit sans lune. Malgré moi, je regardai vers la chandelle, mais elle n'était qu'une simple bougie inoffensive, sentant bon la cire d'abeille, plantée un peu de travers dans son bougeoir en terre cuite.

Rassemblant tout mon courage, je plaçai la main sur le linceul. On avait installé sur sa poitrine une soucoupe contenant un morceau de pain et un peu de sel. Un bol en bois rempli d'un liquide sombre (du vin ?) se trouvait à côté du corps, sur la table. Entre la bonne chandelle, le sel et la *bean-treim,* tout portait à croire qu'Hiram Crombie cherchait à s'amender auprès de feue sa belle-mère..., même si je le soupçonnais d'avoir l'intention de récupérer le sel après les obsèques.

Néanmoins, un détail clochait. Un malaise flottait entre les bottes et les pieds enveloppés de haillons de l'assemblée, tel le courant d'air froid qui entrait par la porte. Je crus d'abord que notre présence en était la cause, mais non. Un bref murmure d'approbation s'était fait entendre quand Jamie s'était approché du corps.

Il susurra quelques mots à Jemmy, puis le souleva afin qu'il touche la morte. Les jambes ballantes, ce dernier observa le visage cireux avec curiosité. Puis, il tendit la main vers le pain, questionnant à voix haute :

– C'est pourquoi, ça ? Elle va le manger ?

Jamie lui retint le poignet et plaqua fermement sa main sur le linceul.

– C'est pour le mangeur de péchés, *a bhailach*. Il ne faut pas y toucher.

– C'est quoi un…

– Plus tard.

Quand Jamie prenait ce ton, personne ne discutait. Jemmy se tut, remettant son pouce dans sa bouche, tandis que son grand-père le reposait à terre. Brianna s'approcha et le prit dans ses bras, se souvenant à la dernière minute de toucher le corps, elle aussi. Elle murmura :

– Repose en paix.

Quand vint le tour de Roger, la foule le considéra avec un regain d'intérêt.

Il était pâle mais calme. Son visage fin et plutôt ascétique aurait paru austère si ce n'étaient la douceur de ses yeux et sa bouche toujours prompte à rire. Pour l'instant, toutefois, l'heure était à la gravité.

Il mit une main sur la poitrine de la morte et baissa la tête. J'ignorais s'il priait pour son âme ou s'il cherchait seulement une inspiration, mais il ne bougeait plus. L'assemblée respectait ce silence juste perturbé par quelques toux et raclements de gorge. Apparemment, Roger n'était pas le seul à s'enrhumer. Cela me rappela tout à coup Seaumais Buchan.

« Il est pris de fièvre, et sa poitrine le tuera avant la fin de la semaine », avait dit Mme Gwilty. Une pneumonie... ou une bronchite, voire même une tuberculose pulmonaire ? Dire que personne ne m'en avait parlé !

J'étais partagée entre l'agacement, la culpabilité et l'embarras. Je savais que les nouveaux métayers ne m'accordaient pas encore leur confiance. J'avais pensé préférable de leur laisser le temps de s'habituer à moi avant de leur rendre visite à l'improviste. La plupart n'avaient jamais vu un Anglais avant de débarquer dans les colonies, et je ne connaissais que trop bien leurs opinions sur les *sassenachs* et les catholiques.

Cependant, un homme était peut-être en train de mourir à deux pas de chez moi, et j'ignorais tout de son existence, sans parler de sa maladie.

Devais-je aller le trouver sitôt la fin des funérailles ? Mais où vivait-il ? Probablement pas dans le coin. J'avais rencontré tous les pêcheurs qui s'étaient établis sur notre montagne ; les McArdle devaient habiter de l'autre côté de la crête. Regardant par la porte, j'essayai d'évaluer dans combien de temps les nuages menaçants déverseraient sur nous leur fardeau de neige.

Au-dehors, on entendait des bruits de pas, et des murmures se firent entendre. D'autres visiteurs étaient arrivés, venant sans doute des vallons voisins, et s'agglutinaient sous le porche. Je surpris les mots « *dèan caithris* » dans la conversation et saisis enfin ce qui clochait dans cette cérémonie.

Il n'y avait pas de veille. D'ordinaire, après la toilette du corps, on exposait celui-ci un jour ou deux afin de permettre à tous les habitants de la région de venir lui rendre un dernier hommage. Tendant l'oreille, je perçus nettement un ton de mécontentement et de surprise. Les voisins ne comprenaient pas cette hâte.

Je chuchotai à Jamie :
– Pourquoi n'y a-t-il pas de veille ?
Il fit un signe vers la porte et le ciel bas.

– Il va tomber beaucoup de neige avant la nuit, *a Sorcha*. Cela va sans doute durer plusieurs jours. Moi-même, je ne voudrais pas avoir à creuser une tombe et à enterrer un cercueil par un temps pareil. Et s'il neige pendant des jours, où mettront-ils le corps en attendant?

Kenny Lindsay, qui se tenait tout près, l'entendit.

– C'est bien vrai, *Mac Dubh*.

Il lança un regard à la ronde et se rapprocha encore de nous, baissant la voix :

– Mais on raconte aussi qu'Hiram Crombie et la vieille carn… euh, sa belle-mère ne pouvaient pas se sentir. Et même qu'il a hâte de la mettre sous terre, au cas où elle changerait d'avis…

Il fit un clin d'œil à Jamie, qui réprima un sourire.

– Sans compter que ça lui permet d'épargner un buffet.

L'avarice d'Hiram Crombie était connue de tous, ce qui n'était pas pour plaire aux Highlanders, économes mais hospitaliers.

Il y avait du remue-ménage devant la porte, de nouveaux arrivants congestionnant l'entrée. Quelqu'un tenta de se frayer un chemin dans la foule, bien que l'intérieur de la cabane soit déjà plein à craquer. Il ne restait un peu d'espace que sous la table où reposait Mme Wilson.

Les gens cédèrent le passage à contrecœur, et Mme Bug apparut, parée de ses plus beaux atours, Archie pendu à ses basques. Elle tendit une bouteille à Jamie.

– Vous avez oublié le whisky, monsieur.

Cherchant les Crombie autour d'elle, elle les repéra et les salua avec solennité prononçant des paroles de sympathie. Puis, bombant le torse, elle remit son bonnet d'aplomb et lança un regard impatient à la ronde. Les festivités pouvaient commencer.

Hiram Crombie fit un signe de tête à Roger.

Celui-ci se redressa et débuta. Il parla simplement pendant quelques minutes, énonçant des généralités sur la préciosité de la vie, l'énormité de la mort, l'importance des parents et des voisins dans ce genre d'épreuve. Tout cela semblait convenir au public, qui opinait du bonnet et se préparait à un divertissement agréable.

Roger marqua une pause pour tousser et se moucher, puis enchaîna sur une version du rite funéraire presbytérien, ou de ce qu'il en avait retenu lors de toutes ses années passées auprès du révérend Wakefield.

Cela parut aussi tout à fait acceptable. Brianna se détendit un peu et reposa Jemmy sur le sol.

Tout allait bien, et pourtant... je ressentais toujours un malaise. C'était en partie parce que je pouvais apercevoir Roger. La chaleur croissante dans la cabane lui faisait couler le nez. Il gardait son mouchoir à la main, se tamponnant les narines de temps à autre, puis s'interrompant pour se moucher le plus discrètement possible.

Le problème, c'est que les mucosités tendent à s'écouler vers le bas. À mesure que sa congestion augmentait, elle affectait sa gorge fragile. La note étranglée dans sa voix, omniprésente, ne cessait de s'accentuer. Il devait s'éclaircir la voix de plus en plus souvent.

Près de moi, Jemmy s'agitait. Du coin de l'œil, je vis Brianna placer une main sur sa tête pour le calmer. Il leva le nez vers elle, mais elle était toute concentrée sur Roger.

– Remercions le ciel pour la vie de cette femme, dit-il.

Il s'interrompit pour se racler la gorge, une fois de plus. Je me surpris à faire de même par compassion solidaire.

– ... Cette femme, fidèle servante de notre Seigneur. Louons le Seigneur, devant son trône, avec les sain...

Un doute traversa son regard, il devait se demander si les croyants rassemblés ici admettaient le concept des saints ou s'ils le considéraient comme une hérésie de papistes. Il toussa et reprit :

– ... avec les anges.

De fait, les anges ne pouvaient faire de mal à personne. Les visages autour de moi étaient austères mais pas offensés. Roger saisit la Bible et l'ouvrit à une page marquée d'un signet.

– Récitons ensemble un psaume à la gloire du Seigneur qui…

Il se rendit compte, trop tard, de la difficulté de traduire simultanément l'anglais en gaélique.

Il s'éclaircit la gorge avec un bruit explosif, et une demi-douzaine de gorges dans l'assemblée lui répondirent. À mes côtés, Jamie murmura :

– Oh, Seigneur !

Jemmy tira sur la jupe de sa mère en chuchotant, mais elle le fit taire d'un geste péremptoire. Elle était penchée en avant vers Roger, tout son corps désirant ardemment l'aider, ne serait-ce que par télépathie.

N'ayant d'autre solution, Roger commença la lecture du psaume d'une voix hésitante. La moitié de l'assistance l'avait pris au mot et récitait le texte de mémoire, beaucoup plus vite qu'il ne parvenait à traduire.

Je fermai les yeux, préférant ne pas regarder, mais je ne pouvais pas ne pas entendre. La foule débita le psaume à toute allure, puis se tut, attendant avec une patience glaciale que Roger termine, ce qu'il fit de manière hachée mais tenace.

– *Amen !* termina Jamie d'une voix forte.

Elle résonna dans le silence. Je relevai les paupières pour découvrir que tout le monde nous dévisageait, les expressions allant de la surprise à une franche hostilité. Jamie respira alors très lentement.

– Jésus. Le Christ, ajouta-t-il tout bas.

Une goutte de transpiration coula sur la joue de Roger. Il l'essuya sur la manche de son manteau.

– Quelqu'un souhaite-t-il prononcer quelques mots concernant la défunte ? interrogea-t-il.

Son regard balaya l'assistance. Un silence de plomb et le gémissement du vent lui répondirent.

Il se racla la gorge, et quelqu'un ricana.

– Grand-mère… chuchota Jemmy en tirant sur ma jupe.

– Chut.

– Mais *grand-mère…*

Sentant l'urgence dans sa voix, je me baissai vers lui, chuchotant :

– Quoi ? Tu as besoin d'aller au petit coin ?

Il secoua vigoureusement la tête.

– Ô Seigneur, notre Père qui êtes aux cieux, vous qui nous guidez dans les changements du temps vers le repos et la béatitude éternels, soyez plus près de nous, pour nous réconforter et nous soutenir.

Roger avait encore une fois posé la main sur le cadavre, étant visiblement décidé à conclure. Au soulagement évident sur son visage et dans sa voix, je devinais qu'il s'était rabattu sur une prière commune de son ancien missel, assez familière pour qu'il la récite dans un gaélique fluide.

– Montre-nous que tes enfants sont précieux à tes yeux...

Il s'interrompit, ayant du mal à articuler ; les muscles de sa gorge remuaient, tentant de déloger en douce l'obstruction. En vain.

– Hum... HUHUM !

Un bruit, pas tout à fait un rire, parcourut la foule. Brianna émit à son tour un grondement guttural, sourd, tel un volcan s'apprêtant à cracher sa lave.

– Grand-mère !

– Chuuuut !

– ... à tes yeux. Qu'ils vivent... pour l'éternité à tes côtés dans ta miséricorde...

– Grand-mère !

Jemmy se trémoussait comme si une colonie de fourmis avait pris possession de son fond de culotte.

– Et le Christ a dit : « Je suis la Résurrection et la Vie ; celui qui croit en moi, même s'il meurt... hum !... vivra. »

Voyant approcher la ligne d'arrivée, Roger voulait finir en beauté, forçant sa voix au-delà de ses limites, plus rauque que jamais et se brisant sur chaque parole, mais toujours ferme et forte.

– Juste une minute, chuchotai-je à Jemmy. Je t'emmène dehors dès que...

– Non, grand-mère. Regarde !

Je suivis la direction de son index pointé. L'espace d'un instant, je crus qu'il me montrait son père. Puis je baissai le regard.

La vieille Mme Wilson avait ouvert les yeux.

* * *

Il y eut un moment de silence, tous les regards étant rivés sur Mme Wilson, puis la foule entière retint son souffle avant de reculer très vite en poussant des cris de terreur et de douleur, tandis que des orteils étaient écrasés et que chacun se pressait contre les parois en rondins de la cabane.

Jamie cueillit son petit-fils et le souleva avant qu'il ne soit piétiné, hurlant « *Sheas !* » à pleins poumons. Son cri fut si puissant que tout le monde se figea, juste le temps qu'il plante Jemmy dans les bras de Brianna et qu'il joue des coudes jusqu'à la table.

Roger aida l'ex-morte à se hisser en position assise. Elle tapotait faiblement le bandage sous son menton. Je me frayai un passage derrière Jamie, poussant sans ménagement les gens hors de mon chemin, m'écriant :

– Je vous en prie, laissez-lui un peu d'air !

Le silence ahuri céda peu à peu le pas à un murmure excité, qui se tut de nouveau quand je dénouai le bandage. L'assistance attendait avec fébrilité que le cadavre ait fini d'exercer ses mâchoires raidies.

– Où suis-je ? questionna-t-elle d'une voix tremblante.

Son regard incrédule parcourut l'assistance et s'arrêta enfin sur le visage de sa fille.

– Mairi ?

Mme Crombie se précipita vers elle et tomba à genoux. Elle éclata en sanglots en serrant les mains de sa mère.

– *A Màthair ! A Màthair !*

La vieille femme caressa la tête de sa fille, l'air de se demander si elle était bien réelle.

Pendant ce temps, je m'efforçai de vérifier ses signes vitaux, qui n'étaient pas si vitaux, mais néanmoins relativement bons pour quelqu'un qui était mort, quelques instants plus tôt. Sa respiration était peu profonde et laborieuse, son teint de la couleur d'un porridge vieux d'une semaine, sa peau froide et moite en dépit de la chaleur dans la pièce. En outre, je ne trouvais pas de pouls. Pourtant, elle devait forcément en avoir un. Ou pas?

– Comment vous sentez-vous? demandai-je.

Elle tapota son ventre.

– Ma foi, pas très bien.

Je palpai son abdomen et trouvai enfin le pouls. Un pouls qui ne se trouvait pas là où il aurait dû être, irrégulier, chancelant, saccadé, mais toutefois existant.

– Putain de bordel de merde!

J'avais parlé dans ma barbe, mais Mme Crombie avait dû m'entendre. Elle tiqua, et je vis un mouvement sous son tablier. Elle devait former le signe des cornes avec ses doigts.

N'ayant pas le temps de m'excuser, je me redressai et tirai Roger par la manche, lui expliquant à voix basse :

– Elle a un anévrisme aortique. Une hémorragie interne lui a sans doute fait perdre conscience et lui a donné cet aspect froid. Il va se rompre très vite et, cette fois, elle mourra pour de bon.

Il blêmit et s'enquit de la suite des événements :

– Dans combien de temps?

Je jetai un œil vers Mme Wilson. Son visage avait la même couleur que le ciel de plomb à l'extérieur, ses yeux se voilaient puis s'éclaircissaient comme la flamme d'une bougie dans le vent.

– Je vois, affirma Roger sans attendre ma réponse.

Il s'éclaircit la voix. L'assistance qui cacardait comme un troupeau d'oies énervées se tut sur-le-champ et se tourna vers le tableau vivant.

– Notre sœur a été ramenée à la vie, comme nous le serons tous un jour par la grâce du Seigneur. Il nous envoie un signe

625

d'espoir et de foi. Elle retournera bientôt dans les bras des anges, mais son bref retour sur terre nous apporte l'assurance de l'amour de Dieu.

Il s'interrompit, cherchant d'autres affirmations à ajouter. Puis, ne trouvant rien, il se pencha vers Mme Wilson, lui demandant en gaélique :

– Souhaitez-vous… souhaitez-vous parler, Ô, mère ?

– Oui, ça, je veux bien.

Elle avait repris des forces, ses joues cireuses ayant un peu rosi. Elle repéra son gendre dans la foule et le fixa, la mine indignée.

– Qu'est-ce que c'est que cette veillée, Hiram Crombie ? Je ne vois aucun buffet, aucune boisson… et ça, c'est quoi ?

Elle venait d'apercevoir la soucoupe avec le pain et le sel, que Roger avait en un tournemain mis de côté avant de l'aider à se redresser.

– Mais… mais…

En remarquant la foule, elle comprit d'un coup. Les yeux presque hors de leurs orbites, elle s'écria d'une voix suraiguë :

– Mais… espèce de misérable grippe-sou ! Ce n'est même pas une veillée du tout ! Tu allais m'enterrer avec un bout de pain et une goutte de vin pour le mangeur de péchés ! C'est encore un miracle que tu te sois donné autant de mal ! Je parie que tu allais me voler mon linceul pour en faire des habits pour tes morveux ! Et où est ma belle broche ?

Sa main osseuse toucha son torse, ne rencontrant que du tissu élimé.

– Mairi ! Ma broche !

– La voici, mère, la voici !

La pauvre Mme Crombie, défaite, fouillait hâtivement dans sa poche en hoquetant.

– Je te l'avais mise à l'abri. Je comptais te l'accrocher avant… avant…

Elle sortit une minuscule grappe de grenats, que sa mère lui arracha des mains et serra contre son cœur, regardant les gens d'un air suspicieux. Elle s'attendait sans doute à ce qu'une des voisines la lui vole sur son cadavre. Offusquée, une femme derrière moi s'exclama. Je pris ma plus belle voix d'infirmière :

– Allons, allons. Tout va bien se passer.

«Hormis le fait que tu vas mourir dans les minutes qui suivent», pensai-je. Je réprimai une envie hystérique de rire, ce qui aurait été des plus inconvenants. À dire vrai, elle risquait d'y passer d'une seconde à l'autre si sa tension artérielle continuait de grimper.

Je gardai les doigts sur le pouls palpitant de son ventre qui trahissait l'affaiblissement fatal de son artère abdominale. Celle-ci devait déjà avoir commencé à fuir, provoquant le coma qui avait donné l'apparence de la mort.

Roger et Jamie s'efforçaient de calmer Mme Wilson, marmonnant en anglais et en gaélique, lui donnant des petites tapes dans le dos. Cela semblait fonctionner, même si elle soufflait encore comme une locomotive.

Jamie sortit la bouteille de whisky de sa poche, ce qui parut l'apaiser.

– Ah! J'aime mieux ça!

Elle arracha le bouchon de liège et agita le goulot sous son nez, évaluant la qualité du produit.

– Vous avez apporté aussi de quoi manger?

Mme Bug se fraya un chemin dans la foule, poussant son panier devant elle comme un bélier. Dès les premiers cris de Mme Wilson, elle s'était dirigée vers la table où se trouvaient les cadeaux pour la morte et avait récupéré l'offrande de Claire.

– Mmphm... Quand je pense qu'il a fallu que je meure pour découvrir que des papistes étaient plus décents que ma propre famille!

Cette dernière pique s'adressait directement à Hiram Crombie qui, jusque-là s'était contenté d'ouvrir et de fermer la bouche, ne trouvant rien à dire face à la tirade de sa belle-mère.

– Comment… comment… balbutia-t-il, tiraillé entre la stupeur, la fureur et le besoin de se justifier devant ses voisins.

– Plus décents que votre famille ! Qui vous a donné un toit ces vingt dernières années ? Qui vous a nourrie et habillée ? Qui vous a traitée comme sa propre mère ? A supporté votre langue de vipère et votre sale caractère sans jamais…

Jamie et Roger tentèrent d'intervenir pour l'arrêter, ne parvenant qu'à s'interrompre l'un l'autre. Pendant ce temps, Hiram continuait à vider son sac. Tout comme Mme Wilson, qui ne manquait pas de répondant, en ayant gros sur le cœur elle aussi.

Le pouls dans son ventre battait sous mes doigts. J'avais du mal à l'empêcher de bondir de la table pour aller fracasser le crâne de son gendre avec la bouteille de whisky. Les voisins étaient ébahis.

Roger prit les choses, et Mme Wilson, en main, la saisissant par ses épaules osseuses.

– Madame Wilson ! Madame Wilson !

– Hein ?

Elle s'interrompit quelques minutes pour reprendre son souffle.

– Ça suffit ! Vous aussi !

Il fusilla des yeux Hiram qui s'apprêtait à rétorquer, puis qui ferma enfin la bouche.

Roger frappa la table avec la Bible.

– Ce comportement est intolérable, vous m'entendez ! C'est totalement déplacé ! Je ne le tolérerai pas !

La pièce redevint silencieuse, hormis les sanglots de Mme Crombie et la respiration sifflante de Mme Wilson. Intimidé, Roger s'assura qu'il n'y aurait plus d'autres interruptions en jetant un œil à la ronde, puis mit une main sur celle de Mme Wilson.

– Madame Wilson… ne savez-vous pas que vous vous tenez devant Dieu en cet instant ?

Je hochai la tête pour le conforter. Oui, elle allait bien mourir. Sa tête dodelinait, et la lueur de colère disparaissait de ses yeux.

– Dieu est près de nous.

Il le répéta en gaélique pour l'ensemble de l'assistance, et on entendit un soupir collectif.

– Ne profanez pas cette occasion sacrée par la colère ou l'amertume.

Il pressa doucement la main osseuse.

– Préparez votre âme. Dieu vous…

Mais Mme Wilson ne l'écoutait plus. Sa bouche ridée s'ouvrit grand d'horreur.

– Le mangeur de péchés ! s'écria-t-elle.

Elle roulait des yeux affolés. Elle saisit la soucoupe posée près d'elle et saupoudra son linceul de sel.

– Où est le mangeur de péchés ?

Hiram se raidit, comme piqué aux fesses par une lance chauffée à blanc. Il fit volte-face et joua des coudes vers la porte, la foule s'effaçant devant lui. Des murmures interrogatifs s'élevèrent dans son sillage, cessant quand un cri funèbre et perçant s'éleva au-dehors, un autre s'élevant à son tour quand le premier retomba.

Un « Aaah » impressionné parcourut l'assistance, et Mme Wilson parut satisfaite. Les *bean-treim* étaient passées à l'action.

Il y eut un mouvement près de la porte, et la foule s'écarta de nouveau telle la mer Rouge, laissant un passage jusqu'à Mme Wilson, qui était assise le dos droit, livide et respirant avec difficulté. Son pouls sautait des temps sous mes doigts. Jamie et Roger la soutenaient chacun sous un bras.

À l'intérieur, le silence était absolu, on n'entendait plus que les lamentations au-dehors, puis un pas lent et traînant fit craquer les marches en bois du porche. Le mangeur de péchés était arrivé.

Il était grand, ou l'avait été. Impossible de deviner son âge. Les années ou la maladie avaient rongé sa chair, si bien que sous ses larges épaules affaissées sa colonne s'était voûtée. Son visage hâve était penché en avant, couronné de quelques mèches grises.

Je n'avais encore jamais vu cet homme. Jamie m'adressa une moue sceptique. Il ne le connaissait pas non plus. À l'approche du mangeur de péchés, je remarquai que son corps était tout tordu, creux d'un côté, peut-être le résultat de côtes écrasées lors d'un accident.

Toute l'attention était dirigée vers lui, mais il fixait le sol à ses pieds. Le chemin étant étroit, la foule reculait de peur qu'il ne les touche. Quand il atteignit la table et releva la tête, je vis qu'il lui manquait un œil, sans doute arraché par un ours, à en juger par la masse de tissus cicatriciels autour de l'orbite creuse.

L'autre œil fonctionnait bien. Il eut un sursaut de surprise en apercevant M\ⁿ Wilson, se demandant certainement quoi faire.

Elle libéra son bras de la poigne de Roger et poussa vers lui la soucoupe de pain et de sel, déclarant d'une voix aiguë et un peu effrayée :

– Allez, c'est pour toi.

– Mais, vous n'êtes pas morte.

Sa voix cultivée ne trahissait qu'une faible perplexité, mais le public réagit comme au sifflement d'un serpent, reculant encore d'effroi.

– Non, et alors ?

L'agitation la faisait trembler de plus belle ; je sentais une vibration constante dans la table.

– On t'a payé pour manger mes péchés… alors, mange !

Un doute lui vint, et elle se tourna, cherchant son gendre.

– Tu l'as bien payé, au moins, Hiram ?

Ce dernier, qui était réapparu près de la porte, porta une main sur sa poitrine, protégeant sa bourse plutôt que son cœur.

– Quoi ? Je ne vais quand même pas le payer avant qu'il ait fait son travail !

Sentant l'imminence d'une autre émeute, Jamie lâcha Mme Wilson et sortit un shilling en argent de son sporran, qu'il poussa sur la table en direction du mangeur de péchés, en veillant toutefois, remarquai-je, à ne pas l'effleurer.

– Voilà, vous avez été payé. À présent, vous feriez mieux de vous y mettre.

L'homme fit des yeux le tour de la pièce. Le murmure terrifié de la foule fut audible même au-dessus du «MAAAALHEEEEEEEEUUUUUUUR SUR LA MAISON CROOOOOOOBIIIIIIIIIIE» au-dehors.

Il se tenait à moins d'un mètre de moi, et je pouvais sentir son odeur douce-amère : de la vieille sueur, de la crasse et autre chose, une vague émanation de plaies purulentes. Il obliqua vers moi et me dévisagea. Son œil était marron pâle, ambré, étonnamment comme le mien. Un vide étrange me creusa le ventre. J'avais l'impression de me regarder dans un miroir déformant, voyant ce visage cruellement abîmé se substituer au mien.

Son expression ne changea pas, pourtant un courant étrange passa entre nous. Puis, il se détourna et tendit une main très sale et ridée vers le morceau de pain.

Il mangea dans un profond silence, lentement, car il ne lui restait que quelques dents. Le pouls de Mme Wilson s'était fait plus léger et rapide, comme les battements d'ailes d'un colibri. Elle était presque molle entre les mains des hommes qui la soutenaient, ses paupières flétries retombant lourdement.

Le mangeur de péchés saisit le bol de vin des deux mains, comme un calice, et but les yeux fermés. Il reposa le récipient, très intrigué face à Mme Wilson. Ce devait être la première fois qu'il rencontrait un de ses clients en vie. Je me demandai depuis combien de temps il exerçait ce métier singulier.

Il s'inclina devant elle, puis tourna les talons et fila vers la porte, avec une rapidité surprenante pour un individu aussi handicapé.

Plusieurs garçons et certains des hommes les plus jeunes coururent derrière lui en hurlant ; quelques-uns saisirent des bouts de bois dans le panier près de la cheminée. D'autres étaient partagés, leurs yeux dirigés vers l'extérieur, où les cris et les jets de pierre se mêlaient aux lamentations des *bean-treim,* mais leur attention revenant inexorablement vers Mme Wilson.

Elle paraissait... sereine. Je ne trouvais pas d'autres mots. Je ne fus pas étonnée de constater que le pouls sous mes doigts s'était arrêté. Quelque part, très profond dans mes propres entrailles, je perçus le déversement vertigineux de l'hémorragie, une chaleur irradiante qui m'attirait à elle, faisant danser des points noirs devant mes yeux et bourdonner mes oreilles. Cette fois, elle mourait vraiment. Je la sentis partir. Pourtant, j'entendis sa voix au-dessus du vacarme, toute petite, mais calme et claire :

– Je te pardonne, Hiram. Tu as été un bon garçon.

Ma vue se brouilla, mais je distinguai encore des formes vagues et des sons. Une main m'attrapa et me tira. Peu après, je revins à moi, appuyée contre Jamie dans un coin, soutenue par ses bras. Il me tapotait la joue.

– Tu te sens bien, *Sassenach* ?

Les *bean-treim* toutes drapées de noir étaient parvenues jusqu'à la porte où elles se tenaient, telles deux colonnes d'ombre. Derrière elles, la neige s'était mise à tomber, les flocons tourbillonnant jusque sur le plancher. Les voix des femmes s'élevaient et descendaient, se fondant avec celle du vent. Près de la table, Hiram Crombie tentait d'accrocher la broche de grenats sur le linceul de sa belle-mère, les mains tremblantes et le visage baigné de larmes.

– Oui, dis-je faiblement.

Puis je repris, d'une voix plus ferme :

– Oui, à présent, tout va bien.

SIXIÈME PARTIE

Là-haut, sur la montagne

40

Le printemps des oiseaux

Mars 1774

Le printemps était arrivé, et les longs mois de solitude fondaient en d'innombrables ruisselets qui dévalaient les pentes, rebondissant de pierre en pierre en cascades miniatures.

Le chant des oiseaux remplissait l'air, une cacophonie mélodieuse qui nous changeait de l'appel occasionnel des oies passant très haut au-dessus de nos têtes.

L'hiver, les oiseaux se font rares : un corbeau esseulé voûtant le dos sur une branche nue, une chouette gonflant son col de plumes pour se protéger du froid dans les hauteurs d'une grange. Certains se regroupent en bandes : on les voyait s'envoler dans un vrombissement d'ailes, décrivant des arabesques dans le ciel telle une poignée de grains de poivre jetés dans le vent, serrant les rangs de leurs formations en V avec un courage résigné, mettant le cap vers la promesse lointaine et douteuse de la survie.

Les rapaces, eux, font cavalier seul. Les oiseaux chanteurs s'enfuient, l'univers du peuple à plumes se réduit à l'expression brutale du prédateur et de la proie, à des ombres grises qui filent dans le ciel, à une gouttelette de sang écarlate ici et là sur la neige pour signaler la fin d'une vie, à quelques pennes éparses balayées par le vent.

Mais dès les beaux jours, les oiseaux s'enivrent d'amour, et les buissons résonnent de leurs sérénades. Ils se font la cour jusqu'à tard dans la nuit, l'obscurité les apaisant sans pour autant les faire taire. Des conversations mélodieuses éclatent à tout instant, invisibles et étrangement intimes dans le noir, comme si l'on surprenait des mots doux échangés par deux inconnus dans la chambre d'à côté.

Je me rapprochai de Jamie tout en écoutant le chant clair et doux d'une grive dans le grand épicéa derrière la maison. La nuit était encore fraîche. Ce n'était plus l'air mordant de l'hiver, mais la froideur revigorante du dégel et des premières feuilles qui piquait le sang et donnait envie de se blottir contre un corps chaud. C'était la saison des nids.

Un ronflement sonore retentit de l'autre côté du couloir, autre signe annonciateur du printemps : le major MacDonald s'était présenté la veille, échevelé et couvert de boue, nous apportant du monde extérieur des nouvelles dont nous nous serions bien passés.

Jamie remua, grogna, lâcha un pet, puis s'immobilisa de nouveau. Il s'était couché tard, tenant compagnie au major.

J'entendais Lizzie et Mme Bug discuter dans la cuisine en bas, entrechoquant la vaisselle et claquant des portes dans l'espoir de nous tirer du lit. Les odeurs du petit-déjeuner montaient à l'étage, le parfum amer de la chicorée grillée épiçant celui, plus chaud et épais, du beurre chaud sur le porridge.

Le rythme du souffle de Jamie changea, signe qu'il était réveillé en dépit de ses yeux fermés. J'ignorais si c'était parce qu'il voulait prolonger le plaisir du sommeil ou par manque d'enthousiasme à l'idée de devoir affronter encore le major.

Il dissipa mes doutes en roulant sur le côté et en me prenant dans ses bras, remuant ses hanches de manière suggestive : il était clair que, s'il avait en effet le plaisir physique en tête, il estimait avoir assez dormi.

Toutefois, il n'était pas encore en état de formuler des phrases cohérentes. Il émit un « mmm ? » guttural dans mon oreille. Ma foi… MacDonald dormait toujours, et le café ne serait pas prêt avant un petit moment. Je répondis par un « mmm » affirmatif, pris un peu de crème aux amandes dans le petit pot sur ma table de chevet et commençai un lent et agréable tripotage sous sa chemise de nuit.

Quelque temps plus tard, un accès de toux ponctué de crachats nous annonça la résurrection du major MacDonald, tandis que l'odeur savoureuse du jambon frit et des pommes de terre sautées aux oignons se joignait aux autres stimulations olfactives. Néanmoins, le parfum de la crème aux amandes prenait le dessus.

– À toute pompe… soupira-t-il avec un sourire satisfait.

Allongé sur le côté, il m'observait en train de m'habiller.

– Pardon?

– Nous deux. Tu n'as pas aimé ce petit coup d'à toute pompe?

– Ah, je vois, Brianna t'a encore appris une expression. Toutefois, la métaphore s'applique plutôt à la grande vitesse qu'à la lubrification de la mécanique.

Je souris à son reflet dans mon miroir tout en démêlant ma chevelure. Il l'avait dénouée pendant que je l'oignais, et nos ébats subséquents l'avaient fait littéralement exploser. Tout compte fait, j'avais en effet l'air de descendre d'une moto après une chevauchée à toute vitesse.

Il s'assit.

– Je peux aussi être très rapide, quand je veux. Mais pas le matin. Cela dit, ce n'est pas désagréable comme réveil, tu ne trouves pas?

– Si, je dirais même très agréable.

De l'autre côté du couloir, on entendit le son très reconnaissable d'un jet puissant dans un pot de chambre.

– Il va rester longtemps?

Jamie fit non de la tête. Il se leva, s'étira comme un chat, puis traversa la chambre en chemise pour m'enlacer par-derrière. Je n'avais pas encore réveillé le feu, et la chaleur de son corps était suave. Il posa son menton sur mon crâne et regarda, dans la glace, nos deux visages superposés.

– Je vais devoir partir. Demain, peut-être.

Je me raidis.

– Où ? Voir les Indiens ?

Il acquiesça sans me quitter des yeux.

– MacDonald m'a apporté des journaux contenant des copies de lettres du gouverneur Martin à différentes personnalités leur demandant leur aide, Tryon à New York, le général Gage, etc. Il n'arrive plus à contrôler la colonie, si tant est qu'il l'ait jamais tenue, et envisage sérieusement d'armer les Indiens. Par chance, ce dernier détail ne figure pas encore dans la presse.

Il me lâcha pour ouvrir le tiroir de la commode où étaient rangés ses chemises et ses bas propres.

– Comme tu dis, par chance !

Je tordis mes cheveux derrière ma nuque et cherchai un ruban pour les nouer. Durant l'hiver, peu de journaux nous étaient parvenus, mais nous savions déjà que les relations entre le gouverneur et l'assemblée n'étaient pas au beau fixe. Martin traitait tous les problèmes en les repoussant au lendemain. Il avait déjà dissous l'assemblée plusieurs fois afin de l'empêcher d'adopter des lois qui contrariaient ses désirs.

J'imaginai aisément la réponse de la rue en apprenant que le gouverneur avait l'intention d'armer les Cherokees, les Catawbas et les Creeks, les montant contre son propre peuple.

Je trouvai enfin mon ruban bleu.

– Il ne le fera pas, déclarai-je. Autrement, la révolution éclaterait maintenant en Caroline du Nord, alors qu'elle ne doit commencer que dans deux ans dans le Massachusetts et à Philadelphie. Mais qu'est-ce qui lui a pris de publier ses lettres ?

Jamie se mit à rire.

– Il n'y est pour rien. Son courrier a dû être intercepté. D'après MacDonald, il n'est pas franchement enchanté.

– Tu m'étonnes !

La poste était très peu fiable, comme toujours. De fait, si Fergus vivait avec nous, c'était parce que Jamie l'avait recruté des années plus tôt à Paris pour voler des lettres.

– Au fait, comment va Fergus ?

Jamie grimaça tout en enfilant ses bas.

– Mieux, je crois. Marsali m'a dit qu'il passait plus de temps à la maison, ce qui est bon signe. En outre, il gagne un peu d'argent en enseignant le français à Hiram Crombie. Mais...

– À Hiram ? Le français ?

– Oui. Hiram est déterminé à aller semer la bonne parole parmi les Indiens. Il pense qu'il sera mieux équipé en parlant un peu le français en plus de l'anglais. Ian lui apprend aussi quelques mots de tsalagi. Il y a tant de langues différentes, qu'il ne pourra jamais les apprendre toutes.

– Les hommes ne cesseront jamais de m'étonner ! Tu penses que...

Hurlant dans la cage d'escalier, Mme Bug m'interrompit :

– Si certaines personnes tiennent vraiment à laisser refroidir leur petit-déjeuner, surtout qu'elles ne s'en privent pas !

Aussitôt, la porte du major s'ouvrit, et des pas précipités dévalèrent les marches.

– Tu es prêt ? demandai-je à Jamie.

Il me prit la brosse et se la passa brièvement dans les cheveux. Puis, il ouvrit la porte et s'effaça devant moi avec une courbette. En me suivant dans l'escalier, il déclara :

– À propos de ce que tu disais tout à l'heure, *Sassenach*... sur la révolution qui devrait avoir lieu dans deux ans. Elle a déjà commencé. Tu t'en rends compte, n'est-ce pas ?

– Oh oui. Mais je préfère ne pas y penser le ventre vide.

* * *

Roger se redressa le dos droit pour mesurer. Le bord de la fosse lui parvenait juste sous le menton. Avec un mètre quatre-vingt de profondeur, elle lui arriverait au niveau des yeux. Il ne lui restait donc que quelques centimètres à creuser. C'était réconfortant. Il posa sa pelle contre la paroi, saisit un seau plein de terre et le balança par-dessus le bord, en hurlant :

– Terre !

Aucune réaction. Il se hissa sur la pointe des pieds et chercha du regard ses prétendus assistants. Jemmy et Germain étaient censés vider les seaux à tour de rôle, puis les lui rendre, mais ils avaient tendance à se volatiliser un peu trop facilement.

— Terre! hurla-t-il de nouveau.

Les galopins ne pouvaient être bien loin. Il ne mettait pas plus de deux minutes pour remplir un seau.

On répondit enfin à son appel, mais ce n'étaient pas les garçons. Une ombre s'avança sur lui. Mettant sa main en visière, il aperçut son beau-père, le seau à la main. Jamie fit deux enjambées et déversa son contenu sur le monticule croissant, puis revint et sauta dans la fosse.

— Tu as creusé un sacré trou! On pourrait y faire rôtir un bœuf.

— Si seulement! J'ai une faim de loup.

Roger s'essuya le front. En dépit de l'air frisquet, il était en nage.

Jamie saisit la pelle et examina sa tranche avec intérêt.

— Je n'en ai jamais vu de pareille. C'est la petite qui l'a fabriquée?

— Oui, avec un peu d'aide de Dai Jones.

Trente secondes de travail avec un outil du XVIIIe siècle avaient suffi pour convaincre Brianna que quelques améliorations s'imposaient. Cependant, elle avait mis trois mois pour dénicher une plaque de fer capable d'être modelée et persuader le forgeron Dai Jones (un Gallois, donc têtu) de suivre ses instructions. Les pelles de l'époque étaient faites en bois, généralement un simple bardeau de toit attaché à un bout de bois.

— Je peux l'essayer?

Ravi, Jamie enfonça la lame dans le sol à ses pieds.

— Mais je vous en prie!

Roger recula à l'autre bout de la fosse. Jamie se tenait là où serait le foyer, selon Brianna, avec un conduit de cheminée au-dessus. Les éléments à faire brûler seraient entreposés dans la partie plus longue et moins profonde, qui serait couverte. Après une semaine d'excavation, Roger se demandait toujours si l'éventualité lointaine de canalisations d'eau chaude méritait de se donner tant de peine, mais Brianna en avait décidé ainsi et, à l'instar de son père, il était difficile de lui dire non, même si elle n'employait pas les mêmes méthodes.

Jamie se mit à l'ouvrage, envoyant des pelletées de terre dans le seau sans cesser de s'extasier devant la facilité et la rapidité avec lesquelles la lame s'enfonçait dans le sol. Malgré lui, Roger ressentit une pointe de fierté devant l'ingéniosité de sa femme.

Jamie s'exclama :

– D'abord des allumettes, puis des pelles. Que va-t-elle encore nous inventer ?

– Je n'ose pas y penser ! rétorqua Roger.

Le seau étant plein, Roger alla le vider pendant que Jamie remplissait le second. Puis, d'un accord tacite, ils continuèrent à travailler ensemble, Jamie creusant, Roger vidant, jusqu'à ce qu'ils aient fini la tâche en un tour de main.

Jamie grimpa hors du trou et rejoignit Roger sur le bord, contemplant son œuvre avec satisfaction.

– Si cette fosse ne fait pas un bon four, Brianna pourra toujours l'utiliser pour cultiver des tubercules.

– En tout cas, il faudra bien qu'elle nous serve à quelque chose, maintenant qu'on s'est donné tout ce mal.

Ils restèrent un bon moment à examiner le trou, puis Jamie demanda :

– Tu crois que vous rentrerez un jour, toi et la petite ?

Il avait parlé sur un ton si détaché que Roger ne comprit pas tout de suite. Puis il leva les yeux vers le visage de son beau-père au calme imperturbable. D'habitude, cette tranquillité (il l'avait déjà appris à ses dépens) masquait une puissante émotion.

– Rentrer... Vous voulez dire retraverser les pierres ?

Jamie acquiesça. Il semblait fasciné par les parois de la fosse où des racines enchevêtrées formaient des nœuds desséchés et où des éclats de pierres brillantes se détachaient sur la terre humide.

– J'y ai déjà réfléchi, répondit Roger après un long silence. Nous y avons réfléchi. Mais…

Il n'acheva pas sa phrase, ne trouvant aucune manière cohérente de s'expliquer.

Jamie hocha de nouveau la tête comme s'il avait compris quand même. Il devait en avoir déjà discuté avec Claire, tout comme Brianna et lui, pesant le pour et le contre. Il fallait tenir compte des risques de la traversée, surtout après ce que Claire lui avait raconté sur Donner et ses compagnons. S'il franchissait les pierres sans encombre, mais que Brianna et Jemmy n'y parvenaient pas? L'idée était insupportable.

En outre, en supposant qu'ils passent tous les trois sains et saufs, il y avait la douleur de la séparation. Elle serait déchirante pour lui aussi. Indépendamment de ses limites et de ses inconvénients, Fraser's Ridge était leur chez-soi.

D'un autre côté, il était impératif de considérer les dangers du présent, car les quatre cavaliers de l'apocalypse se rapprochaient, semant la peste et la famine dans leur sillage. Le spectre de la mort pouvait se présenter à tout moment sur le seuil de leur porte, et revenir souvent.

Naturellement, Jamie voulait en venir là.

– C'est à cause de la guerre?

– Les O'Brian, répondit doucement Jamie. Ce qui leur est arrivé arrivera encore. Et encore.

Roger revit le vent d'automne balayer les feuilles brunes et dorées sur le visage de la fillette morte. Il eut soudain l'impression que Jamie et lui se tenaient devant une tombe, tels deux fossoyeurs débraillés. Il tourna le dos à la fosse, préférant contempler le vert tendre des châtaigniers couverts de bourgeons.

– Vous savez… finit-il par dire, quand j'ai appris ce que Claire pouvait faire, ce que nous pouvions tous faire, je me suis dit : «C'est formidable!» Pouvoir vivre l'histoire au moment même où elle s'écrit. En toute honnêteté, je suis venu autant pour ça que pour être avec Brianna.

Jamie se mit à rire.

– Ah oui? Et ça l'est toujours autant? Formidable?

– Plus que je ne l'aurais pensé. Mais pourquoi me poser cette question maintenant? Je vous ai annoncé notre décision de rester il y a un an.

– C'est vrai. Le problème, c'est que… Je crois qu'il va falloir que je vende encore une ou deux gemmes.

Roger tiqua. Il n'y avait jamais vraiment pensé, mais le fait de savoir que les pierres précieuses étaient là, en cas de besoin… Jusque-là, il ne s'était pas rendu compte à quel point elles le sécurisaient.

– Elles sont à vous, vous pouvez en faire ce que vous voulez. Mais pourquoi aujourd'hui? Nos affaires vont si mal?

Ironique, Jamie rétorqua :

– Mal? Oui, on peut dire ça.

Il lui expliqua succinctement la situation.

Les maraudeurs avaient détruit non seulement une saison de whisky en cours de fabrication, mais également la malterie, qu'ils commençaient tout juste à reconstruire. Il n'y aurait donc pas de surplus de la précieuse boisson à vendre ou à troquer contre des produits de première nécessité. En outre, il fallait veiller sur vingt et une nouvelles familles de métayers, la plupart se débattant avec une terre et un métier auxquels elles ne connaissaient rien, essayant de survivre juste assez longtemps pour apprendre comment ne pas mourir de faim.

– Et puis, il y a MacDonald, ajouta Jamie. Tiens, en parlant du loup…

Le major venait de sortir sur le perron, sa redingote rouge brillant au soleil. Il portait sa tenue de voyage, avec ses bottes équipées d'éperons, sa perruque, et son chapeau à lacets qu'il tenait à la main.

– Une visite éclair, à ce que je vois, observa Roger.

– Oui, juste le temps de m'annoncer que je devais me procurer trente mousquets, avec charges et poudre. Le tout à mes frais, bien entendu. La Couronne compte me rembourser… un jour.

À son ton cynique, il était clair qu'il en doutait fort.

– Trente mousquets…

Roger grimaça. Jamie n'avait même pas de quoi remplacer le fusil offert à Oiseau pour les avoir accompagnés à Brownsville.

– Puis… reprit Jamie, il y a la dot que j'ai promise à Lizzie Wemyss. Elle va se marier cet été. Sans parler de la pension de Laoghaire, la mère de Marsali.

Il jeta un regard en coin vers Roger, ne sachant trop ce que ce dernier savait à propos de Laoghaire. Sans doute plus que ce que Jamie aurait souhaité, se dit Roger qui détourna les yeux avec tact.

– Je lui envoie un peu d'argent régulièrement. On a assez pour vivre avec ce qu'on a, mais pour le reste… je dois vendre des terres ou les pierres. Or, je refuse de me séparer des terres.

Ses doigts tambourinaient contre sa cuisse. Il s'interrompit pour agiter la main vers le major qui venait juste de les apercevoir de l'autre côté de la clairière.

– Je vois. Dans ce cas…

C'était la meilleure solution. Il était absurde de rester assis sur une fortune en pierres précieuses juste parce qu'elles pourraient peut-être servir un jour, dans un but complexe dont on ignorait l'issue. Toutefois, cette idée lui nouait le ventre. C'était comme de descendre une falaise en rappel et qu'on coupait brusquement la corde.

– Je vais en confier une à Bobby Higgins pour qu'il l'apporte à lord Grey en Virginie, reprit Jamie. Il m'en donnera un bon prix.

– Oui, c'est une…

Roger s'interrompit, son attention détournée par la scène qui se déroulait au loin.

Visiblement repu et de bonne humeur, le major marchait vers eux sans se rendre compte que la truie blanche, qui était sortie de son antre sous la maison et trottinait d'un pas lourd en quête de son petit-déjeuner, se trouvait derrière lui. Elle n'allait pas tarder à repérer MacDonald.

– Hé ! hurla Roger.

Il sentit un déchirement dans sa gorge. La douleur fut si aiguë qu'il se tut aussitôt, une main sur le cou.

– Attention à la truie ! cria Jamie en effectuant de grands gestes.

Le major se pencha en avant, une main derrière son oreille, puis entendit les cris répétés de «truie» et regarda, affolé, autour de lui, juste à temps pour voir le monstre blanc s'élancer dans un trot imposant, s'agitant d'un côté puis de l'autre.

Il aurait mieux fait de tourner les talons et de se réfugier sous le porche, mais, pris de panique, il fonça droit devant lui, vers Jamie et Roger qui détalèrent chacun dans une direction différente.

Se retournant, Roger constata que le major gagnait du terrain sur la bête, courant à longues enjambées, mettant le cap vers la cabane. Toutefois, entre lui et le bâtiment, il y avait la fosse, cachée par les hautes herbes par-dessus lesquelles il bondissait.

– La fosse ! s'étrangla-t-il.

MacDonald l'entendit, car il tourna vers lui son visage écarlate, les yeux exorbités. Malheureusement, il avait dû comprendre «la grosse», car, jetant un coup d'œil en arrière, il vit la truie accélérer, ses petits yeux rouges fixés sur lui avec une lueur assassine.

Cette distraction faillit lui être fatale. Ses éperons se prirent l'un dans l'autre, et il s'étala de tout son long dans les herbes, lâchant son chapeau qui tournoya dans les airs.

Roger hésita un instant, puis, étouffant un juron, courut à sa rescousse. Jamie revenait lui aussi sur ses pas, brandissant la pelle. La plaque de métal semblait une arme bien pitoyable contre une truie sauvage de deux cent cinquante kilos.

MacDonald se redressait déjà. Avant qu'ils n'aient eu le temps de le rejoindre, il avait repris sa course comme s'il avait le diable à ses trousses. Soufflant comme un phoque, le visage cramoisi, s'aidant de ses bras, il bondissait dans les hautes herbes comme un lièvre. Puis, il se volatilisa, comme par magie.

Perplexe, Jamie regarda Roger, puis la truie, qui avait freiné pile au bord de la fosse. Avançant prudemment sans quitter la bête du coin de l'œil, il s'approcha du trou, osant à peine examiner le fond.

Roger avança derrière lui. Le major MacDonald était tombé dans la partie la plus profonde, où il se trouvait toujours, roulé en boule tel un hérisson, les bras croisés sur sa perruque miraculeusement restée en place, quoique remplie de terre et d'herbes.

– MacDonald ? appela Jamie. Vous êtes blessé ?

Refusant de bouger, le major demanda d'une voix tremblante :

– Elle est toujours là ?

Roger se tourna vers la truie qui s'était un peu éloignée, le groin dans les herbes.

– Euh… oui, répondit-il. Mais ne vous inquiétez pas. Elle est occupée à dévorer votre chapeau.

41

L'armurier

Jamie raccompagna le major jusqu'à Coopersville, où il le mit sur la route de Salisbury, équipé de nourriture, d'un vieux chapeau avachi pour le protéger des intempéries et d'une flasque de whisky pour revigorer son amour-propre meurtri. Puis, résigné, il prit la direction de la maison des McGillivray.

Robin travaillait à sa forge, enveloppé des odeurs du métal chaud, de la sciure de bois et de l'huile à canon. Un jeune homme maigre aux traits taillés à la serpe activait les soufflets en cuir. Son air rêveur trahissait un net manque de concentration.

En apercevant l'ombre de Jamie sur le seuil, Robin releva la tête, lui adressa un bref salut et se replongea dans sa tâche. Il martelait du fer en barre en minces lamelles plates. Le cylindre autour duquel il comptait les enrouler pour former un canon de fusil était coincé entre deux billots. Prudent, Jamie contourna l'espace où volaient les étincelles et alla attendre, assis sur un seau retourné.

Le jeune homme derrière les soufflets était le fiancé de Senga… Heinrich. Heinrich Strasse. Le nom lui revint, parmi les centaines qu'il conservait en mémoire, et, avec lui, tout ce qu'il savait sur l'histoire du jeune Heinrich, de sa famille, de ses relations, les informations flottant dans son imagination autour du visage du garçon, telle une constellation de liens sociaux aussi organisée et complexe que les cristaux d'un flocon de neige.

Il voyait toujours les gens ainsi, bien qu'il en soit rarement conscient. Cependant, la forme du visage d'Heinrich renforçait cette iconographie mentale : l'axe vertical du front, du nez et du menton, accentué par une lèvre supérieure proéminente et striée de profonds sillons ; l'axe horizontal plus court, mais tout aussi nettement défini par les yeux effilés et les sourcils noirs et plats.

Les origines du garçon, perdu au milieu de neuf enfants mais fils aîné, avec un père dominateur et une mère qui s'en sortait grâce au subterfuge et à une ruse discrète, formaient une auréole au sommet à peine pointu de son crâne ; sa religion, luthérienne mais sans ferveur, s'étirait en une gerbe dentelée sous son menton également pointu ; ses rapports avec Robin, cordiaux mais prudents, comme il seyait à un futur gendre aussi apprenti, pointaient comme un fer de lance triangulaire hors de son oreille droite ; ceux avec Ute, un mélange de terreur et de confusion impuissante, jaillissaient en éventail de son oreille gauche.

Cette vision l'amusait terriblement, mais il s'efforça de détourner la tête, feignant de s'intéresser à l'établi de Robin afin de ne pas embarrasser le jeune homme.

L'armurier n'était pas ordonné. Des éclats de métal et de bois jonchaient le fouillis de griffes, de pointes à tracer, de marteaux, de blocs de bois, de chiffons crasseux et de bâtons de charbon. Quelques feuilles de papier étaient retenues par un fût de fusil ayant craqué lors de sa fabrication, leurs bords sales s'agitant dans le souffle chaud de la forge. Il ne les aurait pas remarquées s'il n'avait aperçu un morceau de dessin. N'importe où il aurait reconnu ce trait assuré et délicat.

Il se leva et dégagea les feuilles. C'étaient des croquis de fusil, réalisés sous différents angles. Il y avait une coupe intérieure du canon, facilement reconnaissable, mais néanmoins déconcertante. Un autre dessin montrait l'ensemble de l'arme, plutôt familière, n'eussent été les excroissances formant des cornes sur le canon. Quant au suivant... le fusil paraissait avoir été cassé en deux sur un genou, la crosse et le canon pointant dans deux directions différentes, retenus par… une sorte de charnière ? Il ferma un œil, contemplant le croquis.

Le vacarme de la forge se tut, suivi du sifflement strident du métal en fusion dans le creuset. Robin se tourna vers lui et, d'un signe de la tête, lui indiqua les dessins.

– Ta fille te les a montrés ?

Il tira un pan de sa chemise hors de son tablier en cuir et s'essuya le visage, l'air amusé.

– Non. Qu'est-ce que c'est ? Elle veut que tu lui fabriques un fusil ?

Il rendit les croquis au forgeron qui les feuilleta en reniflant.

– Oh, elle n'a pas les moyens de se payer ça, *Mac Dubh*, à moins que Roger Mac ait découvert une malle remplie de pièces d'or depuis la semaine dernière. Non, elle voulait juste m'expliquer ses idées pour améliorer l'art de l'armurerie, me demandant combien coûterait un engin pareil.

Le sourire cynique accroché à la commissure de ses lèvres s'élargit, et il tendit de nouveau les dessins à Jamie.

– C'est bien la fille de son père, *Mac Dubh* ! Quelle autre jeune femme passerait son temps à réfléchir à la fabrication des fusils plutôt qu'à des robes et aux enfants ?

La critique était à peine voilée. Brianna avait dû se montrer beaucoup plus directe qu'il n'était convenable. Jamie ne le releva pas. Il avait besoin de Robin.

– Que veux-tu, la femme a ses caprices. Il en va de même pour notre petite Lizzie, je suppose. Mais Manfred y veillera, j'en suis sûr. Il doit être à Salisbury en ce moment, non ? Ou à Hillsboro ?

Robin McGillivray était tout, sauf idiot. Au brusque changement de sujet, il arqua un sourcil, mais il ne fit aucune remarque. Il envoya Heinrich dans la maison leur chercher de la bière, attendit que le jeune homme ait disparu, puis se tourna vers Jamie, attendant.

– J'ai besoin de trente mousquets, dit ce dernier sans préambule. Rapidement, avant trois mois.

L'armurier resta interdit quelques instants, ses traits revêtant une perplexité comique, puis il se ressaisit, referma la bouche et retrouva son expression habituelle de bonhomie narquoise.

– Tu montes une armée, *Mac Dubh* ?

Jamie sourit sans répondre. Laisser circuler la rumeur qu'il armait ses métayers et organisait son propre comité de sécurité en réaction au banditisme de Richard Brown ne pouvait pas faire de mal ; cela serait peut-être même bénéfique. En revanche, laisser se répandre le bruit que le gouverneur armait secrètement les Sauvages pour écraser une armée d'insurgés dans l'arrière-pays, et que lui, Jamie Fraser, était chargé de mettre en œuvre cette mesure était encore le meilleur moyen de se faire tuer et de voir sa maison réduite en cendres, sans parler de tous les autres problèmes que cela engendrerait peut-être.

– Combien peux-tu m'en procurer, Robin ? Et pour quand ?

L'armurier réfléchit.

– Tu payes en argent comptant ?

Jamie hocha la tête. Impressionné, Robin émit un sifflement. Comme tout le monde, il savait que Fraser n'avait pratiquement pas un sou, et encore moins la petite fortune nécessaire pour acquérir autant de fusils.

Jamie lut dans ses yeux les hypothèses successives sur la manière dont il se procurerait une telle somme, mais l'armurier se garda bien de les formuler à voix haute. Concentré, il se mordit la lèvre inférieure, puis se détendit.

– Je peux en trouver six, sept peut-être, entre Salisbury et Salem. Brugge, l'armurier morave, peut sans doute t'en confectionner un ou deux, s'il sait qu'ils sont pour toi...

Il vit le léger non de la tête de Jamie et acquiesça avec résignation.

– Bon, d'accord, alors disons sept. Manfred et moi pouvons t'en fabriquer trois. Ce sont bien des mousquets que tu veux, n'est-ce pas ? Rien de sophistiqué ?

Il inclina la tête vers les dessins de Brianna avec une pointe d'humour.

– Non, rien de bien compliqué, répondit Jamie avec un sourire. Cela nous en fait donc dix ?

Il attendit. Robin soupira.

– Je me renseignerai autour de moi, mais ce ne sera pas facile, surtout si tu ne veux pas que ton nom soit mentionné. Ce qui est bien le cas, je me trompe ?

– Tu es un homme malin et d'une discrétion rare, Robin.

Cela fit rire l'armurier. Il avait combattu à ses côtés à Culloden et passé trois ans avec lui à la prison d'Ardsmuir. Jamie avait une confiance aveugle en lui et n'aurait pas hésité à mettre sa vie entre ses mains, ce qu'il était en train de faire. Il regrettait presque de ne pas avoir laissé la truie dévorer MacDonald. Il refoula cette pensée peu charitable et but la bière qu'Heinrich venait d'apporter, bavardant de tout et de rien jusqu'à ce qu'il puisse poliment prendre congé.

Il était venu sur Gideon, qu'il comptait confier à Dai Jones. Au terme de négociations complexes, il avait été convenu que l'étalon couvrirait la jument pommelée de John Woolam, qui lui serait amenée quand ce dernier rentrerait de Bear Creek ; en échange, après les moissons d'automne, Jamie recevrait cinquante kilos d'orge, plus une bouteille de whisky destinée à Dai Jones pour son aide.

Dai lui avait offert de partager son repas, mais Jamie avait décliné. Il avait bien un petit creux, mais il aspirait encore plus à la marche paisible du retour. La maison se trouvait à huit kilomètres. C'était une belle journée ensoleillée, les feuilles de printemps bruissant au-dessus de sa tête. Un peu de solitude lui ferait le plus grand bien.

Il avait arrêté sa décision en demandant à Robin de lui trouver des armes, mais la situation méritait réflexion.

Il y avait soixante-quatre villages cherokees ; chacun avec son grand chef, son chef de paix, son chef de guerre. Seuls cinq de ces villages tombaient sous sa sphère d'influence, les trois du peuple d'Oiseau-des-neiges et deux autres appartenant aux Cherokees Overhill. Ces derniers, pensait-il, suivraient les chefs Overhill quoi qu'il leur dise.

Roger Mac connaissait assez peu l'histoire des Cherokees et leur rôle dans les combats à venir. Tout ce qu'il avait pu dire à Jamie, c'était qu'ils n'avaient pas agi *en masse,* des villages décidant de se battre, d'autres de rester neutres. Certains avaient combattu dans un camp, d'autres dans le camp adverse.

Ce qu'il dirait ou ferait n'infléchirait certainement pas le cours de la guerre, ce qui était réconfortant. Mais il ne pouvait oublier que, lui aussi, devrait bientôt changer de bord. Jusqu'à présent, pour autant qu'on sache, il était un sujet loyal de Sa Majesté, un tory travaillant d'arrache-pied à protéger les intérêts du roi George, subornant les Sauvages et distribuant des armes afin d'étouffer les passions rebelles des Régulateurs, des whigs et des républicains en puissance.

À un moment ou un autre, cette façade s'effondrerait pour le révéler comme rebelle et traître impénitent. Mais quand ? Il se demanda s'il aurait de nouveau sa tête mise à prix, et combien elle vaudrait.

Avec les Écossais, il parviendrait peut-être, cette fois, à mieux s'en sortir. Ils avaient beau être rancuniers et têtus (il le savait pour être l'un des leurs), leur estime pour lui modérerait leur outrage devant sa trahison.

Non, c'étaient les Indiens qui l'inquiétaient le plus, car ils le connaissaient en tant qu'agent de la Couronne. Comment leur expliquer ce brusque revirement ? Plus encore, comment les convaincre d'en faire autant ? Ils prendraient sans doute son attitude comme la trahison au pire la plus ignoble, au mieux, extrêmement suspecte. Ils ne chercheraient sans doute pas à le tuer, mais comment les persuader d'épouser à leur tour la cause des rebelles alors qu'ils entretenaient des rapports stables et prospères avec Sa Majesté ?

Seigneur, il fallait aussi penser à John ! Qu'allait-il dire à son ami, le moment venu ? Comment l'amener par la logique et la rhétorique à changer de camp lui aussi ? Il secoua la tête avec consternation en imaginant John Grey, militaire de carrière, ancien gouverneur royal, l'incarnation même de la loyauté et de l'honneur, se déclarant soudain en faveur de la rébellion et de la république.

Il continua à se tracasser ainsi jusqu'à ce que la marche et le calme environnant apaisent son esprit. Il arriverait assez tôt avant le dîner pour emmener Jemmy pêcher. Il faisait chaud, et une certaine humidité sous les arbres promettait une belle éclosion de larves de mouches à la surface de l'eau. Dans son corps, un sentiment lui disait que les truites sortiraient de leurs cachettes au coucher du soleil.

Dans cet état d'esprit plus agréable, il fut ravi d'apercevoir sa fille un peu plus loin au bord du chemin. Il eut chaud au cœur en voyant sa chevelure flamboyante se déverser avec exubérance jusque dans son dos. L'embrassant sur la joue, il demanda :

– *Ciamar a tha thu, a nighean ?*

– *Tha mi gu math, mo athair.*

Elle souriait, mais il remarqua une ride soucieuse sur son front lisse, comme une éphémère posée sur la surface d'un bassin à truites.

Elle lui prit le bras.

– Je t'attendais. Je voulais te parler avant que tu ailles trouver les Indiens, demain.

Quelque chose dans son ton dissipa aussitôt toute image bucolique de poissons.

– Ah oui ?

Elle paraissait trouver ses mots avec difficulté, ce qui acheva de l'inquiéter. Cependant, sans une vague idée de ce qu'elle voulait lui dire, il ne pouvait l'aider. Il se contenta donc de marcher à ses côtés, silencieux mais engageant. Un oiseau moqueur non loin travaillait son répertoire. C'était celui qui vivait dans le grand épicéa derrière la maison. Il le reconnaissait, car il interrompait de temps à autre ses trilles et vocalises pour se lancer dans une excellente imitation des miaulements nocturnes d'Adso le chat.

Brianna prit son courage à deux mains.

– Quand tu as discuté des Indiens avec Roger, il t'a parlé de la Piste des larmes?

– Non. Qu'est-ce que c'est?

Elle grimaça et voûta les épaules dans une posture qu'il était toujours surpris de reconnaître comme étant la sienne.

– Je m'en doutais. Il m'a dit t'avoir raconté tout ce qu'il savait sur les Indiens et la révolution – non pas qu'il sache grand-chose, l'histoire américaine n'étant pas sa spécialité –, mais cet épisode est survenu – va survenir – plus tard, après l'Indépendance. Si bien qu'il n'a sans doute pas pensé à la pertinence de cette information. Peut-être à juste titre.

Elle hésitait toujours, comme si elle désirait qu'il lui confirme d'emblée le peu d'importance de ce détail. Il se contenta d'attendre. Elle marchait en fixant ses pieds. Elle ne portait pas de bas, et ses orteils nus étaient couverts de poussière entre les lanières de ses sandales. Chaque fois qu'il voyait les pieds de sa fille, il ressentait un mélange d'orgueil devant leur forme élégante et d'une vague honte devant leur taille… mais comme elle les tenait de lui, il n'avait rien à dire. Enfin, elle reprit :

– Dans une soixantaine d'années, le gouvernement américain prendra les terres des Cherokees et déplacera tout le peuple indien. Très loin… dans un endroit appelé l'Oklahoma. C'est à près de deux mille kilomètres d'ici, et un grand nombre d'entre eux mourront de faim et d'épuisement en chemin. C'est pourquoi on l'appelle – on l'appellera – la Piste des larmes.

Il fut impressionné qu'un gouvernement soit capable d'une telle prouesse et le lui dit. Elle lui lança un regard torve.

– Ils les duperont. Ils convaincront les chefs cherokees d'accepter en leur faisant des promesses qu'ils ne tiendront pas.

– Mais c'est ainsi qu'agissent la plupart des gouvernements, ma fille. Pourquoi me dis-tu ça? Dieu merci, je serai mort bien avant que cela n'arrive.

À la mention de sa mort, une étrange lueur traversa les yeux de Brianna, et il regretta de l'avoir troublée en se montrant si léger. Toutefois, avant qu'il n'ait eu le temps de s'excuser, elle poursuivit :

– Si je t'en parle, c'est parce que, selon moi, tu dois le savoir. Tous les Cherokees ne sont pas partis, certains se sont cachés dans la montagne, et l'armée ne les a jamais trouvés.

– Et?

– Tu ne vois donc pas? Maman t'avait raconté ce qui allait arriver à Culloden. Tu n'as pas pu l'empêcher, mais tu as réussi à sauver Lallybroch ainsi que tes gens, tes métayers. Parce que tu savais.

– Oh, Seigneur!

Il comprenait enfin où elle voulait en venir. Les souvenirs se déversèrent sur lui comme une douche froide : la terreur, l'impuissance, l'incertitude d'alors… ce désespoir sourd qui ne l'avait plus quitté jusqu'au dernier jour fatal.

– Tu veux que je prévienne Oiseau.

Elle se passa une main sur le visage.

– Je n'en sais rien. Je ne sais pas si tu dois lui en parler et si, le cas échéant, il t'écoutera. Roger et moi en avons discuté, après que tu l'eus interrogé sur les Indiens. Depuis, ça me turlupine. C'est que… de savoir et de ne rien faire me semble injuste. J'ai donc pensé qu'il était de mon devoir de te le dire.

– Je vois.

Il avait déjà remarqué cette propension des gens travaillés par leur conscience de se soulager de leur fardeau en déposant la nécessité d'agir dans les bras de quelqu'un d'autre. Il se garda de le lui dire. Après tout, elle pouvait difficilement aller trouver Oiseau elle-même.

Comme si sa relation avec les Cherokees n'était pas déjà assez compliquée! Voilà qu'il devait aussi penser à sauver des générations de Sauvages? L'oiseau moqueur passa en rase-mottes près de son oreille, beaucoup trop près, caquetant comme une poule, par-dessus le marché!

Le bruit était si incongru qu'il se mit à rire. Puis il se rendit compte que, pour l'instant, il ne pouvait pas agir.

Brianna le dévisageait intriguée.

– Que vas-tu faire ?

Il s'étira, lentement, avec volupté, sentant les muscles de son dos tirer sur ses os, chacun vivant, solide. Le soleil descendait. Dans la Grande Maison, ils devaient déjà être en train de préparer le dîner. Mais, pour ce dernier soir, il n'avait plus rien à faire. Il sourit à sa fille, ravissante, anachronique et problématique.

– Pêcher, répondit-il. Tu veux bien m'amener le petit ? Je vais aller chercher nos cannes.

* * *

James Fraser, esquire, Fraser's Ridge
À lord John Grey, plantation de Mount Josiah
Le 2 avril, anno domini 1774

Mon cher ami,

Je pars ce matin rendre visite aux Cherokees et laisse cette lettre à mon épouse qui la confiera à M. Higgins lors de sa prochaine visite. Il vous la remettra en mains propres avec le colis ci-joint.

J'espère ne pas abuser de votre bonté et de votre sollicitude à l'égard de ma famille en vous demandant un service de plus. Pourriez-vous m'aider à vendre l'objet que je vous envoie ? Je pense qu'avec vos relations, vous pourrez en obtenir un meilleur prix que moi ici, et ce, en toute discrétion.

À mon retour, je compte vous confier les raisons de mon geste, ainsi que certaines réflexions philosophiques qui pour- raient vous intéresser. Dans l'attente de ce moment, recevez l'expression de ma plus profonde affection,

Votre humble serviteur,
J. Fraser

42

Répétition générale

Bobby Higgins m'observait avec méfiance par-dessus le bord de sa chope de bière.

– Je vous demande pardon, m'dame, mais vous n'envisagez pas de pratiquer encore un peu de votre science sur ma personne, hein ? Je n'ai plus de vers, je vous l'assure. Quant à… l'autre chose (il rougit et s'agita sur le banc), ça va très bien. Je me suis gavé de haricots et pète chaque fois, et ça ne me fait même pas mal !

Jamie m'avait souvent dit qu'on lisait mes pensées sur mon visage comme dans un livre ouvert. Néanmoins, Bobby était au plus haut point perspicace.

– Je suis ravie de l'entendre, Bobby. En effet, vous semblez en pleine forme.

Les yeux brillants, il n'avait plus le teint gris et les joues creuses, et sa chair était ferme et solide. Son œil aveugle avait perdu sa couleur laiteuse et ne vagabondait pas dans son orbite ; il devait avoir conservé une faculté résiduelle de distinguer la lumière et les formes, ce qui conforta mon premier diagnostic d'une rétine en partie décollée.

Méfiant, il hocha la tête et but une gorgée sans me quitter des yeux.

– C'est vrai, m'dame, je vais très bien.

– Parfait ! Vous ne connaîtriez pas votre poids exact, par hasard ?

Son air soupçonneux s'évapora, cédant la place à une fierté modeste.

– Figurez-vous que si, justement. J'ai livré de la laine au port fluvial pour milord, le mois dernier. Il y avait là un drapier avec une balance pour peser le tabac, le riz ou des ballots d'indigo. Avec d'autres gars, on s'est mis à parier sur le poids de ceci et de cela, et... soixante-huit kilos, m'dame.

– Bravo ! Le cuisinier de lord John doit bien vous nourrir !

La première fois que j'avais vu Bobby, j'avais évalué son poids à pas plus de soixante kilos. Soixante-huit était encore peu pour un jeune homme de près d'un mètre quatre-vingts, mais c'était nettement mieux. En outre, qu'il connaisse son poids exact était un sacré coup de chance.

À l'évidence, si je ne mettais pas mon projet à exécution immédiatement, il pouvait encore prendre quelques kilos. Mme Bug s'était mise en tête de surpasser le cuisinier indien de lord John (dont nous avions tant entendu parler !) et, à cette fin, déposait des œufs, des oignons, de la viande et une tranche de tourte au porc dans l'assiette de Bobby. Sans parler du panier rempli de muffins tout chauds déjà devant lui.

Assise à mes côtés, Lizzie en prit un et le tartina de beurre. Je remarquai avec plaisir qu'elle aussi paraissait en bien meilleure santé, quoique le teint un peu rose. Je devais penser à prélever un échantillon de son sang pour vérifier s'il contenait encore des traces de parasites paludéens. Malheureusement, je n'avais aucun moyen de connaître son poids exact, mais, menue comme elle l'était et avec sa fine ossature, elle ne devait pas dépasser les quarante-cinq.

En revanche, Brianna et Roger se situaient à l'autre extrémité. Roger devait peser au moins quatre-vingts kilos ; Brianna, probablement dans les soixante-cinq. Je pris un muffin à mon tour, me questionnant sur la manière d'arriver à mes fins. Bien sûr, Roger accepterait si je le lui demandais, mais Brianna... Je devais jouer au plus fin. On l'avait anesthésiée à l'éther pour son opération des amygdales à l'âge de dix ans, et elle n'en gardait pas un souvenir extatique. Si elle apprenait mon plan et se mettait à déclarer publiquement ce qu'elle en pensait, elle risquait de semer la panique parmi mes autres cobayes.

Enthousiasmée par ma réussite à produire de l'éther, j'avais sérieusement sous-estimé la difficulté de convaincre qui que ce soit de se laisser éthériser. M. Christie était peut-être un vieux bougre coincé, comme l'appelait souvent Jamie, mais il n'était pas le seul à résister à l'idée de sombrer artificiellement dans l'inconscience.

J'avais cru que l'attrait d'une opération indolore était universel, mais pas pour ceux qui n'avaient jamais profité d'un tel bienfait. Ils ne pouvaient situer cette notion dans aucun contexte et, bien qu'ils ne soient pas tous persuadés d'un complot papiste de ma part, ils considéraient plus ou moins l'offre de supprimer la souffrance physique comme contraire aux lois divines de l'univers.

J'avais assez d'influence sur Bobby et Lizzie pour être presque sûre de pouvoir les convaincre, par la cajolerie ou la menace, de se prêter à une brève expérience. S'ils rapportaient ensuite ce qu'ils avaient vécu sous un jour positif… Toutefois, une bonne publicité n'était pas tout.

Je devais tester mon éther sur une variété de sujets, notant avec soin les résultats. La panique lors de la naissance d'Henri-Christian m'avait démontré à quel point j'étais mal préparée. Je devais savoir quelles quantités administrer en fonction du poids du patient, la durée de l'effet des différents dosages et la profondeur du sommeil induit. Je ne voulais pas me retrouver les bras enfouis jusqu'aux coudes dans les entrailles d'un patient, pour le voir se réveiller tout d'un coup en hurlant !

– Vous le faites encore, m'dame, déclara Bobby.

Je pris un air innocent, me servant une part de tourte.

– Comment ça ? Je fais quoi ?

– Vous m'observez comme un épervier observe une souris juste avant de lui plonger dessus.

Il prit Lizzie à témoin :

– C'est pas vrai ?

Lizzie sourit.

– Si, mais il ne faut pas le prendre mal, elle agit toujours ainsi. Vous feriez une drôle de grosse souris, Bobby.

Il se mit à rire et manqua de s'étrangler avec sa bouchée de muffin.

Mme Bug posa son plat et lui donna quelques grandes tapes dans le dos, lui coupant le souffle et lui laissant le visage violacé.

– Qu'est-ce qui ne va pas, mon garçon ? Ne me dites pas que vous avez encore la colique ?

– « Encore » ? demandai-je.

– Non, non, m'dame ! Que le ciel m'en préserve ! C'était juste une fois, parce que j'avais mangé des pommes vertes.

Il toussa, puis se redressa, s'éclaircit la gorge et demanda d'une voix plaintive :

– Ça vous ennuierait qu'on évite de parler de mes boyaux, m'dame ? Au moins pendant le petit-déjeuner ?

Je sentais l'amusement de Lizzie à mes côtés. Toutefois, ne voulant pas aggraver la gêne du garçon, elle garda les yeux sur son assiette.

– Mais bien sûr. J'espère que vous allez rester avec nous quelques jours, Bobby ?

Il était arrivé la veille, nous apportant l'assortiment habituel de lettres et de journaux de la part de lord John, ainsi qu'un merveilleux cadeau pour Jemmy : une boîte à musique avec un diable à ressort, expédié tout spécialement de Londres par les bons soins de son fils, Willie.

– Oui, m'dame, répondit-il la bouche pleine. Milord a dit que je devais demander à M. Fraser s'il avait du courrier à remporter. Je suis bien obligé de l'attendre, vous ne pensez pas ?

– Absolument.

Jamie et Ian étaient partis chez les Cherokees depuis une semaine. Ils mettraient au moins le même temps pour revenir. Cela me donnait amplement le temps de réaliser mes expériences.

– Je peux faire quelque chose pour vous en attendant, m'dame, histoire de me rendre utile ? Vu que je suis ici, et que M. Fraser et M. Ian n'y sont pas…

Une petite note de satisfaction perçait dans sa voix. Il s'entendait bien avec Ian, mais préférait sans nul doute avoir toute l'attention de Lizzie pour lui.

Je me versai une louche de porridge.

– Maintenant que vous le dites, Bobby, vous pourriez en effet me rendre un service.

Le temps que j'aie fini de lui expliquer, le teint frais de Bobby paraissait nettement moins épanoui.

– M'endormir… répéta-t-il dubitatif.

Il regarda Lizzie, qui ne semblait pas rassurée non plus, mais était trop habituée à ce qu'on lui demande de faire des choses déraisonnables pour protester.

– Vous ne serez endormi qu'un moment, l'assurai-je. Vous ne vous en rendrez sans doute même pas compte.

Il était plus que sceptique, et je le sentais qui cherchait des excuses. Je l'avais prévu et décidai d'abattre tout de suite mon atout :

– Je n'ai pas juste besoin de calculer les doses. Je peux difficilement opérer et administrer l'éther en même temps. Malva Christie viendra m'assister. Elle doit apprendre.

– Ah, dit Bobby songeur. Mlle Christie.

Une lueur rêveuse traversa son visage.

– Bien sûr, si Mlle Christie a besoin de s'entraîner…

Lizzie émit un de ces sons écossais venant du fond de la gorge, parvenant à exprimer, en deux coups de glotte, le dédain, la dérision et sa désapprobation la plus totale.

Bobby releva la tête, surpris.

– Vous disiez ?

– Qui, moi ? Je n'ai rien dit. Rien du tout.

Elle se leva d'un coup et alla jeter les miettes de son tablier dans le feu. Puis, elle se tourna vers moi.

– Vous voulez le faire quand ?

Avec un peu de retard, elle ajouta :

– Madame.

– Demain matin. Comme vous devez être à jeun, on le fera à la première heure, avant le petit-déjeuner.

– Parfait !

Là-dessus, elle sortit d'un pas raide.

Bobby resta interdit, puis m'interrogea :

– J'ai dit quelque chose qu'il ne fallait pas ?

Après m'avoir regardé, Mme Bug déclara d'un ton entendu, en déposant une énorme cuillerée d'œufs brouillés dans son assiette :

– Mais non, mon garçon, absolument pas. Tenez, avalez-moi ça. Vous aurez besoin de toutes vos forces.

* * *

Toujours habile de ses mains, Brianna avait confectionné un masque en suivant mes instructions. Relativement simple, cette sorte de double cage articulée s'ouvrait au centre pour permettre l'insertion d'une épaisse bourre de coton, le tout recouvrant le nez et la bouche du patient, un peu à la manière d'un casque de receveur, au base-ball.

– Mettez assez d'éther pour qu'il imprègne bien la ouate, recommandai-je à Malva. L'effet doit être immédiat.

– Oui, madame. Ouh ! Ça sent bizarre !

Avec précaution, elle huma le liquide, tournant le visage de trois quarts, tout en faisant goutter l'éther dans le masque.

– Faites attention de ne pas en inhaler trop ! Je ne voudrais pas que vous tourniez de l'œil au milieu d'une opération.

Elle se mit à rire et éloigna encore un peu le masque.

Courageuse, Lizzie s'était portée volontaire pour passer la première, de toute évidence pour attirer l'attention de Bobby et la détourner de Malva Christie. Cela marchait. Elle était étendue langoureusement sur la table, sans son bonnet, ses cheveux pâles étalés sur l'oreiller. Assis à son chevet, Bobby gardait la main de Lizzie dans les siennes.

Je tenais un sablier, ce que j'avais trouvé de mieux en guise de chronomètre.

– Bon, Malva, posez-le avec précaution sur son visage. Lizzie, respire profondément et compte avec moi : un… deux… Mince, déjà ?

Elle avait pris une grande inspiration, sa cage thoracique se soulevant haut, puis était retombée, inerte. Je retournai très vite le sablier et lui pris le pouls. Tout se passait bien.

– Attendez un peu, Malva. Quand les patients commencent à revenir à eux, on peut le sentir, c'est comme une sorte de vibration sous la peau. Placez votre main sur son épaule. Là. Vous sentez ?

Malva acquiesça, frémissante d'excitation.

– Maintenant, ajoutez deux ou trois gouttes.

Malva s'exécuta, retenant son propre souffle. Lizzie se détendit de nouveau avec un soupir de chambre à air crevée.

Bobby roulait des yeux ronds, s'accrochant à la main de la jeune fille.

Je comptai le temps de réanimation encore deux fois, puis laissai Malva l'endormir un peu plus encore. Je saisis le scalpel que j'avais préparé et piquai le doigt de Lizzie. Bobby blêmit en voyant le sang perler, son regard allant et venant entre la goutte écarlate et le visage angélique et paisible de Lizzie.

– C'est fou, elle ne sent rien ! Regardez, elle n'a même pas bougé un cil !

– Exactement, dis-je avec une extrême satisfaction. Elle ne sentira rien du tout, jusqu'à son réveil.

Malva prit un air important pour expliquer à Bobby :

– Mme Fraser dit qu'on pourrait ouvrir un homme, lui découper les viscères, soigner son mal, et il ne le sentirait même pas !

– Enfin, pas avant son réveil, insistai-je. Une fois revenu à lui, il aurait quand même mal, j'en ai peur. Néanmoins, c'est une découverte épatante.

Pendant que Lizzie était inconsciente, j'examinais son prélèvement de sang, puis demandai à Malva de lui enlever le masque. Moins d'une minute plus tard, ses paupières s'agitèrent. Surprise, elle jeta un coup d'œil à la ronde, puis se tourna vers moi.

– Quand commence-t-on, madame ?

Bobby et Malva eurent beau lui répéter qu'elle avait paru tout ce qu'il y avait de plus mort pendant un quart d'heure, elle refusa de le croire, affirmant, indignée, que c'était impossible, même si elle ne pouvait expliquer la piqûre sur son doigt et l'échantillon de sang frais sur ma lamelle de microscope.

– Tu te souviens qu'on t'a mis le masque sur le visage ? la questionnai-je. Et que je t'ai demandé de compter ?

Elle acquiesça d'un air hésitant.

– Oui, je me souviens aussi d'avoir eu un instant l'impression d'étouffer, puis j'ai ouvert les yeux, et vous étiez tous penchés sur moi.

– Je suppose que le seul moyen de la convaincre, c'est de lui montrer. Bobby ?

Empressé de prouver à Lizzie qu'il avait dit vrai, il sauta sur la table et s'allongea de bon gré, même si je sentis le pouls dans son cou s'accélérer quand Malva fit tomber les gouttes d'éther dans le masque. Tremblant, il prit une grande inspiration, fronça les sourcils, inspira de nouveau, puis devint tout mou.

Lizzie plaqua ses deux mains devant sa bouche, s'exclamant :

– Jésus, Marie, Joseph !

Malva gloussa de rire, ravie de son effet. Lizzie me fixa avec des yeux ronds, puis se pencha vers Bobby et appela son nom dans son oreille, sans résultat. Elle lui prit la main, l'agitant avec vigueur. Le bras suivit, comme du caoutchouc. Énervée, elle le reposa.

– Il ne peut plus se réveiller ?

– Pas tant qu'on ne lui aura pas enlevé le masque, expliqua Malva.

– Oui, mais il ne faut pas laisser quelqu'un inconscient plus que nécessaire, ajoutai-je. Il n'est pas bon de rester sous anesthésie trop longtemps.

Malva ramena Bobby à la lisière de la conscience, puis le rendormit plusieurs fois pendant que je notais les durées et les doses. Au cours de mon dernier relevé, je l'aperçus qui observait intensément Bobby, l'air ailleurs. Lizzie s'était retranchée dans un coin de la pièce, mal à l'aise de voir son chevalier servant dans cet état, tressant ses cheveux et les remontant sous son bonnet.

Je me relevai et pris le masque des mains de Malva, lui disant à voix basse :

– Vous avez fait un excellent travail. Merci.

– Oh, madame ! C'était… Je n'ai jamais rien vu de pareil. Ça fait vraiment une drôle d'impression, vous ne trouvez pas ? C'est comme si on l'avait tué, puis ramené à la vie.

Elle agitait ses mains, les regardant comme si elle se demandait comment elles avaient pu accomplir un tel miracle. Puis elle serra les poings et m'adressa un sourire complice.

– Je comprends maintenant pourquoi mon père dit que c'est l'œuvre du diable. S'il avait vu ce qu'on a fait aujourd'hui… (elle baissa les yeux vers Bobby qui commençait à remuer)… il dirait que seul Dieu a le droit d'agir ainsi.

À la lueur dans ses yeux, je devinais que, pour elle, la réaction de son père était l'un des attraits principaux de l'expérience. L'espace d'un instant, j'eus presque pitié de Tom Christie.

– Euh… dans ce cas, il serait peut-être plus sage de ne pas lui en parler.

Elle sourit à pleines dents et leva les yeux au ciel.

– Je n'y pense même pas, madame. Il m'empêcherait de venir, aussi sûr que…

Bobby ouvrit les yeux, tourna la tête sur le côté et vomit, mettant un terme à la conversation. Lizzie poussa un cri et se précipita pour lui essuyer le visage, avant de filer lui chercher un peu d'eau-de-vie. Un peu hautaine, Malva s'écarta pour la laisser faire.

Bobby s'essuya la bouche et répéta pour la énième fois :

– Oh, c'est vraiment bizarre. J'ai vu une chose horrible, rien qu'un instant, puis j'ai eu mal au cœur et j'ai rendu mes tripes.

Malva parut intéressée.

– Quel genre de chose horrible ?

– Je ne sais pas trop, mademoiselle. C'était juste... sombre. Une forme, pour ainsi dire. C'était peut-être une femme. Mais... terrible.

Ce n'était pas trop grave. Les hallucinations faisaient parfois partie des effets secondaires, mais je ne m'y étais pas attendue avec des doses si faibles.

– Ce ne devait être qu'un cauchemar, affirmai-je. Après tout, il s'agit d'une forme de sommeil, si bien qu'il n'est pas surprenant que vous rêviez un peu.

– Oh non, madame ! s'exclama Lizzie avec une véhémence qui me surprit. Ça n'a rien à voir avec le sommeil. Quand vous dormez, vous confiez votre âme aux anges pour qu'ils la protègent des mauvais esprits. Mais ça...

Suspicieuse, elle regarda le flacon d'éther, à présent rebouché, puis s'inquiéta :

– Je me demandais... où va l'âme ?

– Euh... Je suppose qu'elle reste simplement dans le corps. Il le faut bien, puisqu'on n'est pas mort.

Lizzie et Bobby secouèrent la tête à l'unisson, clairement en désaccord avec cette hypothèse.

– Non, dit Lizzie. Quand vous dormez, vous êtes toujours là, mais quand vous faites... ça (elle indiqua le masque, mal à l'aise), vous n'y êtes plus.

– C'est vrai, m'dame, confirma Bobby. Vous n'y êtes plus.

– Vous pensez qu'on va dans les limbes, avec tous les bébés non baptisés et les autres ? interrogea Lizzie, anxieuse.

– Peuh ! fit Malva. Les limbes n'existent pas, c'est encore une invention du pape.

Lizzie resta estomaquée devant un tel blasphème, mais Bobby eut l'ingéniosité de détourner son attention en ayant un étourdissement et en demandant à s'asseoir.

Malva semblait vouloir poursuivre le débat, mais, à part répéter « le pape... le pape... », elle restait plantée là, un peu chancelante. Je remarquai que Lizzie avait aussi le regard un peu vitreux. Elle bâilla.

Je me rendis compte alors que j'étais moi-même un peu abrutie.

– Zut !

J'arrachai le masque des mains de Malva et guidai la jeune femme vers un tabouret.

– Je vais m'en débarrasser avant que nous ayons tous le tournis.

J'ouvris le masque, sortis la bourre humide et l'emportai à l'extérieur en la tenant à bout de bras. J'avais laissé ouvertes les fenêtres de l'infirmerie pour assurer une ventilation, mais l'éther est insidieux. Plus lourd que l'air, il tend à flotter au ras du sol où, à moins d'un ventilateur ou d'un autre système d'évacuation, il s'accumule. En cas de longue opération, je devrais envisager de déplacer mon bloc en plein air.

Je déposai la bourre sur une pierre pour la faire sécher et rentrai, espérant qu'ils étaient tous trop groggy pour poursuivre leur querelle métaphysique. Je ne tenais pas à ce qu'ils développent ce genre d'idées. Si le bruit courait parmi les habitants de Fraser's Ridge que l'éther séparait les gens de leur âme, je n'étais pas prête de pouvoir l'utiliser, même dans les cas les plus dramatiques.

Je constatai avec soulagement qu'ils étaient tous raisonnablement alertes.

– Merci à tous les trois pour votre aide. Vous avez accompli un geste très utile et précieux. À présent, vous pouvez retourner à vos tâches respectives. Je m'occupe de ranger.

Malva et Lizzie hésitèrent un instant, chacune refusant d'abandonner Bobby seul avec l'autre, mais, sous mes injonctions répétées, elles se dirigèrent vers la porte en traînant les pieds.

– Au fait, c'est pour quand, votre mariage, mademoiselle Wemyss ? demanda Malva assez fort pour que Bobby l'entende.

Elle connaissait sûrement la réponse, comme tout le monde à Fraser's Ridge.

Lizzie prit un air pincé.

– En août, juste après les foins, « mademoiselle » Christie.

Son air satisfait signifiant clairement : « Après quoi, je serai Mme McGillivray, alors que vous serez toujours une demoiselle sans aucun prétendant à vos pieds. »

Ce n'était pas que Malva n'attire pas les regards des garçons, mais son père et son frère la surveillaient de près, empêchant les galants de l'approcher.

– Je vous souhaite bien du bonheur.

Malva regarda Bobby, puis Lizzie, et sourit d'un air innocent sous son bonnet blanc amidonné.

Toujours assis sur la table, le jeune homme braquait ses yeux sur les filles qui sortaient. Son expression absorbée me fit penser à quelque chose.

– Bobby, cette silhouette que vous avez vue sous anesthésie… vous l'avez reconnue ?

Il se tourna brièvement vers moi, puis son regard revint inexorablement vers le seuil vide, comme s'il ne pouvait s'en détacher.

– Oh non, m'dame. Absolument pas !

À son ton empressé, il était clair qu'il mentait.

43

Les personnes déplacées

Ils s'étaient arrêtés pour abreuver leurs chevaux au bord du lac que les Indiens appelaient «Joncs épais». Comme il faisait chaud, ils entravèrent leurs montures, se déshabillèrent et barbotèrent dans l'eau. Nourrie par les ruisseaux de printemps, elle était agréablement froide, assez pour engourdir les sens et, pendant un instant du moins, chasser la mauvaise humeur de Jamie, provoquée par la lettre de John Stuart que Mac Donald avait apportée.

Le message du superintendant du Bureau du Sud avait pourtant été flatteur, le félicitant pour sa rapidité et son sens de l'initiative dans ses efforts pour attirer les Cherokees d'Oiseau-des-neiges dans la sphère d'influence britannique. Mais, ensuite, Stuart l'avait enjoint à s'engager davantage et avec plus d'énergie, se citant lui-même en exemple en lui expliquant comment il avait manœuvré avec habileté pour faire élire ses protégés, chefs des Choctaws et des Chickasaws, lors d'une réunion qu'il avait organisée deux ans plus tôt.

... comme on l'imagine aisément, la concurrence et l'anxiété des candidats aux médailles et aux commissions étaient immenses, n'ayant d'égal que l'acharnement des aspirants les plus ambitieux dans leurs luttes pour décrocher honneurs et avancements dans les grands États. J'ai pris toutes les mesures nécessaires pour m'informer des tempéraments et faire élire aux différentes charges les

plus méritants et les mieux disposés à maintenir l'ordre et
à préserver l'attachement de cette nation aux intérêts de
la Couronne. Je vous encourage à obtenir d'aussi bons
résultats parmi les Cherokees.

Jamie émergea entre les joncs et secoua ses cheveux, marmonnant à voix haute :

– C'est ça ! Je n'ai plus qu'à écarter Tsisqua, en l'assassinant, sans doute, et à soudoyer tout le monde pour qu'on nomme Pipestone Carver à sa place. Pipestone Carver en chef de paix... peuh !

Jamie n'avait jamais rencontré un Indien aussi petit et effacé. Il plongea de nouveau dans un concert de bulles, s'amusant à maudire les présomptions de Stuart et à observer ses mots remonter en petites billes argentées, puis disparaître comme par enchantement dans la lumière blanche de la surface.

Il se laissa remonter lentement à l'air libre.

– Qu'est-ce que c'était ? demanda une voix tout près. Ce sont eux ?

– Non, non, chuchota un autre individu. Ils ne sont que deux. Je les vois, là-bas, regarde.

Jamie ne bougea pas, tous ses sens à l'affût.

Il les avait compris, mais ne parvint pas tout de suite à identifier leur langue. Ils étaient indiens, mais pas cherokees. Ce devait être... des Tuscaroras. Oui, c'était bien ça.

Il n'avait pas parlé tuscarora depuis des années ; la plupart de ces Indiens étaient partis vers le nord après l'épidémie de rougeole qui avait tué tant des leurs. Ils avaient rejoint leurs «pères» mohawks sur les terres régies par la Ligue iroquoise.

Les deux hommes discutaient à voix basse, mais Jamie percevait presque tout. Ils n'étaient qu'à quelques mètres, cachés par un épais rideau de joncs et de plantes sauvages.

Où était Ian ? Il entendait des éclaboussures au loin. Il tourna lentement la tête et, du coin de l'œil, vit Ian et Rollo jouer dans l'eau à l'autre bout du lac. Le chien barbotait jusqu'au cou. De loin (tant que Rollo ne flairait pas les intrus et n'aboyait pas), on pouvait facilement les prendre pour deux hommes en train de nager.

Les Indiens ayant vu deux montures, en toute logique, ils en avaient conclu la présence de deux cavaliers, assez éloignés. Ils marchèrent en catimini vers les chevaux.

Jamie fut tenté de les regarder s'approcher de Gideon pour voir combien de temps ils tiendraient sur cette sale bête. Cependant, ils risquaient de ne prendre que le cheval de Ian et la mule. Or, Claire serait très fâchée, s'il les laissait voler Clarence. Il se glissa nu entre les roseaux, les sentant râper sa peau, et s'accrocha aux plantes sauvages pour se hisser sur le rivage boueux.

S'ils avaient eu la présence d'esprit de se retourner, ils auraient vu les herbes bouger. En tout cas, il espérait que Ian, lui, les verrait. À présent, il pouvait les apercevoir, avançant pliés en deux à la lisière de la forêt, jetant des coups d'œil de-ci de-là, mais jamais dans la bonne direction.

Ils n'étaient que deux. Jeunes, à leur façon de bouger, et peu sûrs d'eux. Incapable de voir s'ils étaient armés, Jamie, couvert de boue, rampa encore, s'aplatissant dans la végétation touffue du bord du lac, se tortillant pour se cacher derrières des sumacs. Il lui fallait une massue, et vite.

Évidemment, quand il en avait besoin, il ne trouvait plus que des brindilles et des branches pourries. À défaut d'autre chose, il saisit une pierre, puis aperçut l'arme rêvée. Une branche de cornouiller cassée par le vent, encore accrochée à l'arbre mais à sa portée. Les Indiens approchaient des chevaux qui broutaient. Gideon les vit et releva la tête. Il continua à mâcher, mais, l'air suspicieux, coucha ses oreilles. Quant à Clarence, toujours sociable, elle agita les siennes.

Jamie profita du braiment de bienvenue de la mule pour arracher la branche et sonner la charge, fondant sur les intrus en hurlant :

– *Tulach Ard!*

671

L'un des deux Indiens détala, cheveux au vent. L'autre voulut le suivre, mais il boitait. Il tomba sur un genou, se redressa mais trop tard. Jamie lui envoya sa branche dans les jambes, le faisant s'étaler de tout son long. Puis il lui bondit sur le dos, lui envoyant un méchant coup de genou dans les reins.

L'homme émit un bruit étranglé, puis s'immobilisa, paralysé par la douleur. Jamie avait lâché sa pierre, mais elle était tombée tout à côté. Il la récupéra et, pour la forme, lui donna un grand coup derrière l'oreille. Ensuite, il s'élança à la poursuite de son compagnon qui avait pris la direction de la forêt, puis avait changé de cap, gêné par un ruisseau. À présent, il bondissait parmi les laîches. Jamie le vit lancer un regard terrifié vers le lac, où Ian et Rollo venaient vers lui, nageant comme des loutres.

Il aurait pu se réfugier dans les bois, si son pied ne s'était enfoncé dans la boue. Il chancela, et Jamie fut sur lui, dérapant, s'agrippant à son dos.

Jeune et noueux, il se débattit comme une anguille. Ayant l'avantage de la taille et du poids, Jamie parvint à le faire basculer, et ils roulèrent ensemble dans la boue et les herbes, griffant et cognant. L'Indien attrapa ses longs cheveux et tira de toutes ses forces. Larmoyant, Jamie lui martela les côtes pour que l'Indien lâche prise, puis s'ensuivit un coup de tête.

Leurs fronts se percutèrent avec un bruit sourd, et une douleur vive lui traversa le crâne. Ils roulèrent, chacun de son côté. Jamie se redressa sur les genoux, étourdi, la vue brouillée.

Il distingua à peine une masse floue et grise qui passait devant lui et entendit un cri d'effroi. Rollo aboya férocement, puis se mit à gronder. Jamie ferma un œil, une main sur son front douloureux, et vit son adversaire étendu dans la boue, le grand chien debout sur lui, les babines retroussées, tous crocs dehors.

Il y eut un clapotement de bonds dans l'eau, et Ian surgit à ses côtés, hors d'haleine.

– Ça va, oncle Jamie?

Jamie ôta sa main et regarda sa paume. Pas de sang, même s'il aurait juré avoir le crâne fendu en deux.

– Non, répondit-il, mais je suis quand même en meilleur état que lui.

– Tu as tué l'autre?

– Je ne crois pas. Aïe, ma tête!

Il s'agenouilla, avança à quatre pattes un peu plus loin et vomit. Derrière lui, il entendit Ian demander sèchement à l'Indien en cherokee qui ils étaient et s'ils étaient seuls.

– Ce sont des Tuscaroras, lui lança Jamie.

Son crâne l'élançait toujours, mais il se sentait un peu mieux.

– Ah oui? s'étonna Ian.

Aussitôt, il passa à la langue kahnyen'kehaka. Déjà terrorisé par Rollo, le jeune captif faillit mourir de peur devant cet homme tatoué qui parlait mohawk. Les Kahnyen'kehaka appartenaient à la même branche que les Tuscaroras, et l'Indien semblait comprendre, car il répondit en balbutiant. Ils étaient seuls. Son frère était-il mort?

Jamie se rinça la bouche dans le lac et s'aspergea le visage. Une bosse de la taille d'un œuf de canard ornait le dessus de son œil gauche.

– Frère?

Oui, son frère. S'ils n'avaient pas l'intention de le tuer tout de suite, le jeune homme demanda la permission d'aller voir son frère blessé.

Ian chercha une confirmation dans le regard de Jamie, puis rappela Rollo. Le captif se releva avec difficulté et se dirigea vers la berge, suivi du chien et des deux Écossais, nus comme des vers.

L'autre était en effet blessé. Sa jambe saignait à travers un bandage rudimentaire. Il l'avait confectionné avec sa chemise. Son torse nu était décharné. Les deux Indiens ne devaient pas avoir plus de vingt ans, sans doute moins. Leurs visages émaciés trahissaient la faim et les mauvais traitements, et ils portaient des guenilles.

Effrayés par la bagarre, les chevaux s'étaient un peu écartés, mais les habits que les Écossais avaient suspendus à des buissons étaient toujours là. Ian enfila ses culottes et alla chercher de quoi boire et manger dans leurs sacoches. Jamie se rhabilla moins vite, interrogeant le jeune homme pendant que ce dernier examinait son frère avec anxiété.

Il confirma qu'ils étaient bien Tuscaroras. Son nom, interminable, signifiait grosso modo « l'éclat de la lumière sur l'eau de la source ». Son frère, « la bernache qui encourage le meneur en vol », était appelé plus simplement Bernache.

Jamie indiqua la plaie de Bernache, apparemment causée par une hache.

– Que lui est-il arrivé ?

Lumière-sur-l'eau reprit son souffle et ferma les yeux un instant. Lui aussi avait une sacrée bosse sur le front.

– Les Tsalagis. Nous étions quarante. Les autres sont morts ou prisonniers. Vous n'allez pas nous livrer à eux, chef, hein ? S'il vous plaît.

– Des Tsalagis ? Lesquels ?

Lumière ne savait pas. Son groupe avait décidé de rester quand leur village était parti vers le nord, mais ils n'avaient pas eu de chance. Il n'y avait pas assez d'hommes parmi eux pour défendre une communauté et chasser, si bien que d'autres volaient leurs récoltes, enlevaient leurs femmes.

De plus en plus pauvres, ils en avaient été réduits à la mendicité et au vol pour survivre pendant l'hiver. Beaucoup étaient morts de froid et de maladies, les survivants errant de lieu en lieu, trouvant parfois un endroit où s'installer pendant quelques semaines, pour être de nouveau chassés par des Cherokees beaucoup plus forts.

Quelques jours plus tôt, ils étaient tombés dans une embuscade de guerriers cherokees qui avaient tué la plupart d'entre eux et enlevé quelques squaws.

— Ils ont pris ma femme, dit Lumière, d'une voix tremblante. Nous sommes venus la reprendre.

— Ils vont nous tuer, c'est évident, ajouta Bernache faiblement, mais non sans une certaine gaieté. Mais ce n'est pas grave.

— Bien sûr, poursuivit Jamie en réprimant un sourire. Vous savez où ils l'ont emmenée ?

Les frères connaissaient la direction prise par les pillards et la suivaient afin de trouver leur village. Ils pointèrent le doigt vers un goulet dans la montagne.

— Par là.

Ian regarda Jamie, qui hocha la tête.

— Oiseau, confirma-t-il. Ou Renard, peut-être.

Renard-courant était le chef de guerre du village ; un bon guerrier, quoique manquant d'imagination, ce que Oiseau-des-neiges avait en abondance.

— On les aide, oncle Jamie ? questionna Ian en anglais.

Son interrogation était purement rhétorique.

Jamie se massa doucement le front. La peau sur la bosse était étirée et sensible.

— Je suppose que oui, mais pas avant d'avoir déjeuné.

* * *

Le problème n'était pas de savoir s'il fallait intervenir, mais comment. D'emblée, Jamie et Ian avaient rejeté le plan des frères qui était de récupérer de force la femme de Lumière.

— Ils vous tueront, les assura Ian.

— Ça ne nous inquiète pas, insista vaillamment Lumière.

— Vous, peut-être, dit Jamie. Mais votre femme ? Elle se retrouvera seule et sera bien avancée.

Bernache se tourna vers son frère.

— Il a raison, tu sais.

— Nous pourrions la réclamer, suggéra Jamie. Comme épouse pour toi, Ian. Oiseau te trouve sympathique ; il te la donnera probablement.

Il ne plaisantait qu'à moitié. Si la jeune femme n'avait pas encore été offerte à un autre homme, celui qui l'avait asservie pourrait éventuellement en faire cadeau à Ian, qui était on ne peut plus respecté.

Ian ne semblait pas de cet avis.

– Non, on ferait mieux de la racheter. À moins que…

Il regarda les deux Indiens, occupés à dévorer avec application toute la nourriture qui restait dans les sacoches.

– Si on demandait à Oiseau de les adopter?

C'était une idée, car, même s'ils récupéraient la jeune femme, par un moyen ou un autre, ils seraient tous les trois dans une situation aussi précaire, sans toit et affamés.

Les deux frères froncèrent les sourcils. Bernache se lécha les doigts, puis répondit :

– Manger à sa faim, c'est bien, mais nous les avons vus tuer notre famille, nos amis. Dans le cas contraire, ce serait possible, mais…

– Oui, je vois, dit Jamie.

L'espace d'un instant, il fut frappé par le fait qu'il « voyait » réellement. Il avait passé plus de temps en compagnie d'Indiens qu'il ne l'avait cru.

Des yeux, les frères se communiquèrent un message tacite. Leur décision prise, Lumière effectua un signe de respect en direction de Jamie et, timide, déclara :

– Nous sommes vos esclaves. C'est à vous de décider ce que vous voulez faire de nous.

Jamie se frotta le visage, se disant que, au fond, il n'avait peut-être pas encore passé assez de temps avec les Indiens. Ian ne souriait pas, mais son amusement était visible.

MacDonald lui avait raconté des histoires de campagne pendant la guerre franco-indienne. Fréquemment, les soldats qui capturaient des Indiens les tuaient pour récupérer leurs scalps ou les vendaient comme esclaves. Ces campagnes s'étaient déroulées à peine une décennie plus tôt; depuis, la paix avait souvent été difficile à conserver. De nombreux Indiens soumettaient leurs prisonniers à l'esclavage, quand

– pour une raison indienne indéchiffrable – ils ne décidaient pas de les adopter ou de les exécuter.

Jamie ayant capturé les deux Tuscaroras, la coutume voulait donc qu'ils deviennent ses esclaves.

Il comprenait très bien la suggestion de Lumière : qu'il les adopte, ainsi que sa femme une fois qu'il l'aurait délivrée. Comment diable s'était-il encore retrouvé dans cette situation ?

– Il n'y a pas de marché pour leurs scalps en ce moment, indiqua Ian. D'un autre côté, tu pourrais les vendre à Oiseau, mais ils ne doivent pas valoir grand-chose, vu qu'ils n'ont que la peau sur les os.

Les frères dévisageaient Jamie, impassibles, attendant son verdict. Lumière rota soudain et parut surpris par son propre bruit. Cela fit rire Ian.

– Je ne pourrais jamais faire une chose pareille, s'énerva Jamie. Vous le savez parfaitement tous les trois.

Il se tourna vers Bernache.

– J'aurais dû te cogner plus fort sur la tête, cela m'aurait épargné un souci de plus.

L'Indien sourit, lui montrant ses dents écartées, puis s'inclina respectueusement.

– Oui, oncle.

Jamie émit un grognement de mécontentement que les Indiens ne parurent pas remarquer.

Il allait falloir sortir les médailles. MacDonald lui avait apporté un coffre rempli d'insignes, de boutons dorés, de boussoles bon marché en laiton, de lames de couteau en acier, entre autre camelote. Les chefs puisant leur pouvoir dans leur popularité, et cette popularité augmentant en proportion directe avec leur capacité à offrir des présents, les agents indiens de la Couronne exerçaient leur influence en distribuant ces largesses à ceux qui paraissaient disposés à s'allier avec les Britanniques.

Il n'avait apporté avec lui que deux petits sacs de pacotille, laissant le reste à la maison pour plus tard. Il avait sûrement assez pour racheter Mme Lumière, mais il n'aurait plus rien pour les autres chefs de village.

Il serait donc obligé d'envoyer Ian en chercher davantage à Fraser's Ridge. Mais pas avant d'avoir négocié le rachat de la squaw, car, pour cela, il avait besoin de son neveu.

Il se releva, la tête lui tournant légèrement, et annonça :

– Bon, d'accord. Mais pas question que je les adopte.

La dernière chose dont il avait besoin, c'était de trois bouches supplémentaires à nourrir.

44

Scotchee

Comme il s'y était attendu, négocier le rachat ne fut qu'une simple question de marchandage. Au bout du compte, Mme Lumière lui revint assez bon marché : six médailles, quatre couteaux et une boussole. Certes, il ne l'avait pas vue avant que l'affaire soit conclue ; autrement, il aurait proposé encore moins. Cette adolescente d'environ quatorze ans, menue, avait le visage variolé et un léger strabisme.

Au fond, tous les goûts étaient dans la nature. Lumière et Bernache avaient été prêts à mourir pour elle. Elle devait avoir bon cœur, ou un autre excellent trait de caractère, comme un goût et un talent pour le lit.

Lui-même choqué par sa pensée, il la regarda avec soin. Cela ne sautait pas aux yeux, mais, maintenant qu'il y faisait plus attention, elle dégageait en effet cet attrait étrange, ce don remarquable que seules possédaient quelques rares élues, qui allait au-delà des jugements superficiels sur l'aspect physique, l'âge ou l'esprit, donnant aux hommes l'envie de les prendre par la main et de…

Il tua aussitôt dans l'œuf l'image naissante. Il avait déjà rencontré quelques femmes de ce genre, la plupart françaises. Il s'était souvent dit que sa propre épouse devait sans doute à ses ancêtres français ce don très désirable mais si dangereux.

Il remarqua qu'Oiseau la lorgnait aussi d'un air songeur, regrettant visiblement de l'avoir laissée partir pour si peu. Fort heureusement le retour d'un groupe de chasseurs, amenant avec eux des invités, fit diversion.

Ces derniers étaient des Cherokees de la tribu Overhill, loin de leurs montagnes du Tennessee. Parmi eux se trouvait un homme dont Jamie avait souvent entendu parler, sans jamais le rencontrer, Alexander Cameron, que les Indiens appelaient Scotchee.

Brun, le visage tanné, d'âge mûr, Cameron ne se distinguait des Indiens que par sa barbe touffue et son grand nez inquisiteur. Il vivait avec les Cherokees depuis l'âge de quinze ans, avait épousé une des leurs et jouissait à leurs yeux d'une grande estime. C'était aussi un agent indien au mieux avec John Stuart. Sa présence ici, à plus de trois cents kilomètres de chez lui, intrigua Jamie au plus haut point.

L'intérêt était mutuel. Cameron l'examina avec ses yeux caves, où l'intelligence et la ruse brillaient avec intensité.

– Ça, par exemple, le rouquin Tueur d'ours! s'exclamat-il.

Il serra vigoureusement la main de Jamie, puis l'étreignit à la manière indienne.

– J'ai tellement entendu d'histoires à votre sujet! Ma plus grande crainte était de mourir avant de vous rencontrer pour vérifier si elles étaient vraies.

– J'en doute fort. Dans la dernière que j'ai entendue, j'avais tué trois ours d'un coup, le dernier en haut d'un arbre, où je m'étais réfugié après qu'il m'eut mangé un pied.

Cameron baissa malgré lui les yeux vers les pieds de Jamie, puis rugit de rire, toutes les rides de son visage se fronçant. Son hilarité était si contagieuse que Jamie s'esclaffa à son tour.

Il était cependant encore trop tôt pour parler affaires. Les chasseurs avaient rapporté une dépouille de buffle des forêts, et un extraordinaire festin se préparait. On avait extrait le foie pour le flamber et le manger sur-le-champ. La viande tendre du dos serait rôtie avec des oignons entiers, et le cœur (Ian le lui avait expliqué) partagé entre les invités de marque et les chefs : Jamie, Cameron, Oiseau et Renard.

Quand le foie fut mangé, ils se retirèrent dans la hutte d'Oiseau pour boire de la bière une heure ou deux, pendant que les femmes préparaient le reste du repas. La nature étant ce qu'elle est, il était sorti un instant pour se soulager confortablement contre un arbre, quand Alexander Cameron vint se placer à ses côtés, ouvrant sa braguette.

Il paraissait donc naturel (même si Cameron semblait avoir prévu le coup) de faire ensuite quelques pas ensemble, goûtant un peu l'air frais de la soirée après l'atmosphère enfumée de la hutte et bavardant de leurs centres d'intérêt communs : d'une part, John Stuart et les manigances du Bureau du Sud ; de l'autre, les Indiens, comparant les personnalités et les moyens de traiter avec les différents chefs, se demandant lequel ferait un bon leader et s'il y aurait un grand rassemblement avant la fin de l'année.

Nonchalant, Cameron déclara :

– Vous devez vous demander la raison de ma présence ici ?

Jamie haussa à peine les épaules, confirmant qu'il était intéressé mais trop poli pour se mêler de ses affaires.

– En fait, reprit Cameron, c'est un secret de polichinelle. C'est à cause de James Henderson. Vous avez déjà entendu parler de lui, n'est-ce pas ?

En effet. Henderson avait été président de la Cour supérieure de Caroline du Nord... jusqu'à ce que la Régulation provoque son départ précipité. Il avait dû fuir par la fenêtre du tribunal, pourchassé par une foule en colère.

Riche et tenant à sa peau, il avait quitté la fonction publique et préféré se concentrer sur des moyens d'accroître sa fortune. À cette fin, il proposait à présent d'acheter une immense quantité de terres aux Cherokees dans le Tennessee pour y établir des colonies.

Jamie n'eut pas besoin d'un dessin pour cerner la complexité de la situation. Les terres convoitées se situaient bien au-delà de la Ligne du traité. Le fait qu'Henderson envisage une telle opération en disait long sur l'état de faiblesse de la Couronne. De toute évidence, Henderson n'avait aucune vergogne à passer outre le traité de Sa Majesté et ne s'attendait pas à être inquiété.

Mais ce n'était pas le seul problème. Les Cherokees détenaient la terre en commun, comme tous les Indiens. Les chefs pouvaient vendre des terres aux Blancs, et ne s'en privaient pas, sans se soucier de subtilités juridiques telles qu'un titre de propriété. Néanmoins, ils étaient quand même soumis à l'approbation ou la désapprobation *post facto* de leur peuple. Ces dernières n'affectaient pas la vente, qui avait déjà eu lieu, mais pouvaient faire tomber le chef en question, et représenter de sérieuses complications pour l'acheteur qui tentait de prendre possession du bien acheté de bonne foi, ou ce qui passait pour de la bonne foi dans ce genre de tractations.

– John Stuart est au courant, bien sûr, suggéra Jamie.

Cameron acquiesça.

– Oui, mais officieusement.

Le directeur du Bureau du Sud pouvait à grand-peine approuver officiellement un tel arrangement. D'un autre côté, ce genre d'acquisitions ne pouvait que favoriser les objectifs du Bureau, qui étaient d'amener le plus possible les Indiens sous l'emprise britannique.

Jamie se demanda si John Stuart profitait de la vente sur un plan personnel. Il avait bonne réputation et ne passait pas pour corrompu, mais il avait peut-être un intérêt caché. Ce dernier n'était peut-être pas financier, mais Stuart pouvait avoir choisi de fermer les yeux pour servir le Bureau.

En revanche, concernant… Jamie aurait été très surpris si Cameron n'espérait pas récupérer une part du gâteau.

Il ignorait vers quel camp la nature de celui-ci le portait d'instinct, vers les Indiens avec lesquels il vivait ou les Anglais parmi lesquels il était né. Personne ne le savait, sans doute, peut-être même pas Cameron. Toutefois, indépendamment de ses intérêts à long terme, ses objectifs immédiats étaient clairs. Il voulait que la vente soit approuvée ou perçue avec indifférence par les Cherokees de la région, gardant ainsi ses chefs protégés en odeur de sainteté auprès de leurs peuples et laissant Henderson poursuivre son projet sans être harcelé par les Indiens du coin.

– Je n'en parlerai pas avant un jour ou deux, annonça Cameron.

Jamie acquiesça. Ce genre d'affaires suivait son rythme naturel, mais, bien entendu, Cameron l'en avait informé d'abord pour qu'il le soutienne quand le sujet serait abordé plus tard.

Cameron considérait déjà son aide comme acquise. Il ne promit pas explicitement à Jamie qu'il recevrait lui aussi sa part du gâteau, mais c'était inutile. Cela faisait partie des avantages en nature du poste d'agent indien, une des raisons pour lesquelles ce genre de charge était perçu comme une aubaine.

Compte tenu de ce qu'il savait de l'avenir, Jamie se souciait comme d'une guigne de l'achat d'Henderson, mais il profita de l'occasion pour solliciter une faveur en retour.

– Vous avez vu la jeune Tuscarora que j'ai achetée à Oiseau?

Cameron se mit à rire.

– Oui. Il se demande encore ce que vous comptez en faire. Il dit que vous avez rejeté toutes les squaws qu'il a envoyées dans votre lit. Elle n'est pas franchement affriolante, mais, ma foi…

– Ce n'est pas ça. Elle est déjà mariée. J'ai amené deux jeunes Tuscaroras avec moi. Elle appartient à l'un d'eux.

– Vraiment?

Le nez de Cameron s'agita, flairant une bonne histoire. Jamie attendait ce moment depuis qu'il avait aperçu le vieil Écossais parmi les chasseurs. Il lui raconta les mésaventures des deux frères et le convainquit sans difficulté d'emmener les trois jeunes gens avec lui et de soutenir leur adoption par les Cherokees d'Overhill.

– Ce ne sera pas la première fois, dit-il à Jamie. Ils sont de plus en plus nombreux, des survivants de villages déplacés, parfois des peuples entiers, errant dans la nature, affamés et misérables. Vous avez déjà rencontré des Dogash?

– Non.

– Alors, il y a peu de chances que vous en croisiez un jour. Il n'en reste plus qu'une dizaine. Ils sont venus nous trouver l'hiver dernier, s'offrant comme esclaves pour ne pas mourir de froid.

Il surprit l'expression de Jamie et s'empressa d'ajouter :

– Non, ne vous en faites pas pour les deux garçons et la jeune fille, ils ne seront pas esclaves, je vous en donne ma parole.

Satisfait, Jamie le remercia d'un signe de tête. S'étant éloignés du village, ils se trouvaient au bord d'une gorge. Une ouverture dans le rideau d'arbres débouchait sur une vue panoramique : des sommets se succédaient à perte de vue, tel un champ infini des dieux, leurs versants sombres et menaçants sous un ciel rempli d'étoiles.

Ému par le paysage grandiose, Jamie lança soudain :

– Comment pourrait-il y avoir suffisamment d'hommes pour apprivoiser une telle nature?

Pourtant, une odeur de feu de camp et de cuisine flottait dans l'air. Des hommes vivaient là, peu nombreux, éparpillés mais présents.

Cameron s'arracha à sa contemplation.

– Il ne cesse d'en venir, toujours plus nombreux. Ma propre famille est venue d'Écosse, tout comme vous. Sans intention de repartir.

Jamie sourit sans répondre, pris d'un étrange sentiment. Il n'avait jamais eu l'intention de rentrer au pays. Il avait dit adieu à l'Écosse sur le pont de l'*Artémis,* sachant déjà qu'il ne reverrait sans doute jamais sa côte natale. Toutefois, cette idée n'avait jamais tout à fait pris racine en lui jusqu'à cet instant.

Des appels «Scotchee, Scotchee» retentirent au loin, et il tourna les talons pour suivre Cameron jusqu'au village, conscient du vide somptueux, terrifiant, derrière lui, et de celui, plus angoissant encore, en lui.

* * *

Cette nuit-là, après le festin, ils fumèrent, célébrant cérémonieusement le marché conclu entre Jamie et Oiseau, ainsi que la visite de Cameron. Après que la pipe eut fait deux fois le tour du feu, ils se mirent à raconter des histoires.

Il s'agissait surtout de récits de raids et de batailles. Épuisé, le crâne encore douloureux, un peu étourdi par la fumée, Jamie avait pensé se contenter d'écouter. Peut-être était-ce l'allusion de Cameron à l'Écosse un peu plus tôt, mais un souvenir revint soudain à la surface et, lorsqu'un nouveau silence se fit entre deux récits, il se surprit lui-même à prendre la parole, leur racontant Culloden.

– … Et là, près d'un mur, j'aperçus un homme que je connaissais, MacAllister, assiégé par une horde d'ennemis. Bien qu'armé d'un pistolet et d'une épée, il était dépassé. Sa lame était brisée, et il se protégeait derrière ce qui lui restait de son bouclier.

La pipe revint vers lui ; il la souleva et inspira profondément la fumée comme s'il buvait l'air humide de la lande.

– Ils étaient de plus en plus nombreux autour de lui. Il ramassa une languette de métal tombée d'une carriole et en tua six avec.

Il tendit ses mains, montrant six doigts.

– Six ! Avant d'être terrassé à son tour.

Des claquements de langue appréciatifs s'élevèrent autour du feu.

– Et toi, Tueur d'ours, combien en as-tu abattus ?

La fumée piquait sa poitrine et l'intérieur de ses yeux ; l'espace d'un instant, il sentit l'odeur amère de la poudre à canon plutôt que le parfum doux du tabac. Il revit très clairement Alistair MacAllistair mort à ses pieds parmi l'amoncellement de cadavres en redingotes rouges, un côté du crâne

685

défoncé et la courbe de son épaule luisant à travers la chemise trempée qui collait à sa peau.

Il se tenait de nouveau dans la bruyère, la pluie ruisselant sur son visage, sa propre chemise alourdie par le poids de l'eau, sa rage la faisant fumer dans l'air glacé.

Puis il quitta d'un coup la colline de Drumossie et se rendit compte, une seconde trop tard, que tous le dévisageaient sidérés. Il vit le visage de Robert Talltree, ses rides étirées par la stupeur, et, baissant les yeux, il aperçut ses dix doigts se replier, puis quatre doigts de la main droite s'ouvrir de nouveau. Le pouce hésita, indécis. Il l'observa, fasciné, puis, se ressaisissant, il ferma aussitôt sa main droite, l'enveloppant de sa gauche comme pour étouffer le souvenir qui avait subitement rejailli dans sa paume.

Le vieux Talltree le fixa de ses yeux noirs et durs ; ensuite, il prit la pipe, inspira profondément, se pencha vers Jamie et lui souffla la fumée au visage. Il répéta son geste deux fois, sous un murmure d'approbation devant un tel honneur.

Jamie accepta de nouveau la pipe et retourna l'honneur au vieillard, puis il la passa à son voisin, refusant de parler davantage.

Ils n'insistèrent pas, reconnaissant et respectant son émotion.

Ce n'était pas de l'horreur, plutôt un étonnement neutre. Avec précaution, il jeta un dernier regard intérieur à Alistair. Oui, il était toujours là.

Jamie fut conscient qu'il retenait son souffle pour ne pas inspirer la puanteur du sang et des ventres éviscérés. Il respira, l'odeur métallique des corps faisandés remplissant ses narines. Il aurait pu pleurer, envahi par le mal du pays, par la nostalgie de l'air froid et sec des Highlands, chargé de parfums de tourbe et d'ajoncs.

Alexander Cameron lui posa une question, mais il ne pouvait parler. Ian, voyant son malaise, se pencha en avant et répondit à sa place, les faisant tous rire. Puis il relança la conversation, leur racontant une partie de crosse à laquelle il avait participé avec les Mohawks, abandonnant Jamie à sa méditation, dans son coin, enveloppé de fumée.

Quatorze hommes. Il ne se souvenait même pas d'un seul visage. Et ce pouce hésitant… Qu'avait-il voulu dire ? Qu'il en avait combattu un quinzième, mais n'était pas sûr de l'avoir tué ?

Ce souvenir l'effrayait, car il ne savait comment le prendre. Parallèlement, il éprouvait une sorte de crainte mêlée de respect. Malgré tout, il était reconnaissant d'avoir au moins retrouvé la faculté de ressentir ça.

* * *

Il était très tard. La plupart des hommes avaient rejoint leurs propres huttes ou dormaient paisiblement autour du feu. Ian était sorti et n'était plus réapparu. Cameron était toujours là, fumant sa pipe, qu'il partageait avec Oiseau.

Jamie brisa alors le silence somnolent :

– Je dois vous dire quelque chose. À tous les deux.

Il n'avait pas pensé en parler, préférant attendre, prendre le temps de savoir si cela valait la peine ou pas de le leur révéler. Peut-être était-ce l'atmosphère intime de la hutte, la chaleur du feu ou l'effet du tabac. À moins que ce ne soit la compassion d'un exilé pour ceux qui connaîtraient le même sort. De toute manière, il avait commencé, il ne pouvait plus reculer.

– Les femmes de ma famille sont…

Il chercha le mot juste, ne connaissant pas l'équivalent en cherokee.

– Elles voient en rêve l'avenir.

Cameron ne sembla pas décontenancé. L'Écossais hocha juste la tête, ferma les yeux en tirant sur la pipe, puis demanda, sur un ton vaguement intéressé :

– Elles sont clairvoyantes, c'est ça ?

Cette explication en valait une autre.

– Oui, répondit Jamie. Elles ont eu une vision concernant les Tsalagis. Ma femme et ma fille l'ont eue toutes les deux.

Oiseau se redressa, aux aguets. Les rêves devaient être pris au sérieux ; que plusieurs personnes partagent le même était extraordinaire et donc de la plus haute importance.

– Je suis vraiment désolé, annonça Jamie, mais, dans soixante ans, les Tsalagis seront arrachés à leurs terres et conduits ailleurs. Beaucoup mourront pendant le voyage, si bien que la route qu'ils prendront s'appellera…

Il chercha le mot « larmes », ne le trouva pas et conclut :

– « Le chemin où ils ont pleuré ».

– Qui fera ça ? questionna Oiseau. Qui aura ce pouvoir ?

Jamie hésita ; c'était là le hic. Pourtant, maintenant qu'il était lancé, leur expliquer lui paraissait bien plus facile qu'il ne l'aurait cru.

– Des hommes blancs, mais pas ceux du roi George.

– Les Français ? interrogea Cameron un peu incrédule. Ou les Espagnols ? Ils sont beaucoup plus près, mais nettement moins nombreux.

L'Espagne détenait encore des terres au sud et certaines parties des Antilles, mais les Anglais tenaient fermement la Géorgie ; les risques d'une avancée des Espagnols vers le nord étaient faibles.

– Non, non, ni les Français ni les Espagnols.

Si seulement Ian était resté avec lui ! En son absence, il devait se débattre avec le tsalagi, une langue intéressante, mais dans laquelle il ne savait parler que de choses solides et pratiques… et dans un futur proche.

– Mes femmes m'ont dit que… ce qu'elles ont vu en rêve se produira si beaucoup de personnes sont concernées. Mais elles pensent que cela pourrait ne pas arriver à quelques-uns, ou à un seul.

Oiseau battit des paupières, perplexe, ce qui était compréhensible. Jamie tenta de nouveau d'expliquer :

– Il y a de grands et de petits événements. Un grand événement peut être une grande bataille ou l'élévation d'un chef remarquable… Bien qu'il s'agisse d'un seul homme, il est élu par les voix de nombreuses personnes. Si mes femmes rêvent de ces grands événements, c'est qu'ils se produiront. Mais tout grand événement nécessite l'intervention de nombreux individus. Certains disent ceci, d'autres cela.

Il décrivit des zigzags avec sa main, et Oiseau hocha la tête.

– Donc, si beaucoup de personnes disent «Fais ceci» (il pointa un index vers la gauche), il se passe ceci. Mais qu'arrive-t-il alors à ceux qui ont dit «Fais cela»? (Il montra la droite avec son pouce). Ceux-là peuvent choisir une autre voie.

Oiseau émit l'habituel «hm-hm-hm-hm!» qu'il formulait en cas de surprise.

Cameron poursuivit :

– Cela veut dire qu'ils ne partiront peut-être pas tous? Quelques-uns en réchapperont?

– Je l'espère, répondit simplement Jamie.

Ils restèrent silencieux un moment, chacun fixant le feu, chacun voyant sa propre vision du futur ou du passé.

Enfin, Oiseau, l'air très contemplatif, questionna Jamie :

– Cette femme que tu as, tu l'as payée cher?

Jamie fit une moue ironique, provoquant le rire des deux autres.

– Elle m'a coûté jusqu'à mon dernier sou, mais elle en valait la peine.

* * *

Il était très tard quand il entra dans la hutte des invités. La lune s'était couchée, et dans le ciel d'une grande sérénité, les étoiles étaient livrées à elles-mêmes dans la nuit infinie. Chaque muscle de son corps était douloureux. Il était si fatigué qu'il trébucha sur le seuil. Toutefois, son instinct fonctionnait encore, et il sentit, avant même de la voir, une présence bouger dans l'ombre de sa couche.

Oiseau ne baissait donc jamais les bras! Peu lui importait, il pouvait bien se coucher nu parmi un troupeau de jeunes filles, rien ne l'empêcherait de dormir. Il chercha dans sa tête une formule polie pour écarter la dame, puis elle se leva.

À la lueur du feu, il aperçut une vieille femme, ses cheveux noués en nattes grises, sa robe en daim blanc ornée de peintures et de piquants de porc-épic. Il reconnut Appelle-dans-la-forêt, vêtue de ses plus beaux atours. Oiseau avait définitivement perdu la boule, il lui avait envoyé sa mère !

Son peu de vocabulaire tsalagi disparut, et il demeura la bouche grande ouverte. Souriante, elle lui tendit la main.

– Viens t'allonger, Tueur d'ours. Je suis venue chasser les serpents dans tes cheveux.

Sa voix était bourrue mais bienveillante. Elle l'attira vers le lit, le fit se coucher et poser la tête sur ses genoux. Puis, elle dénoua la chevelure de Jamie et l'étala sur ses cuisses. Ses mains étaient douces et apaisantes sur son crâne douloureux et la bosse sur son front.

Il ignorait quel âge elle pouvait avoir, mais ses doigts étaient puissants et infatigables, décrivant des cercles rythmiques sur son cuir chevelu, ses tempes, derrière ses oreilles, dans le creux de sa nuque. Elle avait jeté de l'herbe sainte et d'autres plantes aromatiques dans le feu. Le trou dans le toit tirait bien, et il pouvait voir une colonne de fumée blanche s'élever au centre de la hutte, paisible mais en mouvement perpétuel.

La vieille fredonnait, ou plutôt, murmurait les paroles d'une chanson, trop indistinctes pour qu'il les comprenne. Il observa les formes qui se dessinaient dans la fumée et sentit son corps s'alourdir, ses membres comme remplis de sable mouillé.

Elle interrompit son chant et chuchota :

– Parle-moi, Tueur d'ours.

Elle tenait un peigne en bois dont les dents arrondies par l'usure caressèrent son crâne.

– Je ne trouve pas vos mots.

Devant fouiller sa mémoire pour se souvenir de chaque terme en tsalagi, il parlait très lentement.

– Les mots n'ont pas d'importance, ni la langue que tu utilises. Parle, je comprendrai.

Il se mit donc à s'exprimer en gaélique, la seule langue qui ne lui demandait aucun effort. Ayant compris que la vieille femme désirait l'entendre avouer ce qu'il avait sur le cœur, il commença donc par l'Écosse… et Culloden. Il évoqua le chagrin. La perte. La peur.

Au fil des paroles, il passa du passé au futur, où les mêmes spectres resurgissaient, des créatures froides avançant vers lui dans la brume, les yeux vides.

Parmi eux se trouvait Jack Randall, étrangement des deux côtés de lui. Ses yeux à lui n'étaient pas vides, mais bien vivants, ardents dans un visage flou. L'avait-il tué ou non ? Si oui, était-ce son fantôme qui le suivait partout ? Si non, était-ce une envie de vengeance inassouvie qui le hantait, le torturait avec sa mémoire fragmentaire ?

Tout en parlant, il eut l'impression de se soulever au-dessus de son corps et se vit au repos, les paupières levées, regardant vers le haut, ses cheveux formant un halo fauve strié d'argent autour de son visage. Il n'était ni ici ni ailleurs, il était. Seul. En paix.

– Je n'ai pas de méchanceté dans mon cœur…

Sa propre voix lui parut lointaine.

– C'est un mal qui ne me touche pas. J'en connaîtrai d'autres, mais pas celui-ci. Pas ici. Pas maintenant.

– Je comprends, chuchota la vieille femme.

Elle continua à le peigner, tandis que la fumée blanche s'élevait en silence vers le ciel.

45

Une souillure dans le sang

Je m'assis sur mes talons et m'étirai, fatiguée mais contente. Mon dos me faisait mal, mes genoux craquaient, mes ongles étaient noirs de crasse et mes cheveux me collaient à la nuque et aux joues…, mais mes nouvelles plantations de haricots à rames, d'oignons, de navets et de radis étaient faites, j'avais sarclé mon carré de choux et déraciné et suspendu une douzaine d'arachides à la palissade du potager, pour les faire sécher à l'abri des écureuils.

Le soleil n'ayant pas encore sombré derrière les châtaigniers, il me restait encore assez de temps avant le dîner pour une ou deux tâches. Je me relevai et contemplai mon royaume, me demandant à quoi m'atteler. Arracher l'herbe-aux-chats et la citronnelle qui menaçaient d'envahir un coin du jardin ? Apporter des paniers de fumier divinement pourri de la pile derrière la grange ? Non, ce travail-là était réservé aux hommes.

Si je m'occupais des herbes ? Mes trois buissons de lavande française m'arrivaient à la cuisse, leurs tiges fines chargées de grappes bleu nuit ; la mille-feuille était en fleurs, formant un immense bouquet d'ombelles dentelées blanches, roses et jaunes. Je me grattai le nez, essayant de me souvenir à quelle phase de la lune il était plus propice de la tailler. On devait couper la lavande et le romarin le matin, leurs essences volatiles se levant avec le soleil. Elles étaient moins puissantes quand on les cueillait plus tard.

L'heure de l'herbe-aux-chats avait donc sonné. J'allai chercher la binette que j'avais déposée contre la clôture et aperçus un visage me lorgnant entre les piquets. Je fis un bond en arrière, une main sur le cœur.

Mon visiteur sursauta également, aussi surpris que moi.

– Oh! *Bitte*, madame! Je ne voulais pas vous faire peur.

Manfred McGillivray souriait timidement entre les tiges pendantes des belles-de-jour et des ignames sauvages. Il était passé plus tôt ce même matin, apportant pour Jamie plusieurs mousquets enveloppés dans une bâche.

Je ramassai la binette que j'avais laissée tomber.

– Ce n'est rien. Vous cherchez Lizzie? Elle est dans…

– *Ach*, non, madame. C'est que… je pourrais vous parler un instant? Je veux dire… en tête à tête?

– Bien sûr. Entrez donc. Nous pouvons discuter pendant que je bine.

Il contourna la palissade jusqu'à la porte. Que me voulait-il? Il portait ses bottes et son manteau, passablement poussiéreux, et ses culottes étaient très froissées. Il avait fait du chemin et ne venait pas simplement de chez ses parents. Il n'était pas passé par la maison non plus, car Mme Bug l'aurait brossé des pieds à la tête, bon gré mal gré.

Je lui tendis la calebasse qui faisait office de louche après l'avoir remplie d'eau fraîche dans mon seau. Il but avidement, puis s'essuya les lèvres sur sa manche.

– D'où arrivez-vous ainsi?

– D'Hillsboro, madame. J'ai été cherché les… euh… choses pour M. Fraser.

– Vraiment? Ça fait une belle trotte!

Il semblait mal à l'aise. Il était joli garçon, hâlé et avec un visage de jeune faune sous d'épais cheveux noirs et bouclés. Mais il paraissait presque inquiet, lançant des coups d'œil furtifs par-dessus son épaule vers la maison, comme s'il craignait d'être interrompu.

– Je… euh… eh bien, c'est justement lié à ce que je voulais vous dire.

Je l'invitai d'un geste à m'ouvrir son cœur et me tournai pour biner afin qu'il se sente moins gêné. Je soupçonnai de plus en plus ce dont il voulait s'entretenir, même si je ne voyais pas trop le rapport avec Hillsboro.

– Eh bien… Il s'agit de Lizzie.

Il croisa les mains dans son dos.

– Oui ?

Cette fois, j'étais presque sûre d'avoir vu juste. Je regardai vers l'ouest du potager, où les abeilles butinaient gaiement les hautes fleurs jaunes d'un *dauco*. C'était toujours mieux que les préservatifs du XVIIIe siècle.

– Je ne peux pas l'épouser.

– Quoi ?

Je m'arrêtai de bêcher et me redressai, le dévisageant. Il avait toujours les traits pincés, et je me rendis compte que sa timidité servait en fait à masquer un profond chagrin que son visage révélait désormais clairement.

– Je crois que vous feriez mieux de vous asseoir.

Je le conduisis vers le banc que Jamie m'avait construit à l'ombre du grand gommier noir, au nord du jardin. Il s'assit, la tête baissée, les mains entre les genoux. J'ôtai mon chapeau de paille, m'essuyai le visage sur mon tablier et rattachai mes cheveux, inspirant le parfum des épicéas et des sapins baumiers qui poussaient un peu plus haut sur la colline.

Voyant qu'il ne savait pas par où commencer, je l'encourageai :

– Que se passe-t-il ? Vous avez peur de ne pas être assez amoureux ?

Il me regarda étonné, puis se replongea dans la contemplation de ses pieds.

– Non, ce n'est pas ça. Je veux dire, je ne l'aime pas, mais ça n'a pas d'importance.

– Ah non ?

– Non. Je suis sûr qu'on apprendra à s'apprécier mutuellement, c'est *meine mutter* qui le dit.

Craignant de paraître insultant, il ajouta très vite :

– Oh, je l'aime bien, c'est sûr. Mon père dit que c'est une charmante petite âme bien soignée, et mes sœurs l'adorent.

Je ne fis aucun commentaire là-dessus. J'avais eu d'emblée des réserves sur ce mariage, et il semblait bien qu'elles étaient justifiées. Je questionnai prudemment :

– Il y a peut-être… quelqu'un d'autre ?

Manfred fit non de la tête, déglutissant avec peine.

– Vous en êtes sûr ?

– Oui, madame. Enfin… il y avait bien quelqu'un, mais c'est fini maintenant.

J'étais perplexe. S'il avait décidé de renoncer à l'autre mystérieuse inconnue, que ce soit ou non par crainte de sa mère, qu'est-ce qui l'empêchait à présent d'épouser Lizzie ?

– Cette autre jeune fille, elle ne serait pas d'Hillsboro, par hasard ?

Lorsque je l'avais rencontré la première fois avec sa famille lors du *gathering,* ses sœurs avaient échangé des regards entendus à la mention de ses visites à Hillsboro. Elles avaient su quelque chose, même si Ute n'était au courant de rien.

– Si. C'est pour ça que j'ai été à Hillsboro… Il fallait que je parle à Myra pour… euh… lui expliquer que j'allais épouser Mlle Wemyss et que je ne pourrais plus venir la voir.

– Myra.

Elle avait enfin un nom. Je m'adossai au dossier du banc en réfléchissant.

– Et que s'est-il passé ? Vous n'avez pas pu la voir ?

Il ne répondit pas tout de suite. Une grosse larme se détacha soudain de sa joue et s'écrasa sur le *homespun* poussiéreux de ses culottes.

– Non, madame, dit-il enfin d'une voix étranglée. Je n'ai pas pu. Elle est morte.

– Oh, mon Dieu, Manfred. Je suis désolée.

Il pleurait sans bruit, les épaules tremblantes. Je le pris dans mes bras et le serrai contre moi. Ses cheveux étaient doux, et je sentais sa peau chaude contre mon épaule. Je ne savais pas comment l'aider dans son chagrin. Il était trop vieux pour être consolé par de simples caresses, et trop jeune peut-être pour trouver un réconfort dans les paroles. Je ne pouvais rien faire d'autre pour l'instant que le tenir contre moi.

Il passa ses bras autour de ma taille et s'accrocha à moi encore plusieurs minutes après que ses larmes eurent cessé de couler. Je lui caressai doucement le dos, tout en surveillant l'entrée du potager au cas où quelqu'un viendrait.

Enfin, il soupira et me lâcha. Je cherchai mon mouchoir et, ne le trouvant pas, dénouai mon tablier et le lui tendis. Quand il se fut ressaisi, je poursuivis :

– Vous n'avez pas besoin de vous marier tout de suite. Prenez le temps de surmonter votre peine. Nous trouverons un prétexte pour reporter la date de vos noces ; j'en parlerai à Jamie.

– Non, madame, répondit-il d'une voix basse mais ferme. Je ne peux pas.

– Pourquoi ?

– Myra était une putain, madame. Elle est morte du mal français.

Il leva vers moi des yeux où, derrière le chagrin, se lisait la terreur.

– Je crois bien que je l'ai attrapé aussi.

* * *

Jamie lâcha le sabot qu'il était en train de raboter et regarda Manfred d'un air morne.

– Tu en es sûr ?

– J'en suis sûre, déclarai-je.

J'avais obligé Manfred à se déculotter, avais gratté son chancre pour examiner plus tard le prélèvement au microscope, puis l'avais conduit tout droit à Jamie, lui laissant à peine le temps de se rhabiller.

Jamie dévisageait le jeune homme, tentant de trouver quoi dire. Manfred, cramoisi après le double stress de sa confession et de son examen, fuyait son regard de Gorgone, contemplant une raclure de sabot noir sur le sol.

– Je suis désolé, monsieur. Je ne voulais pas...

– On le fait rarement exprès, l'interrompit Jamie.

Il inspira et émit un grognement qui fit rentrer la tête à Manfred : il rétractait son cou dans son col, telle une tortue.

Je tentai de voir le côté positif de la situation :

– Il a bien fait de nous dire la vérité.

– Il n'allait tout de même pas donner la vérole à notre petite Lizzie ! Ce serait bien pire que de coucher avec des putains.

– J'imagine que bien des hommes se seraient tus, espérant passer entre les mailles du filet.

– Mmm... c'est un fait.

Suspicieux, il étudia Manfred, cherchant à s'assurer qu'il n'appartenait pas à cette catégorie de goujats.

Gideon, qui n'appréciait guère sa pédicure et, par conséquent, était de méchante humeur, piaffa d'impatience, manquant de peu le pied de Jamie. Il secoua la tête et émit un son assez proche du grognement de son maître.

Jamie attrapa son licou et me déclara :

– Ramène le garçon à la maison, *Sassenach*. Je finis ce que j'ai à faire ici, puis j'irai trouver Joseph pour qu'on discute de ce qu'il convient de faire.

– D'accord.

J'hésitai à parler devant Manfred, ne voulant pas lui donner de faux espoirs avant d'avoir eu la possibilité d'examiner l'échantillon au microscope.

Les spirochètes de la syphilis étaient très caractéristiques, mais je n'étais pas certaine que mon prélèvement serait déchiffrable avec un instrument aussi rudimentaire que le mien. La pénicilline que j'avais cultivée pourrait probablement éliminer l'infection, mais le seul moyen de m'en assurer était de voir les tréponèmes avant le traitement, puis de constater leur disparition dans le sang.

Je me contentai donc de déclarer :

– J'ai de la pénicilline.

– Je sais, *Sassenach,* rétorqua-t-il, l'air torve.

Je lui avais déjà sauvé la vie deux fois avec la pénicilline, mais il n'en gardait pas un souvenir très joyeux. Avec un autre grognement, il souleva un énorme sabot et se remit au travail.

Manfred semblait hébété. Il ne prononça pas un mot sur le chemin de la maison. Sur le seuil de l'infirmerie, il hésita, jetant un œil craintif vers mon microscope, mon coffret d'instruments chirurgicaux et les bols couverts dans lesquels je cultivais mes *penicilliums.*

– Entrez, insistai-je.

Je fus contrainte de le tirer par la manche pour lui faire franchir la porte. Il n'était encore jamais entré dans cette pièce. La maison des McGillivray était située à une dizaine de kilomètres, et *Frau* Ute était parfaitement capable de soigner les maux mineurs de sa famille.

Je le fis asseoir sur un tabouret et lui proposai du café. Une boisson plus forte lui aurait sans doute été plus utile avant son entretien avec Jamie et Joseph Wemyss, mais j'avais besoin qu'il garde toute sa tête.

– Non, madame. Je veux dire, non merci.

Il était livide et paraissait très jeune et très effrayé.

– Retroussez votre manche, s'il vous plaît. Je vais vous prélever un peu de sang, mais cela ne fera pas mal. Comment avez-vous rencontré cette… euh… jeune femme ? Myra.

Ses yeux se remplirent de nouveau de larmes en entendant son prénom. Pauvre garçon, il avait vraiment dû l'aimer, ou du moins en être persuadé.

Il avait fait sa connaissance dans une taverne, à Hillsboro. Elle lui avait paru gentille et était très jolie. Quand elle avait demandé au jeune armurier de lui offrir un verre de genièvre, il s'en était empressé, se sentant sémillant.

Il eut du mal à expliquer l'enchaînement des événements suivants, mais il s'était réveillé dans le lit de la demoiselle.

Dès lors, il avait sauté sur toutes les occasions pour se rendre à Hillsboro.

– Combien de temps votre liaison a-t-elle duré ?

Presque deux ans, apparemment.

En l'absence d'une bonne seringue, je me contentai de percer la veine à l'intérieur du coude avec une lancette de saignée et de faire goutter le sang dans une fiole.

– Je savais bien qu'on ne pourrait pas se marier ; *meine mutter* n'aurait jamais… *Gruss Gott !* Bon Dieu, ma mère !

Cet aspect particulier de l'affaire avait déjà effleuré mon esprit. Ute McGillivray n'allait guère apprécier que la prunelle de ses yeux, ce fils unique dont elle était si fière, ait contracté une maladie honteuse. Pire encore, cette maladie entraînerait la rupture de fiançailles qu'elle avait manigancées avec minutie et, sûrement, un scandale dont tout l'arrière-pays entendrait parler. Le fait que ce soit une maladie généralement mortelle serait sans doute considéré comme secondaire.

– Elle va me tuer !

Il rabaissa très vite sa manche.

– Quand même pas… Quoique, je suppose…

Au même instant, nous entendîmes la porte de service s'ouvrir et des voix dans la cuisine. Manfred se raidit, aux aguets. Puis des pas lourds approchèrent de l'infirmerie. Traversant la pièce comme une flèche, il enjamba la fenêtre et fila vers les arbres.

– Revenez ici tout de suite, idiot ! hurlai-je.

– De quel idiot s'agit-il, tante Claire ?

Ian se tenait sur le seuil, portant Lizzie Wemyss dans ses bras.

– Lizzie ? Que s'est-il passé ? Là, dépose-la sur la table.

Ce qui s'était passé était évident : un retour de la fièvre paludéenne. La jeune femme était toute molle et parcourue de frissons, chaque contraction musculaire l'agitant comme de la gelée.

– Je l'ai trouvée dans la laiterie. J'ai croisé le Beardsley sourd qui courait comme un possédé. Il m'a attrapé par la manche et m'a traîné jusqu'à elle. Elle était étendue sur le sol, un bidon renversé à ses côtés.

La situation était très préoccupante. Lizzie n'avait pas eu d'attaque depuis un certain temps, mais, pour la seconde fois, la crise avait été si fulgurante qu'elle n'avait pu appeler à l'aide, entraînant sans doute un évanouissement immédiat.

Je la fis rouler sur le côté et dénouai ses lacets, ordonnant à Ian :

– Dernière étagère du placard. Le pot bleu... non, pas celui-là, le plus gros.

Il le saisit sans poser de questions, me l'apportant en ouvrant le couvercle.

– Pouah ! Qu'est-ce que c'est, tante Claire ?

– Du hou glabre et de la quinquina, entre autres choses, dans de la graisse d'oie. Prends-en un peu et masse-lui les pieds avec.

Perplexe, il plongea la main dans l'onguent gris violacé et s'exécuta. Les petits pieds de Lizzie disparaissaient presque dans ses grosses mains.

– Vous pensez qu'elle va s'en sortir, tante Claire ?

En effet, le visage de la malheureuse n'était guère encourageant avec un teint moite couleur de petit-lait, sa chair si relâchée que ses joues délicates tremblotaient avec chaque frisson.

– Probablement. Ferme les yeux, Ian.

Je lui enlevai sa robe, ses jupons et son corset. Je jetai une couverture sur elle avant de lui retirer sa chemise. Elle n'en possédait que deux et n'aurait pas voulu qu'elles soient tachées par l'onguent pestilentiel.

Ian travaillait les yeux fermés, une légère ride froissant son front ; un bref instant, son air soucieux le fit ressembler comme deux gouttes d'eau à son oncle.

Je pris de l'onguent à mon tour et, sous la couverture, massai la peau fine des aisselles, puis le ventre et le dos de Lizzie. Je sentais distinctement les contours de son foie, une masse ferme et large sous ses côtes. Enflé et sensible, à en juger par sa grimace quand je le palpai. Il était sûrement touché.

– Je peux ouvrir les yeux maintenant ?

– Ah, oui, bien sûr. Masse-lui bien les jambes aussi.

Je poussai le pot vers lui et aperçus un mouvement sur le seuil. Un des jumeaux Beardsley nous observait, les deux mains agrippées au chambranle de la porte. Ce devait être Kezzie ; Ian avait dit que « le Beardsley sourd » était allé chercher de l'aide. Haussant la voix, je lui dis :

– Elle va se remettre.

Il hocha la tête, lança un regard noir à Ian, puis disparut.

– Après qui en aviez-vous, tout à l'heure, tante Claire ?

Il évitait de baisser les yeux vers Lizzie, veillant à préserver sa pudeur ; la couverture était retroussée, et il étalait l'onguent sur la peau au-dessus des genoux, ses pouces décrivant en douceur des cercles autour des rotules. Elle avait l'épiderme si pâle qu'on distinguait presque l'os nacré à travers.

– Manfred McGillivray. Mince, le sang !

J'essuyai à toute vitesse mes mains sur mon tablier. Heureusement, j'avais rebouché le flacon ; le sang à l'intérieur était encore liquide. Cependant, il fallait agir vite avant qu'il ne sèche.

– Masse aussi ses mains et ses bras, Ian, tu veux bien ? J'ai quelque chose d'urgent à faire.

Pendant que Ian poursuivait le massage, je versai une goutte de sang sur plusieurs lamelles, puis frottai d'autres plaques de verre dessus pour les étaler. Quel type de colorant mettrait en évidence les spirochètes ? Aucune idée. Je devrais tous les essayer.

Tout en sortant mes flacons de colorants et en préparant les solutions, j'expliquai la situation à Ian.

– La vérole ! Le pauvre, il doit être mort de trouille !

Il reposa le bras de Lizzie luisant d'onguent sur la table et la borda délicatement avec la couverture.

D'abord surprise par son élan de compassion envers le garçon, je me souvins ensuite que lui-même avait été exposé à la syphilis quelques années plus tôt, lors de son enlèvement par Geillis Duncan. Ne sachant s'il avait vraiment contracté la maladie, je lui avais administré ma dernière dose de pénicilline du XXe siècle, au cas où.

— Mais vous ne lui avez pas dit que vous pouviez le soigner, tante Claire ?

— Il ne m'en a pas laissé le temps. En outre, je ne suis pas absolument certaine de le pouvoir.

Pendant que mes lamelles trempaient, je m'assis sur un tabouret et pris le pouls de Lizzie.

— Pourquoi pas ? Vous m'avez affirmé que j'étais guéri.

— Tu l'es, si tant est que tu aies été contaminé.

Prise d'un doute, je demandai :

— Tu n'as jamais eu une plaie sur le sexe, n'est-ce pas ? Ni nulle part ailleurs ?

Il fit non de la tête, rosissant légèrement.

— Tant mieux. La pénicilline que je t'ai donnée, je l'avais apportée de… d'avant. Elle était purifiée et très puissante. Quand j'utilise celle que je fabrique moi-même, je ne suis jamais sûre qu'elle sera assez forte, ni qu'il s'agit de la bonne souche.

Je me frottai le nez avec le dos de la main. Cet onguent au hou glabre avait vraiment une odeur pénétrante.

— Ça ne marche pas toujours.

Plus d'un patient présentant une infection n'avait pas réagi à mes concoctions, quoique, la plupart du temps, une seconde tentative s'était avérée efficace. Il arrivait aussi que les malades guérissent d'eux-mêmes avant que la seconde culture soit prête. Dans un cas, l'homme était mort en dépit de l'application des deux préparations de pénicilline.

Le premier accès de frissons était passé, et Lizzie paraissait plus calme, la couverture se soulevant à peine à chaque respiration.

— Si vous n'êtes pas certaine… vous n'allez pas l'autoriser à l'épouser, n'est-ce pas ?

– Je ne sais pas. Jamie a dit qu'il en discuterait avec M. Wemyss pour avoir son opinion.

Je sortis la première lamelle de son bain rosé, la secouai, essuyai la partie inférieure, puis la plaçai sous l'objectif du microscope.

– Que recherchez-vous, tante Claire ?

– Des spirochètes. Les microbes qui provoquent la syphilis.

– Ah.

En dépit de la gravité de la situation, son ton sceptique me fit sourire. Je lui avais déjà montré des micro-organismes, mais, comme Jamie et presque tout le monde, il ne pouvait croire qu'une chose invisible à l'œil nu puisse nuire. La seule qui ait accepté cette notion sans sourciller était Malva Christie et, dans son cas, son acceptation était sans doute due à sa foi en moi. Elle buvait toutes mes paroles, attitude rafraîchissante après toutes ces années au milieu d'Écossais qui me regardaient de travers avec divers degrés de suspicion.

– Vous pensez que Manfred est rentré chez lui ?

– Je n'en sais rien, répondis-je, absente pendant que je faisais glisser la lamelle d'un côté et de l'autre.

Je distinguais très bien les globules rouges, des disques rose pâle flottant paresseusement dans la solution aqueuse, mais pas de spirales mortelles. Cela ne signifiait pas qu'il n'y en avait pas, le colorant utilisé ne les révélant peut-être pas.

Lizzie remua, gémit et battit des paupières.

– Doucement, ma belle, lui murmura Ian. Ça va mieux ?

– Je vais mieux ? répéta-t-elle d'une voix faible.

Elle sortit une main de sous la couverture, et il la saisit. Elle tourna la tête de droite à gauche, les paupières lourdes.

– Manfred. Manfred est ici ?

Ian et moi échangeâmes un regard consterné. Nous avait-elle entendus ?

– Euh… non. Il l'était, mais… il est parti.

– Ah.

Elle n'insista pas et referma les yeux. Ian tenait toujours sa main, la dévisageant avec commisération, et peut-être un léger calcul. Il me chuchota :

– Vous voulez que je la monte dans son lit? Ensuite, j'irai chercher… l'autre?

Il m'indiqua la fenêtre d'un signe de tête.

– Oui, merci, Ian.

J'hésitai, et nos regards se croisèrent, ses yeux noisette adoucis par l'inquiétude et l'ombre d'une douleur ancienne. Je tentai d'infuser le plus de certitude possible dans ma voix :

– Elle ira bien.

– Certain, répondit-il avec fermeté.

Puis il la souleva, replia la couverture sous elle et ajouta :

– Si j'ai mon mot à dire là-dessus.

46

Où tout va de travers

Manfred McGillivray ne revint pas. En revanche, Ian, oui, avec un œil au beurre noir et les doigts écorchés. Il nous annonça que cet étron puant de Manfred avait déclaré son intention de se pendre, ce qui était une excellente idée, et souhaitait que les entrailles pourries de ce fils de pute de fornicateur se déversent telles celles de Judas le traître. Là-dessus, il alla s'enfermer dans la chambre de Lizzie pour bouder en silence à son chevet.

J'espérais que la déclaration de Manfred était seulement le fruit d'un désespoir temporaire et m'en voulus de ne pas lui avoir dit d'emblée et sans hésitation qu'il pouvait guérir, vrai ou pas. Il n'allait quand même pas…

À demi consciente, ravagée par les accès de fièvre et les tremblements du paludisme, Lizzie n'était pas en état d'apprendre la désertion de son promis, ni sa cause. Cependant, j'allais devoir l'interroger avec tact dès qu'elle irait mieux, au cas où Manfred et elle auraient décidé d'anticiper un peu sur leurs vœux de mariage…

Jamie observa d'un air narquois :

– Il y a au moins un point positif : les frères Beardsley s'apprêtaient à traquer le malheureux et à le castrer, mais, maintenant qu'ils ont entendu parler de son intention de se pendre, ils ont décidé que la punition serait suffisante.

Je m'affaissai encore un peu plus sur la table.

– Encore heureux ! Ils auraient été capables de s'exécuter.

Les Beardsley, surtout Josiah, étaient d'excellents traqueurs et pas du genre à faire des menaces en l'air.

– Ils étaient déjà en train d'aiguiser leurs couteaux quand je leur ai annoncé qu'ils n'avaient plus besoin de se déranger.

Je réprimai un sourire devant l'image des deux jumeaux, penchés côte à côte sur leurs meules, la même fureur vengeresse sur leurs visages minces et sombres.

– Oh, mon Dieu ! m'exclamai-je. Nous devons prévenir les McGillivray !

Jamie pâlit devant cette épreuve, mais repoussa courageusement son banc.

– Je ferais bien d'y aller tout de suite.

Autoritaire, Mme Bug posa une assiette devant lui.

– Pas avant d'avoir avalé un petit quelque chose. À moins que vous vous sentiez la force d'affronter Ute McGillivray le ventre vide ?

Il hésita, puis trouva l'argument de Mme Bug absolument pas dénué de fondement et se rassit devant son ragoût de porc.

– Jamie…

– Oui ?

– Tu devrais peut-être laisser les Beardsley traquer Manfred. Sans qu'ils lui fassent de mal, bien sûr. Nous devons absolument le retrouver. Sans traitement, il mourra à coup sûr.

La fourchette en suspens devant ses lèvres, il réfléchit à la question.

– S'ils le retrouvent, il mourra aussi, *Sassenach*.

Il avala sa bouchée et mâcha avec application, peaufinant son plan.

– Joseph est à Bethabara, faisant la cour à sa dulcinée. Il faudrait le lui dire et, pour respecter les convenances, je devrais aller le chercher afin qu'il m'accompagne chez les McGillivray. Mais…

Je devinai qu'il visualisait M. Wemyss, si doux et si timide… pas vraiment un allié utile en de telles circonstances.

706

– Non, j'irai seul parler à Robin. Il se lancera peut-être lui-même à la recherche de Manfred, à moins que Manfred ait réfléchi et décidé de rentrer à la maison entre-temps.

Après cette pensée encourageante, je l'accompagnai jusqu'à son cheval, remplie d'espoir. Malheureusement, en le voyant rentrer vers minuit la mine sombre, je compris que Manfred n'avait pas réapparu.

Je soulevai l'édredon pour qu'il se glisse dans le lit.

– Tu leur as parlé à tous les deux ?

Il sentait le cheval et la nuit, une odeur froide et âcre.

– J'ai demandé à Robin de m'accompagner à l'extérieur, puis le lui ai dit. Je n'ai pas eu le cran d'en parler à Ute face à face.

Il se blottit contre moi.

– Tu ne trouves pas que c'est très lâche de ma part, *Sassenach* ?

– Pas du tout, répondis-je en mouchant la chandelle. Prudence est mère de sûreté.

* * *

Juste avant l'aube, nous fûmes réveillés par un tambourinement contre la porte. Couché sur le palier, Rollo dévala l'escalier en aboyant férocement, talonné par Ian, de garde auprès de Lizzie pendant que je dormais. Jamie bondit hors du lit, se précipita sur son pistolet et descendit quatre à quatre se joindre à la mêlée.

Hagarde (j'avais dormi moins d'une heure), je me redressai dans le lit, le cœur battant. Rollo se tut un instant, et j'entendis Jamie crier :

– Qui est là ?

Un redoublement de coups contre la porte lui répondit, suivi par une voix de contralto qui aurait fait honneur à Wagner dans un de ses élans lyriques les plus virulents. Ute McGillivray.

Je sortis du lit en hâte en essayant de distinguer la confusion de voix et d'aboiements en bas. Je courus à la fenêtre et aperçus Robin McGillivray dans la cour, venant de descendre de l'une des deux mules.

Il paraissait beaucoup plus vieux et découragé, comme vidé de toutes ses forces. Il détourna la tête du tohu-bohu sous le porche, fermant les yeux. Le soleil se levait peu à peu, et la lumière rasante creusa tous les creux et les rides de son visage marqué par l'épuisement mental et une tristesse infinie.

Comme s'il avait senti ma présence, il leva la tête. Il était hirsute et avait les yeux rouges. Il me vit, mais ne répondit pas à mon salut, se contentant de regarder ailleurs et d'attendre.

Le vacarme en bas s'était déplacé à l'intérieur et semblait se diriger vers l'escalier, porté par une vague de protestations gaéliques et de hurlements germaniques ponctués par les jappements de Rollo, toujours prompt à participer aux festivités.

Je décrochai mon peignoir de sa patère mais eus à peine le temps d'enfiler un bras que la porte s'ouvrit avec fracas, claquant si fort contre le mur qu'elle rebondit et percuta la poitrine d'Ute. Elle la poussa de nouveau et marcha sur moi, tel un mastodonte, le bonnet de travers, ses yeux me foudroyant.

– Vous ! *Weibchen* ! Comment vous osez ! Des calomnies ! Des mensonges atroces sur mon fils ! Je vous tuerai, je vous arracherai les cheveux, *nighean na galladh* ! Misérable…

Elle se jeta sur moi, et je l'évitai de justesse.

– Ute ! *Frau* McGillivray ! Écoutez-moi…

Sa seconde tentative fut plus fructueuse ; elle attrapa ma manche et la tira, déchirant le tissu tout en tentant de me griffer au visage.

Je hurlai de toutes mes forces, mes nerfs se souvenant, pendant un instant horrible, d'une autre main qui s'abattait sur moi, me frappait…

Je la frappai à mon tour, la terreur redoublant mes forces. Je tapai et hurlai, un vague vestige de raison dans mon esprit m'observant, stupéfait, consterné, mais incapable d'arrêter cette panique animale, cette fureur irrationnelle qui jaillissait des profondeurs d'un puits insoupçonné.

Je martelai l'air devant moi à l'aveuglette, hurlant comme une possédée, tout en me demandant : « Qu'est-ce qui me prend ? »

Puis un bras se glissa autour de ma taille, et je fus soulevée de terre. Une nouvelle vague de panique me parcourut, puis je me retrouvai seule, indemne. Je me tenais près de la penderie, oscillant, comme ivre. Planté devant moi, les bras écartés, Jamie me protégeait.

Il parlait très calmement, mais j'avais perdu la faculté de comprendre. Je pressai les mains sur le mur derrière moi, trouvant un réconfort dans la masse solide.

Mon cœur tambourinait toujours, le son de mon propre souffle m'effrayant, me rappelant trop le halètement rauque d'Harley Boble quand il m'avait cassé le nez. Je retins ma respiration, n'inhalant que superficiellement.

Je vis la bouche d'Ute remuer et la fixai, essayant de m'ancrer de nouveau dans le temps et l'espace. J'entendais les mots, mais ne parvenais pas à les analyser. Je les laissai glisser sur moi comme de l'eau, captant leurs émotions – la colère, la raison, la protestation, l'apaisement, l'hystérie, le grognement – sans leur attribuer un sens précis. Quand j'essuyai mon visage, je fus surprise de le découvrir trempé et, tout à coup, tout redevint normal. J'entendais et comprenais.

Ute me dévisageait d'un regard rempli de fureur et de haine, mais paraissait rendue muette par l'horreur.

– Vous êtes folle, dit-elle enfin. C'est clair !

Elle se tourna vers Jamie, tordant sa chevelure blonde et grise pour la pousser sous son bonnet. Son ruban déchiré pendait mollement devant un œil.

– J'ai tout compris. C'est une folle. Je le ferai savoir autour de moi, mais il n'empêche que mon fils... mon fils... a disparu. Puisque c'est ainsi, Salem vous est désormais fermé. Ma famille et tous ceux qui nous connaissent ne feront plus affaire avec vous. De même pour tous ceux à qui je raconterai les agissements de cette créature malveillante.

Elle posa son regard bleu et glacé sur moi, faisant une grimace sarcastique sous le bout de ruban.

– Tout le monde vous fuira. Vous avez cessé d'exister.

Elle pivota et sortit, forçant Ian et Rollo à s'écarter vivement sur son passage. Ses pas résonnèrent dans l'escalier, pesants et solennels, sonnant comme un glas.

Les épaules de Jamie se relâchèrent peu à peu. Il était toujours en chemise de nuit, le pistolet à la main, une grande tache de transpiration entre les épaules.

La porte d'entrée claqua. Dans la chambre, chacun restait figé et muet. Enfin, je m'éclaircis la gorge et questionnai Jamie :

– Tu n'aurais pas vraiment tiré sur elle, n'est-ce pas ?

– Pardon ?

Il se tourna vers moi, l'air ailleurs. Puis, il suivit mon regard et contempla son arme en semblant se demander comment elle était arrivée dans sa main.

– Ah. Non. J'avais oublié que je la tenais. Pourtant, Dieu sait que j'aurais volontiers abattu cette vieille demeurée. Ça va aller, *Sassenach* ?

Il rangea son pistolet dans l'armoire.

– Ça va. Je ne sais pas ce qui m'a pris, mais c'est fini à présent.

Il baissa les yeux. L'avait-il senti lui aussi ? S'était-il retrouvé également propulsé dans le passé ? Je savais que cela lui arrivait parfois. Je me souvenais de m'être réveillée en sursaut à Paris et de l'avoir vu se tenir aux montants de la fenêtre ouverte, les serrant si fort que tous les muscles de ses bras saillaient.

Je tendis une main et le touchai.

– C'est fini maintenant.

Ian déclara à son chien :

– Tu aurais dû la mordre. Elle a un cul gros comme un baril de tabac. Tu ne pouvais pas le rater.

– Il a sans doute eu peur de s'empoisonner, rétorquai-je. Tu crois qu'elle le pensait vraiment? C'est idiot, je sais bien qu'elle était sincère, mais elle peut réellement le faire? Empêcher tout le monde de traiter avec nous?

– Elle peut empêcher Robin, répondit Jamie. Pour les autres, on verra.

Ian frotta son poing serré contre sa cuisse.

– J'aurais dû tordre le cou à Manfred. On aurait raconté à *Frau* Ute qu'il était tombé d'un rocher, et la question aurait été réglée.

– Manfred?

Une petite voix nous fit tous nous retourner d'un même mouvement. Lizzie se tenait sur le seuil, pâle comme un spectre famélique, ses grands yeux rendus vitreux par son dernier accès de fièvre. Elle tanguait dangereusement et s'accrocha au chambranle pour ne pas tomber.

– Que se passe-t-il? Qu'est-il arrivé à Manfred?

– Vérolé et envolé, répliqua Ian. J'espère que vous ne lui avez pas donné votre pucelage!

* * *

Ute McGillivray ne put concrétiser tout à fait sa menace, mais elle fit néanmoins des dégâts considérables. La disparition dramatique de Manfred, la rupture de ses fiançailles avec Lizzie et la raison de sa fuite firent un scandale épouvantable qui se propagea d'Hillsboro et de Salisbury, où il travaillait occasionnellement comme armurier itinérant, à Salem et High Point.

Grâce aux efforts d'Ute, l'histoire devint encore plus alambiquée que ne l'était d'habitude ce genre de commérages. D'aucuns disaient qu'il était vérolé, d'autres que je l'avais accusé à tort de l'être en raison d'un désaccord trivial avec ses parents. D'autres encore, plus bienveillants, refusaient de croire à la maladie de Manfred, déclarant que je m'étais à coup sûr trompée.

Ceux qui le pensaient syphilitique étaient partagés sur l'origine de sa contamination : une moitié des individus étaient convaincus qu'il avait attrapé sa maladie d'une fille de joie, l'autre, que Lizzie la lui avait passée. La réputation de la jeune fille en pâtit terriblement, jusqu'à ce que Jamie, les frères Beardsley et même Roger entreprennent de défendre son honneur à coups de poing. Naturellement, cela n'empêcha pas les gens de jaser, mais ils s'interrompaient dès qu'un de ses défenseurs était dans les parages.

Les nombreux parents d'Ute vivant à et autour de Wachovia, Salem, Bethabara et Bethania crurent à sa version de l'histoire, et les langues allèrent bon train. Tout Salem ne cessa pas de faire commerce avec nous, mais nombreux furent ceux qui nous fermèrent leur porte. J'eus plus d'une fois la désagréable expérience de saluer des Moraves que je connaissais bien et de constater qu'ils faisaient semblant de ne pas me voir, quand ils ne me tournaient pas carrément le dos. Au point que je cessai de descendre à Salem.

Après un premier moment de mortification, Lizzie ne parut pas bouleversée outre mesure par la rupture de ses fiançailles. Elle était surprise et navrée pour Manfred, disait-elle, mais pas vraiment désolée de l'avoir perdu. Comme elle quittait rarement Fraser's Ridge, elle n'entendait pas ce qu'on racontait sur elle. En revanche, elle était plus perturbée par le rejet d'Ute McGillivray. Elle m'expliqua d'un air mélancolique :

– Vous comprenez, madame, je n'ai jamais eu de mère, la mienne étant morte à ma naissance. Quand j'ai accepté d'épouser Manfred, Mme McGillivray m'a demandé de l'appeler *mutter* ; elle m'a dit que j'étais sa fille, au même titre qu'Hilda, Inga et Senga. Elle veillait sur moi, me grondait, me taquinait comme elle le faisait avec les autres. C'était tellement... bien, d'avoir cette grande famille. À présent, je les ai tous perdus.

Robin, qui s'était sincèrement attaché à elle, lui avait envoyé une courte lettre pleine de regrets, acheminée en secret par Ronnie Sinclair. Mais depuis la disparition de Manfred, ni

Ute ni ses filles n'étaient venues la voir ni lui avaient envoyé le moindre mot.

Cependant, le plus affecté de tous était Joseph Wemyss. Il se taisait, ne voulant pas aggraver la situation de Lizzie, mais il s'était ratatiné comme une fleur sans eau. Outre son chagrin pour sa fille et sa crainte pour sa réputation ternie, lui aussi regrettait les McGillivray, la joie et le réconfort de faire soudain partie d'une grande famille exubérante après toutes ces années de solitude.

Le pire, c'était qu'Ute était parvenue à influencer ses cousins, le pasteur Berrisch et sa sœur Monika, à qui (Jamie me le confia en privé) on avait interdit de voir ou d'adresser la parole à Joseph.

– Le pasteur l'a envoyée dans la famille de sa femme, à Halifax, pour oublier, me dit-il tristement.

Quant à Manfred, pas la moindre trace. Jamie avait usé de toutes ses relations pour le retrouver, mais personne ne l'avait vu depuis qu'il s'était enfui de Fraser's Ridge. Je pensais à lui et priais pour lui chaque jour, hantée par des visions du jeune homme errant seul dans la forêt, en proie au désespoir, les spirochètes fatals se multipliant jour après jour dans son sang. Ou, bien pire, je l'imaginais voguant vers les Antilles, s'arrêtant dans chaque port pour noyer son chagrin dans les bras de prostituées sans méfiance, à qui il transmettait son infection mortelle. Puis, elles, à leur tour…

Parfois, je voyais l'image cauchemardesque d'un cadavre pourrissant, pendu à une branche au cœur de la forêt avec, pour seule compagnie, les corbeaux béquetant sa chair. Malgré tout, je n'arrivais pas à haïr Ute, qui devait être torturée par les mêmes pensées.

Contre toute attente, le seul point positif de ce maudit bourbier fut l'attitude de Thomas Christie. Il avait autorisé Malva à continuer de m'assister à l'infirmerie, sa seule condition étant d'être averti au préalable si je décidais d'impliquer sa fille dans d'autres manipulations d'éther.

Je m'écartai du microscope et lui fis signe de regarder dans l'oculaire.

– Là. Tu les vois ?

Trouver la bonne combinaison de colorant et de lumière réfléchie qui mettrait les spirochètes en évidence n'avait pas été une mince affaire, mais j'avais réussi. Ils n'étaient pas très visibles, mais, si vous saviez ce que vous recherchiez, vous pouviez les distinguer. Bien que quasi certaine de mon premier diagnostic, j'avais été soulagée d'obtenir la preuve de leur présence.

– Ah oui ! Des petites spirales, je les vois très bien ! Vous êtes vraiment sûre que ce sont ces bestioles minuscules qui ont vérolé Manfred ?

Elle était trop polie pour exprimer ouvertement son scepticisme, mais je le lisais dans son regard.

– Parfaitement.

J'avais expliqué de nombreuses fois la théorie microbienne des maladies à un auditoire incrédule du XVIIIe siècle, ne recevant pour toutes réponses qu'un regard vide, un ricanement indulgent ou une négation pure et simple.

À ma grande surprise, Malva sembla comprendre le concept du premier coup ou, du moins, elle fit semblant d'y croire.

Elle plaça ses deux mains sur le comptoir et se pencha de nouveau sur l'oculaire.

– Mais comment font-elles pour donner la syphilis ? Et pourquoi les autres petites bêtes que vous m'avez montrées dans mes dents ne me rendent pas malade ?

J'expliquai de mon mieux la notion de « gentilles bébêtes », de « bébêtes inoffensives » et de « méchantes bébêtes ». Quand je lui parlai des cellules, lui disant qu'elles composaient le corps, elle fixa sa paume, la mine perplexe, tentant de les apercevoir. Puis elle chassa ses doutes et, repliant sa main dans son tablier, reprit ses questions.

Les bêtes étaient-elles responsables de toutes les maladies ? La pénicilline… pourquoi tuait-elle certains microbes, mais pas tous ? Comment les bestioles passaient-elles d'une personne à l'autre ?

– Certaines voyagent dans l'air, il faut donc éviter les gens qui toussent ou éternuent. D'autres, dans l'eau, ce qui explique qu'il ne faut pas boire dans un ruisseau dans lequel certains font leurs besoins. Quelques-unes encore se propagent… par d'autres moyens.

J'ignorais ses connaissances en sexualité humaine. Elle vivait dans une ferme et savait certainement comment s'y prenaient les cochons, les volailles et les chevaux. Toutefois, je ne tenais pas trop à éclairer sa lanterne, de crainte que son père ne l'apprenne. J'étais convaincue qu'il préférait encore que je la fasse manipuler de l'éther.

Naturellement, ma dérobade ne fit qu'accroître son intérêt.

– D'autres moyens ? Quels autres moyens ?

Soupirant intérieurement, je lui expliquai.

– Ils font ça ? Les hommes ? Comme des animaux ? Comment une femme peut-elle accepter qu'un homme lui fasse une chose pareille ?

Je réprimai mon envie de rire.

– Eh bien, parce que ce sont des animaux, eux aussi. Les femmes également. Quant à savoir pourquoi elles acceptent…

Je cherchai un moyen élégant de présenter la chose. Cependant, elle me devança.

– Je sais ! Pour l'argent ! Comme les catins ! Elles se laissent faire contre de l'argent !

– Euh, oui… mais les femmes qui ne sont pas des prostituées…

– Ah, oui, les enfants… dit-elle en pensant visiblement à autre chose.

La concentration plissait son front.

– Combien elles touchent ? À leur place, je demanderais beaucoup pour laisser un homme…

– Je n'en sais rien, répondis-je prise de court. Cela dépend, je suppose.

– Cela dépend… Oh, vous voulez dire que s'il est laid, on peut exiger plus ? Ou si elle est laide… Bobby Higgins m'a parlé d'une fille de joie qu'il connaissait à Londres. Elle avait été défigurée par le vitriol.

L'air révulsé, elle regarda vers le placard où je gardais l'acide sulfurique sous clef.

– Oui, il m'en a parlé aussi. Le vitriol est ce qu'on appelle un caustique… un liquide qui brûle les tissus. C'est pourquoi…

Mais elle était déjà revenue sur l'objet de sa fascination :

– Quand je pense que Manfred McGillivray le faisait ! Bobby aussi, sans doute. Il a bien dû le faire, non ?

– J'ai en effet entendu dire que les soldats sont assez portés sur…

– Mais, dans la Bible, il est écrit qu'on ne doit pas se prostituer avec des idoles. Vous pensez que les hommes mettaient leur machin dans des idoles en forme de femme ?

– Non, ça ne veut pas dire ça, répondis-je en moins de deux. C'est plus une métaphore, comme… euh… comme de convoiter quelque chose et non pas…

– « Convoiter », répéta-t-elle songeuse. C'est quand on désire ardemment quelque chose de défendu, n'est-ce pas ?

– Oui.

J'eus soudain très chaud et besoin d'un grand bol d'air frais avant de me liquéfier sur place. D'un autre côté, je ne voulais pas la laisser avec l'impression que le sexe n'était qu'une question d'argent et de bébés… même si c'était le cas pour certaines femmes.

Je me levai et, tout en me dirigeant vers la porte, déclarai.

– Vous savez, le rapport sexuel peut-être motivé par autre chose. Quand vous aimez quelqu'un, vous voulez lui donner du plaisir. Et la personne qui vous aime le veut autant pour vous.

– Du plaisir ? Vous voulez dire qu'il y a des femmes qui aiment ça ?

47

Des abeilles et des coups de baguette

Je n'espionnais pas. Une de mes ruches avait essaimé, et je cherchais les abeilles fugitives.

En général, les nouveaux essaims ne voyageaient pas très loin et faisaient de nombreuses haltes, se reposant parfois des heures durant dans la fourche d'un arbre ou un tronc creux où ses membres s'agglutinaient en boule. Si on parvenait à retrouver les insectes avant qu'ils aient décidé collectivement de s'installer ailleurs, on pouvait souvent les attirer dans une ruche en osier et les ramener en captivité.

Le problème avec les abeilles, c'était qu'elles ne laissaient pas d'empreintes. J'errais donc dans la montagne, à plus d'un kilomètre de la maison, ma ruche portable suspendue à une corde par-dessus mon épaule, essayant d'adopter la technique de chasse de Jamie et de penser comme une abeille.

Un peu plus haut, il y avait d'énormes buissons de galax et d'épilobes en fleurs, mais aussi un chicot mort très aguichant (pour une abeille) pointant hors de la végétation, un peu plus bas.

La ruche était lourde et le terrain, escarpé. Il était plus facile de descendre que de monter. Je relâchai un peu la corde qui me mordait la peau de l'épaule et glissai prudemment le long de la pente entre les sumacs et les viornes, calant mes talons contre des pierres et me raccrochant aux branches.

Très concentrée sur mes pieds, je ne prêtais pas attention à l'endroit où j'étais. Je passai dans une ouverture entre les buissons et aperçus le toit d'une cabane, à quelque distance en contrebas. À qui était-elle? Probablement aux Christie. J'essuyai sur ma manche la goutte de transpiration qui perlait sous mon menton. Je n'avais pas pensé à emporter ma gourde. Je pourrai m'y arrêter plus tard pour demander de l'eau avant de rentrer.

M'approchant du chicot, je ne vis aucune trace de mon essaim. Tendant l'oreille, j'essayai de repérer un bourdonnement. J'entendais bien quelques insectes voler et le joyeux vacarme d'un groupe de sittelles non loin, mais d'abeilles, point.

Je contournai le reste du tronc, puis m'immobilisai, le regard attiré par une tache claire.

Thomas Christie et Malva se trouvaient dans la petite clairière à l'arrière de leur cabane. C'était la chemise blanche du père que j'avais aperçue. Il se tenait debout, les bras croisés, semblant observer sa fille, qui coupait des branches de frêne. Pourquoi faire?

Quelque chose dans cette scène me paraissait étrange, sans que je puisse en déterminer la raison. Était-ce leur manière de se tenir? Une tension dans l'air entre eux?

Malva revint vers son père, plusieurs longues baguettes souples dans la main. Elle marchait tête baissée, traînant le pas. Quand elle lui tendit les branches, je compris d'un coup.

Ils étaient trop loin pour que je les entende, mais il prononça quelques mots, en indiquant du doigt la souche où ils coupaient leur bois. Elle s'agenouilla, remonta ses jupes en exposant ses fesses nues et s'accouda sur le morceau de bois.

Sans hésiter, il la fouetta dans un sens, puis dans l'autre, marquant sa chair de zébrures que je pouvais voir même à distance. Il répéta l'opération plusieurs fois, cinglant son postérieur de manière résolue. La violence était rendue encore plus choquante par l'absence apparente d'émotion.

Je ne pensai même pas à détourner les yeux, pétrifiée et trop stupéfaite pour chasser les moucherons qui dansaient devant mon visage.

Christie avait lâché les baguettes, fait demi-tour et était rentré dans la maison avant que j'aie eu le temps de dire ouf. Malva se redressa sur ses talons, rabattit sa jupe et lissa l'étoffe froissée sur son postérieur. Elle était cramoisie, mais ne pleurait pas ni ne paraissait bouleversée.

«Elle a l'habitude», pensai-je. J'hésitai, ne sachant pas quoi faire. Je n'avais même pas pris de décision que Malva avait déjà remis son bonnet en place et se dirigeait vers la forêt d'un pas déterminé, marchant droit sur moi.

Je me cachai derrière un grand tulipier. Elle n'était pas blessée, et j'étais sûre qu'elle n'aurait pas aimé savoir qu'on avait assisté à son châtiment.

Elle passa à quelques mètres de moi, grognant et parlant dans sa barbe. Elle semblait plus furieuse que contrite.

Je passai prudemment la tête derrière le tronc, mais n'aperçus qu'un bout de son bonnet avançant entre le feuillage. Il n'y avait pas d'autres cabanes plus haut, et elle ne portait ni panier ni outils. Elle souhaitait sans doute être seule, ce qui était compréhensible.

J'attendis qu'elle se soit éloignée pour quitter ma cachette, puis descendis le versant pas à pas. En dépit de ma soif, je ne m'arrêtai pas chez les Christie. J'avais complètement oublié mes abeilles vagabondes.

* * *

Je retrouvai Jamie devant un échalier, non loin de la maison, discutant avec Hiram Crombie. Je saluai ce dernier d'un signe de tête et attendis son départ avec impatience afin de rapporter les faits à Jamie.

Heureusement, Hiram ne s'attarda pas. Je le rendais nerveux.

Je racontai aussitôt la scène à Jamie et fus agacée de constater qu'il ne partageait pas mon inquiétude. Si Tom Christie estimait nécessaire de fouetter sa fille, cela ne regardait que lui.

– Mais, si ça se trouve... il ne s'arrête pas là. Il lui fait peut-être... autre chose.

Il me regarda, stupéfait.

– Tom ? Tu as une bonne raison de le croire ?

– Non, admis-je à contrecœur.

Christie me mettait mal à l'aise, mais sans doute parce que je ne m'entendais pas avec lui. Le fait d'être un prédicateur forcené n'empêchait pas d'être foncièrement mauvais, mais, en toute honnêteté, cela ne voulait pas forcément dire qu'il l'était.

– Mais quand même... il ne devrait pas la fouetter à son âge, tu ne trouves pas ?

Il parut un peu exaspéré.

– Quelque chose t'échappe, c'est ça ?

– J'allais justement te dire la même chose.

Je le regardai dans le blanc des yeux. Il soutint mon regard, une lueur ironique apparaissant au fond du sien.

– Pourquoi, ce sera différent, dans ton monde ?

Il y avait juste assez de sarcasme dans son ton pour me rappeler que nous n'étions pas dans mon monde, et ne le serions jamais. Cela acheva de me hérisser.

– À ton époque, un homme ne bat jamais une femme ? reprit-il. Même pour une bonne cause ?

Que pouvais-je lui répondre ? Je ne pouvais pas mentir, il l'aurait lu sur mon visage.

– Cela arrive, mais ce n'est pas pareil. Là-bas, je veux dire, à mon époque, un homme qui bat sa femme serait considéré comme un criminel.

Puis j'ajoutai, pour être juste :

– D'un autre côté, il la frapperait sans doute à coups de poing.

Il grimaça, dégoûté.

– Quel genre d'homme ferait ça ?

– Le mauvais genre.

– Je ne te le fais pas dire, *Sassenach* ! Tu ne vois pas de différence ? Pour toi, ce serait du pareil au même si je te mettais mon poing sur la figure ou si je te fessais avec un martinet ?

Le feu me monta aux joues. Il m'avait un jour cinglé les fesses avec une ceinture. Sur le moment, j'avais eu envie de le tuer, et le simple souvenir réveillait en moi des pulsions assassines. Toutefois, je n'étais pas idiote au point de comparer son geste avec les agissements d'un homme moderne se défoulant sur sa femme.

À mon expression, il devina à quoi je pensais et sourit benoîtement.

– Oh, fit-il.

– Oui, «Oh». Tu peux le dire !

J'étais parvenue à chasser cet épisode extrêmement humiliant de mon esprit et n'appréciais pas du tout de le voir resurgir.

Lui, de son côté, paraissait trouver ce souvenir plaisant. Me souriant avec un air que je trouvais totalement insupportable, il déclara :

– Tu hurlais comme une *banshee* !

– Et pour cause !

– En effet. Cela dit, c'était ta faute.

– Ma f...?

– Absolument.

– Tu t'es excusé ! Tu ne peux pas prétendre le contraire !

– Non, ce n'est pas vrai. Et c'était quand même ta faute. Je n'aurais pas été obligé de te corriger si tu m'avais écouté quand je t'ai demandé de t'agenouiller et de...

– T'écouter ! Parce que tu t'imaginais que j'allais docilement capituler et te laisser...

– Tu n'as jamais compris le principe de la docilité, *Sassenach*.

Il me prit le bras pour m'aider à franchir l'échalier, mais je me dégageai brusquement, suffoquant d'indignation.

– Espèce de brute d'Écossais !

Je laissai tomber la ruche à ses pieds, relevai mes jupes et escaladai la clôture.

– Je n'ai jamais recommencé, protesta-t-il. J'ai promis, non ?

Sautant de l'autre côté, je me retournai pour le fusiller du regard.

— Uniquement parce que j'ai menacé de t'arracher le cœur si tu levais de nouveau la main sur moi.

— Peut-être, mais… j'aurais pu, tu le sais bien, *Sassenach*.

Il cessa de sourire, mais il y avait toujours dans ses yeux cette même lueur. Je pris une grande inspiration, essayant simultanément de contrôler ma colère et de trouver une réplique cinglante. J'échouai dans un cas comme dans l'autre et, après un « Hmph ! » digne, je tournai les talons.

J'entendis le bruissement de son kilt quand il ramassa la ruche et sauta par-dessus la clôture. Il me rattrapa en quelques enjambées. Je ne lui adressai pas un regard, les joues toujours en feu.

Le plus rageant, c'était qu'il disait vrai, je ne le savais que trop. Utilisant la ceinture de son épée, il m'avait frappée avec une telle énergie que je n'avais pas pu m'asseoir pendant plusieurs jours… et, s'il décidait de remettre ça, je ne pourrais absolument pas l'en empêcher.

La plupart du temps, je parvenais à oublier que je lui appartenais légalement, mais cela n'en demeurait pas moins un fait, et il en était conscient.

— Et Brianna ? rétorquai-je. Que dirais-tu si Roger décidait de frapper ta fille avec sa ceinture ou une cravache ?

Il sembla trouver l'image amusante.

— Je serais curieux de voir ça ! C'est que la petite est costaude et pas du genre à se laisser faire. Elle a ses propres idées sur le devoir d'obéissance d'une bonne épouse. D'un autre côté… qui sait ce qui se passe chez un couple ? Cela ne lui déplairait peut-être pas.

Je manquai de m'étrangler et m'arrêtai pile.

— Quoi ? Comment peux-tu imaginer qu'une femme trouve du plai…

— Et ma sœur, alors ?

— Quoi, ta sœur ? Tu ne vas pas me faire croire que Jenny…

– Si.

– Ian la bat ?

– J'aimerais bien que tu cesses d'employer ce terme. On croirait qu'il la roue de coups de poing ou qu'elle a chaque fois un œil au beurre noir. Je t'ai donné une bonne fessée, mais je ne t'ai pas fait saigner, non ?

Tout en parlant, je vis ses yeux inspecter mon visage complètement guéri, du moins en surface. La seule trace visible était une minuscule cicatrice dans un de mes sourcils, à condition d'en écarter les poils.

– Ian non plus, ajouta-t-il.

J'étais ahurie. J'avais vécu avec Jenny et Ian pendant des mois et n'aurais jamais pensé qu'il puisse être violent. En outre, il m'était impossible d'imaginer quelqu'un levant la main sur Jenny, elle qui avait une personnalité encore plus forte que son frère, si tant est que cela fut possible.

– Que lui faisait-il alors, et pourquoi ?

– Il lui donnait des coups de ceinture de temps à autre, et uniquement quand elle l'y obligeait.

Je m'efforçai de demeurer calme, répétant lentement :

– Elle « l'y obligeait » ?

– Tu connais Ian. Il n'est pas du genre à frapper une femme, à moins qu'elle ne l'ait poussé à bout.

– Je n'ai jamais rien vu de la sorte quand je vivais avec eux.

– Évidemment, elle n'allait pas le faire devant toi.

– Mais devant toi, si ?

– Pas précisément. Je n'étais pas souvent à la maison, après Culloden, mais, parfois, quand je venais en visite, je la voyais qui le provoquait.

Il se frotta le nez, cherchant ses mots.

– Elle l'asticotait, le harcelait pour un rien, lui lançait des remarques sarcastiques. Elle…

Ses traits s'éclaircirent, ayant trouvé une image qui lui convenait :

– Elle se comportait comme une enfant gâtée qui a besoin d'une bonne correction.

Cette description me parut tout à fait improbable. Jenny Murray n'avait pas sa langue dans sa poche et n'hésitait pas à en user, même avec son mari. Ian, qui avait un caractère en or, se contentait d'en rire. Mais je ne la voyais certainement pas se comporter comme l'affirmait Jamie.

– Je l'ai vue faire une fois ou deux, reprit-il. Ian la fusillait du regard, mais ne bronchait pas. Puis, un jour, je suis allé chasser à la tombée du soir. J'ai abattu un chevreuil sur la colline derrière la tour, tu vois où?

J'acquiesçai, encore sur le coup de la surprise.

– C'était assez près de la maison pour que je le rapporte sans aide. Je suis donc descendu jusqu'au fumoir pour suspendre la carcasse. Il n'y avait personne. J'ai appris plus tard que les enfants étaient partis au marché de Broch Mhorda avec les domestiques. Je me suis rendu dans la cuisine pour grignoter quelque chose et boire un peu de babeurre avant de rentrer.

Croyant l'endroit désert, il avait sursauté en entendant du bruit dans la chambre à l'étage.

– Quel genre de bruits? questionnai-je fascinée.

– Eh bien… des petits cris. Et des rires étouffés. Des bruits de meubles que l'on pousse ou comme un tabouret qui se renverse. Sans les gloussements, j'aurais pensé à la présence de voleurs, mais j'ai reconnu les voix de Jenny et de Ian. Puis…

Il s'interrompit, et ses oreilles rosirent.

– Puis il y a eu quelques éclats de voix, le claquement d'une ceinture sur une paire de fesses et le type de hurlement que l'on peut entendre six champs plus loin. J'étais sidéré et ne savais pas quoi faire.

J'acquiesçai. Cette fois, je pouvais le comprendre.

– J'imagine en effet que la situation devait être un peu gênante. Et… ils ont continué?

Il hocha la tête, ses oreilles étant à présent rouge vif.

– Si j'avais eu la moindre indication qu'il allait lui faire mal, je serais grimpé quatre à quatre dans la chambre, mais…

Il chassa une abeille trop curieuse, secouant la tête.

– Je ne sais pas comment l'expliquer... Jenny ne riait pas, mais j'avais l'impression qu'elle en avait envie. Quant à Ian, lui, il riait... pas à gorge déployée, mais, quand même, je le sentais dans sa voix.

Il essuya la transpiration le long de sa mâchoire.

– Je suis demeuré planté là, un morceau de tourte dans la main, les écoutant, jusqu'à ce que des mouches rentrent dans ma bouche grande ouverte. Entre-temps, ils avaient commencé à... tu sais.

– À se rabibocher?

– Je crois, oui. Je suis parti. J'ai marché droit jusqu'à Foyne et j'ai passé la nuit chez la vieille MacNab.

Foyne était un petit hameau à plus de vingt kilomètres de Lallybroch.

– Pourquoi? demandai-je.

– Je n'avais pas le choix. Je ne pouvais pas faire comme si je n'avais rien entendu. Soit je marchais et pensais à autre chose, soit je restais et me tripotais, ce qui était impossible. Il s'agissait de ma sœur, tout de même!

Je me mis à rire.

– Tu veux dire que tu ne peux pas penser et avoir une activité sexuelle simultanément?

Il me dévisagea comme si j'étais folle, confirmant ce que j'avais toujours pensé sans le formuler.

– Bien sûr que non! Tu le peux, toi?

– Oui.

Il ne parut pas convaincu.

– Je ne veux pas dire que ça m'arrive chaque fois, admis-je, mais c'est possible. Les femmes ont l'habitude de faire plusieurs choses à la fois. Elles sont bien obligées, à cause des enfants. Mais revenons à Jenny et Ian. Pourquoi diable...

– Pendant que je marchais, j'y pensais encore, avoua-t-il. À vrai dire, je ne pouvais penser à rien d'autre. La vieille MacNab a bien senti que j'étais tracassé, et elle m'a harcelé pendant le dîner jusqu'à ce que je lui raconte ce qui s'était passé.

– Qu'est-ce qu'elle en a pensé ?

J'avais rencontré Mme MacNab, une vieille dame très vive aux manières abruptes… et avec une grande connaissance des faiblesses humaines.

– Elle gloussait comme une dinde. Elle riait tellement que j'ai bien cru qu'elle allait tomber à la renverse dans l'âtre.

Une fois remise, la dame s'était essuyé les yeux et lui avait expliqué les choses simplement, comme si elle s'adressait à l'idiot du village.

– Selon elle, c'était à cause de la jambe de bois de Ian. Pour Jenny, cela ne faisait aucune différence, mais pas pour Ian. Elle a ajouté aussi que les hommes n'avaient pas la moindre idée de ce que les femmes pensaient du lit, mais qu'ils croyaient toujours le savoir, ce qui créait des problèmes.

– Je savais bien que cette vieille Mme MacNab m'était sympathique ! Quoi d'autre ?

– Que Jenny essayait sans doute de prouver à Ian, et à elle-même peut-être, qu'elle le considérait toujours comme un homme, une jambe en moins ou pas.

– Comment ça ?

– Quand tu es un homme, tu passes une grande partie de ta vie à tracer des frontières autour de toi, puis à empêcher les autres de les transgresser. Tes ennemis, tes métayers, tes enfants… ta femme. Tu ne peux pas toujours les frapper ou leur donner la fessée, mais, quand tu le peux, au moins tout le monde sait qui commande.

– Mais c'est absolument… commençai-je.

Je m'interrompis, réfléchissant à la question.

– L'homme tient les rênes. C'est lui qui doit maintenir l'ordre, que cela lui plaise ou pas. C'est ainsi.

Il me prit le bras et m'indiqua une ouverture entre les arbres.

– Je meurs de soif, tu ne veux pas qu'on s'arrête un peu ?

Je le suivis sur un sentier étroit dans le bois jusqu'au lieu-dit Green Spring, une source ombragée coulant sur de la serpentine pâle et bordée de mousse fraîche. Après nous être agenouillés, nous nous aspergeâmes le visage et bûmes avec un soupir de soulagement. Jamie versa de l'eau sous sa chemise, fermant les yeux de bonheur. Pour ma part, je dénouai mon fichu trempé de sueur, le plongeai dans la source, puis m'essuyai la nuque et les bras.

La marche dans la forêt avait interrompu notre conversation. Je ne savais pas comment la reprendre, ni si j'en avais envie. Je me contentai de m'asseoir à l'ombre, enlaçant mes genoux, agitant mes orteils dans la mousse.

Jamie ne semblait pas avoir envie de parler non plus. Il s'adossa à un rocher, sa chemise mouillée lui collant au torse, et il demeura là, écoutant la forêt.

Je ne savais pas quoi dire, mais cela ne signifiait pas que j'avais cessé de penser à son récit. Étrangement, je comprenais le sens des paroles de la vieille Mme MacNab, mais je n'étais pas certaine d'être d'accord avec elle.

Quant à l'opinion de Jamie sur les responsabilités d'un homme... était-ce vrai ? Peut-être bien, même si je ne l'avais jamais vu sous ce jour. Il était en effet un rempart, non seulement pour moi, mais pour notre famille et les métayers. Était-ce donc ainsi qu'il procédait ? Traçant des frontières autour de lui puis empêchant les autres de les transgresser ?

Il existait en effet des frontières entre nous ; j'aurais pu les dessiner sur la mousse. Cela ne signifiait pas que nous ne les franchissions pas régulièrement, avec des résultats variables. J'avais mes propres défenses et des moyens de me faire respecter. Il ne m'avait battue qu'une seule fois pour avoir empiété sur son territoire, au tout début de notre relation. L'avait-il considéré comme un combat nécessaire ? Sans doute. Il était en train de me dire...

De son côté, sa pensée suivait un autre cours. Songeur, il déclara soudain :

– C'est très étrange. Laoghaire me rendait souvent fou, mais il ne m'est jamais venu à l'idée de la corriger.

Je n'aimais pas l'entendre parler de cette femme, quel que soit le contexte.

– Quelle négligence de ta part !

Il ne sembla pas remarquer mon sarcasme.

– Je crois que c'est parce que je ne l'aimais pas assez pour y penser, et encore moins pour le faire.

– Tu ne l'aimais pas assez pour la battre ? Quelle veinarde !

Cette fois, il perçut mon ton acerbe et me dévisagea.

– Pas pour la blesser, dit-il.

Il sourit, se leva et s'approcha de moi. Il me hissa sur mes pieds et, prenant mon poignet, levant doucement un de mes bras au-dessus de ma tête, me plaquant contre le tronc de l'arbre sous lequel j'avais été assise.

– Pas pour la blesser, répéta-t-il d'une voix douce. Pour la posséder. Je ne voulais pas d'elle. Toi, *mo nighean donn*, tu m'appartiens.

– Je t'appartiens ? Que dois-je comprendre par là, exactement ?

– Ce que je viens de dire.

En dépit de la lueur taquine dans ses yeux, il était très sérieux.

– Tu es à moi, *Sassenach*. Et je suis prêt à accomplir n'importe quoi pour que cela soit clair.

– Je vois. Y compris me battre régulièrement ?

– Non, pas ça. Je n'en ai pas besoin, parce que je peux le faire, *Sassenach*. Tu le sais très bien.

Je tentai de me dégager, par pur réflexe. Je me souvenais très bien de cette nuit à Doonesbury. De la sensation de m'être débattue de toutes mes forces, en vain. De l'impression horrible d'être clouée sur le lit, sans défense et vulnérable, consciente qu'il pouvait me faire tout ce qu'il voulait… et qu'il le ferait.

Je gigotai violemment, autant pour chasser cette image que pour me libérer de son emprise. N'y parvenant pas, j'enfonçai mes ongles dans sa main.

Il ne tiqua pas et soutint mon regard. De son autre main, il m'effleura le lobe de l'oreille. Il n'en fallait pas plus pour me démontrer qu'il pouvait me toucher partout, comme bon lui semblait.

De toute évidence, les femmes sont capables de suivre une pensée rationnelle tout en étant sexuellement excitées, car c'était précisément ce qui m'arrivait.

Mon cerveau tentait de réfuter toutes sortes de choses, y compris la moitié des paroles de Jamie prononcées au cours des dernières minutes.

Parallèlement, l'autre extrémité de ma moelle épinière était non seulement agitée par une lubricité éhontée à l'idée d'être physiquement possédée, mais liquéfiée par un désir délirant qui me poussait à avancer les hanches et à les frotter contre les siennes.

Son autre main saisit la mienne, et nos doigts s'entre-croisèrent. Il chuchota :

– Si tu me demandais de te libérer, *Sassenach,* tu crois que je le ferais ?

Je pris une grande inspiration, mes seins se gonflant contre son torse. Je ne m'étais pas rendu compte qu'il se tenait aussi près. Je fixai ses yeux et sentis mon agitation retomber doucement, se transformant en conviction, lourde et chaude dans le creux de mon ventre.

Son corps oscillait contre le mien ; le pouls que j'apercevais dans son cou battait en rythme avec l'écho de mon cœur. Nous nous touchions à peine, ne remuant pas plus que les feuilles au-dessus de nous, soupirant dans la brise.

– Je ne te le demanderais pas, répondis-je. Je te l'ordonnerais et tu m'obéirais. Tu ferais ce que je te dis de faire.

– Vraiment ?

Son visage était si proche que je sentis son sourire plutôt que je le vis.

– Oui.

Je libérai ma main et caressai du pouce le lobe de son oreille et son cou.

– Oui, répétai-je. Parce que tu m'appartiens, toi aussi…
Tu es mon homme. N'est-ce pas?

– Oui, je t'appartiens, murmura-t-il dans mon oreille.

Il baissa la tête, et ses lèvres effleurèrent les miennes.

– Je le sais très bien, *mo nighean donn*.

48

Les oreilles de Judas

Bien qu'il ne partageât pas ses inquiétudes, Jamie avait promis à sa femme qu'il enquêterait sur le cas de la famille Christie. Quelques jours plus tard, il trouva l'occasion de discuter avec Malva.

En revenant de chez Kenny Lindsay, il aperçut un reptile enroulé au milieu du sentier, gros et couvert de rayures vivement colorées... il ne s'agissait donc pas d'une vipère venimeuse. Cependant, c'était plus fort que lui, les serpents le dégoûtaient. Il ne voulait ni le toucher ni l'enjamber. Il était peu probable qu'il saute sous son kilt, mais sait-on jamais? De son côté, le serpent s'obstinait à demeurer ainsi dans la poussière, ne réagissant pas à ses sifflements ni à ses martèlements de pieds.

Il sortit du sentier et coupa une branche d'aulne avec laquelle il cueillit la bestiole et la lança un peu plus loin dans la forêt. Vexé, le reptile rampa sous une viorne. L'instant suivant, un cri retentit de l'autre côté du buisson. Jamie se précipita et découvrit Malva s'efforçant en vain d'écraser le serpent avec un grand panier.

– Il n'est pas méchant, laissez-le filer.

Il lui retint le bras, faisant pencher son panier qui déversa une pluie de champignons sur le sol. Le serpent en profita pour décamper.

Il s'accroupit pour ramasser le produit de la cueillette, pendant qu'elle se ressaisissait, s'éventant avec son tablier.

– Oh, merci, monsieur ! haleta-t-elle. J'ai tellement peur des serpents.

Il affecta un air nonchalant.

– Oh, mais ce n'était qu'une petite couleuvre tachetée. Elles font d'excellents ratiers, paraît-il.

– Peut-être, mais leur morsure fait mal.

– Elle vous a mordue ?

Il lui rendit son panier, et elle le remercia d'une petite révérence.

– Non, mais M. Crombie s'est fait mordre l'autre jour. À la messe, dimanche dernier, Gully Dornan avait apporté une de ces sales bêtes dans une boîte pour faire une blague, car il connaissait le sermon du jour : « Car ils tiendront des serpents venimeux dans leurs mains et seront indemnes. » Je crois bien qu'il avait l'intention de le lâcher pendant la prière.

Elle en souriait encore, rien qu'à évoquer la scène.

– M. Crombie l'a vu avec la boîte et la lui a confisquée sans savoir ce qu'elle contenait. Gully l'avait agitée tout le temps, pour garder le serpent éveillé. Quand M. Crombie l'a ouverte, le serpent lui a sauté au visage et l'a mordu à la lèvre.

Jamie ne put s'empêcher de sourire à son tour.

– C'est drôle, personne ne m'a raconté cette histoire.

– M. Crombie était si furieux que sans doute personne n'a voulu ébruiter sa mésaventure de peur qu'il explose de rage.

– Je vois. C'est sans doute pourquoi il n'est pas venu consulter ma femme pour qu'elle examine sa morsure.

– Oh, il n'irait jamais la voir, même s'il s'était coupé le nez par accident.

– Ah non ?

Elle le regarda avec timidité.

– Eh bien… non. Il y en a qui disent que votre femme est une sorcière, vous le saviez ?

Il n'était pas vraiment surpris, même si de l'entendre l'agaçait toujours autant.

– C'est une *Sassenach*, répondit-il calmement. Les gens racontent toujours ce genre de choses sur les étrangers, surtout les étrangères. Et vous, vous le pensez aussi ?

Elle écarquilla ses grands yeux gris.

– Oh non, monsieur! Jamais!

Sa sincérité l'amusa, en dépit de la gravité du sujet qu'il désirait aborder.

– Mon seul désir, c'est d'être tout comme elle. Elle est si gentille et jolie. Et elle sait tellement de choses! Je veux apprendre tout ce qu'elle voudra bien m'enseigner.

Dans son enthousiasme, elle serrait fort l'anse de son panier. Il s'éclaircit la gorge, se demandant comment franchir le pas entre ces amabilités et la question brutale de ses rapports avec son père.

– Cela n'ennuie pas votre père que vous passiez autant de temps avec ma femme?

Un nuage traversa son regard, et elle baissa les yeux.

– Eh bien… il ne me dit pas de ne pas y aller.

D'un signe de tête, Jamie lui proposa de poursuivre leur chemin ensemble. Ils marchèrent un moment en silence. Il souhaitait qu'elle retrouve son calme. Enfin, il demanda, coupant une touffe de linaire d'un coup de son bâton :

– Que fera votre père quand vous vous marierez et quitterez la maison? Vous pensez qu'il se remariera? Il aura sûrement besoin d'une femme pour s'occuper de lui.

Elle pinça les lèvres, ce qu'il trouva intéressant, et ses joues rosirent.

– Je ne suis pas prête de me marier, monsieur. On se débrouillera d'une manière ou d'une autre.

– Vraiment? Vous avez pourtant des soupirants, non? Les garçons se mettent à roucouler dès que vous approchez, je les ai vus.

Ses joues virèrent au rouge vif.

– Je vous en prie, monsieur, ne le dites surtout pas à mon père!

Une sonnette d'alarme retentit dans sa tête. Elle voulait peut-être seulement dire que Tom Christie était un père strict, très soucieux de la vertu de sa fille. Jamie aurait été très étonné

733

d'apprendre qu'il était mou, indulgent ou négligent dans ses responsabilités parentales.

– Je ne lui dirai rien, promit-il. Je vous taquinais. Votre père est donc si sévère ?

Elle se tourna vers lui, l'air franc :

– Je croyais que vous le connaissiez, monsieur.

Il éclata de rire et, après une brève hésitation, elle l'imita, produisant un gazouillis très semblable à celui des oiseaux dans les branches au-dessus d'eux.

– C'est vrai, dit-il. Tom est un brave homme, quoiqu'un peu dur.

Il vérifia l'effet sur son visage. Elle était encore rouge, mais souriait toujours. C'était bon signe. Il reprit sur un ton détaché :

– Vous avez trouvé assez d'oreilles de Judas ? J'en ai vues beaucoup hier, là-haut près de Green Spring.

– Vraiment ? À quel endroit ?

– Je vais dans cette direction. Vous n'avez qu'à m'accompagner, je vous montrerai.

Ils poursuivirent leur route de long de la crête, bavardant de choses et d'autres. Il ramenait de temps en temps la conversation sur son père et constata qu'elle en parlait librement, quoique gardant une certaine réserve au sujet de ses manies et de ses colères.

– Et votre frère ? demanda-t-il. Il est heureux ici ? Vous pensez qu'il voudra partir, plus tard ? Peut-être pour s'installer sur la côte ? Il n'a pas vraiment l'âme d'un fermier, n'est-ce pas ?

– Non, monsieur, pas du tout !

– Il a grandi sur une plantation, n'est-ce pas ?

Elle le regarda, étonnée.

– Non, à Édimbourg, tout comme moi.

Allan et elle parlaient tous les deux un anglais cultivé, mais il l'avait attribué au fait que leur père était maître d'école et très strict sur ce point.

– Vraiment ? Comment cela se fait-il ? Tom m'a dit qu'il s'était marié ici, dans les colonies.

– C'est vrai, monsieur, mais sa femme n'était pas liée par contrat à un maître. Elle est rentrée en Écosse.

– Je vois.

Elle paraissait gênée. Tom avait prétendu que son épouse était décédée. C'était sans doute le cas, mais elle avait dû mourir en Écosse. Orgueilleux comme il l'était, rien d'étonnant à ce qu'il n'ait pas souhaité ébruiter le fait que sa femme l'avait quitté. Cependant...

– C'est vrai que votre grand-père était lord Lovat, monsieur ? Celui qu'on appelait « le vieux renard » ?

– Eh oui, répondit-il en souriant. Je descends d'une longue lignée de traîtres, de voleurs et de bâtards.

Elle se mit à rire, puis, usant de tout son charme, l'enjoignit de lui parler de sa famille scandaleuse, cherchant visiblement à éviter d'autres questions sur la sienne.

Tout en poursuivant leur conversation, de plus en plus décousue à mesure qu'ils s'enfonçaient dans la forêt sombre et odorante, il était toujours travaillé par ce « cependant... ».

Cependant. Tom Christie avait été arrêté deux ou trois jours après la bataille de Culloden. Il était resté emprisonné pendant dix ans avant d'être déporté en Amérique. Jamie ne connaissait pas l'âge exact de Malva, mais elle devait avoir près de dix-huit ans, même si ses manières posées la faisaient souvent paraître plus âgée.

Elle avait donc dû être conçue peu après l'arrivée de Christie dans les colonies. Ayant été privé de femmes si longtemps, son père avait probablement sauté sur la première occasion de se marier. Puis, son épouse avait changé d'avis et était partie. Christie avait dit à Roger Mac qu'elle était morte de la grippe... chaque homme a sa fierté, et Tom Christie en avait à revendre.

Mais Allan Christie... d'où venait-il ? Il avait une bonne vingtaine d'années. Avait-il été conçu avant Culloden ? Dans ce cas, qui était sa mère ?

Il demanda de but en blanc :

– Votre frère et vous, vous êtes de la même mère ?

Elle fut prise de court.

– Oui, monsieur.

– Ah.

Donc, Christie avait dû être marié avant Culloden. Plus tard, sa femme était venue le retrouver en Amérique. Cela témoignait d'une grande détermination et d'une dévotion qui rendit Christie nettement plus intéressant à ses yeux. Mais cette dévotion n'avait pas résisté à la rudesse de la vie dans les colonies… ou encore, elle avait trouvé Tom si changé par le temps et les circonstances que sa désillusion avait étouffé son dévouement, et elle était rentrée au pays.

Il pouvait le comprendre et ressentit une pointe de sympathie pour Christie. Il se souvenait lui-même trop bien de son émotion quand Claire était venue le retrouver : la joie incrédule de sa présence et l'angoisse sourde qu'elle ne reconnaisse plus en lui l'homme qu'elle avait aimé.

Pire encore, elle aurait pu découvrir quelque chose qui l'aurait fait fuir. Il avait beau bien connaître Claire, il n'était toujours pas sûr qu'elle serait restée s'il lui avait annoncé d'emblée son mariage avec Laoghaire. D'ailleurs, si Laoghaire ne lui avait pas tiré dessus et n'avait pas failli le tuer, Claire aurait peut-être pris ses jambes à son cou et aurait disparu pour de bon. Cette pensée ouvrit un gouffre noir à ses pieds.

À l'évidence, si elle était partie, il serait mort. Il ne serait jamais arrivé jusqu'ici et ne posséderait pas ces terres ; il n'aurait jamais connu sa fille ni tenu son petit-fils dans ses bras. Tout compte fait, frôler la mort avait parfois du bon, à condition d'en réchapper.

– Votre bras vous fait mal, monsieur ?

Il s'extirpa de ses pensées et se rendit compte qu'il s'était arrêté, tenant d'une main le haut de son bras, là où la balle de Laoghaire l'avait traversé.

– Ah… euh, non. Une piqûre d'insecte. Ces bestioles sont sorties tôt cette année. Dites-moi… vous vous plaisez ici dans les montagnes ?

La question était idiote, ne visant qu'à changer de sujet, mais elle la prit au sérieux. Elle contempla la forêt autour d'eux, les rayons de soleil se brisant sur les feuilles et les aiguilles de pin, sur les rochers et les buissons, remplissant l'air d'une lumière verte fragmentée.

– On s'y sent seul, parfois. Mais c'est... joli.

Elle sourit timidement, reconnaissant l'insuffisance de l'adjectif.

Ils étaient arrivés dans la clairière où une source jaillissait sur une roche verte que sa fille appelait de la serpentine. Sa couleur avait donné son nom au lieu. Une épaisse couche de mousse renforçait encore l'effet.

Elle s'agenouilla et cueillit de l'eau dans ses mains en coupe. Elle but presque avidement, fermant les yeux pour mieux apprécier la fraîcheur qui se déversait dans sa gorge. Elle était très jolie elle aussi, avec son menton délicat et les lobes roses de ses oreilles pointant sous les bords de son bonnet. Le terme lui convenait beaucoup mieux qu'à l'esprit des montagnes. Sa mère avait dû être ravissante. La jeune fille tenait sans doute d'elle. Heureusement pour elle, elle n'avait hérité de son père ascétique que ses yeux gris.

Elle s'assit sur ses talons et s'écarta pour le laisser boire à son tour. Il ne faisait pas une chaleur torride, mais, après la grimpée vers la source, l'eau froide était bienvenue.

Essuyant son visage avec un bout de son fichu, elle déclara :

– Je n'ai jamais vu les Highlands. Certains disent que cet endroit y ressemble. Vous le pensez aussi, monsieur ?

– Un peu, par endroits. La grande vallée et la forêt, entre autres. Sauf qu'ici, il n'y a pas de fougères. Pas de tourbe non plus, bien entendu, ni de bruyère. Oui, c'est là la principale différence.

– On raconte beaucoup d'histoires sur les hommes qui se cachaient dans la bruyère. Cela vous est-il déjà arrivé ?

Elle esquissa un bref sourire. Il ignorait si elle le taquinait ou cherchait juste à entretenir la conversation.

– De temps en temps. Pour traquer des biches. Venez, je vais vous montrer les oreilles de Judas.

Les champignons poussaient en colonies au pied d'un vieux chêne, à quelques mètres de la source. Certains avaient déjà ouvert leurs lamelles, et le sol était jonché de spores, une poudre brune recouvrant la croûte d'humus brillante. Les plus frais étaient charnus et d'un orange profond.

Il prit congé avec un salut cordial, puis redescendit sur le sentier étroit, s'interrogeant sur la femme qui avait aimé, puis abandonné Tom Christie.

49

Le venin du vent du Nord

Brianna enfonça sa pelle dans la rive boueuse et extirpa un morceau de glaise couleur de glace au chocolat. Elle se serait bien passée de cette évocation de nourriture. Elle rejeta sa pelletée dans le courant et marqua une pause pour s'éponger le front. Elle n'avait rien mangé depuis le matin, mais n'avait pas l'intention de s'arrêter avant le dîner. C'était déjà l'heure du goûter. Roger était là-haut sur la montagne, aidant Amy McCallum à reconstruire son conduit de cheminée, et les enfants étaient dans la Grande Maison, Mme Bug les gavant de pain, de beurre et de miel. Pour sa part, son ventre devrait attendre, car elle avait encore trop à faire.

— Besoin d'un coup de main, ma fille ?

Plaçant sa main en visière, elle aperçut son père un peu plus haut sur la berge, qui, amusé, observait son ouvrage. Elle essuya son menton d'une main maculée de boue.

— Ai-je l'air d'avoir besoin d'aide ? répliqua-t-elle.

— Oui.

Il revenait de la pêche, pieds nus et mouillé jusqu'à mi-cuisse. Il posa sa canne contre un arbre et déposa son panier tressé sur le sol, les mailles de roseaux grinçant sous le poids de sa prise. Il se retint à une jeune pousse et se laissa déraper au pied de la berge, ses orteils s'enfonçant dans la boue.

— Attends ! Enlève ta chemise !

Elle se rendit compte de sa gaffe une seconde trop tard.

— Tu risques de la salir, ajouta-t-elle faiblement.

– Ah, oui, tu as raison.

Sans hésiter, il passa sa chemise par-dessus ses épaules et lui tourna le dos, cherchant une branche où la suspendre.

Ses cicatrices n'étaient pas si affreuses. Elle les avait déjà entraperçues et les avait imaginées de nombreuses fois. La réalité était moins crue. Les traces étaient anciennes, un vague réseau de zébrures argentées glissant sur les ombres de ses côtes quand il leva les bras. Il paraissait à son aise ; seule la tension dans ses épaules suggérait le contraire.

De manière inconsciente, ses doigts s'agitèrent, sentant le coup de crayon imaginaire qui capturerait ce léger malaise, la note discordante qui attirerait le regard du spectateur, l'incitant à regarder de plus près, encore plus près, se demandant ce qui clochait dans cette scène pastorale.

« Tu ne découvriras pas la nudité de ton père... » Elle écarta ses doigts, pressant sa main à plat contre sa cuisse. Il lui faisait face de nouveau, cherchant un passage entre les enchevêtrements de joncs et les pierres tranchantes.

Il parcourut les derniers centimètres en dérapant et atterrit à ses côtés dans une grande éclaboussure, décrivant des moulinets avec les bras pour retrouver son équilibre. Elle rit, ce qui était l'effet recherché. Elle voulut s'excuser, en parler d'une manière ou d'une autre, mais il évitait son regard.

Il concentra son attention sur le rocher enchâssé dans la glaise. Il s'adossa à lui pour tester sa résistance.

– Tu veux le déplacer ou le contourner ?

– Tu crois qu'on peut le bouger ?

Elle pataugea dans l'eau jusqu'à lui. Elle avait remonté ses jupes et les avait coincées sous sa ceinture.

– Le contourner signifierait d'enlever encore trois mètres de terre, ajouta-t-elle

– Autant que ça ? lança-t-il surpris.

– Oui. Je veux creuser un passage par là, jusqu'à ce tournant..., puis installer une roue à aubes ici pour obtenir une chute assez puissante.

Elle pointa un doigt vers le cours d'eau en aval.

– Sinon, je peux la placer là-bas, mais, ici, ce serait quand même mieux.

– D'accord. Attends un instant.

Il regrimpa sur la berge et disparut dans la forêt, revenant quelques minutes plus tard avec plusieurs troncs fins et robustes de jeunes chênes.

– On n'a pas besoin de sortir ce rocher du lit, n'est-ce pas ? Uniquement de le déplacer un peu afin que tu puisses creuser dans la berge derrière ?

– C'est ça.

La sueur ruisselait sur le visage de Brianna. Elle creusait depuis plus d'une heure ; ses bras étaient courbaturés, et elle avait des ampoules plein les mains. Avec une profonde gratitude, elle tendit sa pelle à son père et s'écarta, se penchant pour asperger d'eau fraîche ses membres écorchés et sa figure. Se mettant au travail, son père déclara :

– C'est un travail lourd. Pourquoi n'as-tu pas demandé de l'aide à Roger Mac ?

– Il est occupé.

Elle entendit la brusquerie de son propre ton, mais ne fit rien pour la déguiser.

Son père ne releva pas la rudesse de Brianna, s'affairant à bien placer ses leviers en chêne. Attirés comme de la limaille de fer par le magnétisme de leur grand-père, Jemmy et Germain se matérialisèrent sur la berge, braillant qu'ils voulaient aider.

Elle le leur avait déjà demandé, mais leur enthousiasme n'avait duré que quelques minutes avant d'être détourné par la découverte d'un porc-épic perché dans un arbre. Bien sûr, à présent que Jamie était aux commandes, ils se jetèrent avec cœur dans la tâche, creusant la glaise avec des bouts de bois, riant, se bousculant, se mettant dans les pattes des grands et se fourrant des poignées de boue dans la culotte.

Jamie étant Jamie, il ignora les casse-pieds, se contentant de diriger leurs efforts, puis leur ordonna de sortir du cours d'eau avant d'être écrasés par le rocher. Celui-ci avait été dégagé, et deux leviers avaient été enfoncés dans la glaise de chaque côté, un troisième derrière. Il instruisit sa fille :

– Appuie sur celui-ci.

Elle se mit en place, et il saisit les deux autres.

– À compter de trois ! Un... deux... hisse !

Jemmy et Germain, qui se tenaient un peu plus haut, reprirent en cœur.

– Oh ! Hisse !

Elle avait une écharde dans le pouce, et le bois écorchait ses paumes ramollies par l'eau, pourtant, elle avait envie de rire.

– Oh ! Hisse !

Dans un tourbillon de boue et un éboulement de terre de la berge en contre-haut, le rocher céda d'un coup, bascula dans le ruisseau en projetant une immense gerbe qui les trempa tous les deux des pieds à la tête, pour la plus grande joie des gamins. Il roula jusqu'à la rive opposée. Comme elle l'avait calculé, le courant détourné rognait déjà les bords de la dépression nouvellement créée, emportant la glaise fine qui se détachait en spirales tourbillonnantes.

– Tu as vu ? lança-t-elle triomphante. Je ne sais pas jusqu'où il va éroder la berge, mais, d'ici un jour ou deux, il ne nous restera plus grand-chose à creuser.

Son père se mit à rire.

– Quoi, tu avais prévu le coup ? Ce que tu peux être futée, quand même !

Cette reconnaissance de ses talents tempéra considérablement son ressentiment envers Roger. La bouteille de cidre de Jamie, conservée au frais avec la truite qu'il avait pêchée, acheva de l'apaiser. Ils s'assirent côte à côte sur la berge, se passant la bouteille, admirant l'efficacité du bassin à remous.

Elle se pencha en avant et plongea sa main dans la terre molle.

– Ça m'a l'air d'être de la bonne argile.

Elle la pressa, laissant l'eau sale s'écouler entre ses doigts, puis ouvrit la main pour montrer à son père qu'elle restait compacte, gardant l'empreinte de ses doigts.

– Bonne pour ton four ?

– Ça vaut la peine d'essayer.

Elle avait déjà effectué quelques tentatives peu convaincantes de cuisson, modelant une série d'assiettes et de bols mal formés, dont la plupart avaient explosé à la chaleur ou étaient tombés en miettes à peine sortis du four. Un ou deux objets avaient survécu, tordus et les bords calcinés. Elle avait tenu à ce qu'on les utilise, mais c'était une bien piètre récompense pour avoir alimenté et surveillé le four pendant des jours.

Elle avait besoin des conseils d'un spécialiste en four et en poterie, mais, dorénavant, étant donné les rapports tendus entre Fraser's Ridge et Salem, elle pouvait difficilement les obtenir. Elle avait déjà failli provoquer un scandale en interrogeant directement le frère Mordecai sur sa production de céramiques… Une papiste s'adressant à un homme auquel elle n'était même pas mariée !

En entendant de nouveau ses lamentations, son père hocha la tête :

– Maudit Manfred !

Il hésita, puis proposa :

– Je pourrais peut-être demander à ta place ? Quelques frères m'adressent encore la parole et ils me permettront peut-être de parler à Mordecai. Tu n'as qu'à me dire ce que tu as besoin de savoir… ou plutôt, écris-le-moi.

– Oh, papa, je t'adore !

Elle l'embrassa sur la joue. Il éclata de rire, ravi de lui rendre un service.

Euphorique, elle but une nouvelle gorgée de cidre, des visions de conduits en terre cuite dansant devant ses yeux. Ronnie Sinclair lui avait déjà construit sa citerne en bois, non sans avoir trop maugréé et s'être fait prier. Elle devait trouver de l'aide pour la hisser à l'endroit choisi. Après quoi, si elle pouvait obtenir juste six mètres de tuyaux assez résistants…

– Maman, viens voir !

La voix impatiente de Jemmy interrompit ses calculs. Elle nota mentalement où elle en était, puis rangea le tout dans un coin de son esprit ou, avec un peu de chance, cela fermenterait. Elle rendit la bouteille à son père et rejoignit les garçons un peu plus loin sur la berge, s'attendant à ce qu'on lui montre du frai de grenouille, un putois noyé ou une autre merveille de la nature fascinant d'habitude les petits garçons.

– Que se passe-t-il ? demanda-t-elle.

Jemmy se redressa et pointa un doigt vers la roche à ses pieds.

– Regarde ! Regarde !

Ils se tenaient sur Flat Rock, une dalle de granit assez grande pour accueillir trois hommes, rongée en dessous par le courant et avançant au-dessus de l'eau bouillonnante. Un lieu de prédilection pour les pêcheurs.

Quelqu'un y avait allumé un feu. Il y avait une trace noire sur la roche avec, au centre, des vestiges de bâtonnets calcinés. Elle n'y aurait pas prêté plus d'attention, si son père, qui les avait rejoints, ne s'était accroupi devant, l'air intrigué. Elle se pencha à son tour.

Les objets dans les cendres n'étaient pas des bâtonnets.

– Des os, déclara-t-elle. Je me demande à quel animal ils peuvent bien appartenir.

Tout en parlant, son esprit analysait et rejetait les options : écureuil, opossum, lapin, biche, cochon.

Baissant la voix en jetant un œil vers Jemmy, son père lui répondit :

– Ce sont des doigts.

Jemmy s'était déjà désintéressé du feu et jouait à présent à dévaler la berge boueuse sur les fesses, achevant de déchirer ses culottes.

– N'y touche pas ! ajouta-t-il.

Son ordre était inutile, Brianna, révulsée, avait déjà retiré sa main.

– Tu veux dire… des doigts humains ?

Elle essuya instinctivement ses propres doigts sur sa jupe, bien qu'elle n'ait touché à rien.

Il acquiesça, en examinant les restes. Ici et là restaient quelques grumeaux noirs, aussi Brianna pensa à une origine végétale ; l'un d'eux était verdâtre, peut-être une tige n'ayant pas complètement brûlé.

Jamie se pencha plus près et huma les vestiges. Brianna l'imita par réflexe pour aussitôt souffler par le nez, tentant de se débarrasser de l'odeur. Celle-ci était déconcertante : un relent de charbon surmonté d'un effluve amer et crayeux, coiffé à son tour par une émanation âcre un brin médicinale.

– D'où ça vient ? demanda-t-elle en chuchotant à son tour.

Elle aurait pu crier ; Jemmy et Germain étaient trop occupés à se bombarder de poignées de glaise pour l'entendre.

– Tu n'aurais pas aperçu quelqu'un ayant perdu sa main, par hasard ? plaisanta son père.

– Pas récemment, non. Mais si elle n'appartient pas à quelqu'un de vivant, où est le reste du corps ?

– Où est le reste de ce doigt ? Voilà la question.

Jamie toucha une des formes noires du bout de l'index, et elle comprit son interrogation. Au centre du cercle de feu, il y avait une trace plus claire où le vent avait balayé les cendres. On y voyait trois doigts, dont deux entiers, leurs os gris blanc et spectraux. Du troisième, il ne restait que la dernière phalange effilée.

– Un animal ? suggéra-t-elle.

Elle scruta le sol autour d'elle, mais ne vit aucune empreinte de patte sur la roche, uniquement les traces boueuses laissées par les pieds nus des enfants.

De vagues visions de cannibalisme lui remuèrent alors l'estomac.

– Tu ne penses pas que Ian…

Elle s'interrompit sur-le-champ.

– Ian ? Pourquoi ferait-il une chose pareille ?

Retrouvant son bon sens, elle tenta de se reprendre :

– Je n'ai jamais pensé à ça, pas du tout. C'était juste une idée… J'ai entendu dire que les Iroquois, parfois… parfois… Euh… peut-être des amis de Ian ? En visite ?

– Non. Ça sent les Highlands. Les Iroquois brûlent parfois leurs ennemis, et il leur arrive de les découper en morceaux, mais pas de cette manière.

Il pointa le menton vers les vestiges.

– C'est une affaire privée. Une sorcière, peut-être. Ou un de leurs shamans. Jamais un guerrier ne ferait ça.

– Je n'ai vu aucun Indien dans le coin récemment. Pas à Fraser's Ridge. Et toi ?

Il examina les os encore un instant, puis secoua la tête.

– Non, ni personne à qui il manquait trois doigts.

– Tu es vraiment sûr qu'ils sont humains ? Ils ne pourraient pas appartenir à un petit ours ? Ou un gros raton laveur ?

– Peut-être.

Brianna sentait bien qu'il acquiesçait à cette éventualité juste pour la rassurer. Il était sûr de lui.

Quelqu'un tira sur sa manche.

– Maman ! Maman ! On a faim !

Elle se releva sans cesser de contempler, songeuse, les restes calcinés.

– Pour changer. Ça fait au moins une heure que tu n'as rien avalé.

Son regard se porta sur son fils, et elle revint brusquement à la réalité. Les deux garçons étaient couverts de boue des pieds à la tête.

– Non, mais, regardez-vous ! Comment avez-vous fait pour vous mettre dans un état pareil ?

Son père se releva lui aussi, un large sourire aux lèvres.

– Oh, rien de plus facile, ma fille. Cela dit, le remède est tout aussi simple.

Il souleva Germain par le fond de sa culotte et le col de sa chemise, et le balança dans le bassin au bord de la roche plate.

Jemmy se mit à sauter sur place, battant des mains.

– Moi aussi, grand-père ! Moi aussi !

– Suffit de le demander.

Il l'attrapa par la taille et le lança haut dans l'air, avant que Brianna n'ait eu le temps de crier :

– Il ne sait pas nager !

Sa protestation coïncida avec une énorme éclaboussure. Jemmy atterrit dans l'eau et coula aussitôt à pic. Brianna s'apprêtait déjà à plonger à sa rescousse, mais Jamie lui retint le bras.

– Attends un peu. Comment sauras-tu s'il peut nager ou pas, si tu ne le laisses pas essayer ?

Germain revenait déjà vers le bord. Jemmy refit surface derrière lui, battant des bras et crachant. Germain replongea, tourna sous l'eau telle une loutre et réapparut à ses côtés.

– Utilise tes jambes ! lança-t-il. Tourne-toi sur le dos.

Jemmy cessa de se débattre, se retourna sur le dos et donna de grands coups de pieds. Avec ses cheveux collés sur sa figure et les gerbes d'eau qu'il projetait, il ne devait pas voir grand-chose, mais il poursuivit vaillamment ses efforts sous les encouragements de Germain et de Jamie.

Le bassin ne faisant pas plus de quatre mètres de large, il atteignit l'autre rive en quelques secondes, se cognant la tête contre un rocher. Il barbota encore un peu, puis reprit pied et écarta ses cheveux mouillés de devant ses yeux, l'air ahuri.

– Je sais nager ! Maman, je sais nager !

– C'est formidable, mon chéri !

Elle était déchirée entre une fierté presque aussi extatique que la sienne, l'envie de courir à la maison pour le raconter à Roger et des visions angoissantes de son fils se jetant dans des étangs profonds et des rapides parsemés d'écueils avec l'illusion qu'il savait vraiment nager. Toutefois, maintenant qu'il y avait goûté, plus question de faire marche arrière.

Elle se pencha en avant et tendit les bras.

– Viens ! Tu peux revenir en nageant ? Allez, rejoins-moi !

Déconcerté, il la regarda un instant, puis contempla l'eau agitée du bassin. L'excitation quitta son visage, et sa bouche s'incurva en une moue malheureuse.

— Je ne sais plus ! J'ai oublié comment !

— Jette-toi et bats des jambes, cousin ! lui cria Germain.

Jemmy avança d'un pas, puis s'arrêta, la lèvre tremblante, la terreur et la confusion s'emparant de lui.

— Reste là, *a chuisle* ! Je viens te chercher.

Jamie sauta dans l'eau et le rejoignit en un clin d'œil. À genoux dans l'eau, il offrit son dos à l'enfant, tapotant son épaule.

— Accroche-toi là. On va nager ensemble.

Ils regagnèrent l'autre rive dans un barbotement joyeux, entre les cris d'excitation de Jemmy et ceux de Germain qui les avait rejoints. Puis ils se hissèrent sur la roche plate, hors d'haleine et riant aux éclats, une mare se formant à leurs pieds.

Brianna s'écarta pendant qu'ils s'ébrouaient, et observa :

— Il n'y a pas à dire, vous êtes plus propres.

Jamie se mit debout, tordant ses cheveux pour les essorer.

— Je t'avais bien dit que c'était plus simple. Il vient de me venir une idée. Selon moi, il existe un meilleur moyen d'obtenir ce que tu cherches.

— Ce que je… oh, tu veux parler de mes canalisations ?

— Oui. Viens à la maison après le dîner, je te montrerai.

— Qu'est-ce que c'est, grand-père ?

Jemmy fixait intrigué le dos de Jamie. Il tendit prudemment un doigt et suivit l'une des longues cicatrices courbes.

— Quoi ? Oh… ça. C'est… euh…

Brianna intervint d'un ton ferme, se penchant pour soulever l'enfant.

— Des gens très méchants ont fait du mal à grand-père, mais c'était il y a très longtemps. Il va bien maintenant. Tu pèses une tonne !

Germain, qui contemplait lui aussi le dos de Jamie avec intérêt, poursuivit :

— Papa dit que *grand-père* est peut-être un soyeux. Comme son papa avant lui. Est-ce que les méchants t'ont trouvé dans ta peau de soyeux, *grand-père*, et ont essayé de te dépecer ?

Prosaïque, il expliqua à Jemmy :

– Dans ce cas, il redeviendrait un homme et il pourrait tous les tuer avec son épée.

Jamie demeura interdit, dévisageant l'enfant.

– Euh... oui, je suppose que ça s'est passé ainsi. Si ton père le dit...

– C'est quoi un soyeux ? questionna Jemmy.

Perplexe mais intrigué, il gigota dans les bras de sa mère, voulant redescendre. Elle le déposa par terre.

– Je ne sais pas, reconnut Germain. Mais ils ont de la fourrure. Dis, *grand-père*, c'est quoi un soyeux ?

Jamie se passa les mains sur le visage. Brianna pensait qu'il souriait, mais n'en était pas sûre.

– Un soyeux, répondit-il, c'est une créature qui est un homme sur terre, mais devient un phoque dans la mer.

Voyant Jemmy ouvrir la bouche pour poser la prochaine question, il le prit de vitesse :

– Un phoque, c'est un grand animal qui aboie comme un chien, est gros comme un bœuf et aussi beau que la nuit noire. Ils vivent dans la mer, mais grimpent parfois sur les rochers au bord de la côte.

– Tu en as déjà vu, *grand-père* ? questionna Germain.

– Oh oui, souvent. Il y en a beaucoup sur la côte en Écosse.

– En Écosse, répéta Jemmy émerveillé.

– *Ma mère* dit que l'Écosse est un beau pays, affirma Germain. Parfois, elle pleure quand elle en parle. Mais je ne crois pas que ça me plairait.

– Pourquoi pas ? demanda Brianna.

– C'est plein de géants, de chevaux des eaux et de... trucs. Je n'ai pas envie d'en rencontrer. Et des perdrix, m'a dit *maman*. Mais ça, on en a plein ici aussi.

Jamie se releva et s'étira avec un grognement de plaisir.

– En effet, et je crois qu'il est l'heure de rentrer à la maison pour en manger.

La lumière de la fin d'après-midi dorait la roche et le ruisseau, faisant luire les joues des garçons et le duvet clair sur les avant-bras de son père. Jemmy s'étira et grogna à son tour, imitant son grand-père vénéré.

– Allez, puceron, tu veux rentrer à dada?

Il se pencha pour que Jemmy lui grimpe sur le dos, se redressa et prit la main de Germain.

Il aperçut Brianna qui étudiait encore les traces noires sur la roche plate.

– Oublie ça, ma fille. C'est une sorte de charme. Il ne faut pas y toucher.

Puis, il se dirigea vers le sentier, les deux garçons riant en le voyant déraper dans la boue.

Brianna alla récupérer sa pelle et la chemise de son père sur la berge, puis les rattrapa sur le sentier qui menait à la Grande Maison. Une brise s'était levée, agitant le feuillage et se glissant sous sa chemise humide. Germain chantonnait, tenant toujours la main de son grand-père, balançant sa tête blonde d'un côté et de l'autre, tel un métronome.

Jemmy poussa un soupir de contentement, les jambes nouées autour de la taille de Jamie, ses bras autour de son cou, sa joue rougie par le soleil contre le dos zébré de son grand-père. Puis, il renversa la tête et déposa un gros baiser sonore entre les omoplates de sa monture. Jamie sursauta, manquant de le lâcher, puis poussa un hennissement qui fit rire Brianna.

Jemmy étira le cou pour essayer de voir le visage de son grand-père.

– Ça va mieux, maintenant?

– Oh oui, mon garçon, beaucoup mieux, l'assura Jamie.

Les moucherons étaient sortis en force. Elle en chassa un nuage qui dansait devant ses yeux, puis écrasa un moustique qui venait de se poser sur la nuque de Germain.

– Aïe! fit celui-ci en voûtant les épaules.

Puis il se remit à chanter *Alouette,* imperturbable.

La chemise de Jemmy était en lin élimé, taillée dans une des vieilles de Roger. En séchant, le tissu avait épousé la forme de son corps, carré et solide, ses petites épaules étant une copie miniature de celles plus grandes et plus musclées auxquelles il était accroché. Le regard de Brianna passa des deux rouquins à Germain, fin et gracieux comme un roseau, qui marchait d'un pas sautillant tout en chantant. Décidément, la beauté des hommes était un enchantement.

Jemmy, la tête dodelinant au rythme des pas de Jamie, interrogea soudain d'une voix endormie :

– C'était qui, les méchants, grand-père ?

– Des *Sassunaich*. Des soldats anglais.

Germain interrompit sa chanson.

– De la *canaille* anglaise ! C'est eux qui ont coupé la main de papa.

– C'est vrai ? Tu les as tués avec ton épée, grand-père ?

– Certains d'entre eux, en effet.

– Quand je serai grand, je tuerai ceux qui restent, affirma Germain. S'il en reste.

– Il doit forcément en rester quelques-uns, dit Jamie.

Il lâcha la main de Germain pour remonter un peu Jemmy qui glissait dans son dos.

– Moi aussi, dit Jemmy les paupières lourdes. Je les tuerai.

Parvenus à la fourche du sentier, Jamie rendit son fils à Brianna et reprit sa chemise. Il l'enfila, puis libéra ses cheveux emmêlés pris sous son col. Il lui sourit et déposa un baiser sur son front, une main sur la tête ronde de l'enfant appuyée contre l'épaule de sa mère.

– Ne t'en fais pas, ma fille. Je parlerai à Mordecai. Ainsi qu'à ton homme. Prends bien soin de ce petit-là.

* * *

« C'est une affaire privée » avait dit son père, sous-entendant par là qu'elle ne devait plus y penser. Elle y serait peut-être parvenue, sans deux détails : d'une part, le retour de Roger longtemps après le coucher du soleil, sifflotant une chanson que lui avait apprise Amy McCallum ; d'autre part, l'observation détachée de son père au sujet du feu sur Flat Rock : « Ça sent les Highlands. »

Brianna avait du flair, et, selon elle, il y avait anguille sous roche. Avec un peu de retard, elle avait aussi compris ce qui avait inspiré la remarque de Jamie. Ce vague relent médicinal venait de l'iode ; l'odeur d'algues brûlées. Elle se souvenait d'un feu de varech sur le rivage près d'Ullapool, à son époque, un jour où Roger l'avait emmenée pique-niquer.

On trouvait des algues en abondance sur la côte, et il n'était pas impossible que quelqu'un, un jour, en ait apporté à l'intérieur des terres. Il se pouvait aussi que certains des pêcheurs en aient mis dans leurs bagages, à la manière des exilés qui emportaient un peu de poussière dans une bouteille ou une poignée de cailloux pour leur rappeler leur terre natale.

Un charme, avait dit Jamie. La chanson qu'Amy avait apprise à Roger s'appelait justement *Le charme diabolique*.

Tout cela ne prouvait rien. Toutefois, par curiosité, elle parla du petit foyer et de son contenu à Mme Bug. Cette dernière en connaissait un rayon en matière de sortilèges des Highlands.

Elle écouta sa description très concentrée, en pinçant les lèvres.

– Des os, vous dites ? Quel genre… animal ou humain ?

Brianna tressaillit.

– Humain ?

– Mais oui. Certains charmes nécessitent de la poussière de cimetière, des os réduits en poudre ou des cendres d'un corps brûlé.

Cela lui rappela brusquement qu'elle avait déposé un grand saladier en poterie dans les cendres chaudes. Comme ils étaient à court de levain depuis quelques jours, elle avait mélangé de la farine, de l'eau et du miel dans l'espoir d'attraper un peu de levure sauvage flottant dans l'air.

La petite Écossaise rondelette examina l'intérieur du saladier, fit une moue dépitée, puis marmonna quelques paroles en gaélique. «Cela va de soi», pensa Brianna amusée. Il y avait forcément une prière pour faire lever le pain. À quel saint patron fallait-il s'adresser?

Mme Bug reprit le fil de la conversation tout en se remettant à émincer ses navets.

– À propos de ce que vous disiez. Ce que vous avez vu sur Flat Rock – des algues, des os et une roche plate –, c'est un charme d'amour. Celui qu'on appelle «le venin du vent du Nord».

– Drôle de nom pour un charme d'amour!

– Vous voulez que je vous le récite?

C'était une question purement rhétorique. Sans attendre la réponse, elle s'essuya les mains sur son tablier, puis, les croisant devant ses hanches d'un air théâtral, déclama :

Voici ton charme d'amour :
Telle l'eau aspirée dans une paille,
Il attirera en toi l'amour,
Et la chaleur de celui que tu aimes.

Lève-toi à l'aube le jour du Seigneur,
Sur une roche plate près du rivage
Emporte des boutons d'or
Et de la digitale.

Une petite quantité de braises
Dans ta bouilloire
Une belle poignée d'algues
Dans une pelle en bois.

Trois os d'un vieillard,
Récemment arrachés de sa tombe,
Neuf tiges de fougère royale,
Fraîchement taillées à la hache.

Brûle-les sur un feu de fagots,
Réduis-les en cendres ;
Saupoudre-les sur le sein de l'aimé,
Contre le venin du vent du Nord.

Par cinq fois,
Fais le tour du foyer.
Je te le garantis
Cet homme ne te quittera jamais.

Mme Bug décroisa les mains, saisit un autre navet et le découpa rapidement en fines lamelles avant de le jeter dans la marmite.

– Ce n'est pas pour vous, j'espère ?

– Non, murmura Brianna. Vous pensez que… les pêcheurs utiliseraient ce genre de sortilège ?

– Ça, je n'en sais rien, mais, parmi eux, il y en a sûrement qui l'ont déjà entendu. Ce charme est assez courant, même si je ne connais personne qui l'ait déjà utilisé. Il existe des moyens plus simples de conquérir le cœur d'un garçon, ma fille.

Elle agita un doigt en direction de Brianna.

– Par exemple : cuisinez-lui un bon plat de navets cuits dans le lait et servis avec du beurre.

– Je m'en souviendrai, promit Brianna avant de s'éclipser.

Elle avait eu l'intention de rentrer chez elle où des dizaines de tâches l'attendaient, de filer la laine et la tisser, de plumer la demi-douzaine d'oies qu'elle avait abattues et suspendues dans l'appentis. Pourtant, elle se retrouva presque malgré elle sur le sentier menant au cimetière.

Amy McCallum ne pouvait quand même pas avoir accompli ce charme. Descendre la montagne depuis sa cabane lui aurait pris des heures, sans compter qu'elle avait un bébé. Cependant, on pouvait porter les nourrissons. En outre, personne ne saurait qu'elle s'était absentée de chez elle, à part Aidan. Or, Aidan ne parlait à personne, hormis Roger, qu'il vénérait.

Le soleil était presque couché, plongeant le cimetière dans des couleurs mélancoliques. Les ombres noires des arbres qui le protégeaient s'étiraient sur le tapis d'aiguilles, les croix en bois, les cairns et les sépultures rudimentaires. Les pins et les sapins ciguës échangeaient des murmures inquiets dans la brise du soir.

Le nœud froid dans le ventre de Brianna s'était répandu dans tout son buste. Il s'étendit davantage quand elle aperçut la terre retournée sous le panneau en bois marqué *Ephraïm*.

50

Des lames bien affilées

Il aurait dû le voir venir. Il l'avait vu venir. Mais qu'aurait-il pu faire ? Plus important encore, que pouvait-il faire, maintenant ?

Roger grimpait le versant à pas lents, presque insensible à sa beauté. Presque, mais pas totalement. Austère dans la rigueur de l'hiver, le défilé où la cabane branlante d'Amy McCallum était perchée se transformait en une explosion de couleurs au printemps et en été, si vives que, en dépit de son inquiétude, il ne pouvait s'empêcher d'admirer l'intensité des rouges et des roses des lauriers. Les cornouillers formaient des taches crémeuses interrompues par des tapis de bleuets, les fleurs minuscules se dandinant sur leur tige fine au-dessus du torrent qui rebondissait au bord du sentier escarpé.

Ils avaient sans doute choisi ce site en été, quand il était le plus charmant, observa-t-il cyniquement. Il n'avait pas connu Orem McCallum, mais il n'avait sans doute pas eu plus de sens pratique que sa femme, autrement, ils se seraient rendu compte des dangers de leur isolement.

Toutefois, la situation présente n'était pas la faute d'Amy. Il ne pouvait lui en vouloir pour sa propre bêtise.

Il n'avait rien à se reprocher non plus… sauf de ne pas avoir pris conscience plus tôt de ce qui arrivait ; ou de ce que l'on racontait.

« Tout le monde sait que vous passez plus de temps avec la veuve McCallum qu'avec votre propre femme. »

C'étaient les paroles de Malva Christie, son petit menton pointu dressé vers lui dans un air de défi. «Dites-le à mon père et je raconterai partout que je vous ai vu embrasser Amy McCallum. Tout le monde me croira.»

Il n'en revenait toujours pas. Sa stupeur initiale avait cédé le pas à la colère. Contre Malva et sa menace idiote, mais encore plus contre lui-même.

Un soir, en rentrant de la malterie à l'heure du dîner, il était tombé sur Malva et Bobby Higgins, tendrement enlacés. Ils avaient bondi comme une paire de biches affolées, roulant des yeux effarés, si paniqués que c'en était drôle.

Avant même qu'il n'ait eu le temps de s'excuser ou de s'éclipser avec tact dans le sous-bois, Malva s'était approché de lui, l'air déterminé.

– Dites-le à mon père, et je raconterai partout que je vous ai vu embrasser Amy McCallum.

Il avait été tellement abasourdi qu'il n'avait pas remarqué Bobby jusqu'à ce que le jeune soldat prenne Malva par le bras et lui chuchote à l'oreille. Elle s'était laissé entraîner à contrecœur, avec un dernier regard chargé de sous-entendus vers Roger et une phrase qui l'avait stupéfait :

– Tout le monde sait que vous passez plus de temps avec la veuve McCallum qu'avec votre propre femme. Tout le monde me croira.

Le pire, c'était qu'elle avait raison et qu'il en était le premier responsable. À l'exception d'une ou deux remarques sarcastiques, Brianna n'avait pas protesté contre ces visites. Elle avait accepté, en apparence du moins, le fait que quelqu'un doive s'occuper des McCallum, s'assurer qu'ils avaient assez de bois pour se chauffer et de quoi manger, leur offrir un minimum de compagnie, un maigre répit dans la monotonie de la solitude et du dur labeur.

Il avait l'habitude de ce genre de démarche : avec le révérend, il avait souvent rendu visite aux personnes âgées, aux veuves, aux souffrants de la congrégation ; ils leur avaient apporté des petits plats, prenant le temps de discuter avec eux, de les écouter. C'était un simple réflexe de bon voisinage, un geste naturel de bonté.

Mais il aurait dû prendre garde. À présent, il se souvenait de l'air pensif de Jamie au dîner, la façon dont son beau-père avait ouvert la bouche pour intervenir avant de se raviser, quand il avait demandé à Claire un baume pour l'éruption cutanée du petit Orrie McCallum, puis le regard discret de Claire vers Brianna.

« Tout le monde me croira » : si elle avait dit ça, cela signifiait que les bruits couraient déjà. Jamie les avait sûrement entendus ; il espérait que ce n'était pas le cas de Brianna.

La cheminée tordue apparut entre les lauriers, sa volute de fumée transparente faisant onduler l'air au-dessus du toit, comme si la cabane était enchantée et pouvait se dématérialiser d'un instant à l'autre.

Il savait exactement comment c'était arrivé. Il avait un faible pour les jeunes mères, une profonde tendresse pour elles, un désir de veiller sur elles. Il savait aussi pourquoi : le souvenir de sa jeune mère, morte en lui sauvant la vie durant les bombardements de Londres, n'arrangeait rien.

Cette tendresse avait déjà failli lui coûter la vie à Alamance, quand ce crétin buté de William Buccleigh MacKenzie s'était mépris de ses attentions envers Morag MacKenzie pour de... Certes, il l'avait embrassée, mais sur le front ; après tout, elle était son ancêtre ! L'ahurissante absurdité de manquer d'être tué par son arrière-arrière-arrière-etc.-grand-père lui avait fait perdre la voix. Il aurait dû retenir la leçon, mais non.

Soudain furieux contre lui-même et contre cette petite garce de Malva Christie, il ramassa un caillou sur le bord du chemin et le lança dans le torrent. Il heurta une pierre, rebondit deux fois, puis fut englouti par le courant.

Ses visites aux McCallum devaient cesser, sur-le-champ. C'était l'évidence même. Il trouverait un autre moyen de les aider, mais il devait les voir une dernière fois pour leur exposer la situation. Amy comprendrait, mais comment expliquer à Aidan ce qu'était une réputation et pourquoi les ragots étaient un péché mortel? Comment lui annoncer qu'il ne pourrait plus venir pêcher avec lui ou lui montrer comment tailler des objets en bois?

Jurant entre ses dents, il gravit la dernière pente raide et déboucha dans la cour envahie de mauvaises herbes. Avant même qu'il n'ait eu le temps de toquer, la porte s'ouvrit grand. Amy dévala les marches et se jeta dans ses bras, en larmes.

– Roger Mac! Dieu soit loué, vous êtes là! J'ai prié et prié pour que quelqu'un vienne, convaincue que personne n'arriverait à temps! Dieu merci! Dieu merci!

– Que se passe-t-il? Le petit Orrie est malade?

Il lui prit les bras et s'écarta. Elle secoua la tête avec tant de vigueur qu'elle en perdit son bonnet.

– Non, c'est Aidan.

* * *

Aidan McCallum était recroquevillé sur la table de mon infirmerie, blanc comme un linge, émettant des gémissements haletants. Mon premier espoir, une indigestion de pommes vertes et de groseilles, s'évanouit dès que je l'examinai avec plus d'attention. J'étais pratiquement sûre de mon second diagnostic, mais l'appendicite partage des symptômes avec bon nombre d'autres maux. Cependant, les cas classiques présentaient une caractéristique reconnaissable.

– Vous pouvez le maintenir allongé un instant? demandai-je à sa mère.

Elle se tenait à ses côtés, les yeux remplis de larmes. Roger fut plus rapide et appuya doucement sur les genoux et les épaules de l'enfant, l'allongeant sur le dos.

Je plaçai le pouce dans son nombril, l'auriculaire sur l'os de sa hanche droite et appuyai fermement sur son abdomen avec le majeur, me demandant l'espace d'un instant si McBurney avait déjà découvert et baptisé sa méthode diagnostique. La douleur dans ce point sensible était un symptôme spécifique d'appendicite aiguë. Je relâchai la pression, et Aidan poussa un hurlement, se cambra puis se replia comme un cran d'arrêt.

C'était donc bien ça. Je savais que, tôt ou tard, je devrais affronter ce cas de figure. Avec un mélange de consternation et d'excitation, je me rendis compte que le moment était venu d'utiliser mon éther. Je n'avais pas le choix : si l'appendice n'était pas extrait, il se romprait.

Roger soutenait la pauvre Mme McCallum d'une main sous le bras. Elle serrait contre elle son bébé enveloppé dans un linge. Il fallait qu'elle reste, Aidan aurait besoin d'elle.

– Roger, demandez à Lizzie qu'elle vienne s'occuper du bébé. Puis, courez chez les Christie. J'ai besoin de l'assistance de Malva.

Une expression extraordinaire que je ne parvins pas à interpréter traversa son visage. Elle ne dura qu'un instant, et je n'avais pas le temps de m'en inquiéter. Il sortit sans dire un mot, et je me tournai vers Mme McCallum, lui demandant tout ce que j'avais besoin de savoir avant d'ouvrir le ventre de son fils.

* * *

Quand Roger toqua à la porte, ce fut Allan qui lui ouvrit, une version plus sombre et plus fine du visage de hibou de son père. Quand le visiteur lui demanda où était Malva, il mit un temps pour réagir.

– Malva ? Elle est partie cueillir des joncs dans le torrent. Que lui voulez-vous ?

– Mme Fraser a besoin de son aide pour… quelque chose.

Il y eut un mouvement à l'intérieur, la porte d'une chambre qui s'ouvrait. Tom Christie apparut, un livre à la main, tenant une page entre deux doigts. Il salua Roger d'un signe de tête.

– Vous dites que Mme Fraser réclame Malva ? Pour quoi faire ?

Il fronçait les sourcils. Le père et le fils ressemblaient à une paire de chats-huants observant une souris, se demandant si elle ferait un bon repas.

– Le petit Aidan McCallum est gravement malade. L'aide de Malva lui serait bien utile. Ne vous dérangez pas, je vais aller la chercher moi-même.

Christie ouvrit la bouche, mais Roger avait déjà tourné les talons, pressant le pas avant qu'ils n'aient pu l'arrêter.

Il la trouva rapidement, même si chaque instant passé à la chercher lui parut une éternité. Combien de temps avant qu'un appendice enflammé n'éclate? Elle se tenait dans le torrent, ses jupes relevées et un panier attaché à la cordelette de son tablier flottant à ses côtés. Assourdie par le bruit de l'eau, elle ne l'entendit pas approcher. Quand il cria son nom, elle sursauta et brandit son couteau, le tenant fermement par le manche.

En le reconnaissant, son air paniqué s'évanouit, mais elle resta sur ses gardes, ne desserrant pas sa prise sur le couteau. Toutefois, quand il lui expliqua le but de sa visite, une lueur d'intérêt anima son regard.

– L'éther? Elle va le découper?

– Oui, venez. J'ai déjà prévenu votre père, vous n'avez pas besoin de repasser par chez vous.

Son expression se métamorphosa.

– Vous lui avez dit?

Elle plissa le front, se mordant la lèvre, et déclara, haussant la voix pour se faire entendre par-dessus le courant :

– Je ne peux pas.

Il prit l'air le plus encourageant possible et lui tendit la main.

– Mais si, vous pouvez. Venez, je vais vous aider à rassembler vos affaires.

– Non. Mon père... il ne voudra jamais.

Elle jeta un coup d'œil en direction de sa cabane. Il regarda à son tour, mais tout allait bien. Ni Allan ni Tom ne l'avaient suivi, pour l'instant.

Il ôta ses chaussures et entra dans l'eau glacée, les cailloux glissants roulant sous ses pieds. Malva écarquilla les yeux et ouvrit la bouche toute grande quand elle le vit saisir son panier, le détacher de la cordelette et le lancer sur la berge. Puis il lui prit son couteau, le glissa sous sa ceinture, attrapa la jeune fille par la taille et pataugea jusqu'à la terre ferme, en dépit de ses protestations et de ses battements de jambes.

— Vous venez avec moi, dit-il en la déposant. Vous préférez marcher ou je dois vous porter ?

Elle parut plus intriguée qu'horrifiée par sa proposition, puis s'écarta d'un pas.

— Je ne peux pas, je vous l'assure ! Il… il me battra s'il découvre que j'ai touché à l'éther !

Il réfléchit un instant. Elle disait peut-être vrai. D'un autre côté, la vie d'Aidan était en jeu.

— Il n'en saura rien. Et s'il l'apprend par hasard, je veillerai à ce qu'il ne vous fasse aucun mal. Venez, bon sang ! Il n'y a pas de temps à perdre !

La mine butée, elle plissa sa bouche rose. Jetant ses scrupules aux orties, il se pencha vers elle, serra les poings et la fixa dans le blanc des yeux.

— Vous viendrez, sinon je dis à votre père et à votre frère que je vous ai vue avec Bobby Higgins. Vous pouvez raconter tout ce que vous voulez sur moi, je m'en fiche. Si vous croyez que votre père va vous battre pour avoir aidé Mme Fraser, comment réagira-t-il en apprenant que vous vous bécotez, vous et Bobby ?

Il ignorait si le terme « bécoter » existait déjà, mais elle le comprit d'emblée. À en juger par la lueur dangereuse dans ses yeux gris, si elle avait été de taille, elle lui aurait flanqué son poing dans la figure.

Toutefois, après un instant d'hésitation, elle s'essuya les jambes sur ses jupons et enfila ses sandales. Le voyant se baisser pour prendre son panier, elle dit sèchement :

— Laissez ça. Et rendez-moi mon couteau.

Sans doute juste pour conserver une emprise sur elle – car elle ne lui faisait pas peur – jusqu'à son arrivée à l'infirmerie, il toucha la lame sous sa ceinture et répondit :

– Après. Quand ce sera fini.

Elle ne se donna pas la peine de discuter. Elle prit le sentier en direction de la Grande Maison, marchant devant lui d'un pas pressé, les semelles de ses sandales claquant contre ses talons nus.

* * *

Je gardai mes doigts dans l'aisselle d'Aidan, prenant son pouls. Sa peau était brûlante, il devait frôler les quarante de fièvre. Son rythme cardiaque était régulier, quoique rapide… ralentissant à mesure qu'il sombrait dans l'inconscience. J'entendais Malva compter elle aussi dans un souffle, tant de gouttes d'éther, tant de secondes avant les suivantes… Du coup, je ne savais plus où j'en étais, mais cela n'avait pas d'importance, les battements de mon propre cœur se calquant sur ceux de l'enfant.

Il respirait normalement. La petite poitrine se soulevait et s'affaissait sous ma paume. Je sentais ses muscles se relâcher, ses côtes s'écartant à chaque inspiration, faisant ressortir son ventre gonflé et dur. J'eus une soudaine vision de ma main traversant la paroi de son abdomen et touchant l'appendice enflé ; je le voyais clairement dans ma tête, palpitant avec malveillance dans l'obscurité de son monde clos. Le moment était venu.

Mme McCallum poussa un petit cri en me voyant saisir le scalpel, puis un autre plus fort quand je pressai la lame sur la peau pâle rendue brillante par l'alcool avec lequel je l'avais badigeonnée. On aurait dit le ventre d'un poisson sous un couteau à éviscérer.

La peau s'ouvrit facilement ; le sang monta en surface comme par magie, semblant venir de nulle part. Comme la graisse était quasiment absente, les muscles apparurent tout de suite, rouge sombre, résistants au toucher. Je sentais vaguement la présence d'autres personnes sans la pièce, mais tous mes sens étaient concentrés sur le petit corps devant moi. Quelqu'un se tenait à mes côtés… Brianna?

– Passez-moi un écarteur… oui, ce truc-là.

En effet, c'était Brianna. Des doigts effilés trempés de désinfectant déposèrent dans ma main gauche l'instrument en forme de griffe. J'aurais eu grand besoin d'une bonne assistante de bloc opératoire, mais, à défaut, elle ferait l'affaire.

– Tiens-le comme ça, voilà.

Je glissai la pointe de ma lame entre les fibres musculaires qui s'écartèrent aisément, pinçai l'épaisse membrane luisante du péritoine, la soulevai et l'incisai.

Ses viscères étaient très chauds, dégorgeant de liquides. J'appuyai doucement sur l'intestin, sentant des grumeaux de matière molle sous sa paroi, l'affleurement d'un os contre mes articulations… il était si menu, ma marge de manœuvre était très limitée. Je fermai les yeux, me guidant au toucher. Le cæcum aurait dû se trouver sous mes doigts; je sentis la courbe du gros intestin, inerte mais vivant, tel un serpent endormi. Derrière? Plus bas? Je palpai avec précaution, rouvris les yeux et examinai l'incision. La plaie ne saignait pas beaucoup, mais était quand même inondée. Devais-je prendre le temps de cautériser les petits vaisseaux? Je jetai un coup d'œil vers Malva. Concentrée, ses lèvres remuaient en silence tandis qu'elle comptait. Elle gardait une main sur le cou de l'enfant, écoutant son pouls.

– Cautère… un petit.

Je marquai une brève pause, pensant à l'inflammabilité de l'éther. J'avais éteint l'âtre et déplacé le brasero de l'autre côté du couloir, dans le bureau de Jamie. Brianna était rapide, l'instrument atterrit dans ma paume en quelques secondes. Une minuscule volute de fumée s'éleva du ventre de l'enfant et un grésillement de chair grillée s'insinua dans l'odeur épaisse du sang. En rendant le fer à Brianna, j'aperçus Mme McCallum qui fixait son fils, les yeux exorbités.

J'épongeai le sang avec une compresse ouatée et scrutai de nouveau le ventre. Mes doigts pinçaient toujours ce que je pensais être... C'était bien ça.

– Je te tiens! m'exclamai-je à voix haute.

Très doucement, je glissai un doigt sous une anse du cæcum et le soulevai hors de la plaie. L'appendice enflammé saillait comme un gros ver furieux, violacé d'indignation.

– Ligature.

Je distinguais avec netteté la membrane sous l'appendice et les vaisseaux qui l'alimentaient. Je devais d'abord sectionner ces derniers, puis ligaturer l'appendice avant de le couper. L'opération était rendue plus délicate en raison de la petite taille de l'organe, mais ce n'était pas bien sorcier...

Il régnait un tel silence dans la pièce que je pouvais entendre les charbons du brasero siffler et craquer dans la pièce d'à côté. La sueur me coulait derrière les oreilles et entre les seins, et je me surpris en train de mordre ma lèvre inférieure.

– Pince.

Je tirai fermement sur le fil de suture, puis, à l'aide de la pince, enfonçai le moignon de l'appendice sectionné à l'intérieur du cæcum, et replaçai ce dernier à l'intérieur de l'abdomen. Je poussai alors un grand soupir.

– Combien de temps, Malva?

– Un peu plus de dix minutes, madame. Il va bien.

Elle arracha son regard du masque à éther juste le temps de m'adresser un sourire, puis leva le goutte-à-goutte, reprenant son comptage silencieux.

Le reste alla vite. Je badigeonnai la plaie suturée avec une épaisse couche de miel, enveloppai son ventre d'un bandage serré, le recouvrit d'une couverture chaude, puis me redressai.

– Vous pouvez lui enlever le masque, Malva.

Comme elle ne répondit pas, je levai les yeux vers elle. Elle avait soulevé le masque et le tenait des deux mains devant elle, tel un bouclier. Elle n'observait plus Aidan, mais son père qui se tenait sur le seuil, le dos raide.

* * *

Le regard de Tom Christie alla de l'enfant nu sur ma table à sa fille. Elle recula d'un pas, serrant toujours le masque devant elle. Il tourna vers moi ses yeux gris pénétrants.

– Que se passe-t-il ici ? Que faites-vous à cet enfant ?

J'étais encore habitée par l'intensité de l'opération et pas d'humeur à supporter ses âneries.

– Je lui sauve la vie. Vous désirez quelque chose ?

Il pinça ses lèvres minces mais, avant qu'il n'ait eu le temps de répondre, son fils Allan fit irruption dans la pièce, écarta ceux qui se trouvaient sur son passage et saisit sa sœur par le poignet.

– Rentre à la maison, petite sotte. Tu n'as rien à faire ici.

– Lâchez-la, dit Roger.

Il posa une main sur l'épaule d'Allan pour qu'il lâche prise. Ce dernier pivota sur ses talons et lui envoya un coup de poing dans le ventre. Roger émit un son creux mais ne flancha pas, lui décochant un uppercut en pleine mâchoire. Allan partit à la renverse, percutant la table où se trouvaient mes instruments. Les lames et les écarteurs se répandirent sur le sol dans un fracas de métal. Le flacon d'alcool contenant mes ligatures en catgut s'écrasa sur le plancher en projetant des débris de verre et des éclaboussures. Un bruit sourd derrière moi me fit me retourner. Les vapeurs d'éther et l'émotion avaient eu raison d'Amy McCallum qui venait de tourner de l'œil.

Je n'avais pas le temps de m'en occuper. Allan revint à la charge avec un crochet du droit ; Roger l'esquiva et le cueillit en plein élan avec un plaquage aux hanches. Les deux hommes chancelèrent en arrière, heurtèrent le rebord de la fenêtre et tombèrent de l'autre côté, leurs corps enchevêtrés.

Tom Christie se précipita vers eux. Saisissant sa chance, Malva courut vers la porte. J'entendis ses pas dans le couloir, puis la porte de la cuisine se referma en claquant.

Brianna me regarda, interdite.

– Mais qu'est-ce qu'il leur prend ?

766

– Ne me le demande pas. Je n'en ai aucune idée.

C'était vrai, malgré mon fort pressentiment que la participation de Malva à l'opération y était pour quelque chose. Après que je lui avais soigné la main, Tom Christie et moi avions conclu une sorte de trêve, mais cela ne signifiait pas qu'il avait changé d'opinion sur l'impiété de l'éther.

Brianna se redressa d'un coup, figée. Au dehors, une série de grognements, de halètements et d'insultes incohérentes indiquait que la bagarre continuait, mais la voix d'Allan nous était parvenue distinctement au-dessus du vacarme, traitant Roger d'adultère.

Brianna baissa les yeux vers Amy McCallum toujours étendue par terre, et je lâchai moi-même un mot très inconvenant. J'avais déjà entendu quelques remarques obliques sur les visites de Roger aux McCallum, et Jamie avait été plusieurs fois à deux doigts de lui en parler. Cependant, je l'en avais dissuadé, lui disant que je préférais en discuter avec tact avec Brianna. Malheureusement, je n'en avais pas eu le temps.

Après un dernier regard noir à la veuve inconsciente, Brianna sortit de la pièce, visiblement dans l'intention d'aller se jeter dans la mêlée. Je me pris la tête entre les mains et dus gémir, car Tom Christie me demanda brusquement :

– Vous êtes souffrante, madame?

– Non, répondis-je faiblement. Écoutez, Tom, je suis en toute bonne foi désolée si j'ai causé du tort en demandant l'aide de Malva. Je ne voulais pas la persuader de commettre un acte que vous désapprouvez mais elle a un vrai don pour soigner les gens.

Il me dévisagea avec froideur, puis regarda le corps inerte d'Aidan.

– Cet enfant est-il mort?

– Non, non, juste endor…

Je n'achevai pas ma phrase, Aidan ayant choisi ce moment des plus inopportuns pour cesser de respirer.

Avec un cri incohérent, je poussai Tom Christie hors de mon chemin et me précipitai sur l'enfant, collant mes lèvres sur les siennes et pressant fortement mon hypothénar au centre de sa poitrine.

Quand je me relevai, l'éther dans ses poumons m'enveloppa le visage, me faisant tourner la tête. Je m'agrippai au bord de la table de ma main libre et répétai l'opération. Pas question que je m'évanouisse !

Ma vue se troubla et la pièce se mit tournoyer autour de moi. Je me battis désespérément pour rester lucide, soufflant dans les poumons de l'enfant, sentant son torse se soulever et s'affaisser.

Cela ne dura sans doute pas plus d'une minute, mais une très longue minute cauchemardesque, la chaleur du corps d'Aidan étant mon seul ancrage dans ce chaos tourbillonnant. Amy McCallum remua sur le sol à mes pieds, se redressa sur ses genoux en oscillant, puis se jeta sur moi avec un cri d'effroi, me tirant en arrière, tentant de me faire lâcher son fils. J'entendis la voix de Tom Christie, criant un ordre et essayant de la calmer. Il dut la traîner en arrière, car elle cessa d'un coup de me tirer sur les jambes.

Je soufflai une fois de plus dans les poumons d'Aidan, et, cette fois, le sentis sursauter. Il toussa, s'étrangla, toussa encore, puis se mit simultanément à respirer et à pleurer. Je m'écartai, prise de vertige, me tenant à la table pour ne pas tomber.

J'aperçus deux silhouettes devant moi, noires, déformées, avec des bouches grandes ouvertes et remplies de crocs. Je clignai des yeux, chancelante, puis inspirai à pleins poumons. Quand ma vue revint, je distinguai Tom Christie retenant Amy McCallum par la taille.

– C'est bon, dis-je hors d'haleine. Il va bien. Elle peut s'approcher.

Elle se jeta sur Aidan avec un sanglot, le prenant dans ses bras. Tom Christie et moi nous dévisageâmes par-dessus les débris dans la pièce. Au-dehors, le silence était revenu.

– Venez-vous de ramener cet enfant d'entre les morts ?

Son ton était presque badin, contrastant avec son air sévère.

– Je suppose que oui.

– Ah.

L'infirmerie empestait l'alcool au point de me brûler les muqueuses du nez. Mes yeux larmoyaient. Je les essuyai avec mon tablier. Il hocha la tête comme s'il se parlait à lui-même, puis se dirigea vers la porte.

Je devais m'occuper d'Aidan et de sa mère, mais je ne pouvais pas le laisser partir sans régler, dans la mesure du possible, le problème de Malva. Je le rattrapai par la manche.

– Monsieur Christie… au sujet de Malva, c'est ma faute. C'est moi qui ai envoyé Roger la chercher. Vous n'allez pas…

J'hésitai, mais ne trouvai aucun moyen de le formuler avec diplomatie.

– Vous n'allez pas la punir, n'est-ce pas ?

Une ombre traversa son visage, puis il fit non de la tête, un mouvement à peine perceptible. Avec un léger salut, il dégagea son bras et déclara à voix basse :

– Votre serviteur, madame Fraser.

Après un dernier regard vers Aidan qui réclamait à manger, il sortit.

* * *

Avec un mouchoir mouillé, Brianna tamponna la lèvre fendue de Roger, qui était enflée et saignait encore.

– C'est ma faute, répéta-t-il pour la troisième fois. J'aurais dû inventer un prétexte plus malin.

– Ferme-la. Si tu continues de parler, ça n'arrêtera pas de saigner.

C'étaient les premières paroles qu'elle lui adressait depuis la bagarre. Il marmonna une excuse, puis lui prit le mouchoir et le pressa contre sa lèvre. Incapable de rester en place, il se leva et s'approcha de la porte ouverte de leur cabane, regardant au-dehors.

Elle vint se placer derrière lui.

– Il ne traîne plus dans les parages, hein? Allan? S'il est encore là, ne bouge pas. J'irai lui parler.

– Non, il est parti. C'est Tom.

Il indiqua d'un signe de tête la Grande Maison à l'autre bout de la clairière. En effet, Tom Christie se tenait sur le perron, apparemment perdu dans ses pensées. Puis il secoua la tête, tel un chien qui s'ébroue, et prit la direction de sa propre cabane d'un pas décidé.

Roger lança le mouchoir sur la table.

– Je vais aller lui parler.

Elle lui agrippa le bras.

– Pas question! Tu ne t'en mêles plus!

Il lui tapota la main d'une manière qu'il croyait, à tort, rassurante.

– Je ne veux pas lui casser la figure, juste lui parler.

– Non, tu ne feras qu'aggraver la situation. Laisse-les tranquilles.

Il sentait l'agacement monter en lui.

– Comment ça, «je ne ferais qu'aggraver la situation»? Tu me prends pour qui?

Pour l'instant, elle ne tenait pas à répondre à cette question. Encore en proie à l'émotion de l'appendicectomie, de la bagarre et de l'insulte obsédante d'Allan, elle préféra se taire, se sachant incapable de faire preuve de tact. Elle s'efforça de baisser le ton.

– N'y va pas, répéta-t-elle. Tout le monde est énervé. Attends au moins qu'ils se calment. Mieux encore, attends que papa revienne, il peut…

– Oui, je sais, il peut tout faire mieux que moi. Mais c'est moi qui ai promis à Malva qu'il ne lui arriverait rien. J'y vais.

Il tira sur sa manche si brusquement qu'elle entendit la couture craquer. Elle le lâcha et lui donna une tape sur le bras.

– Très bien! Vas-y! Va donc t'occuper de tout le monde, hormis ta famille! Pars! Fous le camp!

Il s'arrêta net, partagé entre la surprise et la colère.

– Quoi?

– Tu m'as entendue! Va-t'en!

Elle tapa du pied, et le flacon de *dauco,* posé trop près du bord de l'étagère, tomba en se fracassant, les petites graines noires s'éparpillant sur le sol.

– Tu es content! Regarde ce que tu as fait!

– Mais… qu'est-ce que j'ai fait?

– Peu importe! Va-t'en!

Elle s'efforçait de ne pas éclater en larmes. Ses joues étaient en feu, et ses yeux injectés de sang, si brûlants qu'elle aurait pu le griller sur place. Ce n'était pas l'envie qui lui manquait.

Il hésitait, essayant de décider s'il devait rester pour calmer son épouse furibonde ou s'élancer dans une quête chevaleresque pour protéger Malva Christie. En le voyant faire un pas vers la porte, elle se précipita sur le balai en poussant des cris aigus de rage et tenta de le frapper à la tête.

Il esquiva, mais elle l'atteignit au deuxième tour, le cueillant au milieu des côtes avec un grand «crac!». Il chancela de surprise, mais se reprit assez vite pour attraper le balai à son troisième passage. Il le lui arracha des mains et brisa le manche sur son genou d'un coup sec. Il lança les deux morceaux à ses pieds et la foudroya du regard, furieux mais maître de lui.

– On peut savoir ce qui te prend?

– Exactement ce que j'ai dit. Tu passes tellement de temps avec Amy McCallum que tout le monde raconte que vous êtes amants.

– Quoi?

Il prit un air outragé, mais son regard fuyant le trahit.

– Ah, donc, tu les as entendus, toi aussi!

Elle ne se sentait pas triomphante de l'avoir coincé, elle avait trop le ventre noué par une colère maladive.

– Ne me dis pas que tu crois ces ragots, Brianna.

Son ton hésitait entre la réfutation et l'imploration.

– Je sais très bien que c'est faux. La question n'est pas là !

– La question ? répéta-t-il.

Elle prit une grande inspiration.

– La question, c'est que tu es tout le temps parti. Si ce n'est pas Malva Christie, c'est Amy McCallum, Marsali, Lizzie… Tu vas même aider Ute McGillivray, bon Dieu !

– Qui d'autre le fera ? Ton père et ton cousin le pourraient, c'est vrai…, mais ils sont partis chez les Indiens. Je suis là, moi. Et ce n'est pas vrai que je suis toujours parti. Je rentre bien tous les soirs, non ?

Elle ferma les yeux et serra les poings, sentant ses ongles s'enfoncer dans ses paumes.

– Tu aides toutes les femmes sauf moi. Tu peux m'expliquer pourquoi ?

Il la dévisagea longuement, avec froideur. L'espace d'un instant, elle se demanda s'il existait une pierre s'appelant « émeraude noire ».

– Peut-être parce que je n'ai pas l'impression que tu as besoin de moi.

Là-dessus, il tourna les talons et partit.

51

La vocation

La surface de l'eau était lisse comme de l'argent liquide, le seul mouvement étant le reflet des nuages qui défilaient au-dessus. Toutefois, les larves n'allaient pas tarder à remonter, cela se sentait. À moins que ce ne soit la tension de son beau-père, accroupi sur la berge tel un guépard, sa canne et sa mouche prêtes à entrer en action au moindre frémissement.

– On dirait le bassin de Bethesda, observa Roger, amusé.

– Ah oui ?

Jamie ne quittait pas l'eau des yeux.

– Celui où un ange se baigne de temps en temps, agitant l'eau, si bien que chacun guettait le moindre remous pour plonger à son tour.

Jamie sourit, mais ne bougea toujours pas. La pêche était une affaire sérieuse.

C'était aussi bien. Il préférait que Jamie ne le regarde pas ; mais il devait se dépêcher s'il voulait lui parler. Son beau-père laissait déjà filer la ligne.

– Je crois…

Il s'interrompit, rectifiant :

– Non, je ne crois pas, je sais. Je veux…

Le souffle lui manqua, ce qui acheva de l'agacer. Il ne devait surtout pas paraître peu sûr de lui. Il prit son élan, et les mots fusèrent hors de sa bouche, tel un coup de feu.

– Je veux être pasteur.

Voilà, c'était dit. Il leva les yeux malgré lui, mais le ciel ne lui était pas tombé sur la tête. Au contraire, il était parcouru de filaments de cirrus derrière lesquels apparaissaient un bleu apaisant et l'ombre d'une lune flottant juste au-dessus de la montagne.

Jamie se tourna alors, songeur. Il ne semblait ni choqué ni surpris.

– Un pasteur. Tu veux dire, un prédicateur?

– Euh... oui, ça aussi.

Il le faudrait bien, même si l'idée à elle seule le terrifiait.

– Ça aussi? répéta Jamie.

– Oui, je veux dire... un pasteur prêche, c'est sûr. Mais ce n'est pas le principal. Ce n'est pas pour ça que je veux... que je dois le faire.

Il s'emmêlait les pinceaux, tentant en vain d'expliquer ce qu'il ne pouvait s'expliquer à lui-même.

– Vous vous souvenez des funérailles de la vieille Mme Wilson? reprit-il. Et des McCallum?

Jamie acquiesça, et Roger crut lire une lueur de compréhension dans son regard.

– J'ai fait... quelques interventions, ici et là, quand on me l'a demandé et...

Il agita une main, ne sachant pas par où commencer pour lui décrire des moments forts comme sa rencontre avec Hermon Husband sur les rives de l'Alamance, ou ses conversations nocturnes avec le spectre de son père.

Il saisit un caillou avec l'intention de le lancer dans le bassin, puis s'arrêta juste à temps en voyant la main de Jamie se resserrer sur le manche de sa canne. Il toussota et referma sa paume sur la pierre.

– Je pense pouvoir prêcher sans trop de mal. Mais ce sont les autres aspects... Je sais que je dois vous paraître fou, et je le suis peut-être, mais ce sont les enterrements, les baptêmes et le... le seul fait de pouvoir aider, même si c'est juste en écoutant et en priant.

– Tu veux prendre soin des gens, résuma Jamie.

Roger ferma les yeux, aveuglé par le reflet du soleil sur l'eau.

– Ce n'est pas que je veuille. À dire vrai, c'était la dernière chose dont j'avais envie après avoir grandi dans la maison d'un pasteur. Je sais ce que c'est. Mais quelqu'un doit bien le faire, et je crois que ce quelqu'un, c'est moi.

Ils demeurèrent silencieux un moment. Roger rouvrit les yeux et contempla les algues qui dansaient dans le courant, tels des cheveux de sirène. Jamie tira sur sa ligne et demanda :

– Les presbytériens croient aux sacrements ?

– Oui, répondit Roger surpris. Bien sûr que nous y croyons. Vous n'avez jamais…

Il n'acheva pas sa question, comprenant que son beau-père n'avait sans doute jamais discuté de ce genre de choses avec un non-catholique.

– Oui, répéta-t-il.

– Je voulais dire, vous connaissez le sacrement de l'ordre ? Tu n'as pas besoin d'être ordonné ?

– Ah, pardon. Si. Il y a une académie presbytérienne dans le comté de Mecklenburg. J'irai leur en parler. Ce ne devrait pas être trop long. Je connais déjà le latin et le grec et, si ça peut servir, j'ai un diplôme d'Oxford. Croyez-le ou pas, j'étais considéré autrefois comme un homme cultivé.

Jamie sourit. Il balança son bras en arrière et rabattit son poignet d'un coup sec. La ligne vola en une courbe paresseuse, et la mouche se posa au milieu du bassin. L'eau commençait à ondoyer et à frémir, les larves d'éphémères et de libellules à peine écloses montant à la surface.

– Tu en as parlé à ta femme ?

– Non.

– Pourquoi pas ?

Ce n'était pas une accusation, mais de la simple curiosité. Pourquoi, après tout, avoir choisi d'en parler à son beau-père plutôt qu'à sa femme ?

Il pensa : « Parce que vous savez ce qu'est être un homme et pas elle. » Mais il opta pour une autre version de la vérité.

– Je ne voudrais pas qu'elle me prenne pour un lâche.

Jamie émit un léger « hmph », mais ne répondit pas tout de suite, trop occupé à ramener sa ligne. Il décrocha la mouche, puis médita un instant en contemplant la collection sur son chapeau. Il en choisit une autre d'un vert tendre avec une petite plume noire recourbée.

– Pourquoi le penserait-elle ?

Sans attendre la réponse, il se leva et lança sa mouche, qui se déposa sur l'eau comme une feuille morte.

Roger contempla sa danse saccadée, tout en réfléchissant. Le révérend avait aimé la pêche. Il vit soudain le Ness avec ses vaguelettes argentées se brisant sur les rochers bruns, son père se tenant dans ses vieilles cuissardes, ramenant sa ligne. La nostalgie le prit à la gorge. La nostalgie de l'Écosse. De son père. D'un jour de paix, un seul.

Les montagnes et les forêts se dressaient mystérieuses et sauvages autour d'eux, le ciel voilé s'étirant, telle une aile d'ange, silencieux et ensoleillé. Mais pas paisible. Ici, rien n'était jamais paisible.

– Vous nous croyez, Claire, Brianna et moi, quand on vous dit que la guerre approche ?

Jamie se mit à rire.

– J'ai des yeux. Pas besoin d'être prophète ni sorcière pour la voir se profiler au bout du chemin.

– C'est une drôle de manière de présenter les choses, répliqua Roger étonné.

– Pourquoi ? Ce n'est pas ce que nous dit la Bible ? « Quand tu verras l'abomination de la désolation se dresser là où elle n'a pas lieu d'être, laisse les gens de Judée se réfugier dans les montagnes. »

Comprenne qui sait lire. Sa mémoire lui fournit la partie manquante du verset. Roger se rendit compte alors que Jamie voyait vraiment la guerre se dresser et la reconnaissait. Ce n'était pas de la simple rhétorique, il ne faisait que décrire ce qu'il voyait... parce qu'il l'avait déjà vue.

Des cris d'enfants en train de jouer retentirent au loin, et Jamie tendit l'oreille. Un doux sourire effleura ses lèvres, puis il se concentra de nouveau sur la surface du bassin, redevenu immobile.

Roger eut envie de lui demander s'il avait peur, mais garda le silence. Il connaissait déjà la réponse.

«Cela ne change rien.» Il entendit la même réponse à la même question s'adressant à lui. Elle semblait venir de nulle part, résonnant à l'intérieur de lui-même, comme s'il était né avec, l'avait toujours sue.

«Cela ne change rien, tu le feras quand même.»

Jamie lança encore deux fois sa ligne, puis la ramena en parlant dans sa barbe et changea d'hameçon. Des garçonnets passèrent en courant sur l'autre rive, nus comme des vers, puis disparurent entre les buissons.

«C'est étrange», pensa Roger. Il se sentait bien. Il n'avait toujours pas la moindre idée de ce qu'il ferait en voyant le nuage noir fondre sur eux et ignorait ce qui les attendait. Mais il se sentait bien.

Jamie venait de ferrer un poisson. Il le ramena vite et, le projetant sur la berge frétillant et étincelant, le tua d'un coup sec contre un rocher avant de le jeter dans son panier.

– Tu comptes devenir quaker?

– Non, pourquoi cette question?

Jamie haussa les épaules, geste qu'il esquissait quand il était gêné. Il ne répondit pas avant d'avoir installé une autre mouche.

– Tu as dit que tu ne voulais pas que Brianna te prenne pour un lâche. J'ai déjà combattu aux côtés d'un prêtre. Certes, *Monsignore* n'était pas très doué avec une épée et aurait raté une vache à cinq mètres avec un pistolet. Mais il avait du cran.

Roger se gratta la mâchoire.

– Ah. Oui, je vois ce que vous voulez dire. Non, je ne m'imagine pas me battant dans une armée. Mais je pourrais prendre les armes pour défendre... ceux qui en ont besoin. Cela n'entraverait pas ma conscience.

– Dans ce cas, tout va bien.

Jamie ramena sa ligne, égoutta la mouche et raccrocha l'hameçon sur son chapeau. Puis il sortit une bouteille en grès de son panier et se rassit avec un soupir d'aise. Il arracha le bouchon avec ses dents, le cracha dans sa main et tendit la bouteille à Roger.

– Claire me dit parfois : «Pour expliquer à l'homme les voies du Seigneur, le malt est plus utile que Milton.»

Roger le dévisagea, déconcerté.

– Vous avez déjà lu Milton?

– Un peu. Quoi qu'il en soit, elle a raison.

– Vous connaissez la suite du poème?

Roger porta la bouteille à ses lèvres, puis récita :

– «De la bière, mon ami, c'est de la bière que boivent les hommes qui peinent à penser.»

Jamie éclata de rire.

– Alors ce qu'on boit doit être du whisky. Même si ça a un goût de bière.

Elle était fraîche, puissante et d'une amertume plaisante. Parlant peu, ils se passèrent la bouteille jusqu'à ce qu'elle soit vide, et Jamie la reboucha puis la rangea dans le panier.

Il se leva et passa la bandoulière sur son épaule.

– Ta femme... commença-t-il.

Roger ramassa le vieux chapeau couvert de mouches et le lui tendit.

– Oui?

– Elle a des yeux aussi.

52

Les lumières dans les arbres

Les lucioles illuminaient l'herbe et les arbres, flottant dans l'air lourd dans une profusion d'étincelles vert pâle. L'une d'elles se posa sur le genou de Brianna. Elle l'observa en train de clignoter tout en écoutant son mari lui expliquer son désir d'être pasteur.

Ils étaient assis sur la véranda de leur cabane, admirant le crépuscule. De l'autre côté de la clairière, des cris d'enfants résonnaient dans les buissons, perçants et joyeux.

– Tu… euh… pourrais dire quelque chose, suggéra Roger.

Il la regardait plein d'attentes, un peu anxieux.

– Donne-moi une minute. C'est un peu… inattendu, tu sais ?

C'était vrai, mais pas tout à fait. Certes, elle n'y avait jamais pensé de façon consciente, pourtant, à présent qu'il lui avait déclaré ses intentions… (il ne lui demandait pas sa permission)…, elle n'était pas si surprise. D'une certaine manière, elle avait toujours su, et c'était presque un soulagement de l'entendre formuler clairement.

Après plusieurs secondes de réflexion, elle répondit enfin :

– Je crois que c'est une bonne chose.

– Vraiment ?

– Oui. Je préfère savoir que tu aides ces femmes parce que Dieu te le demande, que parce que tu préfères être avec elles plutôt qu'avec moi.

— Brianna ! Comment peux-tu penser une chose pareille !
Tu ne le penses pas vraiment, n'est-ce pas ?

Il se pencha plus près, scrutant son visage.

— Parfois, seulement. Dans mes pires moments. Pas la
plupart du temps.

Il paraissait si inquiet qu'elle posa sa main sur la courbe de
sa joue. Les poils drus de sa barbe n'étaient pas visibles dans
la pénombre, mais elle les sentait, chatouillant sa paume.

— Tu es sûr ?

— Je suis sûr.

— Tu as peur ?

— Oui.

— Je t'aiderai. Dis-moi comment, et je t'aiderai.

Son visage s'éclaircit, malgré son sourire tristounet.

— Je ne sais même pas moi-même comment m'y prendre.
C'est ça qui m'effraie.

— Mais tu le fais déjà, non ? As-tu besoin d'un enseignement
formel ? Ou suffit-il que tu t'autoproclames pasteur, comme
ces évangélistes à la télévision, et que tu fasses passer le panier
de la quête ?

Il sourit, mais répondit avec sérieux.

— Vous autres, foutus papistes, vous croyez toujours être
les seuls à pouvoir revendiquer les sacrements. Nous aussi. Je
pense aller à l'académie presbytérienne et demander comment
recevoir l'ordination. En revanche, pour ce qui est de la quête,
je doute de jamais faire fortune.

— Je m'y attendais un peu. Ne t'inquiète pas, je ne t'ai
pas épousé pour ton argent. S'il nous en faut plus, je me
débrouillerai.

— Comment ?

— Je n'en sais rien. Certainement pas en vendant mon
corps, en tout cas. Pas après ce qui est arrivé à Manfred.

— Ne plaisante pas avec ça.

Il posa une main sur son genou.

La voix fluette d'Aidan McCallum flotta dans l'air.

– Au fait, tes… euh… paroissiens. Ça ne les gênera pas que je sois catholique?

Tout d'un coup, elle se tourna vers lui, prise d'un nouveau doute.

– Tu ne vas pas me demander de me convertir, hein?

– Non, jamais de la vie! Quant à ce qu'ils pourraient en penser, ou en dire… s'ils ne peuvent pas l'accepter, qu'ils aillent rôtir en enfer!

Elle éclata de rire, et lui avec.

– Le chat du révérend est un chat irrévérencieux, le taquina-t-elle. Comment dirais-tu ça en gaélique?

– Je n'en ai pas la moindre idée, mais le chat du révérend est un chat soulagé. Je ne savais vraiment pas comment tu allais le prendre.

– Je ne suis pas sûre de savoir quoi en penser. Mais je vois bien que tu es heureux.

– Ça se voit?

Il sourit, les derniers feux du jour faisant chatoyer ses yeux vert sombre.

Elle avait la gorge nouée.

– Oui, ça se voit. Tu es comme… illuminé de l'intérieur. Dis, Roger, tu ne nous oublieras pas Jemmy et moi, n'est-ce pas? Je ne pense pas être de taille à rivaliser avec Dieu.

Il lui prit la main et la serra si fort qu'elle sentit sa bague s'enfoncer dans sa chair.

– Non, je ne vous abandonnerai jamais.

Ils restèrent assis sans parler, les lucioles voletant autour d'eux comme une pluie verte tombant au ralenti, leur chant nuptial silencieux illuminant les arbres sombres. Le visage de Roger disparaissait à mesure que la lumière baissait, mais elle distinguait toujours son expression déterminée.

– Je te jure, Brianna, quoi que le destin m'appelle à faire, et Dieu seul le connaît, ma première vocation, c'est d'être ton époux. Ton époux et le père de tes enfants. Ça, je le serai toujours. Quoi que je fasse, ce ne sera jamais au détriment de ma famille, je te le promets.

– Tout ce que je veux, c'est que tu m'aimes. Pas pour ce que je peux faire ni pour mon aspect physique ni parce que je t'aime…, mais parce que je suis, simplement.

– L'amour parfait, absolu? Certains te répondraient que seul Dieu peut aimer ainsi. Mais je peux essayer.

– J'ai foi en toi.

– J'espère que tu ne la perdras jamais.

Il porta sa main à ses lèvres et la baisa.

Comme pour mettre à l'épreuve la résolution qu'il venait d'énoncer, la voix de Jemmy s'éleva dans la brise du soir, urgente comme une sirène d'ambulance.

– Papaaa! Paaapaaa! PAAAPAAA…

Il poussa un profond soupir, se pencha et embrassa Brianna. Puis il se leva pour répondre à l'appel pressant.

Assise, l'oreille attentive, elle les entendait à l'autre bout de la clairière, une voix haut perchée, une autre grave, avec des exigences et des questions, des assurances et de l'excitation. Il n'y avait pas vraiment d'urgence, Jemmy voulait juste être hissé dans un arbre. Il y eut des rires, puis un bruissement de branchages… Roger avait grimpé lui aussi. Ils étaient tous perchés, hululant comme des chouettes.

– Qu'est-ce qui te fait rire, *a nighean*?

Son père venait de surgir de la nuit, sentant le cheval.

– Tout.

Elle se poussa pour lui faire un peu de place. C'était vrai. Tout lui paraissait soudain gai, la lueur des bougies derrière les fenêtres de la Grande Maison, les lucioles dans les herbes, la lueur sur le visage de Roger quand il lui avait expliqué son désir. Elle sentait encore le contact de ses lèvres sur les siennes; il pétillait dans son sang.

Jamie tendit la main et attrapa une luciole au vol, la tenant un instant dans le creux sombre de sa paume, la lueur filtrant entre ses doigts. Au loin, elle entendit la voix de sa mère. Elle chantait *Clementine*.

Les garçons et Roger hurlaient à présent à la lune, qui n'était pourtant qu'un croissant pâle au-dessus de la ligne d'horizon. Elle sentit vibrer le corps de son père qui riait en silence.

— Ça me rappelle Disneyland, dit-elle sans réfléchir.

— Où est-ce?

— C'est un parc d'attractions… pour les enfants.

S'il existait déjà des parcs d'attractions dans des villes comme Londres ou Paris, il s'agissait d'endroits pour adultes. À cette époque, personne ne songeait à divertir les enfants, qui avaient leurs propres jeux et se contentaient parfois d'un jouet.

Elle se laissa glisser sans effort dans ses souvenirs des beaux jours et des nuits chaudes de Californie.

— Maman et papa m'y emmenaient tous les étés. Les arbres étaient tous décorés de petites lumières… Ce sont les lucioles qui m'y ont fait penser.

Jamie ouvrit sa paume. La luciole clignota une ou deux fois, puis déploya ses ailes et s'éleva dans l'air.

— *Dwelt a miner, forty-niner, and his daughter, Clementine…*

— À quoi ça ressemblait? demanda-t-il intrigué.

— Oh… c'était magnifique.

Elle sourit, revoyant les guirlandes étincelantes de Main Street, les miroirs déformants, les beaux chevaux ornés de rubans du manège du roi Arthur.

— Il y avait des… attractions. Des bateaux qui te transportaient sur un fleuve dans une jungle, avec des crocodiles, des hippopotames, des chasseurs de têtes…

— Des chasseurs de têtes?

— Pas des vrais. Tout est faux, mais c'est… un monde à part. Une fois à l'intérieur, le monde réel disparaît; il ne peut plus rien t'arriver de mal. Ils appellent ça «le pays le plus heureux sur Terre» et, pour un temps du moins, tu y crois vraiment.

— *Light she was, and like a fairy, and her shoes were number nine, Herring boxes without topses, sandals were for Clementine.*

— Et tu entendais de la musique partout, tout le temps. Des orchestres, des fanfares, des trompettes et des tambours... ils défilaient dans la rue et jouaient dans des kiosques.

— Ah oui, il y a ça aussi dans nos parcs d'attractions. Enfin, dans celui où j'ai été.

Elle percevait le sourire dans sa voix.

— Et puis il y a les personnages de dessins animés – je t'ai déjà parlé des dessins animés, non ? Tu peux aller serrer la main de Mickey Mouse.

— De qui ?

— Mickey Mouse. C'est une grande souris, grandeur nature... enfin de la taille d'un homme. Elle porte des gants.

— Un rat géant ? Ils laissent les petits jouer avec ?

Il semblait atterré.

— Pas un rat, une souris, rectifia-t-elle. En fait, c'est un homme déguisé en souris.

— Ah oui ?

Il ne paraissait guère plus rassuré.

— Oui. Et il y avait un énorme manège avec des chevaux peints... et un train qui traversait les cavernes de l'arc-en-ciel, où les parois étaient incrustées de grosses pierres précieuses et où les cours d'eau étaient rouges et bleus... Oh ! Et il y avait les bars à jus d'orange !

Elle couina de plaisir au souvenir des boissons fraîches, amères et trop sucrées.

— C'était bien, alors ?

— *Thou art lost and gone forever, Dreadful sorry... Clementine.*

— Oui.

Elle se tut et posa la tête contre l'épaule de son père, glissant une main sous son bras large et solide.

— Tu sais quoi ? reprit-elle soudain. C'était bien, c'était même formidable mais, ce que j'aimais le plus à Disneyland, c'est que, quand on était là-bas, rien que tous les trois, tout semblait parfait. Maman ne s'inquiétait pas pour ses malades,

784

Papa ne préparait pas une conférence. Ils ne se faisaient pas la tête. Ils riaient, tout le monde riait, tout le temps...

Il ne répondit pas, se contentant d'appuyer à son tour la tête contre la sienne.

— Jemmy n'ira jamais à Disneyland mais, au moins, il aura ça : une famille qui rit et des millions de petites lumières dans les arbres.

Remerciements

Un IMMENSE MERCI à...

Mes deux merveilleux directeurs littéraires, Jackie Cantor et Bill Massey, pour leur perspicacité, leur soutien, leurs suggestions utiles («Mais que devient donc Marsali?»), leurs réactions enthousiastes («Beurk!») et pour m'avoir comparée (favorablement, je m'empresse de le souligner) à Charles Dickens.

Mes excellents et admirables agents littéraires, Russel Galen et Danny Baror, qui ont tant fait pour susciter l'intérêt pour mes livres, et grâce auxquels j'ai pu payer les frais universitaires de mes enfants.

Bill McCrea, conservateur du Musée d'histoire de la Caroline du Nord, et son équipe, pour les cartes, les données biographiques, les informations générales et un délicieux petit-déjeuner dans le musée. Mmm... ces petites galettes de maïs au fromage!

Au personnel du Centre d'accueil du Champ de bataille de Moore's Creek Bridge, pour leur aimable attention et pour m'avoir fourni une vingtaine de kilos de nouveaux livres passionnants : des ouvrages particulièrement palpitants tels que *Le registre des Patriotes à la bataille de Moore's Creek Bridge* et *Le registre des Loyalistes à la bataille de Moore's Creek Bridge*; ainsi que pour m'avoir expliqué ce qu'était un «verglas massif», parce qu'ils venaient juste d'en essuyer un. Nous n'en avons pas en Arizona, la glace fond tout de suite.

Linda Grimes, pour avoir parié avec moi que je ne saurais pas écrire une scène émouvante sur l'art de se curer le nez. Ce passage est entièrement sa faute.

L'impressionnante et surhumaine Barbara Schnell, qui a traduit le roman en allemand à mesure que je l'écrivais, travaillant presque en simultanée afin de l'achever à temps pour la sortie en Allemagne.

Au docteur Amarilis Iscold, pour avoir été une mine d'informations et de conseils, et pour les nombreux fous rires provoqués par les scènes médicales. Toute liberté ou erreur dans ce domaine relève de ma seule responsabilité.

Au docteur Doug Hamilton, pour son expertise en matière de dentisterie et sur ce qu'on peut faire et ne pas faire avec une paire de pinces, une bouteille de whisky et une lime à dents pour chevaux.

Aux docteurs William Reed et Amy Silverthorn, pour m'avoir permis de continuer à respirer pendant la période du pollen afin de finir ce livre.

Laura Bailey, pour ses commentaires savants (à l'aide de dessins, même !) sur les vêtements d'époque et ses suggestions utiles sur la meilleure manière de poignarder quelqu'un à travers les baleines d'un corset.

Christiane Schreiter, dont les talents de détective (et la bonne volonté des documentalistes de la bibliothèque Braunschweig) nous a permis de trouver la version allemande du poème *Paul Revere's Ride*.

Au révérend Jay McMillan, pour toutes les informations fascinantes sur l'Église presbytérienne dans l'Amérique coloniale, et à Becky Morgan pour m'avoir présenté le révérend.

Rafe Steinberg, pour les renseignements sur le temps, les marées et autres questions marines générales, notamment pour m'avoir appris que la marée change toutes les douze heures. Toutes les erreurs dans ce domaine sont à mettre à mon compte. Et si la marée n'a pas changé à 5 heures du matin le 10 juillet 1776, je ne veux pas le savoir.

Mon assistante Susan Butler, pour s'être dépatouillée avec dix millions de *Post-it,* pour avoir photocopié un manuscrit de deux mille cinq cents pages et l'avoir expédié par FedEx aux quatre coins du globe en temps et en heure.

L'infatigable et diligente Kathy Lord, qui a révisé la totalité du manuscrit en un temps record, sans y perdre la vue ni son sens de l'humour.

Virginia Morey, la reine de la conception graphique, qui est parvenue une fois de plus à insérer « la chose » entre deux couvertures, la rendant non seulement lisible, mais aussi élégante.

Steven Lopata, pour ses précieux conseils techniques sur les explosions et les incendies criminels.

Arnold Wagner, Lisa Harrison, Kateri van Huytsee, Luz, Suzann Shepherd et Jo Bourne, pour leurs conseils techniques sur comment moudre des pigments, stocker de la peinture et autres détails pittoresques tel que l'obtention du « brun égyptien » avec de la poudre de momie. Je n'ai pas trouvé comment l'intégrer dans le roman, mais je tenais quand même à le partager.

Karen Watson, pour la remarquable citation de son ex-beau-frère sur le calvaire de la crise chronique d'hémorroïdes.

Pamela Patchet, pour son excellente et inspirante description de comment elle s'était enfoncé une écharde de cinq centimètres sous un ongle.

Margaret Campbell, pour son merveilleux exemplaire de *Piedmont Plantation.*

Janet McConnaughey, pour sa vision de Jamie et Brianna jouant au Vantard.

Marte Brengle, Julie Kentner, Joanne Cutting, Carol Spradling, Beth Shope, Cundy R., Kathy Burdette, Sherry et Kathleen Eschenburg, pour leurs conseils utiles et leurs commentaires divertissants sur Dreary Hymns.

Lauri Koblas, Becky Morgan, Linda Allen, Nikki Rowe et Lori Benton pour leurs conseils techniques sur la fabrication du papier.

Kim Laird, Joel Altman, Cara Stockton, Carol Isler, Beth Shope, Jo Murphey, Elise Skidmore, Ron Kenner et beaucoup, beaucoup d'autres usagers du Compuserve Library Forum (désormais rebaptisé le Books and Writers Community – http://community.compuserve.com/books) toujours le même rassemblement éclectique d'excentriques, de puits d'érudition et de sources de « faits vraiment bizarres », pour leurs contributions en liens, faits et articles dont ils pensaient qu'ils me seraient utiles. C'est toujours le cas.

Chris Stuart et Backcountry, pour m'avoir offert les formidables CD *Saints and Strangers* et *Mohave River,* au son desquels j'ai écrit une bonne partie de ce livre.

Gaby Eleby, pour les chaussettes, les biscuits et le soutien moral – et aux dames de Lallybroch, pour leur bonne volonté sans fin, concrétisée sous forme de colis de nourriture, de cartes et d'énormes quantités de savons, tant industriels qu'artisanaux (« La lavande de Jack Randall » sent bon, et j'ai bien aimé « Un souffle de neige ». Malheureusement, celui appelé « Lèche Jamie dans tous les recoins » était si sucré qu'un de mes chiens l'a mangé).

Bev LaFrance, Carol Krenz, Gilbert Sureau, Laura Bradbury, Julianne et plusieurs charmantes personnes dont j'ai malheureusement oublié de noter les noms, pour leur aide avec les détails français.

Et mon mari, Doug Watkins, qui, cette fois, m'a donné les mots d'ouverture du prologue.

Achevé d'imprimer au Canada
en juillet 2006